MARTHA GRIMES

Fremde Federn
Inspektor Jury besucht alte Damen

Fremde Federn:
Richard Jury von Scotland Yard wird von einer alten Freundin gebeten, in Amerika den mysteriösen Tod von Philip Calvert aufzuklären, einem Mitarbeiter der weltberühmten Barnes-Stiftung. Zusammen mit Sergeant Wiggins und seinem adeligen Freund Melrose Plant macht Jury sich auf nach Pennsylvania. Dort werden die drei Briten von der berühmten Schriftstellerin Ellen Taylor empfangen. Diese erzählt ihnen von der schwarzen Studentin Beverly Brown, die behauptete, ein verschollenes Manuskript von Edgar Ellen Poe entdeckt zu haben. Beverly, die etwas über den Mord an Philip Calvert herausgefunden haben wollte, wurde in der Nacht von Edgar Ellen Poes Geburtstag an dessen Grab ermordet.
Was wusste Beverly wirklich?

Inspektor Jury besucht alte Damen:
In einem antiken Sekretär entdeckt der Antiquitätenhändler Marshall Trueblood eine sorgfältig zerlegte Leiche. Inspektor Jury eilt zum Ort des grausigen Fundes, einem herrschaftlichen Anwesen auf dem Land. Und an diesem so scheinbar friedlichen Ort sticht er mit seinen Ermittlungen in ein wahres Wespennest: Offensichtlich hatte der Tote, der unsympathische und habgierige Simon Lean, weit mehr Feinde als Freunde. Als kurz darauf ein Mord in den Londoner Docklands geschieht, erkennt Jury einen Zusammenhang zwischen den beiden Verbrechen. Doch der geheimnisvolle Mörder scheint Inspektor Jury und seinem getreuen Helfer Sergeant Wiggins immer einen Schritt voraus zu sein.

Autorin
Martha Grimes wurde in Pittsburgh geboren und studierte an der Universität von Maryland. Sie lebt heute in Washington D. C., und Santa Fe, New Mexico. Ihre Romane gelten als Werke in feinster britischer Krimitradition, die zu Recht mit denen Agatha Christies verglichen werden.

Von Martha Grimes außerdem bei Goldmann lieferbar:

Fremde Federn. Roman (43386) · Das Hotel am See. Roman (43761) · Blinder Eifer. Roman (44271) · Gewagtes Spiel. Roman (44385) · Die Frau im Pelzmantel. Roman (45009) · Inspektor Jury besucht alte Damen. Roman (45138) · Die Treppe zum Meer. Roman (45253) · Das Mädchen ohne Namen. Roman (gebunden) · Die Trauer trägt Schwarz. Roman (gebunden)

Martha Grimes

Fremde Federn
Inspektor Jury besucht alte Damen

Zwei Romane in einem Band

GOLDMANN

Die Originalausgabe von »Fremde Federn« erschien 1993
unter dem Titel »The Horse You Came In On«
bei Alfred A. Knopf, New York,
die von »Inspektor Jury besucht alte Damen« 1987
unter dem Titel »The Five Bells and Bladebone«
bei Little, Brown and Company, Boston/Toronto.

Umwelthinweis:
Alle bedruckten Materialien dieses Taschenbuches
sind chlorfrei und umweltschonend.

2. Auflage
Taschenbuchausgabe Oktober 2003
Fremde Federn
Copyright © der Originalausgabe 1993 by Martha Grimes
Copyright © der deutschsprachigen Ausgabe 1994
by Wilhelm Goldmann Verlag, München,
in der Verlagsgruppe Random House GmbH
Inspektor Jury besucht alte Damen
Copyright © der Originalausgabe 1987 by Martha Grimes
by arrangement with
Peter Lampack Agency, Inc.
551 Fifth Avenue, Suite 1613
New York, NY 10176-0187 USA
Copyright © der deutschsprachigen Ausgabe 2002
by Wilhelm Goldmann Verlag, München,
in der Verlagsgruppe Random House GmbH
Alle Rechte an der deutschen Übersetzung
bei Rowohlt Verlag GmbH, Reinbek bei Hamburg.
Umschlaggestaltung: Design Team München
Umschlagfoto: Wolf Huber
Druck: Elsnerdruck, Berlin
Titelnummer: 13337
BH · Herstellung: HN
Made in Germany
ISBN 3-442-13337-8
www.goldmann-verlag.de

Fremde Federn

Deutsch von Sigrid Ruschmeier

*Für Laura Scott Perry,
eine Freundin in Nickel City*

*Kultiviert und heiter,
verdorben und galant.*

F. Scott Fitzgerald über Baltimore

TEIL I
CIDER ALLEY

1

Der Blinde roch etwas Neues in der Cider Alley, einen neuen Gestank, der sich mit dem nach Urin und Schweiß, Bier und Whisky vermischte und aus einem Hauseingang kam (glaubte er zumindest), in dem sonst immer eine Gruppe Männer herumstand. Wenn er durch die enge Straße ging, gab es meist ein paar unverbindliche Begrüßungen – ein Schulterklopfen, die Berührung einer Hand auf seinem Arm, ein lautes Hallo. Mitleidige Gesten und rührselige Worte haßte er und wehrte sie ab. Er fühlte sich den anderen Obdachlosen überlegen: Mit Zähigkeit, scharfem Verstand und spitzer Zunge hatte er seinen Platz auf dem Luftschacht schon über ein Jahr behauptet. Sein Fleckchen. Die Leute kannten ihn.

Der Blinde verabscheute es, wenn ihm jemand zu nahe trat, es sei denn, er selbst fragte nach der Uhrzeit oder dem Weg. Er weigerte sich, den Bürgersteig mit einem weißen Blindenstock abzuklopfen, aber er besaß einen Spazierstock aus Bruyèreholz und benutzte ihn durchaus, wenn ihm jemand komisch kam – oder einfach nur lästig wurde.

Nicht mit dem Spazierstock, sondern mit der Schuhspitze blieb er in einem weichen, fremden Gegenstand hängen und schlug beinahe hin. Doch Hindernisse war er gewöhnt, und rasch fand er das Gleichgewicht wieder.

Er war auf die Quelle des ungewohnten Geruchs gestoßen. Er kniete sich hin und strich mit der Hand über rauhen Stoff und weiche Haut.

Ein Mann. Gestürzt, wahrscheinlich betrunken. Er tastete ihn sorgfältig ab; sein Tastsinn war noch ausgeprägter als sein Geruchssinn. Er berührte etwas Vertrautes, ein grobes Kreuz, das sein Freund immer um den Hals getragen hatte. John-Joy. Seine Finger glitten zuerst über den vertrauten Mund und dann über die Anzugjacke darunter. Bevor er noch mit seinem Gewissen kämpfen konnte, hatte er die Jacke schon genommen und gegen seine eigene vertauscht. Die von John-Joy war unendlich viel besser: teure, feine Wolle, er hatte sich immer gewundert, wer wohl ein solches Kleidungsstück in den Müll geworfen hatte. Nun würde John-Joy aufwachen, wieder zu sich kommen und feststellen, daß er Milos' alte graue Jacke aus dünnem Leinen trug. Nicht das Wahre für eine Januarnacht. Aber John-Joy, der verstand einen Scherz.

Oder?

Er roch ja gar nicht nach Alkohol. Schnell tastete Milos ihn von Kopf bis Fuß ab. Der Geruch hing schwer in der Luft; Milos mußte nicht erst spüren, wie klebrig seine Hand plötzlich war, um Bescheid zu wissen.

Seine Zunge, sein Mund formten sich zu einem Schrei, von dem er wußte, daß er zu hören war, auch wenn er selbst nichts hörte. »Polizei!«

Mit der einen Hand kratzte er über den kalten Stein des Gebäudes; mit dem Stock in der anderen hieb er um sich und brüllte noch lauter: »Polizei! Polizei!«

Die Leute waren immer wieder verblüfft (und er genoß ihre Verblüffung), wie klar und deutlich er sprach, obwohl er fast taub war. Erst vor zehn Jahren war der Unfall passiert, nach dem er allmählich Augenlicht und Gehör verloren hatte. Wenn ihm jemand direkt ins rechte Ohr trompetete, verstand er das Gesagte manchmal, aber mehr war nicht drin. Er schrie noch einmal.

Dann spürte er die Anwesenheit eines anderen; er spürte, daß jemand da war, und fragte sich, ob dieser Jemand in seine Schreie einstimmte. Er sagte der Person, er sei taub und sie solle die Polizei holen, aber nichts rührte sich. Er wußte nicht, was los war. Er streckte die Hand aus und sagte: »Schreiben Sie in meine Hand!« Er fühlte einen Arm. »Schreiben Sie mir in die Hand!« sagte er noch einmal. Es war seine einzige Möglichkeit zu kommunizieren. Er spürte, wie der Finger der anderen Person ihn berührte, aber er fuhr zu schnell über seine Handfläche. Dämlicher Idiot! sagte er, außer sich vor Zorn. Wofür hielten sie ihn, für einen Scheißcomputer? »Langsamer, langsamer! Ich verstehe Sie sonst nicht!« schrie er.

Der Finger malte die Buchstaben »B I N I C H«. Weiter nichts, nur emsiges Scharren. Er spürte, wie die andere Person sich bückte und wieder erhob, und brüllte mit größter Anstrengung: »Was? Sie verdammter Blödmann! ›Bin ich‹ was? Was heißt ›bin ich‹?« Der Blinde war bekannt dafür, daß ihm immer sofort der Geduldsfaden riß.

Die andere Hand ergriff seine. Jetzt schrieb der Finger ganz langsam die Buchstaben »I C H«. Dann »B I N«. Dann »P O L«. Pause. Der bescheuerte Typ nahm sich weiß Gott Zeit, aber er war wenigstens so schlau, kein überflüssiges Wort zu verlieren. Dann »I Z E I«.

Wütend – Milos war immer wütend, hatte oft diese stumme Wut gehabt, sogar schon vor dem Unfall – schrie er: »Verdammte Scheiße, was ist das? ›I Z E I‹? Verflucht, was ist das?«

Wieder nahm der andere seine Hand, und der Finger schrieb, diesmal schneller: »ICH BIN POLIZEI.«

»Sie hirnrissiges Arschloch!« rief Milos. »Warum haben Sie das nicht gleich gesagt?«

2

I

Ironischerweise hieß das Mädchen Beatrice. Und ihre Haut war blaß und ihr Haar rot. Aber nicht Rossetti-rot, nicht durchscheinend rot wie das Haar der Beata Beatrix an der Wand vor ihr.

Selbst angesichts der unsterblichen Gemälde um sie herum konnten das Mädchen und der Junge ihre sterblichen Hände nicht voneinander lassen. Sie umklammerten und küßten sich ohne Rücksicht auf die Umstehenden, die sie leicht empört anschauten. Sie waren zu sehr ineinander versunken, um auf irgend jemand anderen in der Tate Gallery zu achten, so jung und auf sich selbst bezogen, daß es ihnen völlig gleichgültig war, ein Bild abzugeben, das einen Maler nicht die Bohne gereizt hätte. Purpurrotes Haar und schwarzes Leder (das Mädchen), kurz geschorenes braunes Haar mit einem purpurnen Streifen und schwarzes Leder (der Junge) legten die Vermutung nahe, daß sie Zwillinge waren; doch ihre tastenden Hände legten andere Vermutungen nahe.

Man gewann allerdings nicht den Eindruck, daß sie sich in den Fängen irdischer oder überirdischer Leidenschaften befanden, eigentlich nicht einmal in denen der Fleischeslust. Ihre öffentliche Vorstellung diente allein dem Zweck, der Welt kundzutun, daß sie sich einen Scheißdreck um die Empfindungen anderer scherten, ob diese anderen nun herumspazierten, die wunderbaren Bilder betrachteten oder neben ihnen auf der Bank saßen.

Eine Galeriebesucherin saß beinahe Schulter an Schulter mit dem Mädchen, das gerade seine Zunge in den Mund des Jungen schob und wenig überzeugend stöhnte. Als das Mädchen die Frau rechts hinter sich spürte, deren schwere Schulter an der eigenen, versuchte es die unwillkommene Bürde loszuwerden und rückte abrupt (die Zunge immer noch im Mund des Freundes) ein wenig zur Seite. Die Last aber wurde schwerer, die Frau rutschte langsam weiter den Rücken des Mädchens hinunter, bis das Mädchen sich umdrehte und sagte, sie solle sich verpissen, die blöde Kuh.

Aber die Frau, mittleren Alters, überaus schick und geschmackvoll gekleidet, reagierte nicht. Sie wurde immer schwerer, als suche sie an der Schulter des Mädchens Halt.

»He...!« fing das Mädchen an und riß sich von dem Jungen los, um zwischen sich und der schlummernden Frau Platz zu schaffen.

»Meine Da-me!« sagte sie mit schneidender Ungeduld.

Aber die Dame antwortete nicht, sondern fiel langsam zur Seite auf die Bank.

»Ach, du *Scheiße*«, flüsterte das Mädchen und stand auf.

II

Sie hieß Bea und er Gabe, und im Gegensatz zu den Wärtern in der Tate Gallery entging Richard Jury die Ironie nicht.

Keine Sekunde hatte das Mädchen aufgehört, Kaugummi zu kauen. Ihr rotes Haar war zu Stacheln hochtoupiert; der schwarze Lederrock bedeckte knapp ihr Hinterteil. Wenn überhaupt, war sie die Underground-Version von Dante Gabriel Rossettis Beatrice.

Im Moment besorgte der Junge, Gabe, das Reden, obwohl Bea seine kehligen Laute mit ihren nicht weniger kehligen fleißig unterbrach. »Woher sollten wir das schnallen? Konnte ja voll blau sein, ey.«

»Oder an der Nadel«, sagte Gabe, ganz der Welterfahrene.

Richard Jury sah, daß es jenseits der Vorstellungskraft dieser beiden lag, daß ein Lebenslicht auch aus anderen Gründen verlöschen konnte. Tot, breit, high – es kam, wie's kam.

Die tote Frau war auf einer Bahre über den glänzenden Boden weggerollt worden. Inspektor Marks von der Londoner Kripo hatte ihren Abtransport überwacht und unterhielt sich jetzt (sichtlich erleichtert) mit Scotland Yard, Mordkommission, in Gestalt von Superintendent Jury. Jury war vor Marks in dem Raum gewesen und hatte mit Hilfe der Wärter die Leute – ungefähr ein Dutzend – davon abgehalten, fortzugehen.

Er war zufällig in der Tate gewesen, um die »Swagger«-Ausstellung mit den protzigen Bildern der feinen Gesellschaft zu sehen, bevor sie zu Ende ging. Er hielt sich für unterbelichtet, was die bildenden Künste anging, und dachte, ein bißchen Nachhilfe über die Unterschiede zwischen Reynolds und Gainsborough könnte ihm nicht schaden. Von allen Gemäldegalerien in London gefiel Jury die Tate am besten. Und Bea und Gabe hatten ihre schreckliche Entdeckung in seinem Lieblingsraum gemacht, dort, wo er sich gerade befand. Rossetti, Burne-Jones, William Holman Hunt, Millais' *Ophelia* – er fand sie alle unbeschreiblich romantisch. Der Junge und das Mädchen hatten vor dem Rossetti-Gemälde am einen Ende der Bank gesessen, die Frau im rechten Winkel dazu vor dem berühmten Bildnis Chattertons.

»Mrs. Frances Hamilton«, sagte Inspektor Marks und schaute in seine Notizen. »Warminster Road, Belgravia. Ausweisen konnte sie sich wahrhaftig – sechs Kreditkarten, Scheckhefte. Aber kein Führerschein.«

Warum kam ihm die Adresse bekannt vor? Jury runzelte die Stirn, wußte aber nicht, wo er sie einordnen sollte. Er hatte sich abseits gehalten, als die Kripo und der Gerichtsmediziner Fotos machten und an der Leiche von Frances Hamilton herumfingerten. Der Arzt vermutete einen Schlaganfall, aber sicher war er nicht. Die verstorbene Mrs. Hamilton sei fortgeschrittenen Alters, aber kaum älter als sechzig, bei guter Gesundheit. Vor einer genaueren Untersuchung könne er ihnen mehr nicht sagen.

»Hat einer von denen gesehen, wie es passiert ist?« Jury deutete mit dem Kopf in Richtung des nervösen Grüppchens Galeriebesucher in einer Ecke des Raumes. Sie wurden von Marks' Männern befragt.

»Nein. Nur die beiden Jugendlichen. Und gesehen haben die

auch erst dann etwas, als sie neben ihnen zusammengesunken ist. Witzig mit den Blagen, da tun sie immer so, als könnte ihnen keiner mehr was vormachen und nichts könnte sie erschüttern. Aber wenn dann wirklich mal jemand abkratzt oder ein Notfall eintritt, gucken sie dumm aus der Wäsche.«

III

Thomas Chatterton, die Haut wie blaues Eis, lag auf dem schmalen Bett, der Arm hing elegant über die Kante, die Finger berührten fast den Boden, als wolle er die Fetzen der Manuskriptseiten, die – auf dem Bild – aussahen wie verstreutes Konfetti, von den blanken Dielen wieder einsammeln. Die Blätter hatte der Dichter zerrissen, bevor er den tödlichen Trank nahm.

Der herrliche Knabe. Hatte ihn nicht jemand einmal so genannt, überlegte Jury. Er saß auf derselben Bank an ungefähr derselben Stelle, wo die Frau vor kaum mehr als zwei Stunden gesessen hatte.

Jury war immer der Meinung gewesen, daß Chatterton ein Leben geführt hatte, wie man es sich trauriger nicht vorstellen konnte. Die siebzehnjährigen Jugendlichen, denen Jury begegnete, waren entweder auf Heroin, klauten Autos oder zockten die Kreditkarten ihrer Eltern ab. Je nachdem, in welchem Stadtteil Londons er gerade zu tun hatte.

Mit siebzehn hatte Thomas Chatterton die literarische Welt mit einem Gedichtzyklus in Erstaunen versetzt. Nach Jurys Überzeugung hatte sich niemand wirklich dafür interessiert, daß die Rowley-Gedichte eine Fälschung waren. Außer Horace Walpole. Der war zu seiner Schande – offenbar zu seiner ewigen Schande – darauf hereingefallen. Verzweiflung und Tod im Alter von siebzehn. Jury schüttelte den Kopf. Ein Leben ohne sichtbaren Erfolg, ohne Geld, ohne ausreichend zu essen und dann von seinem Wohltäter verraten. Chatterton hatte sich nicht einmal literarischen Diebstahl zuschulden kommen lassen; er hatte alles selbst inszeniert, sich die ganze Sache ausgedacht. Womit hatte er ein solches Ende verdient?

Jury wunderte sich, warum ausgerechnet er über die Ungerechtigkeit des Lebens nachdachte. Er betrachtete die junge Frau auf dem Gemälde von Holman Hunt, die sich von den Knien eines Liebhabers erhob, der sie garantiert verlassen würde. Jury mochte vor allem die Inschrift, die Hunt auf den Rahmen gemalt hatte: »Wer aber ein Gewand in der Kälte raubt, gleicht dem, der einem schweren Herzen Lieder singet.«

Er ging an dem Rossetti vorbei, dem Burne-Jones, Millais' *Ophelia*, dem dreiteiligen Bild des unseligen Endes einer treulosen Gattin, und an dem Gemälde, von dem er einen Druck in der Hand hielt: Eine Ehefrau und eine Mutter trauerten um einen Seemann, der auf hoher See ertrunken war. Ein Morgen ohne Hoffnung: Jeder nur vorstellbare Grauton ergoß sich über dieses Bild – das Morgenlicht am Fenster, dahinter die Wellen, der Zinnständer mit der abgebrannten Kerze, die Schatten, die Kleider. Aus der Welt der Frauen war alle Farbe gewichen.

Er kehrte zu der Stelle zurück, an der er seinen Gang durch die Tate begonnen hatte, und setzte sich wieder auf die Bank. Der Tod Chattertons war wohl doch sein Lieblingsbild. Eine Leinwand des Leides.

Er hatte seit zwei Wochen Urlaub, war in Leeds gewesen und hatte sich entschieden: Nein, die endgültige Versetzung nach Bradford würde er doch nicht aushalten. Seine nächste Station würde Stratford-upon-Avon sein und danach Northampton. Er war sich ziemlich sicher, daß Superintendent Pratt ihn mit offenen Armen empfangen würde, die Mordkommissionen in der Provinz waren immer überlastet. Desgleichen Sammy Lasko bei der Polizei in Warwickshire, das wußte er. Aber wenn er ehrlich darüber nachdachte, mit wem er zusammenarbeiten konnte und wollte, lag der reizbare, arrogante, sture Macalvie an allererster Stelle. Auf der Bank in der Tate ließ Jury das Telefongespräch noch einmal an sich vorüberziehen.

»Exeter? Devon-Cornwall? *Mit mir* wollen Sie zusammenarbeiten?«

»Dreimal richtig geraten. Ein Rekord, sogar für Sie, Macalvie.«

»Ich weiß nicht, Jury. Ich weiß nicht, ob Sie reinpassen. Außer mir merkt hier sowieso keiner, ob jemand beim Sex erstickt ist oder erdrosselt wurde. Wie bitte?«

Die letzten beiden Worte waren offenbar an die Besitzerin der Stimme gerichtet, die in Macalvies Zimmer im Hauptquartier der Polizei von Exeter herumzwitscherte.

»Wie ich höre«, sagte Jury, »hat Gilly Thwaite Ihnen gerade verraten, daß es eins von beidem ist.«

»Eins von beidem, ja. Also, welches?«

»Um Himmels willen, ich bin nicht an Ort und Stelle«, lachte Jury.

»Na und?«

»Ist das ein Test?«

»Klar... warum nicht? Sie wollen ja schließlich einen Job hier, oder?«

Jury lächelte. »Erstickt. Plastiktüte überm Kopf?«

»Stimmt.« Macalvie drehte sich wieder vom Telefon weg.

Jury hörte, wie Gilly Thwaites ohnehin schon schrille Stimme – er nahm zumindest an, daß es sich um die Stimme von Macalvies Spurensicherungsexpertin handelte – noch schriller wurde, dann ein Getöse, als ob ein Regal umkippte, dann jede Menge zerbrechendes Glas und dann ein Jammern, das in einen grauenhaften Schrei überging.

»Schönen Gruß von ihr. Hören Sie, Sie haben den Job.«

»Ich habe nur geraten.«

»Ich auch.«

In Exeter fiel der Hörer auf die Gabel. Macalvies Art, auf Wiederhören zu sagen.

Jury seufzte. Wenn er London leid war, mußte er, wie Dr. Johnson vorhergesagt hatte, das Leben leid sein.

Chatterton war es leid gewesen.

Jury verließ die Tate.

3

»Also, wirklich, Mr. Jury«, sagte Mrs. Wassermann und umklammerte nervös die schwarze Handtasche, »ich meine, dieser Mr. Moshegeiian macht einen Fehler, wenn er Carole-anne damit betraut, die Wohnung bei uns im ersten Stock zu vermieten.« Weiß hoben sich ihre Finger von dem schwarzen Leder ab, das Gesicht unter dem schwarzen Hut war bleich. Mrs. Wassermann hatte sich für einen ihrer seltenen Ausflüge zu ihrer Cousine in Bromley umgezogen und wollte sich gerade zur U-Bahn-Station Angel begeben. Aber jetzt befand sie sich erst einmal in Jurys Wohnung, einer von vieren in dem Reihenhaus, und richtete den Blick zur Zimmerdecke – dem Fußboden besagten Apartments in der ersten Etage.

»Mrs. Wassermann, ich würde mir keine Sorgen machen, Carole-anne wird schon nicht an jemand Unpassenden vermieten. Sie kennen sie doch – sie ist pingelig.«

Carole-anne wohnte in der kleinsten und billigsten Wohnung im obersten Stock, die dank ihrer Übereinkunft mit dem Hausbesitzer noch billiger wurde; für einen Mietnachlaß nahm sie ihm die Verwaltung der leeren Wohnung ab. Mr. Moshegeiian, Lette oder Litauer und ein kluger Kopf, hatte sofort begriffen, daß die Wohnung todsicher weggehen würde, wenn Carole-anne sie den Interessenten zeigte, besonders, wenn diese männlichen Geschlechts waren. Doch davon ganz abgesehen, wäre Mr. Moshegeiian Miss Palutskis Überzeugungskünsten ohnehin erlegen.

»Und Mr. Moshegeiian ist auch nicht von gestern«, fügte Jury hinzu.

»Das sind Besitzer von Elendsquartieren nie«, flötete Mrs. Wassermann.

Jury lachte. »Ich würde dieses Haus ja nun kaum als Elendsquartier bezeichnen, Mrs. Wassermann.« Er inspizierte einen Socken, den er in die Reisetasche packen wollte. Ein Loch, durch das man die Faust stecken konnte. Er warf ihn in den Papierkorb. »Und Carole-anne ist wirklich eigen.« Das wiederum war nicht übertrieben, wenn »eigen« in diesem Fall auch einen spezifischen Carole-anneschen Hintersinn annahm.

»Aber genau das ist ja das Problem, Mr. Jury. Jetzt war doch neulich abends erst so ein reizendes junges Paar hier, um sich die Wohnung anzusehen. Sie waren extra aus Wandsworth gekommen. Frisch verheiratet, und sie haben gesagt, es sei genau, was sie suchten. Aber nein. Ihre Kreditwürdigkeit sei unter aller Sau, erzählt Carole-anne mir.« Mrs. Wassermann sah geknickt aus, als lasse auch ihre Kreditwürdigkeit arg zu wünschen übrig. Sie war zwar auch nicht von gestern, aber manchmal schwamm sie einfach nicht auf Palutskischer Wellenlänge. Die Palutskischen Wellen verschlangen jedes männliche Wesen zwischen zwanzig und sechzig in Reichweite der lapislazuliblauen Augen. Reizende junge Paare hingegen überging Carole-anne, als hätte sie einen weißen Stock in der Hand und einen Blindenhund an der Leine.

Seit neuestem empfand Mrs. Wassermann die leere Wohnung über Jurys als Bedrohung Nummer eins, ein unermeßlich weites, brachliegendes Stück Stadtlandschaft, in Gefahr, von Ratten und Räubern überrannt zu werden. Mrs. Wassermann war den ganzen Tag zu Hause, und zwar meistens allein, wo doch Jury so oft fort war und Carole-anne ihrer Variante eines »festen« Jobs in Covent Garden nachging, sprich: stundenweise (wie es ihr in den Kram paßte) und nur, wenn es dem hoffnungsvollen Beginn ihrer Schauspielerkarriere nicht in die Quere kam.

Nun wurde das Problem sogar noch drückender, denn Carole-anne war auch nachts nicht da, schon seit zwei Wochen nicht mehr, seitdem das Stück, in dem sie eine winzige Rolle ergattert hatte, in Chiswick lief. Jury hatte Mrs. Wassermann zur Premiere eingeladen und war überrascht gewesen, daß das Mädchen Theater spielen konnte (Mrs. Wassermann war nicht überrascht gewesen, denn sie glaubte, Carole-anne könne alles). Tatsächlich war das Mädchen das einzige gewesen, das anzusehen sich lohnte. Ansonsten quälte sich die Inszenierung dahin und zappelte wie ein Fisch, der sich nur ungern an Land ziehen läßt. Carole-anne glänzte. An dem Abend hatte Jury den Regisseur und Produzenten kennengelernt, einen albernen Schwätzer, der meinte, das Stück ginge ins West End. Carole-anne meinte, es ginge den Bach runter.

»Der Socken, den Sie da wegwerfen, ist doch noch völlig in Ordnung«, sagte Mrs. Wassermann und rettete ihn aus dem Papierkorb. »Den kann ich problemlos stopfen.« Sie öffnete ihre Handtasche und verstaute den Socken. Trübselig betrachtete sie Jurys Koffer. »Und Sie fahren schon wieder weg.« Mißbilligend schnalzte sie mit der Zunge.

»Nicht lange – nur ein paar Tage. Ich will meinen Freund in Northants besuchen.«

»Ach ja, den Grafen. Warum besucht er Sie nicht?«

»Na ja, wenn er nach London kommt, wohnt er immer im Brown's. Sie wissen doch, in Mayfair.«

Mrs. Wassermann ließ nachdenklich den Verschluß ihrer Handtasche auf- und zuschnappen. Dann sagte sie: »Überlegen Sie doch mal. Wäre es nicht schön für ihn, wenn er, na, Sie wissen schon, eine kleine Zweitwohnung hätte?«

Ihr Blick war zur Decke gerichtet.

4

I

»Wie ich gehört habe, hat es Sie voll Stoff erwischt, Sir.« Wiggins schaute von seinem Taschenbuch hoch, als Jury ins Büro spaziert kam.

»Voll Stoff *erwischt?*« Jury warf seinen Regenmantel in Richtung Garderobenständer und traf wieder daneben.

Wiggins wedelte demonstrativ mit dem Buch.

»Das sagt man in den Staaten, Sir. In diesen Büchern über das Siebenundachtzigste Revier sagen sie es dauernd. Es bezieht sich auf die, die Dienst haben, wenn ein Verbrechen angezeigt wird. Das sind die, die es ›voll Stoff erwischt‹.« Wiggins hatte die Wendung offenkundig liebgewonnen. »Das Siebenundachtzigste Revier. Von Ed McBain.«

»Na, dann wäre mir doch lieber, es hätte Ed voll Stoff erwischt. Ich habe keinen Dienst; ich habe Urlaub. Wenn man es denn als solchen bezeichnen kann.«

Aber der Sergeant bedauerte ihn nicht. Ihn hatte man schließlich gezwungen, in den Aufenthaltsraum der Kollegen umzuziehen, während sein und Jurys Büro frisch gestrichen wurde. Er war allergisch gegen Farbe. Das bedeutete, entweder den Zigarettenqualm und die Gerüche des Aufenthaltsraums zu ertragen oder die giftigen Dämpfe der Farbe. Wiggins' Leben war permanent in Gefahr, es schien für immer und ewig zwischen Regen und Traufe, Scylla und Charybdis gefangen zu sein.

»Er ist aber sehr gut, Sir.«

Jury machte Schubladen auf und zu. »Wer?«

»Ed McBain. Sehr authentischer Hintergrund. Es ist geradezu eine Erholung, mal etwas von einem Autor zu lesen, der weiß, wie die Polizei wirklich arbeitet, statt dieser Schreiberlinge, die sich aus den Fingern saugen, was ihnen paßt. Da kriegt man amerikanische Cops mal so richtig mit.«

»Ich wußte nicht, daß Sie Krimis lesen.« Lautstark knallte Jury eine weitere Schublade zu.

»Tu ich eigentlich auch nicht, außer denen hier. Ich habe einen gelesen, den fand ich ziemlich flott, und da habe ich mir noch einen besorgt.«

Das Telefon klingelte; Jury riß es mit dem ersten Läuten hoch. Ein paar »Ja«, dann ließ er den Hörer fallen.

»Der Chef?« fragte Wiggins, ohne auch nur von dem Buch aufzuschauen.

Jury zuckte zusammen. »Nein. Fiona. Mich hat's voll Stoff erwischt.«

Wiggins kicherte, und Jury begab sich von dannen.

Fiona Clingmore hob den handtuchumschlungenen Kopf von dem tragbaren Dampfbad und sagte: »Ich dachte, Sie hätten Urlaub. Eine Schande ist das.«

»Wo ist er denn? Ich dachte, er wollte mich unbedingt sehen.«

Sie deutete mit der Schulter ins Ungewisse. »Beim stellvertretenden Polizeipräsidenten. Von da aus hat er angerufen. Was machen Sie denn so an Ihren freien Tagen?«

»Frei« nannte man das. »Bin während der letzten zehn Tage elfmal im Kino gewesen. Ich dachte, ich bringe es besser auf einen Schlag hinter mich.«

»Warum fahren Sie nicht irgendwo hin, wo es sonnig und warm ist? *Sie* sollten Ferien an der Costa del Sol machen, nicht *er*.« Fiona klopfte sich eine astringierende Lotion aufs Gesicht und schielte in den Spiegel, um ihre vergrößerten Poren zu begutachten. »Wenn er das nächste Mal nach Spanien fährt, will er Cyril mitnehmen, sagt er. Er hat Infomaterial von diesen Tierschutzleuten in die Hände gekriegt und gesehen, was für skandalöse Sachen sie dort machen. Auf einem Bild hat so ein Spanier eine Katze an einem

Bein gepackt und schwingt sie über sich im Kreis herum – können Sie sich das vorstellen?« Fiona schüttelte den Kopf, damit ihr Haar schön locker fiel, und zischte empört: »Na ja, ein Mann, der einem Kater was in den Thunfisch mischt... Das arme, wehrlose Tier.« Sie holte ihren Kulturbeutel hervor.

Jury sank in den Bürostuhl und beobachtete das arme, wehrlose Tier. Es tüftelte wahrscheinlich gerade eine thermodynamische Gleichung aus, mit deren Hilfe es sich auf den Trinkwasserbehälter heben konnte. Der schmale Vorsprung war zu winzig, als daß Cyril sich darauf hätte setzen können, mehr als der Pappbecher paßte nicht hin. Unter der Öffnung stand einer. Jury fragte sich, was für einen Anschlag auf Chief Superintendent Racer der Kater nun wieder plante, bei dem Wasser vonnöten war, denn Cyril saß beileibe nicht nur da und wartete, daß Fiona den Hahn aufdrehte und Blasen hochblubbern ließ. Eine Weile noch starrte er den Behälter an und stolzierte dann in Richtung Chefbüro.

Fiona seufzte. »Gleich ist er bestimmt wieder am Faxgerät.« Sie machte aber keine Anstalten, ihn von dort wegzuholen.

Jury nahm auf dem Stuhl vor Racers Schreibtisch Platz, dessen Drehstuhl gegenüber von Cyril belegt worden war. Jury sah seinen Kopf knapp über die Tischplatte schauen. Etliche Möbelstücke waren in eine Ecke geschoben und mit Abdeckplanen belegt, weil auch dieses Zimmer renoviert werden sollte. In einer anderen Ecke lehnten Stuckteile von der Decke. Es sah nach Generalüberholung aus, sehr hinderlich beim Arbeiten, aber überaus angenehm, weil man ein Erkleckliches mehr an Zeit im Club verbringen konnte.

Cyril hatte nur Augen für das neue Faxgerät. Seit Racer Cyrils Thunfisch mit Beruhigungsmitteln gewürzt und ihn in ein Tierheim verfrachtet hatte, sah Jury förmlich, wie alle möglichen Vergeltungsschläge in Cyrils Kopf Gestalt annahmen.

Da saßen sie beide nun, und jeder für sich machte Pläne. Jury dachte wieder über eine eventuelle Versetzung in die Provinz nach und überlegte, ob er es Racer gegenüber erwähnen sollte. Bisher hatte er es noch niemandem erzählt. Macalvie, Northants und Superintendent Pratt, der Polizeibezirk Warwickshire und Stratford-upon-Avon kamen ihm in den Sinn. Er würde in Stratford haltmachen, bevor er nach Northants weiterfuhr.

Das Faxgerät piepte zweimal und fing an zu summen. Cyril stand sofort bereit. Schon war er auf dem Tisch und pirschte sich an den Apparat heran. Er und Jury beäugten das Papier und lauschten, wie das Gerät es Zentimeter für Zentimeter ausspuckte. Jury beugte sich darüber und las. Das Fax war vom stellvertretenden Polizeipräsidenten. Aber weiter kam er nicht, denn blitzschnell hatte Cyril es sich geschnappt und zu Boden flattern lassen. Dann blinzelte er Jury träge an, als harre er weiterer Vorschläge, die dieser bezüglich des Fax haben mochte. Jury zuckte mit den Schultern.

Cyril glitt vom Tisch, nahm das Papier zwischen die Zähne und zog es quer durch den Raum ins Vorzimmer. An der Tür blieb er stehen, als suche er das Büro nach Fiona ab, die sich offensichtlich mit ihrem Kulturbeutel zur Toilette bemüht hatte. Jury seinerseits bemühte sich zur Tür, um weiter zuzusehen.

Das Fax lag auf dem Boden unter dem schmalen Vorsprung des Wasserbehälters, auf dem der gefüllte Pappbecher stand. Der Kater vollführte eine rasche, ballettreife Drehung in der Luft und haute den Becher herunter. Jury und Cyril beobachteten, wie das Blatt sich voll Wasser saugte. Alsdann verarbeitete Cyril es mit Pfoten und Krallen zu einem matschigen Ball.

Herein marschierte Fiona. »War dieser Kater wieder am Wasserbehälter?« Sie deponierte den Make-up-Beutel auf dem Schreibtisch. Ihre Lippen schimmerten hellrot, die Lider beschrieben einen schwungvollen Bogen in den verschiedensten Blau- und Lavendeltönen. »Und Sie stehen einfach daneben?« Sie hob den Becher und den faserigen Papierklumpen auf und beförderte beides in den Papierkorb.

II

Racer schlug auf die Taste der Gegensprechanlage und blaffte Fiona an. »Hat der Stellvertretende nicht angerufen?« Als sie verneinte, erkor er Jury zum Objekt seines gereizten Mißfallens. »Wenn Sie Ärger vermeiden wollen, sollten Sie sich nicht hier rumtreiben.«

»Ich treibe mich auf Ihr Geheiß hier rum.« Wenn Jury auf dem Mond wäre, würde Racer ihn mit einer Raumfähre herunterholen lassen.

»Die Familie dieser Hamilton kennt den stellvertretenden Polizeipräsidenten. Darauf warte ich. Auf Informationen.«

Nun tat es Jury leid, daß er das Fax nicht gelesen hatte. »Na und? Ich kenne den Herrn auch, aber deshalb muß ich mich doch nicht gleich auf einen Fall ansetzen.«

»Einerlei, aus unerfindlichen Gründen – fragen Sie mich, verdammt noch mal, nicht, warum, Jury – will die Familie Sie.«

»Die Familie kennt mich nicht.«

Racers Erwiderung bewegte sich zwischen süffisantem Grinsen und affektiertem Lächeln. »Allem Anschein nach doch.«

»Ich kenne niemanden, der Hamilton heißt.«

»Es war ein anderer Name.« Racer hämmerte wieder auf die Gegensprechanlage ein und befahl Fiona, ihn mit dem Stellvertretenden zu verbinden. »Die Frau – eine Freundin von ihm – hatte einen Neffen, oder die tote Frau – Herrgott, ich kann mir nicht alle Einzelheiten merken –, der irgendwo in der Nähe von Philadelphia ermordet worden ist. In den Staaten.« Racer suchte auf seinem Schreibtisch herum, schaute unter der Auflage nach. »Verdammt, wo sind die Flugtickets? Hier hatte ich sie. Und wo sind meine Farbproben? Die waren auch hier.«

»Ich komme nicht ganz mit. Was hat ein Mord in den Staaten mit uns zu tun?«

»Das Opfer ist hier geboren.«

»Und?«

Racer beendete seine Suche nach Flugtickets und Farbproben, haute wieder auf die Gegensprechanlage und fragte Fiona, ob sie den Stellvertretenden an der Strippe hätte. »Und die Frau ist eine *Freundin* von ihm.« (Wie behandeln eigentlich Sie Ihre Freunde, Jury?)

»Hören Sie, angeblich bin ich in Urlaub. Die Cops, die es dort erwischt hat, erledigen das schon. Und zwar garantiert lieber selbst.« Wütend stand Jury auf. Normalerweise hatte er mehr Geduld. Neuerdings nicht mehr.

»Machen Sie sich doch nicht gleich ins Hemd. Kein Mensch will etwas von Ihnen. Sie brauchen doch bloß mal bei der Frau vorbeizugehen und begütigend auf sie einzuwirken. Mehr nicht.«

Der stellvertretende Polizeipräsident war nicht da. »Seine Aushilfssekretärin« – Fiona empfand immer eine große Genugtuung, wenn jemand in den höheren Rängen eine Aushilfskraft hatte – »möchte wissen, ob Sie das Fax bekommen haben?«

»Habe ich das, Miss Clingmore? Woher soll ich das wissen, wenn ich nicht im Büro bin?« Racer stierte das Faxgerät an. »Und wo, zum Teufel, sind meine Flugtickets, Miss Clingmore? Ich hatte sie hier unter meine Schreibtischauflage geklemmt!«

Racers Urlaub hatte selbstverständlich Priorität, allererste.

Jury meinte zu hören, wie Fiona ein paarmal hintereinander Kaugummiblasen platzen ließ. Es knallte wie ganz feine Pistolenschüsse. »Sie wollten das Faxgerät ja in Ihrem Büro haben, oder? Vielleicht ist es auf den Boden gefallen.«

»Auf dem Boden habe ich *nachgesehen*.«

»Also sie sagt, sie hat's geschickt, mehr weiß ich auch nicht.«

»Hören Sie auf, meine Zeit mit Streitereien zu vergeuden, und rufen Sie sie noch einmal an. Verflucht!« Racer stellte die Gegensprechanlage aus. »Mir ist unbegreiflich, wie der Sauhaufen hier funktionieren soll. Das ganze Zivilpersonal kann ja nicht mal bis drei zählen. Der widerliche Kater wäre eine bessere Tippse.«

Das Faxgerät rülpste und stotterte dann seine Nachricht heraus. Racer riß sie ab, las und sagte: »SW3, Jury. Warminster Road. Belgravia. Sie heißt Cray.«

5

Sie hatte beide Hände auf die Messingtürgriffe gelegt, öffnete die Doppeltür zu dem eleganten Salon und legte einen Auftritt hin, der bei jeder anderen Frau theatralisch gewirkt hätte. Lady Cray.

Und sie sah genauso aus wie damals, dachte Jury, als er sie das letzte Mal im Lake District gesehen hatte. Das war bei der öffentlichen Sitzung zur Feststellung der Todesursache von Helen Viner gewesen. Vielleicht trug Lady Cray sogar dasselbe maßgeschneiderte, silbergraue Wolle-Seiden-Kostüm, genau passend zu ihren Augen, Augen von jener Kristallfarbe, jenem schwer definierbaren Grau, das Waterford-Blau heißt. Der Januarnachmittag war mit Lady Cray im Bunde. Fahles, silbernes Licht ergoß sich dekorativ über die blaßblauen chinesischen Teppiche und ließ die Schale aus Waterfordkristall auf dem kleinen Rosenholztisch funkeln; es malte Streifen auf die beiden Sofas und die Polstersessel, die mit einem blaß blaugrauen, schimmernden Stoff bezogen waren.

»Superintendent, ich bin außer mir vor Freude, daß Sie da sind!« Sie strahlte Jury und Wiggins an.

Wenn es stimmte, daß auch der traurigste Fall erfreuliche Ereignisse mit sich brachte, dann war Lady Cray ein solches Ereignis. Er schüttelte ihr die Hand, und als sie ihnen Tee oder Champagner – »oder beides« – anbot, nahm er dankend an.

Jury und Wiggins versanken in Sesseln, in denen man wie auf Watte gebettet saß, und Lady Cray sagte: »Ich weiß, daß Sie nicht hier sind, um über alte Zeiten zu reden, aber mein Gott, was waren das für Zeiten!«

Nein, dachte Jury, gute alte Zeiten waren es nicht. Er sah Jane Holdsworth vor sich, nicht, wie er sie zuletzt, sondern wie er sie zuerst gesehen hatte, als sie in einem weißen Regenmantel in der Camden Passage stand und sich an einem regennassen Antiquitätenstand etwas anschaute. Sie hatte ein Kleidungsstück hochgehalten, einen bernsteinfarbenen Unterrock oder so etwas, der genau zu ihrer Haarfarbe paßte. Einen Unterrock – oder so etwas? Natürlich erinnerte er sich ganz genau an das Negligé, das sie von einer Stange erlesener alter Klamotten genommen hatte. Sie hatte sich auch eine Brosche an den Mantel gehalten und deren Farbe und Form ausprobiert. Die Brosche war aus Bernstein gewesen. Die Szene schien ein ganzes Leben zurückzuliegen und entfaltete sich vor seinem inneren Auge mit quälender Langsamkeit, als wolle sie ihn warnen, daß er sich nun, da er sich überhaupt erinnerte, auf jedes Glitzern der Brosche besinnen müsse, auf jeden flackernden Schatten, der auf den Stoff fiel und die Falten so plastisch hervortreten ließ, als seien sie in das marmorne Gewand einer Statue gemeißelt. All das empfand er in einem Moment greller Klarheit. Und doch war es ein Segen, daß er sich an das erste Mal und nicht das letzte Mal erinnerte, daß er sie gesehen hatte. Lady Cray hatte Jane nicht gekannt, die Familie Holdsworth letztendlich ja. Jane stand am Anfang, Lady Cray am Ende.

Er war sich nur vage bewußt, daß er sie nach den Holdsworths gefragt hatte, mußte es aber getan haben, während er durch die Verandatür in den kalten Garten hinausblickte.

»Und ob ich sie gesehen habe! Was dachten Sie denn? Alex und Millie...«

Jury hörte nur mit halbem Ohr zu, während sie über Alex Holdsworth und das kleine Mädchen Millie sprach. Das auf seinem Gesicht festgefrorene Lächeln wirkte wahrscheinlich so natürlich, daß sie gar nicht bemerkte, wie weit er in Gedanken fort war.

»Sie wohnen jetzt dort, bei Adam, wissen Sie. Er fährt immer noch manchmal nach Castle Howe, nur um alle dort verrückt zu machen. Wir amüsieren uns immer prächtig, Alex, Millie und ich. Wir gehen zusammen in diese Actionfilme – Terminatoren, Aliens und so weiter –, oder ich versammle ein paar nichtsahnende Freunde, und wir spielen Poker. Na ja, Alex spielt Poker. Und wir verbringen auch immer reichlich viel Zeit bei den Pferderennen in Cheltenham.«

»Und gewinnen Sie?«

Sie hob die Augenbrauen. »Natürlich gewinnen wir. Wir würden ja wohl kaum hingehen, um zu verlieren, oder?«

Jetzt wurde sein Lächeln echt; es war auch schwer, bei dem Gedanken an Alex, das Pokern und die Zockerei auf der Rennbahn nicht zu lächeln.

Das Hausmädchen trug Silbertablett und Eiseimer herein und setzte mit geübten Bewegungen das silberne Teeservice und den Dom Pérignon ab. Wiggins erhob sich um zu helfen und wurde mit einem schüchternen Lächeln belohnt; das Abstellen des Champagners im Eiseimer und der hohen, geriffelten Gläser erfolgte mit flattrigen, gesenkten Blicken, als frage das Mädchen sich, ob es das Recht habe, hier im Salon zu sein. Auf Wiggins' freundliches Murmeln reagierte es nicht.

Kaum war das Mädchen abgetreten, sagte Lady Cray: »Angst vor ihrem eigenen Schatten, denke ich manchmal. Achten Sie gar nicht darauf, Sergeant Wiggins. Zucker?«

Wiggins hatte sich für Tee entschieden und bat um drei Stück Zucker, als Lady Cray die silberne Zuckerdose hochhielt. »Aber sie scheint ihre Sache doch ganz gut zu machen«, sagte er, nachdem er ihr den ganzen Weg zur Tür mit Blicken gefolgt war.

Jury nahm seine Tasse, und die Gastgeberin schenkte sich ein Glas Champagner ein.

»Eine vorzügliche Köchin ist sie gewiß. Und erstaunlicherweise klug. Ich finde es schade, wenn man erstklassig kocht und gleichzeitig gesellschaftlich so unbeholfen ist, aber, leider Gottes, das

29

gibt's. Ich finde mich mit der Sprachlosigkeit ab, um in den Genuß ihrer Kochkünste zu kommen. Fanny mochte sie sehr.« Lady Cray seufzte. Dabei beugte sie sich vor und nahm eine ungewöhnliche Skulptur zur Hand, einen Türkisblock, der mit Silberdraht umwunden und mit einer kleinen silbernen, Querflöte spielenden Figur verziert war. »Ich werde Fanny Hamilton aufrichtig vermissen, Superintendent. Mit dem Polizeipräsidenten habe ich über ihren Neffen gesprochen. Aber kann ich Ihnen zunächst etwas über Fanny erzählen?« Sie stellte die Skulptur wieder hin und lehnte sich zurück.

»Selbstverständlich.«

»Sie ist vor ungefähr einem Jahr hier bei mir eingezogen, nachdem ich von Castle Howe zurück war...« Sie machte eine Pause und schaute Jury an. »Übrigens, ich weiß nicht, was wir ohne diesen blitzgescheiten Anwalt gemacht hätten.«

Pete Apted, Kronanwalt. Der legendäre Jurist, der in dem Fall die Verteidigung übernommen hatte. »Ja. Gefangene macht Mr. Apted nicht, stimmt's?«

Sie erzählte weiter. »Fanny war eine törichte Frau, in vielerlei Hinsicht. Na ja, das bin ich vielleicht auch. Aber wir waren doch sehr verschieden, und ich habe sie im Grunde hier nur wohnen lassen, weil unsere Ehemänner so eng miteinander befreundet waren. Bessere Freunde als Bobby und Dickie – Dickie war übrigens Lord Cray – können Sie sich gar nicht vorstellen. Sie waren auch reichlich spleenig. Aber liebenswert. Und in puncto Männerfreundschaft, na, da machte Bobby und Dickie niemand etwas vor.« Um deren innige Verbundenheit zu demonstrieren, hielt sie wie zum Schwur Zeige- und Mittelfinger hoch, was einen riesigen Diamanten zum Funkeln brachte. »Sie haben zusammen gelebt und sind zusammen gestorben.«

»Zusammen *gestorben*?« fragte Wiggins, Bleistift und Notizbuch gezückt.

»Ja, Sergeant. Auf dem Kricketplatz.«

»Was?« sagte Wiggins völlig baff.

Die Situation reizte zum Lachen, aber Jury biß sich auf die Lippen und schaute seinen Sergeant nicht an. Doch dessen Sinn für Komik war ohnehin nicht sehr ausgeprägt.

»Wissen Sie, Bobby war Schlagmann, und er hatte es am Herzen. Fanny redete dauernd auf ihn ein, er solle den verdammten Sport aufgeben – Kricket, Polo, sogar die Jagd –, aber Bobby wollte nicht hören. Er wollte immer mit meinem Mann mithalten, der ein sehr guter Sportler war.«

»Und wie...?«

»Bobby hatte ein schlechtes Herz, und als er einmal einen rasanten Schlag hingelegt hatte, kippte er einfach um. Mein Mann sah ihn zu Boden gehen, ließ den Ball fallen, eilte zu seiner Rettung und – strauchelte.« Lady Cray nahm einen großen Schluck Champagner. »War schnurstracks gegen den Pfosten gerannt! Können Sie sich so einen idiotischen Unfall vorstellen? Er fiel hin. Auf den Kopf! Ich hatte den Jungs immer geraten, sich einen Sport zu suchen, der nicht so verflixt gefährlich war. Wir beide – Fanny und ich – waren untröstlich, kann ich Ihnen sagen. Fanny war selbst todkrank; ich habe mich damals schon gefragt, ob sie es nicht auch am Herzen hätte.« In ihren Augen glitzerte es, und sie nahm wieder einen tiefen Schluck aus dem Glas. »Aber wenn ich ehrlich bin, vielleicht war es besser, daß sie so starben. Dickie hätte ohne Bobby keinen Spaß mehr am Leben gehabt. Es war wirklich lustig, Bobby dabei zu beobachten, wie er meinem Mann nacheiferte. Dickie war ein leidenschaftlicher Jäger, er war Master of Foxhounds, während Bobby sich kaum im Sattel halten konnte.« Sie seufzte. »Die reinsten Unglücksraben, alle beide. Sie hatten Unfälle beim Polo, beim Billardspielen, bei der Regatta von Chichester. Fanny und ich wußten immer, es würde ein böses Ende mit ihnen nehmen.«

Wie sie die Eskapaden der beiden Ehegatten schilderte, vor dem Kamin auf und ab schritt und, angeleuchtet von den zuckenden

Flammen, das tulpenförmige Champagnerglas wie einen Dolch schwang, mutete der letzte Satz geradezu jakobinisch an. Dann stieß sie einen tiefen Seufzer aus und sagte: »Und als sie bei dem Spiel einfach so abgetreten waren, hm, da hatten Fanny und ich natürlich etwas gemeinsam. Wir kamen ganz gut miteinander aus, obwohl sie unverhohlen neidisch auf meinen Adelstitel war. Die Hamiltons hatten sehr viel Geld, viel mehr als wir, aber Fanny liebte die britische Aristokratie. Sie wollte ständig etwas über ihre Ahnen erfahren und korrespondierte mit Professoren in Oxford und Cambridge und sogar einem in Amerika. Ich weiß nicht, warum; die ›Töchter der Amerikanischen Revolution‹ interessierten Fanny jedenfalls nicht, nur *Burke's Peerage*, das Adelsverzeichnis. Ich versuchte sie damit zu trösten, daß ich mir den Adelstitel schließlich nicht *verdient* hätte – ich meine, das Victoria-Kreuz ist er ja nun nicht gerade. Es liegt am Zufall der Geburt oder der Heirat, oder man ist beim Theater oder so etwas, wie Olivier oder Peggy Ashcroft – die haben ihren Titel wirklich verdient. Den Amerikanern geht nichts über einen Adelstitel, meinen Sie nicht auch?«

Bei dem Gedanken an Melrose Plants Tante stimmte Jury ihr aus vollem Herzen zu.

»Bei Fanny war das gewiß der Fall. Doch Bobby machte sich nichts aus dem ganzen Von und Zu; was er liebte, war Kricket.« Sie lachte schallend. »Aber da haben wir's wieder. Kricket! Die Aristokratie und Kricket. Und es muß nicht einmal die Peerswürde sein – jeder mickrige Baronstitel tut's auch. Solange es kein irischer ist, natürlich!«

Jury lachte.

»Die britische Peerswürde! Manchmal habe ich den Eindruck, die Amerikaner meinen, das ist England, auf den Punkt gebracht. Ich weiß noch, daß ich Fanny auf dem Lord's Cricketground kennengelernt habe, während der zweiten Schlagrunde. Sie war mit einem von den Leuten, mit denen ich da war, befreundet; wir hatten einen Freßkorb mit – Sie wissen schon, kaltes Hühnchen und Weißwein – und machten ein wunderschönes Picknick auf der Tribüne beim Wurfmal. Sie war fasziniert, daß ich ›Lady Cray‹ war, und vertraute mir schon nach kurzer Zeit an, daß sie sich nichts sehnlicher wünschte als einen Adelstitel. Wenn wenigstens ihr Mann adlig gewesen wäre, sagte sie. Darüber mußte ich lachen. Amerikaner sind so romantisch. Hermelin und scharlachrote Roben, und wir wohnen alle in Woburn Abbey. ›Ich möchte so gern einen Adelstitel‹, sagte sie. ›Bobby nicht‹ – als stritten sie sich darüber, ob es Ente zum Dinner geben sollte!«

Lady Cray schenkte sich nach und goß Sergeant Wiggins noch Tee ein. Jury wollte nichts mehr trinken.

»Erzählen Sie mir etwas über den Tod des Neffen.« Er wußte, daß sie mit ihrem ganzen Gerede über blaues Blut und Kricket dieses schmerzliche Thema vermeiden wollte.

»Er hieß Philip. Er ist umgebracht worden – ermordet.«

»Das tut mir leid. In Philadelphia?«

»Nicht in Philadelphia. Da hat er gearbeitet. Irgendwo oben in Pennsylvania. Er hatte eine kleine Blockhütte im Wald, sehr einsam gelegen, und da ist einfach jemand hineinspaziert« – sie zuckte mit den Schultern – »und hat ihn erschossen. Vor zwei Monaten.« Prophylaktisch schüttelte sie den Kopf. Sie wußte, was Jury fragen würde. »Die Polizei glaubt, es war ein Einbruch. Warum, weiß ich nicht. Philip besaß nichts Wertvolles. Er war wie so oft zum Wochenende in seine Hütte gefahren – das alles hat eine Freundin von ihm der Polizei erzählt –, und man hätte ihn sicher auch erst sehr viel später gefunden, wenn diese Freundin nicht unruhig geworden wäre, als er am Sonntagabend nicht zurückkam. Sie waren wohl verabredet.«

Wiggins schaute von seinem Notizbuch auf. »Seine Freundin?«

»Ja, Helen oder Heather... ach, ich weiß nicht mehr genau. Philip hat ein-, zweimal von ihr erzählt. Fanny ist natürlich hingeflogen. Sie hat mit irgend so einem Sheriff in Pennsylvania geredet, wo es passiert ist. Ich glaube, er hieß Sinclair. Sie ist noch eine Weile dort geblieben und dann nach Texas geflogen oder nach...« Sie hielt inne, zog die Stirn in Falten und versuchte, sich zu erinnern. »Irgendwo da draußen. Abilene? Das hat sie mir mitgebracht.« Sie nahm die Skulptur wieder vom Tisch und hielt sie hoch. »Ist sie nicht bildschön?«

Das fand Jury auch. »Was ist mit Philips restlicher Familie?«

»Fanny war seine einzige Verwandte. Ich sollte hinzufügen, daß die Calverts – Philips Vater und Mutter – beide umgekommen sind, als Philip klein war. Bei einem Flugzeugabsturz. Fanny war keine Blutsverwandte von ihm, aber ich kann Ihnen sagen, sie liebte ihn abgöttisch. Ich bin überzeugt, daß Menschen an gebrochenem Herzen sterben können. Wie dem auch sei, sie ist tot.«

Lady Cray schaute zum Fenster hinaus, ein eiskalter Windstoß raschelte in den toten Blättern und verstreute sie wie Kupfermünzen. »Ich habe Philip kennengelernt, vor zwei Jahren war er hier. Und er verstand sich prächtig mit meinem Enkel.« Lady Cray schwieg, hörte auf, mit dem Türkisblock herumzuhantieren, und betrachtete ihn mit ihren wunderschönen, nun traurig schimmernden Augen. »Es geht darum, Superintendent, daß ich meine, ich sollte wenigstens das für sie tun: weiter versuchen herauszufinden, was mit Philip wirklich geschehen ist. Als er starb, war sie am Boden zerstört. Das können Sie sich nicht vorstellen.«

O doch, das kann ich, dachte Jury. Er betrachtete den silbernen Flötisten, der in die Skulptur eingearbeitet war. Er stand auf und ging zu der hohen Tür, die auf den kalten Garten hinausführte, in dem es tropfte, als habe sich der Regen von letzter Nacht darin verfangen, als regneten die Bäume. In der Tate hatte er auf derselben Bank wie Fanny Hamilton gesessen; das Bild von Chatterton schwamm ihm vor Augen. Weiße Haut, rotes Haar. Er lag auf dem schmalen Bett. Jury schloß die Augen. Er gewann seine Haltung einigermaßen zurück und drehte sich mit einem feinen Lächeln wieder zu Lady Cray um. »Und Sie haben gedacht, daß ich vielleicht...?« Er beließ es bei der Frage.

»Ja, ich weiß, es ist eine große Bitte; ich weiß, Sie haben Urlaub. Aber das heißt auch, daß Sie keine Verpflichtungen haben...«

»Lady Cray, es gibt internationale Gepflogenheiten. Der Mord ist in den Vereinigten Staaten geschehen. Scotland Yard kann nicht einfach der amerikanischen Polizei ins Handwerk pfuschen.«

»Jetzt haben Sie sich mal nicht so«, sagte sie ganz sachlich.

Er lächelte. »Es geht nicht darum, daß ich mich habe. Ich will keine Schwierigkeiten machen.«

»Machen Sie aber. Ein paar Tage Ferien in Philadelphia wären doch mal eine Abwechslung, oder etwa nicht? Natürlich würde ich für die Unkosten aufkommen. Erster Klasse. Oder wenn Sie wollen, fliegen Sie mit der Concorde.«

»Darum geht es doch gar nicht.«

»Nana, Superintendent.« Sie klopfte sich mit den Fingerspitzen auf den Mund, als wolle sie ein Lächeln verbergen. »Wenn Alex Poker spielt, wissen Sie, dann benutzt er immer einen Ausdruck, der mir gefällt: ›Das letzte As aus dem Ärmel ziehen.‹« Ihr Lächeln war bezaubernd, sie wirkte um Jahre jünger.

»Oje. Merken Sie was, Wiggins? Wird hier etwa ein Polizeibeamter bestochen?«

»Wie bitte, Sir?«

»Denken Sie doch mal an die ganze Arbeit, die ich für Sie in Castle Howe getan habe...« Sie rauchte und sah ihn an. »Mit gehöriger Unterstützung von Mr. Plant. Wie geht's ihm? So ein kluger Mann.«

Jury lächelte. »Ja, das ist er. Und gehe ich recht in der Annahme, Lady Cray, Sie haben –«

»– das letzte As aus dem Ärmel gezogen.«

6

Wiggins lugte in das Spiegelglasfenster im Starrdust, während er eine vegetarische Pampe mampfte, die er bei Cranks in Covent Garden erstanden hatte, und versuchte, sich zwischen einem kleinen Jungen mit Igelfrisur und einem kleinen Mädchen mit übergroßer Brille und winzigem Gesicht dichter ans Fenster zu drängeln.

»Würden Sie sich das einmal anschauen, Sir?«

Die Starrdust-Zwillinge, Joy und Meg, hatten sich beim Schaufensterdekorieren mal wieder selbst übertroffen. Mit einer Replik des Marktes in Covent Garden – nicht des neuen auf der anderen Straßenseite mit seinem Sammelsurium an Boutiquen, Naturkostläden und postmodernen Neon-Kneipen, sondern des Marktplatzes, wie er im neunzehnten Jahrhundert ausgesehen hatte. In Jury stieg eine Welle von Wehmut auf, als er die Obst- und Gemüsestände betrachtete, übervoll mit Miniaturkohlköpfen, die Blumenhalle mit den Blumenverkäufern, die Trägerfigürchen, die Körbe auf den Köpfen balancierten oder Karren schoben. Er spürte beinahe die Geschäftigkeit, roch den Fisch und das Wildbret – es war einmal ein Areal von mehr als achttausend Quadratmetern gewesen.

Der Besitzer des Starrdust war Astrologe und Antiquar, und angesichts dessen, daß der Laden nur mit himmlischen, astrologischen oder sonstwie überirdischen Dingen handelte (von denen nicht das geringste die Tatsache war, daß Carole-anne Palutski in ihrem Seidenzelt wahrsagte), wunderte sich Jury über diesen Rückblick in die Geschichte Londons. Und während er sich noch wunderte, wechselte das Bühnenbild von hell zu dunkel, und der bis dahin fast unsichtbare Vorhang hob sich über einer Szene mit engen, dunklen Gassen, einem Platz mit einer Pferdekutsche und Gaslaternen.

Die Kinder schnappten nach Luft und klatschten. Wiggins auch. Wenn man das Starrdust betrat, ging man allerdings nicht in der Zeit zurück, sondern aus ihr heraus, als schreite man durch eine Tür in den weiten, tiefblauen Himmel und die glänzend weißen Wolken eines surrealistischen Gemäldes. Von dem Decken-Himmel strömte und funkelte Licht, und unzählige Planeten und die Milchstraße leuchteten und erblaßten, je nachdem, ob die verborgenen Lampen dahinter heller oder dunkler schienen. Der Laden war lang und schmal und am Ende vollkommen dunkel bis auf eine blaue Neonleuchtschrift, die »HorrorScope« verkündete. Die Schrift mußte neu sein, Andrew Starr hatte sie wohl für das puppenhausähnliche Gebilde dort entworfen. Diesen Teil des Ladens mochten die Kinder am liebsten. Starr war Ende dreißig, ein Mann, der der Kindheit nie entwachsen zu sein schien. Vielleicht war er deshalb der einzige Ladenbesitzer, von dem Jury wußte, daß er Kinder nie hinauswarf, die nicht in Begleitung Erwachsener kamen.

»Super!«

Aus dem Dunkel schritt Carole-anne Palutski heran, in der Hand einen Teller mit einem gigantischen Stück Kokoskuchen, das sie im Gehen in sich hineinschaufelte. »Wollen Sie was abhaben?« Sie hielt ihm eine Gabel voll entgegen.

»Nein, danke, Madame Zostra. Wie immer sehen Sie hinreißend aus.«

Madame Zostra, Wahrsagerin trügerischer Schicksale, die sie neuerdings aus der Hand las, wenn es ihr beim Tarot zu langweilig wurde, befand sich in ihrer präraffaelitischen Phase. Die Haremszeiten mit blanker Taille, Gazepluderhosen, Chiffonschals und bimmelnden Glöckchen an den Fußknöcheln waren zunächst dem spanischen Einfluß gewichen: Mantillas und juwelengespickten Kämmen; die wiederum hatte sie aus Liebe zur Epoche König Artus' und zum Guinevra-Look aufgegeben.

Aber nun waren Rossetti und Burne-Jones angesagt: lange fließende Gewänder, formlos bis auf die Formen, die Carole-anne ihnen verlieh, und das waren nicht wenige. Nachdem sie ein paar Bilder langmähniger Damen zu Gesicht bekommen hatte, die auf viktorianischen Couchen und Chaiselongues lagerten – bis zum Anschlag vollgepumpt mit Laudanum, dachte Jury –, hatte sie nämlich wieder ihren Stil verändert. Sie hatte sogar etwas investiert und sich bei Vidal Sassoon eine Krause verpassen lassen (und Mrs. Wassermann gleich mit, aber da hatte Jury Einspruch erhoben: Auf eine verkrauste Mrs. Wassermann legte er nun wirklich keinen Wert). Doch Carole-anne trug ihr rotgoldenes Haar nun in einer Kaskade sich kringelnder Wellen. Der Firlefanz mit Kämmen und Krönchen hatte ein Ende, dem Herrn im Himmel sei Dank.

»Also, Super, was machen Sie hier?« Sie hatte den Mund voll Kuchen, und wenn sie sprach, flirrten Kokosflocken durch die Luft. Ein Wunder, daß sie bei all dem Zeug, das sie futterte, ihre Figur behielt, aber so war's.

»Ich will mir wahrsagen lassen.«

»Ich hab Ihnen doch schon mal wahrgesagt.«

In Carole-annes Sternensystem schienen Jurys Sterne selten und bewegten sich nie. Wider alle Beweise sah sie keine Beziehungen zu Frauen (außer zu ihr und Mrs. Wassermann), weder Veränderungen noch Beförderungen, weder Reisen noch Krisen. Wann immer Jury sich über die Grenzen Großlondons hinaus wagte, behauptete sie, er fordere das Schicksal heraus. Und die Linien in Jurys Hand verliefen komischerweise alle parallel zueinander, verschmolzen nie, schnitten sich nie, gingen nur eintönig vor und zurück wie U-Bahn-Schienen.

»Die Dinge ändern sich«, sagte Jury.

Ungerührt nahm sie seine linke Hand, ließ sie fallen, sagte: »Bei Ihnen nicht«, und zerdrückte Kuchenkrümel mit den Gabelzinken.

»Das ist meine *linke* Hand. Sie haben gesagt, die linke sei die, mit der man komme. So beliebten Sie sich, glaube ich, auszudrükken.« Er streckte die rechte Hand aus.

Die würdigte sie kaum eines Blickes. »Womit Sie hereingekommen sind, damit gehen Sie auch wieder hinaus.«

»Ich dachte, diesmal sehen Sie vielleicht die Reise, bevor ich wieder da bin.«

Sie zog die Brauen in die Höhe. »Was für eine Reise? Sie sind doch gerade erst aus Yorkshire zurück.«

Mittlerweile war Wiggins an der Reihe für das Horoskop. Hatte den Kindern wohl einen Haftbefehl unter die Nase gehalten, dachte Jury. Während Vaughn Monroes sanfte Version von »Racing with the Moon« von einer Plattennadel zu Tode gekratzt wurde, die dringend ausgewechselt werden mußte, bat Carole-anne Jury mißmutig in das Zelt mit dem kleinen Tisch und den zwei großen Kissen. Auf einem hockte ein riesiger Wilder Kerl, den Jury ihr aus Long Piddleton mitgebracht hatte. Selbstverständlich bedeuteten Reisen Geschenke (zumindest für Carole-anne).

Sie beförderte das Stoffmonster woandershin und stellte den Kuchenteller neben die Kristallkugel, die mehr zum Überprüfen des Make-ups als zum Beschwören von Geistern benutzt wurde. »Wie lange wollen Sie diesmal wegbleiben?«

Er lächelte. »Das müssen Sie doch sagen können.«

Sie zog seine rechte Hand zu sich heran (nachdem sie der linken schon den flüchtigen Blick gegönnt hatte, der ihr von Geburt aus zukam) und sagte: »Hm, Reisen kann man eigentlich nicht aus den Händen lesen. Wo fahren Sie hin?«

»Northants. Long Piddleton.«

»Oh, dahin.« Merklich erleichtert ließ sie die Hand fallen. Northamptonshire zählte nicht als Reise, weil es die Heimat von Jurys treuem alten Freund Melrose Plant war. Und da es in Long Piddleton offenbar nichts gab, das Jury in Unruhe versetzte (wenn man bedachte, wie oft und wie lange er schon dort gewesen war), ließ auch Carole-anne sich nicht aus der Ruhe bringen.

Über Stratford-upon-Avon bewahrte er wohl besser Schweigen. Das war in Carole-annes Galaxie Terra incognita.
In Stratford-upon-Avon wohnte Jenny Kennington.

Vor ein paar Monaten hatte in seiner Wohnung eine regelrechte Szene stattgefunden. Bei seinem Eintritt lag Carole-anne hingegossen (entsprechend gewandet) auf seinem Sofa und blätterte ein Modeheft durch.
»Wer ist JK?« hatte sie gefragt.
»Wie bitte?«
»JK.« Sie hatte ein winziges Knäuel rosafarbenen Papiers aus der Tasche ihres kirschroten Hausanzuges geholt und es auseinander- und dann zu einem kleinen rosafarbenen Rechteck zusammengefaltet, während sie über die Botschaft, die es enthielt, nachzugrübeln schien. Es war ein Zettel von seinem Telefonnachrichtenblock.
»Hat die Dame außer ihren Initialen noch etwas hinterlassen?«
»Janey? Oder so ähnlich.«
»Jenny.« Er schnipste mit den Fingern. »Her damit.«
Carole-anne bezeichnete alle weiblichen Bekannten Jurys mit deren Anfangsbuchstaben. Es war ihr gelungen, SB-Bindestrich-H aus dem Leben des Hauses in Islington zu vergraulen (was wohl auch besser so war, wie Jury später begriff); um JH hatte es ihr aufrichtig leid getan; JK war eine unbekannte Größe.
Nun sagte Jury zu Carole-anne: »Ich dachte nur, ich komme vorbei und verabschiede mich.« Das hatte er auch wirklich vorgehabt, in der Hoffnung, die Atmosphäre des Starrdust und Vaughn Monroe würden den mit der Nachricht womöglich verbundenen kleinen Schlag dämpfen. »Und was ist mit dem netten Paar, das sich die Wohnung im ersten Stock angesehen hat?« Jury wand sich unter allerlei Verrenkungen aus dem Kissen.
»Denen?« Schauerliches Stirnrunzeln. »Die hätten Sie über sich nicht ausgehalten, Super.« Sie beugte sich dichter über ihre

Kristallkugel und wischte sich ein bißchen Kokosnuß aus dem Mundwinkel. »Er läuft mit einer Gehhilfe, und sie braucht zwei Stöcke. Sie wären die ganze Nacht hin und her und hin und her getrampelt. Sie haben gesagt, sie gingen nie vor eins oder zwei ins Bett. Da wären Sie doch durchgeknallt, oder?«

»Danke, daß Sie mein Wohl im Auge behalten, Werteste.«

»Gern geschehen, Super.«

7

Sam Lasko hatte immer noch dieselbe Sekretärin, und mit zunehmendem Alter war sie nicht umgänglicher geworden. Sie funktionierte ruckartig, wie ihre Schreibmaschine. Lasko war nicht der Typ, der Hektik verbreitete, wohl aber sein Büro. Er war nicht da, sondern wegen eines Falles unterwegs. Und der Tonfall seiner Sekretärin implizierte, daß auch Jury hier nicht Maulaffen feilhalten sollte wie letztes Mal. Sie hatte es offenbar vergessen: Letztes Mal hatte Lasko Jury einen Fall angedreht. Vielleicht war sie deshalb so grantig; vielleicht fürchtete sie auch, es würde sich wiederholen und Jury zur ständigen Einrichtung in Stratford-upon-Avon werden. Vielleicht hatte sie Angst vor Veränderungen. Weiß Gott, das verstand er.

Also tippte sie mit gestrafftem Rücken und mißbilligender, versteinerter Miene weiter, bis er eine Bemerkung zur Farbe ihrer Strickjacke machte, wie hübsch sie sei, wie gut sie zu ihrem Teint passe. Die Schreibmaschine hörte auf zu klappern, das Gesicht wurde ein wenig weicher. Die Strickjacke war neu. Er hatte das Preisschild über den Kragenrand hervorlugen sehen.

Ein etwa acht- bis neunjähriges Mädchen öffnete ihm die Tür. Sie trug eine große Schürze. Jurys Herz rutschte eine Etage tiefer.

Immer zog Jenny um; immer schien er ihr in Zimmern voller Umzugskisten und Kartons zu begegnen, und er befürchtete schon, das Mädchen würde sagen, sie sei fort.

Sagte sie auch.

»Aber sie kommt gleich zurück. Sie ist nur die Straße hochgegangen, um eine O-ber-dschin zu holen.«

Wunderbar, wie sie das sagte. Doch sie schien unsicher zu sein, was sie mit ihm anfangen sollte.

»Ich bin ein alter Freund«, sagte er. Er gab ihr seine Karte und sah zu, wie sie versuchte, sich von deren Herkunft nicht beeindrucken zu lassen.

Schließlich sagte sie: »Na ja, dann wird das wohl seine Richtigkeit haben.« Bei ihrem Gang zur Haustür war sie von einem wild aussehenden Kater begleitet worden, der keineswegs beeindruckt war. Jury schaute den Kater skeptisch an: Kannte er ihn nicht? Hatte er ihn nicht schon einmal gesehen?

Das kleine Haus befand sich im alten Teil Stratford-upon-Avons, nicht weit von der Straße, die um das Royal Shakespeare Theatre und den Friedhof führte. Als er vor ein paar Jahren hier gewesen war, hatte er an Laskos Fall gearbeitet. Und zwar kurz bevor Jenny das Haus vermietet hatte, um mit einer älteren Verwandten eine Seereise zu machen. In der Zwischenzeit war die Frau gestorben.

Im Erdgeschoß befand sich ein großes Wohnzimmer, an dessen Ende eine Tür auf einen kleinen Garten hinausging. Außer der Küche war es der einzige Raum hier unten. Von dort kamen die verschiedensten Kochdüfte, die Jury nicht identifizieren konnte.

»Ich bin Elsie. Ich helfe hier kochen.«

»Hm, Elsie, wenn meine Nase mich nicht täuscht, machst du das ganz großartig.« Jury schloß die Augen und schnüffelte. Die Gerüche waren absolut verlockend. In den letzten zwei, drei Wochen hatte er keinen nennenswerten Appetit gehabt; jetzt starb er vor Hunger.

Stolz erzählte Elsie weiter: »Wir machen eine Terrine mit Wild und Rindfleisch. Die muß lange schmoren – zwei oder drei Stunden. Sie hat – wir haben ganz viel Rotwein reingetan. Und, mal sehen, es gibt Forellenmousse als Vorspeise und eine Suppe, die kocht schon seit Ewigkeiten.« Dabei stemmt sie die Hände in die beschürzten Hüften und stieß einen riesigen Seufzer aus, als sei keine Köchin so geplagt wie sie. »Und zum Nachtisch gibt es Pudding. Guinness Pudding.« Sie machte eine Pause, um ihm Gelegenheit zu geben, Überraschung zu zeigen – was er tat. »Der muß über fünf Stunden im Wasserbad kochen. Deshalb riechen Sie alles mögliche.«

»Bei so einem Festmenü habt ihr gewiß Leute zum Abendessen eingeladen. Da komme ich wohl sehr ungelegen«, sagte Jury, dem allmählich etwas unbehaglich zumute wurde.

Aber sie verneinte rasch und bat ihn, Platz zu nehmen. Nachdem sie zu dem Urteil gelangt war, daß er ein sehr dankbares Publikum war, wollte sie jetzt noch mehr Applaus. »Ach, es werden sicher ein paar Leute kommen. Aber ich habe den Tisch noch nicht mit ihrem besten Silber gedeckt. Das erledige nämlich immer ich.« Mit übereinandergeschlagenen Beinen saß sie in dem hohen Ohrensessel, so daß ihre Füße kaum den Boden berührten, und zog sich die Schürze über die Knie. Die Geste hatte sie bestimmt schon bei so mancher jungen Dame gesehen, und sie gab sich alle Mühe, auch eine junge Dame zu sein, adrett und o-ber-dschin-er-fahren. Doch als ein Topf in der Küche anfing zu klappern, fiel sie aus der Rolle, sprang auf und sauste los. Und schon war sie wieder da und beklagte sich, daß man auf dem alten Gasherd nicht ordentlich dünsten könne und immer alles überschwappe und daß sie versuche, Lady Kennington davon zu überzeugen, sich einen Umluft-Herd anzuschaffen. Der Aussprache dieses Wortes ließ sie die gleiche Sorgfalt angedeihen wie der Aubergine.

»Hat sie denn oft Gäste?«

»In einem fort. Meine Güte, sie hat so viele Freunde. Dauernd geht sie ins Theater und kennt alle Schauspieler. Sie kennt Daryl Jackbee.« Nach gründlichem Nachdenken kam Jury zu dem Schluß, daß es sich um Derek Jacobi handeln müsse. »Und sie fährt oft nach London. Sie geht gern einkaufen und hat die Schränke voll Kleider.«

Das klang gar nicht nach der Jenny, die Jury kannte. Er lächelte. »Eine vielbeschäftigte Lady.«

»Ist sie auch, wissen Sie. Eine Lady, meine ich. Sie ist adlig.«

Jury sah den schwarzen Kater aus der Küche hereinstolzieren und dachte: Ist das etwa Tom? Der Kater, den sie damals zum Tierarzt gebracht hatten? Aber das war Jahre her. »Ich mag diesen Kater nicht einmal«, hatte Jenny gesagt, als sie mit dem elenden kleinen Bündel bei ihm im Auto saß. Sie hatte das verwilderte Tier gefunden, als es verletzt um das Haus in Stonington herumstreunte, ihre alte Villa in Hertford. Und hier war er und sah immer noch so majestätisch aus wie eben ein Kater mit räudigem Schwanz und angeknabbertem Ohr aussehen kann. Stonington. Jury lächelte ein wenig traurig bei dem Gedanken, wie schnell die Jahre vergangen waren. Irgend etwas, fand er, war vergeudet worden. Er streckte die Hand nach dem kohlschwarzen Kater aus, der auf dem Vorleger saß, die Hand ignorierte und sich zu putzen begann.

Als sie hörten, wie die Haustür aufging, sprang Elsie hoch und lief in den Flur, und Jury kriegte mit, wie sie ein paar Worte mit Jenny wechselte. Dann stand Jenny Kennington lächelnd im Zimmer.

Bis zu diesem Augenblick war er unsicher gewesen und sich geradezu dumm vorgekommen, daß er hier so unangemeldet hereingeschneit war. Aber als sie seinen Namen sagte und ihn anlächelte, als sei sein Erscheinen die schönste Überraschung der Welt, kam er sich nicht mehr dumm vor.

»Hallo, Jenny.« Ein kurzer Blick auf das, was sie anhatte, und er mußte auch lächeln. Für eine Frau mit einem Schrank voller Kleider hielt sie wahrhaftig an ihrem Lieblingspullover fest.

Sie bemerkte seinen Gesichtsausdruck, schaute auf den Pullover und sagte: »O Gott! Dasselbe alte Stück. Ich weiß, Sie glauben, ich hätte sonst nichts zum Anziehen.«

Der Pullover war schwarz, mit irgendwelchen Metallfäden durchzogen und viel zu langen Ärmeln, die sie ständig hochschob. Sie hatte ihn getragen, als sie sich kennengelernt hatten. Und die nervöse Geste gehörte auch immer noch dazu. »Elsie behauptet, Sie hätten jede Menge Klamotten und klapperten dauernd die Läden in London ab. Selfridge's, Liberty's.«

Elsie war sofort nach Jennys Ankunft in die Küche geflitzt und legte jetzt das Tafelsilber auf.

Jenny flüsterte: »Weil ich ›Lady‹ Kennington bin. Sie erfindet alle möglichen romantischen, kostspieligen Freizeitbeschäftigungen für mich.«

»Wie die Dinnerparty heute abend?«

»Von wegen Dinnerparty. Hat sie Ihnen erzählt, die komplette Besetzung von *Henry IV, Teil II* käme?«

»Nur Daryl Jackbee. Wenn keine Party ansteht, wozu das unglaubliche Menü? Es sei denn, Elsie hat übertrieben, und in Wirklichkeit gibt's Kohl und Stampfkartoffeln?«

»Für mich. Für uns. Sie bleiben doch, oder? Es gibt auch noch exzellenten Sancerre und Stilton mit Aprikosen. Und wenn ich ein bißchen stöbere, finde ich bestimmt noch eine Flasche Châteauneuf-du-Pape, den wir zu der Terrine trinken können.«

»Dann überlege ich's mir.«

Elsie hatte ihren »Lohn« bekommen und war davongeschwirrt – mit kleinen Hopsern zur Tür hinausgetanzt.

Das Dinner war so romantisch wie versprochen. Köstlich.

Bei Suppe und Rehterrine hatten sie etliches geklärt: daß Jenny nicht vorhatte, Stratford zu verlassen; daß sie immer vorgehabt hatte, sich nach ihrem letzten Treffen in London neu auszustaffieren; daß der Kater Tom war – ja, Tom.

»Der Kater, den Sie nicht ausstehen können.«

»Ich konnte ihn aber doch nicht in Stonington lassen.« Sie schob die Pulloverärmel hoch und schaute Tom nervös an, damit der bloß nicht glaubte, sein Schicksal sei immer noch in der Schwebe. Er begab sich auf die Suche nach der Forellenmousse.

»Dieser Kater weiß Sie gar nicht zu schätzen.«

»Stimmt. Das ist ein Grund, warum ich ihn nicht ausstehen kann.«

Eine Zeitlang aßen sie schweigend ihren Pudding. Dann sagte Jury: »Ich habe Sie nie angerufen, um mich zu entschuldigen oder mich bei Ihnen zu bedanken.«

»Sich wofür zu entschuldigen?«

»Dafür, daß ich an dem Nachmittag einfach aus dem Salisbury verschwunden bin und Sie da habe sitzen lassen. Ganz zu schweigen von den Beleidigungen, die ich Ihnen wegen des Pullovers an den Kopf geknallt habe.«

Sie lachte. »Selbst, wenn Ihnen jemand ein Gewehr vor die Brust hielte, wären Sie unfähig, Beleidigungen auszustoßen. Sie haben nur gesagt, Schwarz stehe mir nicht, das war alles. Und Sie waren einfach nervös oder durcheinander wegen« – Jury bemerkte die Pause, obwohl sie schnell weiterredete – »eines Falles, nehme ich an.«

Er sah zu, wie sie ruhig aus einer Karaffe Portwein ausschenkte. Wenn sie diskret sein wollte, bitteschön. Er lächelte. »Nehme ich an.« Natürlich wußte sie über die ganze Angelegenheit Bescheid; jeder, der Zeitung las, wußte Bescheid. Und Jenny hatte sich sogar eingeschaltet, aber ohne je ein Wort darüber zu verlieren. »Es wäre sowieso nicht gutgegangen«, sagte er unvermittelt.

»Es tut mir sehr leid.«

Neben einem der weißen Marmorkerzenständer stand die kleine Alabasterfigur, die sie an jenem Nachmittag in dem Geschäft in der St. Martin's Lane gefunden hatte, als er dort den Ring für Jane gekauft hatte. Er dachte an die Marmorfigur im Innenhof von Stonington, die Statue, die man von jedem Raum aus immer wieder anders sah. Das erste Mal hatte er Jenny Kennington auf den Stufen von Stonington mit dem Kater Tom gesehen und später dann in den großen leeren Räumen, aus denen sie gerade auszog. Einige Stücke hier im Cottage stammten von dort: der Intarsiensekretär, der Schreibtisch mit der Einlegearbeit aus Elfenbein, die klassizistischen Stühle, auf denen sie jetzt saßen.

»Als ich Sie das letzte Mal gesehen habe, überlegten Sie, ob Sie nach Stonington zurückgehen.«

»Ich habe es vermietet.« Sie hob das kleine Glas Portwein zum Mund. »Jetzt überlege ich, ob ich ein Restaurant eröffnen soll.«

»Was?«

Sie ließ den Blick über den Tisch wandern. »So gut war es nicht?«

»Das Essen? Es war vorzüglich. Nur besteht zwischen vorzüglichem Kochen und einem Restaurant ein himmelweiter Unterschied.«

»So? Warum?«

Er lachte, weil sie wirklich überrascht war. Ihm gefiel ihr Selbstvertrauen. Jenny war zurückhaltend, aber keineswegs ängstlich.

»Einfach so.«

»Ich übe. Ich hecke all diese komplizierten Gerichte für mich aus; manchmal lade ich ein, zwei Leute ein, manchmal nur Elsie. Sie ist schon eine echte Hilfe.«

Er malte es sich aus: wie sich Elsie und Jenny an dem festlich gedeckten Tisch gegenübersaßen und über Essen und die Royal Shakespeare Company unterhielten. Das rührende Bild versetzte ihm einen kleinen Stich. »Eine wunderbare Idee, Jenny. Denken Sie an etwas hier in der Gegend?«

»Außerhalb der Stadt liegt ein Gasthof, für den ein neuer Pächter gesucht wird. Mit dreißig, vielleicht vierzig Plätzen.«

»Sie haben sich also wirklich schon darum gekümmert. Ich sehe Sie schon als Wirtin.«

»Ach, das sagen Sie nur so.« Sie lächelte und wechselte das Thema. »Sie wollten sich bei mir bedanken. Wofür?«

»Für Pete Apted. Kronanwalt Pete Apted. Der Mann ist nicht billig. Ich habe lange gebraucht, um herauszufinden, wer ihn bestellt und bezahlt hat.«

»Gerade Sie hätten sich aber daran erinnern müssen, daß ich ein wenig Geld habe. Und auch daran, daß ich es nicht hätte, wenn Sie nicht gewesen wären.«

Das war gewaltig übertrieben. Sie redete über die Smaragdkette, doch ihr Mann war auch nicht arm gestorben. Und außerdem hatte sie von der Tante, mit der sie gereist war, Geld geerbt.

Sie sagte: »Da konnte ich mit dem Geld, das die Kette gebracht hat, wenigstens etwas Gutes tun. Etwas wirklich Sinnvolles nach all dem Unheil, das sie verursacht hat. Und so hoch war Pete Apteds Honorar nicht. Ich glaube, er hat einen Rabatt gegeben, weil er Sie mochte. Und er mußte ja auch nicht vor Gericht.«

»Gott sei Dank, nein. Aber er hätte gewonnen. Das Gefühl hat man einfach bei ihm. Ich bin überzeugt, der Herr Kronanwalt verliert nie. Er hat einer Freundin von mir aus der Patsche geholfen. Halt, drei Freunden.« Jury lächelte, und dann erstarb das Lächeln. Pete Apted, der »blitzgescheite Anwalt«, hatte sofort begriffen, was sich damals abgespielt hatte. Und Jury gezwungen, sich dem zu stellen. Ein paar kurze Augenblicke lang in Apteds Büro vor einem Jahr hatte Jury ihn gehaßt, wie er selten jemanden gehaßt hatte. Mußte Apted so verdammt clever sein?

»Stimmt etwas nicht? Sie sehen böse aus.«

»Was? O nein, nein.«

Eine angenehme Stille breitete sich aus. Jenny saß da, hatte den Stiel ihres Glases umfaßt und drehte es. Dann fragte sie: »Also sind Sie nur nach Stratford gekommen, um mich zu besuchen?«

»Ja.«

»Nein, sind Sie nicht.«

Er lachte. »Außer Ihnen wollte ich noch Sam Lasko treffen, von der Polizei hier in Warwickshire. Ich halte Ausschau nach einem Job.«

Das verschlug ihr den Atem. »Was?«

»Ich bin London leid. Und, bitte, zitieren Sie jetzt um Himmels willen nicht Dr. Johnson.«

»Wissen Sie das genau?«

»Was weiß ich genau?«

»Daß Sie London leid sind?«

»Sie meinen, ich bin etwas anderes leid?«

Sie schaute weg. »Vielleicht die Erinnerungen.«

»An Jane, meinen Sie?« Es war wirklich nicht nötig, das Thema zu meiden.

»Wenn das ihr Name ist.« Ihre Stimme klang traurig.

Einen Augenblick sah er sie an.

»Ich glaube, ich wußte immer, daß das mit Jane nicht gutgehen würde. Ich wußte, daß etwas nicht stimmte; ich wünschte nur, Pete Apted hätte mir nicht haarklein erzählt, was es war«, sagte er mit leicht ironischem Unterton. Sie fragte nicht nach, und darüber war er ein wenig enttäuscht. »Jetzt werde ich nie wissen, was sie empfand.« Pause, ein Lächeln. »Was soll's, ich dachte, vielleicht ist es zur Abwechslung ja mal ganz nett, mit dem Fahrrad durch die Gegend zu zockeln und jeden Tag im Pub vorbeizuschauen und ein herzhaftes Schwätzchen mit den Jungs zu halten.«

»Klingt sehr idyllisch.«

»Sie halten es nicht für eine gute Idee.« Als sie nichts dazu sagte, war er wieder enttäuscht. Er hatte mit ihrer Begeisterung für seine Pläne gerechnet, besonders, wenn er hierher ziehen würde. Er nahm die alabasterne Frauenfigur mit dem zerbrochenen Arm und betrachtete sie im Kerzenlicht. »Wahrscheinlich haben Sie recht.« Als sie vorsichtig lächelte, wurde ihm bewußt, daß er angenommen hatte, sie habe seinen Gedanken ausgesprochen. »Vielleicht geht es gar nicht darum, daß ich etwas leid bin.« Er schaute die kleine Figur an, um Jennys Blick nicht begegnen zu müssen. Er fürchtete sich vor dem, was er darin fand. Bei dem Gedanken daran, daß er sich von seinem gegenwärtigen Unbehagen, der Lethargie oder Apathie – was immer er in den letzten Jahren empfunden hatte – befreien könnte, beschlich ihn ein anderes Gefühl. Das alte Gefühl der Einsamkeit, das der sogenannten Apathie ähnlich war oder sich vielleicht in ihr verbarg. Aber es war auch anders, es war verheerend und unentrinnbar.

Jennys Arm in dem dunklen Ärmel lag entspannt auf dem Tisch, ihre Hand streifte seine kurz, und als sie mit dem Finger die Spitze eines Glastropfens berührte, der von dem marmornen Kerzenständer hing, drehte sie die Handfläche nach außen. Als er Jane das letzte Mal gesehen hatte, war sie schwarz gekleidet gewesen. Aber unter diesem Bild lag ein vielleicht noch schärferes, schmerzhafteres, wenn das überhaupt möglich war. Die Erinnerung an das ausgebombte Haus in der Fulham Road schleppte er mit, und er fragte sich, ob diese Erinnerung nicht direkt unter der Oberfläche eines jeden Ereignisses lag, jeder Begegnung, jeder Berührung, jeden Kusses, und ihn immer wieder zu verschlingen drohte. Die Leiche seiner Mutter, unter dem Gipsschutt begraben – bis auf den Arm im schwarzen Ärmel, der hervorstak, die Finger in dieser lockenden Gebärde gekrümmt.

»Was ist? Was ist los?« Ihr Ton war besorgt.

»Nichts.« Mit dem Glas Portwein in der Hand stand er auf.

»Nichts.« Ihr Lächeln war ganz fein, bloß ein Schimmer.

Er ging vom Tisch zum Fenster, durch das man auf die Steinmauer hinaussah, die den Bürgersteig neben der Kirche begrenzte. Ihm fiel ein, wie er vor Jahren in dem Park zwischen der Küche und dem Theater spazierengegangen war. Damals hatte er über seinen Mangel an innerer Gelassenheit inmitten einer solch friedlichen Szene nachgedacht. Selbst in der Dunkelheit hatte man das sonnenbeschienene Ufer gespürt, die dahingleitenden Schwäne, die Enten, die an Land ruderten, um sich ihre Brotkrumen zu holen.

Damals war er müde gewesen, und jetzt war er es müde, sich weiterhin im Londoner Schwefeldunst abzuplacken.

»Ich habe an den Krieg gedacht.« Er erzählte Jenny von dem Bombenangriff, als er sechs gewesen war, und von seiner Mutter.

Endlich riß er sich von den Bilderfetzen los, und es entstand ein langes Schweigen. Er schaute weiter aus dem Fenster, fragte sich dann, wie lange er hier gestanden und vor sich hingeträumt hatte, drehte sich um und sah, daß Jenny immer noch am Tisch saß und ihren Kaffee trank und nicht ihn anschaute, sondern unverwandt geradeaus blickte, auf ein anderes Fenster, das Vorderfenster. Jenny hing ihren eigenen Gedanken nach. Er mußte lächeln. Als ihm das gemeinsame Schweigen bewußt wurde, legte sich eine wunderbare Ruhe über ihn. Er ging zu dem Sessel, in dem er zuvor gesessen hatte, nahm wieder Platz und sah sie an. Ihre Aufmerksamkeit richtete sich immer noch auf etwas anderes, vielleicht nach innen.

Diese Erfahrung fand er ungewöhnlich und sehr angenehm. Sie waren beide in der Lage gewesen, jeder für sich dazusitzen und den eigenen Gedanken nachzuhängen, ohne Pausen oder Schweigen überbrücken und sich krampfhaft um ein Gespräch mit dem anderen bemühen zu müssen.

In die Stille hinein sagte sie: »Schrecklich, entsetzlich.«

Aus ihrem eigenen Kontext, ihren eigenen Gedanken heraus. Jury nahm an, daß ihr immer noch durch den Kopf ging, was er ihr erzählt hatte.

»Wie oft haben Sie es seitdem getan?«

»Was getan?«

»Frauen aus brennenden Gebäuden gezogen.«

8

I

»Das ist das Stendhal-Syndrom«, sagte Diane Demorney und hielt Dick Scroggs ihr leeres Glas hin.

Zu viert – zu sechst, wenn man Lavinia Vine und Alice Broadstairs an einem weiter entfernten Tisch mitzählte – saßen sie im Jack and Hammer. Der Pub mit der Figur des Jack, der zu jeder vollen Stunde den Hammer schwang und frisch türkisfarben gestrichene Hosen trug, befand sich in der High Street neben Truebloods Antiquitätenladen. Die Gruppe saß an ihrem Lieblingstisch in dem halbrunden Erker mit den Flügelfenstern, durch die trübes Licht schien, wie es sich für einen Nachmittag Ende Januar ziemte. Der Jack and Hammer war noch keine Stunde geöffnet, aber die Feierabendstimmung seiner Klientel ließ erkennen, daß der heutige Arbeitstag im wesentlichen abgeschlossen war.

Beziehungsweise der Nicht-Arbeitstag, denn von den an den beiden Tischen sitzenden Herrschaften konnte man nicht unbedingt behaupten, sie arbeiteten, wenn »Arbeit« eine regelmäßige Beschäftigung bedeutete, zu der man morgens irgendwo antrat und die man nachmittags beendete. Bevor Diane Demorney in der Hoffnung auf Zuhörerschaft ihr obskures Thema angebracht hatte, war »Arbeit« Gegenstand der Diskussion gewesen. Joanna Lewes bestritt, daß das Schreiben ihrer Bücher überhaupt etwas mit Arbeit zu tun habe (das Lesen, ja, jede Menge). Marshall Trueblood wiederum hätte als Geschäftsmann eigentlich allen Grund gehabt, zu behaupten, er »arbeite«; aber er verbrachte seine Tage doch eher damit, inmitten seiner antiken Schätze auf der faulen Haut zu liegen. Seine flexible Arbeitszeit gestattete ihm, den Jack and Hammer als sein Vorzimmer zu benutzen. (Wo er herkam, wußte niemand so genau; ab und zu hatte er diffuse Anspielungen auf London gemacht, aber Melrose Plant behauptete steif und fest, man habe ihn in einer chinesischen Urne gefunden.)

Nachdem man das Thema »Arbeit« schnell wieder fallengelassen hatte (niemand von ihnen war, wie Plant sich ausdrückte, Experte auf diesem Gebiet), bot sich als nächster Gegenstand der Spekulation der Besuch Richard Jurys an. Wo steckte er, und wann würde er nach Long Piddleton kommen?

Wie üblich wurde Melrose Plant, der Richard Jury seit mehr als einem Dutzend Jahre kannte, nach dessen Verbleib ausgeforscht. Melrose hatte keinen blassen Schimmer, wo Jury war, nur das vage Versprechen, er käme »in ein paar Tagen«. Selbige Zusage war vor ein paar Tagen erfolgt, also konnte Jury nun jederzeit eintrudeln.

Melrose Plant sagte indes: »Er hat den Zug um neun Uhr zehn von Paddington genommen.« Er betrachtete einen Stapel Bücher neben seinem Pint Old Peculier. »Und am frühen Nachmittag müßte er in Glasgow eintreffen.«

Einhellige Überraschung. »Glasgow? Was in Gottes Namen macht er denn in Glasgow?« fragte Trueblood.

»Dreifacher Mord.« *Neun Uhr zehn ab Paddington* war der Titel von Polly Praeds neuestem Thriller und schamlos bei Agatha Christie geklaut. »In einer prominenten Familie in Glasgow.«

»Wirklich?«

Nein, dachte Melrose, natürlich nicht, aber jetzt würden sie ihn nicht stündlich wegen der neuesten Nachrichten über Jurys Kommen und Gehen nerven.

Stirnrunzelnd zündete sich Joanna Lewes eine Zigarette an. »Ich dachte, er ist mit dem Ding in der Tate beschäftigt.«

Genau in diesem Moment hatte Diane Demorney, die das Rampenlicht um sich verblassen sah, mit der Bemerkung über das »Stendhal-Syndrom« die Aufmerksamkeit erneut auf sich gezogen.

Das einzige, was Diane Demorney vor der Rolle der pathologischen Lügnerin bewahrte (darin hätte sie geschwelgt), war, daß sie gar nicht lügen mußte. Ihre Spezialität bestand darin, so viel obskures Insiderwissen aufzufahren, daß sie den Eindruck machte, sie wisse wirklich etwas. Was nicht der Fall war.

Gemeinhin weigerte sich Melrose Plant, Dianes Köder zu schnappen, aber diesmal konnte er nicht anders. Er sah sie von der Seite an. »Das *was?*«

»Das Stendhal-Syndrom.« Sie ließ den Blick um den Tisch schweifen und abwechselnd auf einem von den dreien ruhen, spielte mit ihrem Martini (Mischungsverhältnis: zehn zu eins) und sagte: »Na, ich nehme doch an, Sie haben alle schon einmal von Stendhal gehört? *Rot und Schwarz, Der Kapaun von Parma?*«

Joanna rollte die Augen gen Himmel; Melrose verschluckte sich an seinem Old Peculier. Trueblood sagte: »Also, was ist das für ein Syndrom? Sie verzehren sich doch danach, es uns zu erzählen.«

Diane trank ein Schlückchen Martini und ließ sie schmoren. »Also, Stendhal war Kunstliebhaber mit Leib und Seele. Stundenlang stand er herum und betrachtete etwas. Aber es hatte eine merkwürdige Wirkung auf ihn. Er wurde immer ohnmächtig. Besonders in Florenz. *Sie* wissen ja nun, was es da für Kunstwerke gibt.« Das war an Joanna gerichtet. »Es war zu viel für den armen Mann.«

»Nein, ich bin noch nie in Florenz gewesen«, sagte Joanna.

»Aber eines Ihrer Bücher spielt dort«, sagte Diane. Der Rauch ihrer Zigarette wehte in zarten Kringeln nach oben.

»Na und? Sie glauben doch nicht allen Ernstes, ich hätte Zeit, diese Städte zu besuchen? Wollen Sie uns weismachen, Stendhal sei jedesmal, wenn er Gemälde ansah, zusammengebrochen?«

Diane freute sich diebisch, daß sie sie wieder mal alle miteinander übertrumpft hatte. »Wenn er zu lange hinschaute.«

»Ich finde, in Florenz ohnmächtig zu werden und in der Tate abzukratzen, hat nicht viel miteinander gemein«, sagte Melrose und versuchte, es sich auf dem Platz am Fenster bequem zu machen.

»Das kommt davon, wenn man Kunst betrachtet, ob in Italien, London oder sonstwo. Stendhal war so ein wunderbarer Schriftsteller, finden Sie nicht –?«

Als ob sie ihn je gelesen hätte, dachte Melrose.

»– ich werde fast gelb vor Neid, weil ich nicht so schreiben kann. Geht es Ihnen nicht auch so, Joanna?«

Joanna strafte die spitze Bemerkung mit Nichtachtung und sagte: »Jeder Idiot kann ein Buch schreiben. Nicht wie Stendhal natürlich, aber ein Buch. Ich muß es ja wissen.«

»Wohl wahr«, pflichtete Diane ihr honigsüß bei.

»Sie verkaufen sich immer unter Wert«, sagte Melrose. »Aber sehr ermutigend, was Sie sagen.« Er rückte unbehaglich hin und her.

Marshall Trueblood entfernte einen Faden von seinem Jackettärmel (Wolle mit Seide). »Grundgütiger, liebe Maddy, jetzt machen Sie sich aber einfach zu schlecht.«

»Maddy« war Truebloods liebevoller Kosename für Joanna Lewes, die Joanna the Mad, Johanna die Wahnsinnige, genannt wurde. Das hatte nichts mit ihrem Geisteszustand zu tun, sondern damit, daß ihr verstorbener Gatte zufällig Philip geheißen hatte. Joanna hatte es nicht unamüsant gefunden, daß König Philipp I. von Spanien seine Gemahlin Johanna in den Wahnsinn getrieben hatte und die geistig umnachtete Königin als Johanna die Wahnsinnige in die Geschichte eingegangen war.

Wenn auch Joanna gerade ihre eigene Schreiberei herabgesetzt hatte – »romantischer Schuß« –, erfreute sich diese nichtsdestoweniger eines enormen kommerziellen Erfolgs. Was ihr peinlich zu sein schien. »Glauben Sie mir, Marshall, wenn die Leute *Passion in Petersburg* kaufen, kaufen sie jeden Schrott.« Joanna verwendete geographische Orte als Titel: *Liebe in London, Magie in Mexiko, Florentinische Fantasien, Romanze in Rom.* Zuletzt hatte sie St. Petersburg gewählt, und wenn man sie nach dem Schauplatz fragte, sagte sie: »Rußland, Florida – wen schert's?«

Vor langer Zeit hatte sie entdeckt, daß alle Wege nach Rom (und Petersburg) zugleich immer weiter vom Finanzamt wegführten. Obwohl Joanna nie davon Gebrauch machte, Reisen von der Steuer abzusetzen. Sie war zu sehr damit beschäftigt, über ausländische Liebesaffären zu schreiben, als daß sie auch noch ins Ausland hätte reisen können. Authentischer Hintergrund war nicht ihre Stärke.

»Arbeiten Sie beide zusammen an etwas? Mir ist, als hätte ich Sie schreiben sehen.«

»Nein – oh, nein«, sagte Melrose.

Trueblood saugte an der Unterlippe. »Es ist nur... mein Kontenbuch, wissen Sie. Vom Laden. Melrose hat mir bei den Eintragungen geholfen.«

»Hoffentlich die Mehrwertsteuereinnahmen frisiert«, kicherte Joanna.

Da die Herren vermeiden wollten, daß sich Gerüchte über die Existenz des schwarzen Notizbuchs verbreiteten, hatte Melrose es sofort vom Tisch gefegt und sich darauf gesetzt, als er gesehen hatte, wie Joanna näher kam. Das kleine Buch bereitete ihm einiges Ungemach. Er verlagerte sein Gewicht und ordnete die Bücher in dem Stapel neu; normalerweise saß er stundenlang im Jack and Hammer und las.

Joanna zog die Bücher zu sich herüber und nahm sie unter die Lupe. Sie schaute sich die Schutzumschläge an, lächelte freundlich über Polly Praeds jüngsten Versuch, schien aber regelrecht begeistert über eines, das *Fenster* hieß. »Das«, sagte sie und klopfte mit den Fingern darauf, »ist faszinierend. Ein gutes Beispiel für einen minimalistischen Roman.« *Fenster* war Ellen Taylors neues Buch – das hieß, neu in England, in den Vereinigten Staaten war es schon vor zwei Jahren erschienen. Es war mitnichten der Brontësche, von Leidenschaften zerrissene Roman, den Melrose als Frucht ihrer Bekanntschaft mit den Mooren Yorkshires befürchtet hatte; es war auch nicht wie ihr vorheriges, *Sauvage Savant*, das drohte, das erste in einer Folge von fünfen über die Stadtteile New Yorks zu werden. *Fenster* war völlig anders. Ein Buch mit sieben Siegeln – für Melrose zumindest.

»Minimalistisch?« sagte Melrose.

»Minimalistisch?« wiederholte Marshall Trueblood, der nichts weniger als das war, zumindest, was sein Outfit betraf. Unter dem Armani-Jackett trug er ein schockpinkfarbenes Hemd mit einem irisierenden muschelrosa Streifen und eine Krawatte, die aussah, als habe man damit die Palette eines Malers abgewischt.

»Ach, Sie wissen schon.« Joannas Aufmerksamkeit wurde von den beiden Frauen hinten im Pub gefangengenommen, Lavinia Vine und Alice Broadstairs.

Melrose wußte nicht. Er wurde aus Ellens Geschichte absolut nicht schlau und war unfähig gewesen, auch nur einen einzigen intelligenten Satz dazu zu äußern, als er, heute nachmittag erst, mit ihr telefoniert hatte.

Lavinia und Alice winkten Joanna an ihren Tisch. Long Piddletons passionierte Gärtnerinnen trafen sich hin und wieder im Pub zu Portwein und Keksen und lagen ansonsten in ständiger Fehde. Sie waren immer die ersten, die die neue Lewes kauften, und jetzt winkte Lavinia mit *Passion in Petersburg*, als sei es eine Signalflagge. Sie wollten es schließlich signiert haben.

»Es überrascht mich nicht«, sagte Joanna über Ellen Taylors Buch, »daß es diesen Literaturpreis bekommen hat.«

Das Nette an Joanna Lewes war nicht nur ihre realistische Beurteilung des eigenen Talents, sondern auch ihr völliger Mangel an beruflichem Neid. Sie pfiff auf den Schmonzes in den Klappentexten, ermutigte statt dessen debütierende Romanschreiber, las zerfledderte Manuskripte, beantwortete Briefe und dergleichen mehr.

Solch edle Gesinnung konnte man der Dame, die nunmehr durch die Tür des Jack and Hammer trat, nicht bescheinigen, Melroses Tante Agatha.

Immer wenn sie Joanna Lewes sah, warf sie sich in die Brust und vergaß nie zu erwähnen, daß auch sie ein Buch in der Mache habe. »Die Welt wimmelt von verkannten Dichtern, Miss Lewes.«

»Ja, und von verdammt vielen *be*kannten. Entschuldigung.« Joanna verfügte sich zu ihren Bücher kaufenden Fans, einer Subspezies, zu der Lady Ardry nie gehört hatte, da ihr die Bibliothek ihres Neffen ausreichte, wenn sie denn überhaupt einmal ein Buch las.

»So was von hochnäsig«, murmelte Agatha verächtlich. »Das ist das Problem, wenn man berühmt wird. Was macht ihr beiden hier? Ah, da ist Theo«, fügte sie mit offenkundigem Mißvergnügen hinzu.

Theo Wrenn Browne konnte man wirklich nur dann etwas abgewinnen, wenn man ihn mit Agatha verglich. Er haßte dieselben Leute wie sie, außer Diane, um die er ständig herumschwänzelte. Theo besaß die einzige Buchhandlung im Dorf und hatte bis vor kurzem noch abgelehnt, Joanna Lewes' Romane zu ordern.

Diane Demorney, keine ausgesprochene Menschenfreundin, wirkte neben Theo Wrenn Browne wie Mutter Teresa. Jetzt stand sie allerdings am Tresen und erteilte Dick Scroggs genau Instruktionen hinsichtlich des exakten Verhältnisses von Wodka und Wermut in ihrem Drink. Sie versäumte nie, ihren eigenen Wodka mitzubringen – eine Marke mit einem unaussprechlichen Mundvoll Konsonanten, »Wybrvka« oder »Zrbikow«, auf die sie schwor und die keiner führte. Sie sagte, es sei Büffelgraswodka, und es steckte auch wahrhaftig ein langer Halm undefinierbarer Herkunft darin. Trueblood behauptete, sie braue den Wodka in der Badewanne und zupfe das Unkraut dafür aus dem Garten.

Nach einem Blick auf *Fenster* verwarf Theo Wrenn Browne es als hochgestochen und schob es beiseite. Wenn Theo Wrenn Browne etwas noch mehr haßte als den kommerziellen Erfolg eines Schriftstellers, dann war es ein Literaturpreis für einen Schriftsteller. Als Inhaber von Wrenn's Nest Book Shoppe riskierte er beständig, vom Schlag getroffen zu werden, umgaben ihn doch ringsum handfeste Beweise von beidem – und bei Autoren wie Updike, Brookner, Byatt, Ishiguro von beidem *zusammen*. Vertrackterweise mußte er den Mist verkaufen; damit bestritt er seinen Lebensunterhalt. Also konnte er sich nur mit dem Schicksal begnadeter Dichter trösten, denen zu ihren Lebzeiten weder das eine noch das andere zuteil geworden war – den Melvilles, Hart Cranes und Chattertons. Theo hatte vor Jahren selbst ein erstaunlich schlechtes Buch mit dem Titel *Das letzte Rennen* verfaßt. Es ging um Guerillakämpfe in Doncaster (was seine Verachtung für Ellen Taylor als »experimentell«, »avantgardistisch«, »minimalistisch« oder sonst was eine Idee heuchlerisch machte). Er hatte damals Joanna die Wahnsinnige dazu zu bewegen versucht, es ihrem Verleger zu schicken, aber sie hatte sich geweigert. Als sein Buch auch sonst nirgendwo veröffentlicht worden war, schloß er sich mit den Verkannten, Verleumdeten, Enttäuschten, ja sogar Selbstmordgefährdeten zusammen. Mißerfolg wußte Theo Wrenn Browne zu goutieren.

Natürlich verachtete er auch Joanna Lewes. Er war zwar bisher nicht willens gewesen, ihre Bücher ins Sortiment zu nehmen, inzwischen jedoch, von ihren einheimischen Fans genötigt, die neue Lewes zu führen. Und da er nicht verhindern konnte, daß der Schandfleck ihres Erfolges seinen Laden zierte, hatte er sich ein einfacheres Opfer seiner Wut gesucht: Miss Ada Crisp, deren Gebrauchtmöbelladen direkt neben Wrenn's Nest lag. Inspiriert von Lady Ardrys juristischem Hickhack mit Jurvis, dem Fleischer, hatte er einen Anwalt aus Sidbury angeheuert. Und seine Notizen, die Dokumentation der Gefahren, die Miss Crisp (und ihr Rattenterrier) für das Dorf darstellte, lud er nun auf Melrose ab.

Melrose buddelte sich wieder frei. »Das kann nicht Ihr Ernst sein!«

Diese Einschätzung seiner Klage gegen Ada Crisp behagte Theo Wrenn Browne keineswegs. »Wieso denn? Ihr Laden ist eine Gefahr für die Gemeinde. Der ganze Müll auf den Bürgersteigen, und der Köter schnappt nach allem, was sich bewegt!« Saß da und fuhr sich voller Neid auf Truebloods Nonchalance und dessen teure Klamotten mit dem Finger über den hohen gestärkten Kragen.

»Jetzt aber mal halblang, alter Kämpe«, sagte Trueblood. »Adas Laden hat sich seit vierzig Jahren nicht verändert, und bis jetzt ist noch niemand in die Nachttöpfe gefallen.«

Sie wurden durch das Erscheinen von Vivian Rivington unterbrochen, die ihr Rosawollenes und ihren grämlichen Gesichtsausdruck trug. Sie pflanzte sich und ihren Sherry hin, seufzte und sagte, sie sei beim Packen. Vivian packte immer, entweder in England oder in Italien. Seit genau drei Monaten war sie zurück und wurde durch Marshall Truebloods Listen, Melrose Plants Tücken und weil sie es selbst unbewußt – womöglich sogar bewußt – wollte, auch hier gehalten. Melrose und Trueblood waren felsenfest überzeugt, daß sie den abscheulichen italienischen Grafen gar nicht heiraten wollte. Aber nach der langen Verlobungszeit fiel ihr wahrscheinlich nicht mehr ein, wie sie die Sache mit Anstand und Würde beenden könnte.

»Vivian«, sagte Diane, und ihr Lächeln war so trocken wie ihr Martini, »Sie müßten doch über die ganze Kunst, vor der man tot umfallen muß, Bescheid wissen, nachdem Sie so viel Zeit in Venedig und Florenz verbracht haben.«

Melrose und Trueblood wechselten einen Blick. Diane verpaßte keine Gelegenheit, Vivian an den in Venedig lauernden Verlobten zu erinnern, der immer noch nicht bei *acqua alta* ausgerutscht und ertrunken war. Planmäßig sollte Vivian im nächsten Monat nach Venedig zurückkehren.

»Ich weiß nicht, was Sie meinen. Und ich verbringe auch nicht so viel Zeit – nicht *so* viel...« sagte Vivian, als spiegele die Dauer der Zeit auf wundersame Weise die Stärke der Zuneigung wider.

Diane war stinksauer. Sie war stinksauer, weil Vivian Gräfin werden würde, und ließ nie die Gelegenheit aus, an so einem Allerweltstitel herumzukritteln. »Gibt's in Italien Grafen nicht wie Sand am Meer?« fragte sie zum x-ten Mal.

Woraufhin Marshall Trueblood versetzte: »Und unter der Erde noch dazu. Die mag Vivian besonders.«

»Ach, Ruhe!« Vivians perlmuttfarbenes Gesicht wurde so rosa wie ihr Kleid.

»Adlig sein – was bedeutet das schon?« ließ Agatha sich vernehmen. Melrose schaute verblüfft auf.

Als Theo Wrenn Browne feststellen mußte, daß er mit seinem Vorschlag, gegen die arme Ada Crisp Anzeige zu erstatten, nicht weit kam, wiederholte er, daß es Ellen Taylors Buch nach seinem Dafürhalten an jeglichem literarischen Wert mangele, während Diane verlauten ließ, nach ihrem Dafürhalten mangele es Ellen Taylors *Gesicht* an Jeglichem. Das Gesicht prangte auf dem Rücktitel des Schutzumschlags, und Diane inspizierte es so gewissenhaft, als hätte die Polizei sie gebeten, es bei einer Gegenüberstellung zu identifizieren.

»Sie sieht aus«, sagte Diane, »als wäre sie gerade von einer Drehtür eingequetscht worden.«

Melrose betrachtete das Bild. Wohl wahr, mit den weit aufgerissenen, erstaunten Augen sah Ellen aus wie eine Quietschepuppe aus Gummi. »Hm, da ähnelt sie sich gar nicht. Sie ist ziemlich hübsch.«

»Stimmt; daran erinnere ich mich«, sagte Trueblood.

Diane klopfte auf den kurzen biographischen Abriß. »Sie ist aus Baltimore.« Dramatische Pause. »E. A. Poe und Johnny U.«

Alle drehten sich um und starrten sie an, worauf sie auch ausgewesen war. Über dieses Wortpärchen freute sie sich, als ginge es um sie und einen ihrer Liebhaber.

»Wovon reden Sie eigentlich?«

Sie hob eine fedrige, schwarze Augenbraue. Diane war ziemlich schön, perfekte alabasterfarbene Haut, seidig fallendes schwarzes Haar. Aber obwohl es heißt, die Natur verabscheue das Vakuum und tendiere dazu, es zu füllen, war Dianes Kopf leer, geradezu hermetisch abgeriegelt. Deshalb herrschte immer gelindes Erstaunen, wenn sie mit ihrem Eingeweihtenwissen ankam, das sonst niemand hatte. Und genau darum ging es ihr. Sie sammelte Insiderkenntnisse. Trivial Pursuit war für Leute wie Diane Demorney erfunden worden. »Ich nehme an, von Edgar Allan Poe haben Sie schon einmal gehört.«

»Ach, jetzt seien Sie nicht albern, Diane«, sagte Trueblood gereizt. »Wir reden über Johnny Was-weiß-ich.«

»Herr im Himmel.« Sie stöhnte auf und hob ihr gigantisches Martiniglas. »Johnny Unitas. Haben Sie noch nie was von den Baltimore Colts gehört? Meine Güte! Ich hatte angenommen, die kennte wirklich *jeder*.«

»Melrose quatscht in einem fort davon, nach Baltimore zu fliegen«, sagte Agatha.

II

Das »Gequatsche« hatte in Ardry End stattgefunden, begleitet von Lou Reed, der in unheilschwangeren Rhythmen seine Gitarre bearbeitete. Melrose liebte Lou Reed. Lou Reed (»der Wüstling«) trieb Agatha in den Wahnsinn, leider aber nicht aus dem Haus.

Als er Ellens Anruf bekommen hatte, saß Agatha, die Verschmäherin von Titeln, an seinem häuslichen Herd (metaphorisch gesprochen) und suchte in *Debrett's* Adelsverzeichnis nach einem ebensolchen. Eine Stunde lang war sie mit der Geschwindigkeit eines Tausendfüßlers auf den Spuren ihrer Abstammung durch die Seiten geflitzt. Das mochte eine schöne Abstammung sein, dachte Melrose. Ein Verwandter von ihr in Wisconsin hatte sie in einem Brief darauf hingewiesen, daß ein Großonkel (oder Urgroßonkel) väterlicherseits ein gewisser Baron Fust gewesen sei – vor ihrer Heirat mit Melroses Onkel hatte sie Fust geheißen. Der Anspruch auf diesen Adelstitel rann ihr vielleicht sogar im Blut (jedenfalls rann er im Blut der männlichen Nachkommen) und war nicht einfach mal so en passant zu erhaschen (wie das lächerliche »Lady« Ardry). Der Gedanke daran ließ ihr das Wasser noch mehr im Munde zusammenlaufen als das mit Marmelade überhäufte Hörnchen in ihrer Hand. Adel verpflichtet, dachte Melrose.

»Baron Fust! Stell dir das vor!«

»Für eine Viertelstunde wird jeder einmal Baron!« sagte Melrose. »Warhol.«

In dem Moment brachte Ruthven das Telefon. »Ferngespräch, Sir, aus Amerika.«

»Ellen!« Sofort setzte Melrose sich gerade hin und erwachte aus dem Dämmerzustand, in den ihn die Gegenwart seiner Tante immer versetzte. »Wo zum Teufel sind Sie? ... Baltimore?«

Agatha gönnte ihren Ohren eine Erholung. Einerlei, wer Ellen war, sie war weit genug weg, um kein drängendes Problem darzustellen.

»Ihr Buch? Ja, ja, habe ich. Danke.« Melrose sandte einen gepeinigten Blick zum Couchtisch, wo Ellens Buch lag, nicht zu Ende gelesen. »Ich weiß, daß Sie dafür den Preis bekommen haben, ja, ich weiß, wunder... gefällt?« Verständlicherweise fiel seine Antwort ein wenig knapp aus. »Natürlich. Ja... oh, ziemlich, hm, *anders*.«

Besagtes Buch befand sich nun in Agathas Händen beziehungsweise in einer Hand – in der anderen befand sich ein dünner Pfefferkuchen. Es hatte auf Polly Praeds neuestem Werk gelegen, das Polly Melrose in Gestalt eines Fahnensatzes hatte zukommen lassen. Sollte er jetzt auch noch Lektor werden?

»Nach *Baltimore* kommen?« Hilf Himmel, warum hatte er das laut gesagt? Agatha stierte ihn über das Buch hinweg an. Sie hatte sogar aufgehört zu kauen. »Mal sehen... Hm, ja, ich weiß, daß ich gesagt habe, ich würde...«

Als nächstes berichtete Ellen ihm etwas, mit dem er nun gar nicht gerechnet hatte, und er konnte nur knapp vermeiden, es zu wiederholen, als er Agathas Blick auf sich geheftet sah. Während Ellen also ihre kleine Geschichte erzählte, zeigte er keine Gefühlsregung, kein Interesse, und brummte nur die ganze Zeit »Uhmmmm« und »Ohmmm«, als sänge er ein Mantra.

Es fiel ihm einfach so entsetzlich schwer, zu verreisen, sich aufzuraffen, sich von Heim und Herd und dem Jack and Hammer loszureißen. Er seufzte. Aber er würde Ellen gern wiedersehen. »Polizist...? Reden Sie von Richard Jury?« Sie tat doch wahrhaftig so, als erinnere sie sich nicht an den Namen! »Übrigens, er besucht mich bald... Ja, aber, Ellen, Leute von der Mordkommission bei Scotland Yard können nicht alles stehen und liegen lassen und in die Vereinigten Staaten fliegen.« In Wirklichkeit konnte Jury stehen und liegen lassen, was ihm paßte, er hatte Urlaub. »...in ein, zwei Tagen. Ja.« Dann wollte Jury angeblich kommen. Aus irgendeinem Grunde wollte er Pratt in Northampton aufsuchen.

Agatha war ganz Ohr. Ihren Pfefferkuchen hatte sie völlig vergessen. Er hätte diesen Anruf wirklich außerhalb ihrer Hörweite annehmen sollen – wenn es einen solchen Ort gab. Vielleicht Saddam Husseins Bunker. Melrose kippte seinen Sherry und sagte: »Ellen, ich verspreche es hoch und heilig... Ja, ich rufe an... Ja... Nein... Ja... Ja... Nein... Nein... Auf Wiederhören.«

»Der Name ist mir bekannt – ganz bestimmt. Ellen. Ellen. Habe ich die Frau nicht kennengelernt?« Stimmte sogar. An der Victoria Station, als Vivian damals nach Italien gefahren war.

»Nein.«

»Du denkst doch nicht daran, in die Staaten zu fliegen, mein lieber Plant?«

»Nein.« Und ob er daran dachte! Er mochte Ellen nicht nur sehr gern, sondern er wußte auch, daß sie sich eher die Pulsadern aufschneiden würde, als ihn anzurufen, wenn sie nicht in ernsthaften Schwierigkeiten steckte. Er runzelte die Stirn. An dem »ernsthaften« zweifelte er nicht, aber er fragte sich, ob die »Schwierigkeiten« waren, was sie behauptete.

»Das wollte ich auch meinen. Falls du aber daran denkst, sag mir Bescheid, und ich komme mit, denn ich habe die Fusts seit Jahren nicht gesehen und würde mich gern mal ein bißchen mit ihnen über das *Debrett's* unterhalten. Oh, hier gibt es eine Baroneß auf Lebenszeit. ›Dixie Bellows...‹.«

Träum weiter, dachte Melrose.

III

»... bloß Graf«, sagte Agatha jetzt im Jack and Hammer und verbannte Graf Franco Giopinno damit auf die Müllhalde der Aristokratie. »Aber die Fusts —«

»Waren bloß Barone«, sagte Melrose.

Diane, die ihr Bröckchen Geheimwissen immer noch wie ein trockenes Kanapée auf der Servierplatte vor sich hin und her schob, machte kurzen Prozeß mit den Baronstiteln der Familie Fust und sagte: »Wenn Sie nach Baltimore fliegen, Melrose, lesen Sie besser was über Baseball und Football. Zum Beispiel über das Spiel zwischen den Jets und den Colts 1969.« Sie lächelte Melrose mit einem verführerischen Augenaufschlag an und nahm die wodkagetränkte Olive aus ihrem Glas. Das Glas mit dünnem Stiel und breiter Schale gehörte ihr, sie brachte es immer zu ihrem persönlichen Gebrauch mit in den Pub. Melrose schätzte den Umfang des Glases ab; mit gefrorenem Inhalt hätte es den Eisläufern im Rokkefeller Center ausreichend Platz geboten. Das brachte seine Gedanken wieder auf Amerika, und er schaute sich noch einmal das Bild von Ellen auf der Rückseite des Schutzumschlags an. Er lächelte. Der verängstigte Blick, als richte der Fotograf ein Gewehr statt einer Kamera auf sie, war aber auch zum Lachen.

»Victoria Station!« Agatha haute mit der Faust auf den Tisch, daß ihr Sherryglas in die Höhe sprang. »Da habe ich sie gesehen!« Sie durchbohrte das Bild mit den Augen. »Sie haben sie auch gesehen, Vivian.«

»Wen gesehen?«

»Diese Taylor. Sie sah komisch aus. Als wir Sie in der Victoria Station verabschiedet haben. Erinnern Sie sich nicht daran?«

Vivian wollte sich lieber nicht erinnern. »Nein.« Sie wollte genausowenig in der Zeit zurück nach Victoria reisen, wie sie in der Zeit voraus gen Venedig reisen wollte.

Diane war erbost, weil das Rampenlicht, das ihrer Überzeugung nach Gott nur erfunden hatte, um sie anzustrahlen, so launisch um den Tisch wanderte. Mit ihrer nächsten mysteriösen Bemerkung brachte sie sich wieder in seinen Besitz: »Nickel City.«

Erneut richteten sich alle Blicke auf sie.

»So wurde Baltimore immer genannt.«

»Warum?«

»Da wurden Nickel geprägt.« Dann fuhr sie fort. »Die Colts und die Jets... Joe Namath. Eines der berühmtesten Spiele, das je gelaufen ist – Super Bowl III.«

IV

»Glauben Sie, daß in Baltimore Nickel geprägt wurden?« fragte Melrose Plant Marshall Trueblood, nachdem die anderen den Jack and Hammer endlich geräumt hatten und er das Notizbuch wieder hervorziehen konnte.

»Einem Menschen, der Kuwait ›Kumquat‹ nennt, glaube ich das unbesehen, ja. So, jetzt diktiere ich, Sie schreiben.«

»*Ich* diktiere, Sie schreiben. Ich habe vorhin geschrieben.«

Trueblood klang der Verzweiflung nahe. »Ich war mitten in einem Gedanken, alter Kämpe, als alle reinmarschiert kamen.«

»Ihre Gedanken haben keine Mitte. Anfang und Ende ja, aber keine Mitte.« Melrose schraubte seinen Füllfederhalter auf und glättete die Seite.

»Also: Sie ist gerade in die Krypta gebracht worden. Die Krypta... hm.«

»›Die dumpfige Gruft‹«, zitierte Melrose.

Trueblood zog einen Schmollmund und sagte: »›Der arme Mönch Franciscus steht an der offenen dumpfigen Gruft mit Stock und Napf –‹«

»Wer ist Franciscus?«

»Der *Mönch*.«

»Einen Mönch hatten wir doch gar nicht.« Melrose blätterte die Seiten zurück, um zu sehen, ob er den Mönch verpaßt hatte.

»Der ist neu. Aber Sie können mir glauben, der Mönch ist für den geistlichen Beistand des armen Mädchens unerläßlich.«

»Warum, zum Teufel? Sie ist doch tot, oder?«

»Nun schreiben Sie schon!«

Melrose zuckte die Achseln. »Okay.«

Trueblood wiederholte: »›Franciscus steht da mit seinem Napf und dem Stock‹ – nein, ›mit Stock und Napf.‹ Das ist ganz schön poetisch – ›steht da mit Stock und Napf.‹«

Melrose sprach ihm die Worte langsam und deutlich nach: »Steht – da – mit – seinem – Stock – und – Napf – und erntet Kumquats...«

»Keine Kumquats, Kuwaits, verdammt und zugenäht!«

V

Als Richard Jury, den Ruthven zum Jack and Hammer geschickt hatte, an das Flügelfenster kam, sah er Ruthvens Herrn und Gebieter, den Kopf über ein Notizbuch gebeugt, mit Marshall Trueblood tête-à-tête und mit dem Rücken zum Fenster an dem Tisch sitzen, von dem aus man die High Street überblicken konnte. Truebloods Stimme wehte zu ihm hinaus: »›O Gott! Meine Leiden sind...‹«

Die Stimme erstarb. Das Fenster stand nur einen klitzekleinen Spalt offen. Jury zog es noch ein, zwei Zentimeter weiter auf. Und wieder Truebloods Stimme: »›Meine Leiden sind noch nicht vorüber. Ach, wenn sie es wüßte, mein Tod ist nichts –‹ nein, schreiben Sie: ›Nichts ist mir der Tod.‹«

»›Ist mir‹?« (sagte Melrose). »Klingt ganz schön gestelzt, was? Und wir wollten ja auch nichts durchstreichen.«

»Na gut. Dann eben ›Meintodistnichts‹«, sagte Trueblood ungeduldig.

Draußen war Jury von diesem schwülstigen Text unfreiwillig fasziniert. Was trieben sie da? Schrieben sie einen Roman zusammen? Ein Theaterstück? Das bezweifelte er. Damit wäre Marshall Truebloods Konzentrationsfähigkeit von maximal fünf Minuten arg überfordert. Jury blieb mit dem Rücken an der Außenmauer des Gasthofs stehen, das trockene Efeu, das die halbe Fassade überwucherte, kitzelte ihn im Gesicht. Die tief verwachsenen Ranken bedeckten auch die Fensterrahmen, was der Grund war, warum man ihn von innen nicht sehen konnte.

»›... die dumpfige Gruft, das tröpfelnde, eisige Wasser, der Moder –‹«

»Klingt nach Ihrem Keller.«

»›– das helle Geläut der Glocken –‹«

»Warten Sie, warten Sie eine Sekunde. Was hat er sie von seinem« – Melroses Stimme wurde leiser, dann wieder lauter – »zu der Krypta gebracht und trotzdem noch Zeit gehabt, um« – leise – »die Schlaftropfen in ihren Wein« – lauter, leiser – »und die Glocken –«

»Es muß nicht logisch sein, Allmächtiger. Er ist wahnsinnig!«
»Ja, aber –«
Ein kleiner weißer Hund bellte Jury vom gegenüberliegenden Bürgersteig her an und lenkte seine Aufmerksamkeit ab. Es war Miss Crisps Jack Russell, und schon tauchte sie auf, um das Tier zu schimpfen und Jury zuzuwinken.

Wie er da so in dem Efeu hing, kam er sich ziemlich lächerlich vor.

Der Hund scherte sich keinen Deut um das Geschimpfe. Er

tanzte wie ein dressierter Zirkushund einher und sprang possierlich über die Straße, auf Jury zu. Dann legte er sich auf die Vorderpfoten, reckte das Hinterteil in die Luft und knurrte und bellte. Jury schob ihm den Fuß unter den Bauch und versuchte, ihn abzuschütteln, aber das Tier glaubte, er wolle Hundespielchen mit ihm spielen, verbiß sich in sein Hosenbein und zog daran.

Plötzlich wurde drinnen eine Stimme lauter, das Fenster ging auf, und Jury drückte sich dichter an die Wand. Er sah ein wenig rotblondes Haar herausschauen (Melrose Plants Schopf), schnell wieder verschwinden und hörte, wie Melrose sagte: »Nur Adas Töle.«

Gelangweilt erbarmte sich der Hund schließlich, ließ Jurys Hosenaufschläge los und trottete die Straße hoch, auf der Suche nach willigeren Spielgefährten. Das Fenster aber stand jetzt weiter offen, und Jury konnte deutlicher hören.

Es herrschten immer noch rege Meinungsverschiedenheiten darüber, ob der Text logisch war oder nicht. »Vielleicht ist er ja wahnsinnig, aber das heißt nicht, daß« – Melroses Stimme wurde leiser, und so sehr Jury auch die Ohren spitzte, den Namen konnte er nicht verstehen – »es auch ist, oder? Sie ist zu vernünftig.«

»Nein, ist sie nicht. Aber jetzt mal ein bißchen dalli. Wir wollen doch vorankommen. Also: ›Aus dem Keller ertönten die Schreie, die mir das Herz zerrissen und die Seele zerfetzten.‹«

»Immer mit der Ruhe, Sie sind zu schnell. Ich habe ›mir das Herz zerrissen und‹ – wie weiter?«

»Und die Seele zerfetzten.«

Stille. »Alles klar. Weiter.«

Aus dem Schatten des Efeus warf Jury einen Blick auf die andere Straßenseite und erblickte noch jemanden. Jurvis, der Fleischer, stand da, beobachtete ihn und wärmte sich die Hände unter seiner großen weißen Schürze. Als Jury zu ihm hinsah, zog er eine Hand hervor und winkte.

Jury winkte zurück.

Jurvis wiegte sich auf den Absätzen. Er mochte Jury; der Polizist hatte sein Bestes getan, um ihm in seinem Streit mit Lady Ardry zu helfen. Das Gipsschwein tat immer noch treue Dienste, es hielt das kleine Schild hoch, das die Sonderangebote der Woche anpries. Das Schwein und Jurvis hatten dieselbe Größe und denselben Umfang, mehr oder weniger. Ein hübsches Pärchen gaben sie dort auf dem Bürgersteig ab.

»›... übel wurde mir vor Grauen. Oh, mein Mündel!‹«

Jury nahm seine Zigaretten heraus, zündete sich eine an und hoffte, den Eindruck zu erwecken, als suche er im Efeu Zuflucht, um die Streichholzflamme vor dem Wind zu schützen. Er spitzte die Lippen, schaute auf die Uhr – winkte Jurvis wieder zu –, hielt sich die Uhr ans Ohr und ließ seinen Blick über die Straße schweifen.

Jurvis machte eine Kehrtwendung, umarmte das Schwein, als wollten sie zusammen die Straße hinuntertänzeln, aber sie gingen ins Haus. Heute war früher Ladenschluß, vermutete Jury. Er sah noch einmal auf die Uhr. Nach zwei.

Die Luft war wieder rein.

»... ›das Knallen‹ – nein, ›Knirschen des Sargdeckels ließ alle meine Sinne erbeben, und ich erhob mich rasch vom Bett, nur um... nur um...‹ Verdammt – ›nur um‹ *was?* Sie tragen aber auch nicht das geringste bei.«

»Ich? Ich schreibe. Ich kann nicht gleichzeitig schreiben und denken.«

»Ich hab's – ›nur um die eisigen Finger auf meiner Wange zu spüren.‹«

»Na, das is –« Jury schreckte hoch, als sich sehnige Finger in seinen Arm krallten. »– ja'n Ding. Wenn das mal nich Mr. Scotland Yard persönlich is. Und kommt nach Long Pidd, um heimlich zu lauschen.« Das Gekrächze von Dick Scroggs' Putzfrau endete in einem feuchten Husten.

»Hallo, Mrs. Withersby«, sagte Jury. Sein Gesicht brannte. »Ich wollte gerade rein und ein Bierchen trinken.«

Sie war, den Putzeimer hinter sich herschleifend, aus der Seitentür der Kneipe gekommen und zertrat eine Zigarettenkippe. Dann schüttete sie das schmutzige Wasser in die Gosse. »Da drin is der Abfluß kaputt. Aha, grad ein Bierchen zischen?« Sie wischte sich mit der Hand über den Mund. »Ja, ja, es gibt auch noch Leute, die von ihrer Hände Arbeit leben.«

Als Jury den Jack and Hammer betrat, wurde er von Dick Scroggs herzlich begrüßt. Auf die herzliche Begrüßung durch Melrose Plant und Marshall Trueblood mußte er geraume Zeit warten, weil sie eifrig dabei waren, einen Gegenstand vor ihm zu verbergen.

Als er sich ihrem Tisch näherte, wurde ein Umschlag, den er schon erspäht hatte, hurtig versteckt. Er hatte aber bemerkt, daß ausländische Briefmarken darauf klebten. Jedenfalls keine englischen. Wozu hatte er ein geübtes Auge? Und das schwarze Buch war nirgendwo in Sicht. Vermutlich hockte Trueblood darauf, dachte Jury, denn der war, als er ihm die Hand reichte, nicht aufgestanden.

Mrs. Withersby klapperte mit Eimer und Besen um den Tisch herum, wischte halbherzig über eine der schmutzigeren Fensterscheiben und quasselte sich den Mund fusselig über »die, die von ihrer Hände Arbeit leben«. Jury hatte schon oft erlebt, wie sie sich diesem Monolog hingab, wenn Melrose Plant da war und sie etwas zu trinken schnorren wollte. Jetzt zog sie eine Flasche Möbelpolitur aus dem Eimer mit den Putzutensilien und sprühte den Tisch damit ein, wobei sie nicht allzusehr bemüht war, Truebloods Finger auszusparen.

»Withers, um Gottes willen, die Bude ist fast leer«, sagte Marshall Trueblood. »Sprühen Sie woanders.«

Jury fragte sich, ob das Buch unter dem Bankkissen lag.

»Ich hab ja wohl auch meinen festen Arbeitsablauf! Genau wie Altwarenhändler!« Sie hob sein Glas und wischte den feuchten

Kreis darunter weg. »Und von der Arbeit hier kriegt man ordentlich Durst. Durst, aber keinen Dank.«

»Uns liebt keiner, was, Mrs. Withersby?« Jury hielt ihr seine Schachtel Zigaretten hin und suchte gleichzeitig den Boden unter dem Tisch ab. Trueblood saß garantiert auf dem Buch; es war zu groß, als daß man es unsichtbar in einer Jackentasche hätte verschwinden lassen können.

»Das könn' Se laut sagen.« Sie nahm sich vier Zigaretten, stopfte drei in die Schürzentasche, lehnte sich über den Tisch, damit Plant ihr für die vierte Feuer gab, und kippte bei diesem Manöver sein Glas um. »Ach herrje, Lord Ardry. Schade um das schöne Bier.« Sie schnalzte mit der Zunge und fuhr mit dem schmierigen Tuch über die Lache.

»Jetzt holen Sie El Withersby schon einen Gin, Melrose«, sagte Trueblood, der keinerlei Anstalten machte, sich selbst zu erheben.

»Und ich hätte gern ein von Dick Gezapftes«, sagte Jury.

»Wenn Sie das Zeug trinken, müssen Sie schon wieder bei der Arbeit sein«, sagte Melrose lächelnd.

»Halbwegs, Teilzeit«, sagte Jury, und als Melrose zum Tresen ging, zu Trueblood: »Müßten Sie sich nicht um Ihre Kunden kümmern?«

Trueblood wollte sich gerade eine jadegrüne Sobranie anzünden, hob aber jetzt seine angemalten Brauen. »Kunden? Welche Kunden?«

»War ein ganz schönes Gedrängel, als ich eben am Laden vorbeikam.«

»Was? Das kann nicht sein...«

»Da wandert der Kram wohl zur Hintertür hinaus.«

Mrs. Withersby keckerte los und lehnte sich auf ihren Besen. »V'lleicht war's der Lieferwagen, den ich hinten inner Gasse gesehn hab.«

Wie der Blitz war Trueblood verschwunden. Nein, da lag nichts. Während Mrs. Withersby weiterschwatzte, der neue

Dorfpolizist von Long Pidd sei blind wie ein Maulwurf und sie und die Ihren würden sich nicht mehr auf den Schutz der Polizei verlassen, fuhr Jury beiläufig mit der Hand unter das Bankkissen. Wo lag das vermaledeite Ding?

»... und hat den kleinen Eddie eingebuchtet. Hätte was geklaut... Das hab ich mir nich bieten lassen, ich doch nich!« Sie trat gegen den Eimer, der politurgetränkte Lappen fiel herunter.

Jury sah in den Eimer. Da war es. »Ich glaube, Mr. Plant ruft nach Ihnen, Mrs. Withersby.«

Sie ging zum Tresen, und flugs zog Jury das in schwarzes Leder gebundene Buch heraus, schob es tief in die große Tasche seines Regenmantels und lächelte, als Melrose Plant mit einem Gin und einem starken Gebräu, in dem sich die Rückstände noch setzten, zurückkam.

»Prost!« sagte Jury und hob sein Glas.

Mrs. Withersby gesellte sich wieder zu ihnen, trank ihren Gin bis auf den letzten Tropfen, nahm Besen und Eimer und begab sich in die niederen Regionen.

Eigentlich war es ein todsicheres Versteck gewesen. Mrs. Withersby konnte nicht lesen und arbeitete selten. Auch heute schwang sie Eimer und Putzlumpen nur, um zu sehen, was es ihr an Alkoholika eintrug.

»Wo ist Vivian?« fragte Jury.

»Vermutlich beim Packen.« Melrose warf dem entschwindenden Eimer einen verzweifelten Blick hinterher.

VI

»Ich mag ihn sehr gern«, sagte Vivian Rivington in eher abwehrendem Ton und drückte den Deckel auf die Dose mit Käsegebäck.

»Wirklich? Ich kann mich erinnern, daß Sie genau das vor Jahren in genau diesem Zimmer hier über einen anderen Mann gesagt haben.« Jury trank einen Schluck Kaffee. »Wissen Sie noch?«

Vivian schaute ihn nachdenklich an. »Ja.«

»Und warum bereiten Sie diesem Unfug kein Ende und machen Schluß?«

Sie setzte sich im Sessel zurück, *fiel* zurück, hielt ihren Käsewindbeutel in die Luft und schien mit diesem und nicht mit Jury zu sprechen. »Wie herablassend. Als wüßten Sie immer alles besser.«

Er lächelte. »Weiß ich auch. Sie haben es mir doch selbst erzählt.«

»Nichts. Nichts habe ich Ihnen erzählt.«

Er trank seinen Kaffee, Vivian verspeiste ihren Käsewindbeutel, und sie schwiegen.

»Er albert sowieso immer nur mit Marshall herum.«

»Er?« fragte Jury unschuldig.

»Ach, tun Sie doch nicht so dämlich.«

»Ich weiß nicht, warum Sie der Wahrheit nicht ins Gesicht sehen wollen.«

»Ich sehe nichts, was nicht da ist.«

»In Anbetracht dessen, wie sehr Plant es haßt, Ardry End zu verlassen – er würde ja nicht mal hinausgehen, wenn jemand ›Feuer‹! schreit –, was ist dann mit dem Trip nach Italien, den er mit Trueblood gemacht hat? Da glauben Sie immer noch, ihm ist einerlei, was aus Ihnen wird?«

»Er haßt es, zu verreisen? Na, dann mimt er aber jemanden, der demnächst auf Tour in die Staaten geht, verdammt gut.« Vivians glühendes Gesicht glühte noch heller. »Irgendeine Amerikanerin, die ich angeblich schon einmal getroffen habe, hat ihn angerufen. Hat er Ihnen das erzählt?«

Jury war überrascht. »Nein. Wer?«

»Keine Ahnung. Agatha sagt, ich hätte sie in der Victoria Station gesehen. Ich habe in der Victoria Station nur gesehen, wie Marshall Trueblood eine Dracula-Ausschneidepuppe auf meinen Koffer geklebt hat.« Sie fing an zu lachen, verbiß es sich aber schnell und wurde wieder ernst. »Alles, was ich also sagen kann, mein lieber Richard, ist, daß so eine amerikanische Tussi ihn anruft und er lossaust wie ein geölter Blitz.«

»Ellen? Ellen Taylor?« Als er Vivians Gesichtsausdruck sah, bedauerte er, daß er den Namen genannt und damit verraten hatte, daß auch er sie kannte. »Ach, das ist eine Göre mit einem Akzent aus der Bronx. Liebe Güte, wahrscheinlich langweilt er sich nur, jetzt wo Sie wieder nach Venedig fahren. Vivian, nun mal los! Werfen Sie den Burschen über Bord, in den *canale* oder sonstwohin. Verflixt, heiraten Sie *mich*.«

Sie hörte auf zu kauen, hörte sogar auf, ihm böse zu sein. »Ist das ein Heiratsantrag?«

Jury betrachtete angelegentlich seine Kaffeetasse. Er lächelte. »Natürlich.«

»Natürlich.« Sie lachte. »Wissen Sie, was? Ich glaube wirklich, das würden Sie. Mich heiraten, meine ich. Nur um mich den Klauen des blutsaugenden Grafen zu entreißen.«

»Ich mag Sie sehr gern.«

»Na, da hätten wir ja wenigstens etwas geklärt.«

»Aber Sie lieben mich ja nicht.«

»Ach, jetzt seien Sie doch nicht so naiv.« Sie lächelte ihn trotzdem liebevoll an.

»Und ich behaupte immer noch, daß Sie dem Trip der beiden nach Venedig nicht genug Bedeutung beimessen.«

Vivian beugte sich vor und sagte sehr gedehnt: »Der beiden. Das maßgebliche Wort ist ›die beiden‹. Es ist alles nur ein Spiel. Dumme-Jungs-Streiche.« Ungeduldig klopfte sie mit dem Fuß gegen das elegant geschwungene Bein des Couchtischs. Vivians Haus war vollgestopft mit Antiquitäten, bei denen Trueblood immer der Mund wäßrig wurde. »Dem Himmel sei Dank, daß wenigstens Sie es ernst meinen.«

Schweigen. Jury betrachtete den Stuhl im Flur, auf dem sein Regenmantel lag.

»Und wozu das alberne Lächeln?«

Rasch ließ Jury das Lächeln aus seinem Gesicht verschwinden.

»Manchmal glaube ich, Sie sind genauso schlimm wie die beiden.«

Wieder lächelte Jury.

VII

»Dann können wir also zusammen fliegen«, sagte Jury, regelrecht kollabiert in dem bequemen Sessel am Kamin. Plants Köchin hatte ein Dinner aufgetischt, das sich mit dem Jenny Kenningtons durchaus messen konnte. Jury dachte an den vergangenen Abend.

Melrose dachte ans Fliegen. Einen Whisky in der Hand, saßen sie vor dem hellodernden Feuer, vor dem Melroses Promenadenmischung Mindy schlummerte. »Wenn es nicht so *anstrengend* wäre!«

»Soweit ich mich erinnere, mochten Sie sie.«

»Mochte sie? Natürlich mochte ich sie. Mindy mag ich auch.« Als der Hund seinen Namen hörte, gab er ein verschlafenes Schniefen von sich.

»Und Vivian?«

Melrose warf ihm einen finsteren Blick zu. »Vivian? Hm, natürlich. Sie gehört zu den Menschen, die ich am liebsten mag.«

»Und trotzdem fährt sie wieder nach Venedig. Warum, in drei Teufels Namen, halten Sie sie nicht davon ab?«

»Abhalten? Mein Gott, wir halten sie seit Jahren davon ab. Auf die eine oder andere Weise.« Er grinste. Er kicherte.

Jury seufzte. »Na gut, dann sollten Sie nach Amerika fliegen. Wir beide.«

»Sie wollen also wirklich fliegen?« Das ließ sich Melrose durch den Kopf gehen.

»Nach Philadelphia. Wie weit ist Philadelphia von Baltimore entfernt?«

»Weiß ich nicht. Ein paar tausend Meilen vermutlich. Das verflixte Land ist so groß.«

Jury schüttelte den Kopf. »So weit ist es nicht auseinander – ein-, zweihundert, schätze ich. Haben Sie hier keine Karte von den Staaten?«

»Doch, irgendwo ist ein Atlas.« Melrose wedelte mit der Hand in alle Himmelsrichtungen. Er gähnte. »Welcher Flughafen?«

»Keine Ahnung. Kennedy? LAX?«

»Gute Güte, das ist Los Angeles.«

Jury zuckte die Achseln. Er hatte Plant von seinem Gespräch mit Lady Cray erzählt. »Ich habe das Gefühl, daß ich ihr etwas schulde. Deshalb will ich hinfliegen, um den Tod von Frances Hamiltons Neffen zu untersuchen. Was soll's, es ist mal eine Abwechslung. Ich nehme Wiggins mit. Für seine Allergien ist es auch mal eine Abwechslung.«

»Sie war wunderbar, Lady Cray!« Melrose hatte sie in bester Erinnerung. »Sie war klug. Wenn sie meint, da stimmt was nicht, dann trifft das vermutlich zu.«

»Kann sein.«

Melrose fuhr fort: »Ich kann aber nicht lange wegbleiben. Wie lange dauert es?«

»Gewiß nicht mehr als ein paar Tage. Ich glaube nicht, daß ich etwas finde. Erzählen Sie mir noch etwas über diese Studentin von Ellen, Beverly –«

»Beverly Brown. Nach dem, was Ellen sagt, ist sie auf – auf einem Friedhof ermordet worden. Erst vor ein, zwei Tagen. Am neunzehnten Januar, sagt sie. Es hatte was mit Edgar Allan Poes Geburtstag zu tun. Merkwürdig. Auch egal, sie war ziemlich durcheinander, und ich habe auch nicht besonders gut aufgepaßt. War zu sehr bemüht, einen klugen Kommentar zu ihrem Buch abzusondern, das ich nicht einmal gelesen habe.«

Jury überlegte. »Was ist mit Sonntag? Wir könnten am Sonntag fliegen.«

Melrose zögerte und runzelte die Stirn. »Trueblood und ich sitzen an einer Art Projekt.«

»So? Stimmt, Sie kamen mir im Jack and Hammer reichlich beschäftigt vor. Sie haben was geschrieben, oder? Mir war, als hätte ich Sie mit einem Notizbuch gesehen.«

»Geschrieben? Ach, das ist bloß Truebloods Kontenbuch –, nein, sein Inventarbuch.« Melrose schaute reichlich selbstzufrieden drein. »Ja, ich helfe ihm, seine verborgenen Schätze zu inventarisieren.«

»Trueblood? Macht Inventur? Ich dachte, das macht er immer nur bei seiner Garderobe. Seit ich ihn kenne, ist sein Laden jedesmal voller gestopft. Sie brauchen Jahre, um das Gelumpe zu inventarisieren.«

»Wahrscheinlich. Aber ich habe es ihm versprochen.«

Sie schwiegen, dösten ein, und dann murmelte Melrose wieder etwas über Lady Cray. »Ich kann mich des unangenehmen Eindrucks nicht erwehren, daß sich der Kreis schließt. Wußten Sie, daß gemunkelt wird, der Man with a Load of Mischief sei verkauft worden? Oder verpachtet? An Leute aus London.«

Jury goß sich noch einen Whisky aus der Karaffe ein. Tief in Gedanken verloren, sagte er: »Das ist lange her, was?«

Melrose seufzte und nickte und fuhr sich mit seinen langen Fingern durchs Haar, das im Schein des Feuers wie ein goldenes Gespinst aussah. »Vielleicht sollte ich wirklich mal von hier verschwinden. Allmählich beschleicht mich das Gefühl, als finge alles noch mal von vorn an.«

VIII

Voll Essen, Trinken und Freundschaft lag Jury glücklich und zufrieden im Bett und las.

Er ließ sich das schwarzlederne Buch aufgeschlagen auf die Brust fallen und starrte an die Zimmerdecke. Wußte der Henker, was sie da zusammenschrieben! Er gähnte. Sonntag. Das war übermorgen. Der Besuch bei Pratt in Northampton konnte bis nach seiner Rückkehr warten. Dann konnten sie morgen abend nach London fahren.

Er schaute wieder in das Buch. Was führten die beiden im Schilde?

Bevor ihm eine Antwort auf diese Frage einfiel, schlief er ein.

ZWISCHENSPIEL

Mit schwarzem Hut, schwarzem Mantel und bleicher Miene sah Wiggins aus, als lungere er am Check-in in Heathrow einfach nur so herum. Er preßte seine Reisetasche an die Brust wie ein Brevier.

»Was schleppen Sie da mit an Bord?« Die Frage war zwar überflüssig, aber Jury wollte die Antwort trotzdem hören.

Wiggins zog den Reißverschluß der kleinen schwarzen Tasche auf. Der ehemalige Beutel für Rasierzeug tat jetzt Dienst als portables Medizinschränkchen: Die Utensilien zum Rasieren hatte der Sergeant ausgeräumt, und die Plastikbehälter (wie zum Beispiel die Seifenschale) mußten jetzt als Magazin für Halspastillen, Kohletabletten und eine grüne Flüssigkeit herhalten, die Jury unbekannt war. Zusätzlich hatte Wiggins einen Haftstreifen eingenäht, ein passendes Stück in Schlaufen gelegt, wie bei einem Klettverschluß dagegengepreßt und ein halbes Dutzend brauner Fläschchen darin verstaut: Medikamente, die er verschrieben bekommen hatte (die schwere Artillerie) oder solche, die seinem eigenen pharmazeutischen Arsenal entstammten. Jury identifizierte das tabakähnliche Kraut als Gartenraute. Wenigstens hatte Wiggins es sich diesmal nicht in die Nase gestopft.

»Was ist das für ein Zeug, Wiggins?« Obwohl Jury seit Jahren mitansehen mußte, wie Wiggins auf seinem Schreibtisch in Röhrchen und Teetassen einen Absud nach dem anderen braute, deutete er neugierig auf eine Plastikflasche, die mit etwas gefüllt war, das wie Matsch aussah.

War es offenbar auch. »Das? Ach, das ist nur zur äußerlichen Anwendung, Sir. Ich habe so einen lästigen Ausschlag an den Ellenbogen. Es ist eine Schlammpackung, mit Kräutern gemischt. Wirkt hervorragend.«

Ausschlag auf den Ellenbogen konnte sich auch nur Wiggins einfangen, dachte Jury. »Haben Sie Dramamine? Ich sehe keine.«

»Gegen Reisebeschwerden, meinen Sie? Nein. Das Beste dagegen ist sich vornüberzubeugen und die Fersen mit der jeweils gegenüberliegenden Hand fest zu umfassen. Ich finde, man sollte nicht mehr Medikamente nehmen als unbedingt nötig.«

Das hätte Jury gern ausführlich kommentiert, aber er hielt lieber den Mund. Wiggins war es peinlich ernst. »Da ist Plant«, sagte Jury und hob den Arm, damit Melrose Plant, der sich durch das Gewimmel der Fluggäste einen Weg bahnte, sie fand.

Melrose verteilte Lesestoff: »*Punch, Private Eye* und ein paar Taschenbücher – für den Fall, daß Sie das Neueste von Polly Pread lesen wollen.« Er hielt ein Buch mit einem knalligen Umschlag in die Höhe. Die Goldfolie glitzerte.

»Ausgezeichnet«, sagte Jury. »Ich habe seit Jahren kein Buch von Polly gelesen. Was noch?«

»Erinnern Sie sich an Heather Quick?«

»Joanna Lewes' Heroine? Die ewig und drei Tage durchs Moor latscht? Natürlich.« Jury betastete den nicht weniger schrillen Einband. »Was lesen Sie?«

»Eine neue Onions. Falls ich nicht einschlafen kann.«

In der Lounge, in der sie auf ihren Aufruf warteten, saß eine Frau mit üppiger Haarpracht, kaute Kaugummi und las einen Liebesroman, umgeben von ihren Lieben: einem Baby im Tragekorb und zwei Kleinkindern. Melrose ließ sich auf einen Starrwettbewerb mit den mondgesichtigen Knirpsen ein, einem Jungen und einem Mädchen mit eiskalten Augen. Schließlich streckte ihm das Mädchen die Zunge heraus. Die Mutter sah es und gab ihr postwendend einen Klaps.

»Die Bande sitzt garantiert vor uns, warten Sie's nur ab.«

»Hmm«, murmelte Jury und blätterte eine Seite in Joannas Buch um.

Wiggins achtete auch nicht weiter darauf, er verarztete sich gerade mit Nasentropfen. Er schniefte und ließ den Kopf nach hinten fallen. Melrose seufzte.

Während eine Bodenstewardeß die Erste-Klasse-Fluggäste zu Champagner und komfortablen Plätzen bat, fragte Jury Melrose: »Warum fliegen Sie eigentlich Touristenklasse? Aus Rücksicht auf Ihre bettelarmen Gefährten?« Lady Cray hatte ihm nahegelegt, Erster Klasse zu fliegen; Jury war losgezogen und hatte Touristenklasse gebucht.

»Nein, mir gefallen die Filme in der Ersten Klasse nicht. Ich plane meine Flugreisen immer nach den Filmen. Es ist eine der seltenen Gelegenheiten, daß ich ins Kino komme.«

Sie waren aufgestanden und zu den Sperren gegangen. »Immer?« fragte Jury. »Sie fliegen doch nie irgendwohin.«

»Wie bitte? Und wer ist bis nach Venedig geflogen?«

»Was gibt's denn für einen Film?«

»Lassen Sie sich überraschen.« Melrose wußte es nicht.

»Ich sitze nicht in der Mitte«, sagte Wiggins.

»Ich sitze nicht in der Mitte«, sagte Melrose.

»Aufhören zu streiten«, sagte Jury, als sie ihre Bordkarten zeigten.

Wiggins und Plant drehten sich zu Jury um und lächelten.

»Schon gut«, sagte Jury.

Sie gingen durch die Sperre.

Die Passagiere schwatzten und lachten aufgeregt und würden sich vermutlich schon an die Gurgel gehen, bevor das Abendessen serviert wurde. Melrose beobachtete die Stewardeß. Er empfand Mitleid mit ihr, wie sie ihre orangefarbene Schwimmweste anpries und so tat, als fiele eine Sauerstoffmaske von oben herab, die sie ihrem unaufmerksamen Publikum anempfahl. Wenigstens sah Wiggins der jungen Frau gespannt zu und ließ sie wissen, daß ihr Unterricht nicht vergebens war. Er tat es ihr sogar nach, las die gedruckten Anweisungen für den Fall eines Notausstiegs oder Sauerstoffverlustes, überprüfte umsichtig seine, Melroses und Jurys Papiertüte und nahm sie in sichere Verwahrung.

Jury saß am Fenster, Melrose am Gang, Wiggins in der Mitte. Melrose hatte ihn des langen und breiten mit Statistiken aus einem Bericht bombardiert, die unwiderleglich bewiesen, daß im Fall eines Unglücks der Fluggast am ehesten unverletzt blieb, der links in der Mitte saß. Der auf dem Fenstersitz würde am ehesten *nicht* überleben. Ein Blick aus vier Augen auf Jury, aber der las sein Buch und ließ sich nicht stören. Wiggins allerdings wollte von Plant wissen, warum die linke Seite sicherer sei als die rechte. Melrose überlegte einen Moment und erwiderte, es habe etwas mit der Windgeschwindigkeit zu tun.

Als die Maschine abhob und an Höhe gewann, kam Melrose seine prekäre Lage zu Bewußtsein und er umklammerte die Sitzlehnen. Dieses riesige Flugzeug mit seiner Ladung unschuldiger Opfer an Bord war im Begriff, die Gesetze der Schwerkraft herauszufordern. Keiner seiner Nachbarn schien sich darüber im klaren zu sein: Die alte Frau mit dem lieben Gesicht auf der anderen Seite des Gangs klapperte mit den Stricknadeln und vergrößerte langsam, aber stetig den Umfang eines weißen Kleidungsstücks – vermutlich eines Leichentuchs; ein Lederjackenpaar einige Sitze weiter lag schon schlafend in inniger Umarmung, der Bursche mit offenem Mund schnarchte leise. Wie in Gottes Namen konnte man jetzt schlafen? Und neben ihm hatte selbst Wiggins die Augen geschlossen, die Hände im Schoß gefaltet und den Kopf gesenkt, als meditiere er. Plötzlich durchbrach das Flugzeug die Wolkendecke und flog in blendende Helligkeit hinein.

Als die Stewardeß den Getränkewagen klappernd durch den Gang schob, schlug Melrose die Augen auf. Dem Herrn sei Dank. Jury nahm ein Bier, Wiggins eine Diätcola und er zwei Miniflaschen Whisky und eine Büchse Mineralwasser.

So ausgerüstet, schlug er die Onions auf. Es ging um einen Laden, der Jungvögel verkaufte. Das verhieß nichts Gutes, dachte er und blätterte weiter, um zu sehen, ob der Schauplatz noch einmal wechselte. Ja, in die Karibik. Dort trug jemand einen Vogel im Käfig in ein Hotel. Beim Zurückblättern fragte Melrose sich, wie lange er in dem Vogelgeschäft in London, EC1, würde ausharren müssen, bevor es nach Antigua ging. Auf Seite fünfzehn angelangt, war er sich hundertprozentig sicher, daß *Der Papagei und die Pepperoni* eines der Bücher war, das die Affen auf dem Wege, den *Hamlet* zu schreiben, weggeworfen hatten. Gott, warum waren Krimischreiber so grauenhaft? Selbst Polly Praed, die diese Onions allemal in die Tasche steckte, konnte wirklich grauenhaft sein.

Er steckte die Onions in seine Bordtasche, nahm Ellens Buch heraus und setzte sich wieder bequem hin. Zum Glück war Ellen nicht Onions. Natürlich war *Fenster* verwirrend, aber seine Qualitäten waren offenkundig. Trotz oder vielleicht gerade wegen des Stils, der die Einfachheit selbst war, fand er es so unglaublich rätselhaft. Das Wort »einfach« war indes nicht das passende Attribut, um weitere Stärken des Romans zu beschreiben: den Namen der Protagonistin, die merkwürdigen Zeitverschiebungen, die Beziehung – wenn man es denn so nennen konnte – zwischen den beiden Figuren (es schien nur zwei zu geben). Er seufzte, legte das Buch wieder weg und schaute sich noch einmal die Onions an. Entsetzlicher Umschlag. Machten sich Verleger eigentlich je Gedanken über etwas? Wenn die Onions veröffentlicht wurde, dann hatte Joanna recht, dann konnte jeder veröffentlicht werden, einschließlich ihm. Er nahm ein Schreibheft aus seiner kleinen Tasche. Er hatte niemandem erzählt, daß er mit dem Krimischreiben angefangen hatte, und hielt das Heft so, daß seine Reisegefährten nicht sehen konnten, was er schrieb. Zum dritten oder vierten Mal kroch Wiggins mit einer neuen Pillentasche über ihn hinweg und besorgte sich Wasser.

Melrose schlug den letzten Eintrag auf, wo Smithson und Nora auf dem Weg nach Bury St. Edmunds durch eine enge Straße rannten. Warum? Er zog die Stirn in Falten. Er konnte sich nicht erinnern, daß er eine Szene in Bury St. Edmunds geplant hatte.

»Was schreiben Sie?« fragte Jury.

Melrose seufzte. War es nicht immer dasselbe? Ein Mensch konnte SOS-Rufe aussenden oder ein riesiges Schild hochhalten, das verzweifelt »Rettet mich vor dem Meuchelmörder« forderte, und kein Schwein guckte; aber erlaubte sich ein Mensch ein paar Schreibübungen im geheimen, schon waren alle Blicke auf ihn gerichtet. »Nichts Besonderes.«

Jury zog das Taschenbuch aus dem Netz vor Melrose. »*Der Papagei und die Pepperoni?* Was für ein komischer Titel.«

»Ich kann es auch nicht empfehlen.« Melrose kaute an seinem Stift, konnte sich aber ums Verrecken nicht erinnern, was in Bury St. Edmunds passieren sollte. »Eine Figur darin wird vergiftet, weil sie eine mit Zyankali versetzte Pepperoni ißt. Wie Miss Onions es hinbekommen will, daß ausgerechnet diese Pepperoni im Mund der Figur landet, ist mir schleierhaft.«

»Scheußlicher Umschlag.« Ein farbenprächtig gefiederter Vogel hockte auf einem Glas Pepperoni. »Ist es ein Kneipenname oder so was? Klingt wie eine Kneipe der Brauerei Bruce.«

»Nein. Das ergäbe ja wenigstens noch irgendeinen schrägen Sinn. Nein, es geht wirklich um einen Papagei und wirklich um eine Pepperoni. Und was das Marketing betrifft, muß ich auch sagen, der Umschlag ist nicht der verführerischste. Hier, lesen Sie Ellens Buch.«

Wiggins kam zurück und kroch auf seinen Sitz. Er sah weißer aus als sonst. »Mit Ihnen alles in Ordnung?« fragte Jury.

»Ein bißchen unwohl ist mir, Sir.«

»Was Falsches gegessen?«

»Angesichts des Wagens mit dem Essen, der gerade vorbeigerollt ist, würde ich sagen, er wird sehr bald was Falsches essen«, brummte Melrose.

Wiggins kramte in seiner Schultertasche. »Es sollte mich gar nicht wundern, wenn ich Flugangst hätte. Oder klaustrophobisch wäre.« Er schaute Jury an. »Haben Sie das je bei mir erlebt?«

Er betrachtete Jury als Hüter seiner Leidensgeschichte: Bin ich allergisch gegen Auberginen? Kriege ich von Gartenraute Ausschlag? »Nein«, sagte Jury und schlug Ellens Buch auf. »Und in Ihrer Tasche finden Sie sowieso kein Heilmittel gegen Klaustrophobie.«

»Das beste Mittel dagegen ist im Flugzeug herumzulaufen, Sergeant«, sagte Melrose. »Aber Sie müssen es... hm, rituell machen.« Wiggins liebte Rituale. »Sie müssen einen Kreis beschreiten – da hinunter, herum, den anderen Gang wieder hoch, durch die Sitze und zurück. Machen Sie das zweimal. Oder dreimal. Es wirkt jedesmal. Ich habe früher heftig an Klaustrophobie gelitten.«

»Wirklich, Sir?« Wiggins stand schon wieder auf.

Melrose nickte und zerbrach sich weiter den Kopf über den Trip nach Bury St. Edmunds. Hatte er im Schlaf geschrieben?

Und da fiel es ihm siedendheiß ein. Er hatte vergessen, Marshall Trueblood zu fragen, ob er ihr Notizbuch aus Mrs. Withersbys Eimer gerettet hatte. Er fing an, die Haut um seinen Daumennagel anzuknabbern. Hatte Trueblood sicherlich. Wenn diese Withersby es fand, würde sie es nämlich nur gegen Lösegeld abgeben. Na ja, von hier oben aus konnte er eh nichts machen.

Hatten sie vielleicht ein bißchen zu dick aufgetragen, fragte er sich, als Wiggins über seine Beine zurückkletterte.

TEIL II
NICKEL CITY

9

Ellen Taylor war noch ganz die alte. Vielleicht trug sie sogar dieselben Klamotten wie damals: Jeans, schwarze Lederjacke und den Kettenhemdschmuck. Ihr weißes T-Shirt zierte eine Comic-Kinderfigur mit Quadratschädel und stacheligen blonden Haaren, die »Yo Dude« sagte. Die Lederjacke hatte Ellen sich unter den Arm geklemmt, und als die drei näher kamen, schob sie sie vor lauter Vorfreude und Nervosität unentwegt mal unter den einen Arm, mal unter den anderen.

So aufgeregt sie war, so eindeutig versuchte sie, es zu verbergen. Sie setzte eine geistesabwesende Miene auf und schaute sich ausführlich im Terminal um, als wolle sie nicht nur Melrose, Jury und Wiggins, sondern einen ganzen Troß Leute abholen.

Während Melrose seinen Kalbslederkoffer vom Fließband zerrte, sagte sie: »Na, wenigstens schleppen Sie nicht tonnenweise Gepäck mit.«

Wenigstens? Welchen Verstoß gegen die Reiseetikette hatte er sich denn sonst noch schuldig gemacht?

Sie war entzückt, daß sie Sergeant Wiggins, den sie gar nicht kannte, und Richard Jury, den sie, wenn auch nur kurz, kennengelernt hatte, mit Aufmerksamkeit überschütten konnte. Sie wollte ja nicht den Eindruck erwecken, als sei sie sich der Mühen, derer sich andere ihretwegen unterzogen, nicht bewußt oder etwa nicht dankbar dafür. Melrose stand auf einem ganz anderen Blatt. *Er* war ein alter Freund (schien sie mit Freuden vorzugeben), den man behandeln konnte, als gehöre er zum Inventar.

Um so flattriger wurde sie, als Melrose seinen Koffer absetzte, sie rasch in die Arme nahm und herzlich und fest drückte und auf die Wange küßte, bevor er in aller Gemütsruhe zurücktrat und zusah, wie ihr die Röte ins Gesicht stieg. Um ihn nicht anschauen zu müssen, nahm sie das Gepäck ins Visier und fragte, ob der bordeauxrote Koffer und die dunkelblaue Leinentasche ihnen gehörten. In ungefähr dem Ton, in dem die Sicherheitsbeamten in London Heathrow Melrose und seine Reisegefährten ins Gebet genommen hatten.

»Wir haben sie nicht unbeaufsichtigt gelassen. Wir haben sie selbst gepackt. Niemand hat uns Päckchen zugesteckt, die wir außer Landes bringen sollten«, sagte Melrose.

Jury lachte. »Genau.«

»Wie bitte?« Langsam wichen die roten Flecken aus Ellens Gesicht. Make-up trug sie nicht, nur Lidschatten in Farbnuancen von dunkelbraun über khaki bis champagnerfarben. Aber all die kunstvolle Schminkerei war vergebliche Liebesmüh, größer konnten ihre großen braunen Augen gar nicht mehr werden. Melrose hatte Ellen immer sehr hübsch gefunden, ihr dreieckiges Gesicht, das freche Kinn, die klare Haut. Ihr Haar war weizenblond und so lang, daß es die schulterlangen Metallohrringe fast verdeckte, die klimpernd hin- und herschwangen, wenn sie den Kopf bewegte.

»Fahren wir mit Ihrem Motorrad?«

Das schien sie gar nicht witzig zu finden. »Es ist in der Werkstatt. Wir nehmen ein Taxi.«

»Oh, nein, den nehm ich schon, Miss«, sagte Wiggins, als sie einen Rucksack schulterte.

»Schon gut, ich trage gern was.«

Das bezweifelte Melrose. Er glaubte, daß sie sich das Ding auf den Rücken hievte, weil sie so aufgeregt und nervös war und um jeden Preis eine Ablenkung brauchte.

Während sie sich zum Ausgang vorarbeiteten, erkundigte sie sich, wie der Flug gewesen sei, und Wiggins tat ihr den Gefallen, die Einzelheiten zu schildern. Den ganzen Weg durch die weite

Eingangshalle redete er auf sie ein, die Rampe hinunter und durch die Tür hinaus in den kalten Wind eines Nachmittags in Maryland.

Jury saß vorn beim Fahrer, die anderen drei hinten, Ellen zwischen Plant und Wiggins. Letzterem widmete sie sich weit intensiver als Melrose, was der dahingehend interpretierte, daß sie ihn weit mehr brauchte, als sie zeigen wollte. Deswegen war sie so genervt. Sie hatte ihm regelrecht widerwillig ein Willkommensgeschenk, ein Buch, in die Hand gedrückt, und gesagt, vielleicht könne er es gebrauchen, wenn er in Baltimore herumliefe.

Dann sabbelte sie Wiggins die Ohren ab und zeigte in die vorbeifliegende Landschaft, die aber, soweit Melrose mitbekam, nichts Interessantes zu bieten hatte. Also blätterte er in seinem neuen Buch. Es war ein hochformatiger, dicker Band mit dem Titel *Zu Gast in Baltimore*. In allen vier Ecken des Hochglanzumschlags prangten kleine Zeichnungen historischer Stätten Baltimores, zu denen sich, wie auf dem Brett eines Gesellschaftsspiels, kleine schwarze Fußspuren schlängelten.

Melrose schwante etwas. Er warf einen kurzen Seitenblick auf Ellen, aber die nötigte Wiggins gerade Unmengen Pfefferminzbonbons auf und deutete aus dem Fenster auf wußte der liebe Gott was. Zu sehen gab es nicht viel. Die Fahrt zum Stadtzentrum hätte überall hinführen können, nach London, Baltimore, New York, außer vielleicht nach Kalkutta. Gigantische Reklamewände priesen Black Label, ein Bier mit überdimensionaler Schaumkrone, Johnnie Walker Red, Riesenportionen Brathähnchen. Unbefestigte Seitenstreifen, Betonpfeiler, Baumaschinen. Wie es in der Umgebung von Flughäfen eben aussah.

Sein Mißtrauen hinsichtlich Ellens Geschenk bestätigte sich, als er in das rote Buch schaute. Eine vierköpfige Familie, die Familie »Gast«, wollte zu einer Vergnügungspartie (so beliebten sich die Schwestern Lizzie und Lucie Bessie, die Autorinnen, auszudrükken) zum Inner Harbor aufbrechen, wo es kleine Läden und Restaurants gab und das Leben tobte – dem überkandidelten Lächeln der Kinder Gast nach zu urteilen, eine herrliche Gegend! Der Pfad, der sich hindurchschlängelte, erinnerte sehr an die gelbe Ziegelsteinstraße zum Zauberer von Oz. Der Leser kam in den Genuß eines ordentlichen Fußmarschs mit den Gasts, vorbei an Denkmälern und Stadien, durch Parks und verstopfte Straßen, wo man natürlich häufiger ein Erholungspäuschen einlegen und sich etwas Gutes gönnen mußte, ein Eis, Capuccino, Lunch oder Abendessen, zu welch letzteren Unmengen von aus dem Ozean Gefischtem ein Muß zu sein schienen. Das hier sah doch zum Beispiel aus wie Seesterne. Er betrachtete die Illustrationen von nahem; nein, das waren keine Seesterne – winzige Krabben vielleicht. Austern und Venusmuscheln tanzten mit glücklichen Mienen auf einer großen Servierplatte; an der Leine eines Anglers tollte ein grinsender Barsch; aus riesigen Töpfen winkten Hummer fröhlich mit den Zangen. Marylands Meeresfrüchte frönten ganz entschieden der Haltung der Todgeweihten, die ihren Mördern den letzten Gruß entboten. Deswegen hatten sie wahrscheinlich den Unabhängigkeitskrieg gewonnen, dachte Melrose. Daß englische Seezungen und Bücklinge sich so keck und unbekümmert in die Schußlinie stellten, war ihm jedenfalls nicht bekannt.

»Was *tun* Sie da?« fragte Ellen, dabei hatte sie ihm doch zu seiner gegenwärtigen Beschäftigung verholfen.

»Lesen, was sonst.« Melrose blätterte eine Seite um. Das Washington-Denkmal? Er hatte angenommen, das sei in Washington, D. C.

Ellen brummelte, Reiseführer *lese* man nicht, und beantwortete Jurys Frage nach der riesigen Anlage zu ihrer Rechten.

»Camden Yards, das Stadion der Orioles. Pfuschneu. Da haben die Orioles das erste Spiel der Saison gespielt.«

Melrose schloß das Buch und trommelte mit den Fingern darauf. Er konnte sich lebhaft vorstellen, wie Ellen es in der Kinderabteilung einer Buchhandlung durchgeblättert und in sich hineingekichert hatte. Er schaltete auf stur und starrte geradeaus, während der stumme Taxifahrer sie ins Zentrum von Baltimore kutschierte. Erlösung nahte! Zumindest für Sergeant Wiggins.

Denn bevor sie nach rechts in die Pratt Street einbogen, sahen sie einen Uhrenturm im florentinischen Stil, der eine Gruppe von Gebäuden überragte. Auf dem Zifferblatt stand »Bromo-Seltzer«.

Das Taxi hielt in Fells Point vor einem hübschen Backsteingebäude mit Namen Admiral Fell Inn. Auch dies war der Aufmerksamkeit der Schwestern Bessie nicht entgangen; *Zu Gast in Baltimore* wies darauf hin, daß es einmal eine Essigfabrik gewesen war. »Und ein Heim für Seeleute«, sagte Melrose, eifrig sein Buch studierend.

»Es ist ein Hotel, aber eher wie ein Bed-and-Breakfast. Ich dachte, das gefällt Ihnen. Ich dachte, da fühlen Sie sich wie zu Hause.«

»Ardry End ist kein Bed-and-Breakfast«, sagte Melrose.

»Doch, sehr schön«, sagte Jury.

»Ich bezahle«, sagte Ellen und zerrte Geldscheine aus einer abgewetzten Brieftasche. »Bis Sie zählen gelernt haben«, fügte sie hinzu, damit bloß niemand auf die Idee kam, sie sei immer in Spendierlaune. Die Bemerkung war natürlich nur auf Melrose gemünzt, Jury und Wiggins hielt sie offenbar für ausreichend intelligent, ohne große Übung das Dezimalsystem eines anderen Landes zu begreifen. Sie reichte dem Fahrer das Geld ins Auto.

Als sie die Treppe zu der Pension hochgingen, fragte Ellen (offenbar wieder nur Melrose): »So, was haben Sie jetzt vor? Ein Nickerchen machen?«

Melrose überhörte es. »Ich will, verdammt noch mal, rausfinden, was hier los ist, damit ich wieder nach Ardry End kann.«

Wiggins konzentrierte sich auf einen großen Hund, der neben dem Empfangstisch lag. Er machte Anstalten, sich zu erheben, besann sich aber eines besseren, ließ den Kopf wieder auf die Pfoten sinken und schaute sie aus trüben Augen kläglich an.

»Schlechte Laune, was?« Jury lächelte Melrose zu. »Ich muß ein paar Anrufe machen.«

»Ich muß zur Uni«, sagte Ellen. »Dauert eine, na, vielleicht eineinhalb Stunden. Vielleicht können wir uns um fünf treffen?«

»Gut. Wo?«

»Wir können ins Horse gehen. Es ist nur die Straße hinunter. In der Thames Street.« Sie zeigte zum Fenster hinaus.

»Was ist das Horse?«

»Eine Eckkneipe. Da geh ich immer hin. Vielleicht mögen Sie das Bier dort nicht. Aber sie haben Bass.«

»Einverstanden«, sagte Jury. Und zu Melrose: »Machen Sie erst Ihr Nickerchen?«

Oha, dachte Melrose. »Nein, ich mache einen Spaziergang.«

10

Fells Point (hatte ihm Ellen erzählt, als er mit seinem Stadtführer loszog) war der älteste Teil Baltimores, von hier aus war Baltimore gewachsen, und es war vermutlich das letzte intakte Hafenviertel im ganzen Land.

Es war ein historisches Kleinod, noch richtig urig, aber in Gefahr, in Schickimicki abzugleiten. Mehr als zweihundert Jahre sich selbst überlassen, wurde es jetzt offenbar trendy, wenn es auch immer noch so aussah wie im achtzehnten Jahrhundert. Es hatte etwas angenehm Vergammeltes, das die schicken Galerien und Läden bisher noch nicht verdrängt hatten. Enge Straßen, enge Bürgersteige und von Schieferdächern gekrönte schmale Reihenhäuser, zwischen denen Gehwege mit kleinen schmiedeeisernen Pforten verliefen, durch die man wohl einst das Vieh getrieben hatte.

Eine Stunde lang wanderte Melrose durch die Straßen und am Wasser entlang, dann ging er die Kneipe suchen, in der sie sich verabredet hatten. Er fand sie keine fünfzig Meter von der Pension entfernt.

Von dem Schild des Horse You Came In On bröckelte die weiße Farbe, wodurch das kreuzlahme Pferd noch mehr wie ein alter Klepper aussah, der der Schinderei einer irischen Kesselflickersippe entflohen war. Er schaute dümmlich zufrieden drein, als sei er froh, nun endlich das Gnadenbrot verzehren zu dürfen. Die Tür unter dem Schild war in diesem Jahrhundert bestimmt noch nicht gestrichen worden. Wenn man nicht wußte, was sich hinter einer solchen Tür verbarg, würde man zögern, hindurchzugehen. Sie sah regelrecht bedrohlich aus.

Melrose gefielen Tür und Straße. Die Straße hieß Thames Street, war gepflastert und erinnerte ihn mit ihren Lagerhäusern, Gebäudezeilen und Ziegelsteinbürgersteigen tatsächlich ein wenig an Whitechapel und die Docklands in London. An der Themse war jetzt tiefe Nacht, das wußte er, aber selbst hier setzte schon die nachmittägliche Dämmerung ein. Es hatte angefangen zu nieseln, und über dem Fluß Patapsco zog Nebel auf, der die hier vertäuten kleineren Schiffe bestimmt bald eingehüllt hatte.

Es war eine bescheidene kleine Kneipe ohne Firlefanz, der Tresen befand sich an der linken Wand und die Tische und Stühle an der rechten. Die Decke konnte er kaum sehen, weil eine Schicht Zigarren- und Zigarettendunst darunterhing, Bier – aus Kannen, Flaschen, Dosen – floß in Strömen und trieb den Feuchtigkeitspegel um ein Erkleckliches nach oben. Gegenüber dem viktorianischen Klimbim im Londoner West End war es eine Erholung. Die Kneipe war proppenvoll, die Leute, zum Teil wild gestikulierend, standen in Zweier- und Dreierreihen am Tresen und schauten auf einen großen Fernseher. Bei seinem Eintritt empfing ihn ein Schwall von Stimmen, und gleichzeitig hatte er das Gefühl, als ertränke er in einem Meer von Farben. Er bahnte sich einen Weg durch die Gäste, deren Blicke an der Massenkarambolage von Footballern oben auf dem Bildschirm hingen.

American Football überstieg seinen Horizont in etwa so wie eine Mondlandung. Außer Snooker kannte er ohnehin keine Wettkampfsportarten. Snooker mochte er, weil es dabei gemächlich und leise, in anderen Worten: zivilisiert, zuging. Pool war zu leicht und Billard zu versnobt. Snooker war der perfekte Sport. Man hörte nichts als ab und zu Bälle klicken und knallen und manchmal kurzen, plätschernden Applaus. Kricket, Polo und Tennis verabscheute er. Einmal war er in Wimbledon gewesen, hatte es aber alles andere als amüsant gefunden, ein paar Osteuropäer zu beobachten, die mit Tennisschlägern durch die Gegend fuhrwerkten und mehr Energie in eine einzige Rückhand legten, als Melrose in einer ganzen Woche im Jack and Hammer verbrauchte.

Er quetschte sich auf einen Hocker zwischen einem stämmigen Burschen mit farbverschmiertem blauen Hemd und verkehrt aufgesetzter weißer Malerkappe und einem großen Schwarzen in Leder und mit Dreadlocks. »HAU DAS SCHEISSDING IN DIE ENDZONE!« brüllte der Maler und stieg auf seinem Hocker hoch wie ein Jockey in den Steigbügeln. Eine Frau (die Bardame, vermutete Melrose) kam am Tresen entlang, boxte dem Maler spielerisch gegen die Schulter und nannte ihn »Elroy«. Ein schwergewichtiges Paar (garantiert Mann und Frau), von Kopf bis Fuß im Footballdreß – sogar die Ohrringe der Frau waren Miniaturballträger –, bemühte sich um ihre Aufmerksamkeit, aber vergebens.

»WAS DARF'S SEIN?« fragte sie Melrose beziehungsweise brüllte ihn mit höchster Lautstärke an, damit er sie verstand.

Er hielt es für richtiger, auf sein Old Peculier (das sie wahrscheinlich nicht hatten) zu verzichten und etwas Amerikanisches zu bestellen. Nach einem Blick auf die Reihen Flaschen auf den Regalen hinter ihr sagte er: »Wie wär's mit einem Amstel Light?«

»WAS?«

Er beugte sich über den Tresen. »AMSTEL LIGHT.«

»Mit Glas, was?«
»Wird es nicht in Gläsern serviert?«
Das hielt sie für einen Scherz und schaute ihn an, als ob er nicht mehr ganz dicht wäre.

Er bemerkte, daß der Maler aus der Flasche und der Schwarze aus einer silbernen Dose tranken, und sagte: »Flasche.«

»Na also.«

Die beiden Männer neben ihm wurden durch seinen Akzent auf ihn aufmerksam. Er lächelte sie an und nickte in Richtung Fernseher. »Wer spielt – Baltimore?«

Die beiden wechselten über seinen Kopf hinweg einen Blick. »Baltimore hat kein Team, Mann«, sagte der Schwarze, aber als sich in Stadion und Kneipe zugleich ein Schrei erhob, wandte er sich wieder dem Bildschirm zu. »Skins und Eagles, Mann. Wo kommen Sie her?« Der Tonfall der Frage (auf die Melrose eine Antwort murmelte, die man getrost vergessen konnte) implizierte, daß es dieser Planet nicht sein konnte.

Nach einem Blick in die Runde konnte Melrose dem Mann die Frage gar nicht mehr verübeln. Ihm, Melrose, war zwar nicht entgangen, daß er sich in einem Meer aus Burgunderrot und Altgold einerseits und Grün andererseits befand, aber die auf die Trikots und Wollmützen aufgedruckten Embleme hatte er nicht registriert. Redskins und Eagles.

»Verzeihung«, sagte Melrose. Eine Pause, die er für eine Auszeit hielt, erlaubte ihm, in beinahe normaler Lautstärke zu sprechen. »Bei American Football kenne ich mich nicht so aus.« Er kannte sich aber gut genug aus, um die Frau hinter dem Tresen zu bitten, seine neuen Freunde mit Nachschub an Getränken zu versorgen.

Als die amerikanisch-britischen Beziehungen auf dem Wege der Besserung waren, sagte der große Schwarze: »Es ist ein Playoffspiel zwischen Washington und Philly.«

»Playoff*spiel*?« Melrose kam es vor wie blutiger Ernst.

»Zum Super Bowl, Mann«, sagte der Maler und lächelte breit, wobei er zwei Reihen reichlich angeknackster Zähne entblößte.
Ja, natürlich.
Innerlich verfluchte Melrose sich, weil er selbst Diane Demorneys rudimentäre Informationen über die Colts vergessen hatte. Vor seiner Abfahrt hatte er Diane besucht, um zu sehen, ob sie aus ihrem reichen Schatz an Geheimwissen irgend etwas sensationell Neues über Baltimore hervorkramen konnte. In Long Piddleton hielt zwar niemand Diane Demorney für intelligent, aber viele Leute glaubten doch, sie habe eine solche Allgemeinbildung. Im Grunde wußte Diane nichts; die Fetzen an Informationen waren zwar Legion – das mußte man ihr lassen –, aber sie trieben wie Treibholz im Meer. Den meisten ihrer Bekannten war nicht klar, daß Diane zwar Spitzen austeilen konnte, es sich dabei aber nicht um die Spitzen eines Eisberges an Wissen handelte.
»Die Orioles«, hatte sie gesagt, als Melrose sie nach Baltimore fragte. Er hatte in ihrem grellweißen Wohnzimmer gesessen und einen »Martini« getrunken. Diane rührte mit einem langen gläsernen Cocktailstab, in dem Sternchen in violettfarbenem Öl schwammen, in ihrer Karaffe Wodka, gegen den der Wermut heute wieder den kürzeren gezogen hatte. Als Preis für Dianes Hilfe hatte Melrose die Einladung, auf einen Drink vorbeizukommen, annehmen müssen. »Eine tolle Mannschaft«, sagte sie und klopfte mit dem Glasstab an den Krug. »Baltimore wimmelt von fanatischen Baseballfans.« Sie reichte Melrose eines ihrer sonnenschirmgroßen Gläser und nahm auf dem weißen Sofa neben ihrer fiesen weißen Katze Platz, die Melrose haßerfüllt anstarrte, seit er in den formlosen, grundlosen weißen Ledersessel gesunken war. »Zum Beispiel Orel Hershiser, wenn Sie sich dafür interessieren.«
»Er spielt bei den Orioles?« Melrose ließ die Katze nicht aus den Augen.
»Nein, nein. Bei den Los Angeles Dodgers. Ohne ihn hätten sie die Series 1988 nie gewonnen.«

»Ich dachte, die hießen *Brooklyn* Dodgers.« Die Katze kämpfte mit sich und reckte das Hinterteil, als wolle sie jeden Moment auf ihn losgehen.

»Hießen sie auch, aber das Team wurde nach L. A. verkauft. Da nehmen sie den Namen mit. Bei den Colts war es genauso. Baltimore Colts hießen sie früher.«

Er stellte ihr noch mehr Fragen, aber sie hatte ihren Fundus an Baseball-Football-Wissen deutlich erschöpft. Umstandslos ging sie zu Edgar Allan Poe über, den sie zwar nie gelesen hatte (wußte Melrose), über den sie aber ein Detail wußte, das sie für schlüpfrig hielt, daß er nämlich »seine Cousine geheiratet hat, die zu der Zeit erst vierzehn war«.

Dieser üblen Nachrede nahm Melrose mit dem Hinweis alle Süße, Mitte des neunzehnten Jahrhunderts seien Eheschließungen zwischen Cousins und Cousinen keineswegs unüblich gewesen und Mädchen hätten oft unter zwanzig, ja selbst als Dreizehn-, Vierzehnjährige geheiratet.

Aber da hatte Diane schon aalglatt zur Regierung Clinton übergeleitet, obwohl sie politisch noch unbedarfter war als literarisch. Nachdem sie Melrose darüber belehrt hatte, daß Perry Como der einzige Demokrat sei, der George Bush geschlagen hätte, trank er sein Glas aus, machte einen weiten Bogen um die Katze und ging.

Ein schwarzer Spieler fing einen Paß ab, Elroy stieg in die Steigbügel und brüllte: »Los, Art!«

»Sie sind wohl nicht von hier«, sagte der Schwarze während der nächsten Auszeit. Er hieß Conrad. Nach seinem Handschlag fühlte Melrose vorsichtig, ob seine zarten Knochen auch noch alle heil waren. Nein, er sei nicht von hier, gestand er, und dann folgte ein kurzes Gespräch über eher langweilige Themen wie Regierungschefs und Politik, wie Melrose Baltimore gefiele und ob er in die »Mords-Stadt« fahre.

»Wie bitte?«

Conrad gluckste: »D. C., Mann. Die Kapitale des Crack.«

Elroy, der den Blick nicht einmal während der Werbespots vom Bildschirm nahm, sagte: »Philly ist schlimmer.«

Darüber entstand eine Diskussion, die in regelmäßigen Abständen von Kraftausdrücken, Sticheleien und Beifallsrufen in Richtung Fernseher untermalt wurde.

»Schade, daß Baltimore keine Mannschaft hat. Haben die Colts nicht —«

Einen heiklen Moment lang drehten sich beide zu ihm um und schauten ihn böse an, aber dann sagte Elroy: »Na ja, vielleicht sind wir auch mal wieder am Ball.«

»Null Chance«, sagte Conrad (»Connie« für die junge Frau hinterm Tresen). »Scheiße, Elroy, hier sitzen wir eingekeilt zwischen die Skins und Eagles.«

Klang ungemütlich, dachte Melrose und stimmte vorsichtshalber in ihr bitteres Kopfschütteln ein. Er war froh, daß Jury und die anderen ihn nicht so sahen.

Das Spiel ging weiter, und am Tresen schwollen rhythmische Anfeuerungsrufe an: »De-fense! De-fense!« Dazu wurde mit Flaschen und Gläsern auf den Tresen gehauen; es klang wie Urwaldtrommeln.

Begeistert dabei war ein junger, hellhaariger Mann, der nicht nur wegen seines dynamischen Gesangs, sondern auch deshalb hervorstach, weil er überhaupt keine bunten Sachen trug, weder Redskins-Schal noch Eagles-Sweatshirt, kein Burgunderrot, kein Grün, sondern nur sehr teure, wenn auch legere Kleidung, wie Melrose bemerkte. Qualität erkannte Melrose, weil er selbst nur Qualität trug. Der Bursche sah aus wie ein abtrünniger Manager unter lauter Betriebsräten, wie Peter Sellers in einer der gewerkschaftsorientierten Komödien, die vor dreißig Jahren populär waren. Er sah reich aus, das war's; dafür hatte Melrose, der selber reich war, ein Gespür. Und außerdem glücklich, wie er sich im Takt zu den Sprechchören wiegte und mit den anderen erhob, um zu brüllen.

Ein Spieler hatte einen Paß abgefangen. Elroy knallte seine Flasche auf den Tresen. »Scheiße!« brüllte er, als eine Stimme Foul verkündete. Er riß sich die Mütze vom Kopf.

Melrose schielte zum Bildschirm und suchte den Ball.

»Wer hat gefoult? Wer? Wegen Haltens? Halten! Daß ich nicht lache!«

Wenn er nur wüßte, wo der Ball war – ah, dort! Mein Gott, konnte der Typ werfen! Der Quarterback war zurückgelaufen, hatte gezielt und dem Running-Back den Ball so butterweich in die Hand gespielt, als wären sie durch magnetische Ströme miteinander verbunden. Der Fänger hielt den Ball wie ein neugeborenes Kind an die Brust gedrückt. Während er Yard um Yard gewann, bis er von zwei Panzerschränken von Verteidigern zu Boden gerissen wurde, bestellte Melrose sein viertes Bier und noch eine Runde für seine Zechkumpane.

Langsam begriff er, was gespielt wurde, aber da spürte er, wie jemand ihn am Ellenbogen zog. Er versuchte, den Störenfried abzuschütteln. Ellen zerrte an ihm.

»Mensch, gib ab!« brüllte Elroy, wieder in den Steigbügeln.

»Wer spielt?«

Erneut kam Jubel in der Kneipe auf, aber am anderen Ende. Und diesmal wurde der Spieler Rypien mit »RYP – RYP – RYP – RYP!« angefeuert.

Jury, Wiggins und Ellen standen hinter Melrose. Ellen verrenkte sich fast den Hals, um zu sehen, was auf dem Bildschirm lief. »Ist wohl ein Playoffspiel, was?« Dann sagte sie zu Melrose: »Nicht zu laut für Sie?«

Gereizt fuhr Melrose herum. Er hatte es satt, der Alte Mann Melrose zu sein, der Nickerchen hielt und Lärm haßte. »Die Skins gegen die Eagles, verdammt.« Er kippte sich den Rest der Flasche hinter die Binde und stützte sich mit gekreuzten Armen auf den Tresen.

»Echt? Sie kennen sich da aus?«

»Ob ich mich auskenne? Ha!« Er fragte sie, was sie trinken wollte.

»Egal, nur nicht, was Sie trinken. Sie klingen ganz schön hinüber.«

»Amstel Light.« Er hob die Flasche.

»Bass«, sagte Ellen. »Wir könnten uns auch eine Kanne bestellen. Oder wollen Sie Flaschen?« fragte sie Jury und Wiggins.

Wiggins wollte natürlich eine Tasse Tee (die es nicht gab) und stand immer noch da und versuchte, sich für etwas anderes zu entscheiden, als die anderen längst ihre Kanne genommen und sich an einen Tisch gesetzt hatten.

Ellen winkte dem Burschen zu, der am Ende des Tresens stand und Melrose schon aufgefallen war. Jetzt fiel Melrose außerdem noch auf, daß der Typ ziemlich gut aussah, besonders, wenn er lächelte.

»Das ist Pat. Patrick Muldare. Er war mit Beverly Brown befreundet. Manche behaupten, na, Sie wissen schon, *sehr* befreundet.«

Jury sah sich Patrick Muldare etwas genauer an und sagte dann: »Die Frau war eine Studentin von Ihnen?«

Sie nickte.

»Was ist passiert?«

»Der neunzehnte Januar ist Poes Geburtstag.«

Alle schauten sie an. Jury fragte: »Poes Geburtstag? Was hat das damit zu tun?«

»So allerlei. Poe ist auf dem Friedhof der Westminster Church begraben. Jedes Jahr, wenn er Geburtstag hat, bringt jemand nachts Kognak und Blumen – Rosen – ans Grab. Man weiß nicht, wer, nur, daß es ein Mann ist. Seit Jahren ist das Tradition. Und nun versammeln sich manchmal auch ein paar Leute dort, weil sie neugierig sind und herausfinden wollen, wer der Betreffende ist. Das ist aber noch nie jemandem gelungen. Wie dem auch sei, Beverly verehrt – verehrte – Poe. Sie fand seine Geschichten wunderbar, und er sollte Thema ihrer Doktorarbeit werden. Sie ging einfach so aus Spaß immer zu der kleinen Geburtstagsparty. Diesmal auch. Und da wurde sie ermordet. Erstochen. Es muß passiert sein, kurz nachdem sich die Leute alle – na ja, so viel waren's auch wieder nicht – zerstreut hatten. Jedenfalls hat keiner etwas gesehen.«

»Und warum ging sie nicht mit den anderen weg?«

»Keine Ahnung. Vielleicht dachte sie, der Mann, der gekommen war, sei nicht der richtige. Der Kustos des Poe-Museums oder einer seiner Leute kommen nämlich jetzt immer vor dem Blumenspender und tun so, als seien sie dieser Mann, damit die Menge, die sich da versammelt, abzieht. Beverly hat vielleicht gemerkt, daß es der Falsche war, daß es ein Trick war. Sie hatte recht. Sie trieb sich noch ein bißchen dort herum. Und wurde umgebracht.«

Sergeant Wiggins bahnte sich mit einem Glas Sprudel den Weg zum Tisch. Er nahm Platz. Ellen erzählte weiter.

»Beverly hat ein paar Seminare bei mir gemacht. Drei, um genau zu sein.« Sie runzelte die Stirn. »Ich glaube, sie mochte mich – ich weiß nicht, warum. Sie war ihren Lehrern gegenüber entsetzlich kritisch eingestellt. Eines kann ich definitiv über sie sagen: Sie war sehr klug. Intelligent, und sie hatte viel Phantasie. Und war außerordentlich gut in der Forschung – sie hatte einen Blick und Sinn für Details. Sie war studentische Hilfskraft bei Owen Lamb, und er ist ziemlich anspruchsvoll. Dann fragte sie mich, ob sie diese Zeitungsberichte als Thema einer Hausarbeit verwenden könnte, die ich aufgegeben hatte.« Ellen wühlte in ihrer Tasche und brachte ein paar Zeitungsausschnitte zum Vorschein. »Ich sagte, ja, natürlich. Es klang interessant. Ich bin überzeugt, sie wollte sich, na ja, vielleicht nicht an der Lösung eines Falls versuchen, aber sie wollte so was Ähnliches wie Dupin machen – Sie kennen Poes Erzählung ›Das Geheimnis der Marie Rogêt‹?« Alle außer Wiggins nickten. Er rührte mit finsterem Blick in seinem Sprutzlerwasser. »Ich habe also sehr viele ihrer Notizen gesehen, weil sie in Abständen immer mal zu mir kam, um meine Meinung zu hören.« Ellen zog noch mehr Papiere aus ihrer Tasche mit dem Logo des alternativen Fernsehsenders Maryland Public Television. »Beverly ist an dem Tag, als sie umgebracht wurde, bei mir gewesen. Und dieses ganze Zeugs hat sie bei mir gelassen.« Ellen legte zwei Ausschnitte nebeneinander. »Ich weiß nicht genau, was sie an den Zeitungsberichten fand, aber sie muß gedacht haben, daß zwischen den beiden Morden eine Verbindung bestand.«

»Zwischen welchen beiden Morden?«

Ellen zeigte auf eine Meldung, einen kurzen Artikel aus der *Baltimore Sun*. »Ein alter Mann, ein Obdachloser, der John-Joy hieß, wurde tot in der Cider Alley gefunden. Das ist eine enge kleine Straße, die von der Lexington abgeht, nicht weit vom Markt. Er wurde von einem anderen Obdachlosen gefunden, auch einem alten Burschen, mit dem er immer zusammengesteckt hatte. Der andere heißt Milos, seinen Nachnamen scheint niemand zu kennen. Milos lungert meistens – zum Betteln, wissen Sie – vor einem Laden rum, der Patrick Muldares Bruder gehört. Seinem Halbbruder, Stiefbruder – ich weiß nicht genau. Milos ist blind und taub. Aber er ist nicht stumm. Er kann vollkommen deutlich sprechen. Vollkommen deutlich schreien, besser gesagt. Wie viele taube Menschen spricht er immer sehr laut. Der andere Mord, von dem Beverly anscheinend glaubte, er stehe damit in Zusammenhang, wird Sie überraschen.« Jetzt sprach sie Jury direkt an und schob ihm den zweiten Ausschnitt zu.

Jury sah von dem Ausschnitt zu ihr. »Philip Calvert? *Der* Philip Calvert?«

»Hm, zwei wird's wohl nicht geben, oder? In Philly?«

Dieser Artikel war länger als der andere und aus dem *Philadelphia Inquirer* ausgeschnitten. Jury überflog ihn und gab ihn Wiggins. Ellen fuhr fort: »Und dieses Papier hier steckte zwischen den ganzen Aufzeichnungen und Notizen – eigentlich nur Gekritzel, aber hier stehen drei Paar Initialen. Sehen Sie?« Sie fuhr mit dem

Finger über die Buchstabengruppe: P. C., J.-J., P. M. »Und hier steht ›Barnes Found‹.« Sie zeigte auf das schräg Hingeschriebene. »Das muß die Barnes Foundation sein, nicht weit von Philadelphia. Aber hier, P. C., P. M. und J.-J. – sehen Sie?«

Jury betrachtete die aus einem Notizbuch herausgerissene Seite, Wiggins schaute ihm über die Schulter.

»Ich hätte wahrscheinlich gar nicht weiter darüber nachgedacht, wenn das J.-J. nicht einen Bindestrich gehabt hätte. Ich meine, es kann sich nur auf John-Joy beziehen. Und die Barnes Foundation führt zu Philip Calvert.«

»Aber wer«, fragte Melrose, »ist P. M.?«

»Ellen meint, es bezieht sich auf mich.«

Die Stimme hinter Plants und Jurys Rücken gehörte dem gutaussehenden Mann vom anderen Ende des Tresens, dem Jury zugewinkt hatte.

»Patrick Muldare«, sagte Ellen und machte alle miteinander bekannt. »Er ist ein Kollege von mir, an der Hopkins.«

Muldare lachte. »Das würde ich kaum so sagen.«

Sein Alter war schwer zu schätzen, denn Patrick Muldare hatte ein Gesicht, das bestimmt ewig jungenhaft wirken würde, besonders wegen seines wehenden, widerspenstigen Haars, das er immer wieder zurückstreichen mußte. Er ließ eine Hand auf Ellens Schulter fallen und lächelte alle an. Auch Ellens Hand fiel automatisch auf seine und tätschelte sie freundschaftlich. Jury hielt beide Gesten für unbewußt; nichts schien sich zwischen Ellen und Muldare abzuspielen. Aber Plant, sah Jury, beobachtete das Manöver mit Argusaugen.

Ellen lud Muldare ein, sich zu ihnen zu setzen. Aber mit einem Feingefühl, das Jury ungewöhnlich fand, lehnte Muldare ab; er schien mitbekommen zu haben, daß sie eben erst angekommen waren und vermutlich keinen Fremden bei ihrem Wiedersehen gebrauchen konnten. Und vielleicht war ihm auch Plants Reaktion nicht entgangen. Er blieb stehen und trank einen Schluck Bier.

»Wir haben gerade über Beverly geredet«, sagte Ellen.

»Glauben Sie, daß es meine Initialen sind? Warum es ausgerechnet meine sein sollten, weiß Gott allein.«

Jury lächelte ihn an. »Die Frage ist, ob *Sie* glauben, daß diese beiden Anfangsbuchstaben für Ihren Namen stehen.«

Muldare zuckte die Achseln. »Na, das will ich doch nicht hoffen.« Er schaute in die Runde. »Angesichts dessen, was den beiden anderen passiert ist.« Trotz dieser Bemerkung strahlte er sie gänzlich unbekümmert an.

Ellen sah zu ihm auf, wollte etwas sagen, hielt inne und meinte dann: »Ich weiß nicht, warum sie mir das alles gegeben hat...«

»Sie hat dir vertraut, nehme ich an. Wer nicht?« Muldare lächelte alle noch einmal an und ging zurück zum Tresen.

»Er unterrichtet?« fragte Jury.

Ellen lachte. »Nur ein Seminar, nur aus Spaß. Er ist einer der reichsten Männer Baltimores. Schwimmt im Geld. In altem Geld. *Sehr* altem Geld. Und das alte Geld hat eine Menge neues Geld geheckt. Hauptsächlich im Baugewerbe. Angeblich ist er ein glänzender Geschäftsmann, aber er kommt ja auch aus einer alten Familie mit glänzenden Geschäftsleuten – Grundstücksgeschäfte, das Übliche. Und er ist kaum älter als dreißig. Zweiunddreißig, glaube ich. Er wohnt in Fells Point, drüben in der Shakespeare Street. Er lebt eigentlich sehr bescheiden. Man würde gar nicht merken, daß er soviel Geld hat, wenn er nicht den Tick mit dem Football hätte.«

»›Tick mit dem Football‹?« fragte Melrose im Brustton der Überzeugung, daß sie sich nun auf seinem Terrain bewegten.

Da schien Ellen anderer Meinung zu sein. Sie ignorierte die Frage. Jury schwieg eine Weile, dachte nach und beäugte die blubbernde Flüssigkeit im Glas seines Sergeant. Er zog die Stirn in Falten – angesichts des Glases und weil er etwas überlegte. »Und Sie meinen, Beverly Brown wurde wegen der Informationen, die sie gesammelt hatte, oder wegen etwas, das sie wußte, ermordet?«

»Nicht unbedingt.« Wie ein Zauberer aus seiner Tasche voll Zauberutensilien zog Ellen diesmal ein paar getippte Seiten und ein Stück Papier in einer Plastikhülle hervor. »Sie könnte auch deswegen ermordet worden sein.«

11

Jury betastete die vergilbte Seite in der schützenden Plastikhülle. Sie war tintenverkleckst und stockfleckig. Über das Papier hinweg schaute er Ellen ein paarmal fragend an, sagte aber nichts, sondern fing an vorzulesen:

Violette

Von Edgar Allan Poe

Madam,
ich kann Ihnen nicht mit Gewißheit sagen, wann ich die Bekanntschaft des Gentleman machte, den Sie als »William Quartermain« bezeichnen, denn ich kannte ihn nur als M. Hilaire P- und besuchte ihn ein einziges Mal in einem großen, verfallenden, düsteren Haus an der Seine. Die Begleitumstände unserer Begegnung und der darauf folgenden Bekanntschaft waren höchst ungewöhnlich.

M. P- erschien zum erstenmal vor mir – eine seltsame und unirdische Erscheinung, es war, als habe sich plötzlich aus dem wogenden Bodennebel ein Gespenst oder ein Geist gebildet und die Gestalt eines lebendigen Menschen angenommen.

Während Jury das schwer zu entziffernde, handgeschriebene Manuskript stockend vorlas, schob Ellen ihm noch ein paar Seiten hin. Sie waren mit der Schreibmaschine getippt. »Sie hat es abgetippt. Beverly, meine ich.«

Melrose schaute sich die Seite an, die Jury weggelegt hatte, und Jury fing wieder an zu lesen:

> Madam,
> ich kann Ihnen nicht mit Gewißheit sagen, wann ich die Bekanntschaft des Gentleman machte, den Sie als »William Quartermain« bezeichnen, denn ich kannte ihn nur als M. Hilaire P- und besuchte ihn ein einziges Mal in einem großen, verfallenden, düsteren Haus an der Seine. Die Begleitumstände unserer Begegnung und der darauf folgenden Bekanntschaft waren höchst ungewöhnlich.
> M. P- erschien zum erstenmal vor mir – eine seltsame und unirdische Erscheinung, es war, als habe sich aus dem wogenden Bodennebel ein Gespenst oder ein Geist gebildet und die Gestalt eines lebendigen Menschen angenommen. Die Begegnung fand in den Tuilerien an einem Abend im November statt, einem Abend schier undurchdringlichen Nebels und Regens. Der Gentleman schien sich in einigem Ungemach zu befinden; ich vermochte nicht festzustellen, ob dies einem körperlichen Gebrechen oder dem Unbehagen geschuldet war, welches uns so oft übermannt, wenn das Wetter fast unerträglich trübe ist, wie es dieser abendliche Regen gewißlich war.

»Er spinnt«, sagte Melrose.
»Was?« sagte Ellen. »Unterbrechen Sie doch nicht.«
»Aber hören Sie nur, wie er redet.«
Ellen stieß Jury an. »Weiter.«

> ...wie es dieser abendliche Regen gewißlich war. Kurzum, der Mann stolperte, und vor dem Fallen konnte er sich nur bewahren, indem er sich auf eine Bank sinken ließ.
> Ich wollte schon an ihm vorübergehen, doch in seinen Gesichtszügen und seiner Haltung lag etwas, das mich davon abhielt. Ich fragte ihn, ob ich ihm behilflich sein könne, ob er sich unwohl

fühlte, und versuchte in jedweder Weise, mich zu seiner Verfügung zu stellen.

Er schaute zu mir empor mit Augen, die geradezu brannten; er lächelte, bemüht, die Ohnmacht, in die er beinahe geglitten wäre, als ein Geringes erscheinen zu lassen. Er erhob sich; ich indes wollte ihn in diesem Zustand nur ungern verlassen. Wir sprachen eine Weile miteinander, und als schließlich der Regen nachgelassen und der Nebel sich gelichtet hatte, bat er mich, ich möge die Güte haben, ihn zu seiner Wohnung in der Rue – zu begleiten und ein Glas Wein mit ihm einzunehmen.

Das tat ich nur allzugern; schon nach den wenigen Augenblikken, die ich in seiner Gesellschaft zugebracht hatte, empfand ich eine starke Neigung, an seiner Seite zu bleiben – so sehr zog er mich in seinen Bann.

Aber wie schlecht war ich auf den Reichtum, fast könnte ich sagen, den Luxus der Räumlichkeiten des M. P- vorbereitet. Das zarte Spitzengewebe der Gardinen, die üppigen Wandbehänge, die dichten Falten der Vorhänge, die schweren Sessel, deren hölzerne Lehnen und Beine zu abstoßenden Fratzen geschnitzt waren, sich in Seelenqualen windenden Mönchen ähnlich, die Wände mit goldgerahmten Gemälden so überladen, daß die blutrote Farbe der Tapeten dazwischen kaum sichtbar war. Und durch den Raum wehten die Düfte seltener Kräuter, einer sonderbaren, mit Öl gefüllten Glaskugel entströmend.

Wir nahmen in dieser außergewöhnlichen Umgebung Platz; der Wind vom Fluß hob die Gardinen und wehte die stechend süßen Wohlgerüche durch das Zimmer. Mein Gastgeber saß vollkommen schweigsam, den Kopf leicht nach vorn gebeugt, in einem der gespenstischen Sessel.

»Die Öle haben eine beruhigende Wirkung auf mich«, sagte er, »denn ich habe beständig das Empfinden, als würde ich entzweigerissen.«

Seine Stimme erreichte neue Tiefen der Melancholie, und ich

murmelte einige törichte Worte der Hoffnung und des Trostes der Art, die oft nur dazu dient, bei dem Leidenden die Gefühle der Bedrängnis zu verstärken, tritt dabei doch um so deutlicher zu Tage, daß der Redende den Schmerz des Leidenden nicht mitzuempfinden vermag.

Ich erinnere mich, daß beim Anblick eines so über die Maßen großen Jammers in der Miene eines Menschen, dem es doch offensichtlich an nichts gebrach, ein Schauder durch meinen Körper rann.

Als er die Augen schloß und den Duft des Öls einatmete, betrachtete ich das große Fenster hinter ihm. Durch dieses Fenster, das auf einen kleinen schmiedeeisernen Balkon führte, konnte ich ein weiteres Fenster in der Fassade des gegenüberliegenden Hauses sehen, ein Fenster, das fast die gleichen Ausmaße wie dieses hier hatte; und durch jenes Fenster sah ich am anderen Ende eines recht großen Raumes noch ein Fenster. Mich dünkte, mein Blick werde durch das Fenster hinter M. P- eingerahmt in stetig sich verjüngender Perspektive, die man unmöglich erhält, wenn man lediglich auf einen entfernten niedrigen Horizont schaut, dessen einziges Maß die Erde darunter und der Himmel darüber sind.

Die Tage und Wochen, die auf meinen Besuch in M. P-s Wohnung folgten, lehrten mich, an diese PERSPEKTIVE zu glauben, den verkleinernden Blick, der sich mittels dieser seltsamen Abfolge von Fenstern herstellt, als blicke man in eine in sich zusammenstürzende Welt, lehrten mich den Glauben, daß es die *Perspektive* ist, die konstituiert, was wir von der Realität wissen, und nicht das, was sich uns gemeinhin bei unseren alltäglichen Verrichtungen präsentiert – Bäume, Fremde, Gärten, Häuser – diese lediglich dunklen Phantasien des Verstandes –

Denn diese Pforte, die auf *jene* Pforte schaut und wiederum auf *jene* und all die darauf folgenden, sich ins Endlose erstreckenden Abbilder – sie allein gestattet uns unser Wissen von der Realität, diesen alles auflösenden Blick auf die Welt.

Jury hörte auf zu lesen und schaute unter der Seite in seiner Hand nach, ob vielleicht noch eine darunter auftauchte wie die Fenster hinter den Fenstern.

»Das ist alles, Sir?« fragte Wiggins und hielt sein Glas in die Höhe, auf dem jetzt nur noch eine flache Schaumschicht schwamm.

In das kurze Schweigen, das über dem Tisch hing, ertönte lautes Stammesgeheul vom Tresen, und Jury mußte erst einmal ein Gefühl der Orientierungslosigkeit abschütteln, die flüchtige Vorstellung, daß er auf einen Vorposten der Welt geraten war. Er schaute auf den Fernseher: Die Fans feuerten ihre beiden Teams an.

»Das ist ja richtig faszinierend«, sagte Melrose und zündete sich ein Zigarillo an. »Da laufen vier Geschichten gleichzeitig ab – oder doch beinahe. Es gibt den Erzähler und seine Beziehung zu Monsieur P. Dann das, was Monsieur P. von sich erzählt. Dann die Briefe, die auf eine Beziehung zwischen Monsieur P. und einer Frau hinweisen. Und die Beziehung des Erzählers zu dieser Frau.«

»Haben Sie noch mehr?« fragte Wiggins Ellen. Er ließ sich offenbar für sein Leben gern vorlesen.

»Ja. Aber ich habe es in einem Aktenschrank eingeschlossen. In meinem Büro. Bei dem Gedanken, das Original herumzutragen, ist mir doch nicht so wohl. Stellen Sie sich vor, es *wäre*...«

»Von Poe selbst geschrieben?« fragte Jury. »Hat es schon jemand gelesen, der in der Lage ist, die Echtheit zu beurteilen?«

»Hm, Professor Irwin; er ist Poe-Experte. Und Vlasic, der hält sich dafür. Aber der hält sich für alles mögliche, besonders bei den Studenten. Und dann Owen Lamb, den ich schon erwähnt habe, der Professor, dessen Assistentin Beverly war. Er ist Genealoge, Historiker, Spezialist für alte Dokumente, so was in dem Dreh.«

»Und?« drängte Jury. »Was sagen sie dazu?«

»Sie sind sich nicht einig, glauben aber überwiegend, es sei gefälscht. Vlasic legt sich natürlich nicht fest, weil er keinen Fehler machen will. Lamb hält es nicht für echt, räumt aber ein, daß er nicht auf der Basis des Textbestandes urteilt. Er glaubt nämlich, daß der tatsächliche *Inhalt* eines fragwürdigen Manuskripts nicht ausschlaggebend ist. Im übrigen hat Poe seine Manuskripte nicht unter Verschluß gehalten.«

»Aber wenn es eine Geschichte von Poe ist – in den letzten hundert Jahren oder wie lange es her ist, kann doch alles mögliche passiert sein, das ihr Auftauchen erklärt. Wie ist Beverly darauf gestoßen? Was hat sie denn gesagt, wo sie sie gefunden hat?«

»Beverly hat behauptet, sie habe eine alte Truhe in einem Antiquitätenladen hier in der Nähe durchstöbert. Da sei das Manuskript drin gewesen.«

»In einer Truhe, große Güte«, lachte Melrose.

»In einem Laden in der Aliceanna Street.« Ellen deutete mit dem Kopf hinter sich.

»Und was ist mit der Handschrift?«

»Das ist wieder ein ganz anderes Problem. Darum kümmert sich ein Handschriftenexperte.«

Jury schüttelte den Kopf. »Ich finde das schiere Ausmaß einer solchen Fälschung verblüffend. Du lieber Himmel, man braucht ja schon einiges Talent, nur um eine Unterschrift nachzuahmen. Eine ganze Geschichte in der Handschrift eines anderen Menschen zu schreiben, scheint mir unvorstellbar. War sie zu einem solchen Unternehmen fähig?«

Ellen fummelte mit der Plastikhülle der Originalseite herum und überlegte einen Moment. »Ja.« Sie lehnte sich zurück und holte tief Luft. »Beverly war ehrgeizig. Sie war entschlossen, zu kriegen, was sie wollte. Und wenn sie ihren Doktor hatte, wollte sie in Harvard unterrichten. Nicht irgendwo, sondern in Harvard, und damit basta. So war sie eben: Sie wußte genau, was sie wollte.«

»Jobs in Harvard gibt's aber wahrscheinlich nicht im Dutzend billiger«, sagte Wiggins.

»Es sei denn«, sagte Melrose, »der Gegenstand der Dissertation ist die Analyse eines jüngst entdeckten Manuskripts, das allem Anschein nach das Werk keines Geringeren ist als Edgar Allan Poe. Damit müßte man sich überall einen Job an Land ziehen können. Sie war ja wohl eine gute Studentin.«

»O ja.«

Wiggins hatte sein bis auf weißlich flockige Rückstände fast leeres Glas abgesetzt. »Gut und schön, aber dauert es normalerweise nicht ewig lange, eine Doktorarbeit zu schreiben? Es nützt auch nichts, wenn jemand die eigenen Schlußfolgerungen schon vorwegnähme. Jemand anderes könnte beweisen, daß es sich um eine Fälschung handelt, bevor man die Arbeit fertig hat.«

Melrose sagte: »Dann schaltet man einfach um und arbeitet diese Ergebnisse mit ein. Das wäre zwar nicht halb so dramatisch, aber bedenken Sie doch das Aufsehen, das man bis dahin schon erregt hätte. Andererseits wüßte man, schon bevor man überhaupt anfinge, ob jemand daherkommen und die eigene Position in Stücke zerfetzen würde, denn schließlich wäre das gefundene Manuskript schon von Experten gründlich geprüft worden. Beverly hätte also die Chance gehabt, ihre Dissertation zu beenden, bevor ein ernsthafter Disput darüber entstanden wäre. Und sie hätte sich ja auch ganz simpel weigern können, das Manuskript jemand anderem zu zeigen. Es gehörte schließlich ihr. Aber folgendes wäre sehr gewieft: Für ihre Zwecke wäre es, abgesehen von dem Wert eines echten Manuskripts an sich, Jacke wie Hose, ob es echt ist oder nicht, denn genau das hätte sie ja in ihrer Dissertation zu diskutieren versucht. Sehr trickreich. Man fälscht ein Manuskript eben deshalb, weil man zeigen will, daß es gefälscht ist.«

»Ja, aber wenn das der Fall ist«, sagte Wiggins, »warum ermordet jemand einen Menschen, um ein Manuskript in die Hand zu bekommen, das nicht echt ist?«

»Stimmt.« Jury dachte einen Moment nach. »Wenn seine Echtheit in Frage steht... Warum an der Kirche?«

»Weil die Leute wußten, daß sie dorthin ging. Der neunzehnte

Januar ist Poes Geburtstag. Natürlich habe ich auch gedacht, daß das seltsam war, ausgerechnet dort. In aller Öffentlichkeit. Was meinen Sie dazu?«

Jury schaute sich in der Kneipe um; Patrick Muldare war gegangen. »Was ist mit Patrick Muldare? Das dritte Paar Anfangsbuchstaben. Warum glaubte sie, sie bezögen sich auf ihn?«

»Ich weiß nicht, warum. Sie waren sehr gute Freunde. Hm, vielleicht hatten sie sogar ein Liebesverhältnis. Und sie hat in dem Laden seines Bruders gearbeitet.«

Wiggins hatte das Notizbuch gezückt. »Und wo wäre das bitte, Miss?«

»Es ist ein ziemlich freakiger Antiquitätenladen... hm, wahrscheinlich sind es nicht mal Antiquitäten. Er heißt Nouveau Pauvre und ist drüben in der Howard, wo die ganzen Antiquitätenläden sind. Er ist total in. Jetzt gibt es auch noch ein Café dazu – Hard Knocks heißt es. Da hat Beverly stundenweise gearbeitet. Ich weiß nicht, ob sie in dem Laden oder in dem Café gearbeitet hat, neben diesem Job für Professor Lamb. Über sonstige Freunde weiß ich nichts.«

Jury las den Artikel aus dem *Inquirer* noch einmal und grübelte. »Philip Calvert.« Er schaute Ellen an. »Hat sie Philip Calvert Ihnen gegenüber einmal erwähnt?«

»Direkt nicht, nein. Aber hier sehen Sie, daß er bei der Barnes Foundation in Philadelphia war. Im letzten Semester hat Beverly dort einen Kursus über Kunstbetrachtung gemacht; die Barnes Foundation bietet eine Reihe Kurse an. Da wäre es schon ein Zufall, wenn es *keine* Verbindung gäbe.«

»Aber niemand ist in irgendeiner Weise auf die Idee gekommen, daß die Morde zusammenhängen, auch die Polizei nicht.« Melrose hatte die Artikel ausgebreitet und schaute beide noch einmal an. Dann sagte er zu Ellen: »Was für Informationen hatte Beverly Brown, die die Polizei nicht hatte?«

»Ich weiß nicht.«

Jury studierte immer noch das Blatt mit den Buchstabenpaaren. »Sie hat ganz sicher die Namen miteinander in Verbindung gebracht. Immer unter der Voraussetzung natürlich, daß die Initialen für diese drei Namen stehen.«

»Das müssen sie«, sagte Ellen. »Ich meine, es sind ja nicht nur die Zeitungsausschnitte. Welchen anderen JJ könnte sie mit dem Bindestrich zwischen den Js meinen? Es muß John-Joy sein.«

Jury lehnte sich zurück. »Morgen fahre ich in diese kleine Stadt in Pennsylvania. Nach Blaine, Pennsylvania. Vielleicht schaffe ich es, mit Calverts Freundin bei der Barnes Foundation zu sprechen.«

Wiggins fragte: »Brauchen Sie mich dabei, Sir?« Sein Tonfall besagte, daß es ihn nicht drängte, mitzufahren.

»Nein. Für Sie sind das hier Ferien, Wiggins.«

»Ich würde mir wirklich gern ein paar Sehenswürdigkeiten anschauen. Zum Beispiel die Johns Hopkins.«

»Kommen Sie mit mir«, sagte Ellen. »Morgen früh muß ich unterrichten.«

»Ich hatte eher an die Klinik gedacht.« Wiggins trank die letzten Reste seines weißlichen Gesöffs.

»Was zum Teufel ist das eigentlich?«

»Bromo-Seltzer, Sir. Schmeckt sogar ganz gut.«

Jury verdrehte die Augen und schüttelte den Kopf; dann sagte er zu Melrose: »Vielleicht könnten Sie dem Antiquitätenladen, wo Beverly die Truhe gefunden hat, mal einen Besuch abstatten. Wo war er noch gleich?« fragte er Ellen.

»In der Aliceanna Street. Ein paar Querstraßen entfernt von hier. Und ich bin mit dem Unterricht um zwei fertig, da können Sie mich hinterher in der Hopkins treffen. In der Gilman Hall.«

Das Footballspiel war von einer Rateshow abgelöst worden, und die Stammgäste am Tresen gafften mit halb offenem Mund. Das Geschehen auf dem Bildschirm interessierte sie zwar nicht die Bohne, aber in Ermangelung einer Alternative nahmen sie mit dem vorlieb, was geboten wurde. Die flackernden bläulichen

Schatten verliehen ihren Gesichtern einen blausüchtigen Anstrich. Hinten im Raum baute ein junger Gitarrist ein paar tragbare Verstärker und ein Mikrophon auf.

Jury schaute auf die Uhr. »Es ist nach ein Uhr nachts, Londoner Zeit, und wir haben noch nicht zu Abend gegessen. Ich verhungere. Was ist mit Ihnen?« Er trank sein Bier aus und erhob sich. Ellen zog ihn wieder herunter.

»Moment noch.« Jetzt buddelte sie in einer anderen Tasche, die voller Bücher war. »Und bevor ich esse, muß ich los und meine Katze füttern.«

Melrose warf einen Blick auf das sackähnliche Behältnis. »Ist sie da drin?«

Sie schaute ihn an. »Tun Sie nicht so dumm. Ich suche was.« Sie brachte ein Buch mit einem grellbunten Umschlag und noch mehr Manuskriptseiten zum Vorschein.

»Mein neues Buch«, sagte sie und zeigte auf das Manuskript.

»Welches? Das Saucen-Buch?«

Ellen schaute ihn böse an. »*Sauvage Savant* war nicht über Saucen!«

»Sie haben gesagt, es ginge um einen Delikatessenladen. Einen Deli irgendwo in Brooklyn, haben Sie selbst gesagt.«

»In Queens. Ist aber auch egal. Das hier ist *Türen*.«

»Türen?«

»So heißt es. Es ist das zweite in der Trilogie. Nach *Fenster*«, fügte sie hinzu.

Jury nahm das schreiend bunte Buch, das offenbar von einer Italienerin stammte, und fragte: »Was soll das nun wieder, Ellen?«

»Sie versucht, Sweetie zu stehlen.«

12

Sweetie.

»Ist das Ihre Katze, Miss?« fragte Wiggins und erhob sich, um noch ein Bromo-Seltzer am Tresen zu erstehen.

»Nein. Das ist meine Pro-ta-go-nis-tin, Sergeant Wiggins!« fauchte Ellen; ihr Gesicht wurde puterrot und dann traurig.

Wiggins schämte sich aber gar nicht, sondern schaute sich ihren Kummer besorgt an. Dann ging er los, um noch eine Runde zu bestellen.

Melrose hatte noch nie jemanden so betrübt gesehen wie Ellen. Sie zog ein abgegriffenes Bändchen aus der Tasche mit den Büchern: *Fenster*. Es war vielleicht nicht der geeignete Augenblick zu erwähnen, daß ihm eine Protagonistin namens »Sweetie« Probleme bereitete. Er nahm ein paar Seiten des Manuskripts, überflog sie kurz, kam zu dem Schluß, daß dieser Text nicht leichter zu verstehen war als der erste, und hoffte, daß nicht etwa ein kluger Kommentar von ihm erwartet wurde.

Seine mehr oder minder klugen Kommentare waren aber gar nicht gefragt. Ellen, die Gedankenleserin, betastete zärtlich *Fenster* und sagte: »Manchen Leuten fällt es nicht leicht, sich für eine Figur zu erwärmen, die Sweetie heißt, was verständlich ist. Konnten Sie sich dafür erwärmen?«

»Ich? Hm, ich habe überlegt, ob...«

»Ich sofort«, sagte Jury. »Ich finde den Namen großartig. Ich finde auch das Buch großartig, Ellen.«

Wann hatte er es...? Melrose schaute Jury groß an. Im Flugzeug! Jury hatte das ganze Buch – na ja, allzulang war es nicht – auf dem Flug hierher gelesen. Kein Wunder, daß Jury bei Frauen wie bei Zeugen immer so erfolgreich war.

»Ja, aber schauen Sie sich das hier an!« Sie hielt das andere Buch hoch, das mit dem schreiend bunten Umschlag und dem Picassoartigen Torso darauf. Es hieß *Lovey*. Das, dachte Melrose, ließ Übles ahnen.

»Hören Sie zu.« Ellen fing an, aus *Fenster* vorzulesen:

> Sweetie hob den weißen Briefumschlag vom Teppich auf. Er war feucht, weil der Morgen draußen so naßkalt war. Sweetie zog den dicken Packen Papier aus dem Umschlag, sah die vertraute Handschrift und spürte, wie sich ihr die Kehle zuschnürte. Sie las:
> »Lily, du mußt vorsichtig sein.«
> Vormittag, aber Sweetie ging hoch in ihr Schlafzimmer und blieb dort liegen, während der Morgen zum Abend wurde und der Abend zur Nacht und die Nacht wieder zum Morgen. Die ganze Zeit lag sie da und betrachtete die Decke. Sweetie hatte Mond und Sterne über sich gemalt. Über ihr trieb die Zimmerdecke mit silbernen Sternen und gespenstischem Mond.

»Und jetzt«, sagte Ellen, »hören Sie sich das an.« Sie nahm das andere Buch und öffnete es auf einer Seite, die sie mit einer Büroklammer gekennzeichnet hatte.

> Lovey öffnete die Tür und schaute die Straße hinauf und hinunter, um zu sehen, wer geklingelt hatte. Die Hitze schien sie wie eine warme Hand zurückzudrängen, sie erblühte auf ihrem Gesicht. Sie sah niemanden. Sie ging auf die Veranda hinaus und stolperte beinahe über die Holzbank, als sie das Päckchen sah. Es war das fünfte, das an ihre eigene fiktive Figur adressiert war, an Baby. Lovey hatte Angst, es anzufassen.

Ellen knallte das Buch auf den Tisch, daß die Gläser wackelten, was diverse Leute an angrenzenden Tischen veranlaßte, herüberzuschauen. »Sie versucht, Sweetie in Lovey zu verwandeln, und Lily in Baby. Mein Gott! ›Ihre eigene fiktive Figur, Baby‹ – sie hat doch keinen blassen Schimmer, was in *Fenster* passiert!«

»Das ist ja schrecklich, Ellen.« Melrose war wirklich erbost. »Und das ist *veröffentlicht* worden? Wie kann sich jemand einen so dreisten literarischen Diebstahl erlauben?«

»Das passiert doch dauernd. Wenn es nicht wortwörtlich geklaut ist, kann man es so gut wie nie beweisen.«

Melrose schaute sich das Titelbild noch einmal an. »Vittoria Della Salvina – ist sie Italienerin?«

»Aus Queens. In Wirklichkeit heißt sie Vicki Salva. Gott! Sie war ein absolutes Nichts.« Ellen griff sich ins Haar und riß es beinahe aus. »Eine komplette Null. Das hätte ich wissen müssen.«

Jury blätterte die Seiten durch. Hatte wahrscheinlich das ganze Ding intus und sich ein Urteil gebildet, noch ehe Wiggins zurückkam. Melrose seufzte. Warum hatte *er* nicht aufmerksamer gelesen? Von nun an würde er alles brav studieren, jawohl!

»Und Sie kennen diese Frau?« fragte Jury.

Ellen nickte. »O ja. *O* ja. Vor zwei Jahren habe ich an der New School unterrichtet, Sie wissen schon, in Manhattan. Es war ein Schreibseminar, gleich nachdem *Fenster* veröffentlicht worden war. Diese Vicki Salva saß immer in der ersten Reihe und leckte mir förmlich die Füße, Sie würden es nicht glauben. Vor und nach dem Seminar hing sie immer rum und redete in einer Tour über *Fenster* und wie wunderbar es sei. Redete und redete über meinen Stil, über Sweetie, über das Thema. Und sie *hatte* es gelesen, ganz offensichtlich; sie hat also das gehabt, was im Gesetz als ›Zugang‹ bezeichnet wird. Das ist ja immer am schwierigsten zu beweisen. Aber selbst mit einem solchen Beweis kann ich ihr nicht an den Karren fahren. Ich bin bei zwei Anwälten gewesen. Sie ahnen ja nicht, wie schwierig es ist, so etwas zu beweisen.«

»Aber, Herr im Himmel«, sagte Melrose, »es ist doch so verdammt offensichtlich. Sie gewinnen diesen angesehenen Preis, und diese – Frau... Zum Kuckuck, man darf gar nicht darüber nachdenken.« Dann fügte er hinzu: »Poe ist wenigstens tot. Er muß keine Vampire mehr erdulden, die ihn plagiieren.«

»Nicht nur das, sie schreibt entsetzlich«, sagte Jury. »›Die Hitze erblühte‹? Im Grunde geht es doch darum, daß sie so mies schreibt und Sie so gut – und deshalb merken es die Leute nicht.«

»Es stinkt. Das ganze Ding stinkt zum Himmel.« Ellen legte den Kopf auf den ausgestreckten Arm.

Aha! dachte Melrose. Deshalb hat sie mich angerufen und gebeten, in die Staaten zu kommen. »Nehmen Sie es nicht so tragisch. Niemand wird diesem Quatsch auch nur die geringste Beachtung schenken. Nur weil Ihr Buch so gut ist, ist ihres überhaupt veröffentlicht worden. Das verläuft alles im Sande.«

»Gar nicht wahr. Sie wird es wieder tun. Ich schreibe eine Trilogie über Sweetie.« Sie zeigte auf das Manuskript von *Türen*.

»Aber sie würde es doch sicher nicht noch einmal wagen, Miss«, sagte Wiggins und kippte die Hälfte seines Drinks.

»Warum nicht? Einmal hat sie es doch schon getan, oder?«

Melrose schaute Jury an. »Was wollen Sie in der Sache unternehmen?«

Jury lächelte. »Ich fürchte, ein Fall für die Mordkommission ist es nicht.«

»Aber spätestens dann, wenn ihr zweites Buch herauskommt«, sagte Ellen.

13

Links und rechts neben der Tür des Geschäfts in der Aliceanna Street standen Hohlziegel, die als Blumentöpfe für ein paar erfrorene Weihnachtssterne fungierten, traurigen Überbleibseln vom Feiertagstrubel. Falls in dem Etablissement Trubel jemals herrschte, dachte Melrose. Das Schaufenster war überladen mit allem möglichen Klimbim, ein blauer Neonhalbmond, der wie ein Pulsschlag an- und ausging, hing über einem mit kabbalistischen

Zeichen versehenen Gebilde. Man gewann eher den Eindruck, als betreibe hier ein Wahrsager seine Geschäfte, als daß mit Antiquitäten gehandelt würde. Vor dem Sammelsurium im Schaufenster stand ein Mädchen, sie hatte das Gesicht gegen das Glas gepreßt und schirmte es mit beiden Händen ab, um hineinsehen zu können. Als sie merkte, daß Melrose neben ihr stand, schaute sie sich unwirsch um. Sie war ziemlich jung, ihre Augen in dem teigigen Gesicht sahen wie Rosinen aus, ihr Ausdruck war alles andere als freundlich. Offenbar fühlte sie sich beim Betrachten der Schaufensterauslagen gestört, denn sie warf ihm einen garstigen Blick zu und spazierte von dannen.

Eine Glocke bimmelte über der Tür, als Melrose in den kühlen, dämmrigen Raum trat. Er sah niemanden, obwohl sich der Vorhang an der Tür hinten im Laden bewegt und die Metallringe geklimpert hatten. Von irgendwo hinter dem Vorhang meinte er Geschirrklappern zu hören, und in dem Halbdunkel erspähte er einen großen Vogelkäfig, aus dem ein Geräusch wie von Krallen auf Sandpapier kam.

Der Raum war nicht groß, aber vollgestopft mit kleinen, dunklen Möbelstücken, eher zweite Hand als antik; glitzernde Halsketten und Kameebroschen in mit schwarzem Samt ausgeschlagenen Schubkästen; Kleiderständer mit schönen alten Klamotten; kitschigbunte Gläser und ein ziemlich billig aussehendes Porzellanservice mit Weidenmuster; Bücher, stapelweise Illustrierte. Von einem großen Eichenregal nahm Melrose ein in Leder gebundenes dickes Buch, das die Farbe von isländischem Moos und einen Goldschnitt hatte. Die Seiten knisterten beim Durchblättern. Dunkle Symbole zur Geisterbeschwörung und dämonenhafte Figuren starrten ihm entgegen. Er stellte das Buch zurück und versuchte es mit einem anderen, nicht weniger deprimierenden, einer Geschichte in Holzschnitten, die den Aufstieg einer armen Kreatur mit einem Sack auf dem Rücken in einem felsigen Vorgebirge recht anschaulich darstellten.

Von den Wänden troffen geradezu Flüche und Segnungen: zwei Frauen (bestimmt Schwestern), die ihre Gebetbücher inbrünstig an die Brust drückten und Spitzenhandschuhe trugen, sandten tadelnde Blicke aus, abstoßende afrikanische Masken hingen zwischen alten Drucken bleicher Heiliger, deren Köpfe von wabernden Glorienscheinen umgeben waren. Eine Jungfrau Maria aus verblichenem blauen Plastik ignorierte ein paar fette Cherubime, die sie neckisch am Gewand zupften und von ihrer Morgenandacht ablenken wollten.

Auf einem Mahagonischreibtisch, von einer Bodenlampe mit grüner Glaskugel erhellt, befanden sich ein Stereoskop, ein paar Bilder zum Hineinschieben und eine dünne, von einem Band zusammengehaltene Broschüre. Ein Erinnerungsbüchlein – als solches bezeichnete es sich jedenfalls – an das St. James Hotel in der Charles Street. Auf dem Innentitel war ein Bild des Hotels.

Melrose las die von dem damaligen Direktor des St. James Hotel verfaßte Einleitung. Mr. Adams scheute keine Mühe, die vielen angenehmen Stunden, die den Gast erwarteten, in allen Einzelheiten zu schildern. Er befleißigte sich eines bedächtigen, in seiner Weitschweifigkeit beinahe britischen Stils, als habe er keineswegs Eile damit gehabt, einen Überblick über die vielen Vorteile eines Besuches in seinem Hotel zu geben.

Um den Gästen ihren Aufenthalt in Baltimore zu erleichtern, war Mr. Adams so aufmerksam gewesen, Fotos interessanter Sehenswürdigkeiten in der City beizufügen. Man konnte durch den Text und die Bilder des Büchleins flanieren, hier am Druid Hill Park haltmachen oder dort am Monument Square, seltsam unbelebten Orten, wenn man an die riesigen Menschenmengen dachte, die heutzutage in Harborplace zu sehen waren. Ein winziges Menschengrüppchen stand vor den Schneeverwehungen am Monument Square, an der Ecke spielte ein Kind mit einem Reifen. Es gab Fotos des Hotelfoyers und Speisesaals, in dem ein Dinner mit Wein einen Dollar kostete. Und ein Zimmer eineinhalb Dollar.

Melrose holte ein paar Münzen aus der Tasche. Er betrachtete die Quarters, Dimes und Nickels. Stelle sich das einer vor! Dafür hatte man sich weiland im St. James Hotel einquartieren können. Und eine komplette Mahlzeit mit Wein bekommen.

Er nahm das Stereoskop und wischte es ebenso wie die staubigen braunen Bilder mit dem Taschentuch ab. Dann steckte er eines vor die schaufelähnliche Linse. Ein Bahnhof, der alte Bahnhof »Baltimore and Ohio« erstand plötzlich vor ihm. Eine kleine Gruppe von vier – nein, fünf – Menschen war entweder gerade aus einem Zug gestiegen oder im Begriff einzusteigen.

Er schob ein neues Bild in den Apparat und sah eine zweirädrige Droschke mit mehreren Leuten – vielleicht sogar denselben – über die gepflasterte Straße fahren, der Bahnhof war jetzt weit entfernt.

Als nächstes der Anblick einer geräumigen Eingangshalle mit Palmen in Kübeln und Säulen und wieder ein paar Menschen. Das konnten sehr gut Gäste des St. James sein, dachte er; vielleicht kamen sie, angenehm satt, von ihrem Ein-Dollar-Menü.

Waren die alten Bilder so hintereinandergelegt worden, daß sie eine Geschichte erzählten? Oder lief die Geschichte zufällig so ab, in der Reihenfolge, die er den Bildern gegeben hatte? Das ist ein wichtiger Unterschied, dachte er, wenn er auch nicht wußte, warum.

Wie gern hätte er sich der kleinen Gruppe angeschlossen, seine Tasche genommen, die Droschke bestiegen und das ruckelnde Rollen der Räder gespürt. Dann würde er aus der Droschke in das warme Licht der Sonne steigen, das sich auf den Bürgersteig vor dem St. James Hotel ergoß. Alle sechs würden sie durch die kühle Lobby zur Rezeption gehen, wo Mr. Adams sie freundlich begrüßen und jedem ein Büchlein zum Andenken an das Hotel schenken würde.

Dann hinunter zum Speisesaal. Die Hälfte der Tische besetzt und alle mit weißen Tischtüchern, als Vorspeise eine Bouillon, dann einen Braten. Er genoß das Gespräch mit seinen neuen Gefährten, obwohl er nicht hören konnte, was sie miteinander redeten. In der Stille blähten sich Vorhänge, bewegten sich Lippen, flitzten Kellnerinnen umher –

Abrupt erwachte er aus seiner Tagträumerei. Er hielt zwar das Stereoskop noch in der Hand, hatte aber das letzte Bild nicht durch ein neues ersetzt, so daß er durch den Halter auf das Gesicht eines Mädchens blickte, das plötzlich ähnlich aufgetaucht war wie der Bahnhof, das Pferd, die Droschke und die Menschen. Ihr Gesicht war in dem Gittermuster aus Licht und Schatten gefangen, das von einem hellen Wandleuchter erzeugt wurde.

»Oh, guten Tag«, sagte er zu ihr, peinlich berührt, daß sie ihn beim Träumen ertappt hatte.

»Ich hab sie so hingelegt«, sagte sie.

Wovon redete sie? Ach, die Bilder. Damit war die Frage beantwortet; die Reihenfolge war nicht willkürlich.

Sie stand neben ihm und nahm die Bilder. »Die aus dem Zug gestiegen sind, sehen aus wie die in dem Hotel. Eine trägt denselben Hut.« Das Mädchen schob ein Bild in den Halter und hielt es Melrose zur Begutachtung hin.

Melrose runzelte die Stirn. Sollte er nun die Phantasien des Mädchens bestätigen? Stöhnend tat er ihr den Gefallen und schaute durch das Stereoskop. »Na ja, aber woher weißt du, daß sie *aus*gestiegen sind? Vielleicht *warten* sie auf einen Zug.« Du liebe Güte, warum fing er an herumzuargumentieren?

»Weil«, erklärte sie geduldig, »ihre Koffer schon auf dem Karren sind.«

Ärgerlich, weil er dieses Detail übersehen hatte, schaute er noch einmal in die idyllische Vergangenheit, weigerte sich aber, ihr zu sagen, daß sie recht habe. Sie war ohnehin unter einundzwanzig, gehörte somit in die Kategorie Kind, eine Altersgruppe, aus der man erst dann Informationen bekam, wenn zuvor Gummibärchen den Besitzer gewechselt hatten. Widerstrebend ließ er von dem

Stereoskop und damit der Vergangenheit ab, um sich der Gegenwart zuzuwenden und sich um seine Informationen zu bemühen. Da niemand anderes da war, mußte er sich eben mit diesem Kind begnügen.

Man hatte sie offenbar gebeten, im Laden zu bedienen, denn sie fragte ihn, ob er etwas Bestimmtes suche.

»Ja – Bücher«, sagte er. »Erstausgaben.«

Sie ging zu einem Bücherregal und blieb davor stehen. »Hier sind ein paar alte.« Sie hatte ein verhärmtes, kummervolles Gesicht, was angesichts solch grimmiger Mahner an die ewige Verdammnis und beinahe ebenso unattraktiver Himmelskandidaten in ihrer unmittelbaren Umgebung nicht verwunderlich war. Der fahle Heilige in dem angelaufenen Rahmen über dem Bücherregal sah jedenfalls nicht aus, als freue er sich auf den Ort jenseits der Zimmerdecke, in dessen Richtung er den Blick erhob.

»Die sehen ein bißchen neuer aus als das, was ich möchte«, sagte Melrose und strich über die brüchigen Buchrücken. »Ich handle mit alten Manuskripten. Aber ihr habt wohl keine?«

»Sind Sie Engländer?«

»Ja. Woran hast du das gemerkt?«

»Daran, wie Sie reden.«

»Damit verrät man sich doch immer wieder, stimmt's?«

»Ja.«

Wenn sie doch aufhörte, seine rhetorischen Fragen zu beantworten. Sie nahm wahrscheinlich alles furchtbar wörtlich. Er schlug ein Exemplar von *Peter Pan* mit den Illustrationen von Arthur Rackenham auf. Der Umschlag war abgegriffen, und die Vorsatzblätter waren verkleckst, aber die Bilder wunderhübsch. Durch die perlgraublaue Morgen- oder Abenddämmerung von Kensington Gardens huschten Elfen.

»Das ist mein Lieblingsbuch.«

»Es ist sehr hübsch. Aber ich interessiere mich mehr für amerikanische Autoren.«

»Ich war mal in England ... glaube ich«, fügte sie nachdenklich hinzu.

»Wie? Du weißt es nicht genau?« Er wünschte, sie bliebe beim Thema.

Sie stellte sich so hin, daß sie in das offene Buch in seiner Hand schauen konnte. »Das kommt mir bekannt vor.«

»Es ist eine Statue von Peter Pan.«

»Vielleicht habe ich mal davon geträumt.«

Diesen Augenblick suchte sich der Ara aus, um zu krächzen. Es klang wie »Im-meer.«

»Sei still«, sagte sie ziemlich streng zu ihm.

Der verdammte Vogel hatte kapiert, daß er lebendig war, und entschied sich, diese Tatsache zu feiern, indem er immer wieder »Im-meer« krächzte, worin sich offenbar sein Wortschatz erschöpfte. Er putzte sich, flatterte mit den Flügeln und tanzte zur Melodie von »Im-meerimmeerimmeerim-eer« auf seiner Stange herum. Meinte er, damit könne er jemanden dazu verleiten, ihm einen Keks zu geben? Nicht einmal der Kater war interessiert. Er schlummerte unter einer Tarnung von Lumpen und Kissen und ließ sich auch kaum stören, als das Mädchen ein großes blutrotes Stofftuch unter ihm wegzog und sich daran machte, es über den Käfig zu drapieren. »Wenn ich das nicht mache, schreit er immer weiter. Er soll eigentlich ›nimmermehr‹ sagen wie der Rabe in Poes Gedicht, aber er kriegt immer nur ›im-meer‹ zustande. Ein Freund von meiner Tante hat versucht, ihm das beizubringen. Hätte er ihn doch bloß in Ruhe gelassen!«

Melrose kam zu dem Schluß, daß das Mädchen doch ganz vernünftig war, wenn sie die alberne Angewohnheit, Vögel sprechen zu lehren, so beurteilte. »Dann gehört dieser Laden deiner Tante?«

»Ja, aber sie ist einkaufen gegangen.« Sie ging zu einer Truhe mit alten Jacken und längst aus der Mode gekommenen Roben und Gewändern. Ein altersschwaches, steifes weißes Hochzeitskleid raschelte. Sie nahm ein dunkelgrünes Samtkleid heraus, hielt es sich vor und begutachtete sich im Spiegel.

»Und weißt du, wann sie zurückkommt?«

»Erst in ein paar Stunden. Es ist ihr Einkaufstag. Ich muß den Laden machen.« Sie drehte sich, um zu sehen, wie der Rock wirbelte. »Seh ich aus wie Scarlett O'Hara?«

»Nicht besonders. Also, was ist, habt ihr alte Manuskripte?«

In ihrer *Vom Winde verweht*-Laune hatte sie kein Interesse an alten Manuskripten und verzog das Gesicht. Er hätte vielleicht sagen sollen, sie habe starke Ähnlichkeit mit Scarlett O'Hara. Es stimmte sogar, jetzt, da er sie wie durch das Stereoskop musterte, gab es eine gewisse Ähnlichkeit, denn sie hatte sehr dunkles Haar, eine leichte Stupsnase, und ihre Augen besaßen einen ungewöhnlichen Bernsteinton, wie die russische Bernsteinkette, die er auf einer Schmucklade gesehen hatte. Er nahm eine dunkelgrüne Haube und setzte sie ihr auf. »Jetzt aber. Jetzt siehst du aus wie Scarlett, meine ich. Wenn du das Band unter dem Kinn zusammenbindest.«

Der Hut war viel zu groß und verdeckte ihr halbes Gesicht, aber sie schien es für eine großartige Idee zu halten und knüpfte das Samtband zu einer Schleife.

Die diversen Standuhren begannen zu schlagen, eine immer den Bruchteil einer Sekunde nach der anderen, und sie sagte: »Zeit für den Tee. Vormittags trinken wir immer Tee. Sie wollen doch bestimmt auch welchen, wenn Sie Engländer sind. Ich setze nur den Kessel auf, bin in einer Minute zurück.«

Er benutzte die Minute, um die Kiste, die sie geöffnet hatte, zu inspizieren. Leider fand er kein weiteres Manuskript von Poe...

Sie war im Nu zurück, die Haube trug sie immer noch, und wühlte weiter in einer der vielen Truhen, die im Laden herumstanden. Über dem offenen Deckel hingen verschiedene weiße – das heißt einstmals weiße – Gewänder aus Leinen und Spitze. Sie holte eine Bluse heraus und probierte sie über ihrem T-Shirt an.

Warum in aller Welt, fragte er sich, ging er so behutsam zu Werke? Sie hatte ja keinerlei Veranlassung, mißtrauisch zu sein. Während sie eine grüne Jacke überzog, sagte er zu ihr: »Mir hat jemand erzählt, daß in einer Truhe hier ein sehr wichtiges Manuskript gefunden worden ist.«

Sie wurde mucksmäuschenstill, drehte sich von ihm weg und knöpfte die grüne Jacke zu.

»Sehr wertvoll«, fügte er hinzu. Er beobachtete sie im Spiegel. Ihr Gesicht war weiß und ausdruckslos. Das Gespräch hatte eine Wendung genommen, zu der sie betont gleichgültig die Achseln zuckte.

Die Gleichgültigkeit nahm er ihr nicht ab. »Hast du die Truhe zufällig gesehen?«

»Ja.« Schweigen. Dann sagte sie: »Sie ist tot.«

Der Kessel pfiff. Melrose zuckte zusammen.

»Ich hole den Tee«, rief sie und rannte weg.

Der Ara hatte beim Pfeifen des Kessels angefangen, aufgeregt herumzuflattern, wobei das Tuch vom Käfig rutschte. Als er sah, daß nur noch Melrose übrig war, der ihn hätte unterhalten können, döste er auf seiner Stange ein. Auf einem Blumenständer neben dem Käfig befand sich ein Teller mit kleinen weißen Keksen. Melrose schnappte sich einen und steckte ihn durch die offene Käfigtür. Der Vogel ignorierte beides, den Keks und das Tor zur Freiheit. Wenn außerhalb des Käfigs niemand anderes stand als Melrose Plant, blieb er lieber bei seiner Stange.

»Dann eben nicht«, sagte Melrose und wandte sich an den Kater, der erzitterte, einen Buckel machte und herzhaft gähnte. Er schnupperte an dem Keks und rollte sich wieder auf den Kissen zusammen.

Das Mädchen kam mit einem Tablett zurück, auf dem sie zwei Becher, Teekanne, Zuckerdose, Milchkrug sowie einen Teller mit Zitronenscheiben, Kuchen und einen Stoß Kekse balancierte. Bei letzteren handelte es sich um kugelrunde Köstlichkeiten mit einem dicken Guß aus Zucker und Kokosraspeln beziehungsweise Schokoladenkekse mit Cremefüllung.

»Wie heißt du?« begann Melrose im Plauderton.

»Jip«, antwortete sie lustlos, als hätte sie ihm lieber gar nicht geantwortet. Allgemeines Schweigen, während sie ihm Zucker anbot und er sich nahm. Zitrone wollte er nicht, statt dessen goß er sich ein wenig Milch ein.

»Hm. Ich heiße Melrose. Nett, dich kennenzulernen.« Mißmutig, fand er, trank sie ihren Tee und beobachtete ihn mit ihren goldbraunen Augen über den Becherrand hinweg. »Jip. Das ist ein interessanter Name. Wofür ist es ein Spitzname?« Es mußte ja wohl einer sein.

»Für nichts. Einfach nur Jip.«

Jetzt schaute sie ihn mit tiefem Ernst an, als wisse sie auch, daß es nicht wie ein Name klang, den man gemeinhin auf Geburtsurkunden findet. Wußte sie ihren richtigen Namen womöglich gar nicht? Ihr Gesicht unter den lächerlich weiten Flügeln der Haube war traurig. Sie zerrte sich den Hut vom Kopf. Die Zeit der Spielchen war vorbei. Irgend etwas jedenfalls war vorbei.

»Vielleicht ist es ein Patronym«, sagte Melrose und nahm in einem sehr niedrigen alten Sessel Platz, durch dessen Polsterung sich die Sprungfedern drückten.

Sie war dabei gewesen, die Füllung von einem Schokoladenkeks abzulecken, hielt aber inne und zog die Stirn kraus. »Ein was?«

»Ach, du weißt schon«, sagte er aufgekratzt, »so was Russisches. In russischen Romanen findet man die. Patronyme. Die Russen haben doch so eine liebevolle Art, wie sie sich gegenseitig nennen. Ich habe eines. Ein Patronym, meine ich.« Oh, was erzählte er da? Außer Melrose hatte er keinen Namen. Seine Eltern hatten ihm nicht einmal einen zweiten Namen gegeben. Aus unerfindlichen Gründen ärgerte ihn das. Warum hätten sie ihn nicht Melrose Fjodorowitsch genannt? Ein zweiter Name – mehrere Namen – wäre ihm in dieser Situation sehr zupaß gekommen.

»Und was für einen?«

»Melrowitsch.« Er räusperte sich. »Schau mal, im Prinzip ist es so wie Petrowitsch für Peter; oder sagen wir Anna Petrovna.« Er lächelte und widmete sich dem Keksteller. »Und dann gibt's noch die Diminutive. In meinem Fall Melja. Was sind das für welche?«

Eine Sekunde lang schien sie ihm gar nicht zuzuhören. Sie hielt die zwei Hälften ihres Kekses hoch, ein Stück in jeder Hand, und starrte ihn an. »Melja«, sagte sie. Dann beantwortete sie eine Frage: »Oreos und Schneebälle.«

»Hast du die gebacken?«

»Nein. Die sind gekauft.«

Melrose nahm sich eines der kugelrunden Dinger mit dem dikken, klebrigen weißen Guß und den Kokosnußraspeln. Ein Bissen langte. Er legte es auf den Rand eines Tellers mit alten Münzen.

»Erzählen Sie weiter. Von den Namen«, sagte sie.

Er kratzte sich am Kopf. »Russin bist du vermutlich nicht – oder etwa doch? Viele Leute sind keine Russen und haben trotzdem diese Patronyme und Abkürzungen. Obwohl man die meisten, wie ich schon gesagt habe, bei Tolstoi findet. Oder Dostojewski.«

Sie beobachtete ihn ganz genau, während sie die Creme von ihrem Oreo leckte.

Melrose war schon vor Urzeiten einmal zu dem Schluß gekommen, daß man, wenn man tief in der Patsche steckte, schnurstracks noch tiefer hineinwaten mußte. »Ich kannte mal – hm, eigentlich war es mein allerbester Freund – einen Russen, der hieß Alexej. Aber der Diminutiv war Aljoscha. Ich war bei seiner Hochzeit. Er war ziemlich wohlhabend; es war eine riesige Hochzeit. Ich bekam ein Stück weißen Kuchen in einer kleinen, mit weißem Satin ausgeschlagenen Schachtel –«

»Ich dachte, das kriegten nur Damen.«

»In Rußland nicht. In Rußland kriegen es die Männer. Die brauchen da eher schon mal Glücksbringer.«

Sie nickte und zerbrach noch einen Keks.

Gedankenverloren drehte Melrose den Teller mit den fremden Münzen. »Aber als ich die Schachtel aufmachte, fand ich kein Stück Hochzeitskuchen, sondern einen Rubel und einen kleinen zusammengefalteten Zettel. Der teilte mir mit... nein, er legte mir dringend nahe, Leningrad, sofort, hm, zu verlassen und nach –« Sein Blick fiel auf einen Stapel alter Postkarten; eine zeigte die Rockettes, die aus Leibeskräften die Beine schwenkten, alte Babies in Satinwindeln, und er mußte an die anmutigen Folkloretänzer aus Georgien denken. »– Georgien fahren. Ja, ich sollte Leningrad verlassen und nach Georgien fahren.« Er versuchte sich einen Grund auszudenken, warum der Rubel in der Schachtel war, aber ihm fiel nichts ein.

»Meinen Sie Georgia, sollten Sie vielleicht nach Atlanta fahren?«

»Was?«

»Ob Sie nach Atlanta fahren sollten?«

»Nein, nein, ich meine Georgien. Das *russische* Georgien.«

Sie nickte, legte den nackten Keks neben den anderen, auf dem auch keine Creme mehr war, und nahm einen dritten. Er betrachtete die Schneebälle und fuhr fort: »Es war Winter.« Jip kuschelte sich in die alten Kleider, die Stange geriet ins Schwanken. Hinter dem weißen Kleid hing ein räudiger alter Pelzmantel. »Man gab mir warme Kleidung und einen Schlitten. Wenn ich mich recht entsinne, war der Mantel, den ich erhielt, aus russischem Zobel.« Als er in ihre russisch-bernsteinfarbenen Augen schaute, überlegte er, ob eine Frau in dem Schlitten sitzen sollte oder nicht.

»Wer hat Ihnen den Schlitten und das andere Zeugs gegeben? Aljoscha?«

»Ja.« Ah, gut, sie steuerte den Hintergrund selbst bei. »Er war reich.«

»Das haben Sie schon gesagt.« Sie drückte die beiden Hälften des abgeleckten Kekses aufeinander, legte sie auf den Glasteller und nahm den nächsten Keks vom Stapel. »Weiter.«

»Du kannst dir nicht vorstellen, wie hoch der Schnee lag.« Melrose spürte die schweren, nassen Flocken förmlich im Gesicht. »Er fiel... zentimeterdick. Wir fuhren drei Tage und drei Nächte.« In Märchen passierten die Dinge immer dreimal.
»Wir?«
Er hatte vergessen, die Frau zu erwähnen.
»Eine Freundin von Aljoscha.«
»Die haben Sie bestimmt auf der Hochzeit kennengelernt. Wollen Sie noch Tee?«
»Ja, bitte.« Sie war eine exzellente Zuhörerin. Als der frische Teebeutel in seinen Becher plumpste und sie vom mittlerweile lauwarmen Wasser dazugoß, erzählte er weiter. »Sie war Aljoschas Schwester.«
»Wie hieß sie?«
»Julie.« Wo kam das nun wieder her? Julie klang nicht russisch. Prompt wurde er darauf hingewiesen. »Das klingt aber nicht sehr russisch.«
»Ihre Mutter war Engländerin.«
»Aber sie war Aljoschas *Schwester*. Also muß sie auch Russin sein.«
»Ihre Halbschwester«, sagte Melrose mit frischem Mut. »Aber sie ist – ich meine, sie hatte ihr ganzes Leben in Rußland verbracht. Ist das wichtig? Sie war hinreißend schön. Ihr Haar war sehr dunkel, und ihre Augen hatten... eine Farbe wie Sand im Sonnenuntergang. In Arabien.« Seine Gedanken drifteten ab sanften, endlosen goldenen Dünen und der roten Sonne, die dahinter versank...
Erneut half sie ihm auf die Sprünge. »Sie und diese Julie – was passierte dann?«
Um sowohl Zeit zu schinden als auch sich ordentlich zu strekken, erhob sich Melrose von seiner unbequemen Sitzgelegenheit und begab sich zu den Regalen, die alle möglichen Accessoires enthielten – Schals, Handschuhe, zerdrückte Damenhüte.

»Und? Weiter!«

Melrose schob die Hand in einen weißen, unechten Pelzmuff und dachte an Julie. Julie Christie! Wie sie in *Doktor Schiwago* an der Seite dieses Schauspielers mit dem dicken Schnauzbart durch den Schnee fuhr. »Julie trug ein Cape mit einer in Hermelin eingefaßten Kapuze. Sie hatte einen Muff. Darin war ein Gewehr versteckt.« Aus den Augenwinkeln beobachtete er, wie diese Neuigkeit ankam.

Nicht übel, denn sie hatte aufgehört zu essen und wirkte beunruhigt.

»Julie war nämlich auf der Flucht vor dem KGB. Den KGB gab es ja damals noch. Jetzt ist es nicht mehr so schlimm«, fügte er aus irgendeinem Grund hinzu.

»Was hat Julie gemacht? Warum waren sie hinter ihr her?«

»Sie behaupteten, sie hätte jemanden umgebracht – das Telefon klingelt.«

Sie sah sich um. »Das ist nur für meine Tante.« Als folge sie ihren eigenen Gedankengängen, die nichts mit Melrose zu tun hatten, setzte sie hinzu: »Sie ist nicht meine richtige Tante.«

»Oh! Wie bist du denn dann an sie gekommen?«

Genug vom wirklichen Leben. »Wen hat Julie umgebracht?«

»Den Mann einer Frau, die einen hohen Regierungsposten innehatte. Den Mann von Madame Vronsky. Zumindest wurde sie beschuldigt, ihn getötet zu haben. Keiner wußte etwas Genaues. Aber mir hat sie so sehr vertraut, daß sie mir die Wahrheit gesagt hat. Es war natürlich ein tiefes Geheimnis. Doch sie wußte, sie konnte sich auf mich verlassen.« Er schaute an sich herunter, seine Hände steckten noch immer in dem Muff. Ein Glück, daß bisher niemand in den Laden gekommen war.

»Und haben sie sie gefangen?«

»Nein. Aber du greifst meiner Geschichte vor«, sagte er, ganz schön ungeduldig für jemanden, der so weit zurückhing, daß er nicht einmal wußte, was seine Russen im Schilde führten.

»Sie haben immer noch nicht erzählt, warum Aljoscha Ihnen gesagt hat, Sie sollten aus – wo war es?«

Wo? Ach ja. »Leningrad. Das wurde mir erst sehr viel später klar. Du greifst schon wieder vor.« Melrose rieb sich die Stirn. Vor seinem inneren Auge malte er es sich aus: das weite zugefrorene Land, eine Reihe schwarzer Bäume, die violetten Schatten. Dämmerte der Morgen oder der Abend? Ein blaßrosa Streifen hing wie ein Schleier über den Bäumen in der Ferne. Und während die Sonne allmählich aufging, sah er sich (und Julie) in dem Schlitten lautlos über den Schnee gleiten. Dann sah er die buntschillernden Lichtflecken der Schaufenstereinlagen und dachte: Wunderbar! Und ihm fiel ein, wie Johanna die Wahnsinnige immer im Jack and Hammer erzählte, die Schreiberei sei etwas völlig Mechanisches. Ach, sie irrte sich gewaltig! Phantasie hatte mit dem schwerfälligen Räderwerk des Lebens nicht das geringste zu tun. Es war wirklich Arbeit, die Arbeit, Tautropfen in einer Teetasse zu sammeln oder Sterne um den Mond zu heften.

»Ein dreifaches Hoch!« rief er aus.

»Wie bitte?«

Einen Moment lang hatte Melrose vergessen, wo er war. »Entschuldigung. Nur ein bißchen Alice im Wunderland. Ich habe mich verfranst.«

Er stand auf, reckte sich und ging zu einem Schränkchen mit kunterbunten geschnitzten Tierchen. Er nahm eines, das genauso farbenprächtig war wie der Ara und eine lange Schnauze und einen geschuppten Schwanz hatte. Ein Gürteltier? Ein Leguan?

»Ein paar Stunden, die uns wie Tage vorkamen, fuhren wir in dem Schlitten. Auf einmal wieherten die Pferde und blieben stehen. Etwas war über den Weg geglitten. Ich sah nur noch etwas Kleines davonhuschen. Es hatte einen Schwanz.«

»Eine Ratte? In Baltimore gibt es massenhaft Ratten.«

»Nein«, sagte Melrose. »Wir reden doch über Georgien in Rußland.«

»Aber in Rußland gibt es bestimmt auch Ratten.«
»Schau, ich habe gesagt, es war *keine* Ratte.«
Sie nickte.
Er setzte das Gürteltier oder den Leguan wieder ab. »Julie ergriff mich am Arm und sagte, vielleicht hätten wir gerade einen der sagenhaften *Trotzkitoskis* der russischen Steppe gesehen. Das sind Tiere, die so ähnlich wie kleine Füchse aussehen, und es heißt, sie bringen dem Glück, dessen Pfad sie kreuzen. Die Kurzform ist ›Trots‹.«
»Hat der Trot Ihnen Glück gebracht?«
Melrose feixte innerlich, weil er den Trot erfunden hatte. »Abwarten.«
»Ich muß ja auf alles und jeden warten.«
Er mußte zugeben, seine Geschichte war detailüberladen. Aber ging es nicht genau darum? Er zog die Brauen hoch. Er war sich nicht sicher. Ellens Geschichte enthielt praktisch überhaupt keine Details außer ein paar Möbelstücken und dieser Sweetie, die darauf wartete, daß ein Brief durch die Tür geworfen wurde. In Gedanken versunken, ließ er die alten Spitzen-, Satin- und Tüllkleider durch die Hände gleiten, die schwer von Perlenstickereien und winzigen eiszapfenähnlichen Glastropfen waren, und fragte sich, ob seine Geschichte auch zu schwer war von den vielen Verzierungen.
»Es war aber unmöglich, die schreckliche Madame Vronsky auf dem Ball zu erkennen.«
Sie riß die Augen auf. »Auf was für einem Ball?«
»Dem Maskenball.«
»Sie haben noch gar nicht gesagt, daß es einen Maskenball gab.«
In seiner Phantasie hatte der Schlitten vor einem riesigen Landsitz gehalten, aus dem Musik erklang. Balalaikas. Kristallklar. »Tut mir leid. Na ja, der hatte schon angefangen, als unser Schlitten vor dem Haus hielt. Einem großen Haus.«
»Sind Sie mittlerweile in Georgien?« Sie schien ihm zu verzei-

hen, daß er sie mit diesem Ball überrascht hatte. Dafür hatte er ihr ja auch eben den Trot präsentiert.

»Nein. Wir waren in der Nähe der Steppe.«

»Und das Haus steht in der Steppe?«

»Nein, nein. Aber du kennst doch die russischen Steppen.« Natürlich kannte sie die nicht. Er auch nicht. Die waren doch sowieso in Sibirien, oder?

»Das Haus war sehr vornehm. Es hatte Stallungen und sogar eine eigene Kapelle. Julie verließ unbemerkt den Ball, sie wollte Rudolf nicht begegnen – er war einer der Söhne dieser reichen Familie, und sie kam zu der Zeit überhaupt nicht mit ihm klar. Er war ein Graf, und sie war mit ihm verlobt. Aber sie wollte ihn nicht heiraten. Egal, sie erzählte mir, sie sei ihm weggelaufen und müßte jemanden draußen an der Kapelle treffen. Ich stand auf der Terrasse und beobachtete, wie sie in ihrem weißen Cape über den schmalen Pfad lief und hinter der Kapelle verschwand.« Melrose hörte die unzähligen Standuhren schlagen. Es war elf Uhr! Er war schon länger als eine Stunde hier. »Und da hörte ich den Schuß.«

Jip schreckte hoch. »Was für einen Schuß? Was war passiert?«

»Rudolf war ihr gefolgt. Er schoß auf Julie.«

»Nein!« Voller Verzweiflung kippte sie den Teller mit den Oreos um. Mit bitter enttäuschter Stimme sagte sie: »Das ist *ungerecht*.«

»Das Leben«, sagte Melrose salbungsvoll, »ist nicht gerecht. Nur in Büchern.« Aber ihr Gesicht war so bleich geworden und die bernsteinfarbenen Augen so traurig, daß er schnell hinzufügte: »Du lieber Himmel, sie ist ja nicht gestorben.«

Jip wandte den Kopf ab, und die Farben des Tiffany-Lampenschirms ergossen sich über ihr Haar. Sie setzte den Hut wieder auf, als wolle sie ihr Gesicht unter ihm verbergen. Dann senkte sie den Kopf und strich den Rock mit den Händen glatt. Als sie sprach, klang ihre Stimme sehr angespannt. »Ich dachte, es wäre so ähnlich wie mit dem Mädchen auf dem Friedhof.«

Die Stimmung war plötzlich umgeschlagen. Vielleicht erschreckten sie die unsichtbaren Gefahren, derer man auf Schritt und Tritt gewärtig sein mußte. »Das Mädchen auf dem Friedhof.« Er setzte sich wieder hin und fragte, ob er noch eine Tasse Tee haben könne. »Soviel ich weiß, besucht jemand jedes Jahr das Grab Edgar Allan Poes. Und bringt Kognak oder Sekt und Blumen mit.«

Sie nickte. Der große Hut wirkte zu schwer für ihren Kopf. »Meine Tante meint, er ist verrückt. Ich nicht. Ich finde es sehr nett, jemanden an seinem Grab zu besuchen und Sekt zu trinken. Es bedeutet, daß man nicht vergessen ist.« Tonfall und Blick deuteten an, daß genau das ihr selbst einmal passiert war.

»Ganz bestimmt«, sagte Melrose. »Ganz bestimmt. Aber Poe würde man sowieso nicht vergessen, oder? Wegen seiner Werke.«

»Das ist nicht dasselbe.« Sie nahm ihren Becher, trank aber nicht, sondern stellte ihn wieder hin. »Was wurde aus Julie?«

»Sie heiratete einen Korsaren. Sie wohnen in Minsk. Die Truhe, die die junge Frau erstanden hat – hast du da mal hineingeschaut, nachdem Beverly Brown sie gekauft hatte?«

»Sie wurde doch angeschossen!«

»Aber nicht tödlich getroffen. Hast du mal in die Truhe geschaut?«

Sie kaute an ihren Lippen und schien mit sich zu kämpfen, ob sie antworten sollte oder nicht. »Sagen Sie es auch niemandem weiter?« Sie war aufgestanden und hatte den Schal von dem Vogelkäfig genommen. *Kreisch!*

»Weitersagen? Nein. Ich kann schweigen wie ein Grab.« Melrose war sicher, daß sie etwas wußte.

»Nein, können Sie nicht.«

»Was?«

Sie setzte sich wieder hin und unterzog den kleinen Stapel ruinierter Oreo-Kekse einer hochnotpeinlichen Prüfung. »Sie sollten doch auch Julies Geheimnis niemandem weitererzählen.«

Julies Geheimnis? Was war – verflixt! Eilig suchte er eine Erklärung für den Verrat an Julie. »Solange sie lebte, sollte ich es nicht.«

»Sie lebt doch. Sie hat jemanden geheiratet und wohnt in Minsk.«

Melrose zermarterte sich das Hirn. Dann lächelte er. »Nein, nicht Julie – Madame Vronsky. Deren Mann Julie aus Versehen umgebracht hat. Julie hatte wahrscheinlich die ganze Zeit Angst, daß Madame Vronsky auf Rache sann.« Da sage noch einer, er könne keine Kastanien aus dem Feuer holen.

Jip schluckte diese erneute Wendung der Dinge, indem sie sich einen abgelegten Schokoladenkeks einverleibte.

Und Melrose kam auf das Geheimnis zurück, das zu bewahren er gerade feierlich geschworen hatte. »Erzähl mir von der Truhe.«

Das Mißtrauen gegen seine unorthodoxe Erzählweise und die Bewunderung für ihn, den romantischen Fremden, schienen miteinander zu kämpfen. »Ich durfte nicht hineinschauen, aber ich habe es doch getan. Sie war voller alter Kleider, Unterröcke und Blusen. Die waren fleckig, und viele zerrissen. Ich hab mich gefragt, warum die überhaupt einer haben will. Es waren nur eine Menge alter Kleider und ein paar Laken und so Zeug und ein paar Bücher drin.«

»Hast du die Geschichte darin gesehen, die angeblich von Poe ist?«

Sie runzelte die Stirn. »Ich kann mich nicht erinnern. Es waren beschriebene Seiten und alte Bücher, die so aussahen wie die, die wir für die Buchhaltung benutzen –« Sie schaute zur Ladentheke. »Aber an etwas anderes erinnere ich mich nicht.« Schulterzucken.

Jip schien es nicht befremdlich zu finden, daß er all diese Fragen nach Beverly Brown und dem verdächtigen Manuskript stellte. »Und sie hat die Truhe und alles, was drin war, mitgenommen?«

Sie nickte. »Und ich habe mich noch gewundert, warum sie den ganzen Plunder nicht aus der Truhe genommen hat, wenn sie nur die Truhe wollte. Die Taxifahrerin, sie und ich, wir mußten das

Ding zu dritt zum Auto tragen, so schwer war es. Warum hat sie die ganzen Klamotten dringelassen? Viele Leute kaufen Truhen und bitten darum, daß man die Sachen rausnimmt. Sie wollen ja nur die Truhe.«

»Das ist ein interessanter Aspekt.« Es sei denn, man wußte nicht genau, was für eine Geschichte über den Fundort des Manuskripts man auftischen wollte. Melrose erhob sich. »Ich muß gehen, Jip. Ich komme sonst zu spät zu meiner Verabredung.«

Auch sie stand auf und fragte: »Und was ist mit Julie? Sie haben es gar nicht zu Ende erzählt.«

»Ach so. Na, keine Bange. Ich komme wieder und erzähle die Geschichte zu Ende.«

»Morgen?«

»Ich versuche es, ja.«

»Sie vergessen Ihr Buch!« rief sie hinter ihm her.

Das alte Ding. Er ging zur Theke, nahm das Büchlein, das sie eingepackt hatte, und als er die Tür öffnete und das Glöckchen bimmelte, hörte er es »Im-meer« hinter sich schreien.

Er fragte sich, wie es um den Erfolg des armen Poe bestellt gewesen wäre, wenn er einen Ara statt eines schwarzen Raben gewählt hätte.

14

Melrose ging zum Admiral Fell Inn, holte seinen Stadtführer und *Fenster* und begab sich auf die Suche nach einem Taxi. Er war mit Ellen nicht vor zwei Uhr verabredet und fand, er könne sich bis dahin genausogut noch ein paar Sehenswürdigkeiten anschauen. Jury war in Philadelphia, und Wiggins machte sich einen schönen Tag im Johns Hopkins-Klinikum. Vielleicht ließ er sich ja eine Impfung verpassen.

Taxis kamen keine vorbei. Endlich stieß er auf ein schwarzes, das an einer Ecke stand. Der Fahrer las Zeitung und rauchte eine Zigarette. Melrose klopfte mit seinem Spazierstock an die Scheibe, der Fahrer kurbelte das Fenster ein wenig herunter, blinzelte ihn von der Seite an und öffnete es kurz.
»Jau.«
»Machen Sie gerade Pause?«
»Lese nur den Sportteil. Wo wolln Sie hin?«
»Also, eigentlich habe ich eine gute Stunde und würde gern ein wenig von Baltimore sehen. Ich dachte, ich könnte es mit dem Taxi machen. Haben Sie ein, zwei Stunden Zeit?« Melrose schaute auf die Uhr. »Ich muß nicht vor halb zwei, zwei am Ziel sein. Johns Hopkins. Da möchte ich aussteigen.«
»Alles klar. Dann wolln wir mal den ollen Taxameter anwerfen, und ab geht die Post.«
Melrose ließ sich auf dem Rücksitz nieder und sagte: »Sie kennen Baltimore gut, nehme ich an.«
Der Fahrer schnaubte verächtlich und fuhr los. »Seit dreißig Jahren bin ich im Geschäft, Kumpel. Was ich bis jetzt nicht kenne, lern ich auch nicht mehr kennen.« Er drehte den Kopf nach hinten, um Melrose über seinen ausgestreckten Arm anzusehen. »Sie sind nicht von hier. Das hör ich am Akzent.«
»Bin Engländer.«
»Hab ich mir schon gedacht. Bin nie in England gewesen. Wollte immer mal hin. Eine Cousine von mir wohnt da. In Cornwall. Warn Sie schon mal in Cornwall?«
»O ja. Es ist wunderschön.« Melrose zog Ellens Buch heraus und setzte sich zurück. Sein Vorhaben, doch noch ein bißchen in *Fenster* weiterzulesen, während sie durch die Gegend kutschierten, wurde im Keime erstickt, denn der Taxifahrer informierte ihn, er heiße Hugh – »aber alle nennen mich Hughie« –, und fing an, von sich zu erzählen.
Er war ein vierschrötiger, untersetzter Mann mit einem run-

den, blanken Gesicht, das halb unter einer karierten Stoffmütze mit Ohrenklappen verschwand. Sein gestepptes Hemd war aus ähnlichem Material. Im Handumdrehen wußte Melrose alles über Hughies Taxifahrerkarriere, die genaue Anzahl der Familienmitglieder und wo überall in den Vereinigten Staaten, von den Dakotas bis Wilmington, Delaware, sie lebten. Und eine Cousine wohnte sogar in England. Die Rundfahrt durch Baltimore wurde zur Rundfahrt um Hughie.

»Wohnt in so einem Flecken, der Mousehole heißt. Am Meer.«
»Es soll bezaubernd sein.«
»Hab mal Fotos gesehn. Wollte immer mal hin. Und Sie, woher?«
»Northamptonshire. Ungefähr hundertfünfzig Kilometer nordwestlich von London.«
»Hab ich, glaub ich, noch nie was von gehört. Nein, ich leb in Baltimore von Kindesbeinen an, seit neunundfünfzig Jahren.«

Melrose lächelte über Hughies Aussprache. Aber das war ja wohl überall dasselbe. Vom ständigen Gebrauch waren die scharfen Kanten der Silben verschliffen, »Bal-ti-more« schnurrte zusammen zu »Bawlmer« und »Mousehole« zu »Mowsel«.

»Ich hab's gut getroffen. Gut dreißig Jahre von den neunundfünfzig bin ich im Geschäft.« Dann schickte er sich an, Melrose über den Verlauf jedes einzelnen Jahres in Kenntnis zu setzen. Seine Frau war tot, seine Tochter wohnte in Towson.

»Was ist das für ein Denkmal?« Sie fuhren durch die Pratt Street, und Melrose verrenkte sich den Hals, um zu sehen, wie es an seinem Fenster vorbeiflog.

»Das? Na, das wolln Sie doch wohl nicht ansehen. In der Fayette Street gibt's viel bessere.«

»Kann sein, aber wir sind nicht in der Fayette Street«, sagte Melrose und blätterte schnell seinen Stadtführer durch. Woran auch immer sie gerade vorbeigefahren waren, er konnte es nicht finden.

»Wir ham unser Aquarium, Harbor Place, das H. L. Mencken Haus, das Geburtshaus von Babe Ruth – Babe ist ja wohl allseits bekannt. Der einzige Spieler in der Geschichte des Baseballs, der je einen Freilauf bekommen hat, und die Bases waren alle besetzt. Und dann Lexington Market. Und das neue Baseballstadion Camden Yards. Mann, was für ein Stadion! Ich hab gehört, es hat einhundert Millionen Mäuse gekostet. Da spielen die Orioles. Und ein neues Footballstadion kriegen wir, falls wir die Scheißlizenz kriegen. Entschuldigung, aber ich nehm nun mal kein Blatt vorn Mund. Eigentlich sind wir dran. He, und da ist das Aquarium. Da müssen Sie reingehen. Wollen Sie? Dann halten wir.«

Melrose lehnte vorsichtig ab, und Hughie zuckte die Achseln. Dann zeigte er auf das Schiff, das auf der anderen Seite des Hafens lag. »Also, das ist die USF *Constitution*. Das allererste Schiff der Kriegsmarine der Vereinigten Staaten! War in Aktion im Unabhängigkeitskrieg. Irgendwann sollten Sie mal an Bord gehen.«

Als sie in die Charles Street einbogen, zog Melrose ernsthaft seinen Stadtführer zu Rate. Das friedliche Schiff, an dem sie gerade vorbeigefahren waren, war nicht die *Constitution*, sondern die *Constellation*. Und es war nicht im Unabhängigkeitskrieg, sondern im Bürgerkrieg eingesetzt worden. Er wollte gerade etwas sagen, da war Hughie schon beim Thema der letzten Präsidentschaftswahlen.

Am Ende der Charles Street fuhr Hughie rechts ran und parkte an dem Platz, auf dem ein Denkmal stand, das er für sehenswert erachtete. »Bitte schön, der Monument Square.« Es war ein hübscher, gutgepflegter Platz, das Denkmal für George Washington stand in der Mitte. »Das erste Denkmal für George in den ganzen USA. Älter als das in D. C.« General Washington stand auf einer wunderschönen Marmorsäule. »Über zweihundert Stufen, aber ein großartiger Blick auf die Stadt. Wollen Sie hochgehen? Ich warte.«

Wieder lehnte Melrose ab; er war zu beschäftigt, Hughies Aussagen zu überprüfen. Sie waren korrekt – bisher. Er und Hughie schauten zu der Statue hoch. Der Künstler hatte Washington gestaltet, wie er etwas signierte oder übergab.

Regelrecht ehrfürchtig sagte Hughie: »Er unterzeichnet die Unabhängigkeitserklärung.« Dann stampfte er mit dem Fuß auf den Boden. »Hier auf diesen paar Quadratmetern sind ein paar hundert Soldaten aus dem Bürgerkrieg begraben.«

Melrose wühlte sich durch die Seiten. »Einen Moment. Sie verwechseln Washington und Jefferson, stimmt's? Und meinen Sie nicht vielleicht den Unabhängigkeitskrieg?«

Hughie grummelte was von Haarspalterei, und sie kletterten ins Taxi zurück.

»Aber das Denkmal«, sagte Melrose, entschlossen, diese Fehlinformationsquelle zu verstopfen, »ist für General *Washington*.«

»Wer sagt's denn«, meinte Hughie frohgemut und rammte den Schaltknüppel in den Gang. »Wo jetzt hin?«

»Zur Westminster Church«, seufzte Melrose.

Auf dem Weg dorthin fing Hughie an, über Napoleons Bruder zu reden. »Hat ein Mädchen aus Baltimore geheiratet, ehrlich.«

Napoleons Bruder. Melrose juckte es in den Fingern. Her mit einem Gewehr!

»Er ist mit einem Knopf in ihrem Spitzenkleid hängengeblieben. Ich frag mich« – Hughie kutschierte, lässig den Arm über den Sitz gelegt und zu Melrose umgewandt – »wo der Knopf wohl saß.« Er lachte lauthals los und schaffte es gerade noch, einem gewaltigen Sattelschlepper auszuweichen.

Der Fahrer des riesigen Gefährts, ein Schwarzer, vom Format eines Fängers der Redskins, drückte voll auf die Hupe, was Hughie veranlaßte, sein Fenster herunterzukurbeln und zu schreien: »Hast wohl nichts Besseres zu tun, Arschloch!« Was wiederum den LKW-Fahrer zu einem unüberhörbaren »Fick dich!« veranlaßte. Nachdem sich Hughie dergestalt um die Verbesserung der

Straßenverkehrs- und Rassenbeziehungen verdient gemacht hatte, stieg er aufs Gas, um eine gelbe Ampel, die gerade auf Rot umschaltete, zu überfahren.

Er mäkelte über die anderen Autofahrer und die verstopften Straßen Baltimores im allgemeinen und das Taxifahren im besonderen. »Was für ein Job!« empörte er sich und gestikulierte in Melroses Richtung, als habe er einen Streit mit ihm angezettelt. »Was machen Sie denn so?« fragte er.

»›Machen‹?«

»Ja. Um Ihre Brötchen zu verdienen? Es stört Sie doch nicht, wenn ich sage, daß Sie nicht so aussehen, als ob Sie am Hungertuch nagen.« Als das Taxi an der nächsten Ampel doch halten mußte, drehte er sich um und nahm Melroses Kaschmirmantel, Seidenschal und Hemd aus ägyptischer Baumwolle genauer in Augenschein.

»Ich bin ein reicher Müßiggänger.«

Hughie lachte. »Na, da ham Sie aber Schwein gehabt, was? Ham Sie son Herrenhaus, von denen mir meine Cousine immer erzählt? Da macht sie immer Besichtigungstouren hin.«

»Ja.« Melrose blätterte eine Seite in seinem Stadtführer um und folgte Familie Gast auf ihrem Spaziergang über den Monument Square. Viel Wissenswertes hatten sie aber auch nicht zu bieten.

»Sind Sie Lord oder Graf oder so was? Sind Sie von und zu?«

»Na ja, ›Lord‹ heißt ja nun nicht immer, daß man adlig ist. Es ist auch eine Form der Anrede. Doch ja, ich bin einer. Beziehungsweise war es.« Normalerweise vermied Melrose das Thema seiner verwaisten Adelstitel, aber jetzt dachte er, Hughie würde seinen Spaß daran haben.

»Nei-ein! Sie verkackeiern mich!«

»Nein. Earl of Caverness, das bin ich. Und Viscount Ardry und alles mögliche noch dazu. Aber ich habe die Adelstitel aufgegeben.« Er klappte das Buch zu und betrachtete die überfüllten kleinen Läden, die vorbeizogen.

»Im Ernst?« Ein kurzes Schweigen. Das mußte Hughie erst einmal verdauen. »Und wie kommt's, daß Sie die aufgegeben ham?«

»Hm. Wahrscheinlich, weil ich nicht adlig sein wollte.« Melrose bedauerte, daß er es angesprochen hatte.

Hughie kicherte. »Ham Sie Angst, die Verwandten machen Sie kalt?«

»Wie bitte?«

»Also, ich studier ja nun eigentlich auch Geschichte. Und bei den Delawares, da passiert also folgendes: Der Neffe ermordet einen von seinen Onkeln, um den Titel zu kriegen, und stellt sich raus, das Arschloch, verzeihen Sie meine Direktheit, bringt den falschen Onkel um. Schon mal so was Irres gehört?« Hughie brach in dröhnendes Gelächter aus. »Hm, so Sachen passieren doch bei Ihnen drüben wahrscheinlich alle Naselang.«

»Das glaube ich nicht. Wo ist nun die Westminster Church?«

»Nicht mehr weit. Aber wissen Sie, was da passiert ist – ich meine, an Poes Grab?« Melrose verneinte. »Vor einer Woche wurde da ein Mädchen ermordet. Ham Sie da noch Töne?«

»Ich glaube, ich habe davon gelesen.«

»Ne Schwarze. Hopkins-Studentin. Vermutlich vergewaltigt, aber die Polizei läßt ja nie was raus.«

Melrose fragte sich, ob Hughie vielleicht etwas wußte, das ihnen weiterhalf. »Was haben sie denn –?«

Aber Hughie, nie um ein Thema verlegen, war schon beim nächsten. Und wieder über die Schulter nach hinten sagte er: »Mir fällt gerade ein, ham Sie *Diner* gesehen?«

»Was?«

»Den Film. *Diner*. Wenn Sie was über Baltimore wissen wollen, gucken Sie sich den Film an. Der Typ, der Regisseur, is aus Baltimore, und er hat die ganzen Filme über Baltimore gemacht. *Tin Men* heißt der zweite. In *Diner* spielt Mickey Rourke mit. Und Danny DeVito in *Tin Men*. Es ist über diese Vetretertypen – wissen Sie, die Aluminiumverkleidungen verhökern und so.«

»Klingt spannend«, sagte Melrose und schlug eine Seite in *Fenster* um.

»Es ist eine Trilogie. Wie heißt noch gleich der dritte?« Mit einem herzhaften Schlag aufs Steuerrad versuchte Hughie seiner Erinnerung nachzuhelfen. »Mist, verdammter, der letzte? Egal, der Regisseur hat's nun mal mit Baltimore. Wie heißt er bloß?« murmelte er in sich hinein.

Melrose seufzte. Noch eine Trilogie. Das Leben nahm definitiv eine triadische Gestalt an.

Westminster Church war ein nicht sonderlich attraktiver brauner Ziegelsteinbau in der Nähe des riesigen Lexington Market. Auf dem kleinen Friedhof herrschte nicht die Atmosphäre von Vergänglichkeit, die man auf englischen Friedhöfen fand. Keine umgekippten Grabsteine, von wildem Wein und rankendem Efeu überwuchert, keine mit schwammigem Moos überzogenen Hügel.

Am Eingang gab es zwar ein schönes Denkmal von Edgar Allan Poe, aber das Grab selbst lag am Ende des Pfades im hinteren Teil. Melrose und Hughie betrachteten den leicht abgesunkenen Boden und das Grab, auf dem ein Bukett rosafarbener Plastikblumen lag. Wo waren die Rosen, dachte Melrose ein wenig traurig.

»*Avalon!*« sagte Hughie plötzlich und schnipste mit den Fingern.

»Was?«

»Der Filmtitel. Sie wissen schon, der dritte Film von dem Regisseur, an dessen Namen ich mich nicht erinnern kann. *Avalon* ist der dritte. Also, es ging um so eine Einwandererfamilie – ich nehme an, die Familie von dem Regisseur, seinen Großvater und so weiter.«

»Avalon war doch die Insel von König Artus«, sagte Melrose, »es waren die Gefilde der Seligen.«

»Ach, das isses bei Ihnen? Na ja, hier isses ein Film.«

Während Hughie ihn über die Geschichte der Einwandererfamilie ins Bild zu setzen versuchte, betrachtete Melrose das Grab des Dichters und dachte über Beverly Brown nach. Er drehte sich um und ging langsam über den Pfad zurück, der um die Kirche und zum Poe-Denkmal führte. Hughie folgte ihm und redete unaufhörlich. Kaum hatte er die Filmtrilogie fertigerzählt, verwöhnte er Melrose mit einer Kostprobe seiner trefflichen kriminalistischen Fähigkeiten. »Das Mädchen, das sie umgebracht haben, muß hier gelegen ham«, sagte Hughie und breitete die Arme aus, um ein Stück Gehsteig neben dem weißen Marmordenkmal zu bezeichnen. »Sehen Sie den Rinnstein da? Da ham sie die Leiche gefunden.« Er umklammerte seinen dicken Hals mit beiden Händen und demonstrierte, wie es ist, wenn man erdrosselt wird.

»Warum hier?« fragte Melrose, mehr sich selbst als Hughie.

»Vielleicht wollte sie einen Blick auf den komischen Kauz erhaschen, der immer mit den Blumen und dem Sekt antanzt. Jedes Jahr, wenn der Typ Geburtstag hat.« Er nickte in Richtung der Statue. »Am neunzehnten Januar. Wer weiß? Vielleicht hat der Spinner sie ins Jenseits befördert.« Er legte sich wieder die Hände um die Kehle.

»Das ist unwahrscheinlich. Was hätte er für ein Motiv?«

»Hm, ja.« Hughie kratzte sich am Hals. »Wolln Sie Lexington Market sehen? Der größte Markt hier im Osten.«

»Vielleicht ein anderes Mal.« Es war immer noch früh, noch nicht einmal eins, aber Melrose hatte für den heutigen Tag die Nase voll vom Besichtigen. »Ich muß jemanden in der Johns Hopkins treffen.«

Vor der Gilman Hall gab Melrose Hughie ein reichliches Trinkgeld. »Ich kann gar nicht sagen, wie gut es mir gefallen hat.«

»He, kein Problem. Egal, wo Sie hinwolln, solange Sie hier sind, brauchen Sie bei mir nur anklingeln.« Hughie kritzelte seine Nummer auf ein Stück Papier. »Ich häng aber eh in Fells Point rum, immer an derselben Stelle.«

»Wenn ich einen Führer brauche, weiß ich, wo ich einen finde.«
»Klaro. Und das Ding da können Sie wegschmeißen.« Hughie deutete mit dem Kopf auf Melroses Stadtführer.

»Recht haben Sie.« Melrose entdeckte ein paar Meter entfernt einen Papierkorb und warf das Buch hinein.

»So. Bis bald.« Hughie klemmte sich energisch hinters Steuer, schaltete in den Rückwärtsgang und ließ eimerweise Straßenschotter aufspritzen. Den Arm aus dem Fenster hängend, donnerte er die Auffahrt hinunter. Zwei Studenten retteten sich mit einem Hechtsprung zur Seite und ließen ihre Bücher fallen.

Melrose winkte und begab sich wieder zu dem Papierkorb. Ein Mädchen in einem indischen Gewand stand da und beobachtete, wie er in dem Abfall nach seinem Stadtführer wühlte. »Der ist mir hier reingefallen«, sagte er lächelnd.

Ein ungläubiger, verächtlicher Blick unter dunklen Augenbrauen hervor: Penner auf dem Campus...

15

»Philip?«

Die junge Frau riß die Augen auf. Die Brille war viel zu groß für ihr zartes, dreieckiges Gesicht. Im Licht der Wandleuchten sah ihr Haar wie durchscheinendes Gold aus.

Er hatte Glück gehabt. Nach dem Wachmann am Ende der Einfahrt und der Dame, die in dem Kabuff am Eingang die Eintrittskarten abriß und das sichtlich als Zumutung empfand, war sie die dritte gewesen, der er in der Barnes Foundation begegnete.

Sie schob einen Bücherstapel von einem Arm in den anderen und wiederholte: »Philip?«

Jury hatte außerdem Glück, daß diese junge Frau so freundlich war. Bisher hatte er nämlich den Eindruck gewonnen, daß die Barnes Foundation ihre Pforten dem allgemeinen Publikum nur auf äußersten Druck hin geöffnet hatte und sie mit Freuden wieder zugeknallt hätte, selbst Scotland Yard ins Gesicht. Feste Öffnungszeiten und eine strenge Hausordnung. Pfennigabsätze verboten! Was das wohl alles sollte?

»Philip.« Beim drittenmal war es keine Frage, sondern eine Feststellung, eine traurige; sie sagte den Namen langsam, versuchsweise, als bemühe sie sich um eine Erinnerung an den genauen Ort und die Zeit, um ihn einzupassen. Oder hatte er wieder einmal eine zu lebhafte Phantasie? Konnte man einen Namen so bedeutungsschwer aussprechen? Vielleicht lag es an ihrem Gesichtsausdruck – der war noch wehmütiger als ihre Stimme.

»Philip Calvert hat hier gearbeitet, soweit ich weiß«, sagte Jury.

Sie schaute auf die schweren Bücher hinunter. »Ja, stimmt. Hat er.« In dem »hat er« lag eine solch schmerzliche Endgültigkeit, daß Jury zögerte, ihr weitere Fragen zu stellen. Er war es einigermaßen gewöhnt, Menschen mit dem Ableben von Freunden und Angehörigen zu konfrontieren; aber bei dieser jungen Frau stockte er und fragte sich, ob sie auch auf andere eine solche Wirkung hatte – und ob man vor einem Menschen wie ihr nicht sogar zurückschreckte, weil man sich ihr gegenüber hilflos fühlte. Ja, er hatte Glück im Unglück, sofort auf jemanden zu stoßen, der Philip Calvert offenbar gut gekannt und sehr gemocht hatte.

»Sie sind nicht zufällig Heather?«

Das überraschte sie. »Ich bin Hester. Aber woher kennen Sie mich?«

»Durch eine Lady Cray. Lady Cray wohnte mit Philips Tante, Mrs. Hamilton, zusammen. Frances Hamilton.«

»Philip hat manchmal von ihr geredet – von beiden, ja. Aber ich kannte sie nicht.«

»Die Damen kannten Sie. Wußten von Ihnen. Philip hat nämlich von Ihnen erzählt.« Jury lächelte, er hoffte, sie würde sich darüber freuen.

Sie freute sich auch. Das blasse Gesicht leuchtete auf – die Wangen wurden rosiger, die Augen ein bißchen weniger blaßgrau, lebhafter. »Wir waren gute Freunde.« Als sie lächelte, schienen sogar ihre Lippen voller.

»Hester, würden Sie einen Kaffee mit mir trinken? Oder so kurz vor der Mittagspause nicht mehr?« Jury sah auf die Uhr; es war gerade erst elf. »Oder ist es überhaupt zu früh für Sie?«

Sie schüttelte den Kopf. »Ich bringe mir immer Brote mit. Ich habe zwei dabei; wollen Sie eines?«

Dieses Anerbieten empfand er als so spontan liebenswürdig – sie wußte ja gar nicht, wer er war, hatte nicht einmal gefragt –, daß sich ihm die Kehle zuschnürte. Er schaute schnell auf die hohe Wand hinter ihr, die mit Bildern überladen war, als sei derjenige, der sie angeschafft hatte, von jedem einzelnen so hingerissen gewesen, daß er es fieberhaft und ohne Rücksicht auf Konventionen aufgehängt hatte. Die Wirkung war überwältigend. Jury war natürlich gewöhnt, daß Bilder in Augenhöhe und wohlüberlegtem Abstand voneinander hingen und je nach Künstler oder Periode geordnet in den dafür vorgesehenen Räumen versammelt waren. Aber diese sechs Meter hohe Wand sprach solchen Gepflogenheiten Hohn. Goya lehnte sozusagen van Gogh über der Schulter; Renoir trat Cézanne fast auf die Füße; wie Kinder kämpften die Impressionisten um Beachtung. Die vier Wände quollen über von Gemälden. Jury riß den Blick los von diesem Aufruhr an Farben und sagte: »Die Sandwiches werden doch nicht schlecht? Ich würde wirklich gern über Philip Calvert mit Ihnen reden. Ich bin von Scotland Yard. Polizist.«

»Wirklich?« Ihre Augen wurden groß. Und dann sah sie traurig aus. »Ach, ich hoffe, Sie finden heraus, was passiert ist.«

»Die Absicht habe ich.« Sie gehörte zu den Frauen, denen man etwas versprach und dann wie verrückt hoffte, daß man es würde halten können.

Als sie zurückkam, trug sie ein wenig Lippenstift und einen für Januar viel zu leichten Mantel. Der schmale runde Kragen ließ sie noch mädchenhafter erscheinen, und Jury fragte sich, ob sie mit Philip Calvert befreundet gewesen war oder eine Liebesbeziehung mit ihm gehabt hatte, so jung und unschuldig wirkte sie.

Sie ging mit ihm in eines dieser deprimierend weißen Cafés voller Hängekörbe mit Farnen und Grünlilien, die aussahen, als fielen sie einem gleich in die Suppe. Sie tranken beide Kaffee, und Hester aß ein Stück Blätterteiggebäck.

»Nach dem Tod seiner Eltern ist er nach England gegangen, um bei seiner Tante zu leben – Mrs. Hamilton. Ich glaube, er hat mal gesagt, sie sei seine einzige Verwandte. Studiert hat er in Cambridge und dort seinen Abschluß gemacht – er hatte Kunstgeschichte belegt. Um den Job hier zu kriegen, durfte er Cambridge nicht erwähnen. Experten sind hier unerwünscht. Phil hat zehn Jahre in Großbritannien gelebt, und dann ist er nach Philadelphia zurückgekommen.«

»Warum?«

»Er wollte nicht in England leben. Aber seine Tante lebte dort. Sie liebt England.«

Jury wurde klar, daß Hester gar nicht wußte, daß die Tante gestorben war. Er erzählte es ihr.

Eine ganze Weile sagte sie nichts und drehte nur die Gabel in den Händen. »Ich frage mich, ob sie an gebrochenem Herzen gestorben ist.«

Jury war verblüfft. Ihre Stimme klang, als sei es nicht schwer, an gebrochenem Herzen zu sterben.

Sie erzählte Jury, was sie über Frances Hamilton wußte. »Sie hatte ihr Leben völlig auf ihn eingerichtet. Er war ihre ganze Hoffnung. Ob sie wohl enttäuscht war, daß er kein großer Künstler oder so etwas wurde? Sie hatte sehr viel Geld und sagte ihm, sie würde ihm liebend gern ein Jahr in Paris finanzieren. Glauben die Leute das immer noch? Daß man nach Paris gehen muß, um

Künstler zu werden?« Sie seufzte. »Phil machte sich aber nichts aus Geld – nur aus Malerei. Er *atmete* Kunst.«

Jury lächelte. »Dann hatte er aber hier das Richtige gefunden. So eine Gemäldegalerie habe ich noch nie gesehen. Barnes hatte wohl ein ziemlich exzentrisches Verhältnis zur Malerei.«

Sie lachte. »Vermutlich zu allem. Aber besonders zur Malerei. Man kann ja erst seit kurzem hier hinein und es sich ansehen; es war wahrscheinlich die größte Privatsammlung der Welt. Sie dürfen es auch nicht als ›Museum‹ bezeichnen. Es ist die Barnes Foundation, die Stiftung. Kunstexperten hätte er nie hineingelassen. Die hat er gehaßt wie die Pest, weil sie seiner Ansicht nach den Leuten vorschreiben, wie man mit Kunst umgehen soll. Und in seinem Testament hat er verfügt, daß keines der Bilder woanders hingehängt werden darf – jedes muß da bleiben, wo er es hingehängt hat. Er hat sie auch nicht einzeln verliehen oder für ganze Ausstellungen herausgegeben. Erst vor kurzem, nach vielen Streitereien unter den Erben, wurde die Ausstellung in Washington erlaubt. Daß die Barnes Foundation dazu ihre Einwilligung gegeben hat, war *das* Ereignis in der Kunstwelt.« Hester holte tief Luft. »Mir gefällt seine Sammlung wirklich gut. Sie ist so persönlich. Er konnte tun und lassen, was er wollte. Ich finde es gut, wenn man der Typ ist, der einfach ›Leck mich am Arsch‹ sagen kann.«

Sie biß in ihren Kuchen, und Jury war ein wenig verblüfft, diese Worte aus Hesters Mund zu hören, noch dazu so nüchtern und selbstverständlich ausgesprochen. »Das finde ich auch. Ich wünschte, ich könnte es.«

»Hm, das tun Sie vielleicht ja auch, nur anders.«

Jury lachte. Er fragte nach Philip. »Hat er gemalt?«

Sie schüttelte heftig den Kopf. Ihr Haar flog ihr über die Schulter. Es war dunkelblond, eine unscheinbare Farbe, wenn es nicht so hell geglänzt hätte. Wie poliert. »Philip war mit dem bloßen Anschauen zufrieden. Ich glaube, er kannte jedes einzelne Bild in der Sammlung und wußte alles darüber. Er hängte sie immer gerade. Wenn eines auch nur ein Millimeterchen schief hing, rückte er es zurecht. Wissen Sie, wenn ich ihn vor mir sehe, dann sehe ich meistens nicht sein Gesicht, sondern seinen Rücken, und einen Finger hat er oben auf einen Rahmen gelegt. Barnes hätte ihn geliebt.« Ihr Lächeln war weit weg, nicht für Jury bestimmt. Sie hob die Gabel und legte sie wieder hin, als verunsichere es sie zu essen. »Er hatte Glück, finde ich.«

»Glück?«

»Er war genau das, was er sein wollte – ich meine, er tat das, was er tun wollte.«

»Ja, das ist Glück. Das haben nicht viele.«

»Sie?« fragte sie.

Da hatte sie ihn wieder kalt erwischt. Aus der Fassung gebracht. Er empfand Hester wie sein eigenes Gewissen. »Ich weiß nicht. Man kann ja so in seiner Arbeit versacken, daß man gar nicht mehr innehält, um sich das zu fragen.«

»Sie sind aber bestimmt gut in Ihrer Arbeit.« Sie legte das kleine Stück Kuchen aus der Hand, als schmecke es ihr nicht mehr.

Jury lachte. »Hm, danke. Woher wollen Sie das wissen?«

»Na, hören Sie doch, wie ich die ganze Zeit rede.«

»Würden Sie mir auch erzählen, was Sie über seinen Tod wissen?« Hoffentlich war die Frage nicht zu barsch.

Aber sie reagierte sehr sachlich. »Er hatte eine Hütte, weiter nördlich. Nichts Großartiges, nur ein großer Raum mit Küche, Bett und Holzofen. Aber er brauchte nie viel. Nur das Lebensnotwendige, wie es so schön heißt. Ich hasse die Wendung, aber auf Phil paßte sie.«

Wahrscheinlich auch auf Hester, dachte Jury.

»Vielleicht mochte er mich deshalb«, überlegte sie unbefangen. »Wir fuhren oft am Wochenende mit seinem Jeep dorthin. Beim letzten Mal war ich natürlich nicht mit. Deshalb kann ich Ihnen auch nicht sagen, was passiert ist. Ich weiß nur, was die Polizei mir erzählt hat. Er sei erschossen worden. Es sei ein versuchter Einbruch gewesen.«

»Sie sehen aus, als ob Sie diese Meinung nicht teilen.«

Sie betrachtete die Ranke einer Grünlilie und antwortete: »Na ja, Sie müßten sich die Hütte ansehen, dann wüßten Sie Beschied. Haben Sie sie gesehen?«

Jury schüttelte den Kopf.

»Sie wissen, daß sie jetzt mir gehört?«

Jury war überrascht. »Nein. Hat er sie Ihnen vererbt?«

Sie nickte richtig froh. »Sehen Sie, er hatte nur noch die Tante. Zuerst war ich überrascht, daß Phil ein Testament gemacht hatte. Schließlich war er erst siebenundzwanzig. Aber er war ein sehr ordentlicher Mensch, nichts blieb unerledigt. Er hatte – so was Gesetztes. Und er war verantwortungsbewußt.«

»Ich würde die Hütte gern sehen. Ich muß dem Sheriff da oben sowieso einen Besuch abstatten.«

Daraufhin wühlte sie in ihrer Schultertasche und kramte einen Schlüssel hervor. Auf dem Aufhänger stand »Phil«. »Ich erkläre Ihnen, wie Sie hinkommen.«

»Ich dachte, Sie kämen vielleicht mit.«

Sie riß die Augen auf und schaute ihn verwundert an. »Oh!« Dann breitete sie die Arme aus, als sei die Idee sehr zu begrüßen. »Wann?«

»Hm, warum nicht gleich jetzt?« Was für eine ausgeflippte Idee!

»Aber ich muß arbeiten!«

»Ja, aber die Stiftung würde Sie doch sicher für einen Nachmittag gehen lassen.« Er zog seinen Ausweis heraus, hielt ihn zwischen Zeige- und Mittelfinger hoch und bewegte ihn hin und her. »In einer polizeilichen Angelegenheit. Teufel auch, wie viele solcher Anfragen kriegen sie wohl von Scotland Yard?«

Als habe der Ausweis eine hypnotische Wirkung, wandte sie den Blick nicht davon ab.

»Wann haben Sie das letzte Mal geschwänzt?«
»Geschwänzt?«
»Einfach etwas Schönes gemacht?«
Sie hielt den Finger an die Hängepflanze und berührte sie, als sei sie einer der Bilderrahmen, die Philip immer geradegerückt hatte.
»Seit Phils Tod nicht mehr. So kann man's auch sagen. Wir haben geschwänzt.« Sie lächelte Jury an. »Geschwänzt.« Das Wort schien sie genauso zu verwirren wie Philips Name.

Bud Sinclair schaute Jury an und kaute an seinem Zigarrenende. In neonfarbener Weste, vermutlich seinem Jagddreß, saß er hinter dem Schreibtisch und wärmte sich die Hände in den Achselhöhlen. »Jetzt wird das Ding international? Ich war, gelinde gesagt, überrascht.«

Jury lächelte. »Hm, ich auch. Aber ich will einer Freundin einen Gefallen tun. Es ist nicht mein Fall, es ist Ihrer.«

Bud Sinclair lächelte breit. »Ach, Sie können ihn haben, Superintendent. Verdammt, mit dem Fall hab ich ne glatte Niete gezogen. Und mittlerweile ist die Spur eiskalt. Das muß aber eine mächtig gute Freundin sein, wenn Sie so einen langen Weg auf sich nehmen.«

»Ist sie auch. Seine Tante – aber mit ihr haben Sie ja gewiß gesprochen: Frances Hamilton? – ist vor kurzem in London gestorben. Für *deren* Freundin versuche ich, ein paar Informationen zu bekommen.« Jury berichtete ihm, was Lady Cray erzählt hatte.

»Ach, was für ein Jammer. So eine nette Dame, diese Mrs. Hamilton. Ließ sich aber immer sofort aus der Ruhe bringen.«

Ähnliches hätte Jury liebend gern auch über Bud Sinclair gesagt. Der richtete aber sein Augenmerk wieder auf die Illustrierte auf seinem Schreibtisch, *Guns and Ammo,* bei deren Lektüre Jury ihn gestört hatte. Jury schaute sich die Polizeifotos an, die Sinclair vor ihm auf dem Schreibtisch ausgebreitet hatte. »Sie sagen, die Hütte war völlig auseinandergenommen?«

»Wie bitte? Oh, ja, alles wie Kraut und Rüben durcheinandergeworfen. Aber verdammt, Sie haben ja selber Augen – sehen Sie, hier, und da.« Sinclair zeigte auf zwei Fotos. »Wir gehen davon aus, daß Calvert jemanden ertappt hat, wie er versuchte, die Bude auszurauben«, sagte er.

»Das Übliche.«

»Ja.« Sinclairs Blick klebte an der Illustrierten. Es juckte ihm in den Fingern, die Seite umzublättern.

»Und was glauben Sie, Sheriff?«

Der Sheriff faltete die Hände über seinem Schmerbauch und nahm eine nachdenkliche Haltung ein. »Na ja, was ich gesagt habe, das einzige, auf das wir gekommen sind, war Raubüberfall. Alles, was wir an Spuren gesichert haben, haben wir nach Philly geschickt.« Schulterzucken. »Keine Fingerabdrücke, keine Fußspuren; ein paar Fasern, aber womit sollen wir sie vergleichen?«

Er hatte eine tiefe, heisere Stimme. Vom Rauchen. Und einen offenen Blick, wenn er es denn schaffte, die Augen von dem verführerischen Bild eines Zwölfenders zu reißen. »Will sagen, wir haben Calvert auf Herz und Nieren überprüft, mit dem Ergebnis: Null.« Achselzucken. »Wenn es kein Dieb war, hm, was dann? Andererseits, verdammte Axt, was will ein Dieb in der kleinen alten Hütte da draußen im Wald? Soweit wir wissen, ist absolut nichts Wertvolles darin. Hm, ich habe mich einfach nur noch gewundert.«

»Gewundert?«

»Ich wundere mich immer noch. Bin über die Phase, mich zu wundern, nicht hinausgekommen.« Er nahm einen dünnen Holzstock, der in einer Art Pfote auslief, und fuhr sich damit über den Rücken, hinauf und hinunter. »Das Problem ist, ich hatte keinen, der sich *mit* mir wunderte.« Er strahlte Jury kurz an und kratzte sich weiter den Rücken. »Außer Ihnen jetzt.«

Die Luft duftete nach Kiefern, war frisch und kühl. Die Straße führte nicht ganz bis zur Hütte; zum Schluß bestand sie nur noch aus hartem, zerfurchtem Erdboden und einem abgefahrenen Karée, wo Philip immer seinen Jeep geparkt haben mußte. Jury sah kreuz- und querverlaufende Reifenspuren. Er und Hester stiegen ungefähr fünfzehn Meter vom Haus entfernt aus.

Es war ein Blockhaus mit einem Kamin und einer schmalen Veranda. Die Hütte erinnerte ihn an eine Kinderzeichnung – geduckt und massiv, zu beiden Seiten der Eingangstür ein niedriges Fenster und jeweils eins in den übrigen Wänden. Das einzige, was zu einer Kinderzeichnung fehlte, war aufsteigender Rauch aus dem Kamin.

Eine Menge Bäume, hauptsächlich Kiefern und vereinzelt Eichen und Walnußbäume, gruppierten sich um das Haus und zogen sich dahinter über ausgedörrtes braunes Feld. Das Grundstück erstreckte sich hügelaufwärts, und Jury war überrascht, wie weit entfernt Wald und Horizont schienen. Es war ein einsamer Ort.

Hester wollte entweder noch nicht hineingehen oder nicht ohne ihn hineingehen. Sie stand ein Stück abseits, die Hände tief in den Manteltaschen, mit dem Rücken zu ihm. Blätter schwebten zu Boden. Es raschelte – kleine Tiere, nahm Jury an, aber Vögel sangen nicht. Dafür war es schon zu spät am Tag, vermutete er. Dann flog ein Schwarm unter dem bleichen Himmel über sie hinweg. Irgendwoher kam das heisere Schreien von Gänsen.

Er ging zu Hester; in den Nadeln und abgefallenen Blättern machten seine Schuhe ein weiches, knackendes Geräusch. Kiefernzapfen plumpsten ihm vor die Füße.

Sie stand da und schaute auf einen schmalen Bach. Jury legte ihr die Hand auf die Schulter, sie drehte sich um, und zusammen gingen sie hinein.

Die Hütte war sehr einfach eingerichtet, die Möbel hatte Philip bestimmt gebraucht in einem der in Scheunen untergebrachten Trödelläden erstanden, an denen sie auf dem Weg hierher vorbeigekommen waren. Wie Hester gesagt hatte, gab es einen dickbäuchigen Ofen. An einer Wand stand ein großes Roßhaarsofa, der Bezug unter den Decken mit indianischem Muster war bestimmt abgesessen. Zwei weitere Decken hingen an den Wänden. Ein Schaukelstuhl stand neben dem Sofa, neben der Küche ein Drehstuhl und ein großer Holztisch, ein Allzwecktisch mit Büchern, Papieren und einer Bogenleuchte. An der hinteren Wand des Raumes befand sich ein Stockbett, auf dem ebenfalls indianische Dekken lagen. Die Wand war mit Bücherregalen vollgestellt. Es war alles sehr behaglich.

Hester schaute ein paar Schallplatten durch, die neben einem alten Grammophon aufgestapelt waren. Jury nahm vom Tisch etwas auf, das sicher einmal als Papierbeschwerer gedient hatte, und stellte fest, daß es eine kleine Spieluhr war. »Sie spielt die Titelmelodie aus *Doktor Schiwago*«, sagte Hester und schob eine Schallplatte in die Hülle.

Auf der Spieluhr befand sich eine Glashalbkugel mit einer Winterszene darin. Jury schüttelte sie und sah zu, wie der Schnee fiel. Er lächelte. Er hörte eine Uhr ticken, blickte in den dunklen hinteren Teil des Raumes und sah eine alte Standuhr. Er schaute Hester fragend an.

Sie antwortete mit einem kleinen Achselzucken. »Letzte Woche war ich hier und habe sie aufgezogen. Ich dachte, auch wenn die Hütte mir offiziell noch nicht gehört, tue ich ja nichts Unrechtes.« Dann setzte sie sich in den Schaukelstuhl, als sei sie erschöpft, legte die Hände auf die Armlehnen und fing an zu schaukeln.

Jury blieb stehen und schaute sich im Zimmer um, spürte seiner Atmosphäre nach. Im Laufe seiner Arbeit war er in vielen Räumen gewesen, aber so verschieden sie auch waren, sie hatten immer eines gemeinsam: Sie schienen auf etwas zu warten. So empfand er es zumindest. Sie schienen darauf zu warten, daß ihr Bewohner wiederkommen würde. Es drückte sich in den kleinen Dingen aus

– der Tasse und Untertasse auf der Küchenablage, dem Geschirrtuch und dem Spülmittel, dem Buch, das aufgeschlagen auf dem Regal lag, der Spieluhr, die auf ein paar Blättern Papier lag. Nichts war weggeräumt worden; es schien, als laste auf den Dingen noch der Druck der Finger, die sie zuletzt berührt hatten. Er war so jung, dachte Jury. Zu jung, um nie mehr zurückzukommen, das Buch zu lesen oder Tasse und Untertasse abzuwaschen.

In einer schwarzen Kohlenschütte waren ein paar Kohlen; Jury machte Feuer, und Hester schob ihren Stuhl dichter an den Ofen. Jury begann, die Hütte genau zu untersuchen. Natürlich sinnlos, nach all den Wochen. Trotzdem. Er zog die Schreibtischschubladen auf, blätterte die Bücher im Bücherregal durch, überprüfte die Fenster, die Tür.

»Ich mag nicht mehr nach Hause gehen.«

»Was?« Ihre Stimme riß ihn aus seinen Gedanken an Philip Calvert.

»Ich gehe nicht mehr gern nach Hause. Vorher gab es immer den Gedanken, daß Phil vielleicht anrufen würde und wir miteinander reden würden. Oder uns im Café treffen. Manchmal sind wir ins Kino gegangen. Wenn ich jetzt in meine Wohnung gehe – es ist nur ein Apartment mit Kochnische –, kann ich einfach nicht dort bleiben. Ich gehe raus und esse ein Eis oder trinke eine Tasse Kaffee. Ich laufe viel herum. Ich warte, daß es spät genug wird, um ins Bett zu gehen. Man darf nicht zu früh gehen; sonst fühlt man sich alt. Also gehe ich spazieren oder bleibe in einem Café sitzen, bis ich wieder zurück und ins Bett gehen kann.«

Er setzte sich auf den Stuhl an dem Tisch, schaute sie an, und dachte an die Worte auf dem Gemälde von Holman Hunt in der Tate. Wenn man jemandem, der ein gebrochenes Herz hatte, Lieder sang, war das, als würde man ihm in der Kälte den Mantel fortnehmen. So ähnlich. Tröstende Worte spendeten dem Leidenden oft gar keinen Trost, sondern verschafften nur dem Tröstenden Erleichterung. Jury sagte nichts.

Sie saßen im Mantel da und schwiegen, bis Jury sie nach Ellens Studentin fragte. »Nein. Phil hat nie jemanden erwähnt, der Beverly heißt. Wer ist das?«

Jury erzählte es ihr. »Eine Freundin von Beverly Brown meint, sie hätte ihn bei einem Kursus kennengelernt, den die Stiftung gesponsort hat. Hat er unterrichtet?«

»Nein. Aber vielleicht ist er selbst – einen Moment. Eine Schwarze? Sieht wirklich gut aus? Ich habe ein paarmal gesehen, wie er sich mit einer schwarzen Studentin unterhalten hat. Gesprochen hat er mit mir aber nie über sie; ich glaube nicht, daß er sie gut gekannt hat.«

Wieder schwiegen sie einen Augenblick lang, sie schaukelte, Jury drehte den Papierbeschwerer in seinen Händen. »Sie wüßten nicht, daß er Feinde hatte?«

Sie seufzte. »Feinde. Das klingt so melodramatisch.«

»Ja, ich weiß. Ist außer Ihnen schon mal irgend jemand von seinen Freunden hier oben zu Besuch gewesen?«

Sie schüttelte den Kopf. »Nein. Das hat der Kriminalbeamte auch gefragt. Ich glaube wirklich nicht, sonst hätte Phil es erwähnt.«

»Vielleicht nicht, wenn es sich um eine Frau gehandelt hätte.«

Hester warf ihm einen ungeduldigen Blick zu. »Doch, hätte er. Wir waren Freunde. Das habe ich Ihnen gesagt. Wenn er ein Verhältnis gehabt hätte oder verliebt gewesen wäre oder mit jemandem geschlafen hätte – das hätte er mir erzählt. Er war sehr offen.«

»Aber es war allgemein bekannt, daß er diese Hütte besaß und regelmäßig hierherfuhr.« Sie nickte, und er redete weiter. »So daß jemand hier hätte aufkreuzen können, während Philip hier war.« Wieder nickte sie. »Hm, ich bin auch der Meinung, daß ein Überfall sehr unwahrscheinlich ist, Hester. Wie wäre überhaupt jemand durch Zufall auf die kleine Hütte hier gestoßen? Vielleicht ging es doch um ihn persönlich, um Philip? Vielleicht wollte ihn jemand aus dem Weg haben.«

»Aus dem Weg? Ich habe Ihnen doch gesagt, daß er keine Feinde hatte – Phil nicht.«

»Ich weiß, was Sie gesagt haben. Aber auf diese Hütte hier, wo sich Fuchs und Hase Gute Nacht sagen, stößt niemand durch Zufall.«

»Jemand könnte ihm gefolgt sein, ohne zu wissen, wer er war, einfach nur gefolgt sein, um zu sehen, wohin er ging.«

»Das stimmt; ich glaube auch, daß es so passiert ist. Ich glaube allerdings darüber hinaus, daß es jemand war, der ihn kannte oder wußte, wer er war. Ich glaube, er wurde aus einem Grund umgebracht, der nichts mit der Hütte zu tun hat. Wenn es ein Dieb war, warum hat er nicht gewartet, bis Philip wieder weggefahren war?«

»Ich weiß.« Sie seufzte. »Aber *was? Warum?*«

Jury schüttelte den Kopf. Er drehte den Papierbeschwerer um, schüttelte ihn, und sah zu, wie der Schnee auf den Schneemann, die Schlittschuhläufer, das Pferd und die Kutsche fiel und sich dann in kleinen Haufen setzte. Er zog die Spieluhr auf und beobachtete, wie die Schlittschuhläufer auf dem Spiegelteich in eine Richtung glitten und das Pferd und die Kutsche in die entgegengesetzte loshoppelten, während die Melodie aus *Doktor Schiwago* vor sich hindudelte. Jury stützte das Kinn auf die gefalteten Hände und versank in den Anblick der winzigen Zinnschlittschuhläufer, die ruckartig über den künstlichen See glitten. In der Kutsche saßen zwei Zinnfrauen und winkten. Er hatte die Hand am Kinn, hob einen Finger, ließ ihn sinken.

Dann bemerkte er die Stille und richtete sich auf. »Mucksmäuschenstill hier, was?«

Hester hatte das Lied mit geschlossenen Augen mitgesummt, sie schaukelte. »Ja. Die Stille ist wie dünnes Eis. Sogar ein Vogelzwitschern zerbricht es. Es ist so friedlich.«

Gemeinsam genossen sie die Stille.

Sie sah von seinem Gesicht zu dem Durcheinander auf dem Tisch. »Sie können Phils Zeug durchsehen – ich glaube nicht, daß er was dagegen gehabt hätte. Und dieser Sheriff –« Sie suchte nach dem Namen.

»Sinclair.«

»Ja. Er ist hier gewesen. Ich habe die Polizei im Ort angerufen, als Phil nicht zurückkam. Danach hat er mir ein paar Fragen gestellt; dann habe ich nie wieder etwas von ihm gehört.«

Jury zog einen dünnen Stoß Papiere zu sich heran und blätterte sie durch. Rechnungen, ein paar Briefe.

Ich gehe nicht mehr gern nach Hause. Er sah Hester an, die wieder tief in ihren Träumereien versunken war, dachte an ihre Worte und ihre Traurigkeit und sagte: »Ich finde es schön, daß Sie dieses Haus bekommen haben, Hester.« Er lehnte sich zurück. »Ich habe das Gefühl, daß es so seine Richtigkeit hat.«

»Danke.« Ihre Stimme war ganz leise. Sie holte ein Taschentuch aus ihrem Ärmel, betupfte sich mit einer altmodischen Geste die Augen und schneuzte sich dann sehr geräuschvoll die Nase.

»Jemand, der so jung ist, denkt eigentlich nicht an ein Testament –«

Oder Gräber und Grabinschriften, fügte er nicht hinzu.

»– und daran, was er seinen Freunden oder der Familie hinterläßt.«

Aus irgendeinem Grunde kriegte Jury den Jüngling Chatterton nicht aus dem Kopf. »Wahrscheinlich glauben wir in dem Alter, daß wir ewig leben. Wissen Sie, was mir an Philip Calvert am meisten auffällt? Wie vernünftig er war. Mit siebenundzwanzig ist man bestenfalls charmant, aber selten vernünftig.«

Sie schaukelte, den schönen, hellen Kopf auf die Rückenlehne des Stuhls gelegt. »Ist er aber. War er.« Sie wandte das Gesicht vom Ofen ab. Jury wußte nicht, ob sie wegen der Hitze rosiger aussah oder weil sie unglücklich war. Sie sagte: »Er hat mir sehr geholfen, weil er so ruhig war. Ich rege mich immer so leicht auf und handle zu impulsiv.«

Jury ließ von dem Papierbeschwerer ab; er mußte ein Lächeln

verbergen, als er sagte: »Ja, stimmt. Sie sind mit mir hergefahren.«

Aber sie kriegte seine scherzhafte kleine Bemerkung gar nicht mit. »Es war für mich gut, jemanden – Sie wissen schon – Festes zu haben.«

Der Schnee fiel auf die stille Szene in der Glashalbkugel. Nach ein paar Augenblicken des Schweigens erhob er sich. »Wir sollten besser losfahren.«

Sie schlang den Mantel um sich und stand auf. Der Stuhl schaukelte weiter.

Es war später Nachmittag. Auf dem Rückweg hielten sie an einem Diner, den Hester mochte und in dem sie und Philip oft gegessen hatten.

»Ich gehe gern in diese Lokale«, sagte sie, als sie in einer Nische mit grünen Kunstlederbänken Platz genommen hatten. Jurys Sitz war mit grauem Isolierband geflickt. »Und wenn die Bänke nicht mit Klebestreifen geflickt sind, ist es nicht das Richtige.«

»Sonst noch Vorschriften?«

»Jede Menge. Die Speisekarten müssen verkleckert und die Spezialitäten mit der Hand und vorzugsweise mit Bleistift und Rechtschreibfehlern geschrieben sein. Wenn nichts falsch geschrieben ist, ist man verarscht worden. Mal sehen, gibt's in England Roastbeefsandwiches mit Kartoffelbrei und Soße?« Jury verneinte. »Und als Beilage Krautsalat?«

Die Kellnerin kam, nahm ihre Bestellung auf und servierte das Ganze mit einer Geschwindigkeit, die Jury atemberaubend fand. In wohligem Schweigen verzehrten sie ihre Sandwiches.

Hester griff noch einmal zur Speisekarte: »Pie, am besten mit Vanilleeis und Apfel – hier ist es richtig gut.«

»Ich kann nicht mehr«, stöhnte Jury.

»Ach, du meine Güte – jetzt jammern Sie nicht!« Hester bestellte. Die Kellnerin kam zurück, eine Kugel Vanilleeiskrem zerschmolz auf dem dicken Stück. Die knusprige braune Kruste wölbte sich über der Füllung, man sah die Apfelstückchen hervorquellen. Es dampfte. Kein Wunder, daß dies das große amerikanische Dessert war.

Hester beobachtete ihn mit einem Lächeln.

Jury machte der Kellnerin ein Zeichen, daß er auch ein Stück wollte.

Sie stürzten sich darauf.

Süß, sauer; heiß, kalt; weich, hart – der Geschmack war unglaublich.

»Hester, was wollen wir mehr?«

16

Mit seinem Band französischer Romantiker, dem Stadtführer und Ellens Buch ging er über den Campus, seine Gedanken schweiften zwischen den Rätseln »Beverly Brown und das Poe-Manuskript« und »Sweetie und Maxim« hin und her. Er dachte an das Fenster in Monsieur P–s Zimmer, von dem aus man in das Gebäude auf der anderen Seite des Hofes schaute und dort durch ein weiteres Fenster durch einen weitläufigen Raum zu noch einem Fenster. Maxims Zimmer waren riesig, die Böden mit luxuriösen Orientteppichen belegt, die Möblierung spartanisch. Ein Raum war leer bis auf einen Flügel, über den ein blauer Schal drapiert war. An diese Einzelheiten erinnerte sich Melrose; die Beschreibung war eindrucksvoll. Und im Eßzimmer saß Maxim auf dem einzigen Stuhl am unteren Ende des Tisches...

Melrose blieb stehen, setzte sich auf eine Bank vor einem stattlichen weißen Gebäude und las:

Sweetie sah Maxim wie durch eine Kolonnade von Türen, jede öffnete sich auf den Raum dahinter, und am Ende befand sich das Eßzimmer, in dem Maxim an dem langen Mahagonitisch beim Frühstück saß.

Sie ging durch die Türen in den Raum, blieb stehen und schaute von dem Tisch zu der Reihe hoher Fenster, die auf die weiten Rasenflächen führten. Der Springbrunnen war trocken; der Bronzeknabe ritt den Fisch durch dunkelgefleckten Zement.

Was lief hier ab? Es war doch völlig widersinnig. Vor einem Dutzend Seiten waren die Gärten jenseits der Fenster noch in Blumen erstickt, die an diesem warmen Frühlingstag blühten und gediehen. Der Teich war voll Wasser gewesen.

Und nun lag Maxim in einer Blutlache auf dem Eßzimmerfußboden. Was lief hier ab? Ärgerlich, weil er sich von dieser schrägen Geschichte hatte einfangen lassen, klappte er *Fenster* zu. Aber auch unfähig, sich dagegen zu wehren, langte er in seine Ledermappe, holte die Kapitel des neuen Buches heraus, die Ellen ihm gegeben hatte, und fing an zu lesen.

Sweetie stand mit dem Bratenwender in der Hand in der Küche, pochierte ein Ei und versuchte, sich ihren Tod vorzustellen. Sie beobachtete, wie das klare Eiweiß milchig-opak wurde, wie die Briefumschläge unter dem Briefschlitz. In einer anderen Pfanne brutzelten Würstchen, das Fett spritze. Sie hob das Ei heraus, ließ es abtropfen und legte es behutsam auf eine Scheibe Toast.

Sie setzte sich an den Tisch, aß kleine Bissen Wurst und überlegte während des Kauens, wie es sich anfühlte zu sterben oder wahnsinnig zu werden. Wie wurde man »wahnsinnig«? Wie um alles in der Welt würde es sein? Verdunkelte sich der Verstand wie der Mond bei einer Mondfinsternis? Ihre Küche befand sich im Souterrain, vom Bürgersteig schien Sonnenlicht durch das Fenstergitter und malte Streifen auf das weiße Linoleum. Sweetie dachte daran hinauszugehen. Hinauszugehen und zu laufen, ein bißchen frische Luft zu schnappen, diese Gedanken aus ihrem Kopf zu verscheuchen – würde sie es schaffen? Würde das Sonnenlicht sie nicht blenden und wieder hineintreiben?

Was für eine Erklärung konnte es für die Briefe an Lily geben, außer der, daß sie wahnsinnig wurde? Und dennoch hatte sie das Gefühl, daß ihr Verhältnis zu den Dingen dieser Welt sich nicht verändert hatte. Sie blickte auf das kleine Zifferblatt ihrer Armbanduhr und sah, daß der Sekundenzeiger genauso eilfertig vorruckte und der Minutenzeiger die Zeit genauso ordentlich einteilte wie immer. Aber wie sonst war zu erklären, was passierte? Als sie aus der Porzellandose mit dem Blumenmuster Zucker löffelte, fühlte sie sich zwischen den vertrauten Gegenständen der Küche durchaus wohl. Zuckerdose, weißes Milchkännchen, Teetasse. Sie konnte sie so leicht und selbstverständlich wie immer benennen. Aber was, wenn sie die Namen vergaß? Vergaß man die Namen gewöhnlicher Dinge, wenn man wahnsinnig wurde?

Sorgfältig riß sie eine Ecke von der Serviette ab, nahm einen Bleistift aus dem Marmeladenglas, schrieb das Wort Z U K - K E R darauf und legte das Papier in die Zuckerdose. Sie schaute es sich an, lächelte ein wenig, schrieb auf einen anderen Fetzen Papier S A L Z und legte ihn unter das Salzfaß. Ein weiteres Stück Papier – G L A S – leckte sie mit der Zunge ein wenig an und drückte es an das Glas Milch.

Das Telefon klingelte. Sweetie blieb vollkommen still sitzen. Sie war sicher, daß, wenn sie den Hörer abnahm, in der Leitung nichts sein würde als Schweigen. Oder wenn sie etwas hörte, würde eine Stimme sagen: »Hallo, hallo, hallo? Lily?«

Beim neunten Klingeln dachte sie, es könnte vielleicht doch Bill sein oder Jane oder sonstwer. Sie aß ihr Ei, wischte mit dem letzten Stück Toast in dem Eigelb herum und hörte dem Klingeln zu. Dreizehnmal. Als es aufhörte, dachte sie, es war bestimmt für mich, und wenn es noch einmal klingelt, gehe ich dran.

Es klingelte noch einmal. Sie ging nicht dran.

Du kannst, sagte sie zu sich, folgendes tun: Du kannst dich auf den Polsterstuhl vor die Tür setzen und den Briefschlitz beobachten, und wenn wieder ein Umschlag durchrutscht, schnell die Tür aufmachen. Sie setzte sich hin; sie bemerkte nicht, wie die Zeit verstrich. Letztendlich, das wußte sie, war es sinnlos; wer immer es war, er war gewappnet und verschwunden, ohne daß sie ihn zu Gesicht bekam. Ihn oder sie. Die Person würde sich in Luft auflösen, bevor sie sie zur Rede stellen konnte.

Du kannst aber auch etwas anderes tun, sagte sie sich. Sie zog einen Umschlag aus der Banderole, faltete ein Blatt Briefpapier und steckte es hinein. Sie leckte die Lasche an und drückte sie fest. Dann drehte sie den Brief um und schrieb in Druckbuchstaben darauf:

M A X I M.

Sweetie ging zur Tür und schob den Umschlag durch den Briefschlitz. Die Dunkelheit war hereingebrochen. Nachdem sie das schmutzige Geschirr ins Becken gestellt hatte, ging sie nach oben ins Bett.

Melrose saß zusammengesunken auf der Bank, die Manuskriptseiten in der Hand, und dachte nach. Aus den Gebäuden kamen die Studenten, in Pausenstimmung. Auf dem Pfad, an dem er saß, herrschte eiliges Kommen und Gehen.

»Er ist tot. Er ist tot.« Er schaute auf, zwei Studenten starrten ihn an. Sie hielten ihn vermutlich für verrückt, wie er hier auf einer Campus-Bank vor sich hinbrabbelte. Sie lächelten unsicher und machten einen weiten Bogen um die Bank.

17

I

Sweetie.

Sie schaute den Namen an und hoffte, um das Wort würde sich ein Magnetfeld ausbreiten, das weitere Worte in seinen Kreis ziehen würde. Sie tippte es noch einmal in Großbuchstaben: S W E E T I E. Der Name pochte hinter ihren geschlossenen Augenlidern, ging langsam an und aus wie eine Neonschrift über einem Diner: L E C K E R – L E C K E R – L E K - K E R.

An einen Diner zu denken war ein Fehler gewesen; sie wurde hungrig. Wenn die Kette nicht wäre, würde sie wie der Blitz aus dem Büro flitzen, *wutsch*, hoch in den zweiten Stock, und sich einen Kaffee und einen Doughnut genehmigen. Besser noch, in die Cafeteria gehen zu einem Kaffee in einer richtigen Porzellantasse und einer Zimtschnecke. Aber es war noch nicht soweit; sie hatte noch gut fünfundvierzig Minuten zu schreiben. Sie schaute auf die Uhr an der Wand; zu sehen gab's da nichts, denn sie hatte das Zifferblatt mit einem Schal verhangen. Sie warf immer etwas darüber; sonst würde sie die ganze Zeit über hinschauen und ausrechnen, wie lange sie sich noch quälen mußte. Es gab natürlich auch einen Wecker; der stand im Aktenschrank und tickte gedämpft vor sich hin. Aber rasseln konnte er so laut, daß Glas zersprang. Er war auf zwei Uhr gestellt.

Herr im Himmel, wenn jemand, der ihre Bücher las, sie jetzt hätte sehen können! Sie stellte sich einen Schriftsteller vor, zumindest so, wie sie annahm, daß der Leser sich den Autor bei der Arbeit vorstellte (wenn Leser überhaupt je an Autoren dachten), und sah sich selbst in einem mit Büchern vollgestopften, mahagonigetäfelten Arbeitszimmer. Der Fußboden war aus unregelmäßig breiten Kiefernholzbrettern und mit dicken Orientteppichen belegt, die Fenster schauten auf neblige Felder (Schriftsteller stehen ja immer im Morgengrauen auf), die Worte waren schwungvoll in Schönschrift mit einem Montblanc-Füllfederhalter in ein Kalbsleder-Notizbuch geschrieben. Alles schön mit einem Füllfederhalter auszuschreiben (Ellen grübelte, warum Füllfederhalter immer noch Füllfederhalter hießen), das atmete doch den reinen Geist der Schriftstellerei; das war die wahre Kunst des Schreibens. Und viel schwerer als Tippen; und noch viel schwerer als mit Computer und Textverarbeitungsprogramm zu schreiben. Denn das war genau, wie es klang: Man verarbeitete Worte, wie man Sahne buttert, und heraus kam eine ölige Substanz. Die Worte flutschten hervor, mit Kunst hatte das nichts mehr zu tun; aus dem Nichts sprangen die Buchstaben wie durch Zauber auf den Bildschirm. Es sah aus, als gelangten sie durch Vermittlung einer übermenschlichen Instanz dorthin.

Ellen knirschte mit den Zähnen und schrieb mit ihrem Filzschreiber:

SWEet i e
Sweetie blieb mit der Schachtel Pralinen im Schoß sitzen, bis die Abenddämmerung sich in Dunkelheit verwandelte.

Ellen stand auf, schleppte sich zum Fenster und überlegte: Wer versuchte, Sweetie umzubringen? Versuchte überhaupt jemand, sie umzubringen? Denn an Lily, nicht an Sweetie, waren die Briefe adressiert. Es war ein Mysterium. Manchmal flatterte Ellen der Hauch einer Antwort durch den Kopf und machte das Hirn wieder etwas freier.

Die Kette zog an ihrem Knöchel. In ihrer Sorge um Sweetie war sie vom Fenster zum Aktenschrank gewandert, mit den Fingern tastete sie über dessen glatte Oberfläche, um den Schlüssel zu finden. Den beschwerlichen Treck hatte sie, ohne sich dessen recht bewußt zu sein, schon öfter unternommen und deshalb den Fahrradkettenschlüssel dort oben außerhalb ihrer Reichweite hinlegen müssen. (Der Wecker war in der untersten Schublade, da konnte sie so eben noch selbst hinlangen. Einmal hatte sie den bösen Fehler begangen, auch den Wecker außerhalb ihrer Reichweite zu deponieren, und als dann das ohrenbetäubende Rasseln ertönte, waren etliche Fakultätsmitglieder unter »Feuer! Feuer!«-Rufen aus dem Gilman-Gebäude geflüchtet.) Ursprünglich hatte sie den Schlüssel oben auf den Schrank gelegt, damit sie ihn immer noch erreichen konnte, wenn sie sich langmachte und streckte. Aber das war Quatsch, denn als sie sich eines Tages mit einem beherzten Sprung darauf gestürzt hatte, hatte sie sich das Kinn am Metallgriff aufgeschlagen. Also legte sie nun zuerst den Schlüssel außerhalb ihrer Reichweite und schob dann das Schloß durch die Kette.

Es entbehrte allerdings nicht einer gewissen Peinlichkeit, wenn sie am Ende ihrer zwei- bis dreistündigen Schreibschicht jemanden bitten mußte, ihr den Schlüssel zu holen, und sie war immer baß erstaunt, daß ihr derjenige auch noch abnahm, sie habe »sich irgendwie mit dem Fuß in der verdammten Fahrradkette verfangen« oder spiele gerade ein dämliches Spielchen oder wolle eine Wette mit einem Kollegen gewinnen.

In einem Anfall von Panik ließ sie sich schwerfällig wieder auf dem Drehstuhl nieder und fragte sich, ob er nicht doch eine Idee zu bequem für sie sei, ob er sich den Konturen ihres Rückens nicht ein wenig zu gut anpaßte. Die Bemerkung eines Autors kam ihr in den Kopf, vielleicht eines Sportjournalisten oder eines Kolumnisten, die einen festen Redaktionsschluß hatten. Nur wenn einem jemand das Gewehr auf die Brust setzt, schreibt man. Ellen schloß die Augen und stellte sich vor, daß ihr jemand ein Gewehr auf die Brust setzte, aber es nützte nichts. Es müßte natürlich ein echtes Gewehr sein. Punktum.

Sie glitt tiefer in den Stuhl, zog ihren schweren Schafswollpullover hoch und drapierte ihn sich um den Kopf. Saß da und dachte über den Mann mit der eisernen Maske nach. Wenn er Schriftsteller gewesen wäre, unter welchen Bedingungen hätte er geschrieben? Was hätte das arme Herzchen gemacht, wenn er wie sie dabei an den Nägeln hätte kauen müssen? Mit dem Kopf im Pullover erhob sie sich, fand, die Arme nach möglichen Hindernissen ausgestreckt, blind den Weg zum Fenster, spürte die kalten Fensterscheiben an den Fingern und blieb dort stehen. Konnte jemand sie von unten auf dem Gehweg sehen? Sie holte tief Luft, zog den Pullover herunter und kaute an ihrem Daumennagel. Den Rücken an die Wand gepreßt, tat sie dann so, als sei sie Fortunato aus Poes Erzählung *Das Faß Amontillado* und werde gleich eingemauert. Wenn Fortunato Schriftsteller gewesen wäre, was für ein Arrangement hätte Montresor mit ihm zu treffen versucht? *Kein ganzer Absatz, Fortunato? Was? Aber doch gewißlich einen Satz! Nein?* Ellen hob den Arm und zog ihn zurück: *Rumms!* Noch ein Ziegelstein draufgeklatscht!

Sie schleppte sich zurück zum Stuhl, sank darauf zusammen und nahm den Filzer. Legte ihn wieder hin. Sie hatte einen Bärenhunger.

Sie hatte versucht, sich auch in ihrer Wohnung die Kette ans Bein zu binden, aber es funktionierte nicht, weil sie nichts zum Festmachen finden konnte, das schwer genug war, um als Gegengewicht zu funktionieren. Sie fühlte sich an jemanden erinnert, der Selbstmord verüben will und einen kräftigen Balken oder einen starken Haken sucht, um den Gürtel oder das Seil darumzuwinden. Ein paarmal war es soweit gekommen, daß sie Möbelstücke am Fuß durch die Gegend gezerrt hatte – den schweren Ohrensessel, sogar eine dunkle, vierhundert Jahre alte Kommode, von der sie gedacht hatte, die würden keine zehn Pferde wegbringen –, und alles nur, weil sie den Schlüssel erreichen und ins Horse oder den Pizza Palace gehen wollte. Als sie die Kette schließlich am Herd verankert hatte, hatte diese soviel Spielraum, daß sie ans Telefon langen und sich eine Pizza ins Haus bestellen konnte. Und dann hatte die Kette wahrhaftig noch bis zur Tür gereicht. Der Lieferjunge war fasziniert. Sie erzählte ihm, sie hätte die Hauptrolle in *Les Miserables*. Er glaubte ihr aufs Wort.

Der Grund, warum sie nicht schreiben konnte, war nicht, daß sie Sweetie nicht mochte. Sie liebte Sweetie. Sie mochte ihre unaufwendigen Kleider, die Faltenröcke und pastellfarbenen Strickjacken, ihre einfache Frisur, ihr klares Gesicht.

Warum versuchte jemand, sie in den Wahnsinn zu treiben? Doch Ellen war gar nicht so sicher, daß jemand es versuchte. Sie legte den Kopf nach hinten über den Stuhl zurück und sann darüber nach, wie weit sie sich zurücklehnen konnte, bis sie fiel.

Sie starrte die Neonröhren an, die dunklen Leichname der Motten, die sich darin verfangen hatten. Dann beugte sie sich vor und schrieb:

Sweetie beugte sich über die weiße Pralinenschachtel.

Das Problem war folgendes: In dieser zweiten Geschichte, die sie jetzt gerade schrieb, erhielt *Lily* Briefe von jemandem, den sie nicht kannte, und gestern hatte sie sogar eine Schachtel Pralinen bekommen. Ellen schloß die Augen. Und ließ Lily erst einmal einen Moment außer acht.

Sweetie wußte nicht, was für Pralinen es waren.
Sie hatte Angst, die Schachtel zu öffnen.

Ellen hielt inne und lehnte sich zurück. Etwas an der Schachtel Pralinen war nicht geheuer. Sie legte den Kopf auf die Hände, rieb sich die Schläfen wie eine alte Frau, die in geistiger Umnachtung lebt. Was ihr mißfiel. Nein, beschloß sie. Die Schachtel Pralinen ist, was sie ist. Nicht geheuer daran ist nur, wie Sweetie sie sieht.

Die arme Sweetie. Ellen biß sich auf die Lippen, drückte die Handballen gegen die Augen, preßte sie in die Höhlen. Etwas Entsetzliches würde geschehen, etwas wirklich Entsetzliches. *War schon passiert.* Und entfaltete nun seine Wirkung. Es war am Ende von *Fenster* passiert, aber Sweetie wußte nicht, was für eine Rolle ihr künftig beschieden sein würde. Darin lag die Ursache für ihre Angst.

Die Schachtel war in seidenweiches weißes Papier gehüllt und mit einem purpurnen Samtband zugebunden, nicht mit einem simplen Stückchen Schnur. Sweetie zog an einem Ende. Die große Schleife öffnete sich beinahe lasziv.

Ellen rieb Daumen und Zeigefinger, spürte die Luft, spürte den Samt. Rot mußte er sein. Nicht purpurfarben. Rot. Warum? Rot, weil purpurrot zu bedeutungsschwanger war, das Band bedeutete aber nichts als sich selbst.

Sie sah zu, wie Sweetie den Deckel abnahm. In der Schachtel befanden sich zwei Lagen kleiner geriffelter Papierhüllen, in ordentlichen Reihen arrangiert. Pralinen waren keine darin. Sweetie nahm eine Hülle und untersuchte sie sorgfältig. Ellen schrieb:

Es waren auch nie welche darin gewesen.
Sie legte die geriffelte Hülle wieder an ihren Platz und betrachtete die adretten Reihen der Hüllen, die keine Pralinen enthielten. Sweetie schloß die Schachtel und erinnerte sich daran, wie Maxim gesagt hatte: »Sie hinterließen Zettel auf meinem Teller, neben meinem Glas, in der Schüssel auf dem Tisch. Darauf stand: Käse, Wein, Obst. Weil ich Schriftsteller war und fähig sein sollte, die leere Luft zu speisen und die Erinnerung an den Wein zu trinken. Sie hielten es für einen Scherz. Sie wußten es nicht, aber sie konnten sehr gut recht haben. Die Welt der Dinge zerbricht. Hör zu: Was, wenn das, was passiert, genau das ist, was nicht passiert? Zum Beispiel: Man schneidet eine Papierpuppe aus dem sie umgebenden Papier und erhält einen leeren Raum, die Umrißli-

nien der Puppe. Es paßt vollkommen – vollkommen. Was ist dann was, und was ist wirklich?«

»*Ach, das ist Sophisterei. Ich hasse solches Gerede.*«

»*Nein. Sie sind nicht voneinander getrennt. Der Umriß gehört zu der Puppe. Es scheint nur so, als sei die Puppe von ihrem Platz gerissen worden. Zieh der Papierpuppe ihre Papierkleider an. Es spielt keine Rolle. Sie äfft nur ihr wahres Selbst nach; eine schäbige Imitation; verschandelt, ein statisches Echo. Verstehst du?*«

Ellen legte den Stift weg und starrte an die Wand. Sie dachte an die schreckliche Vicki Salva. Die verschandelte Sweetie. Den Mord an Sweetie. Nein, Maxim behauptete ja, ein Mord sei unmöglich. Unmöglich. Dann dachte sie an Beverly Browns Poe-Geschichte. Jeder, der versuchte, Poe zu kopieren, würde Fingerabdrücke hinterlassen – geistige Fingerabdrücke, seitenweise. Das war unvermeidbar. Um wie Poe zu schreiben, mußte man Poe sein.

II

Ein Gesicht hinter der Milchglasscheibe der Tür.

Bevor sie sich den Schlüssel schnappen konnte, ging die Tür auf, und der Schatten hinter der Scheibe verwandelte sich in Melrose Plant.

»Hm, hm«, murmelte er, als er die Kette an ihrem Knöchel entdeckte.

Ungerührt bat sie ihn: »Würde es Ihnen etwas ausmachen, mir den Schlüssel zu geben?« und deutete mit dem Kopf in Richtung des Aktenschranks. »Da oben.«

Er sah von ihr zum Aktenschrank und wieder zu ihr. Sie schauten sich ein paar Sekunden an. Mal sehen, wer zuerst wegschaute.

»Den Schlüssel, bitte.« Ihr Ton war so arrogant, als warte sie seit Ewigkeiten, daß ihr Page, ihr Bote, ihr Schlosser, ihr Lakai Melrose Plant erschiene.

Er fand den Schlüssel, gab ihn ihr und wartete auf eine Erklärung. Als sie sich schließlich über das Schloß an ihrem Knöchel bückte, sagte sie: »Ich mußte ja wohl sehen, wie es sich anfühlt, oder?«

»Es?«

»Wie es sich für die Figur in meinem Buch angefühlt hat. Er war mal Kettensträfling. In Louisiana.« Die Kette ging auf. Sie lehnte sich zurück und starrte in die Luft. »Er war einer von David Dukes Typen. Ein Neonazi.« Sie schaute zur Decke hinauf. »Er hat jemanden... ermordet«, sagte sie nachdenklich.

»Warum haben Sie eine Kette am Fuß?«

»Das habe ich Ihnen doch gerade gesagt.«

»Nein, haben Sie nicht.«

Sie versuchte, das Ende der Kette auseinanderzuklamüsern. »Statt daß wir hier Rätselraten spielen, könnte ich ein bißchen Hilfe gebrauchen.«

Melrose genoß die Situation. Er rührte keinen Finger. »Eine Sträflingsgang in Louisiana erscheint mir nicht gerade als der rechte Umgang für Sweetie und Maxim.«

»Es kann doch noch nicht zwei Uhr sein.« Ellen hatte die Kette endlich abgewickelt, neben die Schreibmaschine geworfen und schnitt geschickt ein neues Thema an.

»Nach meiner Uhr ist es genau zwei. Zu meinem Bedauern ist es mir jedoch unmöglich, das durch die offizielle Universitätszeit zu verifizieren, weil die Uhr an der Wand verdeckt ist.« Auf eine Reaktion wartete er nicht, weil er wußte, daß er ohnehin keine bekommen würde.

»Dann hab ich's geschafft!« sagte sie fröhlich. »Das Schreiben, meine ich.«

»Aha! Geschrieben haben Sie – was zum Teufel!«

Der Krach war ohrenbetäubend. Melrose ließ seine Bücher fallen, Ellen hechtete zum Aktenschrank, riß die Schublade auf und zerrte den altmodischen Wecker mit den zwei Glocken heraus. Sie schlug auf den Knopf und warf die Uhr wieder in die Schublade. Dann nahm sie ihre Jacke. »Es ist zwei Uhr.«

»Warum...? Na ja, einerlei.« Er half ihr in die Lederjacke und fragte: »Wie geht es Sweetie?«

»So gut, wie man es eben erwarten kann, vermute ich.« Sie warf ihre alte Ledertasche über die Schulter. »In Anbetracht ihrer Situation.« Sie nahm die Türschlüssel vom Schreibtisch.

»Hoffentlich ist ihre nicht so hoffnungslos wie die von Maxim.«

Auf dem Weg zur Cafeteria beantwortete Ellen nicht eine seiner Fragen nach *Fenster* oder dem Manuskript, weil sie Fragen als den Rahmen des Buches sprengend und damit überflüssig erachtete. Statt dessen redete sie über Vicki Salva: »Die verdient eine gehörige Abreibung. Vicki Salva! Wick-VapoRub! Die Ähnlichkeit zwischen beiden Büchern sehen Sie doch auch?«

»Die sieht ja wohl ein Blinder mit Krückstock. Es handelt sich eindeutig um ein Plagiat.«

Ellen zog ihn aufgeregt am Ärmel. »Ist Ihnen schon etwas eingefallen, wie man ihr einen Schlag versetzen könnte?«

Melrose lächelte. »Ich habe eine Idee. Eine exzellente Idee.«

»Was?«

»Ich habe sie noch nicht zu Ende durchdacht.«

Sie ging rückwärts neben ihm her und schaute ihn flehentlich an. Trotz all ihrer Probleme sah sie wunderbar unbeschwert aus, fand Melrose – kindlich fast, unverdorben. Ein paar Studenten lagen auf Bänken und sogar auf dem Rasen und genossen die Sonne, obwohl es so kalt war.

»Ich muß es noch ein wenig bebrüten.« Er hielt *Fenster* hoch. »Warum beantworten Sie denn nicht wenigstens eine meiner Fragen? Wer hat Maxim ermordet? Sweetie war es nicht, oder?«

»Was bringt Sie auf den Gedanken, er wäre tot?« Sie gingen durch die Doppeltür in die Cafeteria. »Hoffentlich gibt es noch Zimtschnecken.«

»Was mich auf den – na, immerhin liegt er zusammengekrümmt auf dem Boden, das Blut fließt ihm in Strömen aus dem Körper und in der Nähe befindet sich ein Messer. Da habe ich Verdacht geschöpft.« Durch die Tische und ein paar späte Mittagsgäste folgte er ihr zur Theke.

Ellen enthielt sich eines Kommentars; mit dem Kinn fast auf der Glasvitrine, inspizierte sie die Reihen Doughnuts, Teilchen und Pies. »Ich sehe keine Schnecken. Dann nehme ich ein Stück Quark-Blätterteig.« Auf der Vitrine standen mehrere kleine Pralinenschachteln, im Preis herabgesetzt. Sie runzelte die Stirn.

Die Schwarze hinter der Theke hievte ein großes Stück Blätterteiggebäck auf den Teller und schaute Melrose an.

»Für mich nur einen Kaffee.«

»Wollen Sie keinen Kirsch-Blätterteig? Die sind wirklich gut hier.« Ellen zeigte auf ein Stück Kirsch-Blätterteig, die Frau legte auch das auf einen Teller und schob es Melrose hin.

In das Klirren von Tassen und Untertassen hinein sagte er: »Wollen Sie mir weismachen, daß Maxim nicht tot ist?«

Ellen drückte ihren Kuchenteller an die Brust und ließ den Blick auf der Suche nach einem Tisch durch den Raum schweifen. »Nicht unbedingt. Au, verdammt, da ist Vlasic. Beachten Sie ihn gar nicht.«

»Das dürfte mir nicht schwerfallen, weil ich gar nicht weiß, über wen Sie reden.«

Er folgte ihr, zwängte sich zwischen Stühlen und rucksackbeladenen Tischen hindurch und überlegte, wie jemand in einer Blutlache liegen und »nicht unbedingt« tot sein konnte. Hm, es war sinnlos. *Fenster* war eindeutig kein Krimi à la Onions.

Ellen nickte einem Mann mittleren Alters zu. Spärliches Haar, spitze Nase und dünner, sehniger Körper wie ein Tänzer. »Er ist ein Arsch.«

»Ein erfolgreicher Arsch? Ihr Fachbereich ist doch erfolgsverwöhnt.«

»Da müßten Sie ihn aber mal hören. Wir sind nicht im selben Fachbereich. Er lehrt Englisch; ich unterrichte in dem Programm für Hörer aller Fachbereiche. Er hat, glaube ich, ein paar kleinere Bändchen veröffentlicht, vielleicht ein Buch, nichts Weltbewegendes. Obskure Gedichte.«

»Wie heißt er, haben Sie gesagt?«

»Vlasic. Alejandro, will er die Leute glauben machen. Ich nenne ihn Alex. Da wird er immer stinkwütend.«

Vlasic machte nicht den Eindruck, als sei er allzu versessen darauf, das Rampenlicht mit einer Schriftstellerkollegin zu teilen, schon gar nicht mit einer unendlich viel erfolgreicheren, aber tapfer stellte er sich der Herausforderung, lächelte breit und rief lauthals ihren Namen. Melrose war überrascht. Der Mann hatte eine Stimme wie ein Opernsänger. Melrose hatte etwas eher Piepsiges erwartet.

»Hallo, Alex.«

Vlasic zuckte merklich zusammen, als Ellen Melrose als Experten auf dem Gebiet der französischen Romantik vorstellte, was dieser in aller Bescheidenheit dementierte. Woraufhin Ellen das Dementi dementierte.

Die beiden Mädchen, die an Vlasics Tisch saßen, drehten synchron die Köpfe. Sie trugen Bauernröcke und formlose Blusen. Eine trug Ohrringe, so groß wie Autoreifen, die andere hatte sich einen langen Schal um den Kopf geschlungen. Sie waren dunkel und sahen aus wie Zigeunerinnen.

»Was macht das neue Buch?« Vlasics Lächeln war so unaufrichtig, wie ein Lächeln nur sein kann.

Ellens Kiefermuskeln spannten sich an, aber sie zuckte mit keiner Wimper. »Ganz gut.« Sie schnitt ihre Quarktasche in gleich große Häppchen.

»Wächst und gedeiht, hm?«

Der Mann hatte etwas aufreizend Glattes. Melrose dachte, er würde sich jeden Moment zusammenrollen und schnurren.

»Keine Probleme.«

»Wir haben gerade über den schöpferischen Prozeß diskutiert.«

»Den was?« sagte sie mit unbeweglicher Miene.

Eine der Zigeunerinnen beugte sich zu Ellen vor und sagte im Ton dunkler Prophezeiungen: »Ich habe eigentlich weniger die Angst, daß ich das Talent nicht habe, als die, daß ich solche Opfer nicht bringen könnte.« In einer hübschen Geste nahm sie mit den beringten Fingern einer Hand das Ende des Schals und zog es über die Wange. »Um ehrlich zu sein, ich weiß nicht, ob ich den Nerv hätte, mich so zu entblößen.« Sie flötete ein dünnes hohes Lachen. »Und ich weiß nicht, ob ich es schaffen würde, mich so hineinzuwerfen, wie es nötig wäre. Das bereitet mir Kopfzerbrechen.«

»Würde es mir auch.« Ellen kaute ihren Kuchen, zog einen leeren Stuhl zu sich heran und pflanzte die Füße darauf.

Die Zigeunerin warf Vlasic einen unsicheren Blick zu und versuchte es mit einer anderen Taktik. »Es muß aber doch sehr befriedigend sein, für etwas, woran man so lange und so hart gearbeitet hat, Anerkennung zu finden. Es muß wundervoll sein, seine Gefühle zu formen und zu behauen, einen Teil der Psyche herauszukristallisieren und so darzustellen, daß andere daran teilhaben können.«

»So? Keine Ahnung. Jeder Blödian kann schreiben«, sagte Ellen.

Melrose war begeistert; ihm fiel auf, wie gut Ellen und Johanna die Wahnsinnige sich verstanden hätten.

»Ha!« blaffte Vlasic mit überschnappender Stimme. Er schlug mit der Hand auf den Tisch, daß die Tassen klapperten. »Ha!«

Ellen betrachtete ihn ungerührt. »Es stimmt. Selbst er könnte es, wenn er es versuchte.« Sie zeigte mit dem Daumen auf Melrose.

Verbannt in die Zunft schreibender Idioten, fühlte Melrose sich nicht bemüßigt, seinen Senf dazuzugeben, und deutete nur eine Verbeugung an. An den kläglichen Schreibversuchen dieses spezifischen Idioten schien aber ohnehin keiner interessiert zu sein; ihre Blicke bezogen ihn nicht ins Gespräch mit ein.

Die zweite Zigeunerin war offenbar todunglücklich bei der Vorstellung, daß die erste Ansichten über etwas geäußert haben könnte, das jeder Blödian konnte. »Sie sind zu bescheiden.« Ihre Stimme war rauher und viel tiefer als die ihrer Freundin. Als Ellen ihrem Urteil weder widersprach noch es bestätigte, fuhr sie fort: »Ich habe *Fenster* gelesen.« Eine klitzekleine Pause entstand, als warte sie darauf, daß man ihr zu ihren Mühen gratulierte. Wieder reagierte Ellen nicht, und die Dame kämpfte sich redlich weiter. »Unglaublich, soviel erzählerische Kraft in einem Text, in dem ein so reduktiver Gebrauch vom Symbolismus gemacht und die Sprache bis auf die Knochen entblößt wird.«

Ellen zündete sich eine Zigarette an.

Jetzt übernahm wieder die mit dem Schal und ließ sich weiter über ihre Ängste und Unsicherheiten aus. »Sich zu motivieren, jeden Morgen aufzustehen und sich vor die leere Seite zu setzen...«

»Sie könnten ja auch ausschlafen.«

Den Einwand verwarf das Mädchen mit einem kurzen Lachen. »Es ist die Fähigkeit, dabei zu bleiben, an einem Text dranzubleiben, der vielleicht nie zu jemand anderem sprechen wird –« Sie hielt inne und rätselte herum, welche Opfer vielleicht noch vonnöten waren. »Jahrelang zu arbeiten und am Ende doch nur kommerzielle Literatur geschrieben zu haben. Ich weiß nicht, wie der Lohn beschaffen sein müßte, damit ich bei der Stange bliebe.«

»Geld.« Ellen erwog, die Kruste von Melroses Kirsch-Blätterteig zu verzehren. Sie ließ sie wieder auf den Teller fallen.

Erneut stieß Vlasic ein höhnisches Lachen aus. »Kennen Sie den Prozentsatz der Schriftsteller, die von dem, was sie verdienen, leben können?« Als keiner antwortete, verriet er es ihnen. »Weniger als zwei Prozent.«

Woraufhin Melrose erwog, seine Schriftstellerkarriere zu beenden.

Wieder draußen, sagte Melrose: »Wie konnten Sie sich diesen Quatsch anhören?« Sie gingen gegen den Strom der Studenten, die aus den Seminarräumen in die aromatischeren, dem leiblichen Wohl dienenden Gefilde der Cafeteria entfleuchten.

»Vlasics Studenten reden alle so. Sie können nicht anders. Es sind alles Mini-Vlasics.«

Schweigend liefen sie eine Weile weiter. Plötzlich blieb Ellen stehen und sagte: »Wissen Sie, was Maxim Sweetie gerade erzählt hat?«

»Was? Nein, weiß ich nicht. Als ich Maxim das letzte Mal gesehen habe, wälzte er sich in einer Blutlache. Wie kann er also Sweetie gerade etwas erzählt haben?«

»Maxim hat zu Sweetie gesagt, wenn man eine Papierpuppe ausschneidet, wozu gehört dann der leere Raum, der Umriß? Und existiert die Puppe auch ohne ihren Umriß?«

»Das ist metaphysischer Sch –«

Ellen nickte und unterbrach ihn. »Sophisterei. Genau das hat Sweetie auch gerade gesagt.«

»Metaphysischer Scheiß ist es, und sonst nichts. Und würden Sie aufhören, über Maxim und Sweetie zu reden, als säßen sie da hinten in der Cafeteria und tränken Kaffee?«

»Ach, jetzt seien Sie mal nicht so einfältig.«

Ellen zog eine Schnute, als habe er gerade ihre besten Freunde beleidigt. Gut möglich, dachte er, daß sie das auch waren. Er hielt den Mund. Was nicht einfach war.

»Ich denke über literarischen Diebstahl nach.«

»Über die fürchterliche Wick-VapoRub?«

»Damit fing es an. Dann, nachdem Maxim das gesagt hatte –«

Melrose seufzte tief auf, hoffte, daß das nicht unbemerkt blieb, aber Ellen ignorierte es.

»– habe ich angefangen, über dieses Poe-Manuskript nachzudenken. Ein Mensch kann den Stil eines anderen nicht kopieren, das wäre, als versuchte man, die echten Farben eines Regenbogens zu malen. Die Atmosphäre und die Luft, die nötig sind, einen Regenbogen zu produzieren, sind von viel zu vielen Variablen bestimmt. Genauso ist es mit dem Stil. Das Ganze würde etwas merkwürdig Stockendes kriegen. Beverly Brown würde auf jeder Seite ihre geistigen Fingerabdrücke hinterlassen.«

Melrose dachte darüber nach. »Da ist was dran. Also müßte man Miss Browns Gedanken kennen und darauf streuen, damit die Abdrücke sichtbar würden, um im Bild zu bleiben.«

»Vielleicht sind sie weniger schwer aufzuspüren, als das zu ergründen, was sie sich bei all dem gedacht hat. Vielleicht sind die Fingerabdrücke in den Einzelheiten der Geschichte. Einzelheiten, die nur Beverly hineingebracht haben könnte, Poe aber nicht.« Ellen beförderte ihre Tasche von einer Schulter zur anderen. »Zum Beispiel: Vorhin hat Sweetie eine weiße Pralinenschachtel aufgemacht, aber erst, als wir uns den Kaffee geholt haben, habe ich gemerkt, daß seit Tagen ein Haufen weißer Schachteln mit Pralinen neben der Kassiererin auf der Theke steht. Unbewußt habe ich es registriert, und als ich jetzt durch mein Unterbewußtsein gestromert bin, habe ich wahrscheinlich die weiße Schachtel Pralinen dort aufgetan.« Ellen schwieg und schaute in den schiefergrauen Himmel. »Hm, was, wenn so etwas quasi unvermeidlich wäre? Was, wenn in Beverlys Geschichte solche Dinge stecken?«

»Schwer zu bestimmen, was es ist.«

»Vielleicht sogar unmöglich. Aber trotzdem, was, wenn in ihrer Wohnung ein Keramiktopf mit Ingwer steht? Nur als Beispiel. Was, wenn es etwas gibt, das sie jeden Tag angeschaut hat, ohne sich darüber klar zu sein, und es hat sich in die Geschichte hineingeschmuggelt?« Melrose hielt ihr die Tür zur Gilman Hall auf; die Studenten kamen herausgerannt wie die Lemminge. »Ich überlege, wie wir in ihre Wohnung hineinkämen«, sinnierte Ellen. Dann fügte sie mit einem Seufzer hinzu: »Aber selbst, wenn das Manuskript echt ist, hilft das immer noch nicht, ihren Mörder zu finden.«

Melrose grübelte. »Vielleicht doch. Vielleicht gibt es in irgendeiner Weise einen Hinweis auf ein Motiv. Übrigens, wir waren so damit beschäftigt, Sie aus der Kette zu befreien und dann über reduktiven Symbolismus zu disputieren, daß ich vergessen habe, Ihnen zu erzählen: Ich habe das kleine Mädchen, Jip – Sie wissen, das kleine Mädchen in dem Antiquitätenladen, kennengelernt. Sie war da, als Beverly Brown die Truhe gekauft hat. Die Truhe hat noch einen Tag danach im Laden gestanden. Jip hat hineingeschaut.« Melrose hielt inne und runzelte die Stirn. War das eines der Geheimnisse, die er nicht bewahren konnte? Er schämte sich, was ihm ausgesprochen unangenehm war.

»Wirklich? Und?«

»Sie kann sich nicht genau erinnern. Aber ich habe den Eindruck, sie weiß etwas. Ich bin sicher.« Melrose runzelte wieder die Stirn und schüttelte den Kopf. »Auch einerlei, wir haben lange miteinander geplauscht.«

»Worüber?«

Melrose wechselte das Thema. »Was ist mit dem Rest des sogenannten Poe-Manuskripts? Kriegen wir es zu sehen?«

»Ich bringe es heute abend mit.«

»Soweit ich weiß, trifft Richard Jury sich mit diesem Professor Lamb, wenn er aus Philadelphia zurückkommt. Übrigens, wie läuft's mit Ihrem Buch denn nun wirklich?«

Sie zuckte zusammen. Sie haßte die Frage. »Ziemlich schlecht.«

Sie gingen durch den Korridor, und Melrose sagte: »Was ich nicht verstehe« – wie so vieles nicht – »ist, warum Sweetie ihm einen Brief schreibt, kurz nachdem sie ihn am Ende von *Fenster* in einer Blutlache erblickt hat.«

»Wer sagt, daß es Blut ist?« Ellen blieb vor dem Seminarraum stehen und nickte ein paar Studenten zu, die sich eher wie zufällig hierher verirrt zu haben schienen.

Es war hoffnungslos, Ellen zum Reden zu bringen. »Wie soll das neue heißen?« Das gab ihm vielleicht einen Anhaltspunkt.

»Das habe ich Ihnen schon gesagt. *Türen.*«

Fehlanzeige. »Was ist mit dem dritten? Haben Sie dafür schon einen Titel?«

»Nein.«

»*Flure? Veranden?*«

Ellen warf ihm einen bitterbösen Blick zu.

Immer noch begierig, Maxims fragwürdiges Ende zu begreifen, sagte Melrose wie nebenbei: »Dann beginnen Sie *Türen* wahrscheinlich mit dem, was Maxim passiert ist?«

»Warum? Alle wissen doch, was Maxim passiert ist.« Ellen segelte in den Seminarraum.

18

Krampfhaftes Schluchzen hinter einer Tür; durch eine andere sah man offenbar in ein Labor. Drei Leute wieselten zwischen Apparaturen und blutverschmierter, auf einem Tisch ausgebreiteter Kleidung hin und her. Jury ging durch den Flur, verblichener Anstrich an den Wänden, auf dem Boden brüchiges Linoleum, an Sekretärinnen vorbei, die Nummern auf leere Ordner stempelten. Die Nummern hatten bis zu fünf oder sechs Ziffern. Jury fand es sehr verstörend, daß die Ordner leer waren. Als trete das Schicksal gleich hinaus auf die Straße, unterbreche das alltägliche Tun eines Mannes, einer Frau oder eines Kindes und überantworte diesen Menschen einem der leeren Ordner, die sich allmählich wieder mit Polizeiberichten und Fotos aus dem Leichenschauhaus füllen würden.

Er kam an einem großen Glasfenster vorbei, hinter dem eine Gruppe Zeugen saß (zumindest hielt er sie dafür). Auf einer Kunstledercouch pafften ein paar Frauen angestrengt um die Wette und stießen heftige Qualmwolken aus, als sendeten sie

Rauchzeichen. Etliche schwarze Jugendliche mit an der Seite kahl und oben millimeterkurz geschorenen Köpfen schauten entweder gelassen oder ängstlich drein, je nachdem, welchen von ihnen ein Beamter auswählte und hinausbegleitete. Ein weiteres halbes Dutzend Schwarzer mit Basketballstiefeln tänzelte cool zur Seite, als würden sie gerade auf dem Spielfeld bedrängt; ein ältlicher Mann fuchtelte mit den Armen und verlangte sein gutes Recht, unzählige weitere Besucher verstärkten die allgemeine Geräuschkulisse. Eine hübsche junge Frau kam, begleitet von einem Polizisten, heraus; eine weniger hübsche ging, ebenfalls mit einem Beamten, hinein. Die Zeugen waren in ständiger Bewegung, keiner schien glücklich darüber. Ihre Eskorten sahen noch weniger glücklich aus. Fahles Licht, müde Kriminalbeamte, keifende Zeugen – alles vertraut. Vertraut auch der Klang der lauten Stimme eines Beamten von irgendwoher, Jury konnte nicht sehen, woher. Er schrie wahrscheinlich eine der Insassinnen des Aquariums an, an dem Jury gerade vorbeigekommen war: »Verkaufen Sie mich hier nicht für blöd, meine Dame!« Dieser Satz kam in wenigstens sechs Varianten – die Worte wurden unterschiedlich betont, der Kraftausdruck war mal am Anfang, mal am Ende –, aber der Schreiende gab klar zu verstehen, was hier Sache war. Die Verhörraum-Inszenierung, dachte Jury lächelnd: ein Theaterstück, bisweilen so üppig ausgestattet wie ein West-End-Musical. Die Beamten spielten ihre Rolle, kannten ihren Text, der Zeuge oder Verdächtige spielte auch, allerdings ohne Textvorlage.

Dann stürmte aus einer Tür hinter Jury auf einmal ein größerer, drahtiger Beamter heraus, flitzte an ihm vorbei, wie von allen Furien gehetzt, und schrie: »Hängt ihr Mord an! Vorsätzlichen!« Er hastete vorbei, drehte sich wieder um und rief: »Macht ihr Feuer unterm Arsch, wenn sie den Mund nicht aufkriegt!« Dann bog er direkt vor Jury ab und ging durch die Tür, die Jury gerade hatte öffnen wollen. Ausgestanzte Buchstaben verkündeten den Namen: PRYCE.

»Jack Pryce?«

Der Beamte drehte sich um und sagte: »Oh – hallo« in einem so wunderbar angenehmen Ton, daß Jury am liebsten gelacht hätte; nie wäre er auf die Idee gekommen, daß dieser Mann Zeugen, die es vorzogen zu schweigen, wilde Drohungen entgegenschleuderte. »Sie sind der Beamte von Scotland Yard? Kommen Sie herein.«

Jury, der selbst ein bißchen »Feuer unterm Arsch« erwartet hatte, war erleichtert, daß er es offenbar doch nicht mit einem egozentrischen Ignoranten zu tun hatte, der weder Fotos noch einen Fetzen der sichergestellten Beweise herausrücken würde.

»Sie arbeiten an einem Fall in Philly, stimmt's?« Jack Pryce nahm ein paar Faxe, überflog sie und murmelte sich etwas über Scheiß-Florida in den Bart, noch ein paar Morde in Florida und der mutmaßliche Täter zuletzt in D.C. gesichtet worden. »Ist hier D.C.?« fragte er Jury, der Form halber.

Dann legte er die Papiere beiseite, nahm einen Stift und knabberte daran entlang wie an einem Maiskolben. Pryces Büro war übersät mit Landkarten, Stadtplänen, Fotos, Luftaufnahmen. Sie waren ans Nachrichtenbrett gepinnt und auf seinem Schreibtisch und allen sonstigen verfügbaren Tischen ausgebreitet. Schwarzweißfotos von einem toten Mädchen. Nicht von Beverly Brown – der Fall war viel zu alt, als daß im Büro jetzt noch etwas davon zu sehen sein durfte. Diese Fotos waren von einem Mädchen, kaum älter als ein Kind.

»Um genau zu sein, nicht *in* Philly.« Jury berichtete ihm über den Tod von Philip Calvert, über seine Gespräche mit Hester und dem Sheriff. Auf Pryces Frage nach der Verbindung konnte Jury nur den Kopf schütteln. »Die sehe ich leider auch nicht.« Er erzählte ihm von den Notizen, der Reihe Initialen, die Ellen Taylor in Beverly Browns Papieren gefunden hatte.

»Ja, mit der haben wir gesprochen. Lehrt an der Hopkins?« Er zerrte Hefter aus dem Gemüll auf seinem Schreibtisch, blätterte

Memos durch und fand, was er suchte. »Hab mit einer ganzen Blase an der Hopkins gesprochen, aber niemand schien wirklich eng mit ihr befreundet zu sein. Ich hatte den Eindruck, daß sie kaum gute Freunde hatte.« Pryce machte sich eine Notiz. »Ich rede noch mal mit Sinclair.«

»Mit wem genau haben Sie gesprochen?«

Pryce kaute am Bleistift, warf ihn hin, nahm einen anderen. »Hm, hier haben wir einen, der mit Vorsicht zu behandeln ist, meinen alle – er ist reich, hat Einfluß.« Worauf Pryce natürlich pfiff. »Er hat mit ihr geschlafen. Da er dort Teilzeit unterrichtet und sie Studentin war, weiß ich nicht, wie das höheren Ortes ankam, aber he, wen juckt's? Er heißt Patrick Muldare. Dann der Professor an der Hopkins – Owen Lamb –, mit dem sie zusammengearbeitet hat oder dessen Assistentin sie war; dann so ein Dummbeutel namens Vlasic – Alejandro Vlasic. Der war ihr Doktorvater; ist auch Professor. Dann der Bursche in diesem ausgeflippten Laden in der Howard, wo sie gearbeitet hat und der Muldares Halbbruder... nein, Stiefbruder gehört. Alan Loser.« Pryce biß in den gelben Bleistift und starrte nachdenklich an die Zimmerdecke. »Eine Verbindung gibt es da schon.«

»Was für eine?«

»Ein Obdachloser – früher haben wir die ›Penner‹ genannt – lungert immer vor dem Laden rum; da hat er so was wie eine permanente Bleibe. Heißt Milos. Vorname? Nachname? Wer weiß? Dieser Typ behauptet, er hätte den Toten in der Cider Alley gefunden...« Er machte eine Pause und schaute auf den Hefter.

»John-Joy?«

»Genau. Egal, er ist taub und blind. Großartiger Zeuge, was? Eines schönen Tages kriegen wir noch die Order, den Leuten ihre Rechte in Blindenschrift vorzulegen. Aber dieser Milos ist nicht dumm. Ich meine, er kann sprechen. Meine Güte, wie der schreien konnte! Er sagt also, er hätte da in der Cider Alley rumgehangen, bis die Cops gekommen sind. Stimmt aber nicht. *Niemand* war da, als die beiden Uniformierten über die Leiche gestolpert sind. Wir haben das ganze Eck von Tür zu Tür abgeklappert, aber da ist niemand mehr, den man fragen kann. Das ist kein Wohngebiet mehr.«

»Merkwürdig. Wie haben Sie denn Ihre Informationen von Milos bekommen, wenn er blind und taub ist?«

Pryces kurzes Lachen war eher ein Grunzen. »Das ist es ja. Es dauert Ewigkeiten, weil man in seine Scheißhand schreiben muß. Ich muß zwar sagen, er ist ziemlich geübt darin, aber Herr im Himmel! Er hat also ausgesagt, daß jemand in seine Hand geschrieben hat, er – dieser Jemand – sei von der Polizei. Von wegen! Die Jungs von der Streife, die die Leiche gefunden haben, haben Milos nämlich nicht in die Hand geschrieben. Er war nicht mal mehr da. Wir haben ihn erst ein paar Tage später gefunden, weil er die ganze Zeit die Leute vollquatschte, er habe die Leiche gefunden. Also haben wir ihn befragt. Recht und schlecht.«

»Sie meinen, der Mörder hat ihm in die Hand geschrieben?«

»Hm. Ich meine, Milos muß ihn überrascht haben, bevor er Gelegenheit hatte, sich aus dem Staub zu machen. Dann fing Milos an, nach der Polizei zu schreien. Warum sich der Mörder nicht einfach verpißt hat, ist mir schleierhaft. Muß Nerven wie Drahtseile gehabt haben.« Pryce zuckte die Achseln. »Aber begreife das, wer will. Wenn es kein Cop war und dieser Penner nicht lügt, wer war es dann?«

»Ja, wer?« Jury dachte einen Moment nach, bevor er fragte: »Sind Sie einverstanden, wenn ich mit ein paar von den Leuten rede? Ich will nicht in Ihren Fall reinpfuschen. Wenn Sie was dagegen haben –«

Jack Price sagte: »Hören Sie, wenn Sie's drauf haben, schließen Sie den Fall ab, bedienen Sie sich. Bei Beverly Brown stehen wir mit absolut leeren Händen da. Auf der ganzen Linie nichts! Ich hatte Zeugen, die hätten ihr eigenes Gesicht im Spiegel nicht identifizieren können.« Er schob Jury einen Hefter zu.

Der war voll hintereinandergehefteter Farbfotos. Jury schaute in das tote Gesicht Beverly Browns. Sie war wunderschön. Wunderschön gewesen. Sie war erdrosselt worden, die Spur verlief um ihren Hals und genau an der Basis der Schädeldecke einmal überkreuz.

»Nichts. Nicht mal Hautfetzen unter den Fingernägeln, um DNA-Profil oder Blutgruppen festzustellen. Ob es einen Kampf gegeben hat? Keine Ahnung. Ein paar Haare, von einem Weißen, haben wir auf ihrem Mantel gefunden. Spuren vom Tatort? Ja, aber ob die Spuren von der Tat selbst sind, weiß der Henker. Schauen Sie.« Er ging in die Defensive, als setze er voraus, daß Scotland Yard natürlich nie Beweise zerstörte. »Die Bedingungen in der Pathologie sind zum Gotterbarmen, verstehen Sie? Da stapeln sich die Leichen wie die Ölsardinen. Von den Tatortspuren könnten welche von den Untersuchungen der Pathologen stammen, von den Sanitätern – verflucht...«

»Das Problem haben wir auch. Wie war es bei dem Mann in der Cider Alley?«

»Der Pathologe sagt, vermutlich ein Bleirohr auf den Schädel. Schnitte, Hautabschürfungen, Quetschungen. Jede Menge Blutergüsse.«

»Also ein anderer Modus operandi.«

»Ja. Das heißt aber nicht notwendigerweise ein anderer Täter.«

»Warum war Beverly Brown auf diesem Friedhof?«

»Dazu lautet die These: Vermutlich ist sie wie etliche andere auch an Poes Geburtstag zum Friedhof gegangen, um nach dem Boten mit den Blumen Ausschau zu halten. Davon haben Sie gehört?«

Jury nickte. »Merkwürdiger Ort für einen Mord. So öffentlich. Und noch dazu mit all den Leuten, die zu dem ausdrücklichen Zweck da sind, nach jemandem Ausschau zu halten...«

»Begreife das, wer will.« Pryce zuckte wieder mit den Achseln. »Ich glaube, es ist jemand, der sich einen Mordsspaß daraus macht, es jemand anderem anzuhängen. Er oder sie hatte einen schlauen kleinen Plan. Im Grunde kam ihm die Tatsache zugute, daß es so öffentlich war, meine ich. Da hatte er den zusätzlichen Vorteil, daß niemand mit so etwas rechnet. Und wenn er mit Fingerabdrücken und so weiter vorsichtig ist, bringt man ihn mit dem Tatort auch absolut nicht in Verbindung. Murksen Sie jemanden bei sich oder ihm zu Hause ab, und alles mögliche kann schiefgehen. Der hier mußte sich nicht einmal mit ihr verabreden. Er wußte, daß sie da sein würde. Er oder sie, meine ich. Kann auch eine Frau gewesen sein.«

»Kein Motiv?«

»Muldare hätte vielleicht eines haben können. Eifersüchtiger Liebhaber, so was in dem Dreh. Natürlich kann der Schicki-micki-Stiefbruder von ihm dasselbe Motiv haben. Sonst nichts. Sonst haben wir null Hinweise.«

»Was ist mit diesem angeblichen Poe-Manuskript?«

Pryce machte eine abwägende Handbewegung. »Nichts Halbes und nichts Ganzes. Wertvoll, wenn es echt ist; aber ist es echt?«

Wiggins' Argument.

»Und sie hatte es nicht dabei, also...«

»Nein, aber... Wer hätte was von dem Forschungsergebnis?«

»Vlasic. Alejandro. Alejandro, ach, du meine Scheiße – wenn ich den Namen schon höre. Auf den würde ich tippen. Oder vielleicht jemand von der Hopkins. Er soll ja nur der Doktorvater sein.«

»Und was haben Sie bei dem Obdachlosen herausgefunden, John-Joy?«

»Auch nichts. Da ist sogar noch weniger zu holen, das ist alles wie ein Vakuum. Er hatte zwar Kumpel in der Straße, aber... Cider Alley!« Pryce verzog das Gesicht. »Zu nah an Harborplace für meinen Geschmack. In Harborplace murkst man tunlichst niemanden ab.«

»Warum?«

»Das mag der Bürgermeister nicht.« Pryce grinste und kaute an seinem Bleistift.

Jury erhob sich. »Danke. Ich bin Ihnen wirklich dankbar für Ihre Hilfe.«

»Meine Hilfe? Ich will Ihnen mal was erzählen: Die Anzahl der Morde in dieser Stadt liegt zwischen zweihundert und dreihundert im Jahr. Die Aufklärungsquote in meiner Abteilung beträgt ein Drittel, dreiunddreißig Prozent.« Pryce schnipste mit dem Finger gegen einen Aktenstapel. »Zweiundsiebzig Fälle. Fünfundfünfzig offene Akten. Schlimm.«

Er sah so verzweifelt aus, daß Jury sagte: »Lügen – verdammte Lügen und Statistiken, Detective. Was für Morde? Drogen? In der Familie? Das ist ein gewaltiger Unterschied.«

»Hauptsächlich Drogen. Klar macht es einen Unterschied. In der Familie, da weiß man, wer der Typ mit dem Messer oder der Knarre ist – sitzt da und ißt Abendbrot. Aber wie ich gesagt habe – mit den Statistiken, Lügen oder nicht, damit kriegen sie unsereins an den Kanthaken. Wenn der Täter verurteilt wird, ist der Mordfall abgeschlossen, korrekt? Schnurzpiepe, ob der Täter eine Woche später frei rumläuft; trotzdem erledigt.« Pryce seufzte und warf den angekauten Bleistift auf den Schreibtisch. »Himmel, da beschwere ich mich. Wenigstens ist es nicht D.C. D.C. ist unglaublich. Manchmal werden wir dahin abkommandiert. Aber wir holen auf; Baltimore wird allmählich genauso schlimm. Jamaikanische Drogenkriege. Der Südosten und Nordosten von D.C. ist Kriegsgebiet, glauben Sie mir. Wenn der Teufel durch die Tür spaziert käme und mich vor die Wahl stellte, nach D.C. oder in die Hölle abkommandiert zu werden –«

»Wählten Sie die Hölle.«

»Worauf Sie sich verlassen können.«

19

Der Laden hieß Nouveau Pauvre.

Der Name war in schwarzer Kursivschrift auf ein weißes Schild gemalt, das auf die rote Ziegelwand geschraubt war. Die Buchstaben sahen aus wie ein zerrissenes Spinnennetz. Unter der gußeisernen Treppe, die einen Baldachin bildete, saß ein bärtiger Mann unbestimmbaren Alters, in einen schweren Mantel gewickelt, um die Taille hatte er ein Seil befestigt. Die Hände in den Ärmeln vergraben, döste er vor sich hin. Auch über ihm hing ein handgemaltes Schild: »MILOS PLATZ. UNTERSTEHT EUCH!«

»Was das wohl soll?« sagte Wiggins.

Ein Hund mit ebenfalls fraglichem Stammbaum lag neben einem weißen Plastikbecher mit dem obligatorischen Kleingeld. Das Vieh hatte den Kopf auf die Pfoten gelegt, ein kummervolles Gesicht und lange Ohren wie ein Basset, und döste auch.

Als Jury und Wiggins auf dem Bürgersteig stehenblieben, sprangen Mann und Hund hellwach auf, der Hund winselte und schlug mit dem Schwanz, der Mann fuchtelte blind mit dem Becher und stieß ihn in ihre Richtung. »Einen Quarter! Haben Sie Kleingeld? Einen Quarter!« Es klang wie eine Forderung, nicht wie eine Bitte. Und die sprach er nicht aus, sondern brüllte sie ihnen entgegen.

»Sind Sie Milos?« fragte Jury.

Keine Antwort.

Jury hatte einen Moment lang vergessen, daß der Mann taub war, weil er so gebrüllt hatte.

Milos' Hand schoß vor, er befahl: »Schreiben Sie es auf!« und zeigte auf seine Handfläche. Er fuhr darüber, als schreibe er.

Jury malte »MILOS« darauf – mit Fragezeichen.

»Nein, Madonna!« Mit dem Ausdruck heller Empörung zeigte der Mann mit Hand und Becher auf das Schild hinter sich.

Jury nahm die Hand erneut und versuchte, einen einfachen Weg zu finden, wie er sich ausweisen konnte, aber ihm fiel nichts ein. Sorgfältig schrieb er seinen Namen; Milos runzelte die Stirn. Jury schrieb »COP«.

Rasch zog Milos seine Hand zurück. Dann versank er wieder in seinen buddhareifen Dämmerzustand, die Hände in die ausgefransten Ärmel gesteckt, den Kopf gesenkt.

Sogar der Hund knurrte, als wolle er sehen, ob sie sich auch mit bissigen Hunden einen Scherz erlaubten. Dann steckte er die Schnauze zwischen die Pfoten.

Ohne große Hoffnung auf Erfolg berührte Jury Milos am Arm.

»Verpissen Sie sich!«

»Es würde ihnen nichts schaden«, sagte Wiggins, als er und Jury die Treppenstufen hochkletterten, »wenn sie sich ein paar Manieren zulegten.«

Der junge Mann legte das Buch, das er gelesen hatte, umgekehrt aufgeschlagen auf die Ladentheke. Er mußte sich keine Manieren zulegen, und was sein Outfit anbelangte, hätte er Marshall Trueblood Konkurrenz machen können, wenn er auch weit weniger blendende Farben bevorzugte. Seine an den Aufschlägen enger werdenden Bundfaltenhosen waren austernfarben; sein rosabeigefarbenes Baumwolljackett war ausreichend dekonstruiert für Trueblood und Armani; und ebenso wie Trueblood trug er einen Seidenschal, aber hübsch ordentlich in den offenen Kragen seines Hemdes gesteckt, und blaß, blaß gelb.

Angesichts der Vorherrschaft blauen Glases, prismageschliffener Spiegel mit Einlegearbeiten und wohlgerundeter Jungfrauen auf Zehenspitzen, die weiße Kugeln als Lampenschirme hielten, dachte Jury zuerst, der Laden handele mit Jugendstilsachen. Aber dann wurde ihm klar, daß es sich dabei um die Ausstattung des Ladens und nicht um die Waren handelte.

Diese waren, wenn man nach der auf Pappe aufgezogenen Donald-Trump-Ausschneidefigur urteilte, ein ziemlich bunt zusammengewürfeltes Sammelsurium von Dingen, die von Pechsträhnen und schlechten Zeiten kündeten. Eine Schale mit Äpfeln war als »Trump-Gelump« ausgezeichnet, und ein Schild warnte den Kunden: »Achtung, Würmer!« Wiggins kicherte.

Der Laden war für Wiggins wie geschaffen, definitiv das Milieu des Sergeant, eine Atmosphäre, in die er sich hineinfallen lassen konnte: Wiggins war immer auf seiten der Pechvögel dieser Welt. Für den Sergeant war ein Becher halb leer, auf Sonnenschein folgte Regen, und falls morgen auch noch ein Tag war, ging Wiggins jedenfalls davon aus, daß sich genauso viele Bakterien herumtummeln würden wie heute.

Nouveau Pauvre schien den Ruin zu zelebrieren, ein Loblied auf die Armut, einen Schwanengesang anzustimmen. Kleine Schilder zierten die grell weißen Wände:

IM EIMER?
IN SACK UND ASCHE?
IN DER BREDOUILLE?
IM REGEN?

fragten sie, als sei sonnenklar, daß Kunden des Nouveau Pauvre diesen Zustand leicht überwinden könnten, wenn sie das eine oder andere aus seinen reichen Beständen käuflich erwarben.

Als der junge Mann wie ein überdimensionales Blütenblatt auf sie zudriftete, begutachtete Jury einen wunderschönen Eßtisch aus Rosenholz mitten im Raum. Er war mit einem Tischtuch aus irischem Leinen und goldgerändertem Porzellan gedeckt. Auf dem Porzellan und den Stielgläsern prangten winzige Kronen, das Emblem eines Hotels, und die Servietten zierten gestickte, ineinander verschlungene Initialen.

»Helmsley Palace«, informierte der hübsche Knabe sie. »Ich muß aber dazu sagen, daß es sich noch um die alten Servietten handelt. Jetzt haben sie schlicht roséfarbene.« Als Wiggins ihn verwirrt anschaute, fügte er hinzu: »Das Helmsley Palace kennen

Sie – Leonas Hotel? Das arme Ding. Am fünfzehnten April vor einem Jahr ist sie eingefahren.«

»Eingefahren?« fragte Wiggins. »Wo eingefahren?«

»Ach, Sie sind Engländer. Nicht auf dem neuesten Stand, was den lokalen Klatsch anbelangt. Sie haben Leona wegen Steuerhinterziehung drangekriegt. Und in eine gepolsterte, rosafarbene Gefängniszelle gesteckt, die sie für Millionäre reservieren. Suchen Sie etwas Bestimmtes?« Er hatte einen winzigen goldenen Ring im Ohr und schulterlanges Haar im Stil der sechziger Jahre, aber sehr gepflegt. »Ein Geschenk für einen Freund? Den Job verloren? Die Aktien gefallen?« Er lächelte, als würden solche Ereignisse erst vollkommen, wenn man sie mit einer Flasche Champagner begoß.

»Nein, nicht direkt. Wir suchen Alan Loser.«

»Dann bin ich Ihr Mann. Aber kein, wie der Name sagen könnte, Verlierer. Wenngleich das auch wie angegossen passen würde – das heißt, zu diesem Geschäft.«

Jurys Blick schweifte durch den Raum und blieb an einem großen Foto von Maggie Thatcher hängen. Den Koffer in der Hand, verließ sie Downing Street Nummer 10. »Wohl wahr, Sie arbeiten nicht gerade in der Glücksindustrie, Mr. Loser.«

»Nennen Sie mich Alan«, zwinkerte Loser, schaute von Jurys Ausweis zu Wiggins' und schnappte, sichtlich entzückt, nach Luft. »Scotland Yard? Warum, um alles in der Welt? Das verstehe ich nicht.«

»Wir interessieren uns für eine ehemalige Angestellte von Ihnen. Beverly Brown.«

»Beverly. O Gott.« Er seufzte tief auf, schaute weg und sah nun seinerseits aus, als sei er im Eimer. »Entsetzlich. Aber ich habe mit einem der Sheriffs in der Stadt gesprochen –«

»Ich weiß. Er hat gesagt, wir dürften ein paar Leute, die etwas wissen könnten, befragen.«

»Setzen wir uns.« Er zog die Stühle unter dem Rosenholztisch hervor, und sie nahmen Platz. Wiggins zückte sein Notizbuch.

»Wir halten Sie nicht lange auf.« Jury schaute sich noch einmal im Raum um. »Also, ich könnte mir vorstellen, daß man eine Menge Geld braucht, um das unternehmerische Risiko eines solchen Ladens zu tragen, so originell er auch ist.«

»Weil ich Unglück vermarkte, meinen Sie? Weil ich in den kläglichen Resten herumstöbere, wenn einer meiner Mitmenschen pleite geht?« Als Jury nickte, lachte Loser nur. »Sie wären überrascht, wie populär das ist. Allmählich komme ich zu der Auffassung, daß sich nichts besser verkauft als das Elend anderer. Mein Lieblingsspruch ist ein Aphorismus von Gore Vidal: ›Nicht genug, daß ich gewinne, sondern daß du verlierst.‹ Vermutlich hat er recht; das ist einer der unangenehmeren Züge der Menschheit. Wollen Sie keinen Ross-Perot-Becher mit zurück nach England nehmen?« Alan strahlte sie an und ergriff einen weißen Becher an den großen Henkelohren. »Eines der Überbleibsel vom letzten November.«

»Beverly Brown hat hier gearbeitet, stimmt das?«

»Ja, aber nur ein paar Stunden die Woche. Drüben im Hard Knocks.« Als Jury fragend die Brauen hochzog, sagte Alan: »Das ist unser Café. Nouveau lief so gut, daß Patrick sich sofort entschloß, das Reihenhaus nebenan zu kaufen, als es auf den Markt kam, und ein Restaurant daraus gemacht hat. Geöffnet nur bis fünf – es schließt eine Stunde früher als der Laden. Wir bieten Mittagessen und nachmittags Tees an. Wir hören mit dem Lunch-Service um halb drei auf und decken um halb vier für die Tees. Sie sind besonders beliebt. Der Name ist mir wegen des berühmten Hard Rock Cafés in London eingefallen; der letzte Schrei. Und weil er natürlich auch wie angegossen paßt. Das Leben versetzt einem eben harte Schläge. Möchten Sie einen Tee?«

Jury lehnte dankend ab und ignorierte Wiggins' Blick, der dem von Milos' Hund stark ähnelte. »Wann hat Miss Brown zum letzten Mal hier gearbeitet?«

»Das habe ich der Polizei schon gesagt. Es war der neunzehnte

Januar. Sie machte ungefähr um halb sechs im Café Feierabend, steckte den Kopf durch die Tür«, er deutete auf eine Tür zu seiner Linken, an der das Schild zum Hard Knocks Café hing, »und verabschiedete sich. War wie immer.« Er zuckte die Schultern.

»Haben Sie sie gut gekannt? Ich meine, mehr als nur geschäftlich?«

»Oh, ja. Patrick kannte sie allerdings besser als ich.«

»Patrick?«

»Mein Stiefbruder und Geschäftspartner. Meine Idee, sein Geld. Für ihn ist es aber nur ein Hobby.«

»Wieviel besser kannte er sie denn?«

Alan Loser schien zu überlegen. »Hm, ich glaube, es war ein offenes Geheimnis, daß sie ein Verhältnis hatten. Aber auf dem Hopkins-Campus hat man es wohl weniger gern gesehen.« Er nahm einen Aluminiumbecher mit einem merkwürdigen Henkel vom Tisch. »Beliebtes Teil für den aufstrebenden Jungmanager. Der Henkel ist ein tragbares Telefon, damit man auch dann seine Kontakte nicht verliert, wenn man den Job verliert und auf der Straße sitzt.« Alan lächelte. »Milos hat einen.«

Wiggins zog die Stirn in Falten. »Er ist doch taub, Sir.«

»Er kann aber immer noch anrufen. Und das tut er auch.«

»Was, meinen Sie, hat Beverly in der Nacht auf dem Friedhof gemacht?« fragte Jury.

Achselzucken. »Ich würde mal sagen, es war wegen dieser Hysterie zu Poes Geburtstag. Deshalb kann ich mir das Datum merken, der neunzehnte. Die Leute gehen zur Westminster Church, um einen Blick auf den Burschen zu erhaschen, der die Blumen ans Grab bringt. Beverly wollte ihre Dissertation über Poe schreiben.«

»Und das Manuskript, von dem sie behauptet, sie habe es gefunden — hat sie es erwähnt?«

»Ja, sie war unglaublich aufgeregt deswegen. Wenn Sie mich fragen, sie hat Gott und der Welt davon erzählt.« Er rückte das Tischgedeck aus dem Helmsly Palace zurecht, schob den Löffel ein wenig nach rechts. »Soweit mir bekannt ist, gab sie das Original einer Professorin zur Aufbewahrung. Sie heißt Ellen Taylor – sie lehrt in dem Studienprogramm mit den Schreibseminaren.«

»Dann kennen Sie Ellen Taylor?«

»Oh, ja, Ellen kommt ab und zu her. Sie war erst neulich hier, wollte ein kleines Geschenk für einen Freund. Tolle Frau, sehr gute Schriftstellerin – wenn ich mir auch kein Urteil über gutes Schreiben anmaßen kann«, sagte er mit einer Bescheidenheit, die er Jurys Eindruck nach nicht unbedingt empfand.

»Es wäre doch«, sagte Jury, »ein sehr wertvolles Dokument, dieses Manuskript. Immer unter der Voraussetzung, daß es echt ist. Glauben Sie, daß es echt ist?«

»Hm, ich bin völlig außerstande, das zu beurteilen.«

»War sie ehrlich?«

Loser öffnete den Mund zu einem tonlosen Lachen. »Meinen Sie das im Hamletschen Sinne? Wenn ja, dann glaube ich, nein – Beverly nicht, nein.«

Wiggins schaute von seinem Notizbuch auf.

Jury lächelte. »Eigentlich habe ich es so gemeint, wie ich es gesagt habe.«

Alan Loser zuckte wieder die Achseln. »Nicht besonders. Aber ich glaube, bei ihrem Aussehen und ihrem Verstand wäre es ohnehin übertrieben gewesen, von ihr auch noch moralische Integrität zu verlangen.«

»Könnte sie jemand wegen ihres Aussehens oder ihres Mangels an Moral umgebracht haben?«

»Teufel auch, überraschen würde mich das nicht. Patrick –« Er hielt inne.

»Sie meinen Patrick Muldare.«

Alan Loser nickte.

»Wo ist er?«

»Könnte an der Hopkins sein. Ab und zu hält er dort Seminare ab. Könnte überall und nirgends sein. Patrick hat überall seine

Finger drin, der hat eine Menge Eisen im Feuer. Er ist stinkreich.«

Obwohl Loser das so forsch-fröhlich dahinsagte, hörte Jury Bitterkeit heraus. »Wie ist er so geworden? Stinkreich, meine ich?« Jury lächelte.

»Durch die Familie, hauptsächlich. Patrick kommt aus einer uralten Unternehmerfamilie, Vater, Großvater, Ur- und Ururgroßvater. Wie bei Midas, was sie anfaßten, wurde zu Gold, und sie hatten das dazugehörige Temperament. Na ja, ich glaube, im Geschäftsleben kommt man eh nicht weit, wenn man nicht auch mal mit der Faust auf den Tisch hauen kann, was? Der Urururgroßvater ärgerte sich so sehr über seine Verwandten, daß er nicht nur sein Testament änderte, sondern auch seinen Namen. Nur damit sie wußten, wo er stand.«

»Ist Mr. Muldare auch jähzornig?«

»Hm, ja-a, könnte man so sagen. Auf alle Fälle verfolgt er das, was er sich in den Kopf gesetzt hat, mit einer gewissen Hartnäckigkeit. Manche Dinge jedenfalls. Wie Football. Da wird er sogar regelrecht kindisch. Jetzt hat er sich einen Floh ins Ohr setzen lassen und will die Football-Lizenz für Baltimore kaufen. Das weiß man aber nur, wenn man aus Baltimore oder aus einer der anderen Städte ist, die scharf darauf sind. Dieses oder nächstes Jahr gibt die National Football League neue Lizenzen aus. Patrick kann sich wirklich kolossal in eine Leidenschaft hineinsteigern – halt, Moment mal.« Loser lächelte, wenn auch etwas verlegen. »Damit will ich nicht andeuten...« Er zögerte.

»Was?« fragte Jury freundlich.

»Nichts.«

Jury schaute ihn an.

»Vielleicht war Patrick in sie verliebt, mehr aber auch nicht.«

»Und was, glauben Sie, empfand sie für ihn?«

»Ach, ich glaube, sie sah ihn als Trittbrett zu etwas anderem. Geld, Macht, Reputation.« Er lächelte, aber seine Stimme hatte einen veränderten Unterton, und er nahm eine aggressive Haltung ein, als er sich vorbeugte und eine Zigarette von Jury nahm. Jury zündete ein Streichholz an. »All das hat Patrick.«

Etwas in Losers Tonfall ließ Jury in Versuchung geraten, zu sagen: »Und Sie nicht.« Aber er schwieg.

20

I

Jurys Erfahrungen mit Oxford und Cambridge hielten sich in Grenzen, aber der Unterschied zwischen diesem offenen, weiten amerikanischen Campus, über dessen lange Auffahrt sie fuhren, und den Turmspitzen und verträumten kleinen Innenhöfen alter englischer Universitäten war frappierend. In Gedanken sah Jury wunderschöne alte Gebäude vor sich und Lehrende und Lernende in schwarzen Talaren über die windigen Plätze eilen.

Hier an der Hopkins schienen die Lernenden alles etwas langsamer angehen zu lassen, sie schlenderten über die Gehwege, die kreuz und quer durch das schneebedeckte Gras zwischen den klassizistischen Gebäuden mit weißen Säulen und den eher modernen Glas-Stahl-Konstruktionen verliefen, und strebten in Jeans und Daunenjacken mit ihren Büchertaschen zu den Seminarräumen und Parkplätzen. Meilenweit Autos, fiel Jury auf. Er war überrascht, daß die Studenten, die doch sicher immer knapp bei Kasse waren, so viele Autos besaßen. Und nicht genügend Parkplätze. Wiggins kutschierte das Mietauto einige Male im Kreis herum und entschied sich schließlich für einen Parkplatz, der für nichts weniger als einen Dekan vorgesehen war. Ohne mit der Wimper zu zucken, nahm er eine »Polizei«-Kennungsmarke heraus und legte sie hinter die Windschutzscheibe.

Aus dem Gebäude zu ihrer Linken strömten Studenten mit Plastikbechern, Sandwiches, Pizzastücken. Die nahrhaften Dinge waren wohl dort drin erhältlich, folgerte Wiggins messerscharf und fragte, ob er rasch einen Tee trinken könne, nicht ohne daran zu erinnern, daß er ja Mr. Losers Anerbieten, einen Tee in seinem Café zu trinken, abgelehnt habe. »Ich bin völlig ausgedörrt.«

Jury sagte: »Nur zu. Ich rede mit Vlasic und Muldare, wenn er da ist, hole Sie dann hier wieder ab, und wir gehen zusammen zu Professor Lamb. Da haben Sie genügend Zeit. Nehmen Sie einen Tisch an der Tür.«

Wiggins, die Dankbarkeit in Person, begab sich von dannen.

II

Trotz seines Namens sah Alejandro Vlasic weder mittelamerikanisch noch mitteleuropäisch, sondern wie ein Yankee aus. Aber er verwandte einige Mühe darauf, sich sowohl im Aussehen als auch in der Sprache einen britischen Anstrich zu geben. Jury stand an der Tür zu seinem Büro und hörte ihn sofort heraus, als er Studenten begrüßte und verabschiedete. Vlasic rauchte Pfeife (was sonst), trug ein grünes Cordjackett mit Lederflecken an den Ellenbogen und das Haar lang, damit er wie ein Bohemien wirkte, der auf die Dienste eines Friseurs keinen Wert legt.

Schließlich mußte Jury ihn doch bei seinem Gespräch mit einem Studenten unterbrechen. Der allerdings sah aus, als habe er eine Harley Davidson, wenn nicht eine ganze Rockerbande draußen stehen.

Professor Vlasic kam Jurys Besuch keineswegs ungelegen; er schien sogar erfreut, daß ihn ein Beamter der Mordkommission von Scotland Yard beehrte. Wie Ellen lehrte er kreatives Schreiben und amerikanische Literatur. Aber im Gegensatz zu ihr, einer nicht unbekannten Romanautorin mit zwei kommerziell erfolgreichen Büchern und einem Literaturpreis hatte Vlasic es bisher nur zu einem dünnen Bändchen Gedichte gebracht. Es hieß *Ungesäuerte Krisen*, wie Jury unschwer erkannte, denn drei Exemplare waren an strategisch wichtigen Stellen im Raum verteilt (Schreibtisch, Bücherbord, Couchtisch). Brauner Einband, der Titel in Goldprägung, damit es wie ein Ledereinband wirkte, Goldschnitt und wie von Hand beschnittene Seiten – prächtig, ein Prunkstück. Unter dem Schreibtisch standen Kästen mit schmalen braunen Büchern; als Jury den Kopf leicht zur Seite neigte, sah er, daß es sich um weitere Prachtausgaben der Gedichte handelte.

Vlasics Büro war wie Vlasic: gelehrt. Eine Wand war komplett mit Walnußregalen bedeckt, die nächste zur Hälfte ebenfalls; Couch, Kretonnesessel und Couchtisch schlossen sich an. Es gab schlanke Vasen mit üppigen Blumenarrangements und Vorhängen an den Fenstern. Ramponierte Fichte und Büroaktenschränke aus Metall suchte man hier vergebens. Nein, alles wirkte wie ein zweites Heim und war topmoderner Edelschick.

Bevor Jury sagen konnte, warum er hier war, begann Vlasic – Doktorvater, Poet und Poe-Experte von eigenen Gnaden – mit Namen um sich zu werfen: Edward Albee, John (»Jack«) Barth, Doris Grumbach und andere Größen der Universität. Allerdings nannte er keine Lyriker, obwohl, da war Jury ziemlich sicher, die Johns Hopkins Lyriker hervorgebracht haben mußte, deren Ruhm dem ihrer Prosaisten und Dramatiker in nichts nachstand. Aber deren Namen aufzufahren, hatte Tücken: Einerseits hielt sich der Professor gern für ein Mitglied dieser erlauchten Szene, andererseits rangierte sein Name ziemlich weit unten auf der Liste.

Mitten in das Staraufgebot berühmter Namen ließ Jury den Namen Beverly Brown fallen.

»Sehr traurig«, sagte Professor Vlasic. »Tragisch. Sie war eine blitzgescheite Frau.« Er seufzte und drehte den Kopf so, daß das Licht vom Fenster auf seine hohe Stirn und die Hakennase fiel. Jury vermutete, daß er seinem rechten Profil den Vorzug gab. Wenn er das Kinn noch ein winziges Millimeterchen vorgestreckt hätte, wäre ihm eine byroneske Pose gelungen. Zu dumm, daß er nicht die geringste Ähnlichkeit mit dem englischen Dichterfürsten hatte.

»Sie waren Beverly Browns Doktorvater?«

»Ja. Sie war eine außergewöhnliche Studentin. Dennoch mußte ich ihrer Phantasie manches Mal Einhalt gebieten; meine eigene Interpretation Poes –«

Jury wollte verhindern, daß er nunmehr seine eigene Interpretation vom Stapel ließ. »Irgendeine Ahnung, warum sie jemand umgebracht hat, Professor Vlasic?«

»Absolut keine. Man darf gar nicht daran denken.«

»Aber jemand hat daran gedacht.«

Vlasic zuckte zusammen, als zeuge Jurys Bemerkung von einigermaßen schlechtem Geschmack.

»Sie mochten sie auch sehr gern, oder?«

»Aber natürlich. Warum nicht?« fuhr Vlasic empört auf.

»Noch einmal zurück zu ihrer Doktorarbeit – was halten Sie von dieser Poe-Geschichte?«

»Der Geschichte, die angeblich von Poe ist, Superintendent. Angeblich.«

»Sie glauben, es ist eine Fälschung?«

Vlasic entschloß sich zu wohlwollender Neutralität. »Hm, einen Großteil davon könnte man für authentisch halten. Das Textkorpus Poes kommt zur Anwendung.«

»Das verstehe ich nicht.«

»Poe neigte dazu, in seinen Werken bestimmte Worte und Phrasen häufig zu wiederholen. Wissen Sie, wie ein Schauspieler, der einen Vorrat an Monologen hat, mit denen er sein Publikum unterhält. Wenn Sie Poes Werk durchforsten, finden Sie immer wieder dieselbe Idiomatik – ›undurchdringliche Düsternis‹, und dergleichen mehr.«

»Soweit ich weiß, wollte Miss Brown die Erzählung als Grundlage für ihre Dissertation benutzen.«

»Darüber hatten wir noch keine Einigung erzielt.«

»Was hat Sie zögern lassen?« Jury lächelte. »Die Arbeit wäre doch eine Sensation gewesen.«

»Aber das ist doch das Problem! Wir wollen Wissenschaftlichkeit, keine Sensationen!«

»Ich meine das Wort nicht im abwertenden Sinn.«

Aber Vlasic wollte nicht Jury, sondern sich selbst hören. »Und die Frage der Authentizität...« Er legte das Kinn auf die Brust und kaute am Ende des Pfeifenstiels. »Sie hat sich geweigert, uns den gesamten Text zur Prüfung auszuhändigen. Ein Fragment! Das allein war schon verdächtig.«

»Vielleicht hatte sie Angst, daß es ihr jemand stehlen würde.«

»Sie hat es aber einer Professorin zur Aufbewahrung gegeben.«

Die Professorin lag Vlasic im Magen, vermutete Jury. Patrick Muldares Worte kamen ihm in den Sinn. »Vielleicht vertraute sie Ellen Taylor.«

Vlasic war überrascht. »Sie kennen sie?«

Jury nickte.

»Heute nachmittag erst habe ich mit Ellen einen Kaffee getrunken. Ein paar meiner Studentinnen waren anwesend. Wissen Sie, es ist schlechterdings unmöglich, Ellen in irgendeine Art wissenschaftlichen Diskurses zu verwickeln. Ich will ja nicht schlecht über Kollegen reden –«

Hm, hm, dachte Jury.

»– aber Ellen Taylor ist nicht eine der verantwortlichsten, weder in der Lehre noch in der Forschung.« Vlasic klopfte die Pfeife aus. Jetzt würde er erst einmal aus dem Nähkästchen plaudern. »Wie Sie wissen, lehren Ellen und ich beide Schreiben, aber unsere Methodik unterscheidet sich wie Tag und Nacht.« Er zückte den Pfeifenreiniger. »Ich verwende das halbe Semester auf die Methodologie. Zwei Wochen lang ausschließlich Vorlesungen über Struktur; weitere zwei über die Dekonstruktion des poetischen Symbols –«

Jury zog die Augenbrauen hoch.

»Sie entschuldigen, wenn ich nicht versuche, Ihnen die Begrifflichkeit zu erläutern.« Vlasic musterte Jury von oben bis unten, als überlege er, ob er ihm ein Almosen geben sollte. »Ich weigere mich, *weigere* mich erst einmal acht Wochen lang, sie ein Wort zu Papier bringen zu lassen. Nicht *ein Wort*. Das habe ich mir in meiner Lehre zur eisernen Regel gemacht.«

»Vielleicht schreiben sie heimlich.«

Diese Unterstellung wehrte Vlasic mit einer Handbewegung ab. »Ellen Taylor dagegen glaubt an nichts anderes als an Stift und Papier. Ellen *lehrt* nicht; Ellen läßt sie vom ersten Tage an schreiben. Ellen hat —«

»— es durchaus schon zu etwas gebracht.«

»Ich bin mir nicht sicher, was Sie über Semiotik wissen, Superintendent —«

»Herzlich wenig.« Jury nahm das braune Buch vom Schreibtisch.

»Ellens Problem ist, sie glaubt an *Worte* —«

»Angesichts ihres Berufs überrascht mich das nicht.«

»— und die Crux mit den Lesern ist genau die: Sie versuchen, die Matrix zu finden, die Schlüsselworte zur Bedeutung. Der Dekonstruktivismus ist die einzig adäquate —«

»Ihres?« unterbrach Jury ihn und winkte mit *Ungesäuerte Krisen*, damit er zum Ende kam.

Vlasic schaute extrem selbstzufrieden drein. »Sie kennen die Redewendung: Der Prosaist verbeugt sich, wenn der Lyriker vorübergeht?« Er steckte die Pfeife wieder in den Mund und zielte mit einem flammenwerfenden Feuerzeug darauf.

»Ja«, sagte Jury und verzog keine Miene. »Sagen Sie, kennen Sie einen Mann namens Patrick Muldare? Er unterrichtet doch auch hier.«

»Ha! Wenn einer ein Dilettant ist, dann er! Ihm wird nur deshalb gestattet, hier zu lehren, weil er der Universität eine beträchtliche Summe Geld gestiftet hat.« Vlasic zog ein Taschenbuch aus dem Regal, blätterte es kurz durch und übergab es Jury. »Können Sie sich das vorstellen? Ein Seminar über Football!«

Jury nahm das Vorlesungsverzeichnis, las den Titel und lächelte. »Sehr unterhaltsam. Wo kriege ich so eines?« Er hielt es hoch.

»Behalten Sie es nur.«

Den Blick auf die beiden Bücherkartons unter dem Schreibtisch gerichtet, fragte Jury: »Ist es unverschämt, wenn ich Sie um ein Exemplar Ihres Gedichtbandes bitte, Dr. Vlasic?«

»Nein, nein – es ist mir ein Vergnügen.« Er zog eins aus dem Karton.

»Mit Autogramm?«

Mit einer überaus schwungvollen Armbewegung – er entrollte den Arm regelrecht – signierte Vlasic mit »Vlasic«.

»Allerherzlichsten Dank, danke schön«, sagte Jury in aller Bescheidenheit. »Übrigens, ob das Poe-Manuskript nun echt ist oder nicht, das machte den Wert für Beverly Brown nicht aus. Oder für jemanden in einer ähnlichen Situation«, fügte er hinzu.

»Da kann ich Ihnen nicht folgen.«

»Na ja, es wäre doch für jeden Wissenschaftler wertvoll. Selbst wenn es nicht echt ist, kann man eine Dissertation darüber schreiben, es auseinandernehmen, es in Stücke zerreißen, etcetera. Zu beweisen, daß es unecht ist, wäre doch genauso ein Bombending, wie zu beweisen, daß es echt ist.« Jury nahm *Ungesäuerte Krisen* zur Hand und blätterte es durch. »Ich meine, für jemanden, der gern ein Buch darüber schriebe, wie man eine Fälschung entlarvt. Und außerdem ein Schritt nach oben auf der Karriereleiter, oder?«

Dazu äußerte Vlasic sich nicht.

21

»Beverly, Beverly, Bever – hmmm.«

Owen Lamb schien bei Eigennamen automatisch Beschwörungsformeln anzustimmen, als leiere er ein Mantra herunter. Inmitten endloser Bücherreihen, die auf dem Schreibtisch, auf den Regalen, überall, wo Platz war (vorzugsweise auf dem Boden), verteilt waren und seine zarte Gestalt schier erdrückten, saß er in seinem Büro in der Johns Hopkins. Sein ohnehin schon kurzer Oberkörper wirkte durch rote Hosenträger noch kürzer, es sah aus, als zögen sie seine Taille bis zum Brustkorb hoch. Er hatte zarte, beinahe durchscheinend weiße Haut wie altes Reispapier, von einem Netz feiner Adern durchzogen.

»Eine furchtbare Sache – ja, furchtbar.« Er schüttelte den Kopf und kratzte sich gedankenverloren am Ohrläppchen. »Haben Sie denn schon etwas herausgefunden?«

»Detective Pryce untersucht den Fall noch. Kannten Sie Miss Brown gut?«

Die Frage amüsierte Lamb. »Ich kenne niemanden gut. Ich halte mich weitgehend an meine Bücher. Beverly hat ab und zu für mich gearbeitet. Sie war ein nettes Mädchen, äußerst intelligent. Äußerst.« Er runzelte die Stirn und überdachte sein Urteil. Dann lehnte er sich zurück und schaute zur Decke. »Was allerdings dieses angebliche Poe-Manuskript betrifft, erachte ich es als höchst unwahrscheinlich, daß sie es geschrieben hat.«

»Sie glauben, es ist echt?«

»Das habe ich nicht gesagt. Ganz im Gegenteil, ich halte es nicht für echt. Das ganze Ding riecht doch nach Fälschung, oder etwa nicht? Es ist schon schwer genug, Poes Unterschrift zu fälschen, ganz zu schweigen von einer vollständigen Erzählung.«

Jury zog die Stirn in Falten. »Aber widersprechen Sie sich da nicht selbst, Professor?«

»Hm! Wird wohl so sein. Ich meine lediglich, es kann einfach nicht echt sein.«

»Ich bin mit Poes Werken nicht sonderlich gut vertraut, aber es klingt doch sehr nach ihm.«

»Ja, aber den Inhalt zu imitieren wäre doch recht simpel. Verglichen mit anderen Schriftstellern, meine ich. Ich will Ihnen eines über Fälschungen sagen, meine Herren: Der Inhalt ist unwichtig, wichtig ist der Schreibstil. Der Unterschied zwischen einem gefälschten und einem echten Dokument liegt fast immer in der äußeren Form. Angefangen mit der Handschrift.«

»Was ist mit der hier?«

»Die überzeugt nicht. Aber ich sage Ihnen noch etwas.« Er brach ab und lächelte, als freue er sich über einen gelungenen Zaubertrick. »Wer auch immer das Skript geschrieben hat, ist sich bewußt, daß eines eminent wichtig ist: Jede Schrift hat einen bestimmten Rhythmus. Ein Amateur zerstört den Rhythmus fast immer, weil er ständig auf die Vorlage schauen muß. Dabei kommt dann so ein stockendes Schriftbild heraus, bei dem die Bögen und Schwünge nicht flüssig sind.«

Wiggins war verwirrt. »Könnten Sie das genauer erklären, Sir?«

»Natürlich, aber ich möchte vorausschicken, daß ich wirklich kein Handschriftenexperte bin. Wenn ich überhaupt etwas darüber weiß, dann nur, weil mir als Genealoge häufig Dokumente zum Überprüfen auf den Schreibtisch flattern. Ich habe manch eine Fälschung gesehen. Wenn Sie sich in eine Handschrift wirklich hineinfinden wollen, müssen Sie etwas von Anatomie verstehen, von der Knochenstruktur, der Anordnung der Handwurzel-, der Mittelhand- und Fingerhandknochen. Sie müssen etwas über Kugelgelenke wissen, wie sich das Handgelenk dreht, und dergleichen mehr. Aber um auf den Fluß der Bögen zurückzukommen – Bewegung und Stärke der Linien sind von Bedeutung. Normalerweise sieht man ja den natürlichen, das heißt, den glatten, ununterbrochenen Verlauf der Bögen. Nun, je langsamer sich der Stift bewegt, desto mehr Unregelmäßigkeiten erhält man in der Linienführung. Probieren Sie es selbst aus, schreiben Sie einmal langsam, und schon haben Sie ein Zittern, ein Zögern, ein leichtes Stocken im Schriftbild. Man schreibt die Buchstaben nämlich nicht getrennt voneinander. Das tut man nur als Kind, wenn man schreiben lernt. Aber wenn man einmal schreiben kann, folgt die Schrift einem bestimmten Rhythmus. Der Rhythmus bestimmt den Verlauf der Bögen. Und dann das ständige Überprüfen – das macht sich bei gefälschten Dokumenten oder Unterschriften bemerkbar. Sie können Ihren Namen leicht mit geschlossenen Augen schreiben, nicht wahr? Aber eine Unterschrift, die Sie fälschen wollen, beileibe nicht. Sie müssen die Buchstaben immer wieder überprüfen – Sie schauen vor und zurück, vor und zurück.« Owen zuckte bescheiden mit den Schultern. »Wie dem auch sei, über dieses Dokument muß jemand viel Gelehrteres als ich ein Urteil fällen. Meine Sachkenntnis erstreckt sich mehr auf den Bereich von Dokumenten, die irgendein Scharlatan fälscht, um einem albernen Laffen, der mit Napoleon verwandt sein will, einen aristokratischen Stammbaum zu verscherbeln. Bei Unterschriften bin ich, glaube ich, ziemlich gut«, er hielt inne und zuckte wieder mit den Schultern, »und gelegentlich bekomme ich echte Dokumente, die nicht ganz so schwachsinnig sind.« Wieder machte er eine Pause und runzelte die Stirn. »Sogar neulich erst, aus Ihrem Land.«

»Auf dem Manuskript war eine Unterschrift«, sagte Wiggins.

»Da muß ich einräumen, daß ich sie geprüft und für gut befunden habe. Die Unterschrift von Poe wirkte eher wie ein Muster, nicht wie lediglich aneinandergefügte Buchstaben. Daran, wie die Buchstaben aneinandergereiht sind, erkennt man eine gefälschte Unterschrift. Ich konnte die üblichen Pausen, das Hochheben des Stifts, all diese Dinge, nicht feststellen. Doch ich bin sicher, einer genauen Überprüfung durch einen Experten wird sie nicht standhalten.« Er lachte. »Sie glauben doch nicht, ein Haufen erfahrener alter Hasen läßt eine Miss Brown mit solch einem himmelschreienden Unterfangen durchkommen? Ein Schulmädchen, das die Herren Akademiker an der Nase herumführen will!«

»Chatterton hat es geschafft.« Jury sah sich wieder in der Tate, und das Bild vor seinem inneren Auge stimmte ihn traurig. »Oder hätte es geschafft?«

»Da haben Sie recht. Aber Walpoles Reaktion, als er feststellte, daß er auf den Arm genommen worden war, ist Ihnen ja bekannt.«

»Ein Schulmädchen war sie ja nun nicht gerade, Professor Lamb. Sie war achtundzwanzig und arbeitete an ihrer Dissertation.« So leichtfertig sollte man Beverly Brown nicht abtun, fand Jury. »Und wenn das Dokument Ihrer Prüfung standgehalten hat, warum sind Sie so sicher, daß es eine Fälschung ist?«

»Oh, das bin ich ja gar nicht. Ich bin nur voreingenommen und meine, daß es nicht echt sein kann, weil es mir so unwahrscheinlich erscheint. Dr. Vlasic, der es mir vorlegte, behauptete, Beverly Brown habe es in einer *Truhe* gefunden. Also, ich bitte Sie.« Er schüttelte den Kopf.

Jury lächelte. Das hatte Melrose Plant auch gesagt.

»Was ist mit dem Papier, der Tinte, diesen Dingen? Ist es nicht schwierig, Papier aus der Zeit zu finden?«

»Ja, aber nicht unmöglich. Fälscher benutzen manchmal Vorsatzblätter aus alten Büchern.«

»Aber wir reden doch hier über mehr als eine einzelne Seite. Man bräuchte eine ganze Anzahl Bücher, alle aus demselben Papier.«

Owen Lamb dachte einen Moment nach. »Möglich ist ja, daß sie auf das Lager einer Papiermühle gestoßen ist, die zu der Zeit betrieben wurde. Vielleicht in England. Die Tinte, die sie benutzt hat – jetzt nehme ich selbstverständlich an, sie hatte das Manuskript geschrieben –, sieht mir allerdings nicht danach aus, als sei's das gute alte Zeug. Sie hat diesen Stich ins schmuddelig Purpurne, der auf gefälschten Dokumenten gang und gäbe ist. Und Tinte, die vor der Mitte des letzten Jahrhunderts hergestellt worden ist, würde Anzeichen von Rost zeigen. Weil Eisen darin war. Davon sieht man in dem angeblichen Poe-Manuskript jedoch nichts. Andererseits hätte jemand so Erfindungsreiches wie Beverly Brown«, er lächelte ein wenig, »doch wohl keine Mühen und Wege gescheut, um die richtigen Zutaten zu finden. Wer weiß?« Er zuckte die Achseln. »Vielleicht hat sie einen Stapel altes Papier gefunden und ist auf dumme Gedanken gekommen.«

»Hat sie mit Ihnen je über ihre Freunde gesprochen?«

»Kann schon sein. Aber ich habe nicht zugehört.« Er schaute sie an. Seine Augen schwammen, durch die dicken Brillengläser sahen sie wie Eulenaugen aus. Er wischte sich mit der Hand durchs Gesicht und setzte die Brille zurecht.

»Was für eine Arbeit hat Beverly Brown für Sie gemacht, Professor Lamb?«

Sein Stuhl bewegte sich knirschend nach vorn und stiftete einige Unordnung in einem Stapel Bücher neben einem Stuhlbein. Staub flog auf und setzte sich wieder. »Sie hat mir bei dem Index für mein Buch geholfen«, erklärte er, kniff sich in den Nasenrücken und rückte die Brille wieder an ihren Platz. Mit dem Arm deutete er auf ein Regal zu seiner Rechten. »Indizes sind langweilig. Sie ist vermutlich der einzige Mensch weit und breit, der außer mir in die tiefsten Tiefen einer Jahrhunderte alten Familie getaucht ist. Sie hat Geschichte und Literatur studiert.« Er kratzte sich auf seinem kahl werdenden Kopf und fragte Jury: »Wer ist heutzutage Fachbereichsvorsitzender?«

Jury lächelte. »Das weiß ich leider nicht, Professor. Ich bin von Scotland Yard.«

Owen Lamb fing an, in seinem Drehstuhl zu kippeln und die Daumen umeinander zu drehen. »Beverly schwatzte die ganze Zeit über Edgar Allan Poe. Irgendwelchen Unsinn, der mit den Geheimnissen zu tun hat, die Poe umgeben – vielleicht mit seiner

Familie, ich weiß es nicht. Ich mache mir nicht allzuviel aus Poe, Sie? Dieses ganze Gruselzeugs. Aber Beverly mochte es. Einerlei, sie wollte, daß ich ihr bei der Familiengeschichte von jemandem half – Sie wissen schon, dieser Unfug mit dem Familienstammbaum. Heutzutage schick. Ich habe ihr gesagt, ich sei Genealoge, kein Familienhistoriker. Ich kriege jede Menge Anfragen von diesen stockpatriotischen Damen, die wissen wollen, ob ihre Groß-Groß-Groß-Tanten mit George Washington verkehrten.«

»Wissen Sie noch, wer das war? An wessen Herkunft Beverly Brown interessiert war?«

Lamb machte eine wegwerfende Handbewegung. »Beverly kramte die ganze Zeit in Poes Vorfahren. Sie hatte eine Ader für Genealogie – sehr ungewöhnlich für eine Geisteswissenschaftlerin. Vielleicht ist sie über jemanden gestolpert, den sie wichtig fand – was weiß ich. Vielleicht einen von den Clemms, der Familie seiner Frau.«

Wiggins wandte den Kopf von einem Schaubild an der Wand ab, einer komplizierten Darstellung von Verwandtschaftsbeziehungen. »Das ist interessant, Sir. Mark Twain ist ein entfernter Verwandter des Prinzen von Wales.«

»Wir sind alle mit dem Prinzen von Wales verwandt. Vermutlich sogar der Penner, der tot in der Cider Alley gefunden worden ist.« Owen Lamb warf einen Blick auf das Schaubild. »Cousin um dreizehn Ecken ist ja wohl keine dolle Verwandtschaft, was?«

Wiggins konnte sich immer so wunderbar in das Arbeitsleben von Zeugen hineinversetzen; er wirkte entweder, als habe er schon immer tun wollen, was sie taten, oder aber, als meine er, sie seien im Besitz einer Macht und einer Weisheit, die ihn vor zukünftigem Unheil bewahren könne. Nun stand er vor dem Schaubild, das an das Nachrichtenbrett gepiekst war, wiegte sich auf den Absätzen und sagte: »Einer meiner Vorfahren war Genealoge und Soziologe, fällt mir dabei ein.«

»Wirklich?« fragte Lamb.

»Ja, Sir. Wenn ich es recht überlege, war er sogar adlig. Der Familienname wurde aber anders geschrieben. W-I-G-H-A-N oder so ähnlich. Wenn ich mich richtig erinnere, hat er auch eine Chronik über die Pest verfaßt. Wie Defoe. Er war... Viscount. Nein, Baron. Genau. Baron Tweedears. Das hatte ich doch beinahe alles vergessen!« Wiggins lächelte breit, offenbar glücklich, daß es ihm wenigstens jetzt eingefallen war.

Jury riß die Augen auf. Tweedears? Es überraschte ihn immer wieder, wenn ein Verwandter seines Sergeant auftauchte, meistens einfach so aus Nichts, bei Gesprächen wie diesem. Wiggins gehörte zu den Menschen, von denen man immer annahm, sie hätten keinen Anhang und keine Familie. Jury wußte, daß er eine Schwester in Manchester hatte, aber das war auch schon mehr oder weniger alles. Nicht ganz so überraschend war Wiggins' entfernte Verwandtschaft mit dem Schwarzen Tod.

Wenn Wiggins Interesse an dem Arbeitsgebiet eines Zeugen zeigte, tat er das zwar nie in der Absicht, Informationen aus ihm herauszuholen, aber genau das gelang ihm dabei glücklicherweise oft. Die Leute vergaßen, daß Wiggins Polizist war, weil der Sergeant es anscheinend selbst vergaß.

Owen Lamb fuhr mit dem Finger über eine Reihe Bücher auf dem Regal. »Tweedears, Tweedears.« Kein Fachmann, nicht einmal ein so bescheidener und wenig arroganter wie Owen Lamb, läßt sich gern dabei ertappen, daß er in seinem Bereich etwas nicht weiß, und schon gar nicht von einem Laien. Lamb zog ein verstaubtes Buch herunter, feuchtete sich den Finger an und blätterte die Seiten durch. »Ah! Da haben wir's!« Er übergab es Wiggins.

»›Tweedears – Sir Eustace Wickens aus Ranesley, Grafschaft Mayo, Sohn des Avery D. und der Mary, To. –‹« Wiggins schaute Owen Lamb fragend an.

»Tochter«, sagte Lamb.

»›... Tochter des Fitz-Hugh aus Aintree, Neffe und m. E.‹ – m. E.?«

»Männlicher Erbe«, sagte Lamb. »Lassen Sie mich mal. ›Neffe und männlicher Erbe von Eustace Lord Leith, geboren ca. 1545, einziger Erbe der Familiengüter besagten Onkels, 9. April 1570, zum Baronet erhoben, Grafschaft Banff, und am 21. Mai 1579, zum Baron Tweedears –‹ etcetera. Mal sehen, was es sonst noch Interessantes – aha! ›Schloß sich 1580 Verschwörung an, um die Königin von Schottland auf engl. u. irisch. Thron zu bringen, und wurde – in Acht und Bann getan –‹« Unwillkürlich trat Wiggins einen Schritt zurück. »– ›verwirkte seinen Titel‹. Offenbar nahmen seine Brüder auch an der Rebellion teil, gingen ihrer Ehren und Ländereien verlustig und wurden zum Tode verurteilt. Dann haben wir eine Menge de-jure-Barone – dritter Baron de jure, vierter Baron de jure, fünfter, sechster, siebenter, achter... Hier ist ein ›James Arundel Wickens, Kammerherr, starb nach Begegnung mit Prostituierter –‹ nicht das glücklichste Zusammentreffen von Umständen, was? – ›nach seinem Tod Ländereien erneut verliehen, mit Patenturkunde vom 1. Oktober 1790‹, an Aubrey, ›Titel und Land erhalten durch Patentbrief 1790, starb 1804 nach Begegnung mit Prostituierter und nachfolgendem Duell.‹ Na, so was! Wieder wird der Titel aberkannt, gute Güte, nur wegen einer Prostituierten und eines Duells? Hat man dem Burschen aber ganz schön übel mitgespielt. ›Ihm folgt Sohn –‹ da haben wir doch den, den Sie meinen, was? – ›Elphinstone Fitz-Hugh Wickens, Schreibweise geändert in Wiggins, hervorragender Genealoge und Autor von Werken über Heraldik, neunter Baron de jure‹!« Owen schlug das Buch zu. »Na, was sagen Sie jetzt, Sergeant?«

Wiggins war sprachlos. »Verzeihung, aber heißt das...?«

»Daß Sie Baron Tweedears sind? Möglicherweise de jure. Bisher sind wir ja erst bis zum neunten Baron vorgedrungen, und wer weiß, vielleicht ist der Titel zwischen dem neunten und Ihnen – dem wievielten Baron? – wieder verwirkt, oder er ruht, und es ist strittig, wem er zusteht. Ich muß das nachprüfen. Haben Sie noch nie einen Blick in *Burke's Peerage* geworfen, Mr. Wiggins?«

Wiggins warf nur Blicke auf den Fotokopierer in der Ecke unter einem Fenster. »Könnte ich wohl – Sir, könnte ich mir die Seite wohl rasch kopieren?«

»Aber gern. Was ist denn mit Ihrem Vater, Sergeant?«

»Wie, was ist mit ihm?«

Lamb schnaubte die Luft aus den Nasenlöchern wie ein feuerspeiender Drachen. »Das frage ich Sie! Hat er Ihnen nie etwas über Ihre Herkunft erzählt?«

»Nein, Sir. Hat er nicht. Wußte wahrscheinlich gar nichts davon.« Im Fotokopierer blitzte es auf, die Seite wurde abgelichtet.

»Geben Sie mir das Buch, wenn Sie fertig sind.«

Wiggins gab es ihm, und Lamb blätterte die Seiten wieder durch. Er lächelte. »Ich habe Ihr Wappen vergessen: Hier ist es. ›Aufgerichteter Bär auf silbernem Grund, liegender Löwe auf rotem. Helmzier: Brennender Dornbusch in den natürlichen Farben; Schildhalter: dexter, ein Schwan; sinister, ein Fisch mit Schuppen.‹«

Wiggins strahlte. Jury seufzte. Alfred Edward Wiggins, Baron Tweedears. Großer Gott.

Ein Mordstitel!

22

»Es ist natürlich lächerlich«, sagte Wiggins, aber die affektierte Geste, mit der er seine Krawatte richtete und sein Glas hob, als bringe er einen Toast auf seine Ahnen aus, strafte seine Worte Lügen.

Die vier hatten bei Bertha's ein vorzügliches, weitgehend aus Miesmuscheln (»mit Sand«, mäkelte Melrose) bestehendes Essen genossen und sich im Horse You Came In On an eben dem Tisch eingefunden, an dem sie auch am Abend zuvor gesessen hatten.

»Ein Peer! Mitglied des Oberhauses! Stell sich das einer vor!« sagte Melrose.

»Da wird Chief Superintendent Racer Augen machen, was, Sir?« sagte Wiggins zu Jury. »Es würde mich gar nicht überraschen, wenn der die Wände hochgeht.«

»Und ob!« sagte Jury und dachte, wenn einer hier die Wände hochgehen sollte, dann ich. Baron Tweedears – Allmächtiger! »Ihr Boß gibt sich die Kugel. Und wir wären ihn endlich los.« Sorgsam ordnete Jury die Manuskriptseiten, die Ellen ihm gegeben hatte.

Melrose hatte sich beschwert, er sei an der Reihe zu lesen; woraufhin Ellen gesagt hatte, nein, dem sei nicht so, der Superintendent habe noch nicht zu Ende gelesen, was er gestern angefangen habe. Dagegen hatte Melrose eingewendet, es sei aber ein frischer Stoß Seiten. Und Wiggins hatte sich bei Melrose eingehend nach dem Familienwappen der Ardry-Plant erkundigt... und so weiter und so fort.

Jury ließ sie eine Zeitlang streiten, brachte sie dann mit einem Blick und Papierrascheln zur Ruhe und sagte: »Noch ein Brief.«

> »Madam,
> nicht lange befand ich mich an jenem Abend in Gesellschaft Monsieur P-s, als er mir *seine seltsame Geschichte* erzählte und ich seines heftigen Seelenschmerzes gewahr wurde. In die Betrachtung der merkwürdigen Perspektive versunken und erregt (wie ich meinte) von den aromatischen Essenzen, hieß ich ihn fortfahren.
>
> »Dieses Unwohlsein – denn Krankheit vermag ich es nicht zu nennen –«

»Ich frage mich, ob dieser Hilaire P. mit den Ölen zündelt, die wir heute Duftöle nennen«, unterbrach Wiggins.

Jury setzte seinen Spekulationen über eine neue Wunderkur für alle seine gegenwärtigen und zukünftigen Zipperlein ein abruptes Ende. »Ich nenne es gar nichts, Wiggins. Hören Sie doch zu.«

»Dieses Unwohlsein – denn Krankheit vermag ich es nicht zu nennen – bestand aus einer Schwäche, einer Kurzatmigkeit, welche mich gleichwohl so beeinträchtigte, daß ich mich alsbald zu Bett begab, um dort zu verweilen, bis sie mich aus ihren Fängen entlassen würde. Und so lag ich denn in unruhigem, immer wieder unterbrochenem Schlummer bis in die frühen Morgenstunden – und erwachte endlich von einem lauten, durchdringenden Schrei, der von unterhalb meines Fensters zu kommen schien. Immer noch schlaftrunken von der Wirkung des kräftigenden Tranks, den ich zu mir genommen, um den Schwindel, der mich so rasch übermannt hatte, zu lindern, und von dem ich gehofft hatte, er werde mir zu nächtlicher Ruhe verhelfen, erhob ich mich, um die Ursache des Tumults zu erforschen.

Als ich in den Hof hinabblickte, entdeckte ich zwei Gestalten in dunklen Umhängen, die, ihren raschen Bewegungen nach zu urteilen, ein Duell miteinander auszufechten schienen. Ich hörte das Klirren, das Aufschlagen von Metall auf Metall und das Scharren der, wie ich annahm, Schwerter oder Rapiere.

Wer sie waren, wie sie hierhergelangt waren, welches die Ursache ihres Streites war – auf diese Fragen war mir keine Antwort beschieden.

Darüber hinaus, wie Sie sich selbst überzeugen mögen –«

Hier wies er zum Fenster, ich beeilte mich, der Aufforderung Folge zu leisten, und trat an selbiges –

»– ist der Hof von allen Seiten umschlossen.«

Und in der Tat: Die beiden Häuser – Monsieur P-s und das gegenüberliegende – wurden durch den gepflasterten Hof getrennt und zugleich rechts und links durch hohe Mauern miteinander verbunden. Einen Zugang boten nur die Türen zu den jeweiligen Gebäuden oder ein hohes Gittertor, mit Schloß und Riegel versehen, das, wie er mir versicherte, nie benutzt wurde. Einstmals mochte das Tor geöffnet worden sein, um Kutschen hereinzulassen, aber dem war nicht mehr so. Ich hielt die schweren Samtvorhänge zur

Seite und schaute vom Hof hinauf zum Fenster, das wie ein Spiegelbild des unsrigen wirkte, und mir war, als sähe ich auch in diesem Spiegel eine Hand, die einen Vorhang zur Seite hielt, und ich wich zurück vor einer Nacht, die gleichfalls von dunklen Wohlgerüchen durchtränkt zu sein schien.

Aber das bedeutendste Geheimnis, das diese unerhörte Angelegenheit umgab, bestand nicht in der Frage, auf welche Weise sich die Duellanten Eintritt verschafft hatten, denn selbst wenn man davon ausging, daß sie durch die eine oder andere Tür in den verschlossenen Hof gelangt waren, blieb doch die Frage: Warum waren sie gekommen?

In diesem Sinne äußerte sich auch M. P-. Ich selbst schrieb diese seltsame Geschichte dem kombinierten Effekt der durchzechten Nacht, dem Fieber, das er sich anscheinend zugezogen hatte, und den Essenzen zu, die die Öle fortwährend in seinem Salon und höchstwahrscheinlich auch in seinem Schlafgemach verströmten. Denn auch ich spürte ja den Effekt, den die Atmosphäre des Raumes auf mich ausübte, eine Atmosphäre, die noch verstärkt wurde durch den Schein der Flammen, welcher die bemerkenswerten Bildwerke mit Purpurrot übergoß, und das perlende Licht, das der Kronleuchter warf – und ich fragte mich zusehends, ob diese Öle tatsächlich aus solch harmlosen Blumen und Kräutern gewonnen waren, wie er mich glauben gemacht hatte, oder ob es sich nicht doch um ein Opiat handelte, das aus den sonderbaren kleinen Glasschalen stieg.

Ich muß gestehen, ich fühlte mich wie in Trance, verzückt von der Stimme meines Gastgebers und seinen fiebrig glänzenden Augen. Dem leichten Wein, den er kredenzt hatte, hatte ich reichlich zugesprochen, doch die Trunkenheit, die meine Gefühle ängstlicher Beklemmung vielleicht abgemildert hätte, diente nun nurmehr dazu, diese Gefühle zu verstärken. Ich betrachtete meinen Gastgeber, der, die hohe Stirn in die schöne Hand gestützt, einigermaßen gefaßt dasaß. Hielt man mich zum Narren? War ich unter einem Vorwande hierhergelockt worden, über den ich nichts in Erfahrung bringen konnte? Er fuhr mit seiner Geschichte fort:

»Es folgte ein Schrei, das Aufblitzen eines Schwertes, als habe einer der Duellanten dem anderen einen Gegenstand aus der Hand geschlagen und durch die Luft gewirbelt. Der Gegenstand flog hoch und fiel dann herunter – etwas kleines Weißes oder Silbernes wie ein Blitz oder eine Scheibe des Mondes. Und dann ein Wort, auch das hochgeworfen wie eine silberne Scheibe – ein Name – Violette! – wurde regelrecht gegen mein Fenster geschleudert.« Er schwieg. »Dann – nichts mehr! Nichts! Der Nebel, der durch den Hof und um die Füße der Duellanten geweht war, stieg an und bedeckte das Ganze wie mit einem Leichentuch. Weder vermochten meine Augen diese weiße Düsternis zu ergründen, noch meine Ohren die schwere Stille zu durchdringen, die sich im Gefolge dieses einzigen hervorgestoßenen Wortes herabsenkte: Violette!

Sie mögen sich fragen«, fuhr mein Gastgeber fort, »warum ich nicht umgehend in den Hof hinabgestiegen bin, um nachzuschauen; aber ich glaubte, die Erscheinung sei gewiß das Resultat des Fiebers oder dessen, was immer mich peinigte, und der Schlaf werde mir diese seltsamen Bilder und Töne aus dem Kopf verscheuchen.

Als ich des Morgens erwachte, die Fensterflügel aufschlug und das frische Grün des Grases und der Blumen in den Rabatten roch und das reine Blau des Himmels darüber sah, konnte ich die Vision der vergangenen Nacht an den ihr gebührenden Platz verweisen – was war es gewesen, wenn nicht ein Traum?«

»Ja«, erwiderte ich, »nur das könnte die Erklärung sein... Dennoch...?«

»Ah, dennoch.« Er lächelte mich an, seine Miene hingegen wurde nicht heiterer, sondern verzweifelter. »In der zweiten Nacht war das Fieber von mir gewichen, und ich schlief fester. Und dennoch, dieselbe Szene – die Duellanten, der schrille Schrei, der weiße Gegenstand, der durch die Luft wirbelte, das Hervorstoßen des Namens Violette! Es wiederholte sich, alles vollzog sich wiederum vor meinem Kammerfenster.«

Ein heftiges Schaudern drohte ihn schier zu zerreißen; ich beugte mich vor: »Träume wiederholen sich oft –« Aber er winkte mich in meinen Sessel zurück.

»Am nächsten Morgen ging ich tatsächlich in den Hof hinunter. Spuren der Szene, deren Zeuge ich geworden war, konnte ich indes nicht entdecken, und ich kehrte in meine Wohnung zurück. Ich schrieb die ganze Angelegenheit einer erschöpften und überreizten Einbildungskraft zu. Und in der Nacht, der dritten Nacht –« Er hielt inne und schüttelte den Kopf. »Sie werden sich fragen, warum ich nicht sofort nach dem ersten Schrei hinunterging. Ich kann nur sagen, ich war wie mesmerisiert, ich fühlte mich gezwungen, die Pantomime anzuschauen und den Namen zu hören, der mittlerweile von den kalten Steinen des Hofes widerhallte – »Violette, Violette, Violette –«

Melrose schüttelte heftig den Kopf. Was war das?

Sprechchöre ertönten vom Tresen: »De-fense! De-fense! De-fense!« Jury hatte innegehalten, und Melrose blinzelte ein paarmal in Richtung der flimmernden Bilder auf dem großen Bildschirm. Auf den Gesichtern der Footballfans und den Tischen spiegelte sich das Licht wie blaue Flammen.

»Weiter!« kommandierte Wiggins.

»Was, zum Teufel, machen wir hier eigentlich?« Ungehalten, daß er sich überhaupt in diese Geschichte hatte hineinziehen lassen, stand Jury auf, sammelte die Gläser ein und verschwand in dem Getümmel am Tresen.

Wiggins rief hinter Jurys Rücken her: »Aber das war's doch noch nicht, Sir, oder? Wer ist diese«, da Jury nun unerreichbar war, richtete er die Frage an Ellen, »diese Violette? Finden wir das nicht heraus?«

»Nein«, sagte Melrose, der Jurys Weggehen und die Tatsache, daß dieser nun mit etwas anderem beschäftigt war, ausgenutzt, die Seite genommen und zu Ende gelesen hatte. Wie Jury war er eigenartig vergrätzt, daß sie sich von dieser höchst windigen Geschichte alle hatten einfangen, ja, fesseln lassen. Würden ihn in Zukunft nicht nur Maxim und Sweetie verfolgen, sondern auch Monsieur P- und Violette? Wie lästig! Verstohlen zog er den schmalen Stoß Manuskriptseiten an sich. Vielleicht –

»Legen Sie die wieder hin«, sagte Ellen.

Jury kam mit den Gläsern zurück. »Ob das Manuskript nun echt ist oder gefälscht, es bringt uns keinen Deut weiter, was?«

»Schaden kann es ja nicht«, sagte Wiggins, »wenn wir es zu Ende lesen.«

»Es ist ja gar nicht vollständig«, sagte Melrose gereizt. »Fortsetzung folgt.«

»Ich habe Ihnen doch gesagt, daß ich nicht mehr als ein paar Seiten auf einmal mit mir herumtragen will. Es sei denn, sie wollen mich auch hingemeuchelt auf dem Friedhof sehen.«

»Warum hätte sie jemand angreifen sollen, wo sie doch das Manuskript gar nicht bei sich hatte?« fragte Jury.

»Lesen Sie den Rest«, sagte Ellen, warf sich in Zuhörerpose und stützte das Kinn auf die Hände.

Jury las:

> Wie gebannt heftete sich sein Blick auch jetzt auf das Flügelfenster, auf den sich bauschenden Samtvorhang, als erwarte er jeden Moment zu hören, daß der Name unten wieder hervorgestoßen wurde.
>
> »Nach der dritten Nacht begab ich mich wiederum in den Hof, ohne ein Zeichen des Duells zu finden, und als ich hineinging und mich an meiner Tür umdrehte, sah ich –«

»Das Taschentuch«, sagte Melrose.

»Was? Woher wollen Sie das denn wissen?« keifte Ellen.

»Ich habe den Film gesehen – autsch!« Er rieb sich das Schienbein.

Jurys Mundwinkel zuckten, aber es gelang ihm, sich das Lachen zu verbeißen.

Wiggins beklagte sich bitterlich: »Mr. Plant, Sie verderben uns den ganzen Spaß.«

»Tut mir leid, aber das mußte doch so kommen! Was um Himmels willen hätte er denn sonst im Hof finden sollen? Vermutlich war auch noch ihr Name drauf.« Er stopfte sich eine Handvoll Popcorn in den Mund. Mit einem Blick auf Jury, der aber auf die Manuskriptseite schaute, fragte er lächelnd: »Stimmt's, habe ich recht?«

Jury fuhr fort zu lesen:

» – sah ich in dem den Brunnen umgebenden Gebüsch das hier – !«
Aus dem silbernen Reliquienschrein nahm er ein kleines Tuch aus Linnen oder Seide und hielt es mir entgegen. Es war mir zutiefst zuwider, es zu berühren, denn ich wußte, was es war: das, was von der Spitze des Schwertes in die Dunkelheit geworfen und der handgreifliche Beweis dessen war, daß sich diese seltsamen Begebenheiten wirklich ereignet hatten. Und in eine Ecke des Taschentuchs war in so winzigen Stichen, daß sie mit bloßem Auge kaum sichtbar waren –

Wieder erschollen Jubelrufe vom Tresen, und Melrose sagte: »V?«

»Ach, seien Sie still«, sagte Ellen.

– *HP* eingestickt, die Initialen von M. P-.

Ellen und Wiggins warfen Melrose tadelnde Blicke zu. Er futterte Popcorn und behielt den Fernseher im Blick. »Wieder falsch.«

»Ich bedaure, Madam, daß ich zu niedergeschlagen bin, als daß ich diesen Brief weiterschreiben könnte.«

»Ein Abend im Horse würde ihm neue Lebenskräfte geben. Ja! Ja!« Melrose sprang auf, boxte mit der Faust in die Luft und stimmte in das Anfeuerungsgeschrei der Fans am Tresen ein.

Ellen zerrte an seinem Jackett. »Hinsetzen!«

Er fiel zurück auf den Stuhl. »Das war's schon?«

Ellen wollte oder konnte nicht antworten. Sie kehrte Melrose den Rücken zu.

»Was hat sie denn?« fragte Melrose die beiden anderen.

Jury lachte. Er legte die Manuskriptseiten sehr sorgfältig in ihre Plastikhüllen zurück.

Wiggins sagte: »Sie haben uns die Geschichte verdorben.«

»Ach du liebe Zeit. Ich setz mich an die Bar.«

»Ich gehe ins Bett«, sagte Jury und steckte die letzte Seite in die Hülle. Dann drehte er sie um.

Nein, dachte Melrose und betrachtete Ellens Sturkopf. Nein, es ist nicht die Poe-Geschichte – es ist Sweetie, die ihr Kummer macht. Er legte ihr die Hand auf die Schulter, doch sie schüttelte sie ab. »Und Sie, Tweedears, gehen Sie auch?«

Wiggins, an seinen Adelstitel gemahnt, antwortete nicht direkt, sondern sagte: »So ein Pech, Sir, aber der Titel ist vakant. Eine schlimme Geschichte.«

»›Vakant‹? Klingt unwahrscheinlich. Lassen Sie mich mal sehen.«

Wiggins schob ihm die Fotokopie zu.

»›Aberkannt‹, Sergeant Wiggins. Das bedeutet lediglich ... hm, gelöscht oder abgenommen. Das wird parlamentarisch verfügt. Sehen Sie«, Melrose zeigte auf die Stelle mit dem im sechzehnten

Jahrhundert und folgenden parlamentarisch verfügten Mord an dem Tweedearschen Titel. »Klar, wenn Eustace und Gebrüder –«

Ellen würgte.

»– und Gebrüder«, wiederholte Melrose, »durch die Gegend rannten und einen auf Revoluzzer machten und Mary Königin der Schotten auf den Thron setzen wollten, war Elizabeth natürlich nicht so angetan, was? Aber eine Aberkennung kann revidiert werden. Was ja auch im achtzehnten Jahrhundert geschehen ist.«

»Aber wieder verwirkt«, sagte Wiggins seufzend.

»Gut, aber vermutlich ist der Titel nicht erloschen, Sergeant Wiggins. Nur Mut. Sie befinden sich in guter Gesellschaft. Der Duke of Monmouth, der Earl of Westmoreland – die Titel sind alle durch Parlamentsbeschluß und nicht durch Gerichtsurteil aberkannt, vergessen Sie das nicht.«

In der Gefahr war Wiggins auch nicht; er schaute Melrose vielsagend an und blinzelte ihm sogar zu.

»Plantagenet, Sydney, Beaufort – die Titel sind alle erloschen. Bedenken Sie doch, von wieviel Ruhm und Ehre diese Namen einstmals Zeugnis gaben! Nun erloschen, ungekrönt in den Urnen der Sterblichkeit...«

Ellen würgte weiter und legte den Kopf auf die Knie.

Melrose fuhr fort: »Und denken Sie auch an die Tudors! An den dritten Sohn Heinrichs VII. – und wer dessen Bruderherz war, wissen wir ja nun alle, was, Wiggins?«

Ellen wand sich und lag bald unter dem Tisch.

»Heinrich der *Achte*! Sein Bruder Edmund wurde zum Duke of Somerset gemacht und starb, noch ehe er fünf war, und damit erlosch auch dieser Grafentitel.«

»Tweedears existiert vielleicht nur, hm, de jure?«

»Ja, aber vielleicht noch kerngesund und munter.« Melrose schlug ihm auf den Rücken. »Schauen wir uns doch mal Ihr Familienwappen an, Sergeant. Haben wir das hier?«

Wiggins zeigte es ihm. »Professor Lamb hat es erklärt. Das

ganze Zeug mit dem Dexter und Sinister habe ich nicht so recht verstanden. Das ist alles Neuland für mich.« Er strotzte vor Selbstgefälligkeit.
»Macht nichts. Ah, das Motto gefällt mir.«
Wiggins las es. »*Sans* was?«
»›Sans Malaise‹.«
Wer sagt's denn? dachte Jury.

23

»Aquarium? Nein. Was soll ich im Aquarium?« fragte Melrose Hughie, als er am nächsten Morgen ins Taxi stieg. »Ins Poe-Haus! Edgar Allan Poe, in dessen Haus.«
Hughie seufzte, das war ja nun alles zu öde. Er ließ den Motor an, aber im Leerlauf. »Sie müssen sich das Aquarium ansehn, bevor Sie wieder fahrn. Und was ist mit dem neuen Stadion?«
»In die Amity Street. Das Poe-Haus. Sie sind noch nie drin gewesen, hab ich recht?«
Als der Wagen anfuhr – »losschoß« wäre ein treffenderer Begriff für die stromstoßartige Vorwärtsbewegung gewesen, die Melrose gegen den Rücksitz warf –, sagte Hughie: »War Schriftsteller, stimmt's? Was ist das Interessante daran? Riesenstechrochen hat er ja wohl nicht gehalten.« Das fand Hughie wunderbar witzig und schlug mit der Hand aufs Steuerrad. Sie brausten über den Broadway. »Im Aquarium gibt es 'nen ganzen Pulk Rochen – jemand hat mir gesagt, die größten in Nordamerika.«
»Woher nehmen Sie denn die Zeit, dahin zu gehen? Gurken Sie nicht tagaus, tagein durch Baltimore?«
Hughie suchte Melroses Blick im Rückspiegel. Er schien schmerzlich berührt. »Hörn Sie, ich mach das jetzt wahrhaftig lange genug. Ich hab Ihnen doch gesagt – dreißig Jahre und ein

paar Gequetschte. Hab ich da nich auch mal 'n bißchen Freizeit verdient?«

Melrose antwortete nicht; über mangelnde Freizeit konnte Hughie sich doch eigentlich nicht beklagen.

Als sie die Lombard Street entlangfuhren, erspähte Melrose das kleine Schild zur Cider Alley. Durch das hintere Fenster sah er, wie es vorbeiflog, und beschloß, sich auf der Rückfahrt dort von Hughie absetzen zu lassen. Er fragte: »Werden in Baltimore häufiger Obdachlose ermordet?«

»Ach, ich glaub schon. Es kommt einem so dumm vor, was? Ich meine, bei denen gibt's doch gar nichts zu holen. Aber die Drogenkriege, Kokain, wissen Sie. Herr im Himmel, kein Mensch blickt noch durch, was zum Teufel hier abgeht. Wir werden langsam wie D.C. Eins muß ich aber sagen zu D.C. – sie haben die Skins. Sie haben Art Monk – Mann, Art Monk ist der helle Wahn. Ich hab Ihnen doch erzählt, daß Baltimore vielleicht eine von den zusätzlichen Lizenzen kriegt. Hab ich oder hab ich nich?« Hughie rutschte herum und verrenkte sich den Hals, um Melrose bei dieser wichtigen Angelegenheit Auge in Auge sehen zu können.

»Sie haben es erwähnt, ja – und jetzt fahren Sie in einen Lastwagen rein.«

»He, Mann!« Hughie riß das Steuer herum, schnitt einen anderen Wagen und hupte laut und ärgerlich. Es trötete wie eine Herde Kanadagänse.

»Egal, hab ich Ihnen erzählt, daß Barry – Barry – verflucht, wie heißt er noch? – *Levinson!* Genau, Barry Levinson! Egal, der hat die Baltimore-Filme gemacht, von denen ich Ihnen erzählt hab. Er ist in einer der Gruppen. Also, ich behaupte, wenn Barry soviel Geld wie bei der Filmerei zusammenbringt, wacht die NFL vielleicht auf und kapiert was. Er hat *Bugsy* gemacht, stimmt's? Mit Warren Beatty. Und seiner Frau. Annette Bening – kennen Sie die?«

Hughie hielt zwar an einer Ampel an, aber nicht in seinem

Wortschwall inne, um die Antwort abzuwarten. Dann beschleunigte er Auto und Rede. »Und diese Bande, die gar nich aus der Stadt ist. Die Grundstückshaie und Industriebonzen, die ich nich gerade koscher finde, die wolln die Lizenz haben. Wie in dem Danny DeVito-Film über diesen Typen, der immer marode Firmen aufkauft. Ham Sie den gesehen? Egal, er wollte Gregory Pecks Firma übernehmen, hat's aber nich geschafft. Es gibt schon so was wie den American Way, obwohl man das nicht glauben würde, wenn man die Japaner anguckt.« Auch das fand Hughie sehr witzig. »Ich meine, so viele wolln sich die Lizenz untern Nagel reißen. Der Hühnchen-Typ, wie heißt er gleich, der mit der piepsigen Stimme? Perdue! Es hieß, er würde die Sache auch unterstützen, hat er aber doch nich. Ich tippe trotzdem auf Barry Levinson und seine Leutchen, die haben die meisten Chancen. Aber der große Macker in der Gruppe ist er auch nich, zu dumm. Die Besitzer der NFL, die würden doch liebend gern mit ihm oder zum Beispiel Tom Clancy ins Geschäft kommen.«

»Aber gewiß doch«, sagte Melrose, der Hughie nur halb zuhörte. Er war über Annette Bening gestolpert, von der er immer noch nicht wußte, wo er sie hinstecken sollte. Gleichzeitig durchforstete er seinen Stadtführer. Die Gasts gingen anscheinend nicht ins Poe-Haus. Er blätterte eine Seite weiter. Hughie bog links ein.

»Der über die Aluminiumverkleidungs-Typen, der hieß *Tin Men* –«

»Das haben Sie mir schon erzählt.« Melrose studierte die Planquadrate auf der Karte.

»– und Danny DeVito – zum Schreien –, der spielt auch mit. Und Richard Dreyfuss. Ja, Levinson ist aus Baltimore, und dem sollte auch der Football-Club gehörn, meinen Sie nicht? Einem aus Baltimore, jawohl, Baltimore! Verdammt, wir sind schließlich auch wer, was?« Um zu zeigen, daß er es ernst meinte, fuhr er wieder einmal freihändig und klatschte sich auf die Oberschenkel.

An der Kreuzung Howard/Baltimore Street erzählte Hughie

Melrose, daß man vor langer Zeit, am Ende des letzten Jahrhunderts, eine Hundertjahr-Feier abgehalten und hier einen großen geschmückten Triumphbogen aufgestellt habe. »Den hat Barry Levinson auch in *Avalon* verwendet«, sagte Hughie, »und ein Riesenfeuerwerk veranstaltet. Den müssen Sie sich anschauen. Und *Diner*. Sie müssen *Diner* sehen.«
»Mit Mickey Rourke.« Melrose blätterte weiter.
»Ja, mit Mickey Rourke.«
Melrose kam sich vor, als führe er durch Beverly Hills.

Hughie, passionierter Cineast, erklärte Melrose, er werde ein bißchen durch die Gegend fahren und ihn später wieder abholen. Er könne auch im Auto warten und Zeitung lesen. Null Problemo.
Amity Street lag in einer eher ärmlichen Gegend im Nordwesten Baltimores, aber Melrose gefiel das kleine Haus mit dem winzigen Garten auf Anhieb. Nichts an dem bescheidenen Äußeren und Inneren deutete darauf hin, daß der frühere Bewohner des Hauses in den Jahren, während derer er hier gelebt hatte, solch schöpferische Kraft und traumartige Phantasien gehabt hatte. Zu Poe hätte ein schauriges Haus gepaßt – von wild wachsenden Bäumen umstanden und rankenüberwuchert, hier ein Giebel, dort ein Türmchen. Melrose kam plötzlich der Gedanke, daß Poe in Ardry End hätte leben sollen, wenn auch in Ardry End (außer Tante Agatha) nichts wild wucherte. Trotzdem, manchmal hatte es auch eine gruselige Atmosphäre, und aus einem der Gebäudeflügel hinten bot sich die Aussicht auf zerbrochene Zweige und vom Sturm gefällte Bäume. Und im Winter sah der Teich mit dem Fisch aus Blei wie ein dunkler Gebirgssee aus.
Der Kustos ließ Melrose ein. Er war groß und freundlich, sagte aber gleich, er müsse sich leider erst um die Handwerker, den Maler und den Tischler, kümmern. Melrose stand in einem kleinen Zimmer, das der vordere Salon gewesen sein mußte und jetzt noch kleiner wirkte, weil alles unordentlich war. Sie seien beim Reno-

vieren, hatte der Kustos ihm schon am Telefon gesagt, wie jedes Jahr. Das Haus sei für den Publikumsverkehr geschlossen. Bei Melrose mache er eine Ausnahme.

Die Möbel waren zum Schutz gegen Farbspritzer abgedeckt; Stühle standen umgekehrt auf einem großen Tisch; Porträts waren von der Wand genommen und an einen Tisch gelehnt worden. Die nackten, rechteckigen Stellen, an denen sie gehangen hatten, wirkten auf Melrose wie vage Vorwürfe, als würden dem Zimmer Geheimnisse entrissen.

Die provisorische Atmosphäre, der Anblick, als seien die Dinge im Wandel, berührte Melrose fast schmerzlich. Je älter er wurde, desto mehr versuchte er, sich gegen Veränderungen zu wappnen. Für ihn bedeutete jeder Wechsel ein Abbröckeln, ein Zusammenbrechen der existierenden Ordnung, und er wehrte sich heftig dagegen: Es verdroß ihn schon, wenn Dick Scroggs aquamarinblaue Farbe auf das Holzwerk des Jack and Hammer klatschte.

Er betrachtete das berühmte Porträt Poes. Ohne den dunklen Schnurrbart hätte das Gesicht zerbrechlich gewirkt, der Ausdruck der Augen (was für Augen!) wurde durch die buschigen Brauen sozusagen auf den Erdboden zurückgeholt. Während er das Bild noch studierte, kam der Kustos mit einem Becher Kaffee zurück und zeigte ihm die anderen Zimmer.

Sie waren alle winzig; Melrose war erstaunt, daß Poe, seine Frau Virginia und Mrs. Clemm, ihre Mutter, hier offenbar friedlich und freundlich zusammengelebt hatten. Es bezeugte nur, wie sehr sie einander in Liebe zugetan gewesen waren, ja wirklich. Auch der Tonfall, in dem der Kustos erzählte, verriet dessen Zuneigung für die Familie.

Er stand in dem kleinen Zimmer, das Glasvitrinen, Bilder und Drucke beherbergte, den Becher in der Hand, trank aber nicht, sondern gestikulierte damit herum und redete über Poes Leben. In vieler Hinsicht war es erschreckend – immer war das Leben dieses Mannes von Armut, erbärmlicher Armut, überschattet gewesen, als habe sein eigener schwarzer Schatten darüber gelegen. Sie schauten sich die aus alten Zeitungen herausgeschnittenen Nachrufe in der Vitrine an, und der Kustos sprach mit einer, wie Melrose fand, anrührenden Bitterkeit über Poes Widersacher.

»Dieser Griswold«, sagte er, »hat es sogar geschafft, Dickens gegen Poe aufzuhetzen, ganz zu schweigen von Hunderten anderer. Wenn ich schon höre, daß die Leute Poe beschuldigten, er habe Alkoholorgien gefeiert. Dabei vertrug er kaum was, weil er vermutlich allergisch gegen das Zeug war. Oder wie sie ihn später stigmatisierten, weil er seine vierzehnjährige Cousine geheiratet hat, und ganz vergaßen, daß es damals absolut üblich war, sehr jung und auch unter Cousins und Cousinen zu heiraten. Ein Buschmann würde uns auch für unzivilisierte Barbaren halten, weil wir keine Bumerangs werfen können, nicht wahr? Andere Zeiten, andere Sitten.«

Ja, fuhr er fort, die Polizei habe sie hier natürlich des langen und breiten befragt, denn er und seine Leute hätten wie jedes Jahr in der Nacht von Poes Geburtstag Wache gehalten. Das sei fast ein Ritual, diese Wache auf dem Friedhof, bei der sie auf den Herrn warteten, der die Rosen und den Kognak brachte. Er selbst sei, sie alle seien, sehr intensiv verhört worden, unangenehm intensiv. Der Kustos lächelte. Aber diese Brown habe sehr wohl gewußt, es sei ihr durchaus bekannt gewesen, daß das Ganze eine Scharlatanerie sei – eine Maskerade, bei der einer seiner Leute sich als der Überbringer der Blumen verkleidete, um sich mit den Leuten, die sich auf dem Bürgersteig neben der Kirche versammelten, einen Scherz zu erlauben. Wenn sie nämlich meinten, sie hätten den Mann im Cape mit den Blumen und der Flasche gesehen, gingen sie fort. Immer. Warum diese Brown nicht auch weggegangen sei... Er zuckte die Achseln.

Melrose und der Kustos standen zu beiden Seiten einer Glasvitrine, in der Zeitungsausschnitte und Briefe lagen, und der Kustos schwang seinen Becher und sprach darüber, wie absurd die These der jungen Frau über das vermeintliche Manuskript sei. Poe habe sich nie mit seinen Arbeiten geziert, er habe sie nicht in Schubladen verborgen oder in Truhen versteckt. Herr im Himmel, er habe das Geld gebraucht! Daß eine vollständige oder beinahe vollständige Geschichte jetzt ans Tageslicht komme – das sei zu grotesk, als daß man auch nur einen Gedanken daran verschwenden könne. Das Manuskript habe er nicht gesehen, nein. Er sei nicht objektiv – das könne man von ihm wirklich nicht verlangen, lachte er.

Er war ein liebenswürdiger Kerl, und lachte, weil er sich so ereiferte. Aber das Manuskript, dieser sogenannte »Fund«, bereitete ihm doch Kopfschmerzen. Melrose fand, daß er es sehr persönlich nahm. Poe war eben sein Schützling. Und so formulierte er es auch: Ein Künstler hatte Schwächen und Widersacher, infolgedessen aber auch Menschen, die ihn protegierten. Und es lag in der Natur der Sache, daß bei einem Genie wie Poe, noch dazu einem berühmten, die Zahl der Gegner größer und die der Beschützer geringer wurde.

Poe, meinte Melrose, hätte über das »Manuskript« doch wahrscheinlich nur gelacht.

Gelacht? Nein, garantiert nicht! Und es wäre auch falsch gewesen. Warum sollte ein Autor doppelt bezahlen, nämlich ruhig zusehen, wie ein Stümper seine Arbeit stahl, und dann auch noch so tun, als sei es unerheblich? Es sei schlimm genug, wenn man das einem lebenden Autor antue, aber diese Frau – das sei doch wie Grabschändung, als zöge man alte, zerbrechliche Knochen, die in einem bestimmten, filigranen Muster in der Erde lägen, heraus und ordne sie neu zu einem groben, plumpen Gebilde. Schlimmer als Mord. Jeder, der die Arbeit eines anderen stahl und sie als eigene ausgab, würde auch vor einem Mord nicht zurückschrecken.

Und während sie so redeten, nahmen die Dinge einen immer mehr allegorischen Charakter an: Die junge Frau, die Öffentlichkeit, die Widersacher. Und zwar proportional zu der Wut des Kustos' über das Eindringen eines Menschen mit unlauteren Absichten in das Leben, das (in gewissem Sinne) seiner Obhut überantwortet war. Das alles sagte er nicht explizit, aber Melrose spürte es. Und empfand es als durchaus angemessen, daß der Kustos die Situation so empfand. Es war erfrischend zu hören, wie ein Künstler so verteidigt wurde.

Der arme Poe, die arme Ellen. Er schämte sich, daß er ihr Problem derart auf die leichte Schulter genommen hatte. An der Tür schlug Melrose seinen Mantelkragen hoch, schaute zum Himmel hinauf, der zuvor mit Regen gedroht, dessen trübe Farbe sich aber nun in ein dunstiges Blau verwandelt hatte. Er deutete darauf.

»Ach ja«, sagte der Kustos und schaute himmelwärts, »›Und die Wolke, die da trieb/(während rings der Himmel rein)/Schien ein Dämon mir zu sein‹.« Ein vielsagendes Lächeln, er schloß die Tür.

24

Das Büro sah aus, als gehöre es einem Rugbylehrer an einer höheren Schule. Das hohe schmale Fenster war von einer verglasten Vitrine voller Football-Memorabilia verstellt. Weitere mehr oder weniger kunstsinnige Gerätschaften und Football-Souvenirs zierten die Bücherregale und den Schreibtisch in dem kleinen Büro. Im Grund war das Zimmer selbst ein mit Büchern vollgestopfter Schrank: rechts und links Bücherwände, Schreibtisch, Drehstuhl und ein paar Polsterstühle an der Wand dazwischen. Das war alles. Neben dem Schreibtisch befand sich eine große chinesische Vase, die Jury in ihrer altehrwürdigen, leicht angeschlagenen Eleganz sehr an eine Vase in der Tate erinnerte, die an einer Tür im Raum der Präraffaeliten stand. Hier war allerdings ein Football in die Öffnung gesteckt.

Muldare hörte ungläubig Jurys Erklärung an, er sei hier, weil zwischen den Morden an Beverly Brown und einem Mann in Philadelphia vermutlich ein Zusammenhang bestehe.«»Das klingt sehr weit hergeholt, wenn ich das mal so sagen darf.«

»Ich weiß. Aber trotzdem schadet es ja nichts, wenn ich Ihnen ein paar Fragen stelle.« Was Jury tat.

Patrick Muldare ertrug Fragen und Bemerkungen mit Fassung. Er hatte sich nach hinten zurückgelehnt, das Buch, das er gerade gelesen hatte, an die Brust gedrückt, einen Fuß auf einen Klappstuhl gelegt. Er gehörte zu den Menschen, die immer jünger aussahen, als sie waren. Jury schätzte ihn auf Mitte dreißig. Cordjacke (teuer, bemerkte Jury) und Turnschuhe trugen zu seinem jugendlichen Image bei. Das weizenblonde, unordentlich lange Haar schob er sich immer wieder aus der Stirn. Auch die getönten Brillengläser mit Metallrahmen konnten einen Ausdruck ständigen Überraschtseins und Erstaunens in seinen Augen nicht verbergen. Er wirkte wie ein verwundertes Kind.

Jury begann mit einem Thema, das er für nicht gar so brisant hielt: dem Manuskript.

»Ob ich glaube, daß es getürkt ist?«

»Glauben Sie, um etwas genauer zu sein, daß *sie* es getürkt hat?«

»So wie ich sie kenne, ja, wahrscheinlich. Kann ich eine Zigarette haben? Ich versuche gerade aufzuhören.«

Jury reichte Muldare die Schachtel. »Klingt nicht, als hätten Sie sie sehr gemocht.«

Muldare zündete ein Streichholz an, zog den Rauch tief ein und entspannte sich. »Stimmt. Aber... hm... wissen Sie.«

Aber. Hm. Wissen Sie... Das war Muldares Kommentar zu seiner Affäre mit Beverly Brown. Man mußte eine Frau ja nicht unbedingt mögen, um mit ihr ins Bett zu gehen. Jury hatte den Eindruck, er simplifiziere die Angelegenheit. »Gab's Ärger?«

»Mit Beverly hätte jeder Ärger gehabt. Sie wollte zuviel.«

»Heiraten?«

»Mich?«

Jury mußte lächeln, weil Muldare von dieser Idee wirklich überrascht zu sein schien. Seine Augen schauten noch erstaunter drein, als könne er nicht glauben, daß ihn jemand heiraten wolle. »Na ja, Mr. Muldare, es tut mir leid, wenn ich das so klischeehaft ausdrücke, aber ich habe den Eindruck, Sie sind ein guter Fang.«

»Hm, ja. Ich bin reich, das stimmt. Aber ich weiß nicht. Beverly hatte Pläne, da war ein Ehemann nicht eingeschlossen.«

»Hat sie mit Ihnen über dieses angebliche Poe-Manuskript gesprochen?«

»Jawohl, der kleine Leckerbissen sollte ihre Karriere in Gang setzen. Sie hätte ja auch einen todsicheren Coup damit gelandet. Beverly hatte so eine Zuschlag-Mentalität, wenn Sie verstehen, was ich meine. Unter anderen Bedingungen hätte sie eine Topguerillera abgegeben.« Sein Lächeln war so schnell gekommen und verschwunden wie eine Schwalbe, die in den Himmel schießt. Er wandte den Kopf zum Fenster, in das Licht, das neben der Vitrine hereinfiel. »Der Vergleich klingt vielleicht ein bißchen hart. Aber Beverly versuchte wirklich, das, was sie wollte, mit allen Mitteln durchzusetzen.« Er nahm den Football aus der Öffnung der chinesischen Vase, drehte ihn in den Händen und wurde dabei immer gesprächiger, immer ernster. »Sie war verdammt clever. Davon kann Ellen ein Lied singen; Bev war in einigen ihrer Seminare. Sie wissen ja, selbst wenn diese Geschichte nicht echt ist – hm, aber was für ein Spitzenthema für eine Dissertation, was? Beverly brannte darauf, an einer Ivy League-Universität zu arbeiten. Unsere Version, nehme ich an, von Oxbridge.«

»Aha? Das finde ich nicht besonders aufregend für eine Frau, die so ehrgeizig ist.«

Muldare lachte. »Gut, aber Sie sind keine Frau, und allemal keine schwarze Frau. Und es ist tausendmal besser, wenn Sie diesen Job aufgrund Ihrer eigenen Verdienste und nicht als Vorzeigeobjekt für eine Quotenregelung kriegen.«

»Glauben Sie denn, sie ist echt?«

»Die Poe-Geschichte? Nein. Wie die Chancen stehen, wie könnte sie?«

»Ich weiß nicht, wie die Chancen stehen. Aber wie beurteilen Sie die Tatsache, daß sie sie gefunden hat?«

»Sie meinen, ob sie sie gefunden hat?«

»Nein, eigentlich eher, ob sie die Fähigkeiten hatte, ein solches Manuskript zu fälschen?«

»Fähigkeiten?« Muldare zuckte mit den Achseln. »Den Nerv?« Er lächelte. »Ja. Mut hat Bev immer gehabt. Aber für so etwas braucht man mehr als starke Nerven. Sie müssen verdammt intelligent sein, um so ein Ding durchzuziehen.«

»Was noch die Frage ist. Clever müßte man sein, ja. Aber intelligent...?«

Patrick Muldare lachte wieder. »Alle Wetter, Sie werfen nicht gerade mit Lob um sich. Ich könnte so was nie.«

»Sie sind kein Poe-Spezialist. Sie sind kein ehrgeiziger, junger schwarzer Student. Und ich frage mich, ob die pure Dreistigkeit einer solchen Fälschung uns nicht zu dem Glauben verleitet, daß sie echt ist – ob wir es nicht einfach deshalb glauben, weil es so dreist und scheinbar undenkbar ist, daß einer sich eine komplette Erzählung aus den Fingern saugt. Angenommen, das Manuskript hält ein paar Prüfungen stand. Strengen Prüfungen, davon gehe ich aus. Trotzdem...«

»Jetzt komme ich nicht mehr mit. Was hat das mit dem Fall zu tun, den Scotland Yard untersucht?«

»Vielleicht nichts, was das Manuskript selbst anbelangt. Aber Miss Brown war der Auffassung, daß zwischen dem Obdachlosen, der in Baltimore erstochen, und Philip Calvert, der in Philadelphia ermordet wurde, eine Beziehung bestand. Sie meinte, die beiden Morde hätten etwas miteinander zu tun.«

Muldare, der sich ständig bewegen zu müssen schien, warf den Football hoch, fing ihn auf, warf ihn wieder hoch. »Sie reden über die Initialen. Einschließlich – unter Umständen – meiner?«

Jury nickte. Als Muldare schwieg und nur noch den Ball drehte, fragte Jury: »Glauben Sie, daß Ihr Bruder irgend etwas darüber weiß, was sie in der fraglichen Nacht gemacht hat? Ich weiß, er hat mit der Polizei gesprochen, aber –«

»Mein Stiefbruder. Alan ist mein Stiefbruder. Ich habe keine Ahnung, was in der Nacht passiert ist, aber natürlich kannte er sie.« Er drehte den Kopf und rieb sich den Hals. »Seine Mutter hat meinen Vater geheiratet. Es war – schwierig. Für Alan, meine ich. Alle waren ein Herz und eine Seele. Nur Alan nicht. Er mag mich nicht besonders. Zum einen habe ich das Geld.«

»Verstehe.«

»Nichts verstehen Sie. Ich meine viel Geld. Altes Geld. Sehr altes Geld. Eine Menge –« Er malte ein Dollarzeichen in die Luft. Schien sich zu entschuldigen, sich schuldig zu fühlen.

»Aber trotzdem unterrichten Sie.«

»Na, das tue ich, weil es mir gefällt. Und viel tue ich auch nicht.« Er grinste. »Fragen Sie meine Studenten, die werden es Ihnen bestätigen.« Das Grinsen verschwand. »Alan wurde ein bestimmtes Vermögen zur Verfügung gestellt, aber das hatte er bald verpulvert. Er hat keine Ader fürs Geschäftliche. Er ist nicht dumm, das sicher nicht. Nouveau Pauvre war seine Idee. Aber anscheinend benutzt er seinen Verstand nicht dazu, sich etwas Dauerhaftes aufzubauen. Er bräuchte unerschöpfliche Geldquellen, um seine Phantasien auszuleben. Das Problem ist, er hat sie nicht, und ich habe sie, womit ich ihm nicht gerade sympathischer werde.«

»Und Beverly Brown?«

»Wie meinen Sie das?«

»War er auf Ihre Beziehung mit ihr eifersüchtig?«

»Ja.« Eine Silbe, kurz und knapp. Das war's an Hilfestellung. Das Schweigen zog sich in die Länge. Jury wartete.

Muldare studierte den Ball und sagte dann: »Ich muß gestehen, verübeln kann ich es ihm nicht. Er hatte sie schließlich zuerst gesehen.«

Jury lachte, er konnte nicht anders – der Satz erinnerte ihn zu sehr daran, wie er sich als Kind, als Jugendlicher mit seinen Schulkameraden und anderen Jungs gekabbelt hatte: *He! Ich hab sie zuerst gesehen!*

Patrick Muldare grinste, als erinnere auch er sich und höre in seinen Worten ein Echo aus seiner Jugend, die für ihn immer noch sehr lebendig war. Daß sie nun über ihn lachten, schien ihm nichts auszumachen. »Na ja, Sie wissen doch, was ich meine.«

Jury nickte. »Gehe ich richtig in der Annahme, daß er ziemlich heftig eifersüchtig war?«

»Nicht *so* heftig, Superintendent!« sagte Muldare jetzt sehr ernst. »Der Typ ist Alan nicht.«

»Ich weiß nicht, ob es den Typ überhaupt gibt.«

»Wissen Sie, er war ja nicht einfach nur wegen einer Frau oder eines Mädchens eifersüchtig. Er hatte einfach ein weiteres Mal gegen mich verloren, in einer langen Serie von Niederlagen. Selbst seine Mutter schien mich lieber zu mögen. Er ist kein glücklicher Mensch. Schade.«

Ein weiteres langes Schweigen. Jury blickte sich im Zimmer um. »Mögen Sie Football?«

Patrick Muldare warf den Kopf zurück und lachte lauthals los. »Wie haben Sie das erraten? Ich dachte, ich hätte meine Spuren gut verwischt.« Nun sah er völlig verändert aus.

»Ellen Taylor hat von Ihnen erzählt. Und dann habe ich noch ein bißchen getüftelt. Schließlich bin ich Kriminalist.«

»Na großartig.« Er warf Jury den Ball zu, der auch noch fast ein bißchen gefummelt hätte, bevor er ihn zurückwarf. Muldare grinste. »Ich mag Ellen. Sie quatscht nicht groß und spielt sich nicht auf, wie manch anderer. Haben Sie ihr Buch gelesen?« In einer geradezu akrobatischen Bewegung, als müsse er einen Paß fangen, zog er ein Buch von einem Regal hinter sich. »Es heißt *Fenster*.« Er zeigte Jury das Titelbild, öffnete das Buch, stöhnte, schlug es zu, hielt es sich zusammen mit dem Ball an die Brust wie ein Kind zwei Teddybären und betrachtete die Zimmerdecke. »Merkwürdig fesselnd.«

»Ich glaube, so richtig verstanden habe ich es nicht.«

»Ach, verstehen... Ich auch nicht, aber ich habe immer weitergelesen, und darum geht es doch, meinen Sie nicht?« Mit aufgerissenen unschuldigen Augen schaute er Jury an. »Hören Sie, erzählen Sie ihr aber bitte nicht, ich hätte es nicht verstanden.«

Woher Jury Ellen kannte, fragte Muldare nicht. Er schien ohnehin kaum etwas zu hinterfragen, sondern die Dinge so zu akzeptieren, wie sie in sein Leben traten, als sei das Leben selbst ein einziger langer Paß nach vorn.

»Um Gottes willen«, sagte Jury lächelnd. »Ich habe ihr ja nicht mal erzählt, daß *ich* es nicht verstanden habe. Im Falle eines Falles sage ich einfach, daß Sie immer weitergelesen haben.« Er zog das Vorlesungsverzeichnis aus der Tasche, öffnete es an der Stelle, die er gekennzeichnet hatte, und las: »›Die psychosoziale Bedeutung der NFL im späten zwanzigsten Jahrhundert.‹ Da wir schon vom Nichtverstehen reden – was soll denn das sein?«

Patrick Muldare schaute zur Decke, und seine Lippen bewegten sich, als suche er nach Worten, um sich für einen Laien verständlich auszudrücken. »Nichts.« Wieder grinste er Jury an.

»Nichts?«

»Es soll akademisch klingen und gleichzeitig die Jungs abturnen, die meinen, ich rede nur über Football.«

»Über was reden Sie denn dann?«

»Über Football.« Jetzt ging das Grinsen von Ohr zu Ohr.

»Wenn sich das aber erst einmal herumspricht, rennen sie Ihnen die Bude ein.«

»Darauf können Sie wetten.« Fröhlich ließ er den Ball auf der Spitze seines Zeigefingers kreisen und dann in die Hand fallen. »Wir hoffen, daß Baltimore die Lizenz bekommt.«

»Das hat Ihr Stiefbruder auch erwähnt.«

»Für eines der zusätzlichen Teams.«

Jury nickte in Richtung des Bücherschranks. »Sie hatten eins —«
Muldares Arm schoß in die Luft, die Hand zur Faust geballt, als stünde er auf den Zuschauerrängen. »Ja! Die Colts.«

»Da muß die Stadt einen ganz schönen Papierkrieg führen, um wieder eine Lizenz zu bekommen.«

»Mehr als bloß einen Papierkrieg. Die NFL vergibt nur eine bestimmte Anzahl von Lizenzen; wir müssen beweisen, daß wir sie verdienen. Daß wir die Colts hatten, nützt schon was. Aber St. Louis hatte die Patriots. Die NFL hat sich seit 76 nicht vergrößert. Jetzt scheint sie geneigt zu sein, zwei neue Lizenzen auszugeben. Nur zwei. Aber selbst das könnten sie jederzeit abblasen, wenn sie wollten, denn sie haben sich gesetzliche Hintertürchen offengelassen. Aber sagen wir, sie vergeben sie – in ein paar Monaten, im März gibt es eine Bewerberliste. Und die umfaßt dann«, diesmal schossen drei Finger in die Luft, »*drei* mögliche Kandidaten. Im Oktober geben sie bekannt, wer die zwei von den dreien sind.« Er kniff die Augen zusammen und schaute so verzweifelt, als sehe er Baltimore schon auf dem dritten Platz. »Die Sache mit den zusätzlichen Mannschaften läuft jetzt schon seit sieben, acht Jahren, seit Isray – der Besitzer der Colts – 1984 die Helme und Trikots in ein paar Umzugswagen geworfen hat und, wie die Jungs sich ausdrücken würden, in einer Nacht- und Nebelaktion verschwunden ist. Er hatte Angst, die Stadt würde eine gerichtliche Verfügung erwirken, um die Mannschaft hierzubehalten. Arschloch.«

»Wie gut stehen Baltimores Chancen?«

»Sehr gut. So gut, wie einige Leute glauben wollen, allerdings auch wieder nicht. Es ist wirklich kompliziert. Da steckt viel Geld drin, und die Stadt muß natürlich ein Stadion vorweisen.«

»Sie haben doch ein neues.«

»Camden Yards ist für die Orioles. Nur für Baseball. Was für ein Stadion! Manchmal setze ich mich einfach nur dorthin und schaue es mir an. Außerdem haben wir noch das Memorial Stadium, da gibt es also keine Probleme. Baltimore wird schon eine von den dreien sein, aber nur die ersten beiden zählen, und ich gehe jede Wette ein, daß Charlotte an erster Stelle kommt. Das ist in North Carolina«, fügte er zu Jurys Information hinzu. »Und dann die verzwickten Beziehungen: die verschiedensten Leute und Gruppen, die ein Team kaufen und managen wollen und die NFL überzeugen müssen, daß sie das auch können. Seit Jahren tauchen hier welche mit Geld und durchaus der nötigen Schlagkraft auf, verschwinden in der Versenkung und bilden sich wieder neu. Finanziers, Hoteliers – sogar Schriftsteller. Wie zum Beispiel Tom Clancy.«

»Der Romanautor?« Als Muldare nickte, sagte Jury: »Aber Sie reden doch gewiß von Millionen.«

»Mehreren Millionen. Clancy hat Geld, aber nicht so viel. Er ist als Aushängeschild gut. Wie Barry Levinson. Sie wissen schon, der Filmer. Der Regisseur. Da besteht das Problem darin, daß Levinson in seiner Gruppe nicht das Sagen hat. Dann ich«, Muldare tat so, als beglückwünsche er sich selbst, und verneigte sich lächelnd, »der ich auch einhunderttausend hingeblättert habe, um den Fuß in die Tür zu kriegen.«

Ellen hatte gesagt, Muldare sei reich. So reich? Jury stand die Überraschung ins Gesicht geschrieben.

»Hm, ich habe auch Hintermänner. Ja, ich könnte schon ein- oder zweihundert Millionen zusammenbringen, man braucht Geld, um die Spieler und so weiter zu kaufen. Im Moment versuche ich gerade, den Namen zurückzukaufen. Den Namen der Colts. Wenn Isray ihn verkauft. Ich muß was, hm«, er verdrehte die Augen und trillerte den Football unablässig in Händen, »etwas Spektakuläres machen, eine dramatische Geste – was Hollywoodmäßiges. Kapiert?« Er ließ den Football sanft in den Schoß gleiten und bewegte die Arme, als schwenke er ein Spruchband.

Jury lächelte. »Da brauchen Sie Aushängeschilder.«

»Worauf Sie Gift nehmen können«, sagte Muldare. »Die Sache

ist doch die, wenn Sie sich an einem Team beteiligen würden und mit den anderen Anteilseignern am Tisch säßen, mit wem würden Sie dann ein gepflegtes Plauderstündchen halten wollen? Mit Clancy, Hollywood oder irgendso einem grundsoliden Lehrertyp – einem Typ, der alles für die Colts tut, klar, aber...?« Er zuckte mit den Achseln, warf den Ball hoch, fing ihn auf.

Darüber zerbrach er sich die ganze Zeit den Kopf, dachte Jury. Über Aushängeschilder. Nachdenklich betrachtete Jury die Regale, die überquollen von Andenken an alte Spiele, Miniaturhelmen, ein paar gammeligen Lederbällen – richtigen Pillen –, Kugelschreibern, Kartenabrissen, Fotos.

Und er fragte sich, ob Edgar Allan Poe als Aushängeschild wohl tauglich wäre. Da traf ihn Muldares Football genau im Magen. »Au!«

»Die Reflexe – die Reflexe, Superintendent.« Patrick Muldare grinste.

25

Es bedurfte schon einiger Überzeugungskraft, bis Hughie Melrose in der Cider Alley aussteigen ließ, nicht weil sich ihnen ein trüber und mehr als schmuddeliger Anblick bot, sondern weil sie so nah am neuen Baseballstadion lag. Camden Yard, die Spielstätte der Baltimore Orioles, war ein Muß auf Hughies Liste der Sehenswürdigkeiten, gleich an zweiter Stelle nach dem Aquarium. Daß Melrose nur einen Katzensprung von dem funkelnagelneuen Stadion entfernt den Fuß zwar aus dem Taxi, nicht aber auf diese ruhmreiche Stätte setzte, verschlug Hughie die Sprache – und das wollte etwas heißen. Das Taxi brauste los, aber erst nach Melroses Versprechen, daß die Tour später fortgesetzt würde.

Die Cider Alley war, wie ihr Name andeutete, eine kurze, enge

Gasse, kaum mehr als ein Durchgang, der Eutaw und Paca Street verband. Geschäfte gab es hier keine, Melrose sah nur, wie aus einer Bar oder einem Club Leute durch eine Glastür kamen und gingen. Ein paar dunkle Eingänge weiter unten stand eine Gruppe Menschen, bei denen es sich offenbar um Anwohner handelte. Drei Männer rauchten und hielten sich Flaschen in braunen Tüten an die Lippen, ein vierter wärmte sich die Hände über den niedrigen Flammen eines Ölfasses. Als Melrose auf sie zuging, rief er einen Durst auf milde Gaben hervor, der dem Durst auf harte Drinks in nichts nachstand. Einer wie der andere baten sie um ein Scherflein, vom obligatorischen Quarter bis zum Dollar, denn nachdem sie Gelegenheit gehabt hatten, seine Kleidung zu inspizieren, meinten sie, den Einsatz erhöhen zu müssen. Melrose zeigte sich mit Freuden erkenntlich und bot im Austausch gegen Informationen sogar mehr. Wie oft hatte er feststellen müssen, daß Geld Münder, Augen und bisweilen sogar Herzen öffnete.

»Ey, Ma-ann!« pöbelte ihn der Schwarze mit der verspiegelten Sonnenbrille an. »Schmiere sind Sie aber nicht, oder? Von den Scheißbullen ham wir die Schnauze gestrichen voll.«

»Soweit ich weiß, wird man von der Polizei für Informationen nicht bezahlt, sondern gleich erschossen.«

Rundum dreckiges Gelächter, und ein fetter Typ sagte: »Sie sind wegen John-Joy hier, stimmt's oder hab ich recht? Die ganze Zeit tanzen sie hier an, jetzt wo John-Joy sich eins hat überbraten lassen.«

»Ja. Aber es geht um etwas Persönliches und nicht um eine Polizeiangelegenheit.«

»Wohl Familje, was? Er hat immer gesagt, er hätt Familje«, sagte das Lumpenbündel an dem Ölfaß, das Melrose für einen Mann gehalten hatte und das sich nun als weiblich entpuppte. Sicher war sich Melrose aber nicht.

»Und, hatte er?« Hatte nicht jeder Familie, mehr oder weniger?

»John-Joy, der hat in einer Tour über seine Leute gelabert«, sagte ein anderer Schwarzer, der an der Mauer lehnte. »›Ich hab den Kram!‹ hat John-Joy immer rumposaunt. ›Ich hab den Kram!‹« Dabei schlug er sich auf die Herzgegend.

Melrose runzelte die Stirn. »Den Kram? Und was glauben Sie, hat er damit gemeint?«

Der Schwarze zuckte die Achseln, hob seine Bierflasche, sah, daß der Pegel gefährlich niedrig war, und schüttelte sie ein wenig, damit es auch dem Besucher nicht entging. Melrose sagte, mit Vergnügen spendiere er ihm noch ein Bier, und drückte ihm einen Geldschein in die Hand. »Das da«, sagte der Mann und zeigte mit dem Daumen über die Schulter auf etwas, das aussah wie ein Einkaufswagen. Die karrte man wohl durch die riesigen Supermärkte dieses Landes, die alle das Ausmaß von Kleinstädten hatten, dachte Melrose. In dem Wagen türmte sich der Müll des Lebens auf der Straße.

Der Schwarze nickte und sagte: »Das ist der Kram, nehmen wir jedenfalls an.« Er grinste breit.

Der »Kram« bestand aus ein paar Decken, einem Bündel alter Kleider, Einkaufstüten voll vermutlich aus Mülltonnen gehamsterter Sachen. Bücher waren auch dabei, was Melrose angesichts der Lebensumstände des Mannes reichlich merkwürdig fand. Und Papiere. »Warum hat die Polizei die Sachen nicht mitgenommen?«

»Hatten doch keinen blassen Dunst, Ma-nn. Wäre denen auch egal gewesen, wenn sie gewußt hätten, was es ist. John-Joy war 'n Typ auf Trebe, Mann.«

»Aber verhört haben sie euch, was?« Melrose nahm ein schmuddeliges, mit Stockflecken übersätes Buch heraus – ein Bericht über den Bürgerkrieg. Weiter gab es Broschüren, Notizbücher, alte Verzeichnisse, eins sah aus wie ein altes Gästebuch vom St. James Hotel.

Der Schwarze schnaubte verächtlich. »Wir sind denen doch scheißegal, Mann. Ham uns gefragt, ob wir was gesehn oder gehört hätten. Sag ich: ›Ja, Mann, den Mond sehn wir, den Regen hörn wir.‹«

Melrose lächelte. »Gute Antwort. Wie heißen Sie, wenn ich fragen darf?«

»Dürfen Sie. Estes. Easy werde ich genannt. Ich bin aus Jamaika, Mann.«

»Und, außer dem Mond und dem Regen, haben Sie was gesehn, Estes? Oder einer von den anderen?«

»Nur ich und Carl warn hier. Twyla war nich da.« Er nickte in Richtung der Frau. »Bernard auch nich.« Ein Nicken in Richtung des fetten Mannes im Poncho. Estes schüttelte den Kopf. »Nicht das kleinste bißchen.«

»Hm. Wo ist er denn gefunden worden?« Melrose schaute die Gasse entlang.

»Am andern Ende«, sagte Estes. »Soll ich's Ihnen zeigen?«

Da wurden die anderen aber hellhörig. In der Hoffnung, daß noch mehr Bares den Besitzer wechseln würde, fingen sie an, mit Easy zu schimpfen, sie wüßten genausoviel über John-Joy wie er und hätten auch noch ein Wörtchen mitzureden. Gemeinsam trotteten sie zum anderen Ende der Gasse.

In lebhaften Farben beschrieb Estes die Szene, wie er sie vor seinem inneren Auge sah. Da klapperte John-Joy mit seinem Karren entlang, eine Gestalt kroch aus dem Schatten, und dann – Estes kreuzte die Hände vor dem Hals und machte eine Ziehbewegung.

Die Frau wurde so wütend, daß sie dazwischenschrie: »Verdammt, du weißt auch nicht mehr darüber als ich. Du warst ja gar nicht dabei – du spinnst dir das alles nur aus.« Sie wußte es besser und wandte sich an Melrose. »Fragen Sie Milos – Milos sagt, er hat ihn gefunden.«

»Das ist absolut hirnrissig, Twyla. Milos ist blind und taub, wie kann er was mitgekriegt haben?«

»Milos?« Melrose tat, als sei er völlig unbeleckt.

»Der is blind, der hängt immer in der Howard Street vor einem

Laden rum, der heißt ... Ich weiß nicht mehr genau.« Estes drehte sich zu Twyla um und fuhr fort: »Die Bullen haben die Leiche gefunden.«

Twyla war sauer und fing an zu keifen, aber sie konnte nicht leugnen, daß das stimmte.

Melrose streute noch eine Runde Scheine unters Volk, und alle miteinander trollten sie sich zurück zum Ölfaß. Melrose wollte den Einkaufswagen.

In einem heftigen Anflug von Kameraderie wärmte auch er sich die Hände über dem Faß. »Wem gehört der Kram jetzt – allen?« Er sah von einem zum anderen, sah ihre nackten oder in fingerlosen Handschuhen steckenden Hände; die Wangen der Frau waren im Schein der Flammen sogar rosig.

Estes schaute sich auch in der Runde um. Zu Melroses Verblüffung erhob keiner Anspruch auf den Kram. Er hatte angenommen, sie würden sich um den Karren streiten. Aber vielleicht sagte ihnen ihr Instinkt, daß dieser Typ ganz in Ordnung war. Er hatte sich ihnen gegenüber sehr anständig verhalten und würde sie mit seinen gediegenen britischen Manieren und natürlich seinem Bargeld vielleicht aus dem Dilemma befreien, sich um den rechtmäßigen Besitzer des Karrens Gedanken machen zu müssen.

In dieser Rolle hätte Melrose sich jedenfalls gern gesehen. »Würdet ihr den Karren verkaufen?« Er deutete mit dem Kopf darauf. »Für, sagen wir, hundert Dollar?«

Sie sperrten Mund und Nase auf.

Da sie nicht sofort auf sein Angebot eingingen, erhöhte er wohl besser die Summe. Er hatte den Wagen schließlich noch nicht mal bis auf den Boden durchwühlt. Vielleicht war noch ein Baby drin. »Zweihundert?«

Da wurde Estes mißtrauisch. »Verdammt, wofür wolln Sie den Mist? Is da vielleicht was Wertvolles drin?«

»Nicht, daß ich wüßte. Wenn ihr wollt, könnt ihr ihn durchsuchen, bevor ich ihn mitnehme. Das heißt, natürlich nur, wenn ihr ihn alle verkaufen wollt. Ich sage euch, warum ich ihn haben will: Unter Umständen enthält er einen Hinweis darauf, warum der Mann ermordet worden ist, deshalb.«

»Zweihundert? Hm, zweihundert?« Der Dicke war emsig bemüht, ein Problem der höheren Mathematik zu lösen, das ihn augenscheinlich überforderte. Vor lauter Anstrengung kratzte er seinen grauen Schopf und zog an seinem zerfransten Ohr.

»Für jeden fünfzig«, eilte Melrose zu Hilfe.

Der Handel wurde beschlossen, und zu ihrem Entzücken blätterte Melrose vier Fünfziger hin, damit auch ja kein Streit entstand, wer das Geld in Verwahrung nehmen und die Scheine wechseln sollte.

»Noch eines: Hatte John-Joy irgendwelche speziellen Freunde – ich meine, außer diesem Milos und euch –, denen er vielleicht etwas anvertraut hätte?«

»Was denn anvertraut? John-Joy lief die ganze Zeit nur rum und jubilierte, Mister. Der lief nur durch die Gegend und jubilierte schlimmer als ein Haufen Demokraten mit ihren überzogenen Kongreßbankschecks. Er tönte immer rum, eines Tages wär er reich, wirklich reich, er müßte sich nur einen Anwalt besorgen. ›Ich hab den Kram! Ich hab den Kram!‹ Herrgott, der Mann konnte einem auf'n Geist gehn.«

»Hat er denn nie erklärt, was er damit meinte?«

Estes gab Melrose einen Tip: »Passen Sie auf, Mann. Er hat mal gesagt, er hätt in der Obdachlosenunterkunft einen Freund, der hieß Wes, hinten in der Unterkunft Cloudcover auf der Fayette. Kann ja sein, daß er da noch mehr Freunde hatte. Wenn John-Joy Geld hatte, hat er da übernachtet.«

»Gut, vielen Dank. Vielleicht komme ich noch mal wieder auf einen Plausch, wenn ihr nichts dagegen habt.«

Hatten sie nicht, woher denn auch.

Melrose war quer durch Harborplace gepilgert und zog seinen Stadtführer heraus. Sein Cider-Alley-Hilfstrupp hatte behauptet, sehr weit sei es nicht entfernt, und er hoffte nur, daß ihre Wegbeschreibung nicht war wie die der Briten: Ach, gehen Sie einfach nur die Straße bis zum Ende, Wertester, dann ein bißchen weiter, und nach einer kleinen Weile sehen Sie Acacia Cottage (oder was auch immer man suchte und wahrscheinlich nie finden würde), und dann tigerte man die Straße hoch und immer weiter (tagelang)... Und ehe man sich versah, war man in Edinburgh.

Er zockelte nun schon mehrere Blocks mit seinem Karren entlang und bereute zutiefst, daß er Hughie weggeschickt hatte. Andererseits wollte er nicht mit seinem Einkaufswagen in ein fremdes Taxi springen und darum bitten, in ein Obdachlosenheim gefahren zu werden.

Dafür war er nämlich nicht angezogen.

Er warf einen skeptischen Blick auf seinen Kaschmirmantel und den Seidenschal und zog die Stirn in Falten. Auf dem Haufen in dem Wagen lag ein schwerer alter Mantel aus graumelierter Wolle mit großen schwarzen Knöpfen, der ihm natürlich nicht passen würde, aber das war ja wohl nicht das Entscheidende. Er entledigte sich seines Mantels, faltete ihn zusammen und zog den dunkelgrauen an. Die Ärmel waren zu kurz, die Schultern hingen über, und er fragte sich, für was für einen Gorilla er ursprünglich geschneidert worden war.

Er zog auch seine Kalbslederhandschuhe aus und wühlte nach den dunkelbraunen Fausthandschuhen und einer Mütze mit Ohrenklappen, die er zuvor gesehen hatte. Dann inspizierte er das Innere einer wie eine Mickymaus geformten Plastiktasse. Hinter der Mülltonne aus Blech, auf der er seinen Stadtführer abgelegt hatte, leckten zwei Kinder Eis und starrten ihn an.

Die Mutter war einfach ohne sie weitergegangen, als brauche sie sie nicht mehr (»Ach, wissen Sie, zu Hause hab ich noch genug...«), bemerkte ihren Irrtum, lief zurück und schob sie, die

Hände auf ihre Schultern gelegt, mit sich fort. Dann sah sie, wen die Kinder angestarrt hatten (Melrose Plant), und fing an, in einer Tasche zu wühlen, die sie vor dem Bauch hängen hatte.

Sie kam und legte ihm zwei Quarter in die Mickymaus-Tasse.

Dabei sah sie gar nicht so viel anders aus als er, fand er. Mit ihrer übergroßen urwaldgrünen Jacke, etlichen Pullovern, dicken Handschuhen und kilometerlangem Schal, den sie sich ein paarmal um den Hals und dann über den Mund geschlungen hatte, wirkte sie selbst wie ein Grottenolm.

Trotzdem bedankte er sich, und die kleine Familie zog weiter. Das Mädchen ließ es sich allerdings nicht nehmen, zurückzuschauen und ihm die Zunge herauszustrecken.

Melrose seufzte und konsultierte den Stadtführer. Er konnte nicht einmal Fells Point finden. Unseligerweise hatten sich die Gasts für ein Mittagessen in Little Italy entschieden und wollten dann zurück nach Harborplace, was ihm ja nun überhaupt nicht weiterhalf.

Er überquerte die Farragut, spazierte mit seinem Karren an dampfenden Kanaldeckeln vorbei, aus denen feine Nebelschwaden in die Luft wehten und sich zerteilten. Er mußte an das viktorianische London denken, warum, wußte er nicht – vielleicht wegen des Bodennebels und des Dunstes. Er wanderte weiter und wünschte, er hätte einen detaillierteren Stadtplan gekauft, als er noch die Möglichkeit dazu gehabt hatte. Er bog um eine Ecke, die ihm bekannt vorkam, schob vier Straßen weiter und merkte endlich, daß sie ihm keineswegs bekannt war. Sein Ortssinn war verheerend. Wenn man ihn anwies, nach Osten oder Süden zu gehen, konnte man ihn genausogut anweisen, schnurstracks in den Himmel zu marschieren. Hier waren die Häuser eine Idee schäbiger, an den Ecken waren Tante-Emma-Läden, die bis in die Puppen aufhatten, Juweliergeschäfte hinter wehrhaften schwarzen Gittern und Billig-Billig-Läden: Billig-Billig-Schuhe, Billig-Billig-Eisenwaren, Billig-Billig-Drogerien, Reisen, Matratzen.

Und dann blieb er stehen.

Da war's, ein riesiges altes Gebäude mit einem kleinen Messingschild, CLOUDCOVER HOUSE.

26

Melrose wurde auf der Treppe zwar nicht mit lautem Hallo empfangen, aber geprüft und mit einem Kopfnicken hier, einer Handbewegung dort stumm begrüßt. Vor dem Haus hingen jede Menge Leute herum – schwarz, weiß, möglicherweise Puertoricaner (auch Melrose lebte ja auf einer Insel) –, die Hände in den Hosentaschen vergraben; Atem stieg wie Nebelschwaden in die Luft. Als er mit seiner Last Lumpen und Bücher unschlüssig stehenblieb, unterbrachen zwei Männer ihr Gespräch und schenkten ihm ein, wie er es interpretierte, Willkommenslächeln. Zum Kuckuck, warum denn auch nicht? Er stieg die Treppe hoch, und da er nicht den Eindruck erwecken wollte, daß er nicht wußte, wie man sich hier verhielt, schob er unter erheblichen Schwierigkeiten seinen Drahtkarren einfach ein paar Stufen hinauf, hielt an, um ihn vorne hochzuheben, schob, hielt an und so immer weiter, bis einer der beiden sich bequemte und das Heben übernahm. Als sie oben angekommen waren, bedankte sich Melrose höflich und stieß die große Tür auf.

Er betrat einen langen Flur. Gleich am Anfang befand sich ein Empfangstisch, der mit Gattern wie für eine Viehauktion versehen war. Eine kräftige Frau mit groben Gesichtszügen und heruntergehängenden Mundwinkeln schaute ihn demonstrativ gleichgültig an, als kümmere sie sich schon zu lange um Obdachlose und sei dabei immer weniger menschenfreundlich geworden. Vielleicht eine freiwillige Hilfskraft, unbesoldet oder sehr schlecht, aber sie hätten doch wirklich jemanden mit etwas mehr Pepp anheuern können, der Leute wie ihn aufmunterte. Völlig erledigt trug er sich in das Gästebuch ein, und als sie ihn um zwei Dollar bat, fragte er sich, wie zum Teufel er unauffällig zwei Scheine aus seiner prallgefüllten Geldbörse ziehen sollte. Er murmelte etwas absichtlich Unverständliches und fing an, in seinem Abfallhaufen zu wühlen. Er brummelte und grummelte, bis sie die Geduld verlor und sich wieder ihrem Arbeitsplatz zuwandte. Da endlich gelang es ihm, zwei Scheine hervorzukramen, in der Hoffnung, daß es sich um zwei Ein-Dollar-Scheine und nicht zwei Hunderter handelte, und den Rest zurück in die Taschen seines Kaschmirmantels zu stopfen. Das Geld in diesem Land war wirklich eine teuflische Angelegenheit; alle Scheine gleich groß. Lächelnd wartete er darauf, daß die Frau sich ihm wieder widmete, und dachte daran, was Alex Holdsworth alles anstellen mußte, um seine Pokerfreunde zu betrügen, denn zu dem Trick waren gleich große Geldscheine erforderlich. Er kicherte. Dieser Junge hatte ihm wahrlich Spaß gemacht. Er fragte sich, ob er ihn noch einmal sehen würde, da Lady Cray –

»... den ganzen Tag!«

Er kapierte, daß er mit einem dümmlichen Lächeln im Gesicht dastand, und händigte ihr unverzüglich die zwei Dollar aus. Sie wies ihm den Weg zu einem Zimmer und erklärte ihm, daß er es nicht vor sieben Uhr abends benutzen könne. Melrose setzte seinen Karren in Bewegung, blieb noch einmal stehen und fragte: »Verzeihung, aber kennen Sie hier jemanden, der Wes heißt?«

»Ich bin kein Auskunftsbüro.«

»Nein. Entschuldigung.« Er schob los.

Vier Betten mit dünner, aber pieksauberer Bettwäsche und grauer, am Fußende aufgerollter Decke. Auf einem saß ein älterer, ausgemergelter Mann und starrte an die Wand. Seine Lippen waren ständig in Bewegung. Vielleicht betete er, dachte Melrose.

Ein sehr viel jüngerer Mann saß auf dem Nachbarbett, eine Gitarre an der Brust. Sein Haar war schulterlang, sehr dunkel und glänzte wie Mahagoni; er hatte einen dichten Schnurrbart und humorvolle Augen. Er nickte Melrose zu und klampfte weiter, keine richtige Melodie, sondern nur ein paar sanfte Töne.

Melrose schaute sich um und überlegte, was hier angesagt war. Den Karren konnte er nicht unbeaufsichtigt lassen.

»Du kannst nehmen, welches du willst. Hau dich ruhig hin. Kümmer dich nicht darum, was sie dir draußen erzählen, von wegen, den Raum nicht vor abends benutzen. Jerry heiß ich.« Er hob zwei Finger an die Stirn, als ob er salutierte.

»Aha. Mel. Angenehm.« Melrose ging zu Jerrys Bett und bot ihm die Hand. Der Bursche hatte einen angenehmen, weichen Südstaatenakzent, und Melrose beschloß, ihn in ein Gespräch zu ziehen. »Du bist aber nicht aus der Gegend hier. Nach Baltimore klingst du nicht. Wo kommst du her?«

»Baton Rouge.« Die schwarzen Augen nahmen Melrose ins Visier. »Und du?«

Melrose atmete tief durch. »Ich bin Engländer.« Er klang zu steif, fand er. »Na ja, Brite.«

»Im Ernst?« Ausdruckslose Stimme, der Unterton gelinder Überraschung war nicht echt. Jerry konnte gerade noch ein Lächeln unterdrücken. »Hättest mich ja auch verarschen können, Mel.«

»Ja. Hmm. Also, da lief einfach nichts mehr –«

»Bei so einem Akzent glaub ich dir das auf Anhieb.«

Wie bitte? Melrose hatte seinen Akzent immer für ganz passabel gehalten. Was meinte dieser Jerry? Er lag da, hielt die Gitarre im Arm wie ein Baby und blies Melrose Rauch ins Gesicht.

»Aus Newcastle komm ich. Nordengland.« Er bezweifelte, daß Jerry allzu vertraut mit den lokalen Akzenten war. »Da oben wird's immer schlimmer. Da gibt's die meisten Probleme mit der Arbeitslosigkeit in ganz England. Die Arbeitsämter sind ein Witz.« Melrose begann, sich für sein Thema zu erwärmen und ärgerte sich sogar ein bißchen, als Jerry ihn unterbrach.

»Rauchst du?« Jerry hielt ihm die Schachtel entgegen und schlug ein paar Marlboros heraus.

»Oh, danke.« Melroses silbernes Zigarettenetui lag neben der Geldbörse friedlich in der Tasche seines Kaschmirmantels. »Vielen Dank«, fügte er, so rauh und herzlich er konnte, hinzu.

»Alles klar.« Um Haaresbreite hätte Jerry wieder gezwinkert.

Ach, du lieber Himmel, wie hatte er erwarten können, daß ihm die Posse einer abnahm? Zuerst hatte er sich gegenüber der schwergewichtigen Lady am Eingang verhalten, als sei sie die Empfangsdame im Dorchester, und jetzt versuchte er diesem Menschen zu verkaufen, er käme aus den Kohlegruben vom Tyne und Wear.

Jerry fragte: »Bist du Schauspieler oder so was?«

Damit hatte Melrose nun nicht gerechnet. »Schauspieler?«

»Ja. Beim Rollenstudium. Tust so, als wärst du ein Penner.«

Melrose konzentrierte sich auf die Glut seiner Zigarette und erwog die ungeahnten Möglichkeiten, die sich hier ergaben.

Jerry fuhr fort: »Wie heißt der Streifen? *Obdachlos aber glücklich?*« Er nahm es von der scherzhaften Seite und grinste.

Melrose lachte. »Du blickst ja voll durch. Womit habe ich mich verraten?«

»Ach, Scheiße...« Jerry verlor das Wort mehr oder weniger in Spuckespritzern und wischte sich mit der Hand über den Mund. »Um ehrlich zu sein, Mel, durchblicken tu ich absolut nicht. Ganz im Gegenteil, ich bin ziemlich dämlich, sonst wäre ich nicht hier. Ich will dich ja nicht beleidigen, aber warum haben sie keinen echten Engländer für die Rolle genommen? Wie zum Beispiel Michael Caine?«

»Um dir die Wahrheit zu sagen, Caine hat nicht den richtigen Akzent. Er spricht so, als käme er aus London, aus dem East End.«

»He, astrein. Er hat nicht den richtigen Akzent, aber du?«

»Ich sehe so aus, wie die Rolle es erfordert.«

»Und wie geht die Geschichte? Die Filmgeschichte?«

»Hm ... Sie handelt von so einem Engländer, der versucht, den Mord an einem Obdachlosen aufzuklären.«

Jerry ließ sich auf sein Kissen fallen und legte den Arm übers Gesicht. »Schwachsinn, Mann. Echt schwachsinnig. Aber das ist Hollywood.«

Melrose verbiß sich ein Lachen. »Du sagst es.«

»Den Akzent kannst du dir schenken, Kumpel.«

»Lieber nicht. Es ist eine gute Übung.«

»Und wer macht ihn?«

»Was?«

»Den Streifen, Mann – den Film.«

Melrose rollte die Zigarette im Mund hin und her. »Barry Levinson.«

Jerry kratzte sich an der Brust und betrachtete die Zimmerdecke. »Kommt mir bekannt vor, der Name.«

»Du hast bestimmt *Diner* gesehen, was? Da spielt Mickey Rourke mit.«

Jerry schnipste mit den Fingern. »Scheiße, ja. Toller Film. Und wer spielt in dem mit, in dem du spielst?«

Melrose zupfte an einem lockeren schwarzen Knopf des alten Mantels und sagte: »Annette Bening.«

Jerry setzte sich mit einem Ruck auf. »Wahnsinn! Was hast du für ein verdammtes Schwein, Mann. Die Frau ist irre.«

Diese Annette Bening mußte ja eine echte Wucht sein. Grinsend sagte Melrose: »In La-La-Land sind alle irre.«

»Stimmt.«

»Wie lange bist du schon hier? In Baltimore, meine ich.«

Jerry zuckte mit den Schultern und klampfte wieder auf der Gitarre: »Sechs, sieben Monate.«

Melrose hielt es für nicht sehr angebracht, zu fragen, ob es ihm gefiel. Jerry erzählte weiter:

»Ich hatte einen hübschen kleinen Laden. Eine Werkstatt, Auspuffreparaturen und so. Aber dann wurde die Situation beschis-

sen, wie überall. Keine Arbeit mehr... Dann ist mir die Frau abgehauen.« Wieder zuckte er mit den Schultern. Die alte Geschichte.
»Tut mir leid.«
Darauf erwiderte Jerry nichts. Er saß da und schaute in den Einkaufswagen. »Und wo hast du den Krempel her? Requisiten?«
»Der gehörte einem Obdachlosen namens John-Joy.« Er wartete darauf, daß Jerry auf den Namen reagierte, aber der runzelte die Stirn über einem Buch, das er herausgenommen hatte. Melrose schob nach: »Soweit ich weiß, ist er früher oft hier gewesen.«
»Früher?«
»Er ist tot.«
Jerry schaute von dem Buch hoch, guckte in die Luft. »John-Joy. Ja, warte mal – ich glaube, ich hab ihn hier ein- oder zweimal mitgekriegt. War'n bißchen abgedreht.«
»Er hatte einen Freund hier, der Wes heißt. Kennst du einen Wes?«
Offenbar gab es so wenig Abwechslung im Heim, daß Jerry gar nicht auf die Idee kam, Melrose zu fragen, warum er so an John-Joy interessiert war. »Scheiße, Wes kennt hier jeder. Er arbeitet jetzt hier. Komm, ich weiß, wo er normalerweise zu finden ist.«

»Das war mal das Haus von irgendso einem Industriemagnaten«, sagte Jerry, als sie durch den Eingangsflur gingen; Melrose schob den quietschenden Karren vor sich her. Das eine Rad stellte sich dauernd quer, und er mußte immer dagegentreten.
»Der wohnte hier«, sagte Jerry. »So um die Jahrhundertwende. Hier unten war ein Ballsaal. Vielleicht steht ja in einem von den Büchern in dem Wagen was darüber.« Er lachte.
Der Raum am Ende des Flurs war riesig. Wie Jerry gesagt hatte: so groß wie ein Ballsaal. Ein paar Männer lungerten herum, lehnten an der Wand und beobachteten einen Schwarzen in der Mitte des Raumes. Er tippte, das heißt, er versuchte, einen abgenutzten Basketball über den viel zu unebenen Boden zu tippen.

»Wes«, sagte Jerry und deutete auf den Schwarzen, »Wes war Profi. Vor zehn, fünfzehn Jahren. Dann hat er mit Drogen angefangen – Kokain, Crack, diese ganze Scheiße. Mit dem Mist hab ich nie angefangen, das kann ich dir sagen. Wes war ein toller Spieler. Er hat immer noch alle Tricks drauf.«

Ja, dachte Melrose, hat er. Von der Mitte des Zimmers aus bewegte er sich mit dem Ball vor, zurück, Hand, Boden, zur gegenüberliegenden Wand – an der ein alter Papierkorb mit ausgeschnittenem Boden an einem Brett angebracht war. Wes' Arm schoß hoch, dunkte den Ball hinein, der verfing sich einen Moment lang in dem ausgefransten Boden und fiel wieder in die Hände des Schwarzen. Dann traten ein paar Männer wie bewegliche Hindernisse aus dem Dunkel in sein Spielfeld, sie taten, als wollten sie ihm den Ball wegschlagen. Wes tänzelte um sie herum. Als ob er auf einem Magnetfeld spielte; der Ball schien sich von seinen Händen gar nicht trennen zu wollen. Die Hand schoß vor, rief den Ball zurück. Fingerspitzen wie ein Magier.

»He, Wes!« rief Jerry. Mit einem Täuschungsmanöver zog der Schwarze links an den beiden vorbei und tippte den Ball weiter. Ohne jede Anstrengung.

»Jer«, sagte er. »Neuen Freund? Tolle Mütze, Mann.«

»Das ist Mel. Er möchte mit dir reden.«

»Über einen Freund«, sagte Melrose. »John-Joy.«

Wes runzelte die Stirn. »Scheiße, wo bist du her, Mann?«

Jerry lachte. »Von der Westküste. Hörst du das nicht?«

»Klingt nach keiner Westküste, an der ich mal gewesen bin.«

»Scheiße, Wes, er ist Schauspieler!«

»Aber ja doch. Und ich bin Scheiß-Kevin Costner.«

»Ach, leck mich, Wes.« Jerry mißfiel es gewaltig, daß seine Neuerrungenschaft nicht mit offenen Armen aufgenommen wurde.

»Leck dich selbst, Mann. Verdammte Scheiße, warum will er was über John-Joy wissen, wenn er kein Cop ist?«

»Scheiße, Mann, er kennt Annette Bening!«

Melrose wartete geduldig auf das Ende des verbalen Schlagabtauschs, um dann zur Sache zu kommen. Sie versetzten sich noch ein paar spielerische Boxhiebe, ließen dann voneinander ab und drehten sich zu Melrose um. Also, was wollte er?

Melrose schaute von einem zum andern und sagte endlich: »Hört mal, ich bin kein Cop; ich bin auch kein Schauspieler. Tut mir leid«, sagte er zu Jerry. »Ich kenne Miss Bening nicht. Ich habe nur die Rolle gespielt, die du mir auf den Leib geschrieben hast, weil du ja nicht glauben wolltest, daß ich bin, wer ich bin. Ich bin Engländer, wie ich gesagt habe.«

»Der Akzent ist *echt*?«

Melrose war sich nicht sicher, ob ihm der erstaunte Blick behagte, aber er sagte: »Ja, waschecht. Die Schwachsinnsgeschichte, die ich dir erzählt habe, auch. Ich bin hier, um einen Mord aufzuklären. Und die Geschichte stimmt wirklich. Ich weiß, wenn es ein Film wäre, würde es mir niemand abnehmen, aber ein Freund von mir ist bei Scotland Yard. Ich bin mit ihm hierhergekommen. Die Geschichte«, Melrose legte die Hand aufs Herz, »ist verdammt und zugenäht wahr. Wirklich.«

»Hi-hi«, sagte Wes. »Du siehst auch genauso aus wie er, wie John-Joy.« Wes schlug sich mit der Hand auf die muskulöse Brust und sagte: »›Ich hab den Kram! Ich hab den Kram!‹«

»Was hat er damit gemeint? Worüber hat er da geredet?«

Sie verließen den Ballsaal und gingen durch den Flur zurück zu Jerrys Zimmer, Wes tänzelte und dribbelte mit dem Ball mal vorwärts, mal rückwärts. »Dachte, eines schönen Tages wär er berühmt.«

»Berühmt«, sagte Melrose. Da er nun nicht länger sein Hab und Gut verbergen mußte, langte er in die Tasche seines vergrabenen Mantels, brachte das ziselierte silberne Zigarettenetui zum Vorschein und reichte es herum. »Wieso meinte John-Joy, er würde berühmt?«

»Null Ahnung. Ist das sein Kram? Sieht so aus. Das ganze Gemüll hat er immer durch die Gegend geschleift.« Wes fuhr mit der Hand hinein, zog ein Buch heraus. »Er hat immer nur über diesen Mist geredet. ›Ich hab den Kram, ich hab den Kram!‹«

»Aber er hat nie erklärt, was es war?«

»Nein, nie. Nur wenn er auf Alk war, hat er totalen Stuß über seine Familie gelabert.«

»Wie hieß er denn? Mit Familiennamen?«

»Keine Ahnung. Einer seiner Namen war allerdings ›Joiner‹. John-Joy war ein Spitzname.« Wes inspizierte Melroses Lederhandschuhe, drehte sie um und um. »Warum, zum Teufel, interessiert sich ein Cop von Scotland Yard für John-Joy?«

»Ein Superintendent von der Mordkommission. Wegen John-Joy ist er aber gar nicht hier, sondern wegen eines anderen Falles. Es besteht Grund zu der Annahme, daß der Mord an John-Joy mit dem anderen in Verbindung steht.«

»Welchem anderen?«

»Dem Mord an einem Mann in Philadelphia.«

»Hm, ich hab nie gehört, daß er von Philadelphia geredet hat. Was ist in Philly passiert?«

»Ein Mann namens Philip Calvert ist ermordet worden. Erschossen. Nicht weit von hier. Vielleicht habt ihr darüber gelesen.«

»Kann mich absolut nicht erinnern.« Wes hatte sich den Schal um den Hals geschlungen und strich prüfend mit den Händen darüber.

»Und warum kümmert sich Scotland Yard um den Mord in Philly?« fragte Jerry und betastete Melroses Kaschmirmantel.

»Der Junge war der Neffe einer Frau, die in London gelebt hat. Aber das ist eine lange Geschichte. Probier ihn doch an, wenn du möchtest.«

»Wenn du nichts dagegen hast.« Jerry breitete den Mantel aus und fuhr mit den Armen hinein.

Wes probierte die Handschuhe an. »Und du meinst, jemand hatte ein Motiv, John-Joy umzubringen? Und es ist gar nicht so ein sinnloses, willkürliches Töten ohne Motiv – wie die Zeitungen behaupten?«

Melrose zuckte mit den Schultern. »Ja, vielleicht gab es ein Motiv. Ihr seht beide großartig aus.« Er sah auf die Uhr, sowohl um zu sehen, wie spät es war, als auch, um zu sehen, ob sie noch da war. »Ich wär euch dankbar, wenn ihr mir eventuell noch einmal weiterhelfen könntet, aber jetzt muß ich gehen.«

»Da willst du ja wohl deine Klamotten zurück«, sagte Wes, seufzte tief auf und ließ den Schal vom Hals gleiten.

»Ach, das sind nicht meine Klamotten. Sondern John-Joys. Könnt ihr behalten.«

»Alles klar, Mann.«

Sie hoben die Hand und wechselten einen brüderlichen Schlag mit Melrose.

27

Der Vogel kreischte, als Melrose den Laden in der Aliceanna Street betrat. »Im-meer... Im-meer«, krächzte er, wobei er Poes Gedicht offenbar nur als Mittel zu dem profanen Zweck ansah, noch einen Cracker abzustauben.

Umgehend entledigte Melrose sich des greulichen Mantels und der zerrissenen Fausthandschuhe und begab sich auf die Suche nach etwas Passenderem. Unter den alten Klamotten hatte er ein paar Stücke erspäht, die seiner Meinung nach zumindest verhindern mußten, daß die Empfangsdame im Admiral Fell Inn ihn mit einem Stadtstreicher verwechselte und ihm den Zutritt verwehrte.

Während er eine samtene Smokingjacke anprobierte und verwarf, studierte er den Vogel und seine Umgebung. Der Ara hüpfte im Käfig herum. Was, wenn er ein solches Federvieh – natürlich eines mit grellerem Gefieder – in Ardry End heimisch machte? Konnte er ihm beibringen, »Agatha! Agatha!« zu zetern und seine Tante in den Wahnsinn oder zumindest aus seinem Haus zu treiben? War es voreilig gewesen, sie nicht mitzunehmen, damit sie ihre Verwandten in Wisconsin besuchen konnte? Aber sie wäre ja doch nie in Amerika geblieben. Vielleicht konnte er einen Vogel darauf trainieren, Vivian »Vampir! Vampir!« entgegenzukreischen. Es wäre auch nett, wenn im Jack and Hammer ein Papagei Mrs. Withersby »Gin! Gin!« ins Ohr quäkte. So bewegte Melrose den Vogel in Gedanken durch Long Piddleton, bis er bemerkte, daß ein Mädchen durchs Schaufenster lugte. Die hatte er gestern doch schon einmal kurz gesehen. Sie war plump, hatte grobe Gesichtszüge und betrachtete nicht einfach die Schaufensterauslagen, sondern starrte in den hinteren Teil des Ladens, als suche sie jemanden.

Er beobachtete sie nun seinerseits. Sie war dreizehn oder vierzehn, jedenfalls ein paar Jahre älter als Jip, und hatte etwas unangenehm Aggressives. Da kam plötzlich eine Stimme aus der Finsternis und fragte ihn, was er wünsche.

Das mußte die Tante sein, dachte er, als er in der dunklen Ecke den noch dunkleren Schatten gewahrte. Eine wie eine Mumie in ein schwarzes Gewand gewickelte Frau saß da und rauchte eine Zigarette; auf dem Kopf trug sie einen schwarzen Turban. Beim Näherkommen bemerkte er die einzige andere Farbe ihres Ensembles: den blutroten Nagellack. Der großzügig draufgeklatschte Lippenstift war bräunlichrot. Sie hatte einen riesigen Schal mehrfach um die Schultern geschlungen und sich die Oberarme damit an den Körper gepreßt. Unter dem schwarzen Turban war ihr Gesicht so blaß wie Mondstein. Eine wahrhaft freudlose Gefährtin für ein kleines Mädchen. Was er wünschte, fragte sie ihn wieder, als habe er sie in der Kaffeepause gestört.

»Ach, ich suche ein paar alte Klamotten«, murmelte er und bewegte sich durch die Kleiderständer, in die sich Jip so gern gekuschelt hatte.

»Wie zum Beispiel?« fragte sie.

Melrose seufzte und nahm ein capeähnliches Teil zur Hand. Er haßte es, einkaufen zu gehen, und ließ sich seine Kleidung immer schneidern, weil er der nervtötenden Fragerei der Verkäufer entgehen wollte. Wenn man auf die erste Frage antwortete und ihnen damit einen Einstieg bot, hörten sie gar nicht mehr auf.

Er nahm einen Chapeau claque zur Hand. Leeres Gerede verabscheute er. Darum fanden andere Menschen ihn wahrscheinlich so unerträglich, dachte er und schlang sich das seidengefütterte Cape um die Schultern, aber es scherte ihn einen feuchten Kehricht, ob man ihn für unerträglich hielt. Besser das, als sich auf verbale Verbeugungen und Kratzfüße einzulassen, um die Götter des sinnlosen gesellschaftlichen Verkehrs gnädig zu stimmen. Er betrachtete sich in dem großen Wandspiegel und rückte den Zylinder schräg. Richtig schurkisch sah er aus. Dann streifte er weiße Fingerhandschuhe über, zog einen Ebenholzstock aus der chinesischen Vase, die mit zerschlissenen Sonnenschirmen vollgestopft war, und ließ ihn herumtrillern. Nun sah er aus wie eine Kreuzung zwischen Fred Astaire und Graf Dracula. Da mußte er wieder an Vivian denken und ihre Reise nach Venedig. Er stöhnte und legte Zylinder und Cape ab.

»Das sah aber sehr elegant aus«, sagte Die Schwarze Tante aus den Schatten.

Er nahm eine schwarze Jacke mit glänzendem Revers vom Kleiderbügel. Was hatte Jury über Vivian gefaselt? Er wurstelte sich in die Jacke und schlang sich einen mottenzerfressenen Schal um den Hals. Ob das paßte? Seine Gedanken wanderten Jahre zurück zu Vivians Verlobten Simon Matchett, dem damaligen Pächter des Man With a Load of Mischief (den Pub hätte er kaufen sollen, um zu verhindern, daß er in fremde Hände geriet – Pech gehabt). Herr im Himmel, hatte die Frau denn keinen Funken Verstand? Mit einer schwarzen Melone auf dem Haupt und der schwarzen Jacke, die an den Ärmeln viel zu kurz war, sah er aus wie Charlie Chaplin.

»Das steht Ihnen nicht, finde ich.«

Ach, Klappe, dachte er, zog die Jacke aus und nahm etwas anderes von der Stange. Natürlich war allen sonnenklar, daß Vivian Franco Giopinno nicht heiraten wollte und nur nicht wußte, wie sie sich anständig aus der Affäre ziehen sollte – auf einmal mußte er wieder an das Notizbuch denken. Wo war es? Sicher hatte Trueblood es aus dem Putzeimer gerettet. Er schlug sich mit einer Reitgerte ans Bein, die er ganz in Gedanken ergriffen hatte.

»Jagen Sie? Hier in der Gegend werden häufig Treibjagden veranstaltet.«

Im Spiegel sah er, daß er sich in eine rosafarbene Jacke gequält hatte, ohne es überhaupt zu bemerken. Er pellte sich wieder heraus und nahm einen bodenlangen braunen Mantel von der Stange, während seine Gedanken zu Polly Praed in Littlebourne wanderten. Er hatte Polly seit Jahren nicht gesehen; Polly mit den amethystfarbenen Augen. Und der spitzen Zunge, ermahnte er sich. Einerlei, Polly war immer in Richard Jury verliebt gewesen. Das glaubte er, Melrose, wenigstens. Er zog den Mantel aus und nahm ein anderes Kleidungsstück von der Stange. Ja, aber waren das nicht die meisten Frauen? Sein Blick wurde entschieden düsterer, er setzte sich eine neue Kopfbedeckung auf. Nur Ellen Taylor bekam nie weiche Knie, wenn Jury auftauchte. Sie schien ihn zu mögen, aber sie schmachtete ihn nicht an. Nicht uninteressant, sinnierte er vor sich hin, als er sich wieder etwas um den Hals schlang, mittlerweile so in die Gedanken an die Damen seiner Bekanntschaft versunken, daß er sein Spiegelbild gar nicht mehr wahrnahm. Warum zog er überhaupt Bilanz? Das hatte Jury verbrochen; war Jury nicht in Long Piddleton erschienen und hatte so ekelhaft mit sich und der Welt zufrieden ausgesehen?

O Gott, war Jury etwa in diese Lady Kennington verliebt? War er schon wieder dabei, sich in ein romantisches Abenteuer mit ungewissem Ausgang zu stürzen? Melrose fummelte mit einem Jabot herum, das er sich umgeknöpft hatte, und dachte über Ellen nach. Ellen gegenüber hatte er immer das Gefühl, er müsse sie beschützen. Und eines mußte er zugeben, sie verlor keine unnützen Worte – in ihren Büchern schon gar nicht. Bestand darin der Reiz von Sweeties Geschichte? Daß sie so karg war? Die arme Ellen. Arm? Wie konnte jemand mit einem solchen Verstand überhaupt arm sein? Aber er nun wieder, wie männlich-überheblich er sein konnte! Er trug den Haufen Klamotten zu dem Tisch mit dem Stereoskop, sein Unterbewußtsein hatte registriert, daß die Stimme aus der Finsternis verstummt war. Er erinnerte sich vage, ein Rascheln und Knirschen und leises Klimpern des Perlenvorhangs gehört zu haben. Vielleicht hatte Die Schwarze Tante den Raum verlassen.

Er mußte an eine Passage aus *Fenster* denken, schob ein Bild des St. James Hotel in den Halter, und fragte sich beim Anschauen, ob das Hotel wohl schon zu Poes Zeiten existiert hatte. Wie überladen Poes Stil im Vergleich zu Ellens war, dachte er. Du liebe Güte, Violette. Und dennoch... so unglaublich es schien und so sehr er mit dem Kustos des Poe-Hauses übereinstimmte, es war trotzdem möglich, oder? Möglich ja, aber höchst unwahrscheinlich. Melrose ließ das Stereoskop sinken.

Er schaute sich um, fragte sich, was seinen Verstand wohl so kitzelte wie das, was ihn am Kinn kitzelte. Er wischte es weg. Der Vogel krächzte »Im-meer!«... und Melrose ließ noch ein Bild vor die Linse gleiten. Die kleine Gruppe am Bahnhof. Dieselben Leute im nächsten Bild, sie stiegen aus der Pferdedroschke... und da mußte Melrose daran denken, was Edgar Allan Poe in jener Nacht passiert war, als er halbtot aus einer ähnlichen Droschke gestiegen war. Niemand wußte ja so richtig Bescheid darüber. Ein paar Tage später war er gestorben. Das Foyer des St. James Hotel, die Palmen in den Kübeln, die persischen Läufer, der Speisesaal stimmten Melrose merkwürdig nostalgisch. Er seufzte. »Ich hab den Kram! Ich hab den Kram!« Melrose sah Estes vor sich, wie er John-Joy imitierte und sich die Hand aufs Herz legte. War vielleicht in der Tasche etwas gewesen? In der Brusttasche des Hemdes oder der Jacke?

Gedankenverloren drehte Melrose an dem Holzgriff des Stereoskops und dachte an John-Joys Mantel. Was hatte die Polizei mit der Kleidung gemacht, die er getragen hatte? Ob sie wirklich alles gründlich untersucht hatten? In alle Taschen geschaut?

»Allerliebst sehen Sie aus!«

Melrose wirbelte herum. Er hatte nicht gehört, wie die Tür aufging.

Jury und Wiggins standen da und betrachteten ihn. Er befreite sich aus seinem Dämmerzustand und mußte sich dabei ertappen, daß er mit einer Federboa herumfuchtelte. Ein rascher Blick in den Wandspiegel enthüllte ihm, daß er sich nicht nur mit der Boa herausgeputzt hatte, sondern auch noch mit einer Mantilla aus roter Seide und einem hohen, juwelenbesetzten Turban aus Goldstoff. Ei verflixt!

»Hier in der Gegend gibt's ein paar Bars, da könnten Sie hingehen«, sagte Jury. »Nicht gerade ins Horse, wenn Sie verstehen, was ich meine.«

Melrose warf Turban, Schal und Boa von sich, so schnell er konnte, und sagte so lässig er konnte: »Ich kaufe mir ein paar schicke alte Klamotten.« Und zog das Abendcape wieder vom Bügel.

»Ausgerechnet Sie«, sagte Jury.

»Das war unabdingbar, um von den Leuten in der Cider Alley Informationen zu bekommen. Für den Fall, daß Sie sich wundern.«

»In der Cider Alley waren Sie? Haben Sie was Wichtiges erfahren?«

»Das eine oder andere. Was wollen Sie hier?«

»Ich wollte mit dem kleinen Mädchen sprechen.«

»Jip. Sie ist wahrscheinlich hinten. Die Tante war eben hier.« Melrose betätigte die Klingel auf dem Ladentisch.

»Was ist aus Ihrem Mantel geworden? Oder sollte ich das nicht fragen?«

»Den habe ich verschenkt. Da ist Jip.«

Jury sah, wie ein kleines Mädchen den Perlenvorhang auseinanderschob. Sie war sehr hübsch, sogar schön, mit rosiger Haut, die im Licht der Tiffanylampe wie Perlmutt schimmerte. Sie hatte rötlichbraunes Haar. Hinter ihr klingelte der Vorhang wie eine Äolsharfe. »Kann ich Ihnen – oh, hallo!« Sie lächelte Melrose an. »Ich hab Sie gar nicht erkannt.«

»Nein, aber deine Tante findet, ich sehe ziemlich elegant aus. Ich glaube, ich nehme es.« Melrose schielte auf das Preisschild. »Es kostet fünfundsiebzig Dollar. Was mein Freund möchte, weiß ich nicht.« Melrose begab sich zu seinem Karren, den er zwischen die Kleiderständer geschoben hatte.

»Ein Geschenk«, sagte Jury und lächelte Jip an. »Für eine Freundin, eine junge Dame.«

Jip sagte nichts und nickte nur.

»Etwas richtig Buntes. Aber ich weiß nicht, was. Kleider? Schmuck?« Er beugte sich über die Glasvitrine und schaute sich die Ringe und Halsketten aus Halbedelsteinen lange an. Er schüttelte den Kopf. »Ich weiß nicht. Hast du eine Idee?« Auf einem Regal hinter ihr thronte eine Reihe Puppen, die alle ein bißchen abgenudelt und staubig aussahen, ein recht internationales Grüppchen, sie steckten in aufwendigen Trachten. »Die Puppen sind schön.«

Jip kratzte sich am Ellenbogen und schaute mit ihm zusammen hoch. Sie hatte eine Idee. »Mag sie Puppen?«

»Ich glaube schon.« Das Mädchen war so eifrig bei der Sache, daß er um nichts in der Welt gesagt hätte, nein, sie ist zu alt.

»Ich bin nur daraufgekommen, weil ich eine Barbie habe, die ich echt billig verkaufen würde. Und die ist echt amerikanisch. Und ich will sie verkaufen, weil ich für eine neue spare.«

»Okay, laß mal sehen.«

Im Nu war sie durch den Vorhang gehuscht und in weniger als einer Minute wieder zurück mit der Puppe. Die hatte kupferrotes Haar und trug Western-Outfit – riesigen Stetson, besticktes Hemd, sogar ein Lasso.

»Die neuen können ganz viele Sachen. Ich will entweder die Rock-Star-Barbie oder die Mermaid-Barbie. Das Haar von der Mermaid-Barbie kriegt eine andere Farbe, wenn man es naß macht.«

»Unglaublich. Aber die hier sitzt einfach nur so da.«

Ihre traurige Miene verriet, daß sie dem nur zustimmen konnte. »Aber sie ist in einwandfreiem Zustand.«

Jury lächelte. Die Wendung hatte sie bestimmt von ihrer Tante im Geschäft gelernt. »Wieviel willst du dafür?«

»Sind fünf Dollar zuviel?« fragte sie vorsichtig.

»Das glaube ich nicht. Paß auf, wenn du noch andere Kleider für sie hast, gebe ich dir zehn.«

Traurig schüttelte sie den Kopf, das Leuchten in ihren Augen erlosch. War der Handel schon geplatzt?

»Keine Bange«, sagte Jury und ließ seinen Blick über die Puppen auf dem Regal schweifen. Er entdeckte eine männliche Puppe, die offenbar einem arabischen Prinzen ähneln sollte, denn sie trug Pluderhosen und eine scharlachrote Weste und schwang ein Krummschwert. »Siehst du den da? Hol ihn doch mal runter.«

Nebeneinander sahen die Puppen fast gleich groß aus. »Meinst du, seine Klamotten passen ihr?«

Begeistert und nicht im geringsten verlegen streifte Jip Barbie das bestickte Hemd vom Busen und tauschte die Jeans gegen die glänzenden Hosen. »Abgemacht.«

Sie schauten die neu ausstaffierten Puppen an. Jury gefiel der

Araber mit der olivfarbenen Haut und dem kecken Schnurrbart im Wildwestkostüm sogar. Die blauäugige Barbie mit der roten Mähne war wie Carole-anne in einwandfreiem Zustand. »Jetzt braucht sie aber noch was auf den Kopf.« Er zog die Schachtel mit den Taschentüchern, Halstüchern und Haarbändern heran und nahm einen Goldlamékragen heraus, der wohl einmal ein schickes Abendkleid geziert hatte. »Wenn wir den hier ein bißchen abschneiden würden – Moment mal.« Er ging durch den Raum, wo Melrose inmitten des Plunders aus seinem Einkaufswagen saß und eine braune Anzugjacke mit glänzenden Aufschlägen inspizierte. Auf dem Boden lagen eine alte Armeedecke, noch eine Decke mit einem indischen Muster, ein Paar Nadelstreifenhosen (die aber nicht zu der Jacke gehörten), etliche T-Shirts, Bücher, Schuhe ohne Absätze.

Jury hob den juwelengeschmückten Turban von dem Hutständer und sagte: »Wenn Sie den mal eine Sekunde entbehren können...?«

Ha ha, dachte Melrose, schnitt hinter Jurys Rücken eine Fratze und machte sich wieder an die Inspektion der braunen Jacke. In der Brusttasche nichts. In den Hosentaschen und in dem karierten Hemd auch nichts. Melrose hob ein Buch nach dem anderen hoch, hielt es am Rücken fest und schüttelte es einmal gründlich. Nichts flatterte heraus. Schließlich stieß er auf ein großformatiges, dünnes Buch, das wie ein altes Hotelgästebuch aussah, die Daten gingen zurück bis ins achtzehnte Jahrhundert. Wie war der Mann in den Besitz dieses Buchs geraten? Es war aber kein Gästebuch, es sah eher wie ein altes Kirchenbuch aus. Er legte es beiseite, um es sich später anzusehen, und öffnete das nächste.

»So einen wie den hier«, sagte Jury und legte den Turban auf die Ladentheke. »Ich zahle dir gern noch fünf Dollar mehr, wenn du ihr einen Turban machst. Das sind dann zusammen fünfzehn Dollar.«

Jip sagte, sie sei sehr gut in Handarbeit und könne den Turban sofort heute abend zuschneiden und nähen. »Aber die Barbiepuppe können Sie jetzt schon mitnehmen.« Sie langte hinter den Ladentisch und holte Einschlagpapier.

»Ach, ich warte, bis alles fertig ist.«

Jip schaute sich ängstlich nach dem Perlenvorhang um. »Ich meine, Sie sollten sie besser doch mitnehmen.«

Natürlich, der Kleiderwechsel war ohne den Segen der Tante vonstatten gegangen, und er fragte, ob er beide Puppen kaufen sollte, damit es keinen Ärger gab.

Aber sie sagte, das sei schon in Ordnung. Wenn ihre Tante es merke und nicht einverstanden sei, dann habe sie ja immer noch die fünf Dollar extra, die er ihr für die Kleider bezahlt habe. Sie wickelte die Puppe in Seidenpapier und sagte: »Früher habe ich in England gewohnt.«

»So? Weißt du, du hast auch ein bißchen so einen Akzent.«

Darauf erwiderte sie nichts, sondern klebte das Einschlagpapier mit Tesafilm zusammen.

»Wie lange ist das her?«

Jip dachte einen Moment nach. »Fünf Jahre, glaube ich. Ich war fünf. Oder vielleicht sechs. Vielleicht ist es sechs Jahre her.«

»Als ich sechs war, war Krieg. Das ist natürlich schon sehr lange her. Aber vergessen werde ich das nie. Wegen der Bomben.«

Sie schaute ihn ängstlich an. »Sind die auf Sie draufgefallen?«

»Auf uns alle in London. Wir Kinder wurden fast alle evakuiert, weggeschickt zu wildfremden Leuten aufs Land.«

Sie legte die Hände auf das Päckchen und hielt den Blick gesenkt.

»Es war ganz schön schlimm.«

»Und bei wem haben Sie gewohnt?« fragte sie sehr bedächtig.

»Bei einer Familie in Somerset. Ganz weit weg von London.«

Ihr Blick schweifte immer wieder in Richtung der Schaufenster. Schließlich drehte sich Jury um und sah, was sie sah; ein kräftiges, dickes Mädchen schaute herein. Jury runzelte die Stirn. Eine Schulfreundin vielleicht, aber keine gute, nicht mit der Miene.

Als er Jip wieder anschaute, hatte sie die Augen immer noch niedergeschlagen und konzentrierte sich auf das Päckchen, so wirkte es jedenfalls. Ihr Gesicht war erhitzt, die helle Haut voll feuerroter Flecken.

»Eine Freundin von dir?« fragte er.

Erst schüttelte sie den Kopf. Dann nickte sie langsam. »Sie heißt Mary Ann. Sie ist in meiner Schule.«

Sie klang unglücklich.

Eine Weile lang sah Jury Mary Ann an, dann sagte er: »Als ich in Somerset war, war meine Mutter nicht bei mir. Ich mußte natürlich auch zur Schule gehen; vor der Schule gab es kein Entrinnen. Und in einer neuen Schule ist es sogar noch schlimmer. Der Neue zu sein ist immer sehr schwer.«

»Ich hasse die Schule.« Wieder schickte sie einen kurzen Blick zur Ladenfront. Dann wurde sie ein wenig ruhiger. Jury drehte sich noch einmal um und schaute aus dem Fenster. Das Mädchen stand stockstreif da. »Und in Somerset war am allerschrecklichsten, daß es einen gab, der alle tyrannisiert hat –«

Eine Stimme (Melrose Plants) hinter ihm fragte: »Was ist mit seiner Kleidung? Hat der Beamte, mit dem Sie geredet haben, seine Sachen überprüft?«

»John-Joys? Ja. Nichts. Warum? Wonach hätte er denn suchen sollen?«

»Ich weiß nicht. Den Kram.« Stand da, ein Paar alter Hosen über dem Arm, und schüttelte den Kopf.

»Den *was*?« fragte Jury. Keine Antwort.

Jip meldete sich wieder zu Wort. »Was war denn mit dem, der alle tyrannisiert hat?«

Jury konnte nicht vernünftig denken. Nicht, solange Plant mit einem Paar alter Hosen über dem Arm hinter ihm stand. Er schaute ihn finster an und winkte ihn weg. Dann sagte er, und er achtete darauf, sich vage auszudrücken: »In der dritten Klasse passierte etwas, und er drohte damit, daß er es unserem Klassenlehrer erzählen würde...«

Sie wickelte sich ein Seidenband um den Finger und hörte angespannt zu. »Was? Was war denn passiert?«

Jury dachte einen Moment nach. »Es war komisch. Aus dem Schreibtisch des Klassenlehrers war etwas verschwunden. Er hat gesagt, ich hätte es gestohlen, aber das stimmte nicht.«

Ihr Ausdruck änderte sich, sie war enttäuscht. Die Fälle waren gar nicht zu vergleichen.

Jury fügte hinzu: »Aber das war noch nicht alles. Ich glaube, er hatte es selbst gestohlen.«

Wieder änderte sich ihr Gesichtsausdruck. Alles klar, schien er zu sagen. »Und er hat gesagt, das stimme nicht.«

»Ja.«

»Aber was, wenn Sie es wirklich gestohlen hätten?«

Dem ängstlichen Ton nach zu schließen, dachte Jury, ging er wohl besser davon aus, daß Jip etwas angestellt hatte. »In dem Fall wäre es meine Sache gewesen, es dem Rektor entweder zu beichten oder nicht. Das ging ihn gar nichts an.«

»Was, wenn er mitgemacht hätte? Der Junge?«

»Meinst du, wenn wir beide zusammen etwas angestellt hätten? Und er mir die Schuld in die Schuhe hätte schieben wollen?«

Sie zuckte mit den Schultern. »So ungefähr.«

»Hm, ich hätte ihn nicht daran hindern können, aber das heißt doch nicht, daß ich es dem Rektor nicht auch selbst hätte erzählen können.«

»Hätte die Polizei Ihnen was getan?«

Jetzt verwechselte sie Vergangenheit und Gegenwart. »Mir? Nein. Wir hatten ja kein Verbrechen begangen.« Die beiden, Jury und der freche Junge, hatten überhaupt nichts verbrochen. Aber ein Geständnis lag so sehr in der Luft, daß Jip gar nicht mitgekriegt hatte, wie in Jurys Geschichte bislang weder von Verbrechen noch

Polizeimaßnahmen die Rede gewesen war. In ihrer Geschichte spielten diese beiden Dinge aber sehr wohl eine Rolle.

Melrose kam zurückgeschlendert, fläzte sich auf die Ladentheke und tat, als höre er nicht zu. Angelegentlich betrachtete er den Kasten mit den Ringen und dann den Turban. Er fummelte daran herum und schaute von Jip zu Jury und wieder zu Jip, während die beiden sich weiter unterhielten – alles reichlich mysteriös, fand Melrose und seufzte. Nach seiner wahrhaft barocken Geschichte von Julie und dem Schlitten schien Jip nun eifrig bemüht, Jurys Vertrauen zu gewinnen. Es störte sie aber auch nicht, daß er bei der Unterhaltung zugegen war.

»Aber was, wenn der Junge versucht hätte, Ihnen einzureden, daß überhaupt nichts passiert wäre? Daß Sie nie dagewesen wären und nichts gesehen hätten?«

Wo gewesen und was gesehen oder nicht gesehen? fragte Melrose sich und steckte sich einen Freimaurerring an den kleinen Finger.

»Na, das hätte er mir nicht einreden können.«

»Warum nicht?«

»Weil er immer da war, hinter dem Baum.«

Jips »Oh« klang immer noch skeptisch.

»Merkst du das denn nicht? Wenn es wirklich nicht passiert wäre, hätte er nicht immer hinter dem Baum hervorspringen und versuchen müssen, mir Angst einzujagen. Oder?«

Das sah sie ein. Der weitere Verlauf des Gesprächs bestand im großen und ganzen in einer Wiederholung des bisher Gesagten, gemeinsam arbeiteten sie sich durch den alten Wirrwarr, die alte Furcht, bis Jip sich überwinden konnte, über das zu reden, was wirklich passiert war.

»Ich war da«, sagte sie plötzlich. »Wir waren da. Mary Ann und ich, auf dem Friedhof.« Ehe Jury etwas sagen konnte, redete sie schnell weiter. »Aber Mary Ann sagt, ich bin übergeschnappt; sie sagt, es wäre nichts passiert.« Jip hielt den Kopf gesenkt, der Barbiepuppe zugewandt. Als treffe sie der Vorwurf, sie sei übergeschnappt, tiefer als die Szene auf dem Friedhof. »Sie hat gesagt, in der Nacht gingen immer viele Leute auf den Friedhof, um den Mann zu sehen, der die Blumen auf das Grab legt.«

Behutsam fragte Jury: »Und hast du ihn gesehen?«

Sie nickte. »Ich glaube, ja. Aber ich weiß nicht mehr genau, was ich gesehen habe. Wir waren hinten, hinter ein paar Grabsteinen – nicht zusammen, sondern an verschiedenen Stellen. Als wir dann – als *ich* dann so ein Geräusch gehört habe, es klang wie ein abgeschnittener Schrei, da muß Mary Ann weggerannt sein. Sie ist weggelaufen und hat mich alleingelassen. Ich bin dageblieben. Auf dem Pfad neben mir war jemand, so nahe, daß ich wußte, wenn ich versucht hätte, zu laufen, hätte er mich gesehen.« Sie schüttelte den Kopf. »Und ich spürte, wie etwas an mir vorbeiwitschte... Ich hatte die Augen zu. Ich hätte es nicht ausgehalten zu gucken. Erst als ich nichts mehr hörte, bin ich aufgestanden und losgelaufen. Ich war ganz zerkratzt von den Büschen und den Steinen.«

»Die Person hast du aber nicht gesehen?«

Heftig schüttelte sie den Kopf. »Nur, daß er so ein schwarzes Cape anhatte.« Sie schwieg. »Wenn Mary Ann herauskriegt...«

»Ach, um Mary Ann brauchst du dir keine Sorgen zu machen.« Jury nahm sein Notizbuch und fragte nach ihrem vollen Namen. Mary Ann Shea, schrieb er auf. Dann notierte er gewissenhaft die Adresse der Sheas. Er ließ es sehr offiziell klingen. »Mary Ann wird nicht mehr durchs Fenster schauen, Jip, das garantiere ich dir.«

Und als könnte Scotland Yard zaubern, war Mary Ann tatsächlich verschwunden. Als sie sich das nächste Mal umdrehten, gab das Fenster den Blick frei auf den Winternachmittag.

28

»Ich habe Pryce angerufen«, sagte Jury, als er mit einer Kanne Bier zum Tisch zurückkam. Das Horse füllte sich allmählich; ein Gitarrist wetteiferte mit dem Geschehen auf dem Bildschirm um die Gunst des Publikums.

»Was passiert mit ihr?«

»Mit Jip? Nichts. Pryce stellt ihr ein paar Fragen, aber ich habe ihm schon gesagt, daß ich es für so gut wie ausgeschlossen halte, daß sie jemanden identifizieren kann, ganz egal, wen sie gesehen hat.«

»Arme Jip«, sagte Ellen und schaute von dem Buch auf, das offen vor ihr lag.

Jury trank sein Bier und sah zu, wie Wiggins weißes Pulver in sein Glas Wasser häufte. »Kopfschmerzen?«

»Was? Ach, das hier meinen Sie?« Wiggins beobachtete – beobachtete selig, dachte Jury –, wie das Wasser anfing zu sprudeln und weißlicher Schaum und Schlieren sich bis zum Rand des Glases ausbreiteten.

Mittlerweile hatte der junge Gitarrist gegen eine lärmige Rateshow den kürzeren gezogen. Ganze Familien traten gegeneinander an.

Ellen unterstrich Passagen in Wick-VapoRubs Roman. Mit schwerer Hand.

Und schwerem Herzen, dachte Melrose. Ihm wiederum fiel schwer, sich auf ein Thema zu konzentrieren, während sie dasaß und stöhnte, leise fluchte und jammerte.

Wiggins nippte an seiner Bromo-Seltzer und leckte sich über die Lippen. »Also, ich meine, wir sollten von einer Verbindung ausgehen. Sonst haben wir sowieso nichts, womit wir anfangen können. Nichts.«

»Gut. Wenn zwischen John-Joy und Philip Calvert eine Verbindung besteht und wenn Beverly Browns Notizen stimmen, dann gibt es auch eine Verbindung zu Patrick Muldare, wiederum unter der Voraussetzung, daß es sich bei den Initialen um Muldares handelt. Alan Loser sagt, John-Joy sei immer zum Laden gekommen und habe dort mit Milos herumgehangen. Sie waren Freunde. Andererseits sagt Muldare, er habe nie von Philip Calvert gehört.«

»Beverly Brown hat ihn gekannt«, sagte Wiggins.

»Das sagt Hester, ja.«

»Hört euch das an«, sagte Ellen. Sie las:

> Lovey stand in der hitzeschwangeren Luft, nahm den betörenden Duft der Bougainvilleen kaum wahr, schaute die lange Kolonnade mit den im Mondlicht schimmernden korinthischen Säulen entlang, die die Tür am Ende einrahmten, und roch die Salzluft, die vom Meer herwehte und im Auf und Ab der Wellen pulsierte. Victor! Er sollte sie treffen, wo war er? Sie schaute zur Tür.

»Victor – lassen Sie mich raten – hat ein sehr ähnliches Schicksal wie Maxim erlitten.«

Ellen schlug das Buch zu, legte den Arm auf den Tisch und ließ den Kopf darauf sinken. Untröstlich.

Wiggins offerierte ihr einen Schluck Bromo-Seltzer, aber sie lehnte dankend ab.

Melrose sagte: »Der Kustos des Poe-Hauses meint, literarischer Diebstahl sei schlimmer als Mord.« Er streckte die Hand aus und legte sie auf ihr Haar. Sie schüttelte sie nicht ab.

»Was meinen Sie, Ellen?« fragte Jury.

»Was meine ich wozu?« sagte Ellen mit dünner Stimme. Ihre Traurigkeit war mindestens so tief wie das Meer, von dem sie gerade vorgelesen hatte.

»Zu Patrick Muldare. Sie kennen ihn besser als wir.«

Ellen ließ den Kopf auf dem Arm liegen, ihre Stimme kam gedämpft vom Tisch hoch. »Er interessiert sich nur für Football. Er hofft wirklich, daß seine Gruppe den Zuschlag für die Mannschaft und die Lizenz kriegt.«

»Das stimmt.«

»Er muß Barry Levinson ausstechen«, sagte Melrose mit Blick zur Glotze, wo die pummeligere der beiden Familien auf- und absprang und sich selbst applaudierte. »Und das wird kein Zuckerschlecken, den Typ zu schlagen, der *Bugsy* gemacht und mit Annette Bening gedreht hat.«

»Barry Levinson? Annette Bening? Wovon reden Sie?« Ellen hob den Kopf und stützte das Kinn auf den Unterarm.

»Haben Sie noch was von dem Poe-Manuskript mitgebracht?« fragte Wiggins.

Langsam bewegte sie das Kinn auf dem ausgestreckten Arm auf und ab und bejahte. Ohne ihre Haltung zu verändern, fuhr sie mit der Hand über die Tasche und tastete wie eine Blinde nach dem, was darin war.

»Ach, bitte, lesen Sie vor«, versuchte Jury sie zu überreden.

Das Kinn immer noch auf dem Unterarm, fragte Ellen in elegischem Ton: »Wollen Sie wirklich?«

Jury nickte lächelnd.

Aufgemuntert hob sie den Kopf und zog das Manuskript heraus. Sollte doch Lovey tot umfallen, wie sie da stand und vor Hitze pulsierte. Melrose ärgerte sich. Als sie sich damals in den Mooren Yorkshires kennengelernt hatten, hatte er gedacht, Ellen sei immun gegen Jurys Charme.

»Wir haben da aufgehört, wo Monsieur P- darüber redet, daß er das Taschentuch im Hof entdeckt hat. Seine Initialen sind in eine Ecke gestickt.« Mit einem Blick in die Runde erfaßte Wiggins den Stand der Dinge für den Fall zusammen, daß sie alles vergessen hatten.

Ellen hüstelte und ballte die Hand vor dem Mund zur Faust, ganz wie eine Poe'sche Heroine in gräßlicher Seelenpein. Sie las:

Meine verehrte Madam –
daß Sie den Leiden des M. Hilaire P- so gänzlich gefühllos gegenüberzustehen scheinen, ist nur ein weiterer Beweis, daß es sich bei dem Herrn, von dem ich spreche, nicht um jenen William Quartermain handeln kann, mit dem Sie selbst bekannt sind. Hätten Sie auch nur einen Moment in dem Gemach verweilt, in welchem ich so viele Stunden zubrachte, würden Sie es begreifen. Sie sind überzeugt, daß M. P- lediglich eine List anwandte, um mich dort aus Gründen festzuhalten, die Sie durchschauen (wie Sie behaupten), mir aber nicht entdecken; gestatten Sie mir dennoch die Bitte, mit meiner Geschichte fortfahren zu dürfen –

Mein Gastgeber hielt mir das Taschentuch entgegen und hieß mich, es zu inspizieren, was ich tat. Den Anfangsbuchstaben »P« sah ich gewiß, verschlungen mit dem »H« seines Vornamens. Sodann erhob er sich und begab sich zu einem Schrank, dem er einen mit Perlmutt eingelegten Ebenholzkasten entnahm. Er öffnete ihn und reichte ihn mir zur genauen Betrachtung. Der Kasten enthielt Wäschestücke und einige dieser Taschentücher. Sie waren aus feinstem Linnen, und die Initialen waren in ähnlicher Weise eingearbeitet. Mein Gastgeber sprach:

»Glauben Sie mir jetzt?«

In großer Hast versicherte ich ihm, daß ich ihm nur insofern mißtraut hätte, als ich glaube, er habe vielleicht geträumt, und er lächelte und sagte mit einer matten Handbewegung:

»Das ist gänzlich ohne Bedeutung. Ich bitte Sie nur, ich bitte Sie inständig, mir einen Dienst zu erweisen: den Rest dieser Nacht mit mir in meiner Schlafkammer zu verbringen.«

Unsägliches Grauen erfüllte mich.

»Es besteht nicht die geringste Gefahr!« rief er aus. »Nicht die geringste. Ich würde ansonsten keine solche Bitte an Sie richten. Es geht nur darum, daß Sie die Wahrheit meines Erlebnisses bestätigen und bezeugen, daß ich geistig gesund bin. Mann Gottes! Ich muß es wissen.«

»Mein lieber M. P-«, sagte ich, so freundlich ich es vermochte. »Und wenn es mir nicht gelingen sollte, Ihnen Frieden zu verschaffen? Was dann? Wenn sich das Duell gar nicht wiederholt, wenn der Name Violette nicht noch einmal ausgestoßen wird?«

Die Show war zu Ende, und Melrose sah, wie der Gitarrist wieder auf dem Barhocker Platz nahm. Schlecht war er nicht; wenigstens spielte er akustisch und nicht elektrisch. Melrose fragte sich, was Lou Reed wohl aus der Story von Violette gemacht hätte: (»Violette said/As she got up off the floor/This is a bum trip/And I don't love you anymore...«)

»Würden Sie bitte mit dem Gesumme aufhören?« bat ihn Ellen gereizt.

Und Wiggins sagte vorwurfsvoll: »Ich möchte gern wissen, was aus Violette geworden ist.«

Woraufhin Melrose sagte: »Sie ist tot.« Er hatte die Nase voll von diesem Gesülze. »Sie liegt unter den Fußbodendielen, warten Sie's nur ab. Edgar Poe könnte besser Gitarre spielen, als Beverly Brown schreiben.«

»Ach, seien Sie doch still«, sagte Ellen, und das spröde Papier raschelte, als sie die nächste Seite nahm.

Melrose drehte sich um und hörte der angenehm klagenden Stimme des Gitarristen zu, die zu dem Lied nicht so recht paßte.

Jury sagte: »Ich finde, die Geschichte ist ganz schön vielschichtig.«

»Der Los Angeles Freeway auch«, sagte Melrose.

Ellen las:

»Wenn Sie nichts hören und nichts sehen, muß ich eben akzeptieren, daß ich —«

Ich verstand, und in der nun folgenden schwer lastenden Stille empfand ich eine tiefe Bestürzung und geistige Verwirrung. Aber schließlich willigte ich ein, insistierte jedoch darauf, daß wir, bevor ich mich in die Schlafkammer begab, in den Hof hinunterstiegen, wo ich mich vergewissern wollte, daß er sicher abgeschlossen sei.

Wir stiegen hinab, und ich überprüfte den gepflasterten Hof mit unseren Laternen, dem einzigen Licht, das uns zur Verfügung stand, um die pechschwarze Dunkelheit zu erhellen. Es ist schwierig, den Hof zu beschreiben, der meinen Geist im Nu mit seiner undurchdringlichen Düsterkeit umhüllte wie mit einem kohlschwarzen Cape. Auf drei Seiten umgaben uns Mauern, auf der vierten befand sich das eiserne Tor, durch das in all den Jahren niemand hindurchgegangen war, wenn man dem rostigen Schloß Glauben schenken wollte. Der trockene Springbrunnen, die verdorrten Bäume, die schwammigen Moose, die an den Steinen hochwucherten – das alles bezeugte, daß sich niemand innerhalb dieser Mauern aufgehalten hatte. Dennoch war ich nicht befriedigt. Denn ich war sicher (trotz Ihrer heftigen Einwände, Madam), daß M. P- ein geistig ebenso gesunder Mann war wie ich, und daß, wenn das der Fall war, die uns umgebenden Mauern und das Tor den Gefährten seiner schlaflosen Nächte, den Duellanten, Einlaß gewährt haben mußten. Ich schritt von einer Mauer zur anderen, meine Hände an den feuchten Steinen, und suchte einen möglichen geheimen Zugang.

Und in diesem Moment, und mag es auch noch so überspannt klingen, fühlte ich, wie die kalten Steine *weinten* –«

Melrose fuhr dazwischen. »Nicht unter den Bodendielen, hinter den Mauern.«

Ellen und Wiggins schauten ihn wütend an. Jury studierte die Manuskriptseite, die Ellen gerade vorgelesen und weggelegt hatte.

»Wie unendlich öde«, sagte Melrose und gähnte. »Es ist bloß ›Das Faß Amontillado‹ noch einmal aufgewärmt. Er hat sie da drin eingemauert.«

»Achten Sie gar nicht auf ihn, er will uns nur ärgern«, sagte Ellen und steckte die Seite sorgfältig in die Plastikhülle.

Wiggins starrte sie an: »Aber, Miss – wie geht es weiter? Gab es einen Geheimgang oder so etwas?«

Ellen zuckte mit den Schultern und seufzte: »Ich weiß es nicht.«

Wiggins sah völlig fertig aus. »Sie meinen, das ist das *Ende*?«

»Das ist alles, was sie mir gegeben hat. Falls es noch mehr gibt, habe ich es jedenfalls nicht gefunden.«

Da schaltete sich Melrose ein. »Sie sollten das gar nicht mit sich herumschleppen. Sie sollten das ganze Zeug der Polizei übergeben. Oder Owen Lamb. Oder sonst jemandem.«

»Warum? Weil es eine Fälschung ist?« sagte Ellen mit schneidender Liebenswürdigkeit.

»Eine gefährliche Fälschung.«

Jury fing an zu lachen.

Alle schauten ihn an.

Er lachte noch lauter.

»Was ist?« fragte Melrose.

Er drehte die Manuskriptseite um, damit alle sie sehen konnten, und zeigte auf die Stelle mit dem Taschentuch. »Es sind die idiotischen Initialen. HP. In das Taschentuch gestickt.«

»Richtig. Und...?«

»Noch nie was von Helmsley Palace gehört?« Jury lehnte sich im Stuhl zurück und lachte noch lauter.

29

»Nouveau Pauvre, Hughie«, sagte Melrose, womit er dessen Stadtkenntnisse dem Härtetest unterwarf. Er knallte die Autotür zu, daß die an der Scheibe klebende Bart-Simpson-Puppe anfing zu zappeln.

Hughie trommelte mit den Fingern aufs Steuer und wiederholte: »Nu-vo Poof, hmm... ah ja! Der Schuppen auf der Howard, der dieser Schwuchtel gehört – pardon – dem Schwulen, meine ich, der diesem schwulen Macker gehört.«

Beim Anfahren überlegte Melrose, ob »schwuler Macker« nicht ein Widerspruch in sich war, aber er sagte nichts. Es war schon schwer genug, Hughie von den Fischen fernzuhalten; Melrose wollte ihn nicht in eine Diskussion über die Schwulenbewegung oder Politik verwickeln. »Halten Sie das Steuer bitte fest, wenn Sie fahren, ja?«

Hughie hatte einen Arm über die Rückenlehne des Vordersitzes drapiert und bog um die Straßenecke, einen Finger im Steuer verhakt.

»Und fahren Sie nicht langsamer«, sagte Melrose mit stahlharter Stimme, »wenn wir am Aquarium vorbeikommen.« Er zog Stadtführer und Brille heraus.

»Die größten Stechrochen auf dem Festland der Vereinigten Staaten.« Hughie versuchte, Melroses Blick im Rückspiegel zu begegnen.

Melrose entzog sich der Begegnung. Während der Fahrt schlug er die Sehenswürdigkeiten nach, die Hughie identifizierte. Ja, das, was da weit vor ihnen lag, war tatsächlich das Battle Monument. »Wo ist der Federal Hill?«

»Der ist da hinten, ein paar Meilen entfernt von Fort McHenry. Wollen Sie hin?«

»Was? Nein, nein, ich habe nur so überlegt.«

»Die Unionstruppen ham ihn im Bürgerkrieg besetzt. Maryland war nämlich irgendwie für den Süden, aber *sicher* wußte es keiner.«

Das klang reichlich salopp, fand Melrose. Er steckte den Führer wieder in die Tasche und versuchte nachzudenken, obwohl Hughie unverdrossen seine Version der Geschichte Marylands zum besten gab. Er schloß die Augen und rief sich das Bild der Cider Alley ins Bewußtsein, von Estes und Twyla und dem Hauseingang, wo die Farbe abblätterte und die Leiche John-Joys gefunden worden war. Vielleicht konnte Milos ihm doch noch etwas über John-Joys Geheimnis erzählen, wenn es denn ein Geheimnis war.

»... McHenry, da hat Francis Scott Key die amerikanische Nationalhymne geschrieben. Hat er beides, Text und Musik, geschrieben, wissen Sie das?«

»Ach, wahrscheinlich nicht. Wahrscheinlich hat er mit jemandem zusammengearbeitet.«

»Wie die Gershwins.«

»Hm, hm.« Während sie über eine Straße mit Antiquitäten- und Trödelläden fuhren, ließ Melrose Hughie weiterschwatzen. Nouveau Pauvre, sah Melrose, als Hughie das Tempo drosselte, ging auf eine malerische Häuserzeile, deren Veranden und Dächer stufenartig anstiegen. Es war ein romantischer kleiner Laden mit weißen Schindeln, und fein geschmiedete gußeiserne Gitter schmückten Treppe und Veranda.

Als Hughie einen Parkplatz suchte, um Melrose bei seinem Abenteuer zu begleiten, sagte dieser ihm, er solle ihn in einer Stunde wieder abholen. Das Taxi hielt an, und Melrose stieg aus.

Das gußeiserne Treppengeländer erinnerte Melrose an Anzeigen für »entzückende Landhäuser« und Bilder von New Orleans. Die oberste Stufe war so breit und hoch über dem Erdboden, daß ein Mann leicht darunter stehen konnte.

Da stand auch ein Mann. Mit Hund. Wenn Melrose nicht gewußt hätte, daß es Milos war, hätte er es bestimmt jetzt an dem Schild erkannt, das Besucher ermahnte, sich von seinem Platz fernzuhalten. Der kräftige Mann trug einen Armeemantel und sah aus, als sei er in dem Unterstand, den ihm der Laden gewährte, festgewachsen. In der angenehmen Überzeugung, daß er mit Obdachlosen ja nun mittlerweile auf du und du stand, zog Melrose lächelnd einen Schein aus der Börse. Der Hund schien zwar zweifelhafter Abstammung, aber freundlicher als der Mann zu sein; er bellte leise und wedelte mit seinem Stummelschwanz.

»Entschuldigen Sie, bitte. Ob ich wohl ein paar Worte mit Ihnen reden kann?« Melrose knisterte mit dem Geldschein, damit der Blinde merkte, daß er bereit und willens war, für Informationen zu zahlen. Dieser spezielle Blinde aber stellte einfach den entnervenden Blickkontakt her, bei dem man das Gefühl bekam, er starre einen direkt an. Kein Wunder, daß Melrose Milos' Taubheit einen Moment lang vergessen hatte.

Er entdeckte ein Häuflein Zigarettenkippen in einem Blechaschenbecher und zückte sein Zigarrenetui. Der Hund bellte zustimmend, vielleicht wollte er eine mitrauchen. Melrose fiel ein, daß Jury gesagt hatte, man könne in Milos' Hand schreiben, und er langte danach. Er legte ihm die Zigarre in die offene Hand.

Er hatte erwartet, daß Milos das Geschenk unter allerlei Gefummel, Geklammere und Gegrunze annehmen würde. Statt dessen hielt Milos die Zigarre hoch, fuhr sich ein paarmal damit unter der Nase entlang und versuchte, sie in der Brusttasche seiner Anzugjacke, die überhaupt nicht zu der Hose paßte, zu verstauen. Er machte etliche erfolglose Versuche, sie hineinzuschieben, aber es gelang ihm nicht. Dann probierte er es bei der anderen Tasche und hatte Erfolg. Alles ohne Kommentar, als sei er der Auffassung, daß ihm Geld und Zigarre von Rechts wegen zustanden.

Es schien kein Gespräch zu werden, in dem die üblichen einleitenden Höflichkeitsfloskeln zu beachten waren, deshalb hob Melrose die Hand des Mannes einfach noch einmal und kritzelte auf die Handfläche. »John-Joy?«

»Wer, ich? Ich bin nicht John-Joy. Können Sie nicht lesen?« Milos deutete mit dem Daumen hinter sich.

»Nein, nein«, sagte Melrose automatisch. Er seufzte, nahm wieder Milos' Hand und schrieb sorgfältig: »Was ist der Kram?«

Unwillig bewegte Milos den Kopf von links nach rechts. Er brüllte: »Zum Teufel, ich bin nicht krank. Ich bin blind, du Arschloch, falls dir das bisher entgangen ist!«

Wieder ergriff Melrose seine Hand und schrieb in großen Buchstaben: »Nein.« Und danach: »Der Kram.«

»Was? Hat sich ausgekramt, verpiß dich, du Penner!«

Die Polizei in Baltimore mußte eine Engelsgeduld haben, wenn sie aus Milos Informationen herausbekommen hatte (was ihr allem Anschein nach gelungen war, auch wenn sich über deren Brauchbarkeit streiten ließ), jedenfalls mehr Geduld, als Melrose je bei der Polizei erlebt hatte.

Seufzend gab er auf und kletterte die Treppe hoch.

»Hallo? Suchen Sie ein Geschenk? Ein Freund bankrott? Ihr Broker unbekannt verzogen? Demnächst eine Steuerprüfung? Alles auf einen Schlag?«

Ein schlanker Mann spazierte auf Melrose zu, während er diese Salve von Fragen auf ihn abschoß. Angesichts seines Outfits war »schießen« ein angemessener Ausdruck: bestickte Weste, Cowboystiefel aus geprägtem Leder und ein bodenlanger, leichter Mantel, der Clint Eastwood in einem seiner Spaghetti-Western hervorragend gestanden hätte. Schwer zu sagen, ob es seine Geschäftskleidung war oder ob das Geschäft nur die Kulisse abgeben sollte – das Bühnenbild für ihn.

»Schwuler Macker« war mal wieder eine von Hughies Fehlinterpretationen. Der Macker hier kam garantiert bei Frauen an. Melrose erwiderte das ansteckende Lächeln. Die Sprüche waren natürlich interessanter als das übliche »Was wünschen Sie?«

Melrose antwortete: »Eigentlich nichts von alledem. Ich bin zu Besuch hier und suche ein Mitbringsel für eine Dame. Etwas schrecklich Amerikanisches.«

Der Mann lächelte. »Hier gibt's nichts, das *nicht* schrecklich amerikanisch ist.« Er schob die Hände in die Taschen seiner Jeans und schaute sich fröhlich um, als könne er sich an den Zeugnissen seiner Findigkeit gar nicht genug erfreuen.

»Sind Sie der Inhaber?«

»Aber gewiß doch.«

»Mein Name ist Melrose Plant.« Melrose zog eine seiner uralten Visitenkarten aus der Schachtel und gab sie ihm. Manchmal war Adel ja vonnutzen.

Alan Loser studierte die Karte mit der eingravierten Schrift. »Caverness. Lord Caverness?«

»Nein, Lord Ardry. Das ist der Familienname. Und dann Earl of Caverness etcetera.«

»Ich bin schon von dem Teil mit dem Grafen beeindruckt. Wage mir gar nicht vorzustellen, was das ›etcetera‹ alles noch sein mag.«

Melrose lächelte. Er betrachtete ein Regal mit Büchern, von denen er noch nie gehört hatte, und überlegte, ob sie hier standen, weil sie so obskur waren. Und dann erhellte sich seine Miene bei einem vertraut aussehenden glänzendroten Umschlag. Aha! Hier also hatte sie es gekauft!

»Ich sehe, Sie schauen sich die Bücher an. Liest Ihre Freundin?«

Konnte Agatha lesen? Er nahm ein Exemplar von *Zu Gast in Baltimore*. »Na ja, Speisekarten.«

Alan Loser kicherte. »Ißt gern, was? Wie wär's dann mit dem hier?«

Er händigte Melrose ein Buch mit dem Titel *Gehen wir Okra essen* aus. Auf dem Umschlag kletterten etliche spillerige Okras, alle mit Sonnenbrillen, Hütchen und Picknickkörben aus einem Auto.

»Hier werden neunundneunzig Arten, Okra zu kochen, beschrieben – zum Picknick, Abendessen, zum Lunch fürs Büro, was das Herz begehrt. Ein Okra-Kochbuch finden Sie in England garantiert nicht. Nicht, daß Sie dort eines bräuchten.«

»Ich glaube nicht einmal, daß ich in England eine Okra finden würde. Ist das nicht das dunkelgrüne, schleimige Gemüse, das man für – wie heißt es noch?«

»Gumbo. Das man für Gumbo braucht. In dem Buch hier sind aber keine Gumbo-Rezepte.« Er blätterte das Buch durch. »Die üblichen Sachen sind hier nicht drin.«

»Mir wäre nie in den Sinn gekommen, daß man mit Okras überhaupt übliche Sachen anstellen kann.«

»Ich weiß. Hier steht aber auch drin, wie man sie kochen muß, um die Schleimschicht rauszukriegen.«

»Aber wenn sie sowieso schleimig sind, warum kocht man sie dann noch?«

»Wie Sie sich vorstellen können, war das Buch kein riesiger kommerzieller Erfolg.«

»Ich kann mir nicht vorstellen, daß überhaupt eines dieser Bücher ein Erfolg war.« Melrose schaute sich um. »Stoßen diese ganzen Mißerfolge die Kunden nicht eher ab?«

»Machen Sie Witze? Oder haben Sie eine höhere Meinung von der menschlichen Natur als ich? Sie scheinen die niedrigeren Instinkte der Menschheit zu ignorieren. Des einen Leid ist des andern Freud. In die Richtung wollte ich den Laden zuerst nennen. Doch dann gefiel mir die Abwandlung von ›neureich‹ so gut.«

»Ich glaube, ich nehme den.« Melrose gab ihm den Stadtführer.

»Gute Wahl. Vermutlich der idiotischste Stadtführer, der je geschrieben wurde.«

Da war sich Melrose nicht so sicher. Er hatte das Gefühl, er müsse die Schwestern Bessie verteidigen, nachdem er soviel Zeit mit ihrer kleinen Familie verbracht hatte. Wenn Lizzie und Lucie Bessie nicht gewesen wären, hätte er mit Hughies Version von allem vorlieb nehmen müssen. »Eine Freundin von mir hat mir einen gekauft.« Er hielt sein Exemplar hoch.

Alan Loser lachte. »Sie sind das? Ellen war erst vor ein paar Tagen hier.« Sie waren zur Ladentheke gegangen, und Loser holte Papier und Band. »Woher kennen Sie Ellen?«

»Ich habe sie vor ein paar Jahren in England kennengelernt. Sie düste auf einer BMW durch die Moore North Yorkshires.«

»Typisch für sie.«

Melrose sah zu, wie Loser das Band geschickt um das Päckchen wickelte. »Sie hat für ein Buch recherchiert, aber ich glaube, sie hat es nie geschrieben. Das von damals meine ich. Haben Sie *Fenster* gelesen?«

Loser nickte. »Bin aber absolut nicht schlau daraus geworden.« Dann fügte er hinzu: »Ich bin natürlich kein Fachmann.«

Melrose fand die Nachbemerkung ziemlich dreist.

»Mit dem neuen scheint sie Probleme zu haben. Sie hat mir auch erzählt, daß eine Studentin von ihr ermordet worden ist. Schrecklich. Vermutlich hat der Mord ihr das Schreiben vergällt.« Das war so weit von der Wahrheit entfernt, daß er beinahe, beinahe errötet wäre.

»Sie meinen Beverly Brown.« Loser schnitt das Band ab.

»So hieß sie, glaube ich. Haben Sie sie auch gekannt?«

»Oh, ja, sie hat an mehreren Nachmittagen in der Woche hier gearbeitet. Schrieb an ihrer Doktorarbeit. Die Bullen haben die Bude hier auf den Kopf gestellt. Nicht nur das, sondern auch zwei Ihrer Landsleute waren hier. Scotland Yard Mordkommission.« Er legte das eingewickelte Päckchen auf die Theke. »Ja, Beverly hat einen ganz schönen Wirbel veranstaltet. Angeblich hat sie ein Manuskript von Edgar Allan Poe ausgegraben. Das hat Ellen Ihnen aber wahrscheinlich alles erzählt.«

»Ja. Erstaunlich. Glauben Sie, es ist echt?«

Loser zuckte mit den Schultern. »Wie kann jemand etwas so Kompliziertes fälschen? Und da es unvollendet ist, muß es nicht einmal den Ansprüchen an Poes Einfallsreichtum genügen, meinen Sie nicht auch?« Er lachte.

Melrose war zu dem Eßtisch mit den Gedecken aus dem Helmsley Palace gegangen. Er nahm eine Serviette in die Hand und lächelte. Als sie gestern abend im Horse gesessen hatten, waren sie alle einhellig der Meinung gewesen, daß Ellen recht gehabt hatte; Beverly Brown hatte ihre geistigen Fingerabdrücke auf der Story, die sie fabriziert hatte, hinterlassen.

»Es ist wie bei der Pralinenschachtel«, hatte Ellen gesagt. »Jedesmal, wenn sie im Nouveau Pauvre war, muß sie diese Gedecke gesehen haben.«

»Aber warum«, hatte Wiggins gefragt, »hinterläßt sie in der

Geschichte Spuren, die beweisen, daß alles fauler Zauber ist?« Wiggins war über die Lösung, zu der sie hinsichtlich der Echtheit der Geschichte gekommen waren, gar nicht glücklich gewesen.

Alan Losers Stimme unterbrach Melroses Erinnerungen an das Gespräch vom Vorabend. »Ist Ihnen in England Leona Helmsley ein Begriff? Die Queen of Mean?«

»Helmsley? Ja, davon habe ich gehört.« Melrose wedelte mit der Serviette. »Kann ich eine kaufen?«

»Ehrlich gesagt, ich verkaufe den Satz lieber komplett.«

»Gut. Dann nehme ich den ganzen Bettel.«

»Alle zwölf von den dämlichen Dingern?« Loser stieß ein kurzes Lachen aus. Als Melrose nickte, zuckte er die Achseln und fing an, sie einzusammeln. Sie gingen zurück zur Ladentheke, und er suchte eine Schachtel.

»Jeder hat seine eigene Theorie. Warum, glauben Sie, ist sie ermordet worden?«

»Beverly konnte sich im Handumdrehen Feinde machen. Ich kann mir nicht vorstellen, daß Professor Vlasic allzu erfreut über ihren ›Fund‹ war. Er hält sich selbst für einen Poe-Experten und ärgerte sich wahrscheinlich grün und blau, als einer von seinen Studentinnen etwas so Wertvolles wie ein Originalmanuskript in die Hände fiel und sie daran ging, eine Dissertation darüber zu schreiben, mit der sie ihn womöglich in den Schatten stellen konnte. So wie ich Beverly kannte, hätte das sogar ein Grund sein können, ihn als Doktorvater auszuwählen. Ihm ein bißchen Saures geben. Vlasic ist der einzige Professor, der Beverly jemals eine schlechtere Note als A gegeben hat. Damals habe ich gedacht, sie bringt ihn um.« Loser hatte einen Schuhkarton gefunden und fing an, die Servietten hineinzufalten. »Und dann der Professor, für den sie als Assistentin gearbeitet hat. Sie ist in sein Computersystem eingedrungen – der Typ ist Genealoge – und hat seine Dateien aufgemischt. Sie konnte ein ganz schöner Spaßvogel sein.«

»Ob jemand überhaupt eine Verbindung zwischen den Servietten und diesem Taschentuch gezogen hätte?« hatte Ellen weiter überlegt. »Wie dem auch sei, sie hat es vermutlich gar nicht mit Absicht getan.«

Woraufhin Jury gemeint hatte: »Vielleicht doch. Es tut mir richtig leid, daß ich Beverly Brown nicht kennengelernt habe.«

Melrose nun auch, während er zu einem kleinen Mobile hochschaute, das an einem Draht über ihm hing: Ein Hai jagte einen Schwarm kleiner Fische. Er berührte sie mit den Fingerspitzen, woraufhin sie alle wie wild durch die Luft schwammen. Er wollte sich zum Thema John-Joy vorarbeiten und kam zu dem Schluß, daß er wohl kaum etwas preisgab, wenn er es auf die direkte Tour anfing. »Morde passieren in Ihrer Stadt auch reichlich, was? Ellen hat erzählt, in einer Gasse sei ein Mann ermordet worden, der mit dem Burschen, den ich draußen gesehen habe, bekannt war. Milos? Heißt er so?«

»Genau, ja. Richtig, Milos kannte den Mann. Mittlerweile habe ich erfahren, daß sie sogar dick befreundet waren. Er kam immer hierher. Kann mir allerdings schlecht vorstellen, daß sie großartig miteinander geredet haben.« Wieder lachte Loser. Als sei das seine normale Reaktion auf das Unglück anderer. »Übrigens bezahle ich ihn. Er ist eine Art Angestellter. Er trägt entscheidend zur Atmosphäre bei, finden Sie nicht?«

Wenn man diese Atmosphäre mochte, dachte Melrose, und Wes und Jerry fielen ihm ein. Außerdem erinnerte Alan Loser ihn an Theo Wrenn Browne. Bis auf die Tatasche, daß Theo keinen Funken Charme besaß und Alan Loser jede Menge, waren sie sich merkwürdig ähnlich darin, wie sie sich am Pech anderer ergötzen konnten.

»Milos behauptet, er habe die Leiche in Cider Alley gefunden. Das hat er der Polizei gegenüber angegeben.«

»Stimmt das?« fragte Melrose.

Loser zuckte die Achseln. »Mit Milos zu kommunizieren ist nicht gerade leicht.«

Für manche Leute war es aber leicht.

Milos und der Hund saßen auf einer Decke, und Milos öffnete eine flache, weiße Schachtel.

Aus einem Parkplatz, den Hughie gerade ansteuerte, fuhr ein Auto mit einem blauweißen Würfel auf dem Dach: DOMINO'S PIZZA – FREI HAUS.

30

I

»Ham Sie jetzt Zeit fürs Aquarium?«

»Nein. Zurück nach Fells Point.«

Enttäuscht sackte Hughie in seinen Sitz. Schweigend fuhren sie die Howard Street hinunter, dann fragte er: »Fliegen Sie auch in 'n Westen, wenn Sie schon mal hier sind? Sehn sich den Grand Canyon an und das alles?«

»Leider nein. Wir sind nur für ein paar Tage hier.«

»Schlecht. Ich, ich reise, wann immer ich kann. Seit die Frau tot ist, wissen Sie. Is richtig mein Hobby geworden.« Er drehte sich um und schaute Melrose an. »Ich verrat Ihnen 'n Geheimnis. Wissen Sie, wie man 'ne Stadt am besten kennenlernt oder 'ne Gegend, wo man noch nie war?«

»Man nimmt ein Taxi?«

»Nöh. Nicht alle Taxifahrer sind so wie ich. Die meisten kennen die interessanten Orte gar nich. Nein, Sie müssen sich einen Makler nehmen. Niemand kennt eine Gegend besser als die Makler. Fahren Sie mit einem von denen, wissen Sie in kürzester Zeit alles drüber.«

»Aber dann müssen Sie sich doch auch die Häuser anschauen.«

»Ja, klar. Mögen Sie keine Häuser? Ich schon. Ich sehe gern, wie andere Leute wohnen. Und die Preisklasse können Sie sich ja auch aussuchen. Wenn Ihnen Boca Raton gefällt, kutschieren Sie einfach da rum.«

»Wo ist Boca Raton?«

»In Florida. Erst letztes Jahr war ich da. Hab ich ein Auto gemietet? Teufel, nein. Warum Geld zum Fenster rauswerfen? Ich hab mir 'nen Makler genommen.«

»Aber was, wenn Sie lieber in der Sonne liegen als Häuser anschauen?«

»Na ja, Sie latschen doch nicht den ganzen Tag mit dem Typ rum. Paar Stunden – drei vielleicht. Er besorgt die Fahrerei, die Sprüche über die Sehenswürdigkeiten, Sie setzen sich hin und glotzen. Wissen Sie, ich kann das mittlerweile aus dem Effeff. Ich lese mir durch, wo ich hin will, rufe 'nen Makler in Baltimore an und sage, ich will umziehen, und er soll mir 'nen Makler da besorgen, wo ich gerade hinwill. Mit Maklern rumzufahren macht wirklich Spaß. Sie reden gern und sind gutgelaunt. Ich glaube, Makler lieben ihren Beruf. Und wenn man will, springt auch noch ein freies Mittagessen dabei heraus. Aber das mach ich nicht; ich nutze sie nicht aus. Oft lade ich *sie* sogar zum Mittagessen ein. Und wenn man ins offene, weite Land fährt, zum Beispiel in Montana oder Colorado, irgendwo, wo die Landschaft richtig schön ist – herrlich. Sie fahren durch die Gegend, gucken sich ein Haus an, fahren wieder ein bißchen. Auf diese Weise bin ich in Aspen, Colorado, und in Jackson Hole gewesen. Ich kann Ihnen sagen, das ist mal was anderes.«

Melrose sah Lexington Market durchs Fenster, merkwürdig traurig bei dem Gedanken daran, wie Hughie seine Ferien in Boca Raton und Colorado verbrachte, mit Maklern herumfuhr und Häuser anschaute, die von ihren Bewohnern verlassen worden waren. Hughie, der in Küchen und Schränken und Blumenbeeten herumschnüffelte, über weiße Sandstrände bummelte und hin und wieder einen Blick in das Leben anderer Menschen riskierte.

Das alles ging Melrose durch den Kopf, während sie an den glitzernden Gebäuden von Harborplace vorbeifuhren, und plötzlich sagte er: »Ich hab's mir überlegt, Hughie. Gehen wir ins Aquarium.«

II

Hughies Heimat war definitiv das Meer.

»Da drin sind die Stechrochen«, sagte er, als sie in eine schimmernde Welt von Licht und Schatten, grünem Wasser und blauen Neonlampen traten.

Sie beugten sich über die Betonmauer und betrachteten die Rochen, die wie riesige bleiche Fächer durchs Wasser glitten.

»Mann, den Süßen möcht ich nicht im Dunkeln begegnen! Schauen Sie sich doch mal den Burschen an! Das is 'n Kuhkopfrochen.«

Der Kuhkopfrochen schoß direkt auf Hughie zu.

»Haben Sie Fische?« fragte Hughie.

»Fische? Nein.«

»Ich kaufe mir vielleicht welche. Wissen Sie, ein Aquarium mit ein paar tropischen Fischen.«

Der Rochen ergriff die Flucht. Vielleicht fürchtete er den Umzug in Hughies Aquarium.

Sie gingen eine Rampe hoch zu dem riesengroßen runden Behälter, der die Haie beherbergte. Im zweiten Stock wurden sie mit Geräuschen vom Band verwöhnt, von Urwaldgrunzen, -schnauben, -schreien und den Rufen von Nilpferden, Seehunden und Pinguinen. Die Zoologen und Ornithologen des Aquariums hatten vollständige kleine Welten kreiert. Nun standen Melrose und Hughie vor einer, die »Allegheny Pond« hieß, und Hughie quatschte die ganze Zeit über sauren Regen. »Wenn Sie mal was Schönes sehen wollen, dann fahren Sie in den Westen Marylands. Nach Allegheny oder Garrett County.« Er deutete mit dem Kopf auf das Glas, hinter dem kleine Fische schwammen und eine Schildkröte sich zentimeterweise voranschob. Ein Ochsenfrosch saß auf einem flachen Stein. Der Teich wurde von einem sich über Felsen ergießenden, künstlichen Wasserfall gebildet. »Saurer Regen. Sehen Sie?« Hughie zeigte auf das Schild. »Der erwischt die Hälfte der Flüsse dort oben. Haben Sie das Problem in England auch?« fragte er, als sie zur Chesapeake Bay nebenan weiterzogen.

»Heute gibt's doch überall sauren Regen.«

»Ja, wird wohl so sein.«

Sie blieben stehen und grübelten über das Ökosystem der Chesapeake Bay nach. »Ich hab 'ne Schwester in Delaware wohnen. Sie sagt, das Wasser da ist richtig schlecht. Die Strände, wissen Sie. Ich fahre nicht oft nach Delaware – he, habe ich Ihnen die Geschichte über die Delawares erzählt?«

»Doch, doch.« Melrose wollte eine Wiederholung von *Adel verpflichtet* vermeiden.

Hughie ließ sich nicht beirren: »Also, wenn die Queen das Handtuch schmeißt, übernimmt Prinz Charles, stimmt's?«

»Genau. Es sieht bloß im Moment nicht so aus, als verspüre er große Lust dazu.«

»Im Ernst?« Hughie schürzte die Lippen und dachte darüber nach. Er ging mit dem Gesicht näher ans Glas. »Da ham wir blaue Schwimmkrabben und Sumpfschildkröten, in der Chesapeake Bay.« Er nickte in Richtung des sumpfigen Geheges.

Sie gingen weiter.

»Und wer übernimmt dann?«

»William.«

»Wer ist das?«

»Charles' Sohn.«

Hughie runzelte die Stirn. »Und wer ist eigentlich Prinz Andrew?«

»Charles' Bruder.«

»Sie meinen, der Bruder kommt nicht zuerst? Sie meinen, das

Gör erbt's? Mein Gott.« Mißbilligend schnalzte er mit der Zunge. Beim Schlangestehen für den Thron Großbritanniens ging es aber auch gar zu ungerecht zu. »Kein Wunder, daß dieser Delaware seinen Onkel abgemurkst hat.«

Melrose schaute ihn an, schüttelte den Kopf, schaute weg. »Das ist aber nicht dasselbe. Die Gesetze der Erstgeburt sind sehr streng. Nur wenn Charles, sein Sohn William und sein anderer Sohn Harry sterben oder abdanken, nur dann tritt Prinz Andrew auf den Plan.«

Jetzt standen sie in einem abgedunkelten Bereich, in dem die kleinen, dunklen Laternenfische aufleuchteten wie Glühwürmchen.

Mit der Rolltreppe fuhren sie eine Etage höher in den Regenwald: gigantische Palmen in dichtem, warmem Dunst, es krächzte und tschilpte. Wirklich eine außerordentlich gelungene Simulation, dachte Melrose.

»He, jetzt schauen Sie sich die Flamingos an! Ich hatte ganz vergessen, daß sie Flamingos ham.«

»Das sind doch keine Flamingos«, sagte Melrose verdrießlich.

»Aber ja doch. Sehn Sie doch, wie leuchtendrosa sie sind, und die wirklich dünnen Beinchen.«

»Für Flamingos sind sie zu klein.«

»Und was sind sie sonst?« fragte Hughie herausfordernd.

»Weiß ich nicht.«

Eine Weile lang schwieg Hughie und schaute die rosafarbenen Vögel an. »Und was ist mit Prinzessin Anne? Darf die nicht auch mal?«

»Ganz zum Schluß. Anne steht ganz am Ende der Schlange. Die Brüder und männlichen Erben müßten alle erst das Zeitliche segnen.«

»Die ganzen Kinder? Vor den Frauen? Was für eine Chauvi-Bande!«

»So kann man's auch sehen. Aber nicht so schlimm wie bei den

Linien, wo nur die Männer die Titel erben können. Stirbt der letzte männliche Nachkomme, finito.«

»Wie bei den Delawares.«

»Ja, wahrscheinlich.«

»Haben Sie Geschwister?«

»Nicht Bruder noch Schwester.« Sie waren halb um das Gehege herumgelaufen, und Melrose beugte sich über ein schmales weißes Schild, das den Besucher über die Bewohner informierte. »›Roter Sichler‹. Es sind Ibisse. Die rosafarbenen Vögel.«

»Gucken Sie, da«, sagte Hughie und zeigte auf einen braungefleckten, dünnbeinigen Vogel, der sich davonschlich wie ein Dieb. »Ein Fasan.«

»Glaube ich nicht.«

»Klar. Ich jage doch immer. Ein Fasan.«

Erbost über Hughies Sturheit schaute Melrose sich nach einer Beschreibung um. »Warum sollten sie einen Fasan in den Regenwald stecken?«

»Weiß man's?«

In der Wärme und Feuchtigkeit wurde Melrose schläfrig. »Wahrscheinlich sind es die Ibisweibchen.« Aber Hughie war schon weitergezogen. Melrose suchte das Unterholz nach dem exotischen Leben rund um den Äquator ab, von dem ein Schild behauptete, es sei in den dichten Binsen und übrigen Gewächsen versteckt und wenn man genau hinschaute, würde man es finden. Aber das einzige, was er sah, war der blöde Vogel, der daherstelzte.

Hughie winkte ihm, damit er sich eine Tarantel anschaute, und Melrose ging unter ein paar krächzenden Papageien vorbei, die ihn an die Aliceanna Street erinnerten. Er bedauerte, daß er Jip nicht mitgenommen hatte, aber sie war wahrscheinlich ohnehin in der Schule. Allzuviele Lichtblicke hatte ihr Leben da über dem Laden sicher nicht.

Er blieb stehen und schaute sich einen Blauen Pfeilgiftfrosch an, einen von vielen winzigen Fröschen, nicht größer als sein Daumennagel, eingeschlossen in die grünen Schatten ihrer Pseudosavanne.

Dann begaben er und Hughie sich eine Etage tiefer und drehten eine Runde um die Haifischbecken. Hughie redete immer noch über Adelstitel. »Also, damit ich das richtig verstehe: Sie heißen nicht Caverness, oder?«

»Mein Name ist Plant. Caverness ist eine Gegend. Wie Devon. Prinz Andrew ist der Herzog von York. Er heißt Windsor.«

»Und wie stellt man das an, wenn man einen Titel beanspruchen will?«

Melrose beobachtete einen Schwarm Engelhaie, die vom Nichts ins Nichts schwammen. Schon waren sie wieder da. Na ja, jedenfalls sah es so aus, als ob es wieder dieselben wären. »Sie müßten sich mit dem Crown Office, dem Oberhofgericht, in Verbindung setzen und den Beweis zur Begutachtung den Juristen Ihrer Majestät vorlegen.«

»Mann, bin ich froh, daß ich mich mit so 'nem Quatsch nich abplagen muß. Bin ich froh, daß ich mir bloß über Bill Clinton den Kopf zerbrechen muß. Und auch das tu ich lieber nich zu oft und nich zu heftig.«

»Adelstitel sind kompliziert.« Melrose wünschte, Hughie würde endlich mit dem Thema aufhören, denn es erinnerte ihn nur an seine eigenen Titel und an seinen Vater. Das stimmte ihn traurig, noch trauriger stimmte ihn allerdings der Gedanke an seine Mutter.

Aber er konnte die Erinnerungen nicht verscheuchen. Ihm kam in den Kopf, wie er vor Jahren mit Jury über diesen Burschen Tommy Whitaker gesprochen hatte, einen Marquis. Tommy war nicht »echt«, hatte Melrose damals gesagt. Er nahm diese alte Debatte mit sich selbst wieder auf, obwohl sie eigentlich längst ad acta gelegt war. Zuerst hatte er es sehr schwierig, seiner Mutter zu verzeihen, und dann bemerkenswert einfach.

Ein wüst dreinschauender Hammerhai bewegte seinen massigen Körper vor ihnen her, während Hughie immer noch über die Familie Delaware redete.

An Stech- und Adlerrochen vorbei gingen sie zum Ausgang. Vor den Aquarien sagte Hughie: »Eigentlich gar nicht so übel. Das Leben hier, meine ich. Naturschutzgebiet – keine Gefahren, ein Bett und drei ordentliche Mahlzeiten am Tag. Und man muß keine Angst haben, daß einem einer ein Messer in den Rücken sticht.«

»Ich weiß nicht. Es ist doch überhaupt nicht spannend. Glauben Sie nicht, es muß auch eine gewisse Spannung im Leben geben, damit es nicht auseinanderfällt?« Na, das war doch mal wieder echtes britisches Pathos.

Das fand Hughie auch. »Spannung? Au, Junge, ich wette, die ganzen Penner – Entschuldigung, die ganzen Obdachlosen – finden es bestimmt bärenstark, so unter Spannung zu stehen.«

Melrose dachte an Cloudcover und dessen absurd ironischen Namen. Er sah Wes' und Jerrys Gesichter vor sich. Die Cider Alley und Milos. Wie Milos dastand und versuchte, die Zigarre in seine Jackentasche zu stopfen.

Die Jacke!

Herr im Himmel, dachte Melrose, denn plötzlich kam ihm ein Gedanke: die Hose, die er in John-Joys Karren gefunden hatte. »Hughie, wir müssen los.«

»Was, zum Teufel? Wo fahren wir hin?«

»Zurück zum Nouveau Pauvre.«

III

»Macke? Ich habe keine Macke! Verdammte Scheiße, was reden Sie da?«

Diesmal war Melrose fest entschlossen. Nach zwei weiteren Versuchen, Milos in die Hand zu schreiben, und einem Bündel Geldscheine, mit denen Milos sich eine ganze Pizzeria hätte kaufen können, brachte Melrose endlich die Worte »Jacke« und »Jakkett« rüber. Als Milos immer noch nicht geneigt war, seine Anzugjacke aufzugeben, und brüllte, dazu sei es, verdammt noch mal, zu kalt, schrieb Melrose ihm in die Handfläche »T A U - S C H E N«.

Es mißfiel ihm zwar außerordentlich, das letzte ihm verbliebene anständige Kleidungsstück – seinen zweireihigen blauen Blazer – zu verlieren, aber sonst hatte er nichts mehr. Sie tauschten.

Der Blazer war ein wenig schick für Milos, aber das störte ihn nicht. Er war sorgfältig mit der Hand darüber geglitten, hatte sich von der einwandfreien Qualität überzeugt und eingewilligt, sein Nadelstreifenjackett dafür herzugeben. Nein, *verkaufen* würde er es nicht. Wann bekäme er je wieder ein so feines, wenn nicht jetzt das von Melrose? Dieses Jackett hatte er John-Joy schon immer abschwatzen wollen, und John-Joy hatte ihm versprochen, er bekäme es, wenn er stürbe.

»Aber wenn Sie den Cops erzählen, wo ich das Jackett her habe, sage ich, Sie sind verrückt, das sind Sie sowieso.«

Melrose erklärte, er habe keinerlei Bedürfnis, es der Polizei zu sagen.

Milos rollte die Ärmel des Blazers auf, schüttelte die Schulternähte zurecht und schrie: »Wie seh ich aus?«

»Wunderbar!« schrie Melrose zurück. Als Milos »Was?« blaffte, schrie er es noch einmal. Auf die Prozedur mit der Schreiberei in die Handfläche hatte er nicht noch einmal Lust.

Da er seinen Mantel längst eingebüßt hatte und auch kaum in dem Seidencape durch Baltimore fahren konnte, blieb ihm keine andere Wahl, als das Nadelstreifenjackett anzuziehen. Sei's drum. Er klopfte sich auf die zugenähte Brusttasche (deshalb war die Zigarre nicht hineingegangen) und fühlte darin etwas, das Papier sein konnte.

Der Kram, hoffte er und kletterte ins Taxi.

31

Das Stadion, ein roter Bau aus Ziegeln und Beton unter strahlend blauem Himmel, roch pfuschneu und hallte regelrecht wider von den künftigen Besuchermassen. Erwartungsvoll summte es in der Luft. Jury stieg die hohen, breiten Treppen hinunter und bewunderte Konstruktion und Silhouette.

Der Stadionwart hatte ihn Gänge mit roten Ziegelsteinbögen hinauf- und hinuntergeschickt, die quer durch das riesige Mosaik der Tribünen und Blöcke ins Zentrum dieses Meeres aus grünen Sitzen verliefen. »Er kann überall und nirgends sein«, hatte der Mann gesagt, mehr beeindruckt von dem Namen Patrick Muldare als von Jurys Plastikausweis. Er hatte gerade Kaffeepause, hatte sich in seinem Stuhl gefläzt und wies Jury den Weg, indem er mit dem Daumen hinter sich zeigte. Dann begab er sich wieder an seine Sportillustrierte (»die neue Bademode«, hatte er Jury feixend informiert). Er war nicht unfreundlich, aber Scotland Yard haute ihn nicht vom Stuhl.

Er hatte Jury gesagt, er solle in den Blöcken 35 und 36 nachschauen, direkt unter der Pressetribüne, aber Jury hätte Muldare trotzdem verpaßt, wenn der nicht aufgestanden wäre und wild mit den Armen gewedelt hätte. Da mußte Jury von ganz unten wieder hinaufklettern.

Als er sich neben Muldare niederließ, sagte er ohne jede weitere Vorrede: »Ist es nicht toll? Ein tolles Stadion?«

Der Meinung war Jury auch. Sie saßen nebeneinander und schauten einträchtig über das halbrunde Außenfeld, die gigantische Anzeigetafel und zur Skyline von Baltimore.

»Kommen Sie oft hierher?« fragte Jury.

»Wann immer ich die Gelegenheit habe. Es gab vehementen Widerstand dagegen, Steuergelder für den Bau dieses Stadions auszugeben. Schließlich haben wir ja das Memorial Stadium.

Aber es hat sich gelohnt. Wenn die Leute es erst einmal sehen, wird manch einer seine Meinung ändern. Saisonkarten zu kriegen wird bestimmt genauso schwer wie zu den alten Colts-Spielen. Wissen Sie, es gab Zeiten, da konnte man nur beten, daß jemand stirbt, wenn man eine Saisonkarte für die Spiele drüben im Memorial haben wollte.« Er grinste. »Aber selbst wenn jemand starb, erbten die Verwandten sie. Das letzte Spiel, das ich von den Colts gesehen habe, war 1983, kurz bevor sie nach Indianapolis verschwanden. In der Zeit füllten sie nicht mal das halbe Stadion, es war ein einziges Trauerspiel. Ich will den Namen zurückkaufen. Das bringt vielleicht was bei den Anteilseignern. Im Moment ist die NFL offenbar der Meinung, daß Baltimore die Eagles auf der einen und die Skins auf der anderen Seite hat und wir deshalb kein eigenes Footballteam brauchen. Wenn man sich dagegen Charlotte anschaut – weit und breit kein Team in Sicht. Sie brauchen eines, und sie haben mehr Geld. Ein Stadion würden sie bestimmt auch bauen. Ich glaube, ihre Chancen stehen besser. Aber wir wiederum haben eine bessere Chance als St. Louis.«

»Die anderen hatten keine Colts.«

»Wenn mir nur etwas einfiele, was ich zu unseren Gunsten in die Waagschale werfen könnte.«

Jury lächelte. »Was Hollywoodmäßiges.«

»Das können Sie laut sagen, was verdammt Dramatisches.«

»Lebt Johnny Unitas nicht in Baltimore?«

»Ja. Woher wissen Sie denn das?«

»Wozu bin ich Kriminalbeamter? Warum gewinnen Sie ihn nicht als Trainer?«

Muldare lachte und freute sich, daß Jury langsam Blut leckte. »Ja, das wäre allemal dramatisch. Wohl wahr.« Muldare schaute über das Spielfeld, als sei das Stadion seine ureigene Schöpfung und lächelte dabei wie ein kleiner Junge. In Ermangelung seines Balls aus dem Büro grub er die Faust in die Handfläche der anderen Hand, als bereite er sich auf einen Wurf vor.

Jury versuchte, sich Patrick Muldare an einem Ort vorzustellen, wo es ums Geschäft ging: draußen auf einer seiner Baustellen oder am Kopfende eines langen, glänzenden Tisches als Vorstandsvorsitzender oder wie er einen Multi-Millionen-Dollar-Deal mit den Japanern abschloß. Doch er schaffte es nicht; die Bilder lösten sich auf, bevor sie richtig Gestalt annahmen. Da draußen beim Wurfmal allerdings, da konnte Jury sich Patrick lebhaft vorstellen, oder wie er eine Base vorrückte oder den Handschuh des Fängers anzog. Er sah es richtig vor sich und mußte lächeln. Dieser Mann hier hatte seine Berufung gefunden, obwohl er ja nicht selbst aktiv war.

Er saß bestenfalls hier in einem grünen Holzstuhl und schlug die Faust in die Hand, als trage er den Handschuh und hielte den Ball. Jetzt schaute er auf, blinzelte mit seinen blauen Augen in den blauen Himmel, als habe er den Ball gerade geschlagen und der beschriebe nun einen hohen, weiten Bogen.

Fast wurde Jury neidisch. Er weckte Muldare nur sehr ungern aus seinem Traum, aber es mußte sein. »Ihr Stiefbruder hat Ihren familiären Hintergrund erwähnt. Er sagte, Ihr Ur-Urgroßvater habe sich mit anderen Mitgliedern der Familie überworfen und seinen Namen geändert.«

»Das stimmt. Außer, daß ich glaube, es war der Ur-Ur-Ur.« Muldare hielt drei Finger hoch.

»Wichtig ist nur, was passiert ist. Ob zwischen Ihnen und den anderen möglicherweise eine Verbindung besteht.«

»Na ja, der Name wahrscheinlich. Früher war es Calvert.«

»Was? Wie bitte?«

»Muldare war der Mädchenname meiner Ur-Ur- – oder waren das auch drei Urs? – Großmutter. Ich weiß es nicht mehr genau. Ein irischer Name.«

»Eigentlich hätten Sie Calvert geheißen?«

»Hören Sie, es tut mir leid, daß ich das nicht vorher gesagt habe, aber warum, verflixt, hätte mir das einfallen sollen?«

»Weil der ermordete Mann in Philadelphia Philip Calvert hieß. Das war doch wohl klar, oder?«

»Ja, aber in diesem Teil des Landes gibt es zigmillionen Calverts. Es gibt sogar Calvert County. Der Name ist so verbreitet wie Howard. Und Ihr Bursche war aus Pennsylvania, weder aus Maryland noch aus Baltimore. Vergessen Sie nicht, daß Muldare seit Generationen der Familienname ist. Seit Anfang/Mitte des achtzehnten Jahrhunderts, vielleicht sogar noch länger. Schauen Sie, es tut mir wirklich leid, aber mit dieser anstehenden NFL-Entscheidung, hm, da habe ich den Kopf gerappelt voll.«

»Du liebe Güte«, flüsterte Jury reichlich entnervt. »Etwas zu voll, wenn ich das mal so sagen darf.«

»Ja, wird wohl so sein.«

»Und, weckt diese Verbindung jetzt irgendwelche Assoziationen?« Jury erzählte ihm alles, was er von Philip Calvert und seiner Tante Frances Hamilton wußte.

Peinlich berührt, daß er Jurys Fragen am Anfang nicht ernst genug genommen hatte, setzte Patrick Muldare eine ernste Miene auf und hörte ihm so aufmerksam zu, als sei er wirklich an dem Gesagten interessiert. Gleichzeitig jedoch wirkte seine Miene so aufgesetzt, als nehme er kein Sterbenswörtchen auf. Wahrscheinlich rannte er in Gedanken da draußen von Base zu Base. Jury stöhnte.

»Pat, hören Sie, was ich sage?«

»Natürlich. Sie haben gesagt, dieser Philip Calvert wäre beim Tod der Tante ein reicher Mann geworden, aber er ist selbst gestorben, und die Tante hat niemand anderem etwas hinterlassen, es gab ja auch niemand anderen, außer dem einen oder anderen entfernten Cousin. Und jetzt denken Sie, das wäre ich, ich wäre der entfernte Cousin und da hingefahren und hätte ihm einen reingeballert.«

Natürlich hatte er einen Sportausdruck hineinschmuggeln müssen. »Herzlichen Glückwunsch. Sie haben zugehört. Nein, das glaube ich nicht. Was, zum Teufel, sollte jemand mit dem Geld von Frances Hamilton wollen, der genug Geld hat, eine Football-Lizenz zu kaufen?«

»Vielleicht hatte ich ja noch andere Gründe, Inspector.« Spöttisch wackelte er mit den Augenbrauen.

»Superintendent. Stimmt, kann sein. Dann packen Sie mal aus.«

»Ich hab nur Spaß gemacht.«

»Dann hören Sie auf, Spaß zu machen, und erzählen Sie mir etwas über Ihre Familie.«

Pat gebärdete sich wieder wie ein Pitcher, rieb die Faust in der Hand und sagte: »An meinen Vater denke ich selten. Ich erinnere mich nur daran, daß er immer wütend war. An meine Mutter, ja, an die denke ich oft.«

Zum ersten Mal war Jury sich sicher, daß Muldares Gedanken seinem Blick folgten; er schaute vom Spielfeld auf die Planken unter seinen Füßen. »Sie war eine Howard. Es gibt auch ein Howard County, müssen Sie wissen. Vielleicht war sie sogar eine Nachfahrin von John Eager Howard – das war der Philanthrop, der der Stadt so viel von seinem Land geschenkt hat. Sie war viel jünger als mein Vater – zwanzig, vielleicht zweiundzwanzig Jahre. Und trotzdem hat er sie überlebt.« Sein Tonfall war ungehalten, als ärgere er sich darüber. »Meine Mutter ist bei einem Autounfall ums Leben gekommen. Wir waren auf dem Weg nach Cape May, in New Jersey –«

»Sie waren dabei?«

»Ja. Nur wir beide, wir wollten nach Cape May. Mit den Bremsen war etwas nicht in Ordnung, wir kamen von der Straße ab und fuhren in einen Graben. Bis auf ein paar Schnittwunden bin ich unverletzt geblieben.« Er schwieg und schaute wieder zum Himmel. »Ich war bewußtlos. Als ich wieder zu mir kam, ja, da lag dann meine Mutter.«

Stille. Jury sagte: »Es tut mir leid.«

»Vielleicht hat mich das Erlebnis nie losgelassen. Ich sollte heiraten, Kinder haben. Herzlich gern, aber –« Er zuckte mit den Schultern. Schaute Jury an. »Ich sage Ihnen eines: Ich bin nie erwachsen geworden.«

In all den Jahren, in denen Jury Leute verhört hatte – Verdächtige, Zeugen, Unschuldige, Schuldige –, hatte er nie erlebt, daß ein Mann etwas Derartiges offen eingestand und sich wie selbstverständlich in einer Weise beschrieb, die viele Männer als unmännlich betrachtet hätten.

»Das ist vielleicht Ihr Glück, Pat«, sagte Jury lächelnd.

»Aber ist es nicht sehr wahrscheinlich, daß diese Namen nur Zufall sind?«

»Ich würde das bereitwilliger zugeben, wenn Beverly Brown sie nicht ausdrücklich miteinander in Verbindung gebracht hätte. Und sie war sehr klug.«

»Bev.« Muldare bemühte sich nicht, seinen Mangel an Begeisterung für sie zu verbergen. »Aber das würde heißen, daß Bev über meine Herkunft Bescheid wußte, und das, was ich Ihnen gerade erzählt habe, habe ich ihr nie erzählt. Es sei denn, Alan hat ihr etwas erzählt. Familienbande sind für Alan wahrscheinlich wichtig. Er kriegt eine Menge Geld, falls ich abtreten sollte, wenn er noch da ist.« Er schaute Jury an. »Ob das wohl so kommt? Da Sie ja die Notizen von Beverly so ernst nehmen – die anderen beiden sind tot.«

Die Frage beantwortete Jury nicht direkt. Er schaute sich auf dem Spielfeld und in dem Stadion um, dessen Bau Männer wie Patrick in die Wege geleitet hatten. »Sie sind sehr reich, Pat. Kann es sein, daß Leute Ansprüche auf Ihr Geld erheben könnten, die Sie gar nicht kennen?«

Darauf antwortete Muldare ganz logisch: »Na ja, wenn ich sie nicht kenne, wie soll ich dann die Frage beantworten?«

»Ja, stimmt. Hm...« Jury stand auf. »Bleiben Sie noch?«

»Ja, klar.«

Jury lächelte, verabschiedete sich und kletterte die steilen Stufen hinauf. Oben drehte er sich um und winkte Patrick Muldare zu, der zurückwinkte. Wieder betrachtete er das geometrisch unregelmäßige Muster des Feldes, die ringförmig angeordneten Sitzreihen, und wieder empfand er eine Welle von Kraft. Er überlegte, ob es stimmte, daß Orte Energie aufsaugen, sie wie ein riesiger Generator sammeln und die Atmosphäre zum Vibrieren bringen, als sei sie durchzogen von Hochspannungsdrähten. Die kahlen Linien in den Getreidefeldern im Norden von Oxfordshire und Wiltshire; Stonehenge oder diese Stadt in Arizona, das waren solche Orte. Die Rollright Stones in Oxfordshire fielen ihm ein, von denen kürzlich behauptet worden war, sie entzögen Radios den Strom und brächten Uhren zum Stehen. Als er von oben auf den Rasen schaute, hatte er beinahe das Gefühl, dieses großartige neue Stadion sei eine der uralten Stätten dieser Erde.

Er schaute auf seine Uhr um zu kontrollieren, ob sie noch ging.

32

I

Melrose hatte sich in die Wärme seines Kaminfeuers im Admiral Fell Inn zurückgeflüchtet und zupfte an dem Faden, mit dem die Jackentasche zugenäht war. Wenn er nur etwas anderes als seine Finger dazu hätte benutzen können! Die Naht war doppelt und dreifach genäht, und es dauerte eine Weile, bis sie aufging. Endlich war es soweit, und er holte ein Stück Papier aus der Tasche, das knisterte, als er es berührte. So wie die Jackentasche viele Male übernäht worden war, so war auch der Zettel immer und immer wieder gefaltet worden; es war ein kleines, kompaktes Viereck. Melrose faltete es sehr sorgfältig auseinander, das teefarbene Papier war alt und abgegriffen, so daß an manchen Knickstellen Licht durchschien.

Es war die Geburtsurkunde eines Garrett John Joiner Calvert. Mutter: Ann Joiner. Vater: Charles Calvert.

Calvert. Melrose starrte ins Feuer.

Calvert... Joiner. Er hörte Wes' Stimme: »John-Joy ist bloß ein Spitzname.« Joiner... Joy. Aber die Geburtsurkunde konnte nicht John-Joys sein; sie war auf den 13. August 1784 ausgestellt. Sie bestätigte allerdings die Verwandtschaft zu den Calverts – zumindest war John-Joy der Meinung gewesen. Hieß das, auch zu Philip?

Melrose nahm die Geburtsurkunde wieder zur Hand. Philip Calvert (hatte Jury ihm gesagt) wäre beim Tod seiner Tante, dieser Mrs. Hamilton, ein reicher Mann geworden. Aber es ergab keinen Sinn, daß ihn jemand wegen der Erbschaft hätte umbringen sollen, denn wer immer Philip Calvert ermordet hatte, war doch wohl nicht davon ausgegangen, daß er selbst Anspruch auf das Vermögen von Mrs. Hamilton würde erheben können. Es sei denn natürlich, ein neues Testament wurde vorgelegt und neue Verwandte entdeckt. Sollte hier ein Weg für etwas Zukünftiges geebnet und nicht etwas Vergangenes bereinigt werden?

Melrose versuchte, sich an den Namen des Professors zu erinnern, für den Beverly Brown gearbeitet hatte, den Geschichtsprofessor. Den Genealogen. Lamb. Er griff zum Telefon und bat die Empfangsdame, ihm eine Verbindung zur Johns Hopkins herzustellen. Nachdem er von einem Apparat zum anderen durchgestellt worden war, beschied man ihm schließlich, daß Professor Lamb für heute schon gegangen sei, und nein, private Telefonnummern gebe man nicht heraus, hieß es, und zwar ziemlich pikiert. Dann versuchte er, Ellen zu erreichen. Auch dort war niemand. Melrose gab auf.

Er dachte über Milos nach. Er hätte zum Nouveau Pauvre zurückgehen können, aber die Vorstellung, mit Milos noch einmal ein Gespräch anzufangen, war zu abschreckend. Es war ohnehin fast sieben Uhr, und Milos hatte seinen Posten sicher schon verlassen, um seinen Rundgang durch die Stadt anzutreten.

Melrose fuhr sich mit den Händen übers Gesicht, ballte sie zu Fäusten, kratzte sich am Kopf und versuchte, sich auf etwas zu besinnen, das Hughie im Taxi gesagt hatte. Hughie hatte ununterbrochen erzählt, und Melrose hatte nicht zugehört. Jetzt tat es ihm leid. Irgend etwas schwamm ihm im Kopf herum und wollte ihm nicht ins Netz gehen, er konnte es nicht hochziehen. Er fragte sich, ob Hughie immer noch draußen in seinem Taxi herumtuckerte –

Herrgott, wenn er nicht aufhörte, in diesen Fischerbildern zu denken, verwandelte er sich noch selbst in einen Fisch.

Etwas trieb ihn in die Cider Alley. Vielleicht konnten ihm John-Joys Kumpel doch noch etwas erzählen. Oder auch nicht. Er konnte sich des Gefühls nicht erwehren, daß er mit seinem Beitrag zu ihrem Wohlbefinden schon jedes Fitzelchen an Information erkauft hatte, das sie besaßen.

Melrose seufzte, dachte ein wenig nach und erinnerte sich, daß Hughie ihm die Enoch Pratt Library gezeigt hatte. Er zog den Stadtführer heraus, schaute im Inhaltsverzeichnis nach und fand sie auf einer der Ausschnittkarten. Da hatte sogar Hughie mal ins Schwarze getroffen.

Er verstaute die Urkunde sicher in seiner verschließbaren Tasche, warf sich das Cape über die Schultern und ging die Treppe hinunter.

Kein Hughie in Sicht, deshalb rief er ein Taxi, aus dem gerade ein Fahrgast ausstieg. Als sie durch die Calvert Street fuhren, fragte Melrose den Fahrer, was er über die Calverts wüßte.

Der Fahrer erzählte ihm, sie stellten Whisky her.

II

Was genau er suchte, wußte Melrose nicht, aber er fragte die Bibliothekarin nach Büchern, die sich mit der Geschichte Marylands und seiner alteingesessenen Familien beschäftigten, nach alten Akten und Dokumenten. Die Bibliothekarin führte ihn zu einem der Regale in der Präsenzbibliothek und fragte, was er speziell wünsche. Er wolle nur ein bißchen herumstöbern, sagte er, die Geschichte Baltimores oder Marylands im allgemeinen, insbesondere des siebzehnten, achtzehnten Jahrhunderts, interessiere ihn.

Er nahm drei Bücher mit zu einem langen Tisch und setzte sich. Es gab viele freie Plätze; die Bibliothek war nicht sonderlich besucht. Ein paar Leser verteilten sich an den langen, dunklen Tischen, blätterten leise Seiten um, schrieben auf Karteikarten und in Notizbücher oder frönten sonstigen literarischen Neigungen.

Melrose liebte Bibliotheken, für ihn waren es Oasen, Fluchtburgen aus einer ansonsten tumultuösen Welt. Er mochte das leise Rascheln von Papier, die lautlosen Schritte, die geflüsterten Unterhaltungen. Ihm direkt gegenüber saß ein alter, graubärtiger Mann in einem übergroßen Mantel, von Büchern und Tüten umgeben, und las, indem er mühevoll mit dem Finger Zeile für Zeile verfolgte und die Worte mit den Lippen formte. Auf jeder Seite hatte er einen Rucksack stehen, mit dem er bestimmt Lesestoff hinausschmuggelte (dachte Melrose). Fortwährend griff er in eine fettige braune Tüte und förderte jedesmal ein dickes Stück von einem Sandwich zutage. Fröhlich vor sich hinmümmelnd schaute er Melrose über den Tisch an und lächelte breit.

Melrose erwiderte das Lächeln und überlegte, ob er sich nicht für den demnächst frei werdenden Bibliothekarsposten in der Bibliothek von Long Piddleton bewerben sollte. Dann besann er sich auf die unmittelbar bevorstehende Aufgabe und fing an, sich durch die *Register der Revolutionären Kolonialkirche Marylands* hindurchzulesen. Es gab Volkszählungsunterlagen, Heirats- und

Sterberegister, voll von der Sorte abstruser Informationen, die Diane Demorney so liebte. Die Bibliothekarin mit dem freundlichen Gesicht und den rosigen Wangen kam verstohlen an seinen Tisch, legte zwei weitere Bücher darauf und schlich wie eine Diebin auf leisen Sohlen davon. Ein Buch enthielt Faksimiles der Tätigkeitsberichte des Gouverneursrats aus den Jahren 1636 bis 1647.

Melrose öffnete es, ging die Seiten durch und kam zu einem der vielen Dokumente, die dem Protokollbuch des Oberhauses entnommen waren.

Melrose las:

> »Lord & Comons fuer außlaendische Besizungen, Novem: 1645,
> ... sintemalen durch Freibrief, qua wechselb. Dero Maiestaet im 8ten Jahre Seiner Regentschaft dito Provinz dem Cecill Caluerte verlieh, und qua Certificat des Obersten Richters der Admiral., auf dass Leonard Caluerte, vormaliger Gouverneur ebenda, ein Patent ueber die Universitaet von Oxford erhalten hatte...«

Caluerte. Calvert natürlich.

Leonard Calvert war der erste Gouverneur von Maryland gewesen.

Sie waren gar nicht zufrieden damit gewesen, wie Cecil und Leonard die Sache gemanagt hatten, aber welche Rolle hatte Cecil gespielt?

Melrose hörte auf zu lesen, schaute ratlos hinüber zu seinem Tischgenossen, der immer noch sein Buch las, indem er die Worte mit dem Mund formte. Melrose runzelte die Stirn. Dann stand er auf und ging zu dem Schreibtisch, wo die Bibliothekarin Bücher stempelte. Er fragte nach *Burke's Peerage*. Eifrig führte sie ihn zurück zu den Regalen und holte es ihm herunter.

Melrose nahm es mit zu seinem Tisch und schaute unter dem Namen nach.

Er schloß das Buch und die Augen. Owen Lamb hätte es ihm sofort erklären können. Er öffnete die Augen und schaute sich in dem Raum um. Alle, die hier saßen, hätten ihm dieses Stück Geschichte erklären können; er schämte sich für seine Unwissenheit. Auf einmal erinnerte er sich an das, was Hughie gesagt hatte. *»Da versucht doch dieser Blödmann, seinen einen Onkel zu vergiften, obwohl der andere Onkel der Nachfolger ist, nicht der, den der Typ versucht kaltzumachen.«*

Melrose schlug das *Burke's* wieder auf und schaute unter »Delaware« nach. Der Neffe von Sir Owen West hatte versucht, seinen Onkel Thomas West zu vergiften, den er irrtümlich für den Erben des Titels Lord Delaware gehalten hatte. Der arme Teufel tat Melrose beinahe leid. Es bewies nur einmal mehr, wie verwirrend die Regeln des Erstgeburtsrechts waren.

Mochte sich Hughie auch bei seinen Denkmälern nicht auskennen, aber bei den Delawares, da kannte er sich aus.

III

Es war fast acht Uhr, als Melrose aus dem Taxi stieg. Der Laden in der Aliceanna Street war geschlossen. Die Schaufensterscheibe beschlug von seinem Atem, als er nach Lebenszeichen von Jip oder ihrer Tante spähte. Kein Licht, außer von dem blauen Neonhalbmond im Fenster und der Bodenlampe, deren grüner Lampenschirm wäßrige Schatten auf das dunkle Holz warf.

Melrose klopfte; nichts rührte sich. Er rüttelte am Türgriff, niemand kam. Aber als er daran drehte, ging die Tür auf. Er war zwar erleichtert, daß er in den Laden konnte, hätte Jip aber auch gern tüchtig ausgeschimpft, weil sie vergessen hatte, die Tür abzuschließen. Er ging hinein.

Der Vogelkäfig war mit dem roten Schal verhangen, was den

Ara aber in seinen nächtlichen Aktivitäten nicht zu beeinträchtigen schien. Aus dem Käfig hörte man wieder das Sandpapiergekratze und *ch-ch-ch*-Laute, als sei der Vogel emsig damit beschäftigt, da drin etwas zu bauen.

Melrose fand den Einkaufskarren zwischen die Kleidermassen geschoben, gut verborgen von den Kleidern und Röcken. Jip hatte ihn bestimmt nicht mit in die Wohnung genommen, weil die Tante sonst neugierig geworden wäre. Melrose zerrte ihn hervor, zog Röcke, Ärmel und Hosenbeine aus dem Weg.

Alles schien noch da zu sein. John-Joys Bücher waren ganz nach unten gerutscht, weil Melrose ja die Kleidungsstücke herausgezogen hatte, um sie zu untersuchen. Es gab eine alte King-James-Bibel, einen Roman von Mitchener mit einem zerrissenen Umschlag und das, was Melrose zunächst für ein Hotelgästebuch gehalten hatte. Das vierte Buch war eher dünn und klein, aber auch die Art, die man als Register benutzt.

Melrose nahm die beiden Registerbücher mit zu der grünen Lampe und setzte sich auf einen Schemel. Das größere sah aus wie ein Kirchenbuch, in dem Eheschließungen und Sterbefälle registriert wurden, bevor es Standesämter gab. Die Daten reichten vom Ende des achtzehnten Jahrhunderts bis zum Anfang des neunzehnten. Er fuhr mit dem Finger über die Seiten und suchte einen Calvert. Endlich wurde er fündig: Am 6. August 1783 hatte ein Charles Calvert eine gewisse Ann Joiner geehelicht. Melrose schloß das Buch und errechnete die Zeitspanne bis zum Datum auf der Geburtsurkunde.

Die Bindung des anderen Buches hatte sich gelöst, einige Seiten waren zerrissen, andere voller Flecken. Im ganzen machte es den Eindruck, als existiere es schon seit ein paar hundert Jahren. Jemand hatte darin über seine Ausgaben Buch geführt, die Spalten »£ – s – d« am rechten Rand der Seite gaben Pfund, Shilling und Pennies an.

1785	£ – s – d
23 Oct. zwei Par Leintuecher	0. 16. 0
27 Oct. ein Scheffel Hafermel	0. 5. 0
27 Oct. Naegel	0. 0. 9
28 Oct. eine Munmoth Kappe	0. 2. 0
summa	1. 3. 9
1 Nov. drei Windeln für Klein-Garrett	0. 0. 10
2 Nov. Garn f. Strumpfbender	0. 0. 2
9 Nov. ein Halber litre Oel	0. 0. 10
11 Nov. ein litre Eßig	0. 0. 8
11 Nov. ein Baeffchen	0. 1. 0
summa	0. 2. 8
12 Nov. eine Decke für Charl. Bett	0. 4. 0
12 Nov. ein Anzug aus Fries	0. 10. 0
16 Nov. ein Viertelscheffell Meersalz	0. 0. 8
19 Nov. ein Scheffell gelbe Erpsen	0. 4. 0
21 Nov. ein Par Schuh	0. 2. 0
summa	0. 16. 8

Wie lange er in den gespenstischen Schatten gesessen hatte, die der grüne Lampenschirm warf, wußte er nicht. Vom Läuten einer Standuhr wurde er aus seinen Grübeleien gerissen. Es war Viertel vor neun.

Ein wenig steif erhob er sich von dem niedrigen Sitz und dachte über die Merkwürdigkeiten nach, die sich aus dem Gelesenen ergaben. Wie seltsam, wenn sie zutrafen, aber Melrose fiel nichts anderes ein, das die Morde an John-Joy und Philip Calvert erklärte. *Und* an Beverly Brown. Ihm wurde ganz anders. Was für ein verschrobenes Motiv für einen Mord. Adel verpflichtete, dachte er wieder. Was John-Joy und Philip zugestoßen war, hm, es wäre nicht das erste Mal, daß...

Er klemmte sich die Bücher unter den Arm, um sie Jury und den anderen im Horse zu zeigen, und ging zur Tür. Als er am Käfig vorbeikam, hob er das Tuch an. Der Vogel flatterte mit den Flügeln und krächzte: »Im-meer Im-meer!«

Dieses Drehbuch über Avalon hatte Barry Levinson nun nicht geschrieben. Melrose fragte sich nur, welcher andere Calvert mit seinem Freibrief noch in den Kulissen lauerte.

33

Binnen weniger als einer Stunde fand Melrose es heraus.

Als er ins Horse kam, waren nur wenige und noch dazu sehr ruhige Gäste anwesend. In Ermangelung eines Football-Spiels mußten die Stammgäste sich wieder mit einer Gameshow begnügen. Ohne große Begeisterung schauten sie zu.

»Ich muß Ihnen etwas erzählen«, sagte Melrose, legte die Bücher auf den Tisch und nahm Platz.

»Und ich muß *Ihnen* etwas erzählen«, sagte Jury. »Über Patrick Muldare. Er trägt nicht den ursprünglichen Familiennamen. Passen Sie auf: Vor Urzeiten geriet Muldares Ur-Ur-Urgroßvater mit der Familie in Streit und machte seine Haltung auch unmißverständlich klar, indem er seinen Namen änderte. In Wirklichkeit ist der Familienname Calvert. Interessant? Es kann natürlich Zufall sein, weil Calvert ein ziemlich verbreiteter Name ist, aber das bezweifle ich. Daß es Zufall ist. Beverly Brown hat es offensichtlich auch bezweifelt. Was ist?«

Plant hielt mitten im Bierausschenken inne und starrte ihn an. »Patrick Muldare ist ein Calvert?«

»Ja, und er behauptet, es sei ihm nicht einmal in den Sinn gekommen, als ich den Mord an Philip Calvert erwähnt habe. Im Moment scheint er sich nur für die NFL-Linzenz zu interessieren.« Jury lächelte. Melrose nicht. »Er ist gespannt wie ein Flitzbogen, erstens, ob Baltimore die Mannschaft kriegt, und zweitens, ob *er* und seine Leute sie kriegen. Er glaubt aber nicht, daß sie große Chancen haben. Er befürchtet, er kann bei den richtigen Leuten nicht den nötigen Eindruck schinden.«

Melrose nahm einen Schluck und setzte sein Glas ab. Dann sagte er: »Aber sie würden wahrscheinlich in Ehrfurcht erstarren, wenn Patrick Lord Baltimore wäre.«

Wiggins Kopf schoß vom *Debrett's* hoch. »Wenn er was wäre?«

»Lord Baltimore. Baron. Es ist ein irischer Adelstitel, Geld oder Land sind nicht damit verbunden.« Melrose nahm Wiggins das *Debrett's* weg, fand rasch die richtige Seite, drehte das Buch so, daß alle es sehen konnten, und klopfte mit dem Finger auf eine der Eintragungen. »George Calvert, erster Baron Baltimore. Calvert ist der Familienname.« Melrose nahm die Geburtsurkunde aus der Tasche und legte sie auf die Bücher.

»Sie machen wohl Witze!« lachte Jury.

»Nein, hier steht's drin.« Melrose schob Jury das Haushaltsbuch und die Geburtsurkunde hin.

»Was ist das?«

»Der Kram«, sagte Melrose.

Jetzt war Jury an der Reihe, ihn anzustarren. Ein unangenehmer Gedanke nahm in seinem Kopf Gestalt an.

Wiggins, frisch gesalbtes Mitglied des britischen Hochadels, nahm indes das *Debrett's* rasch wieder an sich, schaute hinein und las vor: »George Calvert, erster Lord Baltimore –«

Melrose fuhr dazwischen: »Im Besitz des Territoriums namens Avalon. Später Maryland. *Terra Mariae*, zu Ehren einer Tante Ludwigs XIV. Der erste Lord Baltimore, Baron, hatte zwei Söhne, Cecil und Leonard. Leonard war der erste Gouverneur von Maryland, und er ist wichtig, denn als schließlich der sechste Baron DSP starb –«

Wiggins schaute auf und sagte, dem ignoranten Jury zuliebe: »Decessit sine prole, das heißt, ohne Kinder. Ich glaube aber, in diesem Falle muß es DSMP heißen. Ohne männliche Nachkommen.«

»Stimmt. Wie schnell Sie dazu lernen, Tweedears.«

Wiggins grinste selbstgefällig.

»Also, das Problem entsteht bei den männlichen Nachkommen Leonards. Er war der zweite Sohn, und nun sollten seine männlichen Erben den Titel übernehmen. Aber zu Zeiten seiner männlichen Nachkommenschaft der dritten oder vierten Generation, zu Zeiten Williams, gab es keine Beweise mehr, daß der nächste männliche Nachkomme auch genau derjenige welcher ist. Folglich wird die ganze Linie Baron de jure statt de facto, wenn man so sagen will.« Hier nickte Melrose in Wiggins' Richtung. Der Sergeant war ja nun hinreichend vertraut mit solch delikaten kleinen Problemen. »Patrick Muldare ist einer der Nachkommen.«

»Und Sie wollen behaupten, Philip Calvert und John-Joy wären es auch?« Jury schüttelte den Kopf. »Unmöglich.«

»Keineswegs. Wenn diese Unterlagen überhaupt eine Bedeutung haben, sind Philip Calvert und Pat Muldare Cousins um etliche Ecken herum. Und John-Joy, das heißt, John Joiner Calvert, ist irgendein Onkel. Den genauen Verwandtschaftsgrad kenne ich nicht. Vielleicht hat Beverly Brown Genaueres gewußt.« Er schob Jury die beiden aufgeschlagenen Bücher zu. »Hier steht, daß Ann Joiner einen Charles Calvert geheiratet hat. Nachkommen: wenigstens ein Sohn, Garrett John Joiner.«

»Das liegt aber viel zu weit zurück, als daß John-Joy der Sohn sein könnte.«

»Ja, natürlich. Aber die Geburtsurkunde«, er zog sie aus dem Haushaltsbuch, »deutet darauf hin, daß John-Joy in der Linie der männlichen Nachkommen steht. Es geht klar daraus hervor.«

Jury runzelte die Stirn. »Aber, mein Gott, hieße das, John-Joy wäre –« Jury starrte Melrose an. Es war zum Lachen, wären die Folgen dessen, was Plant behauptete, nicht so grauenhaft gewesen. »– wäre *Lord Baltimore* geworden?«

»So ungefähr, ja.«

Wiggins sagte: »Aber John-Joy starb ohne männliche Nachkommen.«

Melrose nickte. »Wenn zwischen ihm und Philip Calverts *Vater* eine Verwandtschaft bestanden hat, wäre der Titel folglich auf Calverts Vater übergegangen, und folglich auf Philip Calvert, und wenn sich zeigt, daß Calvert und Muldare verwandt sind, von ihm auf Patrick Muldare. Ich glaube, Beverly Brown hat diese alten Aufzeichnungen entdeckt und vielleicht noch weitere, die beweisen, daß es noch einen Sohn gibt – daß Charles weitere Sprößlinge hatte. Und zum Schluß kommen dann Calvert, Philip und Calvert-Muldare, Patrick. Ich tippe darauf, daß nach John-Joy Philip der nächste in der Erbfolge war.«

Jury runzelte wieder die Stirn. »Und warum tippen Sie darauf?«

»Hm, aus einem einfachen Grunde, Superintendent.« Pause. »Sie sind beide tot.«

Jury stand auf. »Entschuldigen Sie mich eine Minute.« Er hielt die leere Kanne in der Hand. »Ich brauche etwas zu trinken.«

Nein, dachte Jury.

Er lehnte sich an den Tresen, schaute auf den Fernseher, ohne das geringste wahrzunehmen, während der Gitarrist mit näselnder Stimme über Freundschaft und Verrat klagte.

Im Laufe seiner Arbeit hatte er viele Überraschungen erlebt und sich manchmal innerlich dagegen gewehrt, daß eine bestimmte Person schuldig war. Doch nun weigerte er sich zum ersten Mal mit aller Kraft, es zu glauben.

Er sah sich und Muldare vor sich, wie sie unter diesem blanken blauen Himmel im Stadion der Orioles saßen. Auch dort senkte sich jetzt die Dunkelheit herab, dachte Jury.

Ich bin nie erwachsen geworden.

Jury stellte die frisch gefüllte Kanne auf den Tisch. »Patrick Muldare kann sie nicht umgebracht haben. Er ist nicht der Typ.«

Wiggins fiel die Kinnlade herunter. »Der *Typ*, Sir?«

Jury ignorierte die Frage. »Beverly Brown ist ermordet worden, weil sie auf diese Fakten gestoßen ist? Der Meinung sind Sie?«

»Nicht unbedingt.«

Jury war verblüfft.

»Jeder, der eine so komplizierte Fälschung bewerkstelligt wie diese Poe-Erzählung, schafft es doch gewiß, etwas so Einfaches wie eine Geburtsurkunde und ein altes Haushaltsbuch zu türken.«

»Aber warum?« fragte Wiggins.

Jury sagte: »Nach allem, was ich über Beverly Brown gehört habe – aus Rache. Oder sogar, Gott bewahre, als Witz. Was, wenn sie den armen alten John-Joy davon überzeugt hat, daß er einer der Barone Baltimore war, und ihm diese Urkunde gab, mit der er es angeblich beweisen konnte?«

»Wieso aus Rache?«

Jury schüttelte den Kopf. »Patrick Muldare. Ehrlich gesagt, glaube ich, daß er mit ihr Schluß gemacht hat. Ich glaube aber auch, daß jemand, der Beverly abservierte, ein großes Risiko einging. Und angesichts dessen, daß Patrick alles, aber auch alles geben würde für etwas – so hat er sich jedenfalls ausgedrückt – etwas ›Spektakuläres, eine dramatische Geste, etwas Hollywoodmäßiges‹...«

Darüber dachten alle nach, und es entstand ein langes Schweigen. Schließlich fragte Melrose: »Wo ist Ellen?«

»An der Hopkins, Sir«, antwortete Wiggins. »Sie hat gesagt, Sie hätten ihr heute so viel von ihrer Schreibzeit gestohlen, daß sie heute abend hingehen wollte, um es aufzuholen.«

»Ach, gewiß doch, gewiß doch. Ich bin an allen ihren Schreibschwierigkeiten schuld.«

»Weitgehend«, lächelte Wiggins breit. Dann machte er sich wieder daran, das Haushaltsbuch zu studieren.

»Diese Bücher haben Sie in John-Joys Karren gefunden, stimmt das?« fragte Jury. »Und der Karren stand da, als die Cops die Leiche gefunden haben.«

»Ich denke schon.«

»Warum hat der Mörder ihn nicht mitgenommen? Erstens wäre das Zeug doch sehr belastend gewesen, wenn jemand so schlau wie Sie gewesen wäre und es herausgetüftelt hätte. Aber was viel wichtiger ist, er hätte das, was drin steht, gebraucht, um seine Ansprüche anzumelden. Ich meine, was, zum Teufel, wollen Sie dem Oberhaus präsentieren um zu beweisen, daß Ihre Vorfahren die Barone von Baltimore waren?«

Wiggins wandte sich an Melrose Plant. »Genau meine Frage.«

»Ich weiß nicht. Mehr, als hier liegt, wahrscheinlich. Aber es ging gar nicht darum, das Oberhaus zu überzeugen, oder? Es ging darum, Patrick Muldare zu überzeugen.«

Wieder saßen sie da und schauten sich die Dokumente an. »Mist«, sagte Jury. »Die müssen gefälscht sein. Ist doch logisch... Ich sehe es den Dokumenten allerdings nicht so ohne weiteres an.«

»Eines ist auffällig, Sir«, sagte Wiggins.

»Was?«

»Die Person, die diese Spalten aufaddiert hat, konnte nicht rechnen.«

Jury nahm das Haushaltsbuch, fuhr mit dem Finger die Spalten entlang und las leise die verschiedenen Gegenstände vor: »... ›Decke für Charles‹... ›Windeln für Klein-Garrett‹... hm, hm.« Dann erledigte Jury ein paar simple Rechenaufgaben. »Diese Spalte beläuft sich auf zwei Shilling, acht Pence. Das kommt aber mit den zehn Pence für den sogenannten Kleinen Garrett nicht heraus. Schauen Sie.« Er drehte das Buch so, daß Melrose es sehen konnte. »Wenn man diese beiden Posten von den jeweiligen Summen subtrahiert, *dann* ist das Ergebnis korrekt.«

Wiggins und Melrose schauten sich die Seite an.

»Was heißt, daß jemand anderes die Dinge für Charles und Klein-Garrett hineingeschrieben hat, und ihre Namen. Das Haushaltsbuch soll beweisen, daß diese Menschen existiert haben. Charles und Garrett müssen die Verbindungsglieder zur gegenwärtigen Generation der Calverts sein.«

»Nur haben diese beiden nie existiert«, fügte Jury hinzu.

34

Wie kriegte sie Sweetie je wieder aus dieser prekären Situation? Die Arme starrte noch immer in die leere weiße Schachtel. Ellen schrieb.

Sweetie nahm die Schachtel vorsichtig in beide Hände und hielt sie, als könne sie jeden Moment in Stücke zerbrechen. Sie hob den Blick zum Briefschlitz.

Ellen hob den Blick und starrte auf die leere Wand über ihrem Schreibtisch. Die blieb auch leer, dafür sorgte Ellen schon – keine Bilder, Pinnwände, Zettel, all das Zeug, das einem den Kopf vernebelte und die Illusion in einem nährte, die Dinge hätten eine chronologische Ordnung. »Ellen: Lunch Donnerstag? Cafeteria?« Solche Nachrichten hingen keinesfalls da oben an der Wand. Die Wand als *condition humaine* war eben nicht determiniert. Donnerstag war ein Begriff, auf den man sich genausowenig verlassen konnte wie auf Pralinen in einer Pralinenschachtel. Kein Wunder, daß Sweetie die Dinge mit Schildchen versehen mußte: den Zucker, den Krug, den Teller. In Sweeties Haus konnte man sich auf nichts verlassen. Die Zeit war zerbrochen, sie torkelte wie ein Frankenstein-Monster, schleppte sich daher, strauchelte, zerfiel in ihre Bestandteile.

Sweetie wußte nicht, wie lange sie die Schachtel in Händen gehalten hatte. Sie wußte nicht, ob es Tag oder Nacht war.

Ellen drehte sich um und schaute aus dem Fenster. Gut, Nacht. Rabenschwarz. Dann schaute sie hinter sich auf die Uhr an der Wand. Sie, Ellen, wußte ganz sicher, wie lange sie schon an diesem Schreibtisch saß. Eine Stunde siebenunddreißig Minuten. Siebenunddreißigeinhalb. Der Zeiger rückte vor. Achtunddreißig. Noch zweiundzwanzig Minuten mußte sie hier sitzen. Zweiundzwanzig Minuten würde sie doch sicher noch überstehen.

Herrje! Ellen ballte die Hände zur Faust und schlug auf den Schreibtisch. Dann legte sie den Kopf in die Hände. Oh, sie wußte, was Maxim vorhatte, aber sie wußte nicht, warum. Luft. Sie brauchte Luft.

Sie stand auf, ging zum Fenster, die Kette zog an ihrem Knöchel. Sie öffnete das Fenster und lehnte sich hinaus. Eiskalte Luft schnitt ihr in die Haut, sie war froh darüber. Vielleicht wachte ihr Verstand auf. Sie schaute hinunter, und aus Mangel an einer lohnenswerten geistigen Beschäftigung beschloß sie auszurechnen, ob für den Fall, daß sie sprang, die Kette lang genug war, als daß sie, Ellen, daran baumeln konnte. Sie betrachtete die Kette, maß sie mit den Augen ab. Ein Meter fünfzig Spiel, ungefähr. Sie lehnte sich weiter hinaus und stellte fest, daß sie so weit vom Boden nicht entfernt war und zumindest der Busch da unten den Fall aufhalten würde. Sie würde wahrscheinlich zwei Meter fünfzig über dem Boden hängen, und dann würde die Kette zerreißen...

Ach, du lieber Himmel. Sie kam wirklich auf die abartigsten Ideen, um nicht schreiben zu müssen! Ellen schlug das Fenster zu.

Sie schleppte sich zum Schreibtisch, schaute (schuldbewußt) auf die Uhr und sah, daß sie volle vier Minuten am Fenster verbracht hatte. Ach, was war das schon (stritt sie sich mit ihrem Schuldbewußtsein). Konnte man nicht einmal unterbrechen, um ein bißchen frische Luft zu schnappen?

Aber das hatte sie doch gar nicht gemacht, oder? Sie hatte aus dem Fenster gehangen und überlegt, wie lang die Kette war. Stimmte das nicht? Eigentlich müßte sie den Wecker neu stellen und fünf Minuten zugeben. Zehn, um ehrlich zu sein. Sie hatte ja auch schon fünf Minuten damit vergeudet, sich die Nägel zu feilen.

Ruhe, Ruhe, Ruhe, Ruhe! Und dann, alte Besserwisserin, die sie war, dachte sie: Neu stellen kann ich ihn ja gar nicht! Weil ich nicht dran komme, nicht mit der Kette am Knöchel.

Wirklich nicht? fragte ihr pflichtbewußtes Ich. Wenn du nicht an den Wecker kommst –

Ellen schlug die Hände über die Ohren, als spräche wirklich eine Stimme zu ihr. Sie wußte, was jetzt kam.

– dann kommst du auch nicht an den Schlüssel. Der Ton dieses Ich war einfach unerträglich selbstgefällig und überheblich.

Es wird schon jemand kommen. *Sie* werden kommen. Richard Jury hatte gesagt, er würde sie abholen und nach Hause bringen. Haha.

Sehr zufrieden, weil sie sich selbst überlistet hatte, setzte sie sich hin. Da hörte sie Schritte über den Flur kommen. Ich hab's dir doch gesagt, oder etwa nicht? sagte sie zu ihrem pflichtbewußten Ich. Und dann war sie deprimiert, weil es ihr eigentlich nicht gefiel, wenn sie einen solchen Streit mit sich selbst gewann.

Na ja, er würde eben eine Weile warten müssen.

Das Klopfen am Türrahmen (sie hatte die Tür aufgelassen) und die Begrüßung erfolgten gleichzeitig. Sie schaute auf.

»Hallo.«

Ellen runzelte die Stirn. Was wollte Alan Loser hier?

Das begriff sie eine Sekunde später. Er hielt eine Knarre in der Hand. Die auf sie gerichtet zu sein schien.

»Ich glaube, Sie haben ein paar Papiere hier, die Beverly Brown gehörten.« Er lächelte gewinnend, als habe er nicht etwa gerade die Pistole entsichert.

Denn das mußte das leise, fremde Geräusch bedeutet haben. Mit offenem Mund glotzte sie die Pistole und Alan an. Und erstarrte vor Entsetzen.

Vielmehr erstarrte ein Teil von ihr. Ihr pflichtbewußtes Ich flüsterte: Also, wie lange soll das nun wieder dauern?

Ellen öffnete den Mund, heraus kam nichts. Schließlich sagte sie: »Was ist mit ihr? Was wollen Sie hier?« Sie machte ein paar Schritte rückwärts, die Kette schleifte über den Boden.

Bisher hatte Alan die Kette nicht bemerkt. Nun legte er den Kopf zurück und lachte. »Die Dichterin am Werk?«

Sie richtete sich auf, immer noch genug sie selbst, um sich zu wehren, und sagte das Übliche. »Es geht um eine Szene in meinem Buch. Ich spiele sie durch. Das tue ich oft. Bitte legen Sie die Pistole hin.« Ein Gedanke durchzuckte sie. »Weglaufen kann ich ohnehin nicht.« Sie versuchte, rotzig zu klingen, als sei er etwas schwer von Begriff.

Wieder lachte er und richtete die Pistole nach unten. »Nein, das glaube ich auch nicht. Aber darauf kommt es letztendlich auch gar nicht an.«

Die momentane Erleichterung verflüchtigte sich. Letztendlich? Was für ein Ende? Wessen? Sie schluckte und fragte, wobei sie so aggressiv wie möglich zu klingen versuchte: »Verdammte Scheiße, was wollen Sie denn?«

»Als Appetitanreger möchte ich zuerst einmal alles, was Beverly Brown Ihnen gegeben hat.«

»Das Poe-Manuskript? Aber es ist eine –« Sollte sie ihm erzählen, daß es eine Fälschung war? »Es ist ein sehr zweifelhaftes Manuskript. Bis jetzt weiß noch niemand, ob es überhaupt echt ist.« Sie wich langsam zum Fenster zurück und schaute auf die Uhr. Jesus.

»Das Manuskript. Natürlich ist es nicht echt. Einer von Beverlys kleinen Scherzen.«

Ein Scherz! »Wußten Sie, daß es gefälscht war?«

»Natürlich wußte ich es. Beverly und ich waren – hm, zumindest, bis Patrick auftauchte. Ich will alles, was sie Ihnen gegeben hat.«
Noch drei Minuten.
Ellens Blick huschte von der Uhr zur untersten Schublade des Aktenschranks. »Da unten drin.«
»In der untersten Schublade?«
»Sie ist verschlossen.« Sie zog den kleinen Schlüssel aus ihrer Jeans und warf ihn ihm zu.
Alan nickte in Richtung der Kette. »Die reicht nicht bis dahin, was?« Er hielt die Pistole mit dem Lauf zur Decke und kam zu ihr herüber. Er zerrte an der Kette, schätzte die Länge ab und lächelte. »Sehr kooperativ von Ihnen, sich schon mal selbst an den Schreibtisch zu ketten.« Dann ging er zum Aktenschrank, kniete sich hin und legte die Pistole auf den Boden, während er den Schlüssel ins Schlüsselloch fummelte.
Zwei Minuten zehn Sekunden.
Ellen starrte zur Uhr.
Sie war fast bis zum Fenster zurückgewichen. Sie räusperte sich, um die Worte überhaupt herauszubringen, und fragte in diesem idiotischen Plauderton: »Was suchen Sie denn?« Ihr Blick war auf die Waffe direkt neben seinem Fuß gerichtet. In seiner Reichweite, nicht in ihrer.
»Beverlys Notizen.« Er schaute auf und lächelte breit. »Und eine Geburtsurkunde.«
Eine Minute fünfzig Sekunden.
»Der Beweis, daß Sie geboren worden sind?«
Er starrte sie an. »Galgenhumor? Ich muß sagen, Sie haben stärkere Nerven als Beverly.«
Als Beverly? O Gott...
Er saß im Schneidersitz auf dem Boden und beugte sich über einen dicken Aktenordner wie ein dämlicher Student, der seine eigene Seminararbeit liest. »Sie meinte nämlich, sie könnte mich er-

pressen. Sie hatte zwei und zwei zusammengezählt. Sehr viel Grips brauchte man allerdings auch nicht, um zu kapieren, was Philip Calvert passiert war.«

»Calvert?«

Eine Minute dreißig Sekunden.

Alan schaute sie skeptisch an. »Sie sind noch nicht darauf gekommen?« Er ging wieder an den Ordner. »Keine Bange – Sie wären schon. Es war übrigens Beverlys Idee; ihre Art, es Patrick heimzuzahlen, weil er sie abserviert hat.« Er schaute zur Zimmerdecke und schüttelte den Kopf. »Manchmal wundere ich mich über ihn; er ist hoffnungslos kindisch. Und trotzdem bin ich derjenige, dem immer vorgeworfen wurde, verantwortungslos und was weiß ich sonst noch alles zu sein.« Er blätterte ein paar Seiten um, scheinbar vertieft in das, was er las. »Beverly wußte, daß er ein Calvert ist. Ich habe es ihr erzählt. Als sie zufällig diesen Philip Calvert kennenlernte, kam sie auf die Idee. Eine Wahnsinnsidee, wirklich! Aber wer eine fast vollständige Geschichte von Poe fabriziert, der schüttelt auch die eine oder andere fingierte Urkunde aus dem Ärmel. Kritzelt ein paar Zeilen in ein Buch...« Er schrieb mit der Hand in die Luft.

»Was reden Sie da? Ich habe keine Ahnung, wovon Sie *reden*!«

Alan schaute auf. Er bewegte die Waffe ein wenig, als richte er ein Tischgedeck. Sie lag immer noch neben seinem Schuh. »Ellen, ich bitte Sie! So dumm können Sie doch gar nicht sein!«

»O doch! Kann ich!« In den letzten eineinhalb Minuten war sie nur Zentimeter zurück zum Fenster gewichen. *Vierzig Sekunden. O Gott – geh los geh los geh los –*

»Na gut«, sagte er, als gebe er ihr recht. Sie war dumm. »Vielleicht haben Sie es bis jetzt noch nicht begriffen. Aber sobald die Gerüchteküche gekocht hätte, daß Patrick der jetzige Lord Baltimore ist, wären Sie darauf gekommen, da bin ich sicher.« Er hielt eine Seite hoch und wedelte herausfordernd damit.

Wovon in Gottes Namen sprach dieser Wahnsinnige?

»Bevs Notizen. Diese Ahnentafel.«

Sie folgte der Bewegung des Papiers. *Zehn Sekunden.* »Das ist nur Zeugs von ihrer Arbeit für Owen Lamb. Ich habe es gar nicht weiter beachtet.«

»Hätten Sie aber. Später. Hm, wie schön, zu einem Publikum zu reden, das so gefesselt ist –«

Der Lärm war ohrenbetäubend.

Das entsetzliche Rasseln des Weckers ließ ihn herumwirbeln. Er versuchte, sich zu erheben, fiel auf alle viere, sein Fuß schoß vor, die Pistole rutschte über den Boden, Ellen stürzte darauf, und er hockte da. Sie gestattete sich eine Sekunde ekstatischer Freude über dieses unverhoffte Glück, dann feuerte sie.

Alan Loser schrie, faßte sich ans Knie und umklammerte es, das Blut schoß ihm zwischen den Fingern hindurch.

»*Sie miese Ratte!*« kreischte sie, wobei die Spannung in ihr abrupt nachließ. Dann spannte sie die Pistole neu und zielte.

Gleichzeitig hörte sie eilige Schritte, und ein paar Sekunden später kamen Richard Jury und Melrose Plant ins Zimmer gerannt.

»Ellen!«

Jury ging zu Loser; Plant zu Ellen.

Seinen Arm auf ihrer Schulter schüttelte sie ab. »Schreiben ist das Hinterletzte.«

35

Beim Abschiedstrunk im Horse sagte Ellen betont beiläufig: »Ich nehme doch nicht an, daß diese Reporter sich besonders für meine Schreibgewohnheiten interessiert haben, oder? Sie werden es doch wohl nicht der Mühe wert finden, sich in ihren Artikeln darüber auszulassen?«

»Sie meinen, daß Sie sich an Ihren Schreibtisch ketten müssen, um schreiben zu können?«

»Ich meine, daß ich immer versuche, die Erfahrungen meiner Figuren selbst nachzuvollziehen.« Sie schaute Melrose böse an.

Er goß sich noch ein Bier ein und sagte: »Hm, ja, diese Szene muß Ihnen wohl ganz besondere Probleme bereiten, da Sie sich jeden Tag an den Schreibtisch ketten. Und jeden Abend.«

»Sie müssen nicht zu allem und jedem Ihren Senf dazugeben – keiner hat Sie gefragt.«

Aber er mußte doch. Als rätsele er wirklich daran herum, blätterte er durch sein Exemplar von *Fenster*. »Wissen Sie, ich erinnere mich überhaupt nicht daran, daß Sweetie – oder Maxim – in Ketten herumgelaufen sind.« Dann schnipste er mit den Fingern. »Ah! Ist das etwa der Titel?«

Sie kniff die Augen zusammen. »Wie meinen?«

»*Ketten*. Ist *Ketten* der Titel des letzten Teils der Trilogie?«

»Jetzt sind Sie wohl völlig übergeschnappt!« Geräuschvoll stellte Ellen ihren Stuhl um, so daß sie mit dem Rücken zu Melrose saß.

Wiggins kramte in seiner Reisetasche, um Platz für etliche Packungen Bromo-Seltzer zu schaffen. »Sie waren sehr tapfer, Miss. Was Sie da gemacht haben, das erfordert viel Mut.«

Ellen lächelte. »Genau. Wissen Sie, ich wollte ja aus dem Fenster hechten, als der Wecker losging. Ich dachte, der Krach würde ihn so verwirren, daß er nicht losfeuern würde. Aber dann hat er die Pistole weggetreten. Wie geht's dem Widerling?«

»Pryce sagt, er überlebt's«, sagte Jury.

»Schade.«

»Eine zerschmetterte Kniescheibe tut aber auch weh«, lächelte Jury.

»Ich wünschte nur, ich hätte diesen Mistkerl umgebracht. Wie konnte er sich bloß einbilden, er würde ungeschoren davonkommen, wenn er mich ermordet?« Ihr Tonfall implizierte, daß sie mit

Sicherheit zu jener raren Sorte Sterblicher gehörte, die nicht ermordet werden durfte.

»Ich glaube, wenn die Polizei überhaupt ein Motiv gefunden hätte, dann hätten sie es entweder für die Wahnsinnstat eines eifersüchtigen Kollegen von Ihnen gehalten oder von jemandem, der hinter dem Manuskript her war. Schließlich und endlich hatten Sie es ja.«

»Ja, aber es ist nicht echt, das wissen wir jetzt.«

»Wir ja, aber wer noch? Ihr Freund Vlasic wußte es zum Beispiel nicht«, sagte Jury.

»Vlasic«, sagte Melrose und verzog das Gesicht, »hätte das Manuskript liebend gern selbst entdeckt.«

»Da sah er alt aus«, sagte Wiggins, »als eine seiner Studentinnen mit so einem Fund ankam.«

»Warten Sie einen Moment«, sagte Ellen. »Wollen Sie damit andeuten, die Untersuchungsbeamten hätten Vlasic festgenommen?« Darüber dachte sie nach. »Da tut es mir ja nachgerade leid, daß ich dazwischen gefunkt habe.«

Jury fuhr fort: »Und die Morde an Philip Calvert und John-Joy wären ungelöst geblieben. Pryce scheint ein guter Kriminalist zu sein, aber wie hätte er zwischen den beiden eine Verbindung herstellen können?«

»Er ist aber nicht halb so gut wie Lord Ardry«, sagte Wiggins.

Melrose seufzte. Er wünschte, Wiggins hätte sich diese neue Anrede für ihn nicht angewöhnt. Aber schließlich sprach hier Lord Tweedears mit Lord Ardry. »Hughie hat mich auf die Spur gebracht. Weil er ewig und drei Tage über das Geschlecht der Delawares gequatscht hat.«

»Sie sind zu bescheiden«, sagte Jury.

Ellen sagte: »Mein Gott, und der Hintergedanke bei all dem war, daß es so aussehen sollte, als habe *Pat* sie alle umgebracht. Und Alan hätte es ja auch geschafft, weil man den Adelstitel als Motiv betrachtet hätte. Aber was ist mit Beweisen? Wie hätte er Patrick die Blockhütte in Pennsylvania unterjubeln können?«

»Solange Muldare kein wasserdichtes Alibi für diese Zeit gehabt hätte – und ich gehe mal davon aus, daß Loser auch dafür gesorgt hätte –, und solange die Polizei davon ausgegangen wäre, daß Muldare Calvert wegen des Titels erschossen hätte, wäre das alles kein Problem gewesen. Dasselbe gilt für John-Joy.«

»Und er war noch so dreist und unverfroren, auf Milos' Hand zu schreiben. Warum ist er nicht einfach weggelaufen, gerannt, was das Zeug hält?«

»Er wollte den Kram«, sagte Melrose.

Wiggins seufzte, als die winzigen weißen Bläschen in seinem Glas zur Oberfläche hochstiegen und zerplatzten. »Jetzt werden wir nie wissen, wie es ausgegangen ist.« Als er den Kreis verständnisloser Gesichter bemerkte, fügte er hinzu: »Die Geschichte. Violette.«

»Ach!« sagte Melrose. »Keine Bange, Sergeant Wiggins. Ich habe die Auflösung hier.«

»Wo haben Sie die aufgetrieben?« Wiggins war verblüfft.

»Sie war in dem Aktenordner. In dem von Beverly Brown.« Er wandte sich an Ellen und fügte hinzu: »Dem in Ihrem Büro.«

Jury steckte sich einen Kaugummi in den Mund und schaute Melrose an.

»War sie nicht!« sagte Ellen. »Dann hätte ich sie doch gesehen.« Sie versuchte, Melrose die Seite aus der Hand zu reißen, aber Melrose schob sie weg. »Er – Alan Loser, meine ich – hatte die Papiere über den ganzen Boden verstreut. Das Manuskript war ihm völlig egal, deshalb lag diese Seite einfach zwischen den anderen.«

Jury kaute, legte das Kinn auf die Hand und starrte Melrose an.

»Ich lese mal, soll ich?«

Wiggins' »Ja« war begierig, Ellen schmollte und sagte, sie begreife nicht, daß sie sie übersehen habe, und Jury schwieg.

Melrose rückte seine Brille zurecht, öffnete den Mund, um zu lesen, fragte dann aber: »Was fanden Sie an der Geschichte am spannendsten?«

»Nichts«, sagte Ellen und beschäftigte sich mit ihrem Notizbuch.

Wiggins zeigte mehr Enthusiasmus. »Was ist denn in dem Hof passiert? Es ist eine Art Rätsel im geschlossenen Raum, wie Poes ›Der Mord in der Rue Morgue‹, meinen Sie nicht auch?«

»Ach, das?« Melrose tat es mit einer Handbewegung ab. »Das ist ziemlich simpel.«

»Wirklich? Und was ist mit Violette? Wie ist sie gestorben?«

Melrose lächelte. »Wer sagt, daß sie tot ist?«

Ellen sagte, den Blick auf ihr Notizbuch gerichtet: »Ach, hören Sie doch auf. Das ist Ihre Lieblingsfrage.«

Melrose richtete seine Brille und las:

> »Meine verehrte Madam,
> die Feuchtigkeit der alten Steine quillt unter meinen Fingern hervor wie Blut, und die Tinte, die zäh und dick durch diese Feder fließt, scheint dunkelrot auf der Seite.
>
> Dies muß meine letzte Mitteilung an Sie sein.
>
> Über meine Bemerkung, ich hätte während meines langen Verweilens in seinem Schlafgemach in der vergangenen Nacht nichts gesehen und nichts gehört, war M. P- so erzürnt, daß er darauf insistierte, sich in den Hof hinab zu begeben, zum Schauplatz seiner traurigen Wahnvorstellung, dieses schrecklichen Stelldicheins, dessen Zeuge er dreimal hintereinander geworden war.
>
> Wie gern hätte ich es, wäre es möglich gewesen, bei seinen entsetzlichen Phantasmagorien belassen! War doch die Wirklichkeit so viel mehr zu fürchten!
>
> Während wir dort unten in der pechschwarzen Dunkelheit standen, redete er immer wirrer – ein Mann, der durch einen Wahn, der ihn völlig überwältigt hatte, an die Grenzen seiner Geistes-

kräfte getrieben wurde –, bis er in höchster Erregung, mich davon zu überzeugen, daß alles sich so abgespielt habe, wie er es beschrieben hatte, aus einem Versteck zwei Rapiere zog, eines behielt und das andere mir zuwarf. Bis zum heutigen Tage höre ich das eisige Klirren, als die Waffe auf den Steinen zu meinen Füßen aufschlug.

Ich war entsetzt und dennoch gezwungen, dieses teuflische Schwert zu schwingen, denn M. P- begann mit seinen Stößen und Paraden. Ich bat ihn inständig, aufzuhören – er tat es nicht.

Dann lachte er. Es war indes nicht das Gelächter eines wahnsinnigen oder von seinen Leidenschaften verzehrten Menschen. Es war auch nicht mehr der melancholische, in seine Welt der Träume und Einbildungen verlorene Gentleman. Der Mensch, der mir jetzt gegenüberstand, war ein Mann von größter Willenskraft, von Berechnung und kalter Vernunft, und er stellte sich meinen erstaunten Ohren als Mister William Quartermain vor. Dann erzählte er mir die Geschichte –«

»Noch eine?« fragte Jury und wickelte auch noch einen Streifen Kaugummi aus. Er grinste Melrose an, der ihn ignorierte.

»Wir befanden uns wirklich im Wohnsitz eines M. P-, aber dieser Mann war es nicht. M. P- lag tot in einem Vorzimmer auf einem der unteren Stockwerke des Hauses. Ermordet – von einem eifersüchtigen Ehemann.«

»Hier bricht die Geschichte ein bißchen ein«, sagte Jury.
Wiggins schaute seinen Superintendent vorwurfsvoll an.
»Und wir verpassen unser Flugzeug, wenn Poe das hier nicht in den nächsten zehn Minuten unter Dach und Fach bringt.«
Melrose ignorierte, daß Jury mit völlig übertriebenen Gesten immer wieder auf seine Uhr deutete.

»— eifersüchtigen Ehemann.«

Ich fürchtete mich beinahe zu fragen und fürchtete auch die nur zu offensichtliche Antwort: aber trotzdem sagte ich: »Und die Ehefrau?« – »Tot«, war das einzige Wort, das er mir zur Antwort gab –

»Fechten sie immer noch?« Ellens Stimme kam aus ihrer Armbeuge, da hatte sie den Kopf hingelegt. »Und quasseln die ganze Zeit dabei?«

»Ich schlafe auch nicht ein, wenn Sie in einer Tour über Sweetie und Maxim quasseln«, sagte Melrose äußerst gereizt.

»Ich schlafe nicht«, sagte sie mit traniger Stimme. »Ich ruhe mich aus. Ich habe gestern abend nur einen psychopathischen Mörder bei Laune gehalten, wenn Sie sich erinnern wollen.«

Wiggins war verzweifelt, weil Jury und Ellen dauernd störten, und sagte zu Melrose: »Bitte lesen Sie weiter, Sir.«

Melrose fuhr fort, legte aber einen kleinen Zahn zu: »Hier wirkt es ein bißchen zusammengeschustert. Poe –«

»Beverly Brown, meinen Sie«, sagte Jury.

»Ja. Beverly Brown muß ein paar Probleme gehabt haben. Unser Erzähler war so etwas wie der Sündenbock für Quartermain. Er wollte ihn als den Schuldigen hinstellen, ist meine Vermutung. Aber jetzt kommt die Überraschung«, sagte Melrose munter.

Mein lieber M. S-

»Wer ist S.?« fragte Wiggins.
»Der Erzähler.«

Es lag nie in meiner Absicht, Sie so leiden zu lassen, und stünde es nur in meiner bescheidenen Macht, ich käme Ihnen zu Hilfe. Aber ach, ich vermag es nicht. Wer würde mir Glauben schenken?

An dem Tag, als mein Gatte Sie in den Tuilerien ansprach, hatte ich bereits vor dem Morgengrauen meine Flucht bewerkstelligt und war aus jenen Räumen geflohen, als sei mir der Leibhaftige auf den Fersen. Denn ich wußte, ich war *sicher,* daß mein Mann, fände er mich, mich umbringen würde. Oh! Sie können sich nicht vorstellen, in welche Anfälle wahnhafter Leidenschaft er sich steigern konnte, und nun, da er meinen geliebten Hilaire gemordet hatte, würde er mir keine Ruhe und keinen Frieden gönnen, außer der Ruhe des Todes.

»Bricht wirklich ein«, sagte Jury und gähnte.
Melrose schaute ihn böse an.

– Ruhe des Todes. Elend und voller Todesangst begab ich mich eilends in einen anderen Teil des Hauses, weil ich hoffte, er würde nie argwöhnen, daß ich in Sichtweite blieb. Denn ich war es, Monsieur, die Sie an dem Fenster auf der anderen Seite des Hofes gesehen haben. Aber nun bin ich geflohen, um nie wieder zurückzukehren. Nachdem ich von Ihrer Arretierung durch die Sûreté gelesen hatte, hatte ich das Gefühl, ich müsse Ihnen schreiben.

Sie mögen diesen Brief verwenden, in welcher Weise es Ihnen genehm erscheint. Sollte er Ihre Unschuld in dieser Affaire beweisen, würde mich das wieder froh stimmen.

In Sorge und Dankbarkeit verbleibe ich,
Violette Pontorson

Rasch schoß Ellens Kopf hoch. »Was? In dem Scheißfenster auf der anderen Seite des Hofs war gar kein Gesicht.«

Melrose spitzte die Lippen. »Die Vorhänge bebten, daran erinnere ich mich genau – als sähe ich eine Hand, die gleichfalls einen Vorhang zur Seite hielt.«

»Na und? Jetzt sollen wir glauben, Violette war die ganze Zeit da und hatte sich in den Vorhängen verfangen? *Blaaah!«* Während sie dieses häßliche Geräusch ausstieß, ließ sie den Kopf erneut wie einen Stein auf die verkreuzten Arme fallen.

»Also hat Violette all die Briefe geschrieben?« fragte Wiggins. »Da bin ich aber auch der Meinung, das kommt sehr überraschend.«

»Mit einem Füllfederhalter«, sagte Jury, erhob sich und fügte hinzu: »Ich besorge uns mal ein Taxi.«

»Hughie fährt uns. Was soll das heißen, mit einem Füllfederhalter?« Melrose runzelte die Stirn.

»Am Anfang die Feder, die Blut ausschwitzt. Oder Tinte. Die Tinte floß hindurch, wenn ich mich recht erinnere. Muß ein Füllfederhalter sein.«

Ellens Kopf schoß wieder hoch. »Ein Tintenfüller.« Sie sah Melrose an. »Er redet davon, mit einem Tintenfüller zu schreiben. In den vierziger Jahren des neunzehnten Jahrhunderts?«

Melrose dachte ein wenig nach und schnalzte begütigend mit der Zunge. »Na ja, auch Beverly war nicht vollkommen.«

Jury lächelte und hing sich die Reisetasche über die Schulter. »Beverly hätte einen solch gravierenden Fehler nie gemacht. Ich schau mal nach dem Taxi.«

Ellen und Wiggins starrten Melrose mit offenem Mund an.

»Ist denn nichts mehr heilig? Ein Plagiat plagiieren? Gütiger Gott, ist denn nichts mehr unantastbar?«

»Ich finde, es war eine gute Lösung, Sir«, sagte Wiggins, nachdem er sich von seinem Erstaunen erholt hatte.

»Gut? Es war aber nicht die *richtige* Lösung«, sagte Ellen.

»Allmächtiger, es *gibt* keine richtige Lösung. Und jeder Schmierfink kann Poe kopieren – jeder Idiot kann einen unverwechselbaren Stil imitieren.«

Ellen warf ihm einen haßerfüllten Blick zu.

»Außer Ihrem, Baby.« Bevor sie ihren Stuhl wieder herumknallen konnte, beugte er sich rasch vor und küßte sie.

Sie zog den Ärmel ihres Pullovers über die Hand und machte eine Riesenszene daraus, den feuchten Fleck von ihrer Wange zu rubbeln.

36

I

Da das Thema Schreiberlinge nun einmal ein Dauerbrenner war, warf Ellen auf dem Weg zum Flughafen die Frage auf, welche Einstellung man nun Wick-VapoRub gegenüber einnehmen solle, wobei man »Einstellung« eher in Richtung »Kaltstellung« interpretieren mußte.

Ellen ließ sich des langen und breiten darüber aus und schloß mit den Worten: »Wir sind zu viert. Wir brauchen sie nur aufzuspüren, und dann bringen wir sie um.«

Hughie richtete mit einer Hand sein neues Fischmobile, überließ das Steuer sich selbst und hob die andere Hand mit ausgestreckten Fingern hoch. »Fünf. Vergessen Sie mich nich.«

»Toll. Sie können das Fluchtauto fahren.«

Jury drehte sich auf dem Vordersitz um. »Sie reden mit Polizeibeamten, das nur zur freundlichen Erinnerung.«

Ellen versank in dem bißchen Platz auf dem Rücksitz zwischen Melrose und Wiggins, der seine Reisetasche, nun ein Füllhorn von Schmerzstillern und Zauberwässern, sicher auf den Knien hielt. Entnervt sagte Ellen zu Melrose: »Sie haben gesagt, Sie hätten was ausgeknobelt, wie wir sie drankriegen können.«

Melrose riß den Blick von der vorbeifliegenden Landschaft; allmählich wichen die Bulldozer und neonfarbenen Leitkegel graswachsenen Seitenstreifen und immergrünen Pflanzen. Er sagte: »Habe ich auch.«

»Was? Wie?«

»Ich fürchte, wenn ich es Ihnen jetzt schon erzähle, beeinträchtigt das die Effizienz meines Planes.« Melrose hatte massiven Protest erwartet, aber er wurde angenehm überrascht. Ellen schürzte die Lippen, überlegte und sagte nichts.

Melrose fuhr fort: »Also, wir wollen doch weder ein Schlachtfest noch eine wilde Schießerei –«

Lächelnd ließ Ellen sich die Alternativen durch den Kopf gehen.

»Nein, nein. Die Hunde bellen, und die Karawane zieht weiter. Aber am besten ist eine Rache, die nie endet. Ich habe etwas im Sinn, das einsickert wie Gift. Eine bedrohliche Situation wie die, in der Sweetie steckt –«

»Sie kundschaften aus, wo sie wohnt, und schieben ihr Briefe durch den Briefkasten.«

»Nein, viel subtiler und viel heimtückischer. Es hat aber auch eine Schattenseite: Auf die öffentliche Demütigung, daß Sie sie vor Gericht zerren und den Prozeß sogar gewinnen, müssen Sie verzichten. Wick-VapoRub wird es wissen, und Sie werden es wissen und vielleicht noch ein paar andere, die sich auskennen. Aber viele Leute werden es aller Voraussicht nach nicht begreifen.«

»Wird sie wissen, daß ich es weiß?«

»Natürlich, sonst macht es ja keinen Spaß.«

Ellen lehnte sich mit einem zufriedenen Lächeln zurück. »Und erzählen Sie mir irgendwann einmal, was es ist?«

»Ja. Wenn Sie nach Northants kommen. Bis dahin sollte genügend Zeit verstrichen sein.«

Schmerzerfüllt verzog sie das Gesicht. »So lange kann ich aber nicht warten!«

»Ellen, vergessen Sie eines nie.« Melrose legte den Arm um sie und drückte sie. »Sie sind Schriftstellerin, und Schriftsteller leben immer mit einem Risiko. Mehr noch als Musiker oder Maler, denn jeder Dämlack meint doch, er könne schreiben. Vielleicht ist er zu blöd, sich morgens die Zähne zu putzen, aber Teufel auch, er kann einen Stift zur Hand nehmen und schreiben. Deshalb habe ich Beverly Browns Geschichte zu Ende geschrieben – um zu demonstrieren, wie leicht es ein Plagiator hat. Beverly Brown wußte das. Das klingt vielleicht nicht sehr tröstlich. Doch Sie müssen immer daran denken, daß Vicki Salva nur ungeheuer hochstapelt. Sie, Sie sind die echte.«

Einen Moment schwieg sie, schaute aus dem Fenster und überlegte. Dann sagte sie: »Ich weiß nicht, wann ich nach England kommen kann. Mein Schreibpensum ist die Hölle.«

»Das, liebe Ellen, ist uns doch allen sonnenklar.«

Das Fluchtauto raste die 1-95 entlang.

II

Hughie hatte den Kofferraum aufgeklappt und reihte das Gepäck am Bordstein auf; alle Zufahrten waren verstopft. Leute rannten durch die Gegend, Autos hupten.

Auf einmal fiel Melrose Diane Demorneys Bemerkung ein, und er sagte: »Hughie, eine Bekannte von mir behauptet, daß Baltimore früher Nickel City hieß. Stimmt das?«

»Ja.« Hughie drehte sich herum, um einem Taxifahrer, der versuchte, sich vorbeizumanövrieren, den Stinkefinger zu zeigen. Dann sagte er zu Melrose: »Ja, Nickel City – das kenn ich auch.«

»Warum? Sie hat gesagt, daß früher hier Nickel geprägt wurden.«

Das fand Hughie umwerfend komisch. »Nickel geprägt... stark. Nein, weil Baltimore so billig war, vielleicht immer noch ist, im Vergleich zu D.C. oder New York. Früher konnte man hier vieles für nur nen Nickel kriegen. Ich will Ihnen eins sagen, Kumpel«, Hughie lächelte und knallte den Kofferraumdeckel zu, »Sie sollten aufpassen, wer Ihnen was erzählt.«

»Das werde ich beherzigen, Hughie.« Melrose entlohnte ihn mit einem fürstlichen Trinkgeld.

Ellen zog etwas aus der Tasche und gab es Jury. »Das ist für Sie. Von Jip.«

Jury schaute sich das abgegriffene Foto an. »Das verstehe ich nicht.«

»Hm, sie hat gesagt, Sie fänden es vielleicht.«

»Fänden was?«

Ellen stöhnte. »Angeblich sind Sie Kriminalbeamter.«

»Aha.« Jury lächelte. »Ich dachte nur, vielleicht hätte sie Ihnen ja noch etwas erzählt, was Sie mir bisher vorenthalten haben.«

»Nein, hat sie nicht. Außer, daß das Foto von ihr ist, als sie noch jünger war, und sie hat gesagt, daß es vielleicht in London aufgenommen worden ist. Oder einer anderen Stadt in England.«

Jury schaute sich das Foto noch einmal an, es war ein ganz normaler Schnappschuß mit irgendeinem Gebäude im Hintergrund, und Jip saß auf einer Bank. »Alles klar. Sagen Sie ihr, ich versuche es.«

»Und Ihnen soll ich auf Wiedersehen sagen, hat sie mir aufgetragen«, sagte Ellen und schaute Melrose ins Gesicht. »Melja.« Dabei lachte sie nicht einmal.

Das Taxi hinter Hughie drückte auf die Hupe, fuhr an und krachte genau in Hughies Stoßstange. Ein anderer Taxifahrer schrie Hughie an, er solle machen, daß er fortkomme.

Die vier Fahrgäste standen am Bordstein und beobachteten die Szene: einen Bagatellunfall, bei dem sich natürlich jede Partei in dem sicheren Wissen wähnte, Justitia auf ihrer Seite zu haben.

Hughie schrie den Unfallfahrer an, woraufhin der ihm kräftig kontra gab und ebenso wie sein anderer aufgebrachter Kollege die Wagentür aufriß und heraussprang zwischen all die Träger und Taschen, Ankommenden und Abfliegenden. Dann flogen nur noch die Fetzen:

»Fick dich!«

»Fick dich!«

»Mann, fick du dich!«

»Fick dich selber, Typ!«

Die Litanei der Großstadtstraßen, *fickdichfickdichfickdich*, begleitet von den einschlägigen Gesten, ja dich, ja dich! Und dabei war vollkommen klar, daß sie nicht anfangen würden sich zu schlagen. Sie zogen nur ein Ritual durch. Beleidigungen und Verwünschungen prasselten hernieder, die für diese Gelegenheit so notwendig und angemessen schienen wie das Beten in der Kirche...

...bis die Fahrer in ihre Taxis zurückkehrten, die Türen zuknallten, sich aus dem Fenster lehnten und einander ein letztes »Fick dich!« an den Kopf warfen.

Aber Hughie feuerte die ultimative Salve ab:

»– *und das Pferd, auf dem du gekommen bist!*«

ZWISCHENSPIEL

Sergeant Wiggins bestand auf dem Sitz in der Mitte und stopfte seine Bromo-Seltzer-Tasche unter den Sitz vor sich.

Als das Flugzeug zum Start rollte, saß er gegürtet und angeschnallt, als es von der Landebahn abhob, schloß er die Augen, und als die Worte »Bitte anschnallen« erloschen, kletterte er aus seiner eingeklemmten Position über Melroses Füße, um seinen Rundgang zu beginnen. Er wollte nicht warten, sagte er, bis ihn diese Attacke von Flugangst wieder überwältigt habe. Da ergreife er lieber Sofortmaßnahmen, besser zu früh als zu spät...

»Vergessen Sie nicht«, sagte Melrose, der sich als Schlafmittel den grauenhaften Text von Elizabeth Onions einzuverleiben gedachte, »es geht rechts-rechts-rechts und dann links-links-links. Dreimal nach rechts, und dann zurück.«

Wiggins blieb im Gang stehen und schaute skeptisch drein. »Ich kann mich gar nicht erinnern, daß ich auf dem Herflug die Richtung geändert habe. Sie?«

»Doch, ja.«

»Na ja, auf jeden Fall hat es geholfen. Bin in einer Sekunde zurück.«

Jury schlief, den Kopf auf einem der mickrigen Flugzeugkissen. Angeregt durch die Ereignisse der letzten Woche, schob Melrose den *Papagei und die Pepperoni* in das Netz vor sich, zog das Notizbuch heraus, das er in Baltimore erstanden hatte, und schraubte seinen Füller auf. Schließlich hatte Johanna die Wahnsinnige gesagt (und Madame Onions war ein perfektes Beispiel für ihr Verdikt), daß jeder Idiot ein Buch schreiben könne.

Nach dem Erfolgserlebnis, am Vorabend die Poe-Brown-Story beendet zu haben, schrieb Melrose nun an seinem eigenen Krimi weiter. Nachdem er mit etlichen Titeln herumjongliert und dabei auch an Wilkie Collins gedacht hatte, hatte er sich für *Der Opal* entschieden.

Sein Ermittler, ein liebenswürdiger Zeitgenosse namens Smithson, war zwar von der Scotland Yard Mordkommission, aber mit starken Anleihen aus amerikanischen Krimis ausgestattet. Und seit Melrose mitgekriegt hatte, daß zumindest in Amerika weibliche Privatdetektive der Renner waren, hatte er beschlossen, Smithson von seiner überaus intelligenten Frau Nora Hilfe und Unterstützung angedeihen zu lassen. Smithson fuhr ein verbeultes Auto, aber nie ohne seine Katze (namens Chloe), weil auch Katzen extrem populär waren.

Polly Praed würde ihm bestimmt vorwerfen, er beuge sich den Anforderungen des Marktes. Aber wenn jemand Zugeständnisse an den Markt machte, dann war es Polly. Ihr bisher ziemlich alltäglicher Detective ließ sich neuerdings Alkoholmißbrauch zuschulden kommen, der sich in einer Abhängigkeit von kalifornischem Chardonnay manifestierte. Des weiteren gab es zarte Hinweise auf sexuelle Schwierigkeiten, er versuchte, mit dem Rauchen aufzuhören, und hatte sich einen strengen Gesundheitsplan auferlegt, der erforderte, daß er tellerweise Seetang zu sich nahm. Polly hatte gut reden, dachte Melrose.

Und, entschied er plötzlich, er würde einen invertierten Krimi daraus machen, im Stil von Francis Iles. *Ja!* Er fühlte sich, als säße er wieder mit Elroy im Horse und sähe beim Super Bowl zu. *Ja!*

»Was, zum Teufel, machen Sie denn da?« Aus dem Tiefschlaf erwacht, blinzelte Jury ihn an.

»Ich? Nichts.« Melrose beugte sich über sein Notizbuch. Verflucht, es gab überhaupt keinen Grund, daß Trueblood die ganze Zeit schrieb; seine Phantasie war genauso –

Da erinnerte er sich plötzlich wieder an das schwarze Notizbuch.

Wo war es?

TEIL III
GIN LANE

37

»Wenn Sie hier gewesen wären, hätten Sie ihn kennengelernt. Oder sie.« Carole-anne Palutski wedelte mit den Händen, damit ihre frischlackierten Fingernägel trockneten, und machte sich über ihre Fußnägel her. Mit angezogenen Beinen hockte sie auf Jurys altem Sofa, ein Handtuch unter den Füßen, um den Bezug nicht zu bekleckern.

Jury war seit einer knappen Stunde wieder in Islington. Er hatte zu Carole-anne hochgerufen, um einen Tee mit ihr zu trinken. Sie war sofort gekommen und hatte ihre Malutensilien mitgebracht.

»Und wie ist Er oder Sie?«

»Zum einen ist Er oder Sie höchst kreativ.«

Das verhieß nichts Gutes. Bei dem Gedanken an Carole-annes Vorstellung von kreativ wurde Jury nervös. »Alt oder jung? Oder mittelalterlich?«

»Ja.« Sie zog ein Bein an, stützte das Kinn auf das hochgezogene Knie und pinselte los.

»Ja was?«

»Er oder Sie ist alt, jung oder mittelalterlich.«

O Gott! »Carole-anne. Ich wohne hier. Ich wohne seit vielen, vielen Jahren hier. Ich habe ein Recht zu erfahren, wer über mir wohnen wird.« Jury zeigte mit dem Finger nach oben.

Bei dem Ton zuckte sie nicht mal zusammen. Sie beachtete seine altväterlichen Ermahnungen sowieso nie. »Ich hab ja gesagt«, die perfekte Nase leicht gehoben und gerümpft, »wenn Sie hier gewesen wären, anstatt durch die Weltgeschichte zu jetten, hätten Sie ihn kennengelernt. Ihn oder Sie.«

Das war es natürlich. Jury hatte die Unverfrorenheit besessen, in die Staaten zu düsen und sie hierzulassen, wo sie gänzlich ohne seine helfende Hand ihr Leben meistern mußte. Mrs. Wassermann konnte Carole-anne in mancher Hinsicht helfen: einen Saum hochnehmen, einen Ausschnitt herunternehmen, geheimnisvolle Telefongespräche in der Rolle von Carole-annes ältlicher Tante führen, Hühnersuppe hochtragen, und dergleichen mehr. Aber man mußte der Wahrheit ins Gesicht sehen: Mrs. Wassermann war nicht einsfünfundachtzig und hatte keine grauen Augen, die so wunderbar ihre Farbe ändern konnten, und kein Lächeln, bei dem man dahinschmolz. Jury war nicht nur losgeflogen, er war sogar geflogen, ohne ihr Bescheid zu sagen, und hatte nicht einmal einen Zettel hinterlassen, und jetzt war er ohne Geschenk aus den Staaten zurückgekommen. Aus den Staaten, wo sie in ihrem ganzen Leben noch nie gewesen war. (Jurys Blick glitt zu dem unausgepackten Koffer, in dem die in Seidenpapier gewickelte Barbie lag, mit Turban und allem Drum und Dran. Aber jetzt war er auch bockig und sah nicht ein, wieso *er* etwas wiedergutzumachen hätte.)

Er saß da, drehte Däumchen, die Teetasse thronte auf der Sessellehne, und schaute sie mißbilligend an. Dann lächelte er. »Ich kann es ganz leicht eingrenzen.«

»Keine Ahnung, was Sie meinen.«

»Ich kann Ihnen sagen, was für einer Art Mensch Sie die Wohnung vermieten.«

Sie wackelte mit den Schultern und schenkte ihm ein falsches Lächeln. »Wie könnten Sie?«

»Ich bin Kriminalist. Wir könnten folgende Personen eliminieren: weiblich, Altersgruppe sechzehn bis sechzig, gutaussehend. Damit wäre eine nicht unbeträchtliche Gruppe schon einmal abgehakt. Des weiteren können wir die Unter-Sechzehnjährigen ausschalten – denn es ist unwahrscheinlich, daß unter Sechzehnjährige eine Wohnung suchen – und die Über-Sechzigjährigen, weil

Sie nicht noch eine Mrs. Wassermann gebrauchen könnten. Am wahrscheinlichsten wäre also: männlich, Altersgruppe sechzehn bis sechzig, gutaussehend. Knaben unter sechzehn können wir aus demselben Grund wie Mädchen und Über-Sechzigjährige vernachlässigen, weil Sie ganz sicher nicht wollen, daß ein Mann daherkommt und Mrs. Wassermanns Zeit und Aufmerksamkeit mit Beschlag belegt. Die wahrscheinlichsten Kandidaten wären demnach: an erster Stelle hübscher, eher jüngerer Mann und an zweiter: unattraktive Frau.« Jury zog die Augenbrauen zusammen und fixierte sie mit einem hinterhältigen Lächeln. Carole-anne gelang es nie, ihre Gefühle zu verbergen. Immer sah man sie ihr an. »Aber Sie werden sehen, Ihr Auswahlmodus hat Mängel.«

»Seien Sie nicht blöd. Ich habe die Wohnung natürlich an die verläßlichste Person vermietet. Er oder Sie, darauf habe ich geachtet, ist sehr ordentlich und sauber und Nichtraucher.«

Kaum zu glauben angesichts des Zustands von Jurys Aschenbechern. Jury machte es sich in seinem Sessel gemütlich, schloß die Augen und wartete.

»Inwiefern Mängel?«

Er tat, als schliefe er. Wegen des Jetlags war das nicht schwierig.

»Was für *Mängel*?« sagte sie lauter.

»Was? Oh. Hm, wenn Sie an eine weibliche Person vermietet haben, wäre diese nach Ihren Maßstäben unattraktiv.«

»Und nach Ihren nicht?«

Jury schüttelte den Kopf. »Ich habe nur ein einziges Mal erlebt, daß wir die gleiche Vorstellung von ›attraktiv‹ hatten: und zwar bei Ihnen. Und der Herr im Himmel weiß, wenn noch mehr Frauen aussähen wie Sie, hätte die Ozonschicht über Islington noch ein Loch mehr.« Jury lächelte. Sie zog die Stirn kraus und versuchte herauszufinden, ob das ein Kompliment war oder nicht.

Dann schraubte sie den Verschluß auf das Fläschchen mit dem signalroten Nagellack und sagte: »Ich fand S-Bindestrich-H attraktiv. Und Sie auch.«

»Ach, wirklich? Komisch, ich entsinne mich vage, daß Sie eine Fernsehantenne erwähnten, als es um ihre Figur ging.« Susan Bredon-Hunt war eine alte Flamme von Jury.

»Daran kann ich mich nicht erinnern«, sagte Carole-anne schnippisch. Sie hievte schwungvoll die Beine vom Sofa, wackelte mit den Zehen, lehnte sich zurück und präsentierte dabei ihrerseits eine Figur, die mit einer Fernsehantenne nicht die geringste Ähnlichkeit besaß. »Egal, ich muß die Wohnung ja auch nicht unbefristet an diese Person vermieten. Sie haben die Miete nur für die letzten beiden Wochen dieses Monats bezahlt.«

Jury fuhr fort, als habe sie gar nicht gesprochen. »Sehen Sie, für mich kann eine Frau aus anderen als physischen Gründen attraktiv sein. Was Sie nicht sehen wollen, ist der Effekt von Intelligenz und Charakter auf körperliche Schönheit. Ich habe Frauen kennengelernt, die Sie wahrscheinlich absolut spießig fänden, die aber soviel geistige Qualitäten hatten, daß ich nichts dagegen gehabt hätte, den Rest meines Lebens mit ihnen zu verbringen.« Jury lehnte sich zurück, starrte an die Decke und fragte sich, wo er je eine solche Frau gesehen hatte.

»Wer redet denn vom Rest Ihres Lebens?« Carole-anne mußte sich nur um den Rest des Monats Sorgen machen. Sie biß sich auf die Lippen, stand auf und sagte: »Ich muß mal telefonieren.«

»So?« Carole-anne hatte kein Telefon. »Benutzen Sie nicht meines? Wie üblich?« Er machte eine großzügige Geste in Richtung des Apparats.

»Nein, ich gehe runter zu Mrs. W.« Sie schob die Füße in ihre schwarzen Schlappen. »Bin in einer Minute zurück«, rief sie, als sie schon durch die Tür war.

Jury blieb sitzen, lächelte und schlief ein.

38

»Und Sie wollen mir weismachen, der Mann hat drei Leute wegen eines fingierten Adelstitels ermordet?«

»Nein. Wegen Geld und aus Rache – das sind außer Liebe die beiden besten Motive. Es wäre aber nicht das erste Mal, daß für einen Adelstitel ein Mord begangen worden wäre. Im übrigen ist der Titel nicht fingiert. ›Alleiniger Herr von Maryland und Avalon, Baron von Baltimore‹«, zitierte Jury. »»Avalon, besiedelt von Kolonisten, von George, dem ersten Lord Baltimore, übernommen, dann herrenlos und später Cecil, dem zweiten Lord Baltimore, zurückerstattet.‹ Dann Charles, dem dritten Lord, dann Frederick, mit dem der Titel ausstarb beziehungsweise *de jure* wurde. Wenn Sie das als –«

»Ach, hören Sie auf mit dem Gerede!« Racer schniefte und fuhr mit den Daumen unter die Aufschläge seines Jacketts. Der Anzug war neu. Er wühlte ein halbes Dutzend Faxe durch, schlug auf die Gegensprechanlage und befahl Fiona, die übrigen Faxseiten vorzulegen, die, kurz bevor er in den Club gegangen war, aus dem Polizeipräsidium gekommen waren. »Ich habe es mit eigenen Augen gesehen, Miss Clingmore!« Das Gerät summte nur zur Antwort; Miss Clingmore reagierte nicht. Racer malträtierte den Knopf noch ein paarmal und wiederholte ihren Namen. Keine Antwort.

Jury schaute sich in dem frisch renovierten Büro um. Neuer Teppichboden, frischer Anstrich. Aber selbst das weiche Licht der indirekten Beleuchtung stimmte Racer nicht milder.

Wohl aber den Kater Cyril. Während Racer in die Gegensprechanlage blaffte, schaute Jury sich die neuen konkaven Lampen an und bemerkte einen kupferfarbenen Schwanz. Der Schwanz zuckte lässig. Der restliche Cyril lag offenbar auf der Leiste, die ringsherum befestigt worden war, damit die Halogenlampen daraufmontiert werden konnten. Eine Zierleiste verbarg das ganze.

»Was ist hier so lustig?« Racers Kopf schoß von der Gegensprechanlage hoch, die er mit roher Gewalt zum Gehorsam hatte zwingen wollen.

»Nichts. Gar nichts. Ich habe nur die Renovierungen bewundert. Sehr schön.«

»Und teuer. Keine Sorge – alles aus meiner eigenen Tasche bezahlt, falls Sie glauben, ich hätte Steuergelder verschwendet.« Racer grinste hämisch. Hörte auf, hämisch zu grinsen. »Was ist mit dieser Sache in der Tate Gallery? Die Pathologie hat über die Todesursache immer noch nichts Vernünftiges abgelassen.«

Jury war überrascht. »Ich dachte, es sei ein Schlaganfall gewesen.«

»Vielleicht.« Racer bemühte sich um eine geheimnisvolle Miene. Erfolglos. »Und die alte Schachtel, die wollte, daß Sie den Fall übernehmen? Sind Sie schon dagewesen?«

»Sergeant Wiggins ist gerade bei ihr.«

»Wiggins? Sie wollte *Sie*.«

»Ich werde auch noch hingehen. Sie haben vergessen, daß ich im Urlaub bin.«

»Sie waren gerade erst im Urlaub. Das Leben eines Kriminalbeamten ist kein einziger langer Ferientag, Jury.«

Ein Klopfen an der Tür, und Fiona steckte den Kopf herein. »Mr. Plant ist am Telefon, er möchte wissen, wann Sie ihn abholen.«

Jury drehte sich um. »Sagen Sie ihm, in einer Stunde – nein, besser, zwei. Ich muß erst noch nach Hause und ein paar Sachen holen.«

»Alles klärchen.«

»Miss Clingmore!«

Aber Miss Clingmore hatte die Tür schon zugeknallt. Über der Zierleiste erzitterten ein paar kupferfarbene Härchen.

39

»Ich weiß nicht, was sie damit angestellt hat, alter Kämpe«, flüsterte Marshall Trueblood wutentbrannt. »Ich habe versucht, mich mit Geld bei ihr einzuschmeicheln, ich habe sie mit Gin bestochen. Natürlich hat sie beides angenommen – glauben Sie nicht, sie hätte nicht beides genommen, aber sie leugnet, es je gesehen zu haben: ›Keine Ahnung, was Sie meinen, mein Bester. Nie im Leben so was gesehn, ehrlich, nie.‹« Marshall ahmte Mrs. Withersbys ginselig heisere Stimme wunderbar nach.

Die Dame, um die ihre Unterhaltung kreiste, saß auf der anderen Seite des Tresens vor dem Kamin, nahm hin und wieder den kleinen Besen zur Hand, um die Asche wegzufegen, und nutzte die Möglichkeiten weidlich aus, die ihr die Rolle als Aschenputtel bot. Der Prinz (in Gestalt Melrose Plants) hatte ihr schon einen doppelten Gin kredenzt und den Putzeimer auf die andere Seite des Kamins getragen.

»Los«, bedrängte Marshall Melrose, »Schauen Sie noch mal nach.« Er schubste Melrose ein wenig, um ihn auf den rechten Weg zu bringen.

Melrose setzte sich wieder hin und erwiderte, ebenso heftig flüsternd: »Hören Sie, ich weiß nur, es war in dem verdammten Eimer! Da kann ich doch wohl jetzt nicht drin herumwühlen!«

»Was«, sagte Richard Jury und setzte die drei Pints auf den Tisch, »tuscheln Sie schon wieder?«

»Ach, nichts«, sagte Marshall und legte seinen Armani-gewandeten Arm auf das Fenstersims.

»Ach, nichts«, wiederholte Melrose und widmete sich dem Kreuzworträtsel in der *Times*, das er an die verstaubte Plastikrose gelehnt hatte, die den Tisch zierte.

Jury sah von einem zum anderen. »Na, na, na. Ich bin gleich zurück mit den Würstchen.«

»Was für Würstchen?« riefen sie ihm unisono hinterher.

Sofort kam Plant wieder zur Sache: »Sie haben nicht richtig gesucht. Ich war fast eine Woche weg; Sie müssen doch eine Gelegenheit gefunden haben, um in diesen Eimer zu schauen. Mittlerweile hat sie ihn längst ausgeschüttet. Das verdammte Notizbuch schwimmt den Piddle hinunter!«

»Geben Sie *moi* nicht die Schuld.« Trueblood schlug sich mit beiden Händen an sein meerschaumgrünes Hemd. »Sie haben es in den Eimer gesteckt. Und sie kippt ihn auch nicht aus, weil sie ihn nie benutzt. Du meine Güte, Withers arbeitet nicht.«

Wütend beobachteten sie die Ursache ihres Streits, diese alte Schlampe. Der Putzeimer war nun unter dem gegenüberstehenden Kaminstuhl verstaut, so weit von ihr entfernt, wie es ging. Sie hätschelte ihr leeres Glas und rauchte die Zigarette, die sie von Marshall Trueblood geschnorrt hatte.

»Ich spendiere ihr keinen Drink mehr. Darauf wartet sie doch nur. Das ist Erpressung, jawohl. Glücklicherweise kann sie nicht lesen... Was macht er denn da?« Trueblood beäugte Jury.

Er gab Mrs. Withersby etwas, das wie ein riesiger Krug Gin aussah. Und jetzt reichte er ihr wahrhaftig auch noch einen Teller mit Cocktailwürstchen, in denen Zahnstocher steckten. Neuerdings bot Dick Scroggs »Feierabend-Häppchen« an. Jury hatte den Teller in der Hand und setzte sich Mrs. Withersby gegenüber. Munter schwatzten sie miteinander.

Äußerst ergrimmt hob Trueblood sein Bier, gab ein unvermitteltes »Prost!« von sich und sagte dann: »Der Superintendent würde mit der Nelson-Statue auf dem Trafalgar Square reden.«

»Und sie würde antworten«, sagte Melrose.

»Die ganze Arbeit«, sagte Marshall. »Es war *so* gut. Wir schaffen es nie, es noch einmal so zu schreiben!« Er warf den Stift hin, mit dem er auf einem Papier herumgekritzelt hatte, und seufzte.

»Streiten Sie immer noch?« fragte Jury, stellte den Teller mit den Würstchen auf den Tisch und setzte sich.

»Wir streiten uns nicht.«
»Wir streiten uns nicht.«
»Schreiben Sie was?«
»Nein.«
»Nein.«
Einträchtiges Kopfschütteln.
»Ich dachte, ich mache mal einen Spaziergang und schaue bei Vivian vorbei«, sagte Jury. »Bevor sie nach Italien fährt. Mal *wieder*. Das Ganze ist doch total lächerlich.« Er schaute Melrose an. »Ich bin sicher, man könnte sie überreden, hierzubleiben.«
»Versuchen wir das nicht seit Jahren?« fragte Melrose.
»Hm, Sie haben ihr aber noch nie einen triftigen Grund geliefert, damit sie diese alberne Verlobung löst!«
Mrs. Withersby hatte in Form von Gin und Würstchen vom süßen Leben gekostet und schlurfte zum Tresen, wo die Teller standen, die Dick Scroggs später wieder mit »Feierabend«-Leckereien zu füllen gedachte.
Melrose Plant sah, wie sie sich schwankend einen Weg durch den Raum bahnte, und entschuldigte sich für einen Augenblick.
Marshall Trueblood interessierte sich aus irgendeinem Grund viel mehr dafür, wie Melrose Plant vor dem Kamin herumstrich, als für das, was Jury ihm gerade erzählte. Melrose setzte sich auf den Stuhl, den Jury dort verlassen hatte, und schien sich die Schuhe neu zu binden.
Mrs. Withersby verließ den Tresen mit einem Pappteller voll Würstchen und Blätterteigpasteten und begab sich zurück zu ihrem Stuhl, nicht ohne einen Umweg zu machen. Jury befürchtete schon, sie werde zu einer Verbalattacke auf ihn und Marshall ansetzen, merkte aber im nächsten Augenblick, daß die Schimpfkanonade jemandem im Fenster hinter Trueblood galt. In den kahlen Ranken des Rosenbusches zeigte sich das Gesicht Lady Ardrys. Es verschwand. Agatha war in Mrs. Withersbys Gunst gesunken, denn sie schrieb wieder einmal Briefe an den Herausgeber des *Bald*

Eagle und machte einen Riesenaufstand vor der Gemeindeverwaltung, weil sie versuchte, den »Schandfleck« (wie sie es nannte) Long Piddletons zu tilgen. Dabei handelte es sich um eine Reihe Cottages, ehemaliger Armenhäuser am anderen Ufer des Piddle. Sie beherbergten den Withersby-Clan, und der Withersby-Clan war groß und (wie Melrose oft sagte) so altehrwürdig, daß er Anspruch auf sein eigenes Karomuster hätte anmelden können.

Mrs. Withersby hatte Ihrer Ladyschaft ihre Zuneigung entzogen und diese Seiner Lordschaft geschenkt. Melrose engagierte sich nämlich für die Schwachen und Benachteiligten, in der Hauptsache mittels starker Getränke.

Agatha kam in einer Schneewolke durch die Tür, ignorierte Mrs. Withersby und orderte ein großes Glas Sherry bei Dick Scroggs, der die Teller mit den Häppchen unter dem Tresen hatte verschwinden lassen, sobald er ihrer ansichtig geworden war.

In der Zwischenzeit war Melrose zum Tisch zurückgekommen. Er sah zufrieden mit sich aus und nickte Trueblood zu. Agatha hatte das Vergnügen, Neuigkeiten zu überbringen.

»Sie ziehen in Watermeadows ein!« verkündete sie.

Jury fragte, wer »sie« seien.

»Ach Gott«, sagte Marshall Trueblood. »Die WEMs.«

Jury zog die Stirn in Falten. Wer zum Teufel war das?

»Die Wochenendmenschen. Hat Ihnen Melrose nicht erzählt, daß sie auch den Man with a Load of Mischief gepachtet haben? Mir wäre lieber, er zerfiele in Schutt und Asche. Woher wissen Sie es, Agatha? Das von Watermeadows?«

»Mr. Tutwith hat es mir selbst erzählt. Der Makler. Sie nehmen Watermeadows anstelle des Gasthofs.«

»Das glaube ich nicht, Tante«, sagte Melrose. »Ich weiß aus sicherer Quelle, daß sie den Pub renovieren wollen.«

»Na, dann hast du eben unrecht.«

Damit war die Sache geklärt, und Jury fragte: »Was ist mit Lady Summerston?« Er hatte die alte Dame, der Watermeadows gehörte, immer gemocht. Er schaute aus dem Fenster, dachte an jenen Sommer vor vielen Jahren und fragte sich, ob es ein Lebensalter gab, in dem Erinnerungen ein Trost und keine Qual waren.

»Ach, sie behält es ja. Sie vermietet es nur.«

»Ich kann mir gar nicht vorstellen, daß jemand Watermeadows als Wochenendrefugium mietet«, sagte Melrose.

»Mein lieber alter Knabe, Sie verstehen die psychische Disposition der WEMs nicht. Die finden solche Häuser absolut göttlich. Am Freitag reist man aus London an; am Samstag schlüpft man in die Gummistiefel, holt die Hunde und knipst ein Foto vor dem Range Rover, dann braust man am Sonntag nach London zurück, und nur darum geht's. Zeig deinen Freunden die Fotos, und sie werden gelb vor Neid.«

Agatha sagte: »Sie möchte ein großes Eßzimmer und er will gärtnern –«

»Uach«, sagte Trueblood und tat so, als werde ihm speiübel. »Mein Gott, ich verabscheue Männer, die gern gärtnern. Sie wandern in Ölhäuten und derben Schuhen durchs Gelände, reden über nichts anderes als über richtiges Kompostieren und bezeichnen die Blumen nur mit ihren lateinischen Namen.«

»Ich kann mir aber idiotischere Freizeitbeschäftigungen vorstellen«, sagte Jury mit kühlem Blick auf Trueblood, der eine wohlgeformte Braue hob. »Gegen Lady Summerston und Hannah Lean hatten Sie doch nicht das geringste einzuwenden. Ich kann mich sogar erinnern, daß Sie eine hübsche Stange Geld an ihnen verdient haben.«

»Sie scheinen nicht zu verstehen. Da lag die Sache ganz anders. Das waren keine Wochenendmenschen. Wissen Sie denn nicht, in welchem Umfang die WEMs in die Provinzen einfallen? Bringen ganze Dörfer in ihren Besitz –«

»Bei Ihnen klingt das ja gerade so, als stehe Long Piddleton eine Nacht der lebenden Toten bevor.« Jury sah, daß Plant Truebloods Aufmerksamkeit unter den Tisch zu lenken versuchte. Er erhob sich. »Gut, ich gehe ein bißchen spazieren. Schau vielleicht mal bei Vivian vorbei.«

Agatha hatte sich ebenfalls erhoben, um sich an den Tresen zu begeben, und sagte: »Sie haben es für sechs Monate gemietet. Um zu sehen, ob es das Richtige ist.«

Trueblood und Melrose schauten Agatha an. Und dann einander. Sie lächelten.

»Worüber grinsen Sie beide?« fragte Jury.

»Über nichts.«

»Über nichts.«

Es schneite ein wenig, winzige, vereinzelte Flocken schwebten zur Erde. Vor dem Jack and Hammer blieb Jury an dem Erker stehen, in dem sie gesessen hatten.

»... ich kann es doch nicht übersehen haben«, sagte Trueblood.

»Haben Sie aber. Es war da drin.«

»Stecken Sie es weg«, flüsterte Trueblood. »Agatha kommt zurück.«

Kopfschüttelnd schaute Jury die High Street entlang. Der Briefträger zockelte auf dem Fahrrad vorbei, hielt bei Jurvis, dem Fleischer, und dann bei Ada Crisp.

Den ältlichen Postboten hatte Jury schon ein-, zweimal getroffen – im wahrsten Sinne des Wortes, denn der alte Mann konnte kaum noch etwas sehen. Aber Quick war steinalt, stocktaub und blind wie ein Maulwurf. Die Leute bekamen immer die falsche Post und mußten sie dann selbst zu den richtigen Empfängern bringen. Agatha hatte es sich natürlich zur Aufgabe erkoren, Long Piddleton von Abner Quick zu befreien, aber ohne Erfolg. Einen Brief an jemand anderen zu bekommen und dann zu dessen Cottage laufen zu müssen war eher eine willkommene Gelegenheit zu einer Extratasse Tee als zu einer Beschwerde. Und wenn man keinen Wert auf eine Tasse Tee mit einem bestimmten Empfänger legte, wartete man einfach, bis Mr. Quick wieder vorbeikam, oder brachte den Brief zur Poststelle und überließ es der Posthalterin dort, das Problem zu lösen.

Im Augenblick stand Ada Crisp neben ihrer Tür und las einen der Umschläge, die Abner Quick ihr hatte zukommen lassen. Sie sah entsetzt aus. Sie schaute auf, bemerkte Jury auf der anderen Straßenseite und winkte ihn zu sich.

»Hallo, Miss Crisp.« Sie schien wirklich schrecklich besorgt. »Kann ich Ihnen helfen?«

»Es geht um diesen Mr. Browne, dem Wrenn's Nest gehört.« Sie schaute über den Bürgersteig zur Ecke. Kläglich richtete sie den Blick auf Jury. »Hier steht, er bringt mich vor Gericht.«

»Vor Gericht? Warum, um alles in der Welt, das?«

»Er will mich hier raushaben, deshalb. Er will meinen Laden.« Sie wrang die Zipfel ihres Kittels. »Ich bin seit vierzig Jahren hier, Mr. Jury. Dieser Mensch ist vor drei Jahren gekommen, und meint, ihm gehört das Dorf. Er macht nichts als Ärger. Er sagt immer, er will ›expandieren‹. Jetzt frage ich Sie – was will denn so ein kleines Dorf mit solch einer riesigen Buchhandlung?«

Jury las den Brief, es war tatsächlich eine Vorladung. Er war sich sicher, daß die Beschwerden über Miss Crisps Laden (»öffentliches Ärgernis«) jeglicher Grundlage entbehrten, aber es ginge ja auch nur darum, sie psychisch zu attackieren, nicht darum, sich mit ihr auf einer rationalen Ebene auseinanderzusetzen. Widerwärtig. Und ein Unding waren die Gesetze, die so angelegt waren, daß man für jede grundlose Anschuldigung einen Grund erfinden konnte und jeder Idiot, jeder, der meinte, Schadensersatz einkassieren zu können, oder auf Rache aus war, ein Gerichtsverfahren anstrengen konnte. Jury schaute die Straße hinunter und lächelte.

Das Lächeln schien sie sichtbar aufzumuntern und eine schwere Bürde von ihren schmalen Schultern zu nehmen.

»Machen Sie sich keine Sorgen, Miss Crisp. Vielleicht geh ich einfach mal hinein und rede ein Wort mit Mr. Browne.«

»Würden Sie das tun? Da wäre ich Ihnen ja so dankbar.«

Jury drehte sich um und rief ihr im Weggehen zu: »Denken Sie an das Schwein, Miss Crisp!« Das bezog sich auf das Verfahren, das Agatha gegen den Fleischer Jurvis angestrengt hatte – genauer gesagt, gegen sein Gipsschwein.

Miss Crisp lachte und winkte ihm zu.

Im Wrenn's Nest Book Shoppe warteten zwei Leute, während Theo Wrenn Browne ein Buch stempelte und ein kleines Mädchen auszankte. Sie war die erste in der Reihe und wartete demütig schweigend vor dem Ladentisch. Sie hatte Schokoladenfingerabdrücke in einem der Ausleihbücher hinterlassen, und er drohte damit, ihr Pfandgeld einzubehalten. Die beiden Erwachsenen dahinter versuchten wegzuschauen. Sie rannte mit ihrem Buch hinaus.

Das Regal mit den Leihbüchern war die Konkurrenz zu Long Piddletons winziger, aber gut ausgestatteter Bibliothek. Für ein Dorf dieser Größe war es ungewöhnlich, eine Bibliothek zu unterhalten, und die Dorfbewohner waren entsprechend stolz darauf gewesen, bis Theo Wrenn Browne sich entschlossen hatte, deren Nutzlosigkeit zu beweisen. Er wartete mit dem neuesten Schwung Bestseller auf und schlug damit natürlich eine gewaltige Bresche in die Benutzerschaft der Bibliothek. Denn die Bibliothek mußte auf ihre Bücher warten, während Theo Wrenn Browne seine sofort bekam, schon Wochen, bevor sie rezensiert wurden. Bei alldem war sein Motiv nicht Geld, sondern Schadenfreude.

Während auf das Haupt des nächsten Ausleihers Worte wie Donnerschläge niederprasselten, las Jury das Schild, das die Ausleihregeln bekanntgab. Man mußte Pfandgeld hinterlassen, und es gab unterschiedliche Tarife für die einzelnen Wochentage und die einzelnen Bücher, und selbst einem Buchhalter wäre es schwergefallen, mit diesen Zahlen und Daten herumzujonglieren. Wenn es einen also nach einem neuen Buch, einem Bestseller oder seinem Lieblingsschriftsteller gelüstete, mußte man eine Menge Unfug in Kauf nehmen, und obendrein die herabsetzenden Bemerkungen Theo Wrenn Brownes.

Als der letzte Ausleiher gegangen war, sein Buch gestempelt (seine Tage gezählt), begrüßte Theo Wrenn Browne Jury ausgesprochen begeistert.

Jury lächelte zur Begrüßung und sagte: »Ich sehe, Sie haben einen neuen Geschäftszweig eröffnet.«

»Ach ja, der pure Dienst an der Öffentlichkeit, wissen Sie.« Er stieß einen lustvoll gequälten Seufzer aus. »Unsere Bibliothek hinkt immer so nach, Mr. Jury. Das predige ich der Gemeindeverwaltung schon seit Jahren.«

»Ich wußte gar nicht, daß es eine Gemeindeverwaltung gibt.«

»O doch. Long Piddleton hat eine Menge Probleme. Jetzt dränge ich darauf, daß wir in dem Wettbewerb um das schönste Dorf Englands mitmachen. Ich sehe gar nicht ein, warum es immer die Cotswolds sein müssen – Bibury und Broadway und dergleichen –, was meinen Sie? Northants muß ja nicht für immer und ewig als Industriegegend verschrien bleiben. Ich versuche, unser Image zu verändern. Wir brauchen gute PR-Arbeit. Müssen mehr Touristen anziehen, zum Beispiel. Wissen Sie, ich habe den Eindruck, allmählich werden wir auch für die Londoner attraktiv.«

»Was Sie nicht sagen. Mr. Browne, haben Sie eventuell *Bleakhaus*?«

»Den Dickens? Ganz bestimmt. Kommen Sie mal mit nach hinten.«

Als Jury ihm durch die vielen Regale mit Büchern folgte, dachte er, was es für eine Schande war, daß im Wrenn's Nest so eine Giftspritze wie Theo Wrenn Browne herumlief. Es war ein hübscher Laden: schwarze Balken, glänzende Böden, gepolsterte Fenstersitze, Ecken und Winkel. Und ein umfangreiches Sortiment neuer und antiquarischer Bücher.

»Aha. Sie mögen Dickens, nicht wahr? Na ja, jeder mag ihn. Wenn ich überlege, nach was für Mist sich die Leute die Hacken ablaufen. Ich muß es aber führen, wissen Sie. Grauenhafte Thriller, idiotische Krimis, romantischen Kitsch. Gott, hm, das bringt das Geschäft mit sich. Ich kann mich ja wohl schwerlich als Richter über den guten Geschmack aufspielen und mich weigern, Danielle Steel zu verkaufen. Jetzt muß ich sogar den Stuß von Johanna der Wahnsinnigen ordern. Meine Kunden sind bis nach Sidbury und Northampton gefahren, um sie sich zu besorgen. Minderwertige Liebesschnulzen.« Er schüttelte sich wohlig und gab Jury *Bleakhaus*. »Aber wenigstens freut es mich, daß Sie Dickens lesen.«

»Der Dickens ist gar nicht für mich; er ist für einen Bekannten, der überlegt, ob er gegen jemanden Anzeige erstattet. Er soll mal eine Kostprobe davon kriegen, wie die Justiz funktioniert.« Jury blätterte die Seiten durch. »Ich habe häufiger mal mit Zivilprozessen zu tun, und ich kann Ihnen sagen, weder für Geld noch gute Worte würde ich einen anstrengen.«

Theo Wrenn Browne hob seine hübsche kleine Hand zum Mund. »Oh?«

»Erst kürzlich habe ich erlebt, daß jemand dabei alles verloren hat – Ersparnisse, Job...« Jury schüttelte den Kopf und seufzte. »Wunderbar. Ich nehme es.«

Theo Wrenn hüstelte nervös. »Aber wenn man im Recht ist...«

Jury stieß ein kurzes, bellendes Gelächter aus. »Im Recht? Was tut denn das zur Sache? Der letzte Fall, von dem ich weiß, war der eines bekannten Ladenbesitzers in Piccadilly. Die Mieter über ihm, eine Frau und ihre sechsköpfige Brut, machten ihm das Leben zur Hölle. Nicht nur den lieben langen Tag das Kreischen und Brüllen, sondern die Gören schafften es sogar, nachts in seinem Laden alles auf den Kopf zu stellen. Sie richteten ein fürchterliches Tohuwabohu an und stahlen sogar etwas. Der arme Kerl versuchte, sie loszuwerden und ging vor Gericht. Drei Jahre hatte er damit zu tun, er mußte soviel Geld für die Anwälte und Gerichtskosten bezahlen, daß er zum Schluß sein Geschäft verlor. Jetzt geht er stempeln. Schrecklich.«

Sie schauten beide hoch zur Decke, und Jury schüttelte mitleidig den Kopf, als seien die Gören, die in seiner Schmerzensgeschichte eine so unrühmliche Rolle spielten, plötzlich leibhaftig in die eleganten Privatgemächer eingedrungen, wo Theo Wrenn Browne sich abends die neuesten minderwertigen Liebesschnulzen zu Gemüte führte.

»Jarndyce und Jarndyce, Mr. Browne«, sagte Jury, als er sein Buch bezahlte und Theo Wrenn Browne um einiges blasser, aber auch klüger, zurückließ.

Hinter der rotbraunen Steinbrücke duckten sich rund um den Dorfanger die Cottages, die Poststelle und Betty Balls Bäckerei. Obwohl Vivians Haus viel größer als ein Cottage war, nannte sie es doch so. Ein Zettel, mit Tesafilm an die Tür geklebt, verkündete, sie käme bald zurück.

Jury ging über den schneebedeckten Rasen zur Bank am Ententeich und setzte sich hin.

Er dachte über Jip nach. Jip mit ihrem Schreckgespenst von Tante und ihrer seltsamen Geschichte. Er zog das alte Foto aus der Tasche und studierte es. Bei dem Gedanken an das kleine Mädchen wurde er traurig. Vielleicht konnte er ihr helfen. Zumindest konnte er es versuchen.

Dann dachte er an Jenny Kennington und fühlte sich sehr viel wohler. Morgen oder übermorgen wollte er sie unbedingt in Stratford besuchen. Er lehnte sich zurück und beobachtete, wie die Enten unter den überhängenden Zweigen eines Schwarzdornbusches Schutz suchten. Es war zehn Jahre her, seit er das letzte Mal auf dieser Bank gesessen hatte; mit Vivian hatte er hier gesessen.

Vor zehn Jahren. War das möglich?

Der kleine Teich hatte eine ganz dünne Eisschicht, die in dem für die Jahreszeit ungewöhnlichen Sonnenschein zu schmelzen begann. Ein Entenpaar paddelte schläfrig unter den überhängenden Zweigen einer kleinen Weide dahin, deren Blätter die Oberfläche des Teichs streiften. Jury seufzte und stand auf. Eine Tasse Tee und etwas Süßes in Betty Balls Café wären jetzt nicht verkehrt.

Die Bäckerei befand sich auf der anderen Seite der Straße, die sich an der Brücke teilte und um den Anger führte, wo er saß. Die Bäckerei war im Erdgeschoß eines dreistöckigen Hauses und das Café in der obersten Etage, was bedeutete, daß man hoch hinaufklettern mußte, um eine Tasse Tee zu trinken, aber Betty Ball wollte offenbar aus nur ihr bekannten Gründen die Etage dazwischen für sich behalten. Vielleicht wohnte sie dort. Oder vielleicht hatte sie, wie Carole-anne, Pläne.

Jury nahm einen Erkertisch. Er wollte auf Long Piddleton hinunterblicken. Selbst im Sitzen konnte er fast das ganze Dorf sehen, bis zur Plague Alley, wo Agatha wohnte. Wenn er sich hinstellte, konnte er sogar den unmittelbar unter ihm liegenden Teil des Dorfes sehen. Mit seiner Tasse Tee und seinem Muffin stand er da, nahm einen Schluck, kaute und schaute hinaus. Dieser Standort bereitete ihm ein geradezu kindliches Vergnügen, er stellte sich vor, daß sein Blick von hier oben auf das Dorf wie der Blick Gottes war, und das Gefühl, allwissend zu sein, gefiel ihm, selbst wenn er nicht wie Gott allmächtig sein konnte. Es machte Spaß, das Dorf zu sehen, ein Miniaturdorf, wo er jetzt mit bloßem Auge seine eigene Spur verfolgen konnte.

Er sah Trueblood und Melrose Plant aus der Tür des Jack and Hammer auf der anderen Seite der Brücke treten. Sie kamen auf die Bäckerei zu. Ab und zu blieben sie stehen, um etwas zu diskutieren, und einmal sah es sogar aus, als seien sie in Streit geraten, denn beide drückten, wenn auch verschieden in Haltung und Gesten, Ärger und Ungeduld aus. Dann wandten sie sich nach rechts, und Jury bemerkte, daß Melrose einen großen braunen Umschlag trug. Sie gingen an mehreren Häusern auf der anderen Seite des Ententeichs vorbei und blieben vor der Poststelle stehen. Melrose wollte mit dem Päckchen hineingehen, aber Trueblood hielt ihn zurück. Sie steckten die Köpfe zusammen, und dann trat Trueblood einen Schritt zurück und gestikulierte mit der üblichen Trueblood-Theatralik. Er fuchtelte mit den Armen, als dirigiere er das Londoner Symphonieorchester, zeigte mit dem Finger wie mit einem Taktstock über die Brücke, und während Plant einfach stehenblieb, marschierte er auf und ab, schaute hierhin und dorthin, ging ungefähr hundert Meter weiter, sah anscheinend etwas, rannte zurück, und dann lehnten sich beide an das weißgetünchte Tudor-Haus, in dem die Poststelle und der Laden waren, rauchten eine Zigarette und schauten so lässig drein wie ein Paar unartiger Schuljungen, die darauf warten, daß der Direktor sie hopsnimmt.

Jury hatte sein Karottenmuffin gegessen und seinen Tee getrunken, ohne es richtig zu merken, und langte auf den Tisch, um sich noch eine Tasse einzuschenken, dazu Milch aus dem Krug. Dann tastete er nach dem Teller mit den Muffins. Das Ausschenken und Muffinjagen bewerkstelligte er, ohne den Blick auch nur einmal von dem kleinen Drama abzuwenden, das sich dort unten abspielte.

Mittlerweile war Abner Quick aufgetaucht. Er war mit seinem Fahrrad über die braune Brücke geholpert und ruhte sich vor der Poststelle aus. Melrose Plant und Marshall Trueblood begrüßten ihn auf das kameradschaftlichste, und Abner ging hinein, wahrscheinlich um die Ladung Post für die zweite Zustellung zu holen, um auch diese falschen Empfängern zukommen zu lassen.

Bald kam er mit einem Bündel Briefe, Drucksachen und ähnlichem wieder heraus, und während er den Postsack am Fahrrad befestigte, ließ Melrose Plant sein Päckchen in den Schnee zu seinen Füßen fallen. Unterdes verwickelte Trueblood Mr. Quick in ein Gespräch. Als Abner mit seinem Postsack davonradeln wollte, hielten sie beide an. Plant bückte sich, hob das Päckchen auf, und Trueblood händigte es ihm mit deutlichen Anweisungen aus. Er zeigte auf etwas, das die Anschrift sein mußte.

Da ja Abner Quick seine Runden nur deshalb mit einigem Erfolg drehen konnte, weil er sich das Dorf eingeprägt hatte wie ein

Buch in Blindenschrift, wußte Jury ziemlich genau, daß Plant und Trueblood ihm eine Wegbeschreibung gegeben hatten, damit das Päckchen auch sofort an die richtige Adresse kam.

Richard Jury hatte nicht über zwanzig Jahre bei Scotland Yard verbracht, um nun nicht gleich im Bilde zu sein, wer der Empfänger war. Er beobachtete, wie Abner Quick durch eine Gasse radelte, aus dem Blickfeld geriet, wieder auftauchte, hier anhielt, dort anhielt und sich um den Dorfanger herumarbeitete. Währenddessen hatten sich Plant und Trueblood zum Teich begeben und warfen Schneebälle, die aber nirgendwo landeten, sondern wie Federn auseinanderstoben. Zweifellos warteten sie darauf, daß die Sendung zugestellt wurde.

Kurze Zeit später erkannte Jury Vivian, weit jenseits der buckligen Brücke. Sie trug ihr Einkaufsnetz, das bestimmt voll kleiner, in Papier gewickelter Päckchen vom Fleischer Jurvis war. Vivian konnte man kilometerweit sehen, denn in der Sonne nahm ihr rotbraunes Haar die Farbe von Graham's Sherry an.

Plant und Trueblood sahen sie auch und hörten unverzüglich auf, den Teich mit leichtgewichtigen Schneebällen zu bombardieren. Sie machten ein Riesentrara, winkten und riefen ihr etwas zu. Vivian winkte zurück, machte ihr Gartentor auf und ging den Weg hinauf.

Jury hatte mittlerweile drei Muffins gegessen (und er haßte Karottenmuffins) und drei Tassen Tee getrunken. Aber jetzt zog es ihn magisch zu Vivians Haus. Er bezahlte seine Rechnung und ließ sich von dem Servierfräulein noch eine Schachtel mit Muffins einpacken (»Heute haben wir nur Karottenmuffins«). Mit dem Geschenk rannte er die Treppe hinunter auf den Dorfanger.

Mr. Quick hatte gerade vor Vivians Haus sein Fahrrad hingeworfen, als Jury Plant und Trueblood freundschaftlich winkte und ihnen zurief, er sein in Eile, weil er Vivian Muffins bringen wolle – zum Tee. Mit den Handschuhen voller Schnee standen sie da herum. Ob sie ihm und Vivian Gesellschaft leisten wollten?

Nein. Nichts weniger als das. Da war Jury sicher.

Mr. Quick radelte durch eine kleine Gasse weiter unten. Sein Postsack war um das Päckchen leichter, das Jury jetzt aus Vivians Briefkasten zog.

Er hielt es mit zwei anderen Briefen hoch und winkte mit dem ganzen Bettel Melrose Plant und Marshall Trueblood fröhlich zu.

»Was machen die beiden da draußen? Oh, danke«, sagte Vivian, nahm Jury die Briefe und das Päckchen aus der Hand und schaute aus dem Vorderfenster. Es hatte wieder angefangen zu schneien – nicht viel, nur ein paar Flocken wirbelten zur Erde.

»Ich dachte, Sie würden sich über ein paar Muffins freuen.« Jury hielt ihr die weiße Schachtel hin.

»Von Betty Ball?« Sie lächelte.

»Karottenmuffins. Ich hasse sie und habe drei gegessen.«

»Oh, ich mag Karottenmuffins«, log sie. »Wollen Sie einen Tee?«

»Nein, ich habe drei Tassen getrunken.«

»Eine pro Muffin. Interessant.« Sie hatte Briefe und Rechnungen geöffnet und die Umschläge weggeworfen. »Was ist denn das?« Fragend schaute sie das Päckchen an. »Aus Italien. Venedig.« Sie hielt es sich dicht vor die Augen und runzelte die Stirn. »Die Briefmarken sehen aber – komisch aus. Als wenn sie gar nicht richtig abgestempelt wären.«

»So?« Jury versuchte, gleichgültig zu klingen.

Sie öffnete den Umschlag und nahm das schwarze Buch heraus. *Das* schwarze Buch. Sie blätterte es durch, wurde immer skeptischer, schüttelte dann den braunen Umschlag und lugte hinein. Nichts. »Was ist das?« Sie betrachtete den schwarzen Ledereinband, blätterte wieder die Seiten durch, schüttelte das Buch. Nichts.

Jury wippte auf den Absätzen und beobachtete sie.

Vivian war völlig perplex. »Es sieht aus wie ein Tagebuch, mit

Daten und allem. Du liebe Güte, können Sie sich nicht mal hinsetzen?«

Jury murmelte ein, zwei beruhigende Worte und ging zum Fenster.

Vivian hielt das Buch auf Armeslänge über ihren Kopf, als könne das Licht des Kronleuchters seine trüben Tiefen durchdringen. »Hören Sie sich das an: ›Nichts ist mir mein Tal —‹«

»›Tod‹, nicht ›Tal‹.«

Vivian hob die Brauen. »Oh?«

Jury zuckte die Achseln. »Hm, ›nichts ist mir mein Tal‹ ergibt keinen Sinn...« Seine Stimme verlor sich. Er vermied, sie anzuschauen.

Sie lächelte. »Da haben Sie wohl recht.« Sie drehte den Umschlag noch einmal um, schaute wieder auf die Briefmarken, den Stempel, auf Jury. »Fragen Sie sich nicht, was das ist? Sie sehen gar nicht neugierig aus.«

»Neugierig? Natürlich bin ich neugierig. Aber ich werde doch meine Nase nicht in Ihre Angelegenheiten stecken.«

»Werden Sie nicht?« Vivian schaute durchs Fenster. »Das wäre ja mal etwas ganz Neues«, flötete sie. »Was in Gottes Namen machen die beiden da — spielen sie Denkmal?«

Wahrhaftig, dachte Jury, als er sich neben sie stellte: Plant und Trueblood standen da wie die Ölgötzen, den Blick aufs Haus gerichtet. Er seufzte.

»Über die Jahre habe ich den deutlichen Eindruck gewonnen, daß keiner von Ihnen will, daß ich Franco heirate.«

»Nein! Wie kommen Sie denn darauf?«

Sie las einen Absatz, kicherte und gab ihm das Buch. »Memoiren, nehme ich an. Er hat ja in seinem Leben auch schon allerhand erlebt. Schauen Sie sie an, sie werfen Schneebälle.«

Irritiert, daß sie diesen Unfug so gleichmütig schluckte, sagte er: »Fahren Sie nicht. Es ist einfach albern.«

Mit undurchdringlichem Gesicht schaute sie ihn an. »Aber ich habe ein Haus gemietet, für ein paar Wochen. Am Canale Grande. Sehr schön.«

»Was?« Er nahm sie wahrhaftig bei den Schultern und schüttelte sie.

Sie bewahrte Haltung. Faltete die Hände auf dem Rücken und seufzte. »Hm, wahrscheinlich versuche ich mir nur vorzumachen, ich sei frei.«

»Frei?«

»Haben Sie nie das Gefühl gehabt... Sie steckten fest? Im Leben, in der Arbeit?«

Ohne recht darüber nachzudenken, legte Jury ihr den Arm um die Schultern. »Ja – oh, ja.

»Das Problem ist, man fängt an, es zu genießen. Das Feststecken.« Sie warf einen Blick durch das behagliche Zimmer. »Dieselben Stühle, dieselben Gesichter. Die tägliche Routine, dieselben Freundschaften, dieselben Feindschaften. Es wird einem alles so vertraut. Und so sicher – zu sicher. Ich fühle mich begrenzt wie der kleine Teich da drüben. Ich fühle mich wie die Enten, die nur immer auf dem Wasser schwimmen. Doch es ist alles andere als unangenehm, vielleicht ist das das Problem. Locken sie«, sie deutete mit dem Kopf zum Anger, in Richtung ihrer beiden Freunde, »die Enten mit Brotkrumen ans Ufer, damit sie sie –?« Sie schüttelte den Kopf. »Idioten.«

Aber Jury achtete nicht sonderlich auf die Idioten; er dachte darüber nach, was sie gesagt hatte. »Mir gefällt, wie Sie das ausgedrückt haben, Vivian. Dieselben Gesichter, Freundschaften und Feindschaften. Vielleicht kann man auch gar nicht mehr erwarten.« Er dachte an seine Bude in Islington und sein Büro in New Scotland Yard. Dann lachte er.

»Was gibt's zu lachen?«

»Ach, ich lache über ein Lied, das mal sehr populär war. ›Das ist alles?‹ fragt die Sängerin immer. Sie meint das Leben. Als das Haus endlich bis auf die Grundmauern niedergebrannt ist, singt sie immer noch ›Das ist alles?‹ Nichts ist je genug. Ich meine, es war mal genug, aber je mehr man kriegt – Geld, Erfolg –, desto mehr gibt man sich der Täuschung hin, man brauche mehr. Aber einmal *war* es doch genug.« Er ergriff das Buch. »Da rackert man sich ab.«

Sie nahm es. »Ja, da rackert man sich ab.«

»Und wenn man eine Ente wäre, hätte man gerade einen Schneeball ins Gesicht gekriegt.«

Sie nickte. »Idioten.«

Tief in Gedanken versunken, standen sie da.

40

»*Pour vous!*« Theo Wrenn Browne plünderte seinen reichen Vorrat an Worten und Wendungen fremder Zunge, um eine langstielige Rose elegant auf den Tisch vor Diane Demorney zu plazieren. »*Une rose parfaite.*« Für den Fall, daß sein schleimiges Krämer-Französisch den Horizont der anderen überstieg, lächelte er sie an und übersetzte: »Eine perfekte Rose.«

Diane Demorney stopfte den Stiel in die leere Flasche von Plants Old Peculier. »Beim nächsten Mal aber bitte nichts unter einem perfekten Rolls!«

»Ich habe es Ihnen ja gesagt«, hub Johanna die Wahnsinnige an, deren Bemerkungen, wie primitiv Schreiben im Grunde sei, Theo Wrenn Browne mit seiner Rose unterbrochen hatte, »jeder Esel kann ein Buch schreiben. Melrose, nehmen Sie das nicht persönlich. Hauen Sie es nur raus.« Um die hohe Kunst des Raushauens zu simulieren, ließ sie die Finger auf imaginären Schreibmaschinentasten tanzen.

Melrose war ein ganz kleines bißchen bange geworden. Seit er wieder hier war, hatte er immensen Spaß mit seinem Krimi gehabt, jetzt aber bedrückte ihn, daß er Smithson allmählich zu ernst nahm. Des weiteren hatte er festgestellt, daß es ihm großes Vergnügen bereitete, im Dorf zu schreiben – in der Bibliothek, in Betty Balls Bäckerei beim Morgenkaffee und sogar auf der Bank am Ententeich. Und es gefiel ihm, mit seinem Notizbuch in der Hand und seinem Hund Mindy im Schlepptau spazierenzugehen und Stöckchen zu werfen, die Mindy nie holte. Hoffentlich wurde er nicht krank; Schriftsteller wurde er jedenfalls nicht.

Nichtsdestoweniger hatte das Schriftstellerleben auch seine guten Seiten. Vivian wurde nicht nur in England festgehalten, es hielt auch Agatha aus Ardry End fern und Richard Jury fern von London. Im Moment stand Jury am Kamin und zischte mit Withersby ein Bierchen.

»*Gin Lane*, Kapitel sieben. ›Tief verstört stand Smithson –‹«

»Halt, halt, alter Kämpe! Ich kann mich gar nicht erinnern, daß ich Kapitel zwei bis sechs zu Gesicht bekommen hätte«, sagte Marshall Trueblood.

»Ich dachte, der Titel sei *Der Opal*«, sagte Diane Demorney.

Woraufhin Melrose sagte: »Die Kapitel habe ich noch nicht abgetippt.« Noch nicht einmal geschrieben. Er wollte endlich zu Smithsons Grübeleien kommen. »›Tief verstört stand Smithson –‹«

Vivian fragte: »Ja, aber was ist mit dem *Opal*?«

Trueblood zwirbelte das Ende seines orangefarbenen Schals. »Ist ›Gin Lane‹ nicht eine Serie von Stichen von Cruikshank?«

»Typisch Melrose, er stiehlt, was er kann«, sagte Agatha.

Ob der Literatenstammtisch in Algonquin auch so abgelaufen war? Melrose las:

> – stand Smithson da und erinnerte sich plötzlich an die Uhrzeit, die er unter dem zerschmetterten Glas von Lord Haycocks Taschenuhr abgelesen hatte.

Theo Wrenn stieß einen theatralischen Seufzer aus. »Allmächtiger! Was für ein *cliché*!«

»Shakespeare hatte keine Angst vor *clichés*«, sagte Melrose und versuchte, sich an eines zu erinnern.

Smithson begriff, daß folgendes geschehen sein mußte: Entweder hatte jemand die Zeiger an der Wanduhr oder die an der Taschenuhr verstellt. Der Butler hatte zuvor betont, daß beide Uhren immer auf die Sekunde genau gingen.

Melrose rückte an seiner Brille.

Smithson hatte nicht bemerkt, daß Nora durch die Verandatür hereingeschlüpft war –

Johanna die Wahnsinnige unterbrach: »Meinen Sie nicht, Sie sollten seiner Frau einen anderen Namen geben? Nora und Nick gibt es doch schon. Und sie sind entsetzlich berühmt. Besonders, weil sie immer Champagner trinkt und Hüte liebt.«

»Ja. Es ist nur ein Tippfehler. Es muß Norma heißen.« Melrose zog zwei kleine Bögen mit seinem Füllfederhalter.

Norma trug ein schwarzes, eng tailliertes Kostüm und ein raffiniertes rotes Hütchen, an dem schwarze Federn prangten.

»Hast du Feuer, Liebling?« Sie ging zu Smithson, die Zigarette in den rotlackierten Halter gesteckt.

Smithson gab ihr Feuer und fragte sie, warum sie hier sei.

»Ich habe nur über die Uhr nachgedacht. Meinst du, Church würde mir einen Champagner-Cocktail bringen?«

»Und wieso hast du an die Uhr gedacht?« Smithson rief den Butler, indem er an der mit Gobelinstoff bezogenen Klingel neben dem Kamin zog.

Norma setzte sich. »Das sticht doch ins Auge.«

»Das tut es in Geschichten immer.« Richard Jury war herübergeschlendert und hatte Mrs. Withersby einem Selbstgespräch überlassen, das sie sicher in dem Glauben fortführte, sie rede immer noch mit dem Superintendent.

Er trank sein Pint und lehnte sich dicht neben Melrose an die Wand.

Melrose wünschte, er ginge – nicht nach London, nur wieder zum Kamin. Es war ihm nicht so lieb, daß ein Kriminalpolizist hörte, was Smithson tat.

> Aber bevor Norma ausreden konnte, erschien Church mit einer eisgekühlten Flasche Dom Pérignon und ein paar Keksen. Sie dankte ihm.
> »Wo ist Chloe?« fragte sie und goß Champagner über ein in Kräuterlikör getunktes Stück Würfelzucker.
> »Im Auto. Was sticht ins Auge? Sag's mir.«
> Norma trank, rauchte und dachte. Ihr Verstand arbeitete sehr subtil; es war schwer, sie zu einer direkten Antwort zu bewegen.
> Noras – Normas, meine ich – Verhältnis zur Sprache war dekonstruktivistisch; Worte waren Lügen. Keine absichtlichen Lügen natürlich, aber die schiere Wahl der Worte, und mithin die Negierung anderer Worte, schloß Bedeutungen aus. Smithson hielt das Lösen von Fällen für eine Wissenschaft, Norma für eine Kunst. Sie sagte: »Rede doch noch einmal mit dem Mann im Pförtnerhaus. Ich habe das Gefühl, da stimmt etwas nicht.«

»Herrgott!« sagte Theo Wrenn Browne. »Ein Pförtnerhaus? Wie originell!«

Joanna sagte: »Für ein Pförtnerhaus würden Sie einen Mord begehen, Theo – Sie würden Ihre eigene Großmutter strecken und vierteilen. Weiter, Melrose.«

Smithson fuhr knirschend über den Kies zur Einfahrt hinunter.

Mit den Knöcheln klopfte er an die gläserne Trennwand, hinter der der Pförtner über etwas gebeugt saß, das aussah wie ein sehr großes schwarzes, uraltes Buch mit brüchigem Einband. Den Titel konnte Smithson nicht lesen, weil eine Staubschicht darauf lag. Als der Pförtner beim Klang von Smithsons Stimme das Buch zuschlug, wirbelten Staubflocken durch die schräg fallenden Sonnenstrahlen. »Ja, Sir?«

»Noch ein paar Fragen, Charles. Sie haben gesagt, Seine Lordschaft habe die Uhrzeit mit Ihnen verglichen, als er am Donnerstagabend hier am Pförtnerhaus anhielt.«

»Jawohl, das hat er. Und zwar äußerst penibel. Hat sich vergewissert, daß er die Zeit auf die Minute genau hatte, jawohl. Hat auf seine eigene Uhr – eine Rolex – geschaut und mich gefragt, wie spät es bei mir wäre, und ich sag: ›Neun Uhr zwei.‹ ›Na gut, in Ordnung‹, sagte er, ›genau das zeigt meine Rolex auch.‹ Dann sagt er zu mir, ich soll die Wanduhr überprüfen, damit es ganz sicher ist.« Hier deutete Charles mit dem Kopf auf die große weiße Uhr über ihm. »Weil, wissen Sie, es muß alles seine Richtigkeit haben, weil sie an die Alarmanlage angeschlossen ist. Ich sag: ›Neun Uhr zwei‹, und Seine Lordschaft wiederholt es ein paarmal und«, Charles brach in Gelächter aus, »also, da kann man ja nicht vergessen, wie spät es war, nach dem ganzen Hin- und Herüberprüfen, was? Aber Seine Lordschaft, er sagt immer noch, daß die Zeit auf der Wanduhr für ihn mehr nach neun Uhr drei aussieht, und ich sag: ›Ja natürlich, wir beide reden ja schon mindestens dreißig Sekunden miteinander, da muß es ja neun Uhr und zweieinhalb sein.‹ Und er hält das Ohr an sein Autoradio und sagt: ›Hm, das muß richtig sein, die Nachrichten sind dran.‹ Ich weiß, was Sie denken, Sir. Lord Haycock ist um neun Uhr fünfundzwanzig gestorben, und Sie fragen sich, wann Mr. Gabriel weggefahren ist, und ich kann Ihnen sagen: es war neun Uhr zwei und ging auf neun Uhr drei zu.«

Smithson bedankte sich bei Charles. Als er über die Schulter zurückblickte, bemerkte er, daß Charles das schwarze Buch hinter seinem Stuhl wieder hervorgeholt hatte. Hatte er es vor ihm versteckt?

Norma trank Champagner und knabberte an einem Keks, als Smithson ihr berichtete, was Charles gesagt hatte. Sie sprudelte geradezu vor Neugierde –

»Was?« fragte Trueblood. »Sprudelte? Kommt bestimmt von dem ganzen Champagner. Hat wahrscheinlich eine Magnum geleert.« Er hatte eine vergoldete Nagelfeile gezückt und bearbeitete seinen Ringfinger.

»Und«, mischte sich Diane ein, »Norma trägt ein absolut schreckliches Kostüm. Den Teil würde ich gern für Sie schreiben.«

»Besten Dank.« Melrose las weiter:

»Aber wenn es neun Uhr zwei war, warum hat dann die Haushälterin erwähnt, die Kirchenglocken hätten die Viertelstunde geschlagen, als sie die Drinks hereinbrachte?«

Norma schenkte ihrem Gatten ein winziges Lächeln. »Kirchenglocken sind berüchtigt dafür, daß sie immer falsch gehen, Liebster –«

Diane fuhr dazwischen. »Das war natürlich der Knackpunkt in dem Buch von Sayers.«

»Worüber reden Sie?« fragte Joanna. »Ihre Glocken haben nicht nur Uhrzeit geschlagen. Aber es ist sowieso irrelevant.«

»Das habe ich nicht gemeint. Aber ihr Detektiv, Lord Sowieso –«

»Wimsey«, sagte Vivian. »Lord Peter Wimsey.«

»Er hat die Glocken stundenlang geläutet und wußte offenbar ganz genau, wann die Glocken läuteten. Trotzdem klettert er wie ein Affe den Turm hoch, obwohl er weiß, was mit dem Opfer passiert. Ich weiß nicht mehr, wer es war, ich habe die Geschichte vergessen, aber Sie wissen schon, was ich meine.«

»Es sind keine Glocken, Liebling, es ist das Radio«, sagte Norma.
»Was?« Smithson war baff.
»Das Autoradio. Gabriel hat nie Radio gehört, nur seine DCCs!«
»Mein Gott! Du hast recht! Damit ist klar, daß er lügt.«
»Ja, aber wer lügt, Liebling?«
Sie wurden unterbrochen, denn die Tür wurde aufgerissen. Eine junge Frau in Twinset, Tweedkostüm und Kaschmirschal kam mit großen Schritten herein. Sie schien völlig durcheinander zu sein. »Sind Sie Inspector Smithson? Ich bin Lord Haycocks Stieftochter, Imogene.«
»Trinken Sie einen Schluck Champagner, meine Liebe«, sagte Norma mit einem sonnigen Lächeln. Norma war immer die Gelassenheit in Person.
»Ein bißchen früh für mich, danke nein. Ich bin hergekommen, um mich mit Charles zu unterhalten. Er hat gesagt, Sie hätten ihm eine Menge Fragen gestellt darüber, wie Gabriel mit ihm die Zeit verglichen hat. Ich weiß, was Sie denken!«
»So?«
»Ja. Sie denken, Gabriel habe so ein Getue gemacht, weil er sicherstellen wollte, daß Charles sich genau an die Zeit erinnerte, als er gefahren ist, und daß das passierte, bevor mein Stiefvater ermordet worden ist.«
»Das wäre uns zuallerletzt in den Sinn gekommen, meine Liebe.« Norma goß Champagner nach.
Schmollend sagte Imogene: »In Krimis fragen die Leute immer die Pförtner.«
Smithson und Norma lachten. Der Detective sagte: »Aber wir sind im wirklichen Leben, nicht in einem Ihrer Krimis.«

Jury machte ein Geräusch. Melrose schaute hoch. Jury lehnte da und trank mit teilnahmsloser Miene sein Bier.

> »Er hatte immer einen Tick mit der Zeit!« rief Imogene. »Von Kindheit an. Einerlei, er hat ein Alibi! Er war den ganzen Abend bei mir!«

Dick Scroggs war zum Tisch gekommen und brachte frische Getränke. »Was schwafelt sie da?« Er drehte den Zahnstocher im Mund, wartete die Antwort aber nicht ab, sondern ging zum Tresen und zu seinem *Bald Eagle* zurück.

Vivian sagte: »Sie ist verliebt in Gabriel, ihm zuliebe lügt sie.«

»Nein, ist sie nicht«, sagte Melrose ruhig.

Alle starrten ihn an.

»Einen Moment mal«, sagte Joanna, »am Anfang haben wir *gesehen*, wie Gabriel Lord Haycock umgebracht hat.«

»Stimmt, altes Haus. Vergessen Sie nicht, daß Sie gesagt haben, es sei einer dieser invertierten Krimis«, sagte Marshall und legte seine Nagelhautschere weg.

Melrose schraubte seinen Füllfederhalter zu und schaute hochzufrieden drein. »Er ist invertiert-extrovertiert.«

Sie schauten sich alle der Reihe nach an und dann Richard Jury. Der zuckte bloß mit den Achseln.

Theo Wrenn Browne wandte sich angeekelt ab, und Agatha brabbelte irgendwas von Betrug am Leser.

Vivian war wirklich verwirrt. »Aber Melrose, wir haben *gesehen*, wie Gabriel Lord Haycock ermordet hat.«

Genüßlich sagte Melrose: »Sie meinen, Sie haben *geglaubt*, Sie hätten es gesehen.« Sie sollten mal eine Kostprobe von Maxims Schicksal kriegen. Dann lehnte er sich zurück, schaute die Decke an und dachte, wie wunderschön es doch war, Krimis zu schreiben. *Gin Lane* war ein großartiger Titel.

Diane Demorney war natürlich bei der extrovertierten Inversion nicht mehr mitgekommen. Sie sagte: »*Der Opal* war ein besserer Titel. Die Story muß in Marokko enden.«

»Tut sie aber nicht. Sie heißt *Gin Lane*, weil... weil sie in Shoreditch endet. Oder in Whitechapel. Vielleicht«, fügte er hinzu.

Da er sich noch nicht auf ein bestimmtes Ende festgelegt hatte und schon gar nicht auf einen Teil irgendeiner Stadt, war es auch Jacke wie Hose, ob das Ganze in Marokko oder nirgendwo endete. Melrose aß eine Brezel und schaute glücklich zum Kamin, vor dem Mrs. Withersby schwatzte und sich selbst die Zeit und Sorgen vertrieb. Meine Güte, Schreiben hieß Freiheit! Er schaute wieder zur Decke und hatte das Gefühl, als schwebe er dort hinauf. Ihm war bisher gar nicht klar gewesen, wie befreiend es war, einen Krimi zu schreiben, und er wunderte sich, daß Polly Praed in einem fort über die Anforderungen und Einschränkungen meckerte und darüber, daß man zum Beispiel dauernd Fakten überprüfen müsse und so weiter und so fort –

»Arbeitet dieser Smithson bei Scotland Yard?« fragte Jury.

Au, verflucht, dachte Melrose, verließ die Zimmerdecke und landete unsanft auf dem Boden. Er seufzte. Jetzt kam die Moralpredigt.

»Ich habe mich nur gewundert, daß seine Frau die ganze Zeit dabei ist. Wenn ich mir die Bemerkung erlauben darf, sehr authentisch klingt das nicht.«

Vor diesem Eindringen der sogenannten Realität verschloß Melrose fest die Augen.

»Besonders«, predigte Jury weiter, »mit dieser Katze. Chloe?«

Da wurde Melrose aber hellwach. Jetzt hatte er Jury am Wickel. »Was ist denn mit dem Kater im Büro Ihres Chief Superintendent?«

»Ja, gut. Aber ich fahre ihn ja nun nicht mit im Dienstwagen durch die Gegend, oder? Cyril würde eh nicht mitkommen.«

Diane klopfte mit ihren blutroten Fingernägeln an ihr Glas und sagte: »Ach, sind Sie da nicht ein bißchen sehr pingelig, Superintendent? Mir gefällt Norma richtig gut. Wenn sie sich nur einen Hauch schicker kleiden würde.«

Dick Scroggs rief den Superintendent ans Telefon, und Jury begab sich zum Tresen.

»Ein Ma*calv*ie«, sagte Scroggs.

»*Mac*alvie«, korrigierte Jury ihn und nahm den Hörer.

»Ich versuche seit einer Woche, Sie zu erreichen, Jury«, sagte Macalvie ohne weitere Vorrede.

»Ich war nicht in England. Was wollen Sie?«

»Hm, es geht darum, was *Sie* wollen. Sie wollen einen Job. Also kommen Sie nach Exeter und helfen Sie uns aus.«

»Der Witz ist, Macalvie, ich bin kein freischaffender Cop.«

»Verdammt noch mal, Sie sind in Urlaub. Das haben Sie selbst gesagt.«

»Genau. Und was will ich mit einem dämlichen Fall in Exeter, wenn ich Urlaub habe?«

»Gut, ich bin ja auch der Meinung, daß niemand einen dämlichen Fall in Exeter will. Ich ja auch nicht. Aber ich könnte Hilfe gebrauchen.«

Jury ließ beinahe den Hörer fallen. Macalvie bat um Hilfe?

»– und weil ich sonst niemanden finde, frage ich Sie. Moment –«

Er drehte sich vom Telefon weg, um mit dem einen oder anderen seiner Untergebenen zu streiten, und in der Pause hatte Jury Zeit, einen Absatz in der Gartenkolumne des *Bald Eagle* zu lesen und sich zu überlegen, daß Macalvie Norma in einem sehr ähnlich war: auch der Davisional Commander hielt die Arbeit der Kripo für bestenfalls inexakte Wissenschaft. Macalvie glaubte nicht, daß das Sammeln einzelner Fakten notwendigerweise zu irgend etwas führte. Er versuchte stets, das Problem in seiner Gesamtheit zu begreifen, und wenn er dann seine überaus langen Schweigepausen an den Schauplätzen der Verbrechen einlegte, glaubten manche Leute, er sei im Stehen eingeschlafen.

»Es geht um die Tapissière.« Papiere raschelten; von weiter entfernt kam das gedämpfte Klappern einer Schreibmaschine.

Jury riß seine Gedanken von dem Petunienbeet los und fragte: »Die was?«

»Die Tapissière. Eine Dame, die Tapisserien macht.« Der ungeduldige Tonfall implizierte, daß das doch völlig klar sein müsse. »Sie ist zusammengebrochen, genau vor den liturgischen Kissen.«

»Liturgischen Kissen?«

»Bestickte Kissen. Paramentenstickerei. Künstlerisch wertvoll, historisch. Der Knüller in der Kathedrale.«

»Was war es denn – ihr Herz?«

»Kann sein. Der Gerichtsmediziner weiß nicht genau, was die Ursache ist.«

Jury runzelte die Stirn. »Wollen Sie damit sagen, sie ist ohne ersichtlichen Grund tot umgefallen?«

»Das sagt der Arzt. Er schleppt natürlich nur Schraubenschlüssel und Kneifzange in seinem Arztkoffer mit, vergessen Sie das nicht. Ich gebe Ihnen die Details, wenn Sie hier sind.«

Jury schüttelte den Kopf und richtete den Blick wieder auf das Blumenbeet. »Macalvie, tut mir leid, aber ich komme nicht mit. Ein Unfall in der Kathedrale und Sie rufen –«

»Warum nennen Sie es Unfall?«

»Warum ich es –? Macalvie, ich war nicht dabei, vergessen Sie das nicht.«

»Genau das ist das Problem.« Von irgendwoher kam plötzliches Krachen, und Macalvie drehte sich vom Telefon weg, um jemanden anzuschnauzen. Sofort war Ruhe. »Das Kommissariat von Devon und Cornwall braucht ein paar gute Männer«, sagte er, wieder am Telefon.

»Aber Sie würden sich auch mit mir zufrieden geben.«

»Alles klar. Bis bald.« Macalvie hing auf.

Jury schüttelte den Kopf, ging zum Tisch zurück und erzählte der versammelten Runde von der Tapissière, die vor den liturgischen Kissen in der Kathedrale von Exeter zusammengebrochen war.

»Aha, das Stendhal-Syndrom«, sagte Diane. »Melrose, lesen Sie Ihre Geschichte weiter. Mir gefällt sie.«

Melrose stöhnte. »Da scheinen Sie die einzige zu sein, Diane.«

»Nein, ist sie nicht«, keifte Vivian. »Ich finde sie wunderbar. Gewiß besser, als *das* hier.« Sie lächelte und winkte mit dem schwarzen Notizbuch.

Trueblood brachte die Vorderbeine seines Stuhls mit einem dumpfen Knall herunter. Melrose sperrte Mund und Nase auf.

»Zuerst hatte ich überhaupt keine Ahnung, was es sein könnte. Und dann fiel es mir ein.« Sie schaute sich am Tisch um und kostete die Spannung, die sie nun auch einmal verursachte, voll aus; ihr Blick blieb an Marshall, dann an Melrose hängen.

»Was fiel Ihnen ein?«

»Ja, was?«

»Francos Cousin. Ich hoffe, Sie haben nichts dagegen, Joanna –«

»Wogegen?«

»Also, der Cousin ist Schriftsteller, und als er seinen ersten Roman geschrieben hat, habe ich so nebenbei erwähnt, daß ich Sie kenne und«, ihr kleines Lachen war genauso unecht wie die Geste, mit der sie Joannas Hand ergriff, »hm, er hat gefragt, ob Sie ihm vielleicht helfen können.«

Plant und Trueblood starrten sich über den Tisch hinweg an.

Schmierig grinsend verkündete Theo Wrenn Browne: »Was das angeht, ist Joanna nicht sehr hilfsbereit.«

»Ach, wirklich?« Joanna erwiderte das Grinsen. »Ich helfe gern, wenn einer nur zu den geringsten Hoffnungen Anlaß gibt. Wovon handelt der Roman, Vivian?«

»Offenbar hat es was mit einem Bankraub zu tun. Im Mittelalter.«

Trueblood keuchte. Melrose rückte seine Brille zurecht und beugte sich näher zu Vivian.

Vivian fuhr fort: »Es ist eine merkwürdige Situation. Und warum ein Italiener San Francisco als Schauplatz wählen sollte...«

»Francis*cus*! Ein Mönch – *Aua!*« Trueblood bückte sich und rieb sich das Schienbein.

Sie zuckte mit den Schultern und schüttelte den Kopf über die abwegigen Schreibgewohnheiten der Italiener.

Jury kippte sich ein halbes Pint Bier hinter die Binde und verschluckte sich.

»Ein Banküberfall im Mittelalter?« Joanna wurde nachdenklich. »Warum nicht, wenn ich an meine –«

»Übel wurde mir vor Grauen. Oh, meine Münzen –«

»Oh, mein Mündel!« Trueblood brach ab, biß sich auf die Lippen und lächelte.

Melrose sah aus wie eine Schleiereule.

Jury schaute weg.

Vivian sagte: »Hm, die Handschrift ist ziemlich verschmiert, und ich kann nicht alles lesen. Und Dono steht mit der Rechtschreibung auf Kriegsfuß. Aber anscheinend verabreichen die Räuber der Kassiererin einen Schlaftrunk und tragen sie in eine Gruft, und sie wacht auf, als alles vorbei ist. Egal, ich hoffe, es macht Ihnen nichts aus, mal einen Blick hineinzuwerfen, Joanna.« Vivian erhob sich. »Ich muß packen. Danke.« Sie winkte übermütig und war zur Tür hinaus.

Jury erlitt einen stummen Lachanfall.

Plant und Trueblood schauten ohne jede Hoffnung auf das kleine schwarze Buch.

Da lachte Jury laut und sagte: »So, Jungs, schluckt *das* und das auch noch –« er knallte sein Pint auf den Tisch. »– und das Pferd, auf dem ihr gekommen seid!«

DANKSAGUNGEN

Meinen aufrichtigen Dank Jeff Jerome, dem Kustos des Poe-Hauses in der Amity Street; dem Genealogen William Adams Reitwiesner für seine Hilfe bei den Feinheiten adeliger Erbfolgen und Titelansprüche; Maria Wrzesinski für die exzellente *copie*; und den Perrys für die neuesten Nachrichten aus der National Football League.

...und meinen Freunden und Studenten an der Johns Hopkins University versichere ich: Ich habe niemals einen Vlasic dort kennengelernt. Auch keinen Mini-Vlasic.

Inspektor Jury besucht alte Damen

Deutsch von Dorothee Asendorf

Für meinen Lektor Ray Roberts,
der aufpasst, dass Jury nicht auf die schiefe Bahn gerät;

und für Kit Potter Ward,
der dafür gesorgt hat, dass er nicht verkitscht.

Orangen und Mandarinen,
Klingt's von St. Katharinen.
Steine aus der Ziegelei,
Klingt's von St. Giles.
Heller und Dukaten,
Klingt's von St. Martin.
Zwei Taler, zwei Äppel,
klingt's von Whitechapel.
Willst du mich prellen?
Klingt's von St. Helen.
Willst du nicht, dann zahl sie,
Klingt's von Old Bailey.
Ich mach den Fitsch,
Klingt's von Shoreditch.
Sag, schaffen wir's nie?
Klingt's von Stepney.
Du bist mir zu schlau,
Klingt die Glocke von Bow.

Alter Kinderreim

Inhalt

Erster Teil   *Zwei Taler, zwei Äppel,*
              Klingt's von Whitechapel   9

Zweiter Teil *Willst du mich prellen?*
              Klingt's von St. Helen   161

Dritter Teil *Willst du nicht, dann zahl sie,*
              Klingt's von Old Bailey   267

Vierter Teil *Ich mach den Fitsch,*
              Klingt's von Shoreditch   341

Erster Teil

Zwei Taler, zwei Äppel, klingt's von Whitechapel

1

Wenn man sich hier nicht darauf gefasst machte, dass man gleich die Kehle durchgeschnitten kriegte, wo dann?

Whitechapel, Shadwell, der Ratcliffe Highway: Bilder vom blutigen East End schossen Sadie Diver jedes Mal durch den Kopf wie Messer, wenn sie auf ihrem nächtlichen Weg von Limehouse Schritte hinter sich hörte. Sie musste immer noch daran denken, als ihre Absätze schon das feuchte, von Nebel verschleierte Pflaster von Wapping entlangklapperten. Und geschnappt hatten sie ihn auch nicht, oder? Nicht weit her mit der Polizei.

Vor ihr schimmerte die Leuchttafel des Fisch- und Aalgeschäftes kränklich gelb durch den dichten Dunst. *LEBENDE AALE. GEKOCHTE AALE. AAL IN SUELTZE.* In den letzten beiden Monaten hatte sich Sadie Diver mehr mit Schreiben und Lesen beschäftigt als in den ganzen achtundzwanzig Jahren zuvor. Sie wusste, dass dort *ü* statt *UE* hätte stehen müssen und dass das *T* in dem Wort nichts zu suchen hatte. Bin wahrscheinlich die Einzige, die in Wapping auf Achse ist und das weiß, dachte sie. Von der Wohnung in Limehouse bis zum »Stadt Ramsgate« waren es zu Fuß zwanzig Minuten, und sie war verärgert, dass er sie zu einer so genannten »Kostümprobe« dorthin bestellt hatte. Mein Gott, als ob sie das nicht schon ewig und drei Tage durchgekaut hätten! Und dass Tommy morgen Abend auf Besuch kam, das hatte sie ihm vorsichtshalber gar nicht erzählt. Er hätte sie glatt umgebracht.

Als Sadie auf gleicher Höhe mit dem Fischgeschäft war, kamen sie einfach auf sie zu: Sie waren nur zu dritt, aber sie schafften es, wie eine ganze Mauer von Punks zu wirken, als sie aus den Schatten der Seitengasse neben dem Laden auftauchten; einer spuckte in die Gosse, einer lächelte irre, einer machte ein steinernes Gesicht.

Das übliche »Hallo Süße«, die üblichen Zoten, während sie ihr wie festgewurzelt den Weg versperrten. Alles, was in ihrem Rücken geschah, machte sie nervös; mit dem, was vor ihr war, konnte sie fertig werden. Darin hatte Sadie Übung. Tatsache war, sie hatte darin so viel Übung, dass ihre Hand automatisch in die Umhängetasche fuhr und mit einem Schnappmesser wieder zum Vorschein kam. So unvermutet blitzte es im wässrigen Schein der Leuchttafel auf, dass sie auseinander fuhren, ihr noch etwas über die Schulter zuriefen und sich hinter dem Nebelvorhang in die Seitengasse davonmachten.

Im rauchig wirkenden Schein einer Straßenlaterne blieb sie stehen und warf einen Blick auf ihre Uhr. Sie vergrub die Hände in den Taschen des alten Regenmantels, ein Fetzen, den sie normalerweise nicht ums Verrecken angezogen hätte, und tastete im Weitergehen nach dem Messergriff. Er hatte gewollt, dass sie trug, was sie bei all ihren Treffen getragen hatte und was sie auch an jenem letzten Tag tragen würde. Jedenfalls betrachtete sie diesen Tag gerne als den letzten Tag ihres alten Lebens. In diesem Fetzen und ohne Make-up, wie hatten die Typen sie da nur anmachen können?

Solche dicken Nebelschwaden hatte sie schon lange nicht mehr gesehen. Und dabei hatten sie den 1. Mai. Frühling. Kalt wie Klostermauern; kalt wie eine Nonne ... Sie stellte den Kragen hoch und lächelte bei dem Gedanken an die Barmherzigen Schwestern. Sie hielt sich für eine gute Katholikin, aber eine noch bessere hatte sie eben nicht werden wollen. Sie und Nonne. Zum Totlachen.

Sie bog nach links ab und dann nach rechts, schlug die schmale Straße am Fluss ein. Wieso hatte er sich bei Wapping Old Stairs mit ihr treffen wollen und wieso ausgerechnet jetzt, wo der Pub schon zu hatte? Eine Wand aus Speichern türmte sich in der Dunkelheit vor ihr auf und hüllte sich in die Nebelschleier, die von der Themse herüberwehten. Es war ihr, als müsste sie sie wie Spinnweben beiseite wischen, doch sie klebten an ihr. Als sie an der Hauptwache von Wapping vorbeikam, musste sie lächeln. Die Wache war hell erleuchtet und nach elf Uhr ungefähr das einzige Zeichen von Leben hier.

Als sie den Pub »Stadt Ramsgate« erreichte, hörte sie schon wieder Schritte hinter sich. Die Gleichen konnten es nicht sein, die hatte sie doch schon beim Fischgeschäft abgehängt. Trotzdem war sie fast erleichtert, als sie die Straße verlassen und in den Schatten von Wapping Old Stairs untertauchen konnte. Diese bestanden aus zwei Reihen von Stufen, die ganz alten waren moosbedeckt; am Ende befanden sich eine kleine Helling und ein altes Boot mit einem geteerten Segeltuch darüber.

Dumpfe Schritte über ihr; sie reckte den Hals, sah aber weiter nichts, als den diesigen Schein einer Lampe, die an einem Bauwagen hing. Sie ging ein, zwei Stufen hinunter und blieb jäh stehen, als sie Holz auf Stein knirschen hörte und das Quietschen der Ruder auf Metall. Ihre Augen weiteten sich, als sie die Gestalt in dem kleinen Boot entdeckte. Der lange Mantel und der schwarze Hintergrund der Themse machten es unmöglich, etwas Genaues zu erkennen. Es musste ein Ruderboot oder eine Jolle sein, an der wohl jemand arbeitete; sie konnte es nicht ausmachen, hatte aber auch nicht die Absicht, auf den Stufen auszuharren, nur um das herauszufinden.

Sadie begann, die Stufen hinaufzusteigen, rutschte jedoch auf dem nassen Stein aus, blieb mit dem Absatz hängen und hätte fast das Gleichgewicht verloren. Gab es denn da wirklich nichts zum Festhalten? Im Rutschen bekam sie gerade noch die glitschigen, kalten, bemoosten Stufen zu fassen, die so abgetreten waren, dass sie diesen Namen kaum noch verdienten.

Die Gestalt aus dem Boot stand jetzt eine Stufe unter ihr und sah sie an.

Sadie wollte ihren Augen nicht trauen.

Eine Hand kam aus dem langen schwarzen Mantel hervor und hielt etwas, dessen Klinge weitaus gemeiner aussah als das, was Sadie bei sich trug. Falls sie versuchen würde, die Treppe hoch zu fliehen, bekäme sie die Klinge in den Rücken.

Also warf sie sich zu Boden, und während die Gestalt über ihr herumwirbelte, ließ sie sich die Treppe hinunter- und auf halbem Weg in die Themse gleiten. Das lange Messer durchschnitt die dicke, faulige Luft und verfehlte sie um Haaresbreite. Sadie konnte es herabzischen hören.

Sie zog ihrerseits das Messer aus der Tasche und kletterte ins Boot. Sie kannte sich mit Booten aus, genau wie Tommy. Draußen zog ein schwarzer Schiffsrumpf vorbei, wahrscheinlich ein Frachtkahn auf dem Weg zu den Ziegeleien in Essex. Noch weiter draußen sprenkelten ein paar Leichter das Wasser. Zitternd vor Angst griff sie nach den Rudern, denn die Gestalt setzte ihr nach. Das Schnappmesser entglitt Sadies Händen und fiel in das Bilgenwasser, das sich im Boot gesammelt hatte.

Sie tastete danach, und als sich ihre Finger darum schlossen, sah sie die weißen Hände, die an der Bordwand zerrten.

Tommy Diver stand auf dem Dock und schaute zu den Leuchttürmen von Gravesend und Galleon's Reach hinüber. Ein schartiger Lichtstrom von Rot und Orange ließ den Nebel über der Flussmündung leuchten, als hätte man Kanonen abgefeuert. Meilenweit erstreckten sich die Docks, Werften und Speicher längs der Themse, bis zur London Bridge und zur Isle of Dogs. Vor noch gar nicht allzu langer Zeit waren an die achthundert Schiffe gleichzeitig unterwegs zum Londoner Hafen gewesen; jetzt fuhr kaum eins mehr weiter als bis Tilbury.

Er konnte sich gut vorstellen, wie es zu Zeiten des Indien- und Osthandels ausgesehen hatte: überall lackierte Bugspriete und rostrote Segel wie ein blutunterlaufenes, finsteres Wolkengebilde. Als er seinem Freund Sid gesagt hatte, dass er sich so den Schiffsverkehr in Venedig vorstellte, hatte der nur gelacht. *Sei nicht so romantisch, Junge.* Sid war in Venedig gewesen und hatte lauter Orte gesehen, die Tommy nur vom Hörensagen kannte. *Venedig ist erfüllt von Gold- und Blautönen wie ein juwelenbesetzter Drache. Aber das Schiff da* (und dabei zeigte er auf eins, das vor Anker lag) *ist nur ein alter Kettenhund, der in einem Torweg von Gravesend schläft.*

Tommy spürte plötzlich Gewissensbisse, weil er Tante Glad und Onkel John angelogen hatte; aber sie hätten ihn nie nach London gelassen, nicht mal für zwei Tage. Er fand, er müsse diese Gelegenheit, Sadie zu besuchen, unbedingt nutzen, ganz gleich was sie von ihr hielten. Sid würde ihn decken. Er kuschelte sich noch tiefer in die schwarze Lederjacke, die er sich im Secondhandladen von Oxfam von einem Teil des Geldes gekauft hatte, das ihm seine Schwester geschickt hatte. Sie war ihm zu groß, aber echtes Leder, nicht dieses billige, steife Zeugs, das bei jeder Bewegung knatschte. Wenn man mit der Hand darüber fuhr, fühlte es sich daunenweich an.

Wapping lag keine dreißig Meilen entfernt, Flusslauf und Luftlinie gerechnet. Er kannte den Lauf der Themse in- und auswendig – Tilbury, Greenhithe, Rotterhithe, Bermondsey, Deptford. Er wusste, dass ihm der Fluss und seine Arbeit mit Sid auf dem Schlepper fehlen würden, auch wenn es nur für zwei Tage war.

Sie hatte gesagt, vielleicht könnte er eines Tages sogar nach Limehouse kommen und bei ihr wohnen, wenn sie erst eine größere Wohnung hätte. Aber diesen Satz kannte er zur Genüge – *die Schule, wenn du mit der Schule fertig bist.* Tommy versuchte, das quälende Gefühl loszuwerden, dass sie ihn gar nicht wirklich bei sich haben wollte, nicht mal jetzt. Und doch hatte sie ihm das Geld geschickt. Noch nie im Leben hatte er fünfundsiebzig Pfund auf einem Haufen gesehen.

Von Galleon's Reach kam der trostlose Warnton einer Glockenboje. Ein Schlepper auf dem Weg zu einem schwarzen Schiffsrumpf weiter draußen in der Mündung fiel schwermütig ein. Er war noch nicht mal fort, und schon hatte er Heimweh. Er spürte den bedrückenden Schatten des vorbeifahrenden Schleppers und überlegte, wie viele Becher starken Tees er schon vom Maschinenraum an Deck getragen hatte. Er liebte den Fluss, aber Sadie liebte er auch, und nie im Leben war er so traurig gewesen wie an dem Tag, als sie von Gravesend nach London gegangen war. Die Erinnerung an sie veränderte sich ständig, war fast wie ein Traum, sodass er manchmal meinte, er hätte sich das alles nur ausgedacht. Aber er hatte doch noch so viele Kleinigkeiten aus ihrer Kindheit so klar vor Augen. Na gut, eher aus *seiner* Kindheit. Sie war zwölf Jahre älter, aber er glaubte sich zu erinnern, dass sie ihn immer mitgehen ließ, ihm beim Zeitungshändler Süßigkeiten kaufte, auf dem Gehsteig mit Kreide Käsekästchen für ihn aufzeichnete und mit ihm im Kinderhaus spielte.

Zwei weitere Schlepper zogen vorbei, färbten sich im letzten Schein des Sonnenuntergangs auf dem Wasser blutig braun, eine Fläche, auf der die fahle Sonne erst zu schweben und dann unterzugehen schien. Weit draußen konnte er die winzigen schwarzen Gestalten der Schleppercrew sehen, wie sie auf die Leichter kletterten, sie auseinander zogen und am Schlepper vertäuten, sodass man sie zur Werft schleppen konnte.

Nach Sonnenuntergang bekamen die verlassenen Gebäude, die vernagelten Fenster der Speicher etwas Trostloses, Unbehaustes. Er sah zu, wie der Schlepper zur Werft zurücktuckerte, in seinem Schlepptau die Leichter.

Wie komisch es war, dass er morgen in einen Zug steigen würde, um in eine Stadt zu fahren, die nur ein paar Meilen stromaufwärts lag und unendlich viel einfacher über den Fluss erreicht werden konnte; er brauchte nur bei Wapping Old Stairs oder Pelican Stairs von Bord eines Schiffes zu gehen oder von einem Schlepper herunterzuklettern und könnte dort sein Glück machen. Aber das war sicher nicht das Glück, das Marco Polo erwartet hatte.

Die Schüssel war leer; niemand rief.

Die weiße Katze wanderte auf leisen Pfoten um die ausgetrockneten Wasserbecken herum und den kiesbedeckten Pfad durch die sorgfältig angelegten Gärten entlang. Einen Augenblick blieb sie ganz still sitzen und rührte sich nicht, dann schob sie sich durch eine Schneeballhecke. Unter einem Rosenbusch hielt sie erneut inne. Weiße Blütenblätter rieselten herab, als die weiße Katze einen Satz nach einem grauen Schatten machte, der auf dem Kiesweg vorbeihuschte. Sie jagte eine Feldmaus. Doch die Feldmaus verschmolz mit dem Grau und Braun von Kies und Stein, so wie die weiße Katze mit einer Einfassung aus weißen Sommerblumen verschmolz, als wären sie beide nicht wesenhaft, ein Schemen, der einem Schemen nachjagt.

Jetzt hockte die weiße Katze in einem abgeschiedenen Garten neben der Steinfigur einer jungen Frau, die eine geborstene, vom Regen gefüllte Schale hielt. Hier ließen sich zuweilen Finken und Zaunkönige nieder. Die Katze saß im Morgenlicht, blickte an der rosenüberrankten Pergola vorbei und spitzte die Ohren. Es schien, als könnte sie über dem Getriller und Geschmetter der Vögel die Maus hören, die beinahe geräuschlos durch Eibenhecken und Bodendecker huschte. Licht sickerte durch die Kletterpflanzen und legte sich in perlenartigen Streifen über das Fell der Katze.

Die Nebelschleier über dem Gras lösten sich in der Sonne auf, Tautropfen fielen von den Kletterpflanzen und Rosenblüten, welche die Pergola überrankten. Die weiße Katze beobachtete, wie sich ein Tropfen am Rand eines Blütenkelchs bildete, ein blauer Punkt in einer kristallenen Fassung, der herabfiel und zersprang, ehe sie ihn mit der Pfote auffangen konnte. Sie gähnte, blinzelte und döste im Sitzen ein.

Ein Laut, eine Witterung; sie öffnete die Augen und spitzte die Ohren. Ihr Blick wanderte nach oben; auf einem Rhododendron hatte ein Rotkehlchen gesessen, das jetzt aufflog. Die Katze verließ den abgeschiedenen Garten und wanderte zum Ufer des nahe gelegenen Flüsschens. Hier duckte sie sich und beobachtete einen Zaunkönig bei seinem Bad im Staub. Bevor sie sich auf ihn stürzen konnte, war der Zaunkönig fort und strich dicht übers Wasser dahin. Die Katze starrte in den Wasserlauf, als wäre der Vogel hineingefallen. Tief unten flitzten Schatten vorbei, verharrten, jagten dann zurück. Die Katze schlug nach dem Wasser und versuchte, die vorbeihuschenden Schatten mit der Pfote festzuhalten.

Sie gähnte noch einmal, leckte sich die Pfote und spazierte über die kleine Brücke. Auf der anderen Seite blickte sie sich um. Nichts rührte sich. Die Sonne war inzwischen über dem Horizont aufgetaucht, überzog den kleinen See jäh mit einem Gespinst aus Gold und ließ die Fenster des Sommerhauses erglänzen.

Die Katze mochte das Sommerhaus; es war kühl und dämmrig. Es hatte angenehm durchgesessene Stühle, und eine Wolldecke lag über dem Sessel, der dem Kamin am nächsten stand. Dort lag die weiße Katze am liebsten. Sie schlief ein, zwei Tage darin und tat sich an allem gütlich, was sich an Kleingetier in den dunklen Ecken regte. Pfiffe und Rufe von draußen überhörte sie; schließlich ging sie wieder, spazierte über den weitläufigen Rasen und durch die ausgedehnten Gärten und untersuchte ihre Schüssel auf der Terrasse.

Ein Weilchen saß sie reglos wie die Statue im Garten, blinzelte und betrachtete den Fußboden neben der gläsernen Terrassentür. In einer Ecke erspähte sie einen Schatten, der sich aus der Dunkelheit löste und an der Fußleiste entlanghuschte.

Die weiße Katze zitterte, duckte sich, glitt die Fußleiste entlang und zwängte sich in den engen Spalt zwischen einem großen *secrétaire* und dem Fußboden.

Binnen einer Minute hatte sie sich wieder herausgewunden, saß da und leckte sich das Blut von der Pfote. Dann wanderte sie durch die geöffnete Terrassentür, einen kurzen Pfad hinunter zu einem kleinen Anleger. Dort blieb sie sitzen, schaute über den See und gähnte.

2

In der »Hammerschmiede« werkelte Dick Scroggs derart herum, dass er kaum Zeit fand, seinem einzigen Gast ein Bier und einen Strammen Max vorzusetzen.

»Hier hat sich im letzten Monat ja mehr getan als in all den Jahren zuvor«, sagte Melrose Plant. »Sie machen sich wohl auf jede Menge Touristen gefasst, wie?«

»Man muss mit der Zeit gehen, M'lord«, sagte Scroggs zwischen den Nägeln in seinem Mund hindurch und über das Geklopfe des Hammers in seiner Hand hinweg.

Melrose dachte bei sich, dass er wohl eher mit dem »Blauen Papagei« mithalten wollte, einem umbenannten und umgestrichenen Pub etwas abseits der Straße von Dorking Dean nach Northampton. Gewiss, der Name war entlehnt, sozusagen bei Sydney Greenstreet stibitzt, obwohl nicht zu vermuten stand, dass die Kundschaft einer marokkanischen Kneipe – noch dazu einer erfundenen – nun karawanengleich über den Matschweg zum neuen »Blauen Papagei« ziehen würde.

Melroses Blick verfolgte die auf seinem Teller herumkugelnde Gewürzgurke, während er mit Mühe Dicks Bier Marke Donnerschlag hinunterbrachte. Dann fragte er: »Wie sind Sie denn an die versnobte Trennwand da gekommen?« Sein Blick wanderte die Bar entlang zu einer Reihe wunderschön geätzter, facettierter Glasscheiben.

»Trueblood, Sir. Hält für mich die Augen nach so was offen.« Dick, den man gewöhnlich in der »Hammerschmiede« über seine Zeitung gebeugt antraf, die Hände in die Hüften gestemmt, fuhr sich mit dem schweren Arm über die Stirn. »Dachte so bei mir, es würde den Laden ein bisschen aufmöbeln. Hat doch sonst niemand in der Gegend«, setzte er in bedeutsamem Ton hinzu.

»Ja, das ist sicher wahr.« Melrose rückte die goldgefasste Brille zurecht und machte sich bereit, es mit dem Kreuzworträtsel der *Times* aufzunehmen. Selbige stand an seinen Rimbaud gelehnt, welcher seinerseits auf Polly Praeds neuestem Thriller, *Fünf falsche Verteidiger*, lag. Das Kreuzworträtsel glich in etwa einem Salatblatt, mit dem er seine Geschmacksnerven zwischen Poesie und Polly zu beruhigen pflegte. Er möbelte es etwas auf, indem er neue Wörter erfand, die auch in die Kästchen passten.

Dicks Geschäftigkeit reizte ihn ein wenig. Um diese Tageszeit sollte hier eigentlich nichts anderes zu hören sein als das Ticken der Uhr und Mrs. Withersbys Schnarchen. Jetzt hörte Scroggs auf zu hämmern und eilte mit einem Eimer Farbe an ihm vorbei, um die türkisfarbene Zierleiste aufzufrischen, die um die Fassade der »Hammerschmiede« herumlief. Scroggs hatte sich sogar aufs Bierbrauen verlegt und produzierte ein Gebräu, das indes bewies (Melrose hatte den Geschmack des Donnerschlags noch auf der Zunge), wie wenig er mit den Schwierigkeiten des Herstellungsprozesses vertraut war.

Inmitten all dieser Geschäftigkeit wäre Melrose sich wie ein Faultier vorgekommen, wäre er nicht ein vernünftiger Mensch gewesen, der sich schon vor etlichen Jahren gewisse Prioritäten gesetzt hatte. Nachdem er mit seinen Titeln, wie dem des Earl of Caverness, des fünften Viscount Ardry und was der Dinge mehr waren, aufgeräumt hatte, konnte er es sich nunmehr auf seinem vom Mief der Vergangenheit befreiten Familiensitz Ardry End gemütlich machen und sein Vermögen genießen.

Es ist wirklich Frühling!, dachte er. Schon allein diese Luft…

Zu seinem Leidwesen ließ Scroggs, als er die Tür öffnete, nicht nur die linde Frühlingsluft herein, sondern auch Melroses Tante, die demonstrativ mit ihren Krücken herumfuchtelte. Diese wurden zunächst hier, dann dort angelehnt, während Agatha sich zu der chintzgepolsterten Bank hinüberquälte. Wenn Melrose ihr nur ein klitzekleines bisschen zur Hilfe eilte, dann nicht etwa, weil er kein Gentleman war, sondern weil er wusste, dass der verbundene Knöchel der reinste Schwindel war, zu dem sie den Dorfarzt unter großem bitterlichen und bemühten Geseufze überredet hatte. »Ich habe bei dir angerufen. Du warst nicht zu Hause«, sagte sie und ließ sich mit einem gekonnten Aufstöhnen auf den Platz neben ihm plumpsen.

»Nein, dass du das aber auch gemerkt hast, Agatha«, sagte er und setzte T-R-A-M-P-E-L ein, wo eigentlich T-R-O-M-M-E-L hätte stehen müssen. Das machte Spaß.

»Wenn mich nicht alles täuscht, hast du gesagt, er käme heute.«

»Jury? Tut er auch.«

Wenn einer auf die Bedürfnisse anderer keine Rücksicht nahm, dann Lady Ardry; sie stellte das Fensterchen hinter sich auf, wobei ein Schauer aus Blütenblättern von den Kletterrosen herabrieselte, und verlangte mit lauter Stimme ihr Sherryzielwasser von Dick Scroggs.

»Ist doch nicht einzusehen, wieso der Mensch sich nicht ums Geschäft kümmert; stattdessen klatscht er ein so ekelhaftes Blau an die Wand.«

Ein Wort mit vier Buchstaben statt R-U-T-E. Melrose grübelte. »Na ja, seit der ›Blaue Papagei‹ solch ein Bombengeschäft macht, hat Scroggs Angst, dass man ihm dort die ganzen Touristen vor der Nase wegschnappt.«

»Welche Touristen? Genau aus dem Grund gefällt es uns

doch hier: keine Amok laufenden Fremden, die mit dem Papier von Eis am Stiel um sich schmeißen, keine kreischenden Bälger. Es ist ihm doch nichts zugestoßen?«

Melrose blickte fragend hoch.

»Superintendent *Jury*.« Schwer von Begriff, besagte ihr Seufzer.

Du dumme Pute, dachte Melrose.

Ah! Jetzt hatte er's, freute er sich, während er den Füller über dem Kreuzworträtsel gezückt hielt. »Er hat einen Platten gehabt«, log er und setzte P-U-T-E ein. Da sie ohnehin zu glauben schien, er habe ein Radargerät eingebaut, welches jede von Richard Jurys Bewegungen überwachte, würde diese Bemerkung sie erst recht zu Spekulationen über Jurys Ankunftszeit reizen.

»Ich wusste, dass was passieren würde. Tut es immer. Das ist nun schon das dritte, nein, das vierte Mal, dass er eigentlich auf Besuch –« Hier brach sie ab und forderte erneut ihr Glas Sherry, denn Dick war mit seinem Farbeimer hereingekommen. Er ging ungerührt weiter.

Melrose wechselte das Thema. »Und was treibst du hier, wo du doch im trauten Heim deinen Fuß hochlegen solltest?«

»Ich muss sichergehen, dass meine Zeugen auch bei der Stange bleiben. Miss Crisp fängt schon an zu schwanken. Und da kommt Vivian, und die ist wahrlich keine Hilfe.«

Vivian Rivington, in ihrem hellroten Kleid wie ein Vorbote des Frühlings, sagte zu Agatha, sie mache sich lächerlich, sie solle lieber vergeben und vergessen. Und Vivian setzte hinzu: »Eigentlich ist es an Mr. Jurvis zu vergeben. Denn Sie, Agatha, machen doch *ihm* das Leben schwer. Wo ist Superintendent Jury?« Jedes Interesse an Agathas »Fall« erlosch angesichts eines Ereignisses, das sich weniger häufig einstellte als eine Sonnenfinsternis.

»Auf der Strecke geblieben. Nein, nicht er, sein Auto. Hat einen Platten auf dem M-1. Er hat mich von einer Raststätte aus angerufen.« Er freute sich diebisch, dass ihm noch ein Wort eingefallen war: S-C-H-A-F. Dazu konnte er das *A* von T-R-A-M-P-E-L verwenden. Vielleicht besaß er ja noch eine bislang unentdeckte Begabung, nämlich die, sich Kreuzworträtsel für die *Times* auszudenken. Emsig füllte er die Kästchen aus und konzentrierte sich auf die nächste Herausforderung.

Diese schien durch das Erscheinen Marshall Truebloods gegeben, glich dieser doch einem Pfingstochsen. Heute hatte er einen flammendroten Schal dergestalt in den Halsausschnitt eines teerosenfarbenen Hemdes drapiert, dass die Enden wie Luftschlangen hinter ihm herflatterten.

Für Agatha, bereits pikiert darüber, dass ihre missliche Lage Vivian so gänzlich ungerührt ließ, war das Auftauchen ihres Erzfeindes anscheinend mehr, als der Mensch ertragen konnte. »Wenn die Sache vor Gericht kommt, wird sich ja zeigen, wen man zu seinen Freunden zählen kann.« Mit geübter Duldermiene griff sie zu ihren Krücken.

»Ganz meine Meinung, altes Haus«, sagte Trueblood. »Sollte mir zu Ohren kommen, dass dieser garstige Buchhändler mich wieder mal anschwärzt, verklage ich ihn, und Sie dürfen ihn alsdann mit Ihrer Krücke zu Tode prügeln. Und wo ist Richard Jury? Mittlerweile müsste er hier eingetrudelt sein, oder?« Ohne von seiner Zeitung aufzublicken, sagte Melrose: »Er hat einen Platten auf dem M-1 gehabt und hat angerufen, dass es später werden könnte, weil er ja warten muss, bis die Werkstatt den Reifen geflickt hat.«

(Für *K-A-M-E-L* ließ sich das *M* von *T-R-A-M-P-E-L* prächtig verwenden.) »Hat einen alten Kumpel getroffen, hat er gesagt, muss sich erst mal richtig ausquatschen.«

Vivian fragte argwöhnisch: »Einen alten Kumpel? Wie geartet?«

»Weiblich. Er hat sie zum Tee in die Raststätte bei der Abfahrt Woburn eingeladen.«

Melrose lächelte in die Runde und widmete sich wieder seinem Kreuzworträtsel.

3

Und hier war Jury, nur war er nicht gerade mit einem Teeplausch in einer Raststätte am M-1 fertig, sondern versuchte in seiner Wohnung in Islington mit seiner Packerei fertig zu werden. Mit der Packerei und der Streiterei. Während er Socken und Hemden in einen Kleidersack stopfte, bemühte er sich, der Mieterin von oben ihr neuestes, hirnrissiges Projekt auszureden.

Die Mieterin von oben, Carole-anne Palutski, hörte kaum hin, denn sie war viel zu sehr damit beschäftigt, ihrem exotischen Kostüm vor Jurys Spiegel den letzten Touch zu geben.

Während sie sich die Lippen mit Paradiesisch Mohnrot bemalte, sagte Jury: »Er will eine Verkäuferin, Herzchen, keine Bauchtänzerin.« Er hob einen Shetlandpullover hoch und prüfte ihn stirnrunzelnd auf Mottenlöcher.

»Was wissen Sie denn schon. Andrew fährt sicher *ab* auf meinen Aufzug. Bringt ein bisschen Pep in die Bude.« Sie streckte die Arme aus und drehte sich flink um sich selbst.

Und wenn das kein Aufzug war: goldener Tüll über einem

kirschfarbenen, kurzen Seidentop; eine Pluderhose aus dem gleichen Seidenstoff; Goldlitze unten um das Oberteil und oben um die Hosen herum, sodass der nackte Bauch dazwischen umso nackter wirkte. Nicht völlig nackt, o nein: etwas Hauchdünnes bedeckte ihn, was die Illusion von Haut nur noch verstärkte. Um das kupferfarbene Haar hatte Caroleanne ein Haarband aus knautschigem Goldlamé geschlungen, in dessen Mitte ein falscher Saphir prangte.

Sie hätte sich die Mühe ruhig sparen können. Carole-anne war nämlich in einem Chenillebademantel schon schöner, als die Polizei erlaubte, von ihrem neuen Haremskostüm gar nicht zu reden.

Es klingelte leise, als sie sich auf die Zehenspitzen stellte und ein paar Streckübungen machte, ehe sie sich zur Arbeit begab. Jury warf einen Blick über den Rand des Pullovers, in dem er ein beinahe faustgroßes Mottenloch entdeckt hatte. »Höre ich etwa Glöckchen?«

Jetzt machte sie ein paar Sprünge und geriet etwas außer Atem. »Ist bloß das da«, sagte sie und streckte den Fuß aus. Unter der bauschigen Pluderhose hatte sie sich winzige Glöckchen um den Knöchel gewunden.

»Hoffentlich kommt die Karawane durch«, sagte Jury. »Falls die Rifkabylen Sie nicht entführen, kommen Sie sogar noch rechtzeitig zu Ihrem Unterricht.« Dass sie ihren Schauspielunterricht versäumte, war der Anlass für ihren Streit gewesen. Sie hatte gequengelt und gequengelt, weil Jury ihr den Nachtjob in einem Klub am Leicester Square ausgeredet hatte, denn ihre Karriere als Schauspielerin war darüber zu kurz gekommen. Jetzt war das Gegenteil der Fall: Ihr Tagesjob in dem Lädchen in Covent Garden gefiel ihr so gut, dass sie keine Zeit mehr für die Schauspielerei fand. Und dabei hatte es nicht lange gedauert, Jury von Carole-annes außergewöhnlicher schauspielerischer Begabung zu überzeugen. Ganz zu schweigen von ihrem einfach umwerfenden Aussehen.

Sie ließ sich auf das Sofa fallen und fläzte sich hin wie eine Zehnjährige. Die klingelnden Knöchel kamen auf dem Couchtisch zu liegen. »Ich habe doch bloß so eine klitzekleine Rolle in Scheiß-Camdentown. Nicht mal eine *Sprech*rolle.«

Sie dehnte das Wort derart in die Länge und schnitt dazu solch ein Gesicht, dass Jury gern gelacht hätte. »Sie brauchen nicht zu sprechen. Wie Mrs. Wassermann sagt: ›Die geht die Straße lang, und schon hat man einen kompletten Dialog.‹ Ich dachte, Sie wollten eine zweite Shirley MacLaine werden. Oder war es Julie Andrews? Ich kann mir allerdings nicht vorstellen, wie Sie im Dirndl den Berg runtergelaufen kommen. Und singen können Sie auch nicht.«

»Ich will nicht sein wie die. Ich möchte die Medea spielen.«

Er hob den Blick von seinem Kleidersack. »Sie wollen *wen* spielen?«

Sie hatte sich eine von Jurys Zigaretten gemopst, krümmte ihre Zehen um den Telefonhörer und versuchte, ihn abzuheben. »Hab ich im Fernsehen gesehen, mit Zoë Caldwell, ist Ihnen die ein Begriff?«

Jury sah seine nicht zusammenpassenden Socken durch und sagte: »Wenn Sie etwa zweitausend Jahre lang Schauspielunterricht nehmen, dann bringen Sie es vielleicht mal zur zweiten Besetzung der zweiten Besetzung.« Er deutete mit dem Kopf auf ihr Kostüm. »Falls Sie die Fetzen da ablegen.«

»Na gut, Sie haben Recht, die Kostüme für *Medea* sollten vielleicht mal geändert werden. Ich würde das Ganze etwas aufmöbeln, dann könnte ich mein kleines Rotes tragen.«

»Ihr Rotes? Ich kann mir Medea einfach nicht in Ihrem

Chinatownrot vorstellen. Und Füße weg von meinem Telefon.« Ausgerechnet in diesem Augenblick musste es klingeln.

»Nicht abheben«, sagte Carole-anne im Bühnenflüsterton. »Höchstwahrscheinlich ist es bloß SB-Strich-H.«

Das Telefon surrte. »Ich höre selten von Miss Bredon-Hunt. Dafür haben Sie gesorgt. Ich vermute eher, es ist C-Strich-S Racer. Verdammter Mist.« Jury erdrosselte ein Paar Socken.

Carole-anne sprang hoch: »Lassen Sie mich abheben, ich sage, Sie sind schon weg. O bitte, bitte, bitte.« So etwas war grässlich unprofessionell, aber das war auch der Telefonanruf des Chief Superintendent an seinem ersten Urlaubstag, der ihm bestenfalls eine Verzögerung einhandeln und ihn schlimmstenfalls in London festhalten würde. Jury nickte.

»Hallöchen«, flötete sie, während sie sich in vollendeter Haremspose auf dem Sofa rekelte. »Bei Su-per-in-ten-dent Jury.« Schweigen. »Oh, Sie sind es, mein Lieber.« Sie ließ die Silben wie Sirup ins Telefon tropfen. »Haben ihn just verpasst, jaha. Ist auf nach Northants.« Ihr Seufzer war lang und gramvoll, so als ob beide, sie und der Anrufer, sich darin einig wären, wie sehr Superintendent Jury ihnen fehlte. »Nein ... Nur die Nummern der Ex-Freundinnen von seinem Freund.« Pause. »Also, mein Lieber, wenn ich Sie wäre, ich würde es nicht tun. Es ist ein Lord Caverness oder so ähnlich. Sehr krank, ja, das isser woll.« Carole-annes Umgangssprache kam jetzt durch. »Beerdigung? Nee, noch isser nich – er ist ja noch nicht tot, Schätzchen. Liegt man bloß im Sterben. Genau. Ja. Siecht so vor sich hin, jaha.«

Der arme Melrose Plant. Krank, todkrank, tot. Sie war so überzeugend, dass Jury beinahe hoffte, Northants noch rechtzeitig vor Melroses Ableben zu erreichen.

Er warf ihr einen finsteren Blick zu. Doch Carole-anne war völlig in ihre Rolle versunken. Einmal hatte sie Racer erzählt, sie sei Jurys Reinmachefrau. Jetzt machte sie reinen Tisch mit Racer, während sie gleichzeitig Jurys Couchtisch mit seinen Socken polierte. »Ooooooohh.« Ihre paradiesisch mohnroten Lippen gaben einen albernen Kusslaut von sich. »Also, das ist wirklich *zu* schade, mein Lieber…«

Und Jury (ganz zu schweigen von Racer) kam in den Genuss eines herzerweichenden Monologs über Liebe, Ehe und Geliebte. Dabei hatte Carole-anne die Beine übereinander geschlagen, hielt mit den lackierten Fingerspitzen das Knie umfasst und hatte den Blick zur Decke erhoben, als würde sie dort ihren Text ablesen.

Jury war wie gebannt; er konnte nicht anders. Da stand er nun, zwei saubere Hemden in der Hand, die er in seine Tasche hatte tun wollen, und hörte zu. Sie ging in ihrer Rolle auf. Solange sie telefonierte, war sie, was die Situation erforderte. Wenn sie auflegte, würde sie auf der Stelle wieder Carole-anne sein.

Klack, der Hörer wurde aufgelegt. »Die hier haben Löcher«, sagte sie und streckte ihm die Hände hin, über die sie zwei Socken gezogen hatte.

»Was zum Teufel hat er gesagt?«

Sie hatte sich erhoben und übte sich in einer Art Schlangenbewegung. »Er? Ach, der wollte Ihnen bloß einen schönen Urlaub wünschen. Ist er ein bisschen abartig oder so? Bringen ihn Beerdigungen immer zum Lachen? He, glauben Sie, ich könnte das bringen?«

»Äh? Was denn?«

»Bauchtanzen. Ich meine, richtig. Dafür muss man, glaube ich, eine Menge üben.«

»Carole-anne, Sie könnten Premierministerin werden, wenn Sie wollten.«

Sie hörte auf, ihren Körper zu verdrehen, und stand mit

ausgestreckten Armen und gespreizten Beinen da, prächtig anzusehen wie ein Clown, die Hände immer noch in Jurys Socken. Sie dachte nach. »Ich weiß nicht recht. Maggies Kostüme sind so spießig.« Dann kam sie zu Jury gelaufen, fiel ihm um den Hals, drückte ihm einen dicken Schmatz auf und war draußen.

Es wäre ihr nie in den Sinn gekommen, ihm zu sagen, dass er ihr fehlen würde.

Genauso wie ihr kein anderer Grund dafür einfallen würde, nicht Premierministerin werden zu können, als wegen der spießigen Kostüme.

Er hatte in der Wohnung im Souterrain vorbeischauen wollen, aber niemand war zu Hause. Er stieg die Steinstufen wieder hoch und ging zu seinem Auto, als er Mrs. Wassermann mit ihrer Einkaufstasche angezockelt kommen sah. Über den Rand der Tasche lugten Stangensellerie und ein Salatkopf.

»Der verlangt vielleicht Preise, Mr. Jury.« Neuerdings hatte der Gemüsehändler in der Upper Street wiederholt ihren Unmut auf sich gezogen. »Oh, vielen Dank auch.«

Jury hatte ihr die Tasche abgenommen und sie die Treppe hinunterbegleitet. »Ich weiß, Sie müssen los, aber warten Sie einen Augenblick, ich hab noch was für Sie.« Sie verschwand in der Wohnung und tauchte mit einem Picknickkorb wieder auf. »Ihr Abendessen. Ich weiß doch, wie Männer sind, sie machen einfach keine Pause. Immer diese Ungeduld.«

»Na ja, vielen Dank auch, Mrs. Wassermann.« Sie machte ihm immer etwas zurecht, wenn sie herausfand, dass ihn sein Weg über Victoria Station hinausführte. Letztes Jahr war es Brighton gewesen, das hatte zwei Sandwiches erfordert. Dieses Jahr fuhr er viel weiter und blieb viel länger. Das bedeutete ein Festmahl. Ein halbes kaltes Hähnchen, Salat, Torte, zwei Flaschen Carlsberg. Er lächelte. »Das reicht für den ganzen Urlaub.«

»Das will ich auch hoffen.« Aus ihrem Tonfall war deutlich zu hören, dass Jury da draußen im Busch bei fremden Menschen gewiss nicht *eine* anständige Mahlzeit bekommen würde. »Es ist viel netter, wenn Sie hier sind. Aber Carole-anne leistet mir Gesellschaft. Das ist mir mal ein liebes Mädchen. Sie guckt fast jeden Abend vorbei und legt mir die Karten. Und Ihnen auch.« Sie zog die Nadel aus ihrem schwarzen Hütchen und ihrem grauen Haarknoten.

»Mir? Wie kann sie mir die Karten legen, wenn ich nicht hier bin?« Er konnte es kaum abwarten wegzukommen.

»Aber Sie wissen doch, dass sie hellsehen kann. Hat einen siebten Sinn, sagt sie jedenfalls.«

Nicht einmal sechs genügten für Carole-anne. Seit sie bei Andrew Starr arbeitete, schien sie zu glauben, einfach abheben zu können. »Wie sieht sie denn aus, meine Zukunft, meine ich?«

Sie machte eine vage Handbewegung. »Ach, so lala, Mr. Jury. Nicht schlecht«, beeilte sie sich hinzuzufügen. »Aber ... na ja, nichts Halbes und nichts Ganzes.«

»Keine exotischen Frauen in Nachtzügen oder so etwas?«

»Mir weissagt sie einen schmucken Fremdling. Jetzt sagen Sie mir mal«, und sie breitete die Arme aus und blickte die Straße hinauf und hinunter, »gibt es hier in der Gegend etwa schmucke Fremdlinge?«

»Und für mich?« Jury drückte die Zunge in die Wange.

»Für Sie gibt es niemanden.« Mrs. Wassermann seufzte. »Und dabei hatte ich gedacht, Miss Bredon-Hunt würde ... na, Sie wissen schon. Ich mische mich nicht in anderer Leute Angelegenheiten, Mr. Jury.«

»Hmm. Es scheint nicht besonders gut zu laufen –«

»Ach, das läuft doch überhaupt nicht. So ein Jammer. Was für ein hübsches Mädchen. Und doch ... Sie sollten nicht ewig allein leben. Bei den Sternen weiß man natürlich nie, aber es hat den Anschein, als ob Sie uns noch ein Weilchen erhalten bleiben würden.« Mrs. Wassermann legte den Kopf in den Nacken und meinte: »Die leere Wohnung da oben, so groß und sonnig. Aber die Leute sehen sie sich an und kommen nie wieder.«

Natürlich nicht, dachte Jury. Carole-anne wird nämlich fürs Vorführen bezahlt. Noch hatte der Vermieter nichts spitzgekriegt.

»Offen gestanden, Mrs. Wassermann, ich finde es nett mit uns dreien –« Aus dem obersten Stock drang Carole-annes laute Stimme. Sie winkte und rief Worte, die von der Frühlingsbrise davongeweht wurden. Jury sah, dass sie sich umgezogen hatte; sie trug jetzt ein dunkles, bis zum Hals zugeknöpftes Kleid. Lange Ärmel, keinerlei Zierrat. Das betörende Haar war streng zurückgekämmt. Sie hätte die Rolle der Haushälterin in Max de Winters brennendem Manderley spielen können.

Beide winkten zu ihr hoch, dann drehte sich Jury um und bedankte sich noch einmal bei Mrs. Wassermann für das wunderbare Picknick.

Eigentlich konnte Jury es nicht ausstehen, im Auto zu essen.

Im Urlaub trödelte er furchtbar gern und würde sicherlich jede Raststätte am M-1 aufsuchen.

4

Nachdem sie den Mann kurz und unfreundlich zur Hölle gewünscht hatte, ließ Joanna Lewes heftig die Walze ihrer uralten Smith-Corona-Schreibmaschine zurückfahren und blickte starr auf die Szene, an der sie gerade schrieb. Die Figuren vor ihr wollten einfach nicht zum Leben erwachen, nein, die Charaktere schienen aus Beton gemeißelt, schwer wie Skulpturen auf einem Grabmahl.

Joanna hatte schon vor langer Zeit entdeckt, dass sie sich Gedanken nur vom Hals halten konnte, indem sie schrieb, und mittlerweile war ihre Schreiberei der Muse nicht mehr im Geringsten verpflichtet; die war längst über alle Berge.

Sie knetete ihre Schulter und überlegte, wie viel Nacktheit wohl angängig war. Und sollte Matt Valerie nun grob auf das Bett stoßen? Oder sie zärtlich mit sich hinabziehen? Diese Fragen zielten nicht etwa darauf ab, dass sie danach trachtete, einen »guten« oder auch nur einen unterhaltsamen Roman zu schreiben. Es waren lediglich Punkte, die zu beachten waren, wenn es darum ging, welchem ihrer Verleger sie das fertige Manuskript zuschicken wollte. Augenblicklich gab es drei – drei Verleger, drei verschiedene Verlage und drei Pseudonyme und obendrein noch die Bücher, die sie unter ihrem eigenen Namen veröffentlicht hatte. Jetzt warf sie ihr viertes Pseudonym auf den Markt, die Heather-Quick-Reihe, eine neue und innovative Serie, obwohl »innovativ« in ihrem Genre eher ein Schimpfwort war.

Joanna wühlte sich durch den Wust von Papier auf ihrem Schreibtisch, stieß in ihrer Bleistiftschale auf das Kerngehäuse eines Apfels und auf die Schale einer Satsuma, die als Lesezeichen diente, konnte aber ihre Bedarfsliste nicht finden. Sie zerrte die Schreibtischschublade auf, die einem gefüllten Truthahn glich, voll gestopft mit zusammengeknülltem, kaffeefleckigem Papier, mehreren Zigarettenstummeln, einem von haarigem Schimmel überzogenen Fruchtkuchen, einem Fläschchen Valium und einer Tüte mit Gummibärchen. Endlich fand sie die Liste mit den von ihr zusammengestellten Richtlinien ihrer Verlage. Nummer eins war Bennick & Company. Sie las: *Fünf feur. Lippenszn. min.; 150 S. OBERGRZE.; Nackth. zul., Bus. tlw. entbl.* Tlw.? Was hatte sie bloß damit gemeint? Ach ja, Busen *teilweise* entblößt. Nummer zwei auf der Liste war Sabers. Die großen Bumsszenen in der Mitte, nach Dreivierteln des Buches und im vorletzten Kapitel. Nackt bis zur Taille. Zweihundert Seiten.

Insgesamt gab es fünf Varianten, und für jede von ihnen waren geringfügige Abweichungen vom Schema erforderlich. Sie beschloss, diesen Roman für Bennick zu schreiben, denn das würde ihr fünfzig Seiten geisttötenden Schwachsinn ersparen. Zudem hatte sie einen Vorrat an Liebesszenen, jede davon transplantationsreif für *Liebe in London*, womit sie sich möglicherweise um weitere dreißig, vierzig Seiten Arbeit drücken konnte.

Während sie auf die antike Schreibmaschine einhämmerte, überlegte sie, woher die Leute nur die Unverfrorenheit nahmen zu verlangen, man solle zunächst einmal wenigstens dreißig solcher Liebesgeschichten lesen, bevor man selbst wagte, zur Feder zu greifen. Welch eine unvorstellbare Qual, auch nur eine oder zwei zu lesen; sie hatte sich halbwegs durch eine einzige geackert. Das hatte ihr, zusammen mit dem letzten Kapitel des Machwerks, ein komplettes Selbststudium im Schreiben von Liebesromanen vermittelt. Eigentlich hätte schon der Anblick des Umschlags gereicht.

Joanna seufzte und tippte. Bei ihr stand, wie bei Trollope,

eine Uhr auf dem Schreibtisch – in ihrem Fall eine Stoppuhr. Sie hatte ein ehrgeiziges Ziel: zweihundertfünfzig Wörter pro Viertelstunde. Wenn sie es nicht schaffte, musste sie den Rückstand in der nächsten Viertelstunde aufholen, und immer so weiter. So glich das Ende ihres Arbeitstages oft einem Wettlauf mit dem Tod. Im Endspurt vergaß sie zuweilen die Namen ihrer Helden, was ihr jedoch nichts ausmachte, da deren Charaktere, abgesehen von Alter und Geschlecht, austauschbar waren. Wenn Joanna an eines nicht glaubte, dann an künstlerische Integrität. Künstlerische Integrität, den Luxus konnten sich nur die Besitzlosen leisten. Alles, was sie wollte, war Geld.

Ab und an legte sie eine Pause ein. Nicht etwa um nachzudenken, sondern um sich eine Zigarette anzuzünden, die sie auf Lunge rauchte und dann mit dem glühenden Ende nach außen auf der Schreibtischkante ablegte. Diese war bereits verziert mit einer Reihe angesengter Stellen, ähnlich den Kerben, die man an einem Gewehr für jeden Toten anbringt. Valerie und Matt rangelten auf dem Bett, Valerie mit teilweise entblößten Brüsten. Ob sie den Ausschnitt noch ein klitzekleines bisschen tiefer rutschen lassen sollte? Nein, ausgerechnet jetzt durfte sie nur des Sexes wegen nicht von Bennicks Bedarfsliste abweichen. Schließlich musste sie vor Tagesende noch dreitausend Wörter schaffen.

Es gab eine Regel, die sie bedingungslos befolgte: Die Überarbeitung musste sich auf ein absolutes Minimum beschränken; im Allgemeinen eine simple Übung im Druckfahnenlesen, um ganz sicherzugehen, dass Valerie und Matt im ganzen Buch ihre Vornamen behielten. Den letzten Schliff dagegen konnte man getrost vergessen. Warum Perlen vor die Säue werfen?

Die folgenden zwei Stunden klapperte sie vor sich hin,

schaffte ihr Soll von zweitausend Wörtern und war zufrieden mit sich. Unglücklicherweise wusste sie nicht so recht, was sie geschrieben hatte, denn sie hatte die Handlung auf Autopilot gestellt; damit hielt sie sich den Kopf frei für dringlichere Probleme.

Eines davon war dieser selbst ernannte Literaturpapst, Theo Wrenn Browne. Sie hatte keinen Fuß mehr in seinen Laden gesetzt, seit er sich geweigert hatte, ihre Bücher zu führen. Das war an sich schon eine Gemeinheit, auch ohne dass er seinen Kunden noch dazu riet, sie nicht zu lesen. Joanna hatte nämlich hier in der Gegend einen recht guten Ruf genossen. Man brüstete sich damit, als einer der Ersten »die neue Lewes« zu haben. Schließlich konnten sich nicht viele Käffer eines Bestsellerautors rühmen, auch wenn die Qualität des Geschriebenen zu wünschen übrig ließ. Oh, *sie* wusste genau, dass ihre Bücher Schund waren, und vermutlich fanden zahlreiche Leute, denen sie Leseexemplare schenkte, die Bücher ziemlich dürftig (was noch geschmeichelt war), aber wenn Geld spricht, schweigen die Leser. Außer Theo Wrenn Browne.

Das Ärgerliche war, dass die Kunden bei einem Buchhändler, und obendrein einem, der nicht bloß mit neuen, sondern auch mit zerfledderten, stockfleckigen Erstausgaben handelte, gern Geschmack und Unterscheidungsvermögen voraussetzten. Joanna kannte den Grund für seine kleinliche Kritik nur zu gut: Als sie noch auf freundschaftlichem Fuß miteinander gestanden hatten, hatte er sie einmal beiläufig gebeten, einen Blick in seinen eigenen Roman zu werfen. Natürlich hatte er sie nicht rundheraus gebeten, ihn ihrem Verleger zuzuschicken, doch das hatte mit Sicherheit dahinter gesteckt.

Nachdem sie sich durch fünfundzwanzig Seiten gekämpft

hatte, hätte sie ihn ihrem Verleger um nichts in der Welt mehr gezeigt. Es handelte sich nämlich um einen dieser grässlichen, avantgardistischen Antiromane, haarscharf das, was von Theo Wrenn Browne zu erwarten stand, ohne Dialog und Charaktere, abgesehen vom Erzähler, einem paranoiden südafrikanischen Guerillakämpfer, der sein Leben vor seinem geistigen Auge abrollen ließ, während er sich das letzte Rennen in Doncaster ansah. So lautete auch der Titel: *Das letzte Rennen*. Der Titel war das einzig Verständliche am ganzen Buch. Die Geschichte hatte etwas mit Apartheid zu tun, doch was, das blieb im Dunkeln. Genauso wenig kam man dahinter, wie es den südafrikanischen Guerillakämpfer nach Doncaster verschlagen hatte. Zu allem Überfluss war der Afrikaner der landesüblichen Hochsprache nicht mächtig, und das zwang den Leser, sich durch eine eigenartig kreisende Syntax zu kämpfen. Thema war der Tod Afrikas und der Tod des Romans. Joanna hatte ihm gesagt, dass sein Buch zumindest Letzteres in reichem Maß unter Beweis stellte. Ihr eigener Verleger, der trotz seines lüsternen Nebenerwerbszweiges (Liebesgeschichten mit teilweise barbusigen Heldinnen, die er klammheimlich unter einem anderen Firmenzeichen publizierte) für seine intellektuelle Prägnanz bekannt war, würde *Das letzte Rennen* wie eine tote Maus in den Papierkorb befördert haben.

Die Luft war eindeutig frostig gewesen, als sie Theo Wrenn Browne sein Manuskript wieder ausgehändigt und dazu gesagt hatte, sie könne sich nicht vorstellen, dass ihr Verleger an einem Buch über Pferderennen interessiert sei. Das hatte natürlich dem Fass den Boden ausgeschlagen. Theo Wrenn Browne war aus den dünnen Luftschichten seines hoch intellektuellen Elfenbeinturms gerade so lange herabgestiegen, wie er für die Mitteilung brauchte, *sie* sei nur ein mieser Schreiberling. Dann hatte er den Fehler gemacht, das Manuskript selber einzureichen. Mrs. Oilings zufolge, die für Joanna putzte, wenn sie nicht auf den Besen gestützt dastand und Tee trank, hatte man Theo Wrenn Browne das Manuskript so blitzschnell zurückgeschickt, dass sich die Frage stellte, wie jemand noch die Zeit gefunden hatte, die Umschlaglasche anzulecken. Und so musste sich Theo Wrenn Browne denn ein neues Image zulegen, nachdem er mit dem der völligen Hingabe an die Kunst durchgefallen war. Er trug jetzt abgewetzte Tweedjacketts, rauchte kleine, schwarze Zigarillos und machte Miss Ada Crisp das Leben zur Hölle. Miss Crisp war die unglückselige Besitzerin des Trödelladens neben seiner Buchhandlung, die den entzückenden Namen »Wrenns Büchernest« führte. Immer wenn bei ihm wenig los war, tauchte er bei Miss Crisp auf und versuchte, sie so einzuschüchtern, dass sie ihm den Laden zur Erweiterung seines eigenen überließ. Bislang hatte sie seinem Ansturm widerstanden, war dabei aber noch tatteriger als zuvor geworden und ruckelte und zuckelte die High Street entlang, als hätte man sie an eine Steckdose angeschlossen.

Wenn Theo Wrenn Browne nicht Miss Crisp piesackte, war er auf der anderen Seite der High Street zu finden und ließ sich (vornehmlich wenn Trueblood Kundschaft im Laden hatte) lauthals über die überhöhten Preise und die so genannte Echtheit eines Silberstempels aus. Als hätte sich Marshall Trueblood die Mühe gemacht, sein gesamtes Silber selbst zu stempeln. Laut Mrs. Oilings hatte Theo Wrenn Browne sogar angefangen, in Büchern über Antiquitäten zu blättern. Trueblood jedoch war aus härterem Holz geschnitzt als Miss Ada Crisp; ihm hätte man schon eins mit einem seiner antiken Totschläger überziehen müssen, ehe er sich derart ins Bockshorn hätte jagen lassen.

Bei Licht besehen gab es in Long Piddleton nicht einen einzigen Menschen, der Theo Wrenn Brownes scharfe Zunge noch nie zu spüren bekommen hatte...

Joanna schob diese ihrer Produktion abträglichen Gedankengänge entschlossen beiseite; aber das führte nur dazu, dass ihr der wahre Grund ihres Dilemmas in den Sinn kam. Während sie auf die Tasten einhämmerte, war ihr schmerzhaft bewusst, dass das Gerangel auf dem Bett verglichen mit ihrem eigenen aufgewühlten Seelenleben der reinste Kleckerkram war.

Theo Wrenn Browne sah zu, wie das Messer der Papierschneidemaschine heruntersauste, schnitt und wieder hochschnellte. Er drückte sich das Taschentuch wie eine Kompresse gegen die Stirn und tupfte sich damit die Schweißtropfen ab. Theo Wrenn Browne stand im Hinterzimmer des »Büchernests« an der Buchpresse und griff jetzt mit einer gewissen Ehrfurcht nach seiner letzten Erwerbung, einem Buch, das er gerade neu binden wollte. Er hatte die einzelnen Teile mit Kleister bestrichen. Nun leimte er die Falze eines Vorsatzpapiers. Als das getan war, legte er das mit dem Vorsatzpapier versehene Buch zwischen zwei Bretter und beschwerte es.

Die Arbeit lenkte ihn, zumindest für den Augenblick, davon ab, an den letzten Abend denken zu müssen. Er meinte jedoch immer noch das Kitzeln zu spüren, mit dem ihm der kalte Schweiß zwischen den Schulterblättern herunterrann; und sofort griff er nach einem anderen Buch und machte sich daran, Farbe auf den Schnitt aufzutragen.

Keiner würde dahinter kommen, nicht einmal Marshall Trueblood.

Marshall Trueblood gehörte zu den Menschen, die er verabscheute. Er schob das unangenehme Gefühl beiseite, seine

Abneigung könnte womöglich vollkommen andere, verborgene Gründe haben. Zweifellos konnte er Trueblood, was Kenntnisse über Antiquitäten anging, nicht das Wasser reichen, aber dass dieser Mensch ihn demütigen musste, und das auch noch vor –

Daran darfst du überhaupt nicht denken, alter Junge, sagte er zu sich selbst.

Stattdessen dachte er an Diane Demorney, die prächtige Dienste als Freundin und obendrein als Tarnung leistete. Und als Ratgeberin. »Ihr Problem ist, dass Sie einfach zu viel lernen wollen«, hatte Diane gemeint, als sie in ihrem Wohnzimmer bei einem Drink gesessen hatten. »Warum halten Sie sich nicht einfach an eine Periode, nein, nicht mal an eine ganze Periode, sondern nur an einen Teil davon. Noch besser, an den Teil eines Teils. Sagen wir, viktorianische Salzfässer oder so etwas Leichtes. Da würde Marshall aber ganz schön dumm aus der Wäsche gucken, was? Der muss den ganzen verdammten Krempel schließlich *verkaufen* – und alles, was er weiß, hat er durch sein Geschäft gelernt. Man kann sich ja nicht gut durch ganze Berge von Büchern lesen, wenn man gleichzeitig arbeiten muss.«

Diese Argumentation war im Demorneyschen Sinne durchaus logisch. Dabei war aber gerade das, was Trueblood durch das Geschäft gelernt hatte, das Problem: Er hatte es schließlich damit von alten Lumpen zu Reichtum gebracht. Schwer vorstellbar (hatte sie gesagt, und ihm noch einen ihrer gut gemixten Martini-Cocktails eingeschenkt), dass Marshall jemals alte Lumpen getragen haben sollte. Es wurmte Theo, wie sie dabei lachte; fast hätte man meinen können, dass die exquisite Diane Demorney in Marshall Trueblood eine neue Welt erblickte, die es zu erobern galt.

Die Hand mit der Watte verharrte über dem Buchrücken,

während Theo Wrenn Browne ins Leere starrte und Marshall Trueblood im Geist in weitere Einzelteile zerlegte. Er konnte es einfach nicht fassen, dass irgendjemand in Long Piddleton diesen Menschen – und folglich seine Ware – ernst nahm. Melrose Plant beispielsweise schien ihn tatsächlich zu *mögen*. Und nichts, aber auch rein gar nichts deutete darauf hin, dass Plants sexuelle Vorlieben andere als stinknormale waren. Theo umklammerte das Buch, bis seine Fingerknöchel weiß hervortraten.

Er packte das Paket aus und riss dann ein weiteres auf. Die gängigen Bestseller, fünf von jedem und zehn vom Booker-Preisträger. Und dann zwei Bücher, die er nur für den Eigenbedarf geordert hatte, nicht etwa zum Verkauf. Theo fischte die neueste Lewes heraus: *Lust in Lissabon*. Nein, was für abscheuliche Titel diese Liebesromane aber auch hatten. Nie würde er sich so weit herablassen, dass er Joanna die Wahnsinnige im Laden führte, diese gleichermaßen abscheuliche Person. Aber sie zu lesen war ein Genuss, einfach himmlisch, es sich dabei mit einer Tasse Tee und einer Schachtel Pralinen im Bett gemütlich zu machen. Ein Jammer, dass sie sich im Kriegszustand befanden, sonst hätte er sie um eine Widmung gebeten. Würde eines Tages sicher ihren Wert haben. Bei dem Gedanken, wie sie sich geweigert hatte, seinen eigenen Roman zusammen mit einer Art Billetdoux ihrem Verleger ans Herz zu legen, spürte er, wie ihm das Blut zu Kopf stieg. Eine absolut niederträchtige Person. Sitte und Anstand geboten es einfach, dass man seinem Verleger seine Freunde wärmstens empfahl. In seinem Kopf begann es zu pochen; er rieb sich die Schläfen. Diese Demütigung, das Buch selbst einreichen zu müssen und es dann mit nichts als einer vorgedruckten Absage zurückzubekommen. Kein Interesse für die Kunst, diese

Verleger; die waren doch nur auf den Lewes-Kitsch aus. Natürlich machte es ihm Spaß, Kitsch zu lesen, jeder brauchte im Leben eine Dosis Kitsch, doch das war keine Entschuldigung dafür, dass sie das eigentlich Wahre nicht erkannten. *Das letzte Rennen* würde schon noch den Booker-Preis gewinnen, es brauchte nur auf dem Schreibtisch eines intelligenten Verlegers zu landen. Es war experimentell, großartig. Wenn er etwas von sich behaupten konnte (unter anderem natürlich), dann, dass er kein Risiko scheue. Im Gegensatz zu den Werken vieler anderer Autoren, die nach dem ewig gleichen Rezept schrieben – Joanna die Wahnsinnige beispielsweise oder diese Krimiautorin mit der miesen Schreibe, diese Polly Praed, deren Bücher sich Melrose Plant immer holte. Nein, so nicht. Er würde auch für alles Geld der Welt den Lesern kein Linsengericht vorsetzen.

Andererseits jedoch hatte er gar nichts gegen Geld. Er hatte versucht, diese Crisp aus ihrem trostlosen Trödelladen nebenan zu verdrängen, doch vergebens. Aber er wusste, dass er diesen Nervenkrieg nur noch ein wenig länger führen musste, und sie würde zusammenbrechen. Diese Crisp hatte nicht dieses aufgesetzte Laissez-faire-Gebaren, welches sich Trueblood zugelegt hatte. Diese spindeldürre Gestalt durchlief schon ein Schauder und ihre Hände fingen an zu zittern, wenn er nur auf der Schwelle ihres verstaubten Ladens stand, der aus einem Roman von Dickens hätte sein können. Betrat er jedoch Truebloods Antiquitätenladen, so wölbte dieser Mensch lediglich eine nachgezogene Braue und steckte eine weitere dieser regenbogenfarbenen Zigaretten in seine Spitze. Was der für Vorlieben hatte! Und kostspielige Vorlieben noch obendrein.

Theo stopfte ein schwarzes Zigarillo in eine elegante Ebenholzspitze und sinnierte weiter. Diane Demorney hatte vielleicht gar nicht so Unrecht. Zwar wirkten ihre kleinen Wissensfetzen auf ihn wie eine zu knapp bemessene Patchworkdecke, doch was sie wusste, schien sie aus dem Effeff zu beherrschen. Schon verdammt schlau, dachte er; anstatt mit herkulischem Kraftaufwand Geschichte zu büffeln, nimmt sie sich einen Happen vor, den sie in noch kleinere Häppchen zerlegt. Er hatte sie Richard III. in allen Einzelheiten diskutieren hören, bis der Gesprächspartner einfach das Handtuch werfen musste, vor allem dann, wenn sie auf den Mord im Tower zu sprechen kam. Und dabei hatte sich Diane nicht mal die Mühe gemacht, ein Geschichtsbuch aufzuschlagen. Sie hatte einfach *Die Tochter der Zeit* zweimal durchgeackert; und die Lektüre eines Kriminalromans war mit Sicherheit leichter als die staubtrockener Geschichte. Würde doch einmal jemand einen Krimi in einer Buchhandlung spielen lassen! Nein, in einer Buchhandlung *und* in einem Antiquitätengeschäft, dachte Theo. Trueblood hatte sich selbstverständlich spezialisiert – das tat doch jeder, der anderen Menschen Antiquitäten andrehte, zumindest aber gab er sich den Anschein. Wahrscheinlich kannte sich Trueblood wirklich aus, das musste der Neid ihm lassen. Sosehr er auch mit seinen farbenprächtigen, wehenden Schals durchs Leben wirbelt, alles, was mit seinem Beruf zu tun hat, nimmt er ernst, dachte Theo wieder einmal, hob den Blick zur mausgrau gestrichenen Decke und fuhr sich mit der Hand an die Kehle. Millimant. Keine schlechte Idee. Da konnte er zwei Fliegen mit einer Klappe schlagen – Antiquitäten und Theater –, wenn er sich über William Congreve schlau machte. Nein, etwa den *Lauf der Welt* mehrere Male durchackern so wie Diane *Die Tochter der Zeit*? Guter Gott! Dabei hatte er durchaus versucht, den *Lauf der Welt* zu lesen, und es nicht geschafft; der Dialog sprühte nur so vor Witz, jede Zeile klirrte wie ein Eiszapfen, jede schlagfertige Erwiderung traf mitten ins Herz...

Er wischte sich noch einmal die Stirn und widmete sich wieder seinem Buch.

Diane Demorney dachte in der Tat in diesem Augenblick daran, andere Welten zu erobern, nachdem sie auf dieser hier mit Feuer und Schwert auf jedem sich bietenden Schlachtfeld gewütet hatte. Sie saß in dem luxuriösen Wohnzimmer des Hauses, das sie den Bicester-Strachans in London abgekauft hatte, rauchte eine Zigarette, trank einen Martini und schmiedete Pläne. Wenn sie eine Tugend in überreichem Maße zu besitzen meinte, dann Amoralität; nichts, was sie einmal abgehakt hatte, bereitete ihr noch Kopfschmerzen. Ein Mann, der meinte, er könne ihr den Laufpass geben, verdiente es nicht besser.

Ihr jetziger Feldzug galt einem neuen Ehemann; wenn sie merkte, dass sie anfing sich zu langweilen (was oft geschah), dann endete das in der Regel in einer Ehe, auch wenn sie wusste, dass diese sie nach ein paar Monaten oder einem Jahr noch mehr langweilen würde.

Als sie die fünfunddreißig erreichte, war Diane Demorney bereits viermal verheiratet und geschieden. Dann kam ein Interregnum von fünf Jahren, in dem sie sich mit Liebesaffären begnügt hatte, doch auch das verlor allmählich seinen Reiz. Theo Wrenn Browne war amüsant und bissig, besser gesagt, gemein, Eigenschaften, mit denen Diane Demorney selbst in überreichem Maße gesegnet war. Es könnte recht nett sein, jemanden zu heiraten, der einem selbst glich, auch wenn er nicht ganz so schlau war. Bedauerlicherweise hatte er wenig Geld. Nicht dass Diane Geld nötig gehabt hätte, damit war sie reichlich versehen. Aber sie schätzte den Überfluss. Wenn ein

Mercedescoupé für den eigenen Bedarf reichte, wieso dann nicht zwei haben? Folglich war Melrose Plant der bevorzugte Kandidat, denn er besaß genug Geld, um drei zu kaufen, ohne mehr als einen Scheck auszuschreiben. Nicht zu vergessen die Titel. Recht unbedacht von ihm, sie wie Babys einfach abzustoßen (was ganz und gar nicht unbedacht gewesen wäre), aber vermutlich konnte er sie zurückbekommen. Countess of Caverness sagte ihr zu.

Der richtige Name war beinahe so wichtig wie die richtigen Kleider. Nur ihre Mutter (wo auch immer sie sein mochte) wusste, dass sie nicht Diane Demorney of Belgravia, Capri, and the Hamptons war. In Wirklichkeit hieß sie Dotty Trump und stammte aus Stoke-on-Trent, zwei Namen, bei denen sie sich senkrecht aufsetzen und sich einen doppelten Martini eingießen musste. Vor allem, als ihr wieder einfiel, dass sich Melrose Plant über die Figur in dem Buch von Dorothy Sayers ausgelassen und gesagt hatte, was für eine eigenartige Übereinstimmung es mit diesem Namen doch sei; dann hatte er sich wieder der Lektüre eines dieser elendigen Bücher von seiner Freundin Polly Soundso gewidmet. Die mit den bemerkenswert amethystfarbenen Augen. Amethystfarben und smaragdgrün. Die beiden zusammen konnten den gesamten Verkehr auf der Autobahn sicher durch einen Schneesturm lotsen. Sie schüttelte sich und streichelte geistesabwesend ihre auffällige, kupferäugige, mehlweiße Katze. Prompt kratzte die Katze ihre Hand und bekam eins übergezogen.

Während sie ihre Gedanken wie lange Röcke durch die Parkanlagen von Ardry End schleifen ließ, legte sich ihre Stirn in Falten. Das Ärgerliche an Melrose Plant war seine ermüdende Großzügigkeit und Bescheidenheit. Als ihre Frage nach dem Gast, den er erwartete, keine Informationen zu

Tage förderte, hatte sie zu einer List gegriffen und ihm gesagt, sie wüsste den Namen sowieso, und hatte ihm ihr verführerischstes Lächeln geschenkt. Er hatte zurückgelächelt (wenn auch nicht verführerisch) und gesagt, schön, dann brauche er ihn ja nicht zu verraten.

Diane gab dem Samtkissen auf ihrem Schoß einen Klaps. Und auf dieses Triumvirat, das sich da jeden Tag im Lädchen zur Langeweile traf, konnte sie auch nicht verzichten. Marshall Trueblood, Plant und Vivian Rivington. Die Trendoisie von Long Piddleton. Dass Melrose Plant vielleicht für Vivian Rivington mehr übrig hatte, oder sie für ihn, als gut tat, das verdrängte Diane Demorney lieber. Vivian mochte durchaus als hübsch gelten, eben wie jemand, der aus einem guten Stall kam, doch bislang hatte es noch keine Frau mit Diane aufnehmen können.

Sie drehte und wendete das Cloisonné-Feuerzeug, lehnte den Kopf an die samtene Sofalehne und ließ ihre Gedanken zu Beethovens Musik wandern, zumindest einen Teil. Die Musik beanspruchte nicht den ganzen Kopf, genauso wenig wie die von Mozart oder Bach. Aber sie hatte es sich zum Prinzip gemacht, sich mittelgroße Häppchen von einer berühmten und einer fast unbekannten Größe aus Musik, Kunst und Literatur zu Gemüte zu führen. Über die Berühmtheit hatte sie sich gerade so schlau gemacht, wie nötig war, um den Kopf über Wasser zu halten; über den weniger bekannten Künstler wusste sie schlechterdings alles. Desgleichen hatte sie sich in jeweils ein Kapitelchen anderer Wissensgebiete vertieft – Geschichte, Antiquitäten, das Habitat tropischer Vögel. Wirklich erstaunlich, was eine einzige Stunde in einer Bibliothek da brachte. Wer etwas über einen weniger bedeutenden Dichter wusste, den sonst kein Mensch kannte, stand schon bald in dem Ruf, eine intellektuelle Kapazität zu sein. Und dabei war alles so einfach. Sie hatte ihren Horizont erweitert und auch andere Themen, die häufig bei gesellschaftlichen Anlässen – Cocktailpartys, Theaterabenden, Krönungen – zur Sprache kamen, hinzugenommen. Diane wusste, was Zeit wert war. Warum aufs Trinity College gehen und das *Book of Kells* studieren, über das jeder etwas wusste – wenn man im British Museum vorbeigehen und eine Seite vom *Book of Dimma* lesen konnte, von dem keine Menschenseele je gehört zu haben schien, abgesehen von Experten. Zählte ihr Gegenüber zufällig zu diesen Experten, lächelte Diane einfach nur und rauchte schweigend vor sich hin. Das brachte solche Leute völlig aus der Fassung.

Sie konnte sich kompetent zu den Kronjuwelen äußern (sodass selbst die Wächter im Londoner Tower klein beigeben mussten); zu Richard III. (wobei sie die Theorie vertrat, dass es Edward gewesen war, der die Prinzen eingelocht hatte); zur Haute Couture (Remy Martinelli); zur Haute Cuisine *(cuisine minuet)*; zu antikem Silber (silberne Tafelaufsätze in Schiffsform); zu American Football (Phil Simms, obwohl sie stets Mühe hatte, sich zu erinnern, für welche Mannschaft er spielte). Und dann natürlich noch das, was sie als ihr privates Trivial-Pursuit-Spiel bezeichnete – ein Fundus von geheimen Kenntnissen und Demorney-Theorien, anzuwenden auf solche Leute, die sich für Richard III. nicht interessierten. Da gab es den idiotensicheren Tipp, wie Zitronencreme immer gelang, womit sie sich bei den Müttern ihrer Ehemänner einschmeichelte. Dann ihre – etwa einen Absatz umfassenden – Kenntnisse über Henry Fielding und die Bow Street Runners, diese Londoner Kriminalbeamten des 19. Jahrhunderts, die sie mit Vorliebe Constable Pluck unter die Nase rieb. Und einmal hatte sie sogar einen zwanghaften Spieler davon überzeugt, er könne sich sein Laster abgewöhnen, wenn er

Auktionen bei Sotheby's besuchte. Es hatte funktioniert. Bedauerlicherweise war er dadurch zum Langweiler geworden, mit dem sie nichts mehr gemein hatte, da sie selbst eine besessene Spielerin war.

Ihr angenommener Name war das Ergebnis ihres Strebens nach Bildung. Als sie *Mord braucht Reklame* durchblätterte, hatte sie ein paar Absätze gelesen, die von einer Dian de Momerie handelten, einer Figur, die sie so ins Herz schloss, dass sie tatsächlich komplette Kapitel des Buches studiert hatte. Schließlich hatte sie genügend Zeit dazu, die sie nicht damit verschwendete, Bücher zu schreiben wie Dorothy L. Sayers. Die de Momerie war schön, rauschgiftsüchtig, scharf wie eine Rasierklinge und dekadent. Diane hatte den Namen auf der Stelle mit nur einer kleinen Änderung übernommen.

Und die Sayers-Figur war völlig gewissenlos.

Wenn man von jemandem behaupten konnte, dass ihm etwas in überreichem Maße fehlte, dann war Diane Demorneys Gewissenlosigkeit skandalös.

Zumindest hoffte sie das.

5

»Vollkommen wiederhergestellt, Alice«, antwortete Lavinia Vine auf Miss Alice Broadstairs' Frage. Diese hatte nicht etwa Lavinias Gesundheit, sondern der des Rosenstocks vor ihrer Haustür gegolten; ihr *Blue Moon* hatte seit Tagen vor sich hin gewelkt. »Aber sehe ich da etwa Sternrußtau?«

Miss Alice Broadstairs, Sportlehrerin an der Mädchenschule von Sidbury, sah entgeistert aus. »Doch nicht auf *meinen* Teerosen, ich bitte Sie!« Dann machte sie sich unter dem Schutz ihres riesigen Sonnenhuts wieder ans Blumenschneiden.

»Ich meine da und da«, sagte Lavinia. Mit dem antiken kleinen Fernglas, das sie in die Tasche steckte, wann immer sie ihr Spaziergang an Miss Broadstairs' Pforte vorbeiführte, deutete sie auf eine korallenfarbene Teerose und freute sich diebisch.

Miss Broadstairs und Miss Vine waren auf jedes metaphorische Schlachtross gestiegen, um einander bei der Blumenschau in Sidbury Kokarde, Medaille und Pokal abzujagen. In ungeraden Jahren gewann Miss Broadstairs, in geraden Lavinia Vine. Und so bissen sie denn auf der Blumenschau alle Jahre wieder die Zähne zusammen und schüttelten sich die Hand (die bei beiden sonnenverbrannt, ausgedörrt und mit Leberflecken getüpfelt war), und das im Laufe der Jahre immer vehementer, bis Melrose davon überzeugt war, er hätte Knöchelchen splittern hören.

All das erzählte Melrose Plant Richard Jury, als sie Miss Broadstairs und Miss Vine auf ihrem langsamen Bummel die Shoe Lane entlang sichteten, diesem letzten kleinen Pfad, der sich vom Dorfanger mit dem Ententeich fortschlängelte. Sie genossen den Zauber des schönen Frühlingsmorgens, ertranken schier im Duft von hunderten von Rosen – Teerosen, Moschusrosen, Immerblühende; Beetrosen, Kletterrosen, Heckenrosen; weinrote, karmesinrote, blau-violette, korallenrote, gelbe; solche, die von Backsteinmauern herabschäumten oder sich daran hochrankten; Floribunda, die den Pfad säumten.

Alle Hunde und Katzen, an denen sie vorbeikamen, rekelten sich in verschiedenen Stadien trunkener Wonne, eine Auswirkung von Rosen, Sonne und schimmernder Luft, so als ob Melroses alte Hündin Mindy auf Ardry End an sie alle Befehle wie *schlafen, schlafen, schlafen* aussandte. Der Jack Russel von Miss Crisp, der sein Nickerchen gewöhnlich in einem verwitterten Sessel draußen vor ihrem Trödelladen machte, hatte sich auf eigene Faust von der High Street abgesetzt, um nachzusehen, ob rings um den Ententeich etwas los war. Doch jetzt war er am Fuße eines kleinen Steinpfeilers zusammengesunken, auf dessen oberem Ende sich Miss Broadstairs' räudige, graue Katze lümmelte, die ihrerseits so faul war, dass sie nur daliegen, den Kopf auf den warmen Stein drücken und die Pfoten über die Kante hängen lassen wollte. Alle träumten sie von Rosen.

»Guten Morgen, Miss Broadstairs, Miss Vine«, sagte Melrose.

Die beiden Rosenfans runzelten die Stirn und warfen ihm finsterste Blicke zu, bis ihnen bewusst wurde, dass sie sich ja nicht gegenseitig ansahen. Ihr Lächeln wurde zum Strahlen, als Melrose ihnen Jury vorstellte, der sich über Alices herrlichen Garten ausließ, sehr zum Missfallen von Lavinia, die den Superintendent auf der Stelle zum Tee in *ihren* Garten einlud.

Jury bedankte sich und sagte etwas über die verschiedenen Rosen, die Miss Broadstairs geschnitten hatte und die nun in ihrem Korb lagen.

»*Souvenir d'un ami*«, sagte Miss Broadstairs stolz und streckte ihm eine leuchtende, kupferfarbene Rose hin.

Lavinia musterte sie verächtlich. »Die nach Watermeadows zu schicken heißt Eulen nach Athen tragen«, sagte sie und wechselte sofort zu einem anderen Thema, zu ihrem eigenen *Blue-Moon*-Stock nämlich, und ließ sich dann langatmig über Blattläuse aus.

Plant schnippte mit dem Totschläger, den er neuerdings mit sich herumtrug, ein knallrotes Blütenblatt vom Schuh, wünschte ihnen einen Guten Morgen und fügte noch ein Lebewohl für Desperado hinzu, die graue Katze, die immer noch im Schlaf die Nase auf dem Stein platt drückte.

»Was für ein passender Name«, sagte Jury, wobei er das letzte Wort herausgähnte.

»*Desperado* ist bloß eine weitere Rosensorte.«

Sie waren um die Ecke gebogen und näherten sich dem winzigen Dorfpark (wenn eine einzige Bank unter einer Weide und ein Teich diesen Namen verdienten). Da lag er, saftig grün zu Füßen der St.-Rules-Kirche, die sich auf einer Anhöhe hinter Betty Balls Bäckerei erhob. Die Enten schwammen so reglos wie Lockvögel, schlaftrunken und mit angelegten Flügeln.

Melrose gähnte und warf einen Blick auf seine Uhr. »Gleich geselle ich mich zu Miss Crisps Terrier auf dem Bürgersteig. Der Pub ist noch nicht offen.« Er dachte einen Augenblick nach. »Da wir gerade beim Thema Einschlafen sind, warum bringen wir unseren Pflichtbesuch bei Agatha nicht hinter uns?«

Plague Alley lag am anderen Ende der High Street, ein gewundener, kleiner Weg in einem Irrgarten von kleinen Wegen, die schlingpflanzengleich von der Sidbury Road abzweigten. Die weiß verputzten Häuschen mit den dunklen Fenstern sahen aus, als hätte sie jemand ohne Sinn und Plan wie Würfel zwischen diese schmalen Pfade gestreut. Falls es in Long Piddleton tatsächlich so etwas wie gesellschaftliche Schichten geben sollte, so befand sich die hier angesiedelte Schicht irgendwo auf der Mitte der sozialen Leiter, obwohl Agatha ständig ein, zwei Sprossen zulegte.

Tatsache war, dass sich nur Agatha um Long Piddletons

höhere und niedere Gesellschaftskreise zu sorgen schien. Die Grenzen, die sie zog, waren einem ständigen Wechsel und Wandel unterworfen; sie war so ausdauernd auf dem Gebiet der Grenzziehungen, dass man hätte meinen können, sie lege eine Generalstabskarte an. Ihre Demarkationslinie war der Piddle River. Als Diane Demorney und später Theo Wrenn Browne ins Dorf gezogen waren, hatte sie sich doch tatsächlich weniger um den Inhalt der Möbelwagen gekümmert, als dass sie zu entscheiden versucht hatte, ob sich die beiden nun auf der richtigen oder falschen Seite des Flusses niederließen. Weil der Piddle River als Wasserlauf außerordentlich gleichmacherische Tendenzen aufwies, da er an manchen Stellen zum Rinnsal wurde und zudem die Eigenart besaß, plötzlich mittstroms zu versiegen, um einem an anderer Stelle buchstäblich vor den Füßen wieder hochzusprudeln, sich andernorts dagegen einfach in Morast und Marsch verwandelte (dicht bei Agathas Wohnsitz), bot sich ihr ein reiches Betätigungsfeld. Was natürlich genau das Richtige für Agathas Arbeitsweise war. Ihre Kenntnisse um Ebbe und Flut des Piddle erweiterten keineswegs ihr Wissen über seine Wasserpflanzen und -tiere. Es half ihr jedoch ungemein, Leuten einen sozialen Rang zuzuweisen. Weil der Fluss verschwand, nachdem er in Stromschnellen unter der buckligen Brücke hindurchgeschossen war, gingen auch die Ladenbesitzer an der High Street mit ihm baden, gesellschaftlich gesehen natürlich. Und dann hatte er auch noch die ärgerliche Eigenschaft, sich äußerst malerisch um die Bruchbuden des Withersby-Clans zu schlängeln (wo Mrs. Withersby als Matrone residierte). Hier hausten sie, nur wenige hundert Meter entfernt von Miss Crisps Trödelladen und Jurvis' Schlachterei. Einst waren das die Armenhäuser von Long Piddleton gewesen (und das waren sie noch immer, wenn man die Hauptbeschäftigung der Bewohner betrachtete), und sie besaßen genau jene Art wohl temperierten, historischen Reiz, der betuchte Touristen dazu verleitete, sie zu erwerben und darin so viel Geld zu investieren, dass man Manderley davon hätte wieder aufbauen können.

In weniger als fünfzehn Minuten nach der Ankunft ihres Neffen und des Superintendent im Salon hatte Lady Ardry sie schon in raschen Zügen über die neuen Einwohner von Long Piddleton ins Bild gesetzt, während Melrose sich die goldgefasste Brille aufsetzte und das recht wahllos zusammengestellte Meublement des Salons in Augenschein nahm. Er kam nur zu Pflichtbesuchen hierher – so wie jetzt – oder wenn er irgendein ihm teures Stück seines persönlichen Krimskrams vermisste. In dem hier herrschenden Wirrwarr konnte jeder beliebige Gegenstand aus Ardry End für Jahrzehnte untergehen. Wie Melrose ihr schon oft gesagt hatte, lebte Lady Ardry quer durch die Geschichte.

In diesem Haus wäre man nie auf die Idee gekommen, dass es Frühling war, denn das dämmrige, winterliche Dunkel schien Menschen und Möbel gleichermaßen zu verschlucken. Gegenstände schimmerten ihm aus der Düsternis entgegen – die glasäugige Eule auf dem Kaminsims, der ausgestopfte Papagei, der auf seinem Hochsitz über der Tür zur Speisekammer festgeklebt war, das Sittichpärchen im Käfig, von dem Melrose annahm, dass es lebendig war, aber man konnte ja nie wissen. Im Raum lag die tägliche, luftleere Stille einer Hitchcock-Landschaft, ehe Schnäbel und Flügel jäh zum Angriff übergehen.

Die Frau, die Agatha seit ihrem Unfall »aufwartete«, nahm in den Schatten langsam Gestalt an und brachte ihnen einen Teller mit Kuchen und Keksen. Mrs. Oilings gehörte zum Clan der Withersbys und hatte die Arbeit genauso wenig erfunden wie der Rest der Familie. Dagegen konnte sie bei jedem Klatschwettbewerb mithalten, was wahrscheinlich auch ihre augenblickliche Anwesenheit hier erklärte. Da Agatha das Dorf auf eigenen Beinen nicht mehr heimsuchen konnte, schickte sie Mrs. Oilings aus, auf dass sie Gemüse, Fleisch, Büchereibücher und Tratsch herbeischaffte.

»... diese Person, diese Demorney, wohnt im Haus der Bicester-Strachans und hat es komplett in so einem deplatziert modernen – Melrose, so pass doch auf damit!«

Was auch in seiner Absicht lag, denn der Buddha aus Jade gehörte ihm. Seine Mutter hatte eine Vorliebe für lächelnde Buddhas gehabt.

»... und dann diese Bücher, die Joanna die Wahnsinnige schreibt. Natürlich schmiert sie einen hübschen Haufen Geld zusammen, aber das kann schließlich jeder.«

»Du nicht«, sagte Melrose gähnend. »Und ich auch nicht. Kunst ist Joanna Lewes schnuppe; sie gibt unumwunden zu, dass sie nach Schema F schreibt und dass ihr Schema F noch nie etwas getaugt hat.«

Jury biss in einen Löffelbiskuit, betrachtete es misstrauisch und sagte: »Sie hört sich interessant an.«

»Ist sie aber nicht. Lass die Fummelei mit dieser Figurine und schenk uns lieber Sherry ein«, sagte Agatha zu Melrose. Sodann ließ sie von ihrem dienstverpflichteten Neffen ab und sagte zu Jury: »Ich hätte Ihnen gern einen Morgenkaffee gekocht, Superintendent, aber Sie sehen ja –« Sie sprach im leidgeprüften Dulderton und klopfte mit ihrem Stock auf den Gips an ihrem Knöchel. »Sie wissen, glaube ich, wie sich das zugetragen hat? Mr. Jurvis –«

»Er weiß Bescheid«, sagte Melrose, um ihnen die langatmige Geschichte vom Zusammenstoß zwischen Agathas altem Austin, Mr. Jurvis' Gipsschwein und Betty Balls Fahrrad zu ersparen. Keine Menschenseele hatte den Unfall gesehen, da Betty Ball zu ebendieser Zeit in Miss Crisps Laden und Jurvis hinten an seinem Gefrierschrank gewesen war. Das Gipsschwein, welches Jurvis' Schlachterladen zierte, war Agatha zufolge der »Übeltäter« bei dieser kriminellen Handlung, da es mitten auf dem Bürgersteig gestanden hatte. Auch das Rad traf Schuld, denn es war vor dem Geschäft abgestellt, sodass Agatha mit dem rechten Vorderrad einfach daran entlangschrammen musste, als sie mit dem Auto über die Bordsteinkante fuhr. Das alles hatte sie Constable Pluck erklärt und hinzugefügt, dass das Schwein eigentlich den Schaden am Rad verursacht hätte, denn war es nicht genau auf dessen Hinterrad gefallen?

Und so teilten sich denn das unbemannte Fahrrad und das des Gehens nicht mächtige Schwein die Schuld zu gleichen Teilen, und Agatha klagte auf Schadenersatz, da sie Constable Pluck auf ihre Seite hatte ziehen können. Melrose sagte: »Gestern habe ich Pluck aus der Plague Alley herauskommen sehen.« Agatha und Constable Pluck schienen eng zusammenzuarbeiten. »Hat er sich wieder mal Weisungen geholt?« Melrose wählte ein Stückchen Port-Kuchen, das aus Betty Balls Bäckerei zu stammen schien. Da indes zu befürchten stand, dass es noch von der letzten Weihnachtsbescherung stammte, griff er lieber zu einem Vollkornkeks.

»Ich habe ihm lediglich ein paar gute Ratschläge gegeben.«
»Letztes Mal ging es um die Parkuhren in der High Street. Der Plan wurde im Keim erstickt, dem Himmel sei Dank.« Melrose prüfte seinen Schneidezahn mit dem Finger; es kam ihm vor, als hätte er sich ein Stückchen an dem steinharten Keks abgestoßen.

»Informationen darf ich selbstredend nicht preisgeben«, sagte Agatha und fing an, sie um jeden Preis an den Mann zu bringen. »Aber es ging um die Leans. Die auf Watermeadows; das ist Ihnen sicher kein Begriff, Superintendent. Fantastische Gärten haben die. Hannah Lean ist die Enkeltochter von Lady Summerston; beide sind Einsiedler – so wie ich, wissen Sie. Darum kommen wir auch so gut miteinander aus.«

»Was soll all das Gerede über Hannah? Du kennst Mrs. Lean doch gar nicht.«

»Aber ja doch. Vor zwei Wochen habe ich sie in Northampton getroffen; fast hätten wir zusammen geluncht.«

Für Agatha zählte ein Beinahetreffen mit der einsiedlerischen Mrs. Lean so viel wie ein aus neun Gängen bestehendes Dinner mit jedem anderen.

Sie beugte sich vor und flüsterte: »Der Gerüchteküche zufolge –«, in der sie den ganzen Tag den Löffel zu schwingen schien – »tut sich etwas zwischen Simon Lean und dieser Person, dieser Demorney.«

»Solange sie nicht mich in Teufels Küche bringt, kann es mir egal sein.« Melrose blinzelte in das Dunkel, aus dem sich mit einem Satz ein Schatten löste. Agathas einäugige Katze hatte eine Vierpfotenlandung gemacht und streckte nun oben auf Agathas Sessel alle viere von sich. Eher alle dreie, denn ihr viertes Bein war vor einiger Zeit mit einem Wagenheber in Berührung gekommen. Melrose warf einen Blick auf die Uhr. Gott sei Dank, die »Hammerschmiede« hatte jetzt offen. Dass er hier so lange ausgeharrt hatte, beruhte zum einen auf eingefleischter Höflichkeit, zum anderen brachte er ein Dankopfer dar. Denn irgendeinem Gott musste er es ja verdanken, dass sich Agatha den Knöchel nicht gerade auf den Stufen von Ardry End gebrochen hatte.

»Hohnlächle, so viel du willst, Plant«, sagte sie und klopfte mit dem Stock dreimal auf den Boden, wie eine Dorfhexe, die mit ihrem Zauberstab herumfuchtelte, um prosaische Fakten in Märchen zu verwandeln. »Da tut sich etwas.« Zu Jury gewandt sagte sie: »Watermeadows ist ein weitläufiges Anwesen. Das schönste in Northamptonshire.« Sie besann sich: »Das zweitschönste. Zumindest nicht *schöner* als Ardry End.«

Melrose seufzte. Natürlich musste Ardry End die Liste anführen, schließlich erhoffte sie sich davon einiges. Anscheinend kam es Agatha nicht in den Sinn, dass sie vor Melrose dahinscheiden könnte; ihr Vorsprung von fünfundzwanzig Jahren tat dem keinen Abbruch.

»Das Anwesen und die Gärten sind ganz phantastisch; alles gehört Lady Summerston, Hannah erbt mal ein Vermögen. Wahrscheinlich bleibt ihr Mann deswegen bei der Stange.«

»Aber du hast Watermeadows doch noch gar nicht gesehen. Alles, was du weißt, stammt von Marshall Trueblood, und der war bloß dort, um wegen so eines Klappsekretärs zu verhandeln.«

»Der Betrüger, der! Hat sicherlich nur halb so viel gezahlt, wie er wert ist.« Wenn sie in Long Piddleton einen Menschen nicht ausstehen konnte – abgesehen vom Withersby-Clan –, dann Marshall Trueblood.

»Sei nicht albern. Er ist absolut ehrlich. Das heißt, für einen Antiquitätenhändler. Da fällt mir ein, dass wir uns im Pub treffen wollten. Kommen Sie, Richard.«

Sie sagten Agatha Lebewohl, und die nutzte rasch noch die Gelegenheit, ihnen das Gefühl zu vermitteln, sie wären die letzten erreichbaren Retter, die nun die Kranken und Verwundeten vollends im Stich ließen. Da halfen nicht einmal Jurys Versprechen wiederzukommen und Mrs. Oilings Auftritt mit einer neuen Runde Kuchen und Klatsch.

Als sie die schattige Abgeschiedenheit der Plague Alley hinter sich gelassen hatte, gab Melrose die Geschichte von Agathas Unfall zum Besten.

»Wollen Sie mir etwa weismachen, dass ihr der Wachtmeister dieses Märchen abgenommen hat?«, fragte Jury.

»Agatha und Constable Pluck stehen auf sehr gutem Fuß; sie ersäuft ihn in Sherry und Klatsch.«

Als sie um die Ecke bogen, wünschte Melrose einer stämmigen Frau mit gerunzelter Stirn und einer Bulldogge an den Fersen einen guten Tag. Bei dem Stirnrunzeln schien es sich um einen Dauerzustand zu handeln. Die Haut machte den Eindruck, als würden sich dünne Fäden über ihre Stirn ziehen, und die Mundwinkel schienen der Schwerkraft zum Opfer gefallen zu sein. Die Ähnlichkeit mit ihrer Bulldogge Trot war frappierend. Die Frau hing über dem Tor ihres Jägerzauns, während Trot giftig durch die Zaunlatten starrte.

»Ha'm wa's Tantchen besucht, M'lord–« Die Runzeln vertieften sich noch, und Trot machte mit seiner Kehle schauerliche Laute, die den Geräuschen in einer klapprigen Rohrleitung ähnelten. Der anklagende Ton war unüberhörbar. Melrose schien seine Familienpflichten zu lange vernachlässigt zu haben. »Weit isses mit uns gekommen, wenn Krämer unschuldigen Leuten an den Kragen woll'n. Dieser Jurvis denkt wohl, die High gehört ihm. Stellt einfach den Bürgersteig voll, und kein Aas issich seines Lebens mehr sicher.«

Dass man fast dreißig Jahre ungefährdet an der Schlachterei vorbeigegangen war, tat anscheinend nichts zur Sache. Melrose verbeugte sich leicht, und sie schlenderten weiter.

»Wetten, dass Agatha so lange vor Schmerzen stöhnt, bis die Sache beigelegt ist? Was glauben Sie wohl, warum sie nicht auf den Beinen ist? Abgesehen natürlich von ihrem

Auftauchen im Pub gestern; da wollte sie kontrollieren, ob Sie im Anzug sind, sonst geht sie nirgendwohin und gönnt Long Piddleton zum ersten Mal seit fünfzehn Jahren eine Atempause. Nur die dräuende Gefahr, sie könnte ihren minimalen Anspruch auf Schadenersatz verlieren, hält sie von ihrer täglichen Runde ab«, sagte er zu Jury. Soeben hatten sie die Sidbury Road überquert, die dort endete, wo die High Street begann. Melrose zeigte mit seinem Spazierstock auf die Schlachterei zwischen Miss Crisps Laden und dem Fahrradgeschäft. »Schauen wir doch mal vorbei. Ich hole die Koteletts für Martha ab und erkundige mich, wie der bedauernswerte Jurvis das aushält.«

»Dann steht es also Schwein und Fahrrad gegen den Austin? Richtig –«

»Ja. Schwein und Rad haben es geschafft, sich bis an den Rand des Bürgersteigs vorzuarbeiten und den Austin tätlich anzugreifen.«

Jurvis, der Schlachter, hatte seinen Laden in einem kleinen Häuschen, das zwischen Miss Crisps Trödelladen und ein Fahrradgeschäft gezwängt war, dessen Besitzer wahrscheinlich als Experte aufgerufen würde, um die Möglichkeit zu bezeugen, dass ein Fahrrad einen Austin über den Haufen fahren konnte. Auf einem silbrigen Tablett lag hinter dem Spiegelglasfenster ein Spanferkel ausgebreitet, mit einem Apfel im aufgerissenen Maul und umkränzt von Salatblättern und Apfelringen in Minzsoße.

»Vorsicht! Es könnte sich durch die Scheibe stürzen und Sie zu Boden werfen.«

Mr. Jurvis freute sich über Melroses Besuch, ganz gleich, wen dieser zu seiner Verwandtschaft zählte. »Die Koteletts – ach ja. Gleich, ich hole sie. Dürfte es sonst noch was sein, Sir?

Vielleicht ein schönes Stück aus der Keule? Und Hackfleisch ist heute besonders gut.« Melrose blickte starr auf die Vitrine, wo die verschiedenen Fleischsorten wie in einer Auslage von Cartier gar prächtig inmitten von Petersilienbüschelchen und kandierten Kirschen lagen. Der ganze Laden war proper und sauber, und nichts deutete darauf hin, dass in den hinteren Räumen Messer und Beile sägten und hackten. Er erinnerte Melrose an einen gesäuberten Operationssaal.

Jury betrachtete das große Gipsschwein, den angeblichen Verursacher dieses »Unfalls«, das nun im Laden stand. Er schien sich unter seiner bronze-goldenen Bemalung sauwohl zu fühlen und trug einen Kranz aus Gänseblümchen und Glockenblumen um Kopf und Ohren geschlungen, der ihm über eins seiner Glupschaugen hing. In den Vorderpfoten hielt es ein kleines Tablett mit einem langen Schlitz für die Reklametafel, die kundtat, was das Schweinefleisch an diesem Tag im Sonderangebot kostete.

Mr. Jurvis kam zurück, gab Melrose die in Papier gewickelten Koteletts und erklärte Jury die Sache mit dem Schwein. »Es hat da draußen gestanden und für das Sonderangebot geworben. Rindfleischhack. Ein Pfund dreißig. Hat mich ein Schweinegeld gekostet, das Schwein da, das kann ich Ihnen sagen. Kaum zu glauben, aber da fährt jemand glatt über die Bordsteinkante und mangelt mir nichts, dir nichts alles platt, was da steht – Gott sei Dank war meine kleine Molly oben, sie spielt nämlich gern draußen mit dem Schwein, und dann entblödet sich diese Person nicht, es allen und jedem in die Schuhe zu schieben. Wohlgemerkt, ich lasse mit mir reden. Ich hätte nichts unternommen, außer mir die Reparatur von dem Schwein bezahlen zu lassen, aber da kommt mir diese Person doch derart pampig – Entschuldigung, Mr. Plant.« Jurvis lief etwas rot an.

»Keine Ursache. Sieht aus, als ob Sie das Schwein schon zur Reparatur gegeben hätten.« Melrose wies auf die frisch vergipste Schweinshaxe.

»Das hätten Sie lieber nicht tun sollen, Mr. Jurvis«, sagte Jury. »Falls Sie Schadenersatz haben wollen.«

Jurvis warf die Hände hoch. »Soll das etwa heißen, das Schwein da könnte als Zeuge gebraucht werden?«

»Nicht so ganz. Möglicherweise aber als Beweismaterial.«

Als der Schlachter das Beweismaterial traurig betrachtete, setzte Jury hinzu: »Aber zweifellos wird es nicht so weit kommen, Mr. Jurvis. Wer wäre schon so saublöd, damit vor Gericht zu gehen?« Jury lächelte von einem Ohr zum anderen.

Ja, wer wohl?, dachte Melrose.

6

Ein Möbelwagen stand mit zwei Rädern auf dem Bürgersteig vor Truebloods Antiquitätengeschäft, einem piekfeinen Haus im Tudorstil neben der »Hammerschmiede«. Marshall Trueblood rang ununterbrochen die Hände und rief einem vierschrötigen Mann nach, er möge doch *bitte* mit der Urne da vorsichtig sein.

Dass die Möbelpacker nicht auf ihn hörten, wurde an dem Gepolter und Geklirr und Truebloods Wehgeschrei deutlich. »Bloß nicht stehen bleiben«, sagte Melrose.

In der »Hammerschmiede« herrschte die übliche mittägliche Langeweile, deren Stille nur durch Mrs. Withersbys gelegentliche Schnarchlaute unterbrochen wurde. Wenn sie sich ihr Geld mit Putzen verdient hatte, verputzte sie es in flüssiger Form und schlief ihren Rausch an der Bar aus, den

Kopf an die neue, versnobte Trennwand gelehnt. An einem Tisch weiter hinten saß ein ältliches Pärchen, das sich weder ansah noch miteinander sprach, wie Überlebende einer langen Ehe. Sie ähnelten sich mit ihrem grauen Reetdachhaar und trugen trotz des milden Wetters Partnerlook aus dunklem Tuch. Einsam wie Seehunde hockten sie da und starrten auf die Tür.

Vielleicht war er ein Sadist; Melrose genoss es jedenfalls immer, wie Vivian Rivington reagierte, wenn sie auf Richard Jury traf. Diese Begegnungen waren selten und zufällig, und Vivian hatte nur die in Stratford-upon-Avon mit annähernd so etwas wie Selbstbeherrschung über die Bühne gebracht. Und das wahrscheinlich auch nur, dachte Melrose, weil sie am Arm von Conte Franco Giappino gehangen hatte – oder vielmehr von ihm aufrecht gehalten wurde. Oder es lag an den Kleidern, die sie immer aus der Mottenkiste kramte, wenn sie gerade von einer Italienreise zurückgekehrt war. Wahrscheinlich hätte es jeder Frau Auftrieb gegeben, mit jemandem dazustehen, der schlank und nach Geld aussah und jene südländische Patina mit all ihren düsteren Verheißungen aufwies, an der man als Engländer zu gern einmal kratzen würde. Natürlich war die Aura des Grafen mit Abstand nicht so verführerisch wie die des Superintendent, doch das wusste Vivian sicherlich schon seit geraumer Zeit.

Wenn sie von einem ihrer venezianischen Ausflüge zurückkehrte, trug sie wohl eine Zeit lang die Kleider, die sie auf ihrer Reise erstanden hatte und von denen viele erlesen, kostspielig und kunstvoll formlos wirkten. Doch nach einer Weile kam dann wieder die alte Vivian mit ihren Twinsets und den prosaischen Wollröcken zum Vorschein. Heute hatte sie sich für etwas rundheraus Feminines entschieden; wie reizend sie doch war in dem geblümten Georgettekleid mit kupferfarbenem Grund, der genau den Ton ihrer Haare und den von Miss Broadstairs' Rosen hatte. Da saß sie mit artig gefalteten Händen an einem Tisch in der »Hammerschmiede«, hatte die Tasche neben sich gelegt und sah aus, als warte sie auf den Bus.

Jury beugte sich zu ihr und gab ihr einen Kuss auf die Wange, und sie errötete, wurde zappelig und wollte auf dem leeren Tisch etwas zurechtrücken. Sie fand aber nur den Zinnaschenbecher, und so griff sie danach und fuhrwerkte damit in kleinen Kreisen auf dem Tisch herum.

»Wie ärgerlich, das mit Ihrem Auto, aber schließlich haben Sie's ja doch noch geschafft.« Ihr Tonfall war beinahe streitlustig.

»Mit meinem Auto?«

»Ja, weil doch –«

»Schon gut, schon gut«, sagte Melrose mit unnatürlich lauter Stimme. »Trinken wir erst mal einen, was soll's denn sein?«

Vivian nahm keine Notiz von ihm, sie sagte zu Jury: »Aber irgendwie hat doch alles sein Gutes, nicht wahr? Ich meine, wenn die Panne nicht gewesen wäre, dann hätten Sie doch nie Ihre alte Freundin wiedergetroffen, oder?«

»Meine Freundin?«, fragte Jury stirnrunzelnd.

Unterdessen rief Melrose nach Scroggs und rieb sich voller Begeisterung die Hände. »Den Donnerschlag, den müsst ihr probieren. Vivian, wieso steht eigentlich ein Möbelwagen vor Truebloods Laden? Kommt er nicht rüber? Dick!«, rief er. »Der Superintendent will einen Donnerschlag haben!«

Vivians Stimme klang ziemlich gereizt, als sie zu Jury sagte: »Es überrascht mich, dass Sie sich Woburn Abbey nicht angesehen haben, wo Sie doch fast schon dort waren. Das hätte ihr bestimmt gefallen, vor allem bei dem schönen Wetter.« Ihr Gesicht war rosig angelaufen, so als hätte sie zu lange vor dem Kamin gesessen.

Jury forschte in ihrem Gesicht, als suchte er nach Anzeichen von leichter geistiger Verwirrung, während sich Melrose vorbeugte, ihr die Sicht nahm und über das Buntglas mit der Aufschrift »Jardys Krone« hinweg eindringlich auf den Laden nebenan starrte. »Da ist ja auch Trueblood und kommandiert die Möbelpacker herum. Er rauft sich die Haare und kreischt…«

Truebloods Gekreische kümmerte Vivian nicht, sie hatte sich mittlerweile so tief in die Patsche manövriert, dass sie nicht mehr herauskam; es war, als bliebe sie fortwährend mit Gummistiefeln im Morast stecken. Jetzt war sie bei den Löwen von Woburn Abbey. Jury hing an ihren Lippen, das Kinn in die Hand gestützt, starrte sie an und lächelte, während sie im Geist mit ihm und seiner alten Freundin den Safaripark durchstreifte.

Zum Glück begeisterte sich Dick Scroggs für seinen Donnerschlag genauso wie Vivian offensichtlich für wilde Tiere. Er unterbrach sie und erzählte Jury alles über den neuen Pub, der sich wahrscheinlich nicht lange halten würde, bei der Lage. Und wenn ihm das nicht den Garaus machte, dann würde er bestimmt von einer der großen Brauereien geschluckt werden und nur noch die Gelbe Gefahr verkaufen. »Sly ist bloß Geschäftsführer. Kann man immer merken, wenn's gepachtet ist, die geben sich nicht die leiseste Mühe, Sir. Aber ein Eigentümer, der darf sich weder Ruh noch Rast gönnen, sag ich immer.«

Jury pflichtete ihm aus vollem Herzen bei, und Scroggs zog breit grinsend ab, baute sich hinter seinem Tresen auf, steckte sich einen Zahnstocher in den Mund und machte sich an die Lektüre der Lokalzeitung, die sich *Kahler Adler* nannte.

Marshall Trueblood kam wie gewöhnlich als Regenbogen verkleidet hereinspaziert – italienisches Seidenhemd, als Farbfleck ein lohfarbenes Halstuch, auf dem Kopf eine hellgelbe Kaschmirmütze. Truebloods Farbkaleidoskop erinnerte Plant immer an eine der Tiffanylampen in dessen Antiquitätengeschäft. Trueblood begrüßte Jury genauso übertrieben wie er sich ausstaffierte. Einen Augenblick stand zu vermuten, dass er ihm um den Hals fallen würde, doch er begnügte sich mit einem Händeschütteln, nahm dabei Jurys Hände in seine beiden und zog ein Schmollmündchen, als wollte er ihm ein Küsschen zuhauchen. Dies alles machte den Eindruck einer gut inszenierten Show, obwohl Melrose keine Ahnung hatte, welches Publikum damit beeindruckt werden sollte – wahrscheinlich Trueblood höchstpersönlich.

»So ein Ärger, das mit der Panne, Superintendent. Aber jetzt sind Sie ja da, und –«

Vivian fiel ein: »Gerade wollte ich ihm erzählen –«

»Was macht denn der Möbelwagen vor Ihrem Laden?«, beeilte sich Melrose zu fragen.

»Liefert mir Möbel. Die müssen Sie einfach sehen. Haben mich vier Tausender gekostet, vermutlich schlage ich aber nur sechs oder sieben wieder heraus.«

»Das lohnt ja kaum die Mühe«, sagte Vivian.

»Möchten Sie sie sich nicht ansehen? Kommen Sie, kommen Sie.«

»Nein, danke«, sagte Vivian, die in Gedanken immer noch in Woburn Abbey weilte.

Die anderen standen auf und marschierten nach nebenan.

Melrose überschlug im Kopf, dass all das Silber und Gold, die Vitrinen voller Lalique- und georgianischem Kristall, die Ofenschirme mit den Intarsien, die Kommoden, die Mahagoniregale voller ledergebundener Bücher gut und gern eine Million Pfund wert sein mochten; und obwohl alles gerammelt voll stand, hatte Trueblood für seine kostbare Erwerbung, einen Klappsekretär aus Rosenholz mit Messinggriffen, noch Platz gefunden.

Sosehr er auch klagte, Trueblood ließ sich von niemandem übers Ohr hauen; nach Melrose und Vivian Rivington war er der reichste Einwohner von Long Pidd. Er hatte eine Nase für den Markt, die eher einer natürlichen Gabe und nicht geschäftlichem Scharfsinn entsprungen war; als kein Mensch Empire haben wollte, kaufte er es überall auf und verdiente damit ein kleines Vermögen. Mit der Spürnase eines Bluthunds und den Geschäftsmethoden eines Börsenmaklers lagerte er Eiche in einem Hinterzimmer ein, als alle Welt welche kaufte, und wartete, bis sie nicht mehr und dann wieder in Mode war.

Trueblood zeigte Jury den *secrétaire*, während Melrose durch den Laden schlenderte, vorbei an einer Jadesammlung und einem Teetischchen, dessen Kauf er in Erwägung zog.

»Sie haben ja keine Ahnung, was ich alles durchmachen musste, ehe ich ihn Lady Summerstons Klauen entreißen konnte.« Er steckte einen kleinen Schlüssel in das messinggefasste Schlüsselloch oben in der jetzt hochgestellten Schreibplatte.

»Ein Klappsekretär, ja?«, fragte Jury.

»Ein *secrétaire à abattant*. Dazu gibt es noch eine passende Kommode, doch von der wollte sie sich nicht trennen. Sie wohnt in dieser großartigen, ein bisschen verfallenen Villa namens Watermeadows«, sagte Trueblood und klappte die Schreibplatte herunter, worauf eine Reihe von Fächern und winzigen Schubladen zum Vorschein kam.

»Sehr hübsch. Muss etwas aufgearbeitet werden«, sagte

Melrose. »Und ein paar von den Fächern müsste man reparieren. Sieht mir ganz nach Trockenfäule aus –« Er steckte den Finger hinein.

Trueblood seufzte. »Viertausend hat mich der gekostet, und alles, wovon Sie reden, ist Trockenfäule.«

Melrose spähte in ein anderes Fach und trat dann einen Schritt zurück. Er kniff die Augen zusammen und schüttelte den Kopf. »Ich glaube –« Seine Stimme wollte ihm nicht gehorchen. Er räusperte sich. »Sie haben da, glaube ich, etwas mehr als nur Trockenfäule. Bitte, werfen Sie mal einen Blick hinein«, sagte er zu Jury.

Jury spähte in das Fach, fuhr zurück und zog Trueblood rasch das blütengleiche, gelbe Taschentuch aus der Tasche.

Erstaunt sagte Trueblood: »Was zum Teufel…?« Er schob sich zwischen Melrose und die Fächer, fuhr jedoch rasch wieder herum und drehte dem *secrétaire* den Rücken zu. »Ein Auge. Da drinnen liegt ja ein *Auge*.«

Jury nahm das Taschentuch in beide Hände und zog langsam den gesamten Satz Fächer und Schubladen heraus.

Das hellblaue Hemd, das der Rumpf anhatte, war mit Blutflecken getüpfelt. Der Kopf fiel mit einem Krach vornüber auf die Schreibplatte von Truebloods viertausend Pfund teurem *secrétaire à abattant*.

7

»*S*imon Lean«, sagten Melrose und Trueblood wie aus einem Munde, und alle drei traten einen Schritt zurück, wobei Melrose eine Lalique-Vase umstieß, die er gerade noch auffangen konnte, ehe sie zu Bruch ging.

Jury musterte den Hals und die Oberarme. Die Totenstarre war schon abgeklungen, was bedeuten konnte, dass er seit zwölf Stunden tot war, seit spätabends oder frühmorgens. Jury wusste, wie wenig zuverlässig solche Schätzungen waren. »Rufen Sie den Arzt hier im Ort an.«

»Carr? Mein Gott, doch nicht den. Der ist halb blind –«

»Und wenn schon«, sagte Jury und runzelte die Stirn.

»Schon gut.« Melrose bewegte sich auf das Telefon zu.

»Er heißt also Simon Lean?«, fragte Jury Trueblood, der auf einem kleinen Sofa zusammengebrochen war und so tief in den Daunenkissen vergraben lag, dass es den Anschein hatte, er würde nie wieder hochkommen.

»Watermeadows. Ja. Da wohnt er. Wohnte. Wohnte. Wieso ist er denn nicht *dort*? Was zum Teufel hat er in meinem *secrétaire* zu suchen?« Trueblood wollte anscheinend weiteren Einspruch gegen die Entweihung seiner Räumlichkeiten erheben, schaffte es aber nicht und brachte nur noch ein Armgefuchtel zu Stande. »Ich habe einen Schreibtisch gekauft und keine Leiche, die geht zurück.«

»Wo hat dieser *secrétaire* gestanden?«

»Wo?« Trueblood starrte immer noch wie hypnotisiert auf den Anblick, der sich ihm bot: der Rumpf von Simon Lean, der auf der Schreibplatte lag, als wäre er über einem langweiligen Brief eingeschlafen. »Auf Watermeadows natürlich. Nicht im Haus selbst; im Sommerhaus, wie sie es nennen. Als Staubfänger. Ich kam ganz zufällig vorbei und warf einen Blick hinein. Die alte Lady schwimmt nur so in unschätzbar wertvollen Stücken aus dem späten 18. Jahrhundert –«

»Moment mal, Marshall. Sie kamen ›zufällig vorbei‹, sagten Sie? … Was machen Sie denn da?« Das galt Melrose, der noch einmal wählte.

»Was ich mache? Ich rufe Pluck an.«

»Legen Sie sofort auf.«

»Aber er muss doch Northampton –«

»Lassen Sie das.« Er wandte sich wieder Trueblood zu. »Fahren Sie fort.«

»Als ich diesen *secrétaire à abattant* gesehen hatte – etwas, hinter dem ich schon seit Jahr und Tag her bin –, da dachte ich bei mir, ich gehe mal zum Haupthaus und versuche, ihn Lady Summerston abzuschwatzen. Die alte Dame ist schrecklich gefühlsduselig, was ihre Besitztümer angeht; vorausgesetzt, sie gehörten ihrem heiß geliebten Seligen. Ebenso gut könnte man Muscheln von einem Schiffsrumpf abkratzen. Haben Sie eine Ahnung, was ich für einen *Ulysses* hinlegen musste, limitierte Auflage, den sie nicht herausrücken wollte –« Trueblood fuhr herum. »Mein Gott, die Bücher? Wo sind sie, und wo ist *es*?«

»Lassen wir die mal alle beiseite –«

»*Alle* beiseite? *Sie* haben sie wohl nicht mehr alle! Glauben Sie etwa, dass ein Buch von Joyce mit Radierungen von Matisse –«

»Und einer Leiche von Trueblood«, sagte Melrose mit einem lieblichen Lächeln. »Ich würde James Joyce mal kurz vergessen.«

»Und auf den Besuch zurückkommen«, sagte Jury.

»Das war alles. Wir haben auf ihrem Balkon Tee getrunken und geplaudert, vornehmlich über die Vergangenheit. Ihre, nicht meine. Und nachdem sie noch einen Tausender mehr aus mir herausgequetscht hatte, habe ich mit ihr abgesprochen, wann ihn die Möbelpacker heute Morgen abholen sollten.« Truebloods Blick fiel auf die Leiche in dem *secrétaire*, und er erschauerte. »Was auch geschah. Schicken wir ihn zurück.« Er lächelte schwach.

»Ist das alles?«, fragte Jury, der die Wunde untersuchte. Es handelte sich um eine Stichwunde, die aber nicht so aussah, als ob sie von einem gewöhnlichen Messer stammte. »Wer wusste sonst noch, dass er heute Morgen abgeholt werden sollte?«

»Möglicherweise der alte Butler. Die Enkeltochter vielleicht, obwohl ich das bezweifeln möchte. Sie scheint sich nicht viel blicken zu lassen.«

»Aber die Möbelpacker mussten sich doch beim Haus melden?«

»Nein. Es gibt da eine Art Parkbucht und eine kurze Straße, die bis auf hundert Meter ans Sommerhaus heranführt. Die dürften sie benutzt haben.«

»Sie grenzt an mein Grundstück«, sagte Melrose. »Das heißt, meine Ländereien und die von Watermeadows gehen praktisch ineinander über. Abgesehen von diesem Feldweg gibt es keine Grenzlinie. Nur noch den Fußpfad.«

»Mit anderen Worten, jeder hat Zutritt.«

Beide nickten.

Jury ließ von der Untersuchung der Wunde ab. »Gut. Das heißt, es war für jeden x-Beliebigen ein Leichtes, in dieses Sommerhaus zu gelangen, genau wie der gute Marshall einfach so hineinspaziert ist. Aber wenn dort so wertvolle Stücke standen, wieso war es dann nicht abgeschlossen?«

»Das hier ist nicht London, altes Haus. In dieser Gegend sorgt man sich nicht so um seine Sachen.«

»Ach ja?« Jury deutete mit dem Kopf zum Leichnam. »Das können Sie mir nicht weismachen.«

Trueblood fuhr fort: »Lady S. ist nicht besonders raffgierig. Abgesehen von bestimmten Dingen, die ihrem Seligen gehört haben, macht sie sich, glaube ich, nicht viel aus Besitz.«

»Rufen Sie den Wachtmeister an«, sagte Jury zu Melrose.

»Wurde aber auch Zeit«, sagte dieser. »Sie verschleppen nämlich eine Morduntersuchung, bis wir unsere Geschichten auf der Reihe haben«, setzte er mit einem grimmigen Lächeln hinzu.

»Haben Sie sich so weit gefangen, dass Sie nun auch die Ihre erzählen können, Marshall? Wo ist die Rechnung?«

Trueblood ging zu einem schön geschnitzten Schreibtisch und fing an, Schubladen aufzureißen. Mittlerweile hatte Melrose auf einer mit roséfarbenem Samt bezogenen Bank Platz genommen und versuchte, es sich auf dem schmalen Ding bequem zu machen.

»So passen Sie doch auf!«, sagte Trueblood. »Sie zerbrechen mir ja das Spode-Porzellan.« Und zu Jury: »Einen Augenblick noch. Sie sind ganz schön auf dem Holzweg, wenn Sie mich, ausgerechnet mich, verdächtigen.«

»Wäre ja auch ein wenig leichtfertig von Ihnen gewesen, was?«, fragte Melrose. »Sich den Leichnam selbst sozusagen im Paket zustellen zu lassen?«

Superintendent Charles Pratt stand da, starrte den toten Simon Lean an und wartete, dass der Polizeiarzt mit seiner Untersuchung fertig würde. Er sagte zu niemand Bestimmtem: »Offen gestanden, seit man mich das letzte Mal nach Long Piddleton gerufen hat, habe ich nie wieder eine so unhandlich verstaute Leiche gesehen.« Es klang, als täten sich die Bewohner von Long Piddleton durch besondere Geschicklichkeit im Leichenverpacken hervor.

Nicht weniger überrascht zeigte sich der Beamte vom Erkennungsdienst, als er den Toten aus jedem Blickwinkel fotografierte. Der Polizeiarzt, ein munterer Mann namens Simpson, hatte die Wunde flüchtig untersucht und fragte den Mann vom Erkennungsdienst, ob nun der Schreibtisch auseinander genommen werden und die Leiche auf eine Bahre gelegt werden könnte.

Das Wort *auseinander nehmen* schien Trueblood in erneute Qualen zu stürzen, aber wenigstens hatte der Lärm im oberen Stockwerk aufgehört – das schrammende Geräusch von Möbeln, die über Holzdielen geschoben wurden –, und die beiden uniformierten Polizisten waren zusammen mit dem Mann vom Erkennungsdienst wieder nach unten gekommen. Dieser hatte es schließlich aufgegeben, Kristall und Cloisonné einzustäuben und nach Fingerabdrücken zu suchen, da es äußerst abwegig erschien, dass Simon Lean hier umgebracht worden war, selbst wenn man ihn hier abgeliefert hatte...

... Obwohl Pratts Inspektor diese abwegige Vorstellung offenbar sehr ernst zu nehmen gedachte.

»Er hatte nichts damit zu tun«, sagte Melrose Plant, der auf der Sofakante hockte, das Kinn auf die Hände gebettet und dieselben um den Knauf seines Spazierstocks gefaltet.

MacAllister hatte bereits sein Notizbuch gezückt, und sein Lächeln war nicht freundlich. Er gehörte zu jener Sorte Polizisten, die ihre Autorität ganz ungemein genossen, im Gegensatz zu Charles Pratt, der nicht unbedingt glaubte, dass der Rest der Welt so lange schuldig war, bis er selbst dessen Unschuld nachgewiesen hatte. »Und woher wollen Sie das wissen?«

»Superintendent Jury und ich waren zugegen, als der *secrétaire* da aufgemacht wurde.«

»Aber nicht, als er *geliefert* wurde«, sagte MacAllister. »Man hätte doch die Leiche irgendwo im Laden verstecken und danach in der Kiste da verstauen können.« MacAllister blickte zu einer alten Seekiste hinüber.

»Nicht ›Kiste‹«, sagte Trueblood, »ein *secrétaire à abat-*

tant.« Für ihn rangierte Mord – selbst einer vor seiner eigenen Tür – offenbar erst hinter der Belehrung bornierter Beamter.

Charles Pratt machte keinen Hehl aus seiner Ungeduld. »Lass gut sein, Mac. Es lohnt doch kaum die Mühe, eine Leiche zuerst in einem Möbelstück zu verstecken und sie dann in ein anderes zu verfrachten.«

Man hatte die Schreibplatte behutsam aus den Angeln gehoben und die Türen des Unterschranks entfernt, nachdem man die Position der Leiche mit Kreide hineingezeichnet hatte. Jetzt ließ man den toten Simon Lean zu Boden gleiten. Pratt sagte zu dem Arzt: »Sehr wenig Blut.«

Simpson schnaubte. »Innere Blutungen, wenn Sie mich fragen. Kann ich aber erst mit Gewissheit sagen, wenn ich ihn in der Gerichtsmedizin habe, doch der Wundkanal – die Einstichstelle sieht mir nicht nach einem Messer aus – verläuft anscheinend von unten nach oben. Länger als ein Messer schätzungsweise.« Er dachte einen Augenblick nach. »Die Art Wunde, die eventuell von einem Schwert oder Dolch stammen könnte. Eventuell.«

Melrose Plant, der sich auf seinen Spazierstock gestützt hatte, sah etwas blass um die Nase aus. »Das hier ist kein Stockdegen. Es handelt sich um einen Totschläger. Ich mache mir nicht viel aus Stockdegen.«

Pratt lächelte ein wenig, dann merkte er, dass Trueblood den Kopf in die Hände gelegt hatte, und fragte: »Stimmt was nicht?«

Durch die gespreizten Finger gab Trueblood bissig zurück: »Was sollte wohl nicht stimmen?«

»Muss ja ein irrer Kraftakt gewesen sein, den Toten da rein- und hochzuschieben«, sagte MacAllister.

»Nicht unbedingt«, meinte Pratt. »In Stresssituationen

mobilisieren Leute in der Regel die Kraft, die sie brauchen. Schon eine Vorstellung von der Todeszeit?«

Der Arzt hob die Schultern. »Die Totenstarre ist im Gesicht, am Kinn und an den Händen schon abgeklungen. In den unteren Extremitäten noch nicht.« Und er setzte achselzuckend hinzu: »Man muss allerdings den Luftzug in dem Ding da einkalkulieren« – er deutete mit dem Kopf auf den Sekretär –, »der könnte sie beschleunigt haben. Und dann den Umstand, dass er erstochen wurde. Bei Leuten, die eines gewaltsamen Todes sterben, kann die Totenstarre durchaus früher einsetzen und auch rascher abklingen. Sagen wir, über den Daumen gepeilt, dreizehn, vierzehn Stunden.« Er zog sich die Gummihandschuhe aus, packte seine Instrumente zusammen und sagte trocken: »Ich wäre Ihnen verbunden, wenn Sie die Leiche minus Sarg abliefern würden. Danke.« Damit ging er.

Zwei Träger kamen mit einer Bahre und einer Polyäthylenfolie herein. Trueblood schloss die Augen, als sie sich den schmalen Gang entlangschoben und dabei mit der Bahre an einem Kommodensekretär aus Rosenholz entlangschrammten.

Nachdem Constable Pluck seinen Schreibtisch an Superintendent Pratt im Besonderen und seine aus einem einzigen Raum bestehende Polizeiwache an die Polizei von Northants im Allgemeinen abgetreten hatte – ganz zu schweigen von Scotland Yard –, hatte er sich an zentraler Stelle postiert und schien die Situation in vollen Zügen zu genießen. Und als Pratt ihn fragte, ob er Simon Leans Frau kenne, hatte der Wachtmeister geantwortet, er kenne die Leute von Watermeadows so gut wie alle hier. Was die reine Wahrheit war; da sie jedoch niemand recht zu kennen schien, befand sich Pluck plötzlich in der misslichen Lage, den Mittelsmann spielen zu müssen.

Pratt schob ihm das Telefon zu. »Dann rufen Sie in diesem Watermeadows an und teilen Sie dort mit, dass die Polizei sich gern mit Mrs. Lean und ihrer Großmutter unterhalten hätte.«

Und zu Jury sagte er: »Sie haben verflixt wenig gesagt, Superintendent.«

»Hab auch verflixt wenig Lust dazu. Das hier ist nicht mein Revier. Und außerdem«, setzte er lächelnd hinzu, »bin ich im Urlaub.«

MacAllister warf ihm einen Blick zu, der besagte, da solle er auch lieber bleiben.

»Sieht mir mehr nach einer Dienstreise aus.« Charles Pratt stützte das Kinn in die Hände und warf Jury einen stechenden Blick aus blauen Augen zu. »Wenn ich nicht das große Los gezogen habe! Einen besseren Zeugen hätte ich mir gar nicht wünschen können.« Er lächelte immer noch, lehnte sich zurück und wippte ein wenig mit dem Drehstuhl. »Gerade hat man uns von einem scheußlichen Mordfall daheim in Northampton abgezogen. Zeitraubend, die halbe Polizeitruppe ist dafür im Einsatz.« Er machte eine Pause. »Ich nehme meine Männer mit und überbringe ihr die Nachricht. Ich würde es begrüßen, wenn Sie später noch mal vorbeischauen würden...«

»Noch mal vorbeischauen.« Jury seufzte. »Entweder das, oder ich muss mich für eine Vernehmung – wie wir im Dienst zu sagen pflegen – zu jeder Tages- und Nachtzeit zur Verfügung halten. Charles, schämen Sie sich denn gar nicht? Es muss sowieso ans Präsidium durchgegeben werden –«

Es klang, als ob Pratt lediglich Jurys Satz beendete: »– und Chief Superintendent Racer hat nach ein, zwei bissigen Bemerkungen, dass immer genau dort, wo Sie auftauchen, ein Mord geschieht, gesagt, das Mindeste, was Sie tun könnten, wäre, uns zu helfen. Mit seinen Worten, die Polizei von Northamptonshire kann über Sie verfügen, und er bedauert es sehr –«

»– dass er damit meine Urlaubspläne durchkreuzen muss. Das Leben eines Polizisten ist dornenvoll, Superintendent Pratt.«

Pratt riss eine Packung Benson & Hedges auf. »Haarscharf seine Worte. Rauchen Sie?«

8

»Wollte der Mörder«, fragte Melrose und musterte dabei das zottige Hinterteil eines zinnfarbenen Hundes, der sich auf einem Stück Teppich vor Marshall Truebloods Kamin zusammengerollt hatte, »die Tat vertuschen oder aufdecken? Du meine Güte, es lag doch auf der Hand, dass Marshall die Leiche finden würde sowie er den Schreibschrank aufklappte.«

»O wie wahr, wie wahr, mein Lieber.« Die Worte klangen gedämpft, da Marshall Trueblood das Gesicht in der Rückenlehne eines elfenbeinfarbenen Brokatsofas barg. Er lag zusammengekauert da und umschlang seinen Leib mit den Armen. »Und zu allem Überfluss habe ich meinen *Ulysses* nicht bekommen.«

»Schluss damit«, sagte Melrose. »Setzen Sie sich hin wie ein Mann.« Melrose verlieh seiner Bemerkung Nachdruck, indem er mit seinem Spazierstock auf den Couchtisch klopfte.

»Das erste Mal, dass man dergleichen von mir verlangt.« Jury lächelte, als Trueblood einen tiefen Seufzer ausstieß, seine Fötusstellung aufgab und sich aufsetzte. Sein Haar war zerzaust, sein Seidenhemd zerknittert, und sein Schal hing herunter.

»Dies«, sagte Melrose, »ist auch das erste Mal, dass ich Sie nicht tipptopp in Schale sehe. Wieso nehmen Sie sich die Sache so zu Herzen? Wir wissen doch, dass Sie nichts damit zu tun haben.« Er blickte Jury unschuldig an. »Oder?«

Trueblood erdrosselte sich schier beim Ordnen seines Schals, wobei er Melrose nachäffte. »Oder, oder, oder.« Er warf Jury einen anklagenden Blick zu. »Und von Ihnen habe ich auch noch keine Antwort gehört. Nun?«

Jury zupfte sich am Ohrläppchen, als überlege er. Er saß auf der Lehne des Sofas, von dem Trueblood sich inzwischen erhoben hatte, denn die Stühle im Raum wirkten mit ihren vergoldeten Beinchen, dem Schnitzwerk oder den Klauenfüßchen allesamt zu zerbrechlich für sein Gewicht. Der Raum war genauso zart und gepflegt wie sein Besitzer. Jede Wette, dass nichts darin weniger als hundert Jahre alt war, abgesehen von dem struppigen grauen Köter. Und selbst bei dem war Jury sich nicht ganz sicher. Gelegentlich gähnte der Hund, rappelte sich hoch auf alle viere, drehte sich einmal um die eigene Achse und klappte wieder zusammen.

»Danke, das genügt. Sie beide sind wirklich vom gleichen Stamm.« Trueblood durchbohrte sie mit einem Blick, der so schwarz war wie die Black Russian, die er einem Cloisonné-Kästchen entnahm. »Warum ich mir das zu Herzen nehme?«, fragte er und stand mit gesenktem Kopf da, die personifizierte Tragik. »Die Polizei von Northants hat meine bescheidene Behausung praktisch zu einem ihrer Polizeilabors gemacht, hat mich rund um die Uhr vernommen –«

»Der Zeiger ist noch nicht ganz herum; bloß ein paar Stunden –« Melrose konnte es nicht lassen.

»*Zudem*«, sagte Trueblood, »ist sie kurz davor, mich über meine Rechte zu belehren. Keine Ahnung, warum mich das nervös machen sollte.«

»Ach, kommen Sie«, sagte Jury, der sich auf das von Trueblood freigegebene Sofa hatte gleiten lassen. »Sie können doch keiner Fliege etwas zu Leide tun.«

»Konnte Norman Bates auch nicht.«

Melrose fuhr fort: »Man hätte die Leiche viel einfacher im See oder auf dem Anwesen oder im Fluss loswerden können. Oder sie auf meinen Besitz hinüberbugsieren können … Also, wenn das nicht eine interessante Theorie ist …«

»Der wir lieber nicht nachgehen wollen, wenn es Ihnen nichts ausmacht«, sagte Jury. »Stattdessen hat man den Toten in einen Sekretär gestopft, der beinahe unmittelbar darauf abgeholt werden sollte. Hmmm. Sie glauben doch nicht im Ernst, dass es Browne war, oder?«, fragte Trueblood.

»Wieso nicht? Der Mann verkraftet es einfach nicht, dass er lediglich dilettiert, wo ich Fachmann bin. Selbstredend kann ich nicht schreiben, er aber auch nicht. Joanna die Wahnsinnige hat mir von seinem Manuskript erzählt. Da kommt mir ein Gedanke: Wieso hat er Simon Lean umgebracht und nicht *sie*?«

»Was für ein Manuskript?«, fragte Jury.

»Es handelt von einem halluzinierenden Terroristen in Wimbledon. Oder war es Doncaster? Er war der Meinung, Joanna könne einen Treffer gebrauchen und müsse es ihrem Verleger zuschicken. Sie sagt, ihr Verleger würde einen Terroristen anheuern, sie zu ermorden, wenn sie ihm Theos Manuskript aufgenötigt hätte. Und seitdem hat T. W. B. nicht wieder das Wort an sie gerichtet. Führt ihre Bücher nicht in seinem

›Nest‹… Hören Sie auf, meinen Hund zu pieksen, verdammt noch mal.«

Melrose zog seinen Spazierstock zurück. »Entschuldigung. Hatte Simon Lean nicht etwas mit einem Verlag zu tun? Arbeitete er nicht in einem?«

»Der und arbeiten? Mir ist aber, als ob er mal erwähnt hätte, dass die Summerstons ihr Geld unter anderem auch in einem Verlag angelegt haben.« Trueblood hob den italienisch geschuhten Fuß, um den Glanz des Leders zu prüfen.

»Dann haben Sie ihn also mehr oder weniger gekannt?«, fragte Jury.

»Wenig, weniger als wenig. Er ist mal in mein Geschäft gekommen… Na ja, Pratt findet das sowieso heraus.«

»Was denn?«

»Dass ich ihm einen Stockdegen verkauft habe. Er sammelte solches Zeug.« Trueblood deutete mit dem Kopf auf Melroses Totschläger. »Den da wollte er auch haben, aber ich hatte ihn schon für Sie zurückgelegt. Es ist ein Weilchen her, zwei, drei Monate.« Er seufzte und ließ sich im Sofa zusammensinken. »Wie grässlich.« Jury nahm sich eine Black Russian, die er etwas argwöhnisch musterte, ehe er sie anzündete. »Keine Bange, das will nicht viel heißen, außer für MacAllister.«

»Ein richtiges Herzblatt, was? Dumm wie Bohnenstroh und kann meine sexuelle Überzeugung gewiss nicht *ausstehen*.« Trueblood stand auf und begann, im Zimmer auf und ab zu laufen.

Melrose sagte: »Ich wusste gar nicht, dass Sie eine haben.«

»Wäre doch interessant, wenn Mr. Browne Lean wegen seines Buches angegangen wäre.«

Trueblood blieb stehen, um sich in einem Drehspiegel zu mustern, rückte den Schal zurecht und strich sich übers Haar;

anscheinend hatte er seinen Flirt mit dem Galgen bis auf weiteres aufgegeben. »Ich bin *überzeugt*, dass T. W. B. ihn angegangen ist, aber zweifelsohne nicht nur wegen eines Manuskripts.«

»Sie wollen doch nicht etwa andeuten, dass Lean schwul war, oder?«

»Guter Gott, nein. Das war doch das Ärgerliche, jedenfalls was T. W. B. anbetrifft. Und zu allem Überfluss traf sich auch noch seine Waffengefährtin, diese Person, diese Demorney, heimlich mit Lean... Je länger ich darüber nachdenke, desto besser macht sich Theo Wrenn Browne als Kandidat. Da schlagen sie gleich zwei Fliegen mit einer Klappe. Simon und meine Wenigkeit. Wenn das kein Coup ist! Der dürfte die Fantasie eines halluzinierenden, terroristischen Buchmachers anheizen oder wer immer der Idiot in seinem Buch ist.«

Jury warf einen Blick auf seine Uhr und stand auf. »Ich mache mich auf nach Watermeadows; rufen Sie an, wenn MacAllister die Daumenschrauben anzieht.«

9

*D*as Schweigen, das Fehlen jeglichen Lebens inmitten einstiger Pracht fiel Jury an Watermeadows zuerst auf.

Die Gärten erstreckten sich über viele Morgen Land; sie umschlossen Weiher, spiegelglatte künstliche Teiche, moosbefleckte, zerbröckelnde Statuen. Mittendrin lag eine Barockvilla. Davor befand sich ein Wasserbecken, Jury malte sich aus, wie das Wasser einst zwischen den marmornen Putten und Delfinen hochgeschossen sein musste, um dann im Mailicht eines entschwundenen Jahres als schimmernder Vorhang kreisförmig in das kunstvoll gemeißelte Becken zurückzufallen. Jetzt schoss kein Wasser mehr empor. Auf dem Abhang hinter dem großen Haus waren terrassenförmige Gärten angelegt. Irgendwann musste jemand versucht haben, dieser herrlichen englischen Gartenanlage mit Eiben- und Buchsbaumhecken, Beeten von Perlhyazinthen, langen Einfassungen aus Blaukissen und Goldlack ihre englische Steifheit zu nehmen und etwas Italienisches beizumischen: Wasserspiele, die aus verborgenen Reservoirs sprudelten und sich in Kaskaden den Hügel hinabstürzten.

Die Auffahrt war von Eiben gesäumt; dahinter schlängelten sich Pfade zwischen Rabatten von rosa, malvenfarbenen und blauen Blütenteppichen, zwischen Büschen und Färberbäumen hindurch, durch niedrige und hohe Mauern und etwas, das nach einer alten Kuppel aussah, nach irgendeiner Ruine aus dem Jahrhundert, die fast ganz mit Moos bedeckt war. In der Ferne konnte er hinter einem Vorhang aus Birken silbriges Wasser und das Dach eines kleinen Gebäudes ausmachen, welches das Sommerhaus von Watermeadows sein musste.

Watermeadows hatte zwar bessere Tage gesehen, war aber immer noch eine blendende Schönheit. Und doch erblickte Jury niemanden, der sich an all dieser Pracht erfreut hätte.

Der Diener, der die Tür öffnete, war eine gebrechliche alte Gestalt, wie es sich für ein so großartiges Anwesen geziemte. Er heiße Crick (so sagte er Jury), war älter als Plants Butler Ruthven, dünner und verstaubter, so als ob auch er wie die geborstene Marmorstatue im Vestibül, ein verblichenes Gemälde von Malvern und ein abgewetzter Teppich aus Antwerpen, einer tüchtigen Restaurierung bedurfte.

Er bat Jury zu warten, damit er ihn Lady Summerston melden könnte.

Als Jury sagte, dass er eigentlich Mrs. Lean hatte sprechen wollen, erwiderte Crick schlicht, Mrs. Lean habe sich hingelegt – es sei schließlich ein furchtbarer Schock für sie gewesen –, und unter den gegebenen Umständen würde er ihn zunächst zu Lady Summerston führen.

Dass der Butler auf seine altmodische und überaus höfliche Art selbst entschied, welche Umstände am besten zu wem passten, belustigte Jury so sehr, dass er einfach tat, wie ihm geheißen wurde – er wartete in einem großen Zimmer, das von dem rotundenförmigen Vestibül abging.

Der Raum war riesig, dämmrig, mit einer hohen Decke und fast ohne Möbel. Am anderen Ende stand ein Empiresofa, dessen Vergoldung abblätterte und das von zwei abgewetzten Gobelinsesseln flankiert wurde. Sie standen in der Nähe des Kamins mit einer Umrandung aus schwarz-grünem Marmor. Der Fußboden bestand aus Parkett, die Türrahmen waren ebenfalls aus Marmor, die Spiegel riesig groß. Von den Fresken an der Decke hing ein klotziger Kristalllüster herab, und in jeder Ecke ragten dorische Marmorsäulen empor, als brauchte der Raum eine zusätzliche Stütze. Hinter der kargen Möblierung gingen hohe Fenster ohne Vorhänge auf eine Terrasse, die als Bühne für die Weitläufigkeit des Gartens hätte dienen können. Jenseits der Terrasse gab es künstliche Wasserbecken, die jedoch leer waren. An jeder Seite des Beckens stand eine halb bekleidete Frauenstatue; eine mit einer Girlande, die andere mit einem Blumenstrauß. Beide hoben ein wenig den Rock, die Zehen ausgestreckt, als wollten sie diese wie marmorne Frühlingsboten ins Wasser tauchen.

Er wandte die Augen vom Licht und blickte in das gruftartige Dunkel des Raums. Wohltuend für das Auge, niederdrückend für das Gemüt. Es erinnerte ihn an jene Luxuspaläste, die man immer in alten Kriegsfilmen zu sehen bekam, Appartements, aus denen die Wohlhabenden mit ihrem Nötigsten geflohen waren, ehe der Feind Einzug hielt.

Für Jury war das eine Umgebung, die er mehr als alles andere zu fürchten gelernt hatte, und dabei wusste er nicht einmal genau warum. Fürchtete er die geisterhafte Eleganz, die Reste ehemaliger Schönheit oder die zerstückelte Vergangenheit?

Crick kehrte zurück und meldete, dass Lady Summerston ihn jetzt empfangen würde.

Wie alles Übrige war auch Cricks Stimme dünn und zittrig. Während er Jury zu ihrem Zimmer führte, beschrieb er Lady Summerston als eine recht gebrechliche Dame, die es »ein wenig am Herzen« habe und nur selten ihr Zimmer verlasse. Es sei nichts furchtbar Ernstes, aber so gehe es eben, wenn man älter werde, fuhr Crick fort, wobei er sich offenbar ausnahm – er, dessen oblatendünne Lippen, eingesunkene Augen und Puterfalten ihn fraglos zur geeigneten Gesellschaft für die Lady machten, der er so ergeben diente.

Das alles teilte er Jury mit, während er ihm auf der geschwungenen Treppe voranschritt. Im Verlauf ihrer Tour treppauf murmelte er etwas von »dieser Sache, dieser Sache« vor sich hin, ohne jedoch den Mord an Mr. Lean direkt anzusprechen. »Diese Sache« hatte Lady Summerston natürlich sehr mitgenommen, die Polizei im Haus und Vernehmungen und wie sie das alte Sommerhaus mit Beschlag belegt hatten. Im Gegensatz zu seinem formellen Anzug – alter, schwarzer Cut und gestärkter Kragen – war sein Benehmen ausgesprochen unkonventionell, denn Crick war die reinste Plaudertasche, und dabei rang er immer heftiger nach Luft, je weiter sie nach oben kamen. Er war in der Tat recht mitteilsam, was den Mord anging, und recht mitteilsam in seiner eigenen Beurteilung von Mr. Lean – »bei aller Hochachtung«, von der man wenig spürte, fand Jury. Im Verlauf ihrer alpinen Kraxelei (würden sie denn nie oben ankommen?) erfuhr Jury ziemlich detailliert, dass Simon ein Emporkömmling gewesen war und dass er Crick jedenfalls nicht fehlen würde, ebenso wenig wie das Möbelstück… »Dieses *erbärmliche* Exemplar eines *secrétaire à abattant* aus dem 18. Jahrhundert.«

Sie hatten die halsbrecherischen Höhen des oberen Stockwerks erklommen, und Jury war froh, dass Trueblood Crick nicht hatte hören können.

Jury gratulierte Crick dazu, dass er diese Treppenflucht mehrmals am Tag und mit einem Tablett in der Hand bewältigte. Crick erzählte ihm, es gebe auch einen Fahrstuhl, aber er habe eine Abneigung gegen solch neumodische Technik, und ein bisschen Sport wirke doch Wunder, wenn man in Hochform bleiben wolle, nicht wahr? Dieser Apparat (wie er ihn nannte, während er den Flur entlangdeutete) war ein alter, schmiedeeiserner, gold gestrichener Käfig und zeugte kaum von technischem Fortschritt. Nahe am oberen Ende der Treppe hing in einer dämmrigen Nische das Porträt einer jungen Frau mit dunklem Haar und dunklen Augen, die auf einer Bank in den Gartenanlagen von Watermeadows saß. Das sei Mrs. Lean, erklärte Crick, vor zehn Jahren gemalt, doch anscheinend verändere sie sich überhaupt nicht.

Nun ging es den dunklen Flur entlang. Ein kurzes Klopfen an der Tür am Ende des Ganges wurde von drinnen mit einem »Herein!« beantwortet.

Lady Summerstons Zimmer, besser ihre Zimmerflucht (denn man führte ihn in ein Wohnzimmer), quoll über vor viktorianischem Krimskrams, der es eindeutig an Qualität nicht mit der restlichen Ausstattung des prächtigen Hauses aufnehmen konnte.

Sie selbst saß draußen auf dem Balkon, der auf die Gärten hinter dem Haus und den halbmondförmigen, in der Ferne schimmernden See führte.

»Superintendent!«, sagte sie munter und blickte von einem riesigen, ledergebundenen Buch auf, in das sie gerade Briefmarken eingeklebt hatte. Auf dem Stuhl neben ihr lagen weitere Alben, wahrscheinlich mit Fotos, und zwei Kartenspiele. Es hatte durchaus den Anschein, als ob sie Hobbys habe, die so manchen Nachmittag auf dem Balkon ausfüllten, denn dieser machte einen eigenartig bewohnten Eindruck, obwohl er doch den Elementen ausgesetzt war.

Sie flötete seinen Rang mit so fröhlicher Stimme, als habe sie schon den ganzen Tag auf ihn gewartet. Dem Anschein nach brachte der Tod des Mannes ihrer Enkeltochter Abwechslung in das Einerlei ihrer Tage voller Alben und Patiencen. Sie legte eine Marke an ihren Platz im Album und hämmerte mit der Faust so kräftig darauf, als wollte sie damit die Glasplatte vor sich zerbrechen. Vor ihr auf dem Tisch stand eine mit Japanlack überzogene Schachtel, aus der sie mehr als ein Dutzend Briefmarken genommen und wie Konfetti über den Tisch verstreut hatte; die warteten ebenfalls darauf, ins Album geklatscht zu werden.

Lady Summerston war vermutlich in den Siebzigern, hatte einen zarte, pergamentartigen Teint und scharfe braune Augen. Doch wenn Lady Summerston gebrechlich war, so musste man diesen Umstand erst aus einem guten Dutzend Kleidungsstücken herausschälen – als da waren: ein Morgenmantel mit aufgesticktem Drachen, ein rubinrotes Umschlagtuch aus Birma, um den Hals eine Kette mit dem Viktoria-Kreuz, ein Palmenwedel, den sie so heftig bewegte, als müsse sie Fliegen verscheuchen, und ein rosafarbener, zu einem Turban geschlungener Schal, von dem ein Witwenschleier herabhing, wie man ihn bei einer bestimmten Kaste von Inderinnen findet. Lady Summerston trug das gesamte englische Empire auf dem Buckel.

»Setzen Sie sich, setzen Sie sich«, sagte sie und wies mit einer fahrigen Handbewegung auf einen der weißen, schmiedeeisernen Stühle. Dergleichen konnte man zuhauf auf den Terrassen der Reichen herumstehen sehen, und sie waren genauso unbequem, wie sie aussahen, stelle Jury fest, während er versuchte, seine lange Gestalt in eine annehmbare Position zu bringen.

Lady Summerston schien es mit einer Erklärung, was ihn an diesem linden Nachmittag auf ihren Balkon führte, nicht zu eilen, denn sie knallte erbarmungslos eine weitere Briefmarke ins Album. Nun, wo die Polizei einmal da war, fand sie wohl, einer mehr oder weniger spiele keine Rolle.

Jury lächelte über den Eifer, mit dem sie sich dem Einkleben hingab. »Ein besonderes System, Lady Summerston?«

»System? Großer Gott, nein. Sind doch bloß Briefmarken. Man klebt sie ein, wie's gerade kommt.« Ihr unwirscher Blick wanderte von Jury zu den Marken, so als hätten sich die gemeinen Dingelchen gelöst und wären in andere Kästchen gehüpft, während sie wegschaute.

»Ich dachte, Sie gingen vielleicht nach Ländern vor«, sagte Jury. »Das da vor Ihnen scheint mir alles Commonwealth zu sein.«

»Natürlich ist es das.« *(Klatsch)* »Sie haben Gerry gehört – meinem verstorbenen Mann. Ich habe sie unter seinen Sachen gefunden. Ich bewahre all seine Sachen« – und sie deutete mit dem Kopf in eine Richtung, die wohl den Flur jenseits ihrer Tür meinte – »in einem Zimmer am Ende des Korridors auf. Manchmal gehe ich hin und sehe mich da um. Die meisten Menschen finden das wahrscheinlich makaber. Man soll sich schließlich von allem trennen, was einen an die Toten erinnert. Alles an die Wohlfahrt oder den Kirchenbasar oder an Oxfam geben. So als könnte man sich kopfüber ins Vergessen stürzen.« Eine weitere Briefmarke wurde über ihrem Kästchen in Stellung gebracht. Volltreffer. »Das jedenfalls schien Simon zu denken.« Sie seufzte, klappte das Album zu und trommelte mit reich beringten Fingern auf den Einband. »Na gut, Sie sind Simons wegen gekommen und finden mich ohne jede Reue.«

»Gibt es denn etwas zu bereuen?«

»Meinen Mangel an Gefühl, sollte man meinen.« Der Blick, den sie ihm zuwarf, war pfiffig, dennoch lag ein Schleier von Traurigkeit über den braunen Augen. »Ich konnte ihn einfach nicht ausstehen. Wenn da nicht Hannah wäre, ich würde mich freuen, dass er tot ist.« Sie hob die Schultern. »Vermutlich ein gefundenes Fressen für den Untersuchungsrichter, wenn er das hört.«

»Sie machen aus Ihrem Herzen keine Mördergrube.«

»Tun eine Menge Mörder nicht. Blicken einem fest ins Auge« – und damit beugte sie sich vor und fixierte ihn mit ihren glitzernden Augen – »und sagen: ›Wie ich den Mann verabscheut habe.‹«

Jury lachte. »Wirklich stichhaltige Gründe, die Sie zur Hauptverdächtigen machen.«

Mittlerweile hatte sie zu einem Kartenspiel gegriffen, mit dem sie flink und gekonnt hantierte. »Ich gehe doch nur schlau vor. Ich habe ein Motiv, die Gelegenheit und kein Alibi. *Und* hätte gut sehen können, wie er ins Sommerhaus ging.« Sie langte zu einem Stuhl hinüber und hob einen

Feldstecher hoch. »Ich beobachte Vögel. Der hier ist sehr scharf.«

Während Jury zusah, wie sie einen schwarzen König gegen eine rote Dame austauschte, fragte er: »Und was ist mit der Waffe?«

»Ein Stockdegen. Fünfunddreißig Zentimeter lang, gehärteter Stahl, knorrige Nussbaumscheide.« Sie nahm die Kartenreihen auf, mischte und begann, sie aufs Neue in Reihen auf den Tisch zu klatschen. »Haben Sie Hannah schon kennen gelernt – Nein, Crick dürfte Sie zunächst zu mir geführt haben. Hannah nimmt es sich wahrscheinlich sehr zu Herzen –«

»Wahrscheinlich?«

»Na ja, ich habe sie nur einen Augenblick zu Gesicht bekommen – sie sah völlig erledigt aus –, aber sie hat ihre Gefühle erstaunlich gut unter Kontrolle.« Lady Summerston starrte in die Ferne. »Wie ihre Mutter. Wie Alice. Komisch, wo doch Gerry und ich das Herz immer auf der Zunge getragen haben.«

»Ihre Tochter ist verstorben?«

Jetzt flatterten die Hände nicht mehr so fahrig über die Karten, und es entstand ein Schweigen, dem das ganze Bedauern anzumerken war, das ihren Worten gefehlt hatte. »Ja. Als Hannah noch ganz klein war. Es hat sie umso mehr getroffen, als sich ihr Vater aus dem Staub gemacht hatte. Die Frauen der Summerstons scheinen immer an den Falschen zu geraten. Die Männer sind da besser gefahren.« Sie schenkte Jury ein bissiges kleines Lächeln. »Ich mag Hannah recht gern: Sie bleibt für sich; gelegentlich kommt sie zum Kartenspielen herauf; manchmal essen wir abends zusammen.«

Für Jury klang das, als hätten sie einander weder Gesellschaft noch Trost zu bieten.

»Sie hat sehr an ihrem Großvater gehangen – Gerry; ihre Mutter hat sie vergöttert. Wir waren mal vier, dann drei, jetzt sind wir nur noch zwei.«

Simon Lean war als Fünfter anscheinend nie in Betracht gekommen.

»Gerald – mein verstorbener Mann« – erklärte sie zum x-ten Mal – »hat sehr an dem Besitz hier gehangen und fast alles, Stück für Stück, von seinen Reisen mitgebracht. Darum halte ich den Besitz zusammen, solange ich kann. Du lieber Himmel – als ob wir mit unserem vielen Geld nicht auskommen, als ob wir am Bettelstab enden würden. Simon hat es mit vollen Händen ausgegeben. Spielschulden und dergleichen. Aber er war nun mal mit diesem armen Mädchen verheiratet, und sie hat ihn angebetet, da bin ich ganz sicher. Ich glaube, es gibt Frauen, die sind einfach zum Opferlamm geboren.« Ihr Ton machte klar, dass sie nicht dazugehörte.

»Er hat also ihr Erbe durchgebracht?«

»Nein; das hatte sie ja noch gar nicht. Oh, selbstverständlich hatte sie Geld, aber noch nicht das *wirkliche*.« Ihr Lächeln war messerscharf. »Dafür hat Gerald gesorgt, als sie Simon heiratete. Aber er hat sicherlich genug von ihr bekommen, dass er sich alles kaufen konnte, wonach ihm der Sinn stand. Soviel ich weiß, auch Frauen. Wenn ich sterbe, erbt sie natürlich eine Riesensumme. Geld interessiert sie nicht; Simon interessierte sich für nichts anderes.«

Jury lächelte. »Das kling mir nicht so, als ob Sie Ihre Möbel verkaufen müssten, Lady Summerston.«

Sie blickte ihn spöttisch an. »Muss ich auch nicht. Mir geht es nur um das Feilschen. Sotheby's habe ich einen Vermeer verkauft und Mr. Trueblood den prächtigen alten *secrétaire*, wie Sie wissen. Sein Pech. Wie ihm wohl zu Mute gewesen ist, als er darin statt Literatur eine Leiche gefunden hat?«

»Man hat die Bücher herausgenommen, ehe der Tote...«

»...hineingestopft wurde? Wenn sich das nicht hier zugetragen hätte, ich würde es einfach phantastisch finden. Aber wirklich schade um die Bücher. Ich habe den Preis des *Ulysses* ganz schön hochgejubelt, wenn auch nicht so hoch, wie ich es bei dem kleinen Mistkerl gemacht hätte, diesem Theo Browne.«

»Hat Mr. Browne Ihnen denn ein Angebot gemacht?«, fragte Jury. Sie schnitt eine Grimasse. »Er versucht schon lange, Gerrys Bibliothek in die Finger zu kriegen. Aber Mr. Trueblood gefällt mir, ein recht netter junger Mann; erstklassiger Pokerspieler mit Pokergesicht. Selbstverständlich hat er nicht halb so viel gezahlt, wie ich für den *secrétaire* gefordert habe, aber dann habe ich doppelt so viel verlangt, wie er wert ist, also haben wir beide bekommen, was wir wollten. Verdammt unangenehm für ihn jetzt.« Sie hielt das Metallkreuz hoch. »Wissen Sie, was das ist, Superintendent?«

»Das Viktoria-Kreuz.«

Sie ließ es fallen. »Gehörte Gerry. Warten Sie, ich hole rasch ein Foto von ihm vom Schreibtisch –«

Jury war erst halb vom Stuhl hoch, da stand sie schon und bewegte sich schnell und bestimmt auf ihr Ziel zu. Sie bewegte sich überhaupt schnell und bestimmt, dachte Jury. Wenn das hier die kranke Lady Summerston war, dann konnte einen die gesunde gewiss das Fürchten lehren.

Ihre Stimme eilte ihr voraus, als sie mit dem Foto zurückkehrte. Sie konnte offenbar Gedanken lesen, denn sie sagte: »Gewiss hat Crick Ihnen erzählt, dass ich es am Herzen, an der Lunge und an der Leber habe. Letzteres könnte stimmen, das andere aber nicht. Auf der Kommode steht eine Karaffe mit Whiskey. Ob Sie die bitte holen würden? Und« – rief sie hinter ihm her – »bringen Sie das Zahnputzglas aus dem Badezimmer mit.«

Während Jury das verdunkelte Zimmer absuchte, in dem es sehr altmodisch und modrig nach Möbelpolitur mit Zitrone, Granatäpfeln und Moschus duftete, plätscherte Lady Summerstons Redefluss dahin. Was er davon mitbekam, handelte größtenteils von Lord Summerstons Erlebnissen in Frankreich. Nach einem flüchtigen Blick auf das Foto zu schließen, musste ihr Mann mit medaillengeschmückter Brust aus dem Zweiten Weltkrieg heimgekommen sein. Endlich fand er die Karaffe – im Zimmer stand mehr als nur eine Kommode – auf einem Tablett mit dem Bild einer farbenprächtig gewandeten balinesischen Tänzerin. Das Tablett versperrte fast völlig den Blick auf eine Sammlung von Zinnsoldaten, von denen sich die vorderen im Kreis hingekniet und das Bajonett aufgepflanzt hatten; die dahinter waren hoch zu Ross und schienen das Karaffenfort gegen Eindringlinge zu verteidigen. Da standen fast ein ganzer Zug der Royal Field Artillery, Reihen von Zulukriegern, die Royal Home Artillery, sudanesische Soldaten, Beduinen. Auf dieser Kommode wurden alle nur möglichen Kriege geführt. Für eine solche Sammlung hätte er als Junge sein Herzblut gegeben; und so stand er da und betrachtete sie, und ihm fiel der Laden auf der Fulham Road und ihre Wohnung dort ein…

»Was *treiben* Sie bloß da drinnen?«

Jury riss sich von den Erinnerungen an die Fulham Road und von den Ruhmesträumen seiner Knabenzeit los und nahm das Tablett. Darauf stand ein einziges, sehr dünnes Kristallglas. Das andere Glas holte er aus dem Badezimmer. »Ich habe mir die Sammlung Modellsoldaten angesehen«, sagte Jury und setzte das Tablett inmitten der Alben ab.

»Damit haben Sie sich aber wirklich Zeit gelassen. Hannah mag sie sehr. Vor allem die Beduinen. Aber Schluss für heute!« Sie packte die Karten in die Schachtel, lehnte sich zurück und holte tief Luft, erleichtert wie jemand, der eine verhasste Arbeit hinter sich gebracht hat. »Ich nehme das Zahnputzglas; Sie kriegen das gute.«

»Möchten Sie Wasser dazu?«

Sie verdrehte die Augen. »Wenn Gerry und ich getrunken haben, Superintendent, dann aber richtig.« Sie nahm ihr Glas aus Jurys Hand entgegen.

Er lächelte. Nach dem Staub auf der Karaffe zu schließen, hatte sie seit Gerrys Tod wohl keinen Tropfen mehr angerührt. Er unterbrach sich beim Einschenken seines eigenen Glases, denn ihm war auf einmal traurig zu Mute. Damit lag er wahrscheinlich nicht ganz falsch.

Sie hob das Glas und blickte die triptychonartig aufgestellten Fotos von Gerald Summerston an. Sie prostete ihm zu, und Jury schloss sich an. Der Summerston zur Linken hätte leicht der Dritte im Bunde sein können, wie er dasaß, mit einem Glas in der Hand, die langen Beine ausgestreckt, auf genauso einem Stuhl irgendwo auf dem Rasen. Das Foto zur Rechten schien auf den ersten Blick eine völlig andere Person darzustellen; bis man den eher dümmlichen als seriösen Gesichtsausdruck bemerkte, geradeso als wäre die medaillengeschmückte Uniform zu schwer zu tragen. Das Foto in der Mitte war ergreifend; es zeigte den Heranwachsenden, und der unsichere Gesichtsausdruck verriet die Probleme eines Jugendlichen.

»Wieso setzt man übrigens Scotland Yard auf den Fall an? Es sei denn, Simon hätte die Finger in internationalen Geschäften gehabt, was mich absolut nicht wundern würde. Rauschgift, gefälschte Dokumente, moderner Sklavenhandel, dieser komische, juwelengeschmückte Malteserfalke. Ach nein, dafür dürfte Interpol zuständig sein. Ist der Mord denn nicht Sache der hiesigen Polizei?«

»Ich war zufällig zugegen.« Jury blickte zum friedlichen Blau des Himmels hoch, den kein Wölkchen trübte. »Lady Summerston, Sie haben eine ausschweifende Phantasie.«

»Die brauche ich nicht, mit jemandem wie Simon im Haus.«

»Er muss mehr als ein gerüttelt Maß an Feinden gehabt haben.«

»Maßlos viele, um es genau zu sagen.«

»Zum Beispiel?«

»Danach müssen Sie Hannah fragen. Ich bin Simon immer aus dem Weg gegangen. Ich wollte lieber nicht über seine Heldentaten Bescheid wissen.« Sie raschelte wieder in den Karten herum. Jury überlegte, ob sie deshalb so blinzelte, wenn sie sie ansah und die Briefmarken deshalb so aufklatschen musste, weil sie zu eitel war, eine Brille aufzusetzen. »Gerry war absolut gegen die Heirat. Der Mann hatte eine Kaserne nicht mal von weitem gesehen –«

Hier konnte Jury nicht anders, er musste lachen. »Da hat er auch nicht viel verpasst.«

Sie blickte auf und warf ihm einen scharfen Blick zu. »Und die Falklandkrise, Mr. Jury?«

»Nun, wir wollen den Krieg doch nicht hier auf dem Balkon austragen. Viel zu angenehm hier.«

Sie beugte sich zu ihm und blinzelte dabei schon wieder. Dann aber musste die Neugierde wohl über die Eitelkeit gesiegt haben, denn sie zog unter den üppigen Stoffmassen ein Etui mit einer Brille hervor. Sie warf ihm einen Blick durch die randlosen Gläser zu und fragte: »Sind Sie verheiratet? Vermutlich. Wie alle gut aussehenden Männer.«

Jury lächelte, schüttelte den Kopf und wechselte das Thema. »Ich habe gehört, dass Mr. Lean eine Weile in einem Verlag gearbeitet hat.«

»Gerry war der Meinung, er sollte etwas zu tun haben. Das würde es für Hannah weniger peinlich machen, obwohl er für Bennick nicht gerade eine reine Freude wäre. Gerry besaß dort ein großes Aktienpaket, und man muss zugeben, sogar Simon konnte lesen. Er hat in der Buchhaltung gearbeitet; der beste Platz, glaube ich, wenn man Bücher frisieren will.«

»Hatten die beiden Freunde hier? In Long Piddleton oder Northampton?«

Sie grinste. »Simon hatte überall ›Freunde‹, unterschiedlichen Geschlechts. Hannah nicht. Sie fährt zur Bücherei nach Northampton, um eine Ladung Bücher gegen die nächste zu tauschen. Oder zu einer der Buchhandlungen. Sie ist eine Leseratte. *Er* – so ist mir gerüchteweise zu Ohren gekommen – hatte was mit ein paar Frauen hier aus der Gegend. Die Sorte, die ich kaum kennen dürfte, aber ich habe ihn ein, zwei davon erwähnen hören. Es hat keinen Zweck –« Sie warf einen Blick auf Jurys kleines Notizbuch. »Ich habe nie richtig zugehört, wenn Simon den Mund aufmachte. Es sei denn, es ging um Geld. Da alles Geld, von dem die Rede war, entweder mir oder Hannah gehörte, musste man Augen und Ohren offen halten.«

»Hat Ihre Abneigung Ihrer Enkeltochter nicht das Leben schwer gemacht?«

»Als sie ihn heiratete, wusste sie, dass wir beide dagegen waren. Obwohl Gerry sie nie enterbt hätte; er war nicht gemein und melodramatisch auch nicht.«

Jury blickte zum See hinüber und sah die Gestalt einer Frau am Ufer stehen. Sie kehrte ihnen den Rücken zu. »Ist das Ihre Enkeltochter?«

Ihre Augen folgten seinem Blick, und schon wieder blinzelte sie. »Ja, ich glaube schon.« Sie schaute nicht einmal in die richtige Richtung. Aber sie war zu eitel, als dass sie zugegeben hätte, dass sie sie nicht sehen konnte.

»Ich würde mich gern mit ihr unterhalten.« Jury stand auf.

»Sie hat ein stählernes Rückgrat, das Mädchen. Ist erst ein paar Stunden her, dass dieser Polizist hier war. Aber Hannah war schon immer ein Muster an Haltung. Spielen Sie Poker?« Wieder mischte sie geschickt die Karten.

»Nicht sehr gut.«

»Aber ich. Kommen Sie wieder, und bringen Sie Geld mit.«

10

Als Jury über den Rasen auf sie zuging, machte sie auf ihn den Eindruck eines gewöhnlichen Mädchens, das sich in Kleider kuschelt, die ihm zu groß sind, so als habe man es in die Sachen seiner Mutter gesteckt. Der übergroße Pullover mochte heutzutage als modisch salopp durchgehen. Sie machte jedoch nicht den Eindruck, als hätte sie mit Mode viel im Sinn. Knochige Handgelenke ragten aus Ärmeln hervor, die sie immer wieder hochschob und die sofort wieder zurückrutschten. Der Rock war zu lang, der Saum zipfelte, als säße das Taillenband schief. Ihr Körper war eckig und bewegte sich in den losen Kleidern wie ein Vogel im Käfig.

Doch der Eindruck von Gewöhnlichkeit verflog rasch, wenn man ihr direkt gegenüberstand. Ihr Teint war so makellos wie der einer Porzellanpuppe und ihr Ausdruck völlig unbewegt. Die Augenbrauen waren glatt und fein, wie getuscht, ihr Haar war sehr dunkel und ungleich geschnitten, als hätte sie es in einem Anflug von Zorn selbst mit der Schere bearbeitet. Leichte Wellen umrahmten ein ovales Gesicht, und der Pony fiel ihr unregelmäßig in die hohe Stirn. Als ein Windstoß ihr das Haar ins Gesicht blies, musste sie sich die Strähnen aus den Augen schieben. Und die Augen, die auf dem Porträt eher grau gewirkt hatten, waren haselnussbraun, wechselten jedoch je nach dem Licht, das in sie hineinfiel, die Farbe – grün wie das Gras, blau wie ihr Pullover. Ohne Make-up und so ungeschickt angezogen, wie sie war, erweckte Hannah Lean den Eindruck, als wolle sie untertreiben, als schäme sie sich ihrer Schönheit.

»Tut mir schrecklich Leid, das mit Ihrem Mann.«

Sie wandte den Kopf ab und blickte über den See. Sie antwortete nichts außer: »Möchten Sie am See spazieren gehen? Ich muss einfach in Bewegung bleiben.«

Jury nickte.

Sie durchquerten das Birkengehölz und schlugen einen schmalen Pfad am Seeufer ein. Auf dem Wasser lag ein Gespinst aus Licht, ein goldenes, von der Abendsonne ausgebreitetes Netz. Durch die Bäume konnte er nicht nur das Sommerhaus, sondern auch ein kleines Bootshaus sehen. Zwei Ruderboote, ein grünes und ein blaues, lagen dort vertäut und dümpelten im windgekräuselten Wasser. Jury konnte zwei Männer auf dem Anleger ausmachen, zwei weitere bogen um die Ecke des weißen Häuschens.

»Wann wir die wohl wieder los sind?«, sagte sie mit sonderbar ausdrucksloser Stimme, als wäre die Polizei von Northants eine lästige Insektenart, die den Garten befallen hatte.

»Und jetzt auch noch ich.«

Hannah Lean drehte sich um und sah ihn zum ersten Mal

direkt an. »Ja. Jetzt auch noch Sie.« Sie wandte den Blick wieder ab, sagte aber sonst nichts weiter.

Sie wirkte angespannt, hatte die Finger verschränkt und zerrte daran, als müsse sie damit etwas tun, irgendeine ihrer Situation angemessene Geste vollführen, um sich schlagen oder auf etwas losgehen. Hannah Lean wahrte eine bemerkenswerte Fassung. Dann sagte sie:

»Warum ist Tragisches so oft grotesk?«

Das war der Tod von Simon Lean mit Sicherheit. Was die Tragik anging, so war ihrer Stimme nichts davon anzumerken, und ihr Gesicht war durchaus keine tragische Maske. Ihm fiel ein, was Lady Summerston noch gesagt hatte: dass sie sich meisterhaft darauf verstehe, ihre wahren Gefühle zu verbergen.

Aber so viel Kälte angesichts des bizarren Todes ihres Mannes, das machte Jury schon zu schaffen. Es stand ihm nicht zu, so zu denken. Vielleicht lag es daran, dass sie ansonsten so wehrlos wirkte. Beinahe kindlich. Möglicherweise war es die Kleidung, das junge, klare Gesicht, was so gar nicht zu einer Frau von über dreißig passen wollte. Möglicherweise war ihr scheinbarer Abstand eine Form der Verleugnung, ein seelisches Betäubtsein.

»Sie wollen mir sicher die gleichen Fragen wie die Polizei von Northants stellen.«

»Vermutlich ja.«

»Warum?«, fragte sie kurz angebunden.

Nicht: *Warum muss ich das alles noch einmal durchmachen?*

»Manchmal wird etwas übersehen.« Er lächelte, doch der frostige Ton in seiner Stimme war nicht zu überhören.

Sie saßen jetzt auf einer Steinbank. Sie beugte sich vor, die Ellbogen auf die Knie, das Gesicht in die Hände gestützt. Bei der Bewegung war ihr der übergroße Pullover von der Schulter gerutscht. Eine sinnliche Pose; er konnte sich unschwer den schlanken Leib unter den verhüllenden Kleidern vorstellen.

Sie protestierte nicht; sie antwortete nicht. Dass sie so gar nicht auf seine Anspielung, sie könne etwas verheimlichen, reagierte, machte ihn stutzig. Um das lange Schweigen zu brechen, fasste er nach unten und zupfte ein Vergissmeinnicht aus der Böschung. Gibt es wirklich Blumen von einem derart leuchtenden Blau?, überlegte er und gab es ihr.

Sie spielte damit herum und sagte dann, ohne seine Fragen abzuwarten: »Ich bin wahrscheinlich die Letzte, die Simon lebend gesehen hat. Gestern Abend beim Essen. Er wollte nach London.«

»Warum sollte er so spät noch fahren wollen?«

»Um seine Freundin zu besuchen, glaube ich. Er war kein idealer Ehemann, wie Sie ohne Zweifel schon von Eleanor gehört haben. Es gab mehr als eine Frau, die ihm an den Kragen wollte, nachdem er sie fallen lassen hatte. Ich inbegriffen natürlich – meint die Polizei.« Sie wandte sich ihm mit einem verhaltenen Lächeln zu und zog den Pullover wieder über die Schulter. Dann blickte sie über den See, zuckte die Achseln und sagte mit trauriger Stimme: »Ich war daran gewöhnt.«

Jury beobachtete ihre langen Finger, wie sie die welkende Blume drehten. »Ich kann mir nicht vorstellen, dass sich eine Ehefrau dran gewöhnt, betrogen zu werden.«

Traurig wandte sie ihm den Blick zu. »Sie hören sich schon genauso wie Eleanor an. ›Betrügen‹ klingt heutzutage doch recht melodramatisch, finden Sie nicht?«

»Nein. Haben Sie gewusst, mit wem er sich treffen wollte?«

»Indirekt ja. Er hat mal einen Brief aus London bekommen. E eins oder E vierzehn. Der Stempel war verwischt. Kein Absender. Hellblaues Papier, leichter Moschusduft. Machen Frauen so was immer noch? Ich meine, ihre Briefe parfümieren? Und abgesehen von der könnte es auch noch jemanden hier aus dem Ort gegeben haben. Ich habe ihn mal in Sidbury in der ›Glocke‹ gesehen, wo er mit einer Frau aus dem Dorf zusammensaß. Sie heißt... Demorney oder so ähnlich. Sieht sehr gut aus, alles *Haute* – na, Sie wissen schon: Couture, Coiffure, London-Lack.« Hannah Lean betrachtete ihren eigenen Aufzug und stellte im Geist wohl Vergleiche an.

»Und dieser Brief? Haben Sie den gelesen?«

»Nein. Das ist schon Monate her.« Sie deutete mit einem Kopfnicken zum Sommerhaus. »Er hat ihn verbrannt. Im Kamin.«

Sie war sich wohl nicht bewusst, dass ihr die Tränen in die Augen gestiegen waren und ihr still über die Wangen liefen. Keine Schluchzer, kein verzerrtes Gesicht, kein Versuch, sie abzuwischen. Jury reichte ihr sein Taschentuch, und sie tupfte sie so teilnahmslos ab, als gehörte das Gesicht einer Fremden.

»Haben sie ihn wegfahren sehen? Wie kam es, dass sein Auto in der Parkbucht beim Sommerhaus abgestellt war?«

»Ich habe gehört, wie er weggefahren ist. Er hat sein Auto öfter dort abgestellt. Er – er hielt sich gern im Sommerhaus auf. Um etwas Distanz zu schaffen – zwischen uns, nehme ich an.« Der Blick, mit dem sie Jury ansah, war hart. »Mr. Jury, der springende Punkt ist, dass Simon sich nicht allzu viel herausnehmen durfte. Ich habe nämlich das Geld.«

Sie wollen sagen, er würde seine Position bei Ihnen nicht gern aufs Spiel gesetzt haben.« Das klang nach einer Geschäftsbeziehung, nicht nach Ehe. »Aber warum haben Sie sich nur solch eine Behandlung gefallen lassen, Mrs. Lean?«

Sie lächelte. »Warum? Weil Lumpen so ungemein charmant sind. Ich habe ihn geliebt.« Sie reichte ihm das Taschentuch, einmal, zweimal gefaltet zurück. »Tatsache ist jedoch, dass ich diesmal wirklich genug hatte. Ich wollte mich scheiden lassen. Um das zu verhindern, wäre Simon zu allem fähig gewesen – einfach zu allem.« Aus dem gefassten, elfenbeinfarbenen Gesicht blickten Jury die Augen einer Tigerin an. »Als ich ihm gesagt habe, dass ich mich scheiden lassen wollte, hätte er mich vor Wut am liebsten umgebracht.«

Durch zwei Rabatten mit schwarzen Tulpen in einem Teppich aus silberweißen, abgestorbenen Nesseln gelangte man zur Tür des Sommerhauses. Jury wandte sich um und blickte zum Haupthaus zurück. Von der Barockvilla war wenig zu sehen – nur der obere Teil, wo Lady Summerston auf dem Balkon gesessen hatte.

Die Polizei von Northants hatte das Häuschen und den Garten ringsum mit weißem Band abgesperrt und einen Wachtmeister auf einem Stuhl vor der Tür postiert. Sergeant Burn war in Uniform, von einschüchterndem Wuchs und hatte ein Gesicht aus Granit. Er quittierte Jurys Gruß, blickte Hannah Lean jedoch argwöhnisch an.

»Ihre Laborleute haben doch sicherlich schon jeden Quadratzentimeter unter die Lupe genommen, Sergeant. Ich würde mich gern etwas umsehen.«

Burn nickte und nahm wieder neben der Tür Platz. Dann zog er eine neue Ausgabe von *Private Eye* aus seiner Gesäßtasche und griff zu seinem Becher mit Tee.

Das Sommerhaus war klein, fast winzig, gleichsam das Architektenmodell eines größeren Hauses. Am anderen Ende des im Landhausstil möblierten Wohnzimmers führten Terrassentüren auf den See. Zur Rechten konnte Jury durch die angelehnte Tür gerade noch das Ende eines Himmelbetts sehen, das allein schon den ganzen Platz in dem Zimmer zu beanspruchen schien. Die Küche war so beschaffen, dass sich zwei Personen ständig in die Quere kommen mussten. Dort hatte Sergeant Burn offenbar seinen Nachmittagstee zubereitet.

Auf einer Seite des Kamins mit dem Marmorsims stand ein Sofa, auf der anderen zwei dazu passende Klubsessel, alles mit einem verblichenen, geblümten Chintz bezogen. Pfingstrosen und Kapuzinerkresse rankten sich auf dem Stoff an einem hellblauen Spalier hoch. Neben der Terrassentür stand ein Tischchen, das von vier geschnitzten, antiken Mahagonistühlen mit hoher Lehne fast erdrückt wurde.

Zwei Menschen, denen es Spaß machte, in ständiger Tuchfühlung miteinander zu leben, mochte es hier gefallen – mit dem richtigen Partner, der richtigen Frau (dachte er) schien es herrlich gemütlich. Was er allerdings über Simon Lean gehört hatte, ließ daran zweifeln, dass diesem viel an Gemütlichkeit gelegen gewesen war, und die richtige Frau hatte er anscheinend auch nicht gefunden. Jury sah Hannah an und überlegte warum. Diese Mischung aus pubertärer Verträumtheit und Hartherzigkeit war sehr anziehend. Was für ein Wort. Hatte er seit Jahr und Tag nicht mehr gebraucht.

Hierher war Simon Lean also fünf Jahre lang gekommen, hatte wohl oder übel die Pracht des schlossartigen Hauses vor Augen gehabt, wie es da inmitten von vielen Morgen märchenhafter, romantischer Gärten und Teiche prangte, und hatte sich sicherlich gefragt, wann er als Herr dort residieren würde. Das hier taugte mehr für Übernachtungsgäste oder zum Alleinsein. Oder gab den vollendeten Rahmen für ein Tête-à-tête ab, und genau das hatte seine Frau wohl andeuten wollen. Die Terrassentür ging auf den Anleger, und der See verlieh Raum und Panorama eine ungewöhnliche Weite.

Hannah stand ganz still da und fixierte die Ecke neben der Terrassentür, wo zweifelsohne der *secrétaire* gestanden hatte. Der blutbefleckte Teppich wies noch die Eindrücke seiner Beine auf. Neben der leeren Stelle lagen zwei Bücherstapel. Jury ging in die Hocke, um sie anzusehen. Man hatte sie herausnehmen müssen, um Platz für die Leiche zu schaffen. Er blickte Hannah von unten an: Das leere Geviert auf dem Teppich schien sie auf einmal mehr anzurühren als Gespräch und Spaziergang, denn sie erschauerte und verschränkte die Arme vor der Brust.

Jury sagte: »Mir scheint, Burn hat sich mit Tee bedient. Wie wäre es mit uns beiden?« Sie wandte sich zur Küche, drehte sich jedoch wieder um und lächelte unsicher. »Würde es Ihnen etwas ausmachen, ihn zu holen?« Sie wirkte hilflos. »Ach ja, Sie wissen nicht, wo die Sachen sind –«

»Sie vergessen, dass ich Kriminalbeamter bin.«

Das war ihr erstes spontanes Lächeln, und es war strahlend. Ihr Gesicht leuchtete auf wie ein See, wenn die Sonne hinter seinem Ufer versinkt und ihn in eine Fläche aus Feuer verwandelt.

Der Kessel stand auf der Kochplatte, wo ihn der Wachtmeister hatte stehen lassen, und Jury machte Wasser heiß. Becher fand er im letzten Schrank, den er aufmachte; Zucker und Tee hatte Burn nicht wieder weggestellt. Als das Wasser fertig war, wärmte er damit die Kanne an, schüttete es wieder aus und füllte Tee ein. Er ging ins Wohnzimmer zurück und fand sie vor einer Zeichnung auf dem Kaminsims, neben der zwei kleine Fotos standen, eins von ihrem Mann und eins von ihnen beiden.

Wieder diese nervöse Angewohnheit, die Pulloverärmel

hochzuschieben. »Fast wäre ich, na ja, ein bisschen in Panik geraten. In nur zwei Minuten.« Ihr Lachen klang gequält, als sie sich für den Becher Tee bedankte, den er ihr auf das Tischchen stellte.

Er blickte sie an, sagte aber ein Weilchen nichts und nahm dann die Zeichnung in die Hand. Es war eine Skizze, eine Art Vorzeichnung, wie sie Künstler für ein Porträt machen. »Das Gemälde oben an der Treppe?«

Sie nickte. »Ich mache mir nichts daraus.«

Komisch. Ich finde es schön.«

»Dann ist es mir wohl nicht sehr ähnlich.« Eine kategorische Feststellung; es war nicht ihre Art, Komplimente herauszufordern. »Ich kann es einfach nicht fassen. Hat denn jemand gewusst, dass der Klappsekretär in Truebloods Geschäft gebracht werden sollte? Warum sollte ihn jemand... da drin verstecken?«

»Möglich, dass der Mörder Mr. Trueblood in Teufels Küche bringen wollte.«

Sie ließ sich den Gedanken anscheinend durch den Kopf gehen. »Glauben Sie das im Ernst?«

»Könnte doch sein.«

Sie saß jetzt auf dem Sofa am Kamin und drehte ihm den Rücken zu. Er konnte nicht sehen, was sie für ein Gesicht machte, und so ging er um sie herum und setzte sich ihr gegenüber. »Haben Sie gewusst, wann der *secrétaire* abgeholt werden sollte?«

»Fragen Sie mich das, weil Sie mich dabei ertappen wollen, dass ich nicht zweimal dasselbe antworte?« Jury sagte nichts. »Was hat Eleanor gesagt? Ihr Gedächtnis lässt sie nämlich manchmal im Stich.« Sie schwieg ein Weilchen. »Ja, ich habe gewusst, dass der *secrétaire* entweder heute oder morgen abgeholt werden sollte.«

Jury hielt seinen Becher mit beiden Händen, trank jedoch nicht, sondern beobachtete sie gespannt. »Sie haben gesagt, Ihr Mann fuhr nach London –«

»Das tat er oft«, fiel sie rasch ein.

»– so gegen neun Uhr, ja?« Sie nickte wie eine Marionette. »Und haben Sie sich von ihm verabschiedet?«

Ihr Lächeln war so bitter, wie ein Lächeln nur sein kann. »Ihn ›verabschiedet‹? Was für ein hübsches Bild. Die treu ergebene Ehefrau, wie sie einen Kuss bekommt, ihm von der Schwelle aus nachwinkt –«

»Oh, Sie brauchen es nicht weiter auszuschmücken.« Jury lächelte nicht so frostig wie sie. »Ich meine ganz einfach, haben Sie ihn weggehen sehen? Aus der Tür? Über den Hof und die Auffahrt hinunter?«

»Ich habe gesehen, wie er aufbrach, ja. Ich saß noch am Esstisch, da ging er in die Halle und holte sich Mantel und Handschuhe. Ja, er ging durch die Eingangstür hinaus. Als ich gerade meine zweite Tasse Kaffee trank, hörte ich das Auto die Auffahrt hinunterfahren. Wie ich Ihnen bereits gesagt habe.« Ihre Augen blickten stählern.

»Wo war Crick?«

Das schien sie aus der Fassung zu bringen. Sie blickte sich verstört um. »Ich – also, er hat mir nicht den Kaffee serviert, falls Sie das meinen. Er war oben bei Eleanor. Servierte *ihr* den Kaffee.«

»War das üblich?«

Sie seufzte und lehnte sich zurück. »Alles, was hier geschieht, ist ›üblich‹. Sie bekommt ihr Essen um Viertel nach acht hochgebracht; ihren Kaffee um neun. Dann plaudern sie ein Weilchen; an dem Abend ändert sich nie etwas.« Abrupt stand sie auf, ging zum Kaminsims und öffnete eine silberne Zigarettendose.

Auch Jury stand auf und zog seine eigenen heraus. »Nehmen Sie eine von meinen.« Er stand auf und zündete erst ihre, dann seine an. »Sie mögen sie nicht, was? Lady Summerston?«

Sie schloss die Augen, stieß eine lange Rauchfahne aus, als hätte sie die ganze Zeit nur an eine Zigarette gedacht, und sagte dann: »Andersherum. Sie mag *mich* nicht. Sie verübelt es mir, glaube ich, dass ich lebe und meine Mutter tot ist.«

Während sie die Zigarette mit hastigen Zügen rauchte, liefen ihr die Tränen einfach übers Gesicht, als stünde sie im Regen. Sie machte keinen Laut, keinen Versuch, sie abzuwischen oder zu verbergen.

Jury legte ihr die Hände auf die Schultern und drückte sie sanft wieder auf das Sofa. Er selbst blieb mit den Händen in den Hosentaschen stehen, nachdem er die Zigarette in den Kamin geworfen hatte. »Das entspricht ganz und gar nicht dem Eindruck, den mir Ihre Großmutter vermittelt hat. Höchstens –« Jury unterbrach sich. Er redete zu viel.

»Höchstens?«

Dass sie Sie beschützen wollte, dachte er. Was er aber sagte, war: »Nicht besonders nett von mir, Sie hierher zu bringen. Ins Sommerhaus, meine ich, aber ich wollte offen gestanden sehen –«

»Wie ich reagiere.« Sie starrte auf den Becher mit dem kalten Tee und stand auf.

Er fühlte sich – ja, schuldbewusst, weil sie das so klar sah. Ob Hannah Lean diese Wirkung wohl auch auf ihre Bekannten ausübte? Jäh ging ihm auf, dass es sich dabei um eine gefährliche Eigenschaft handelte. Sie brachte einen aus der Fassung; am liebsten hätte man, bildlich gesprochen, die Hände hochgeworfen und sie gewähren lassen. Er sagte: »Dann verstehen wir uns also.« Sein Lächeln war zwar echt gemeint, kam aber selbst ihm falsch vor.

»Nein. Nein, ich glaube nicht, dass wir uns verstehen. Ich dachte schon, das täten wir, aber jetzt nicht mehr.« Sie wollte zur Tür gehen, wo Sergeant Burn viel Wirbel mit seinem Stuhl machte, um den Besuchern das Gefühl zu geben, er sei völlig wach. Sie drehte sich jedoch noch einmal um und sagte: »Sie haben keinen Gedanken daran verschwendet, dass man heute Morgen meinen Mann umgebracht hat. Die Polizei von Northants hat mich vernommen, und jetzt schleifen Sie mich hierher, weil Sie meine Reaktionen testen wollen. Reaktion Nummer eins: Die Polizei hat beschlossen, dass ich die Hauptverdächtige bin – als betrogene Ehefrau, glaube ich. Reaktion Nummer zwei: Beide, die Kriminalpolizei von Northants und die aus London, sind verdammte Sadisten.« Sie fegte die gerahmten Fotos vom Kaminsims auf die Fliesen vor der Feuerstelle. Klirrend zerbarst das Glas, wie eine zerbrechende Windschutzscheibe. »Auf Wiedersehen, Superintendent.«

Er blickte von ihrem entschwindenden Rücken zu dem kleinen Foto. Hannah und Simon Lean mit einem erstarrten Lächeln, das nicht darauf schließen ließ, was sie füreinander empfanden. Warum hatte sie es zerbrochen? Wollte sie symbolisch andeuten, was man ihr mit dieser Vernehmung antat? Jedenfalls hatte er nicht gerade den Eindruck, dass es aus Zuneigung zu ihrem verstorbenen Mann geschehen war.

Er sammelte die Glassplitter auf und warf sie in den Mülleimer in der Küche. Die Fotos steckte er ein. Dann stand er da und starrte auf den kalten Kaminrost. Parfümiertes, blaues Papier.

Weshalb sollte Simon Lean gezögert haben, den Brief zu verbrennen?

»Sir!«, sagte Sergeant Burn, sprang rasch auf, rollte *Private Eye* zusammen und verstaute sie in der Gesäßtasche.

Jury lächelte. »Immer mit der Ruhe, Sergeant. Wo sind die Männer, die vor zwanzig Minuten hier waren? Sind sie schon nach Northampton zurück?«

Burn deutete auf den Pfad, der geradeaus führte und weiter dem Fluss folgte. »Inspektor MacAllister und die beiden anderen haben gesagt, sie wollten sich noch mal die Stelle ansehen, wo das Auto geparkt war. Der Jaguar«, setzte Burn hinzu, und seine Stimme hatte einen aufsässigen Unterton.

»Das da sind frische Spuren«, sagte MacAllister in fast dem gleichen aufsässigen Ton zu Jury und klappte sein Notizbuch zu, als wollte ihm Jury über die Schulter schauen. Er informierte ihn ebenso schnippisch – und so dürftig wie möglich – und überlegte jede Antwort, die er auf Jurys Fragen gab, genau. »Neue Gürtelreifen, das Stück hundert Pfund, wetten? Wieso auch nicht, bei dem Geld, das diese Leute haben.«

Als hätte er zu viel gesagt, verzog er das Gesicht und klappte den Mund zu wie vorher das Notizbuch.

»Dann sieht es also so aus, als ob Lean bei seiner Rückkehr von London das Auto hier geparkt hätte.«

MacAllister bemühte sich, die Nase hoch zu tragen; da Jury aber eins fünfundachtzig maß und der Inspektor eins achtundsechzig, war das ein logistisches Problem. »Natürlich. Sein Auto hat hier gestanden.« Nicht mal zwei und zwei zusammenzählen konnte Scotland Yard. »Der Boden ist ganz versaut von Reifenspuren. Eine stammt von Mrs. Leans Mini.«

»Tatsächlich?«

»Das sind alte. Ihr Auto hat hier eine Weile nicht mehr geparkt. Die meisten sind von dem Jaguar, und die anderen könnten von jedem x-beliebigen Wagen stammen. Falls Sie den Meilenzähler überprüfen wollen« – Jury war auf dem Weg zu dem Jaguar –, »das habe ich schon besorgt. Er hat ein Fahrtenbuch geführt.«

Jury zweifelte nicht daran, dass es einen Eintrag gab. Das Heft, in dem Simon Lean den Meilenstand notiert hatte, steckte im Seitenfach der Fahrertür. Er holte eine kleine Taschenlampe hervor, stieg ein, schob den Sitz vom Steuerrad weg und ließ den Strahl der Lampe über das Buch gleiten. Die Meilenzahl stimmte mit der ungefähren Fahrtstrecke zwischen Northampton und Victoria Street überein. Mit dem Zug waren es fünfundsiebzig Minuten bis zur Euston Station. Mit diesem Auto sogar noch weniger, wenn man tüchtig aufs Gas trat. Jury schlug noch etwas für dichten Verkehr und die zusätzliche Entfernung zum Postbezirk vierzehn auf. Limehouse käme in Frage. Die anderen Eintragungen für London zeigten die gleiche Meilenzahl und tauchten in regelmäßigen Abständen auf.

»Etwas gefunden, was wir übersehen haben?«, fragte MacAllister und blickte von dem Gipsabdruck auf, den zwei Polizisten von einer der Reifenspuren nahmen.

Jury lächelte. »Tja, ich weiß nicht so recht. Wer hat denn den Jaguar die Straße raufgefahren?« Jury deutete mit einem Kopfnicken zu dem Auto, das etwa dreihundert Meter entfernt stand.

MacAllister blickte so misstrauisch wie jemand, der eine Falle wittert. »Ich. Etwa was dagegen? Der Wagen ist gründlich untersucht worden, vor allem der Beifahrersitz, falls Sie das denken sollten.«

»Warum sollte ich das wohl denken?«

»Warum? Wegen der Indizien, dass er eine Frau dabeihatte. Wir haben Haare gefunden, Fasern, das Übliche, aber das Zeugs ist schon weg, im Labor.«

Jury steckte sich eine Zigarette an und bot MacAllister auch eine an. Der zögerte jedoch und schüttelte den Kopf; er wollte sich wohl nicht zu Dank verpflichtet fühlen. »Warum, glauben Sie, ließ Lean das Auto hier stehen? Ich meine, statt zum Haupthaus zu fahren.«

»Möglicherweise damit niemand von seiner Rückkehr Wind bekam. Oder einfach, weil er gern im Sommerhaus übernachtete. Seiner Frau zufolge hat er das häufig getan. Ging gern seiner eigenen Wege, sagt sie.« In Anbetracht der Tatsache, dass MacAllister für Jury nicht mehr als unbedingt nötig herausrückte, war dieser ganz überrascht, als der Inspektor hinzusetzte: »Wenn Sie mich fragen, die haben sich vor Liebe nicht gerade aufgefressen. Und die Gattin – die Witwe – kalt wie eine Hundeschnauze.«

Jury fragte: »Den Fahrersitz haben Sie nicht bewegt?«

Vielleicht hatte er wegen seiner Kleinwüchsigkeit Komplexe, und sein »Nein« fiel deshalb so scharf aus. Dann ging MacAllister wieder in die Hocke und sagte: »Klar, vermutlich hat sie ihn umgebracht, kein Wunder also, dass sie ihm keine Träne nachweint. Dabei sollte man meinen, sie würde wenigstens so tun als ob, oder?«

Die Stimme hätte der Marmorjungfrau im Brunnen gehören können. Sie sagte: »Es tut mir Leid«, als Jury gerade in sein Auto steigen wollte.

Hannah Lean kam durch einen schmalen Durchlass in der hohen Eibenhecke und blickte sich auf ihre unschlüssige Art um, als hätte sie das nicht wirklich gesagt.

»Ich an Ihrer Stelle würde mich nicht zu viel mit Entschuldigungen aufhalten. Nicht unter diesen Umständen.«

Es war, als hätte er sie ihr um die Ohren geschlagen, die Entschuldigung. Ihre Miene gefror aufs Neue zu Eis, wie er es schon öfter gesehen und was wahrscheinlich MacAllisters Urteil über sie beeinflusst hatte. »Meinen Sie, weil Sie alle beschlossen haben, dass ich Simons Mörderin bin? In solchen Fällen ist es gewöhnlich die Ehefrau oder der Ehemann, nicht wahr?«

Jury schlug die Autotür zu und lehnte sich dagegen. »Wissen Sie eigentlich, dass Sie und Ihre Großmutter sich geradezu um die Schuld reißen? Liegen Sie etwa in einem edlen Wettstreit miteinander, wer die Hauptverdächtige sein darf oder so etwas?«

Sie drehte sich um und blickte die Auffahrt entlang. »Wer sonst könnte es gewesen sein? Wer sonst hatte ein Motiv?«

Jury lachte. »Mein Gott, Sie haben viel Zutrauen zu unserem Arbeitstempo, wie? Es ist noch zu früh, als dass wir diese Frage schon beantworten könnten. Mit ein, zwei Verdächtigen kann ich allerdings aufwarten: den Frauen, die er kannte. Oder jemanden, der es auf beide, Ihren Mann und Marshall Trueblood, abgesehen hatte. *Oder* jemand, den wir bislang noch nicht kennen. Das Sommerhaus ist jedermann zugänglich, oder? Eine enttäuschte Freundin – irgendjemand Enttäuschtes – könnte doch ungesehen über den Weg dort gekommen sein.«

»Aber wenn er in London war –«

Wenn er das war. Jury blickte sie an. Dem Arzt zufolge war der Tod wahrscheinlich zwischen halb zehn und Mitternacht eingetreten. Das gab Simon Lean nicht genügend Zeit für den Rückweg vom East End. Kalkulierte man alle Faktoren ein, die Einfluss auf diese Zeitspanne haben konnten, so stand nicht einmal das ganz fest.

Und es gab noch mehr einzukalkulieren: Der Letzte, der den Jaguar gefahren hatte, war klein gewesen, möglicherweise eine Frau.

Während ihm das durch den Kopf schoss, hatte sie ihn nicht aus den Augen gelassen. »Sie denken, dass er vielleicht gar nicht in London war, oder? Simon hat ein Fahrtenbuch geführt... Jedenfalls glaube ich, er –«

»Ja. Das Auto hat die gleiche Strecke zurückgelegt wie zuvor. Wie auf seinen anderen Fahrten. Das Labor dürfte herausbekommen, ob jemand sich an dem Meilenzähler zu schaffen gemacht hat oder ob irgendeine Eintragung gefälscht ist.«

Sie hatten vor dem Springbrunnen gestanden, im Licht der Sonne und ihres Widerscheins auf dem Marmor und den italienischen Kacheln. Selbst die Farbe des reflektierten Lichts wich aus ihrem Gesicht, wieder erblasste sie, als sie sagte: »Gefälscht? Sie glauben doch nicht im Ernst, dass das geht?«

Jury konnte ihre angstvolle Miene nicht ertragen; er sah an der Fassade des Hauses hoch, die im späten Licht des Nachmittags so golden wie Wein schimmerte. Eine Gardine fiel herab. Vermutlich Crick. Der hatte nichts Besseres zu tun, als aus dem Fenster zu spähen, sich in Ecken und an Türen herumzudrücken und so zu tun, als wollte er gerade anklopfen. Es war ja nichts Schlimmes dabei, nur stimmte es ihn traurig.

Wie kann man Hannah Lean bloß für marmorkalt halten, fragte er sich und beantwortete dann ihre Frage: »Wohl kaum, nein. Die Eintragungen sahen alle nach derselben Handschrift aus.«

Man sollte meinen, sie hat nichts mitbekommen, dachte er.

»Immer noch ich, wie? Mir müsste doch daran gelegen sein, dass die Polizei glaubt, er sei nach London gefahren.«

Einen Augenblick lang verstand er sie nicht. »Das wäre kein Alibi, zumindest keins, das Sie retten könnte. Falls Sie ihn umgebracht haben, Mrs. Lean, dann hätten Sie das auch bei seiner Rückkehr tun können.«

Als sie ihn von unten her anblickte, war ihr Teint wieder so durchscheinend wie zuvor. Sie lächelte ein wenig, aber auf Jury hatte das eine magische Wirkung. »Wirklich sehr komisch, sich mit einer mutmaßlichen Mörderin zu unterhalten und sie ›Mrs. Lean‹ zu titulieren. Ich meine, solch ein furchtbarer Verdacht berechtigt zumindest dazu, sich mit Vornamen anzureden. Ich heiße Hannah; wie Sie heißen, weiß ich nicht.«

Damit ließ sie ihn stehen, und als ihre Absätze sich eilig klappernd über die Fliesen entfernten, sah Jury, wie die Gardine schon wieder herabfiel.

Der trockene Springbrunnen, die prächtige, von der Sonne gold umsponnene Loggia, die blumengesäumten Pfade und die Windglockenspiele, so viele Blumen, dass es aussah, als wären sie vom Himmel gefallen.

Und dennoch ein unsäglich einsames Fleckchen Erde. Jury gab Gas.

11

Als Diane Demorney die Tür öffnete, wirkte sie eher gewickelt als gewandet.

Die frühere Besitzerin des Hauses, Lorraine Bicester-Strachan, hatte die Schwelle einst ebenso dekorativ geziert wie heute Diane Demorney. Die vormalige und die jetzige Hausherrin hatten sowieso vieles gemein: das dunkle Haar, die gute Figur, die hochmütige Haltung des Kopfes und die geradezu wölfische Gier, Jury ins Haus zu locken. Diesen Eindruck jedenfalls vermittelte Diane, als sie die Tür noch weiter aufriss, ehe er überhaupt seinen Dienstausweis zücken konnte.

Das Haar war völlig neu aufgedonnert worden (wie es seine Besitzerin vermutlich auch mit sich selbst hielt, mehrmals vom Aufgang der Sonne bis zu ihrem Untergang). Das Zimmer, in das sie ihn führte, war nun ein arktisches Gleißen, während früher darin jede Menge Pferdekram und Gemälde von Treibholz und Sturm zerzausten Küstenlandschaften vorgeherrscht hatten. Und doch war der Eindruck damals genauso frostig gewesen wie jetzt, denn es gibt nun einmal Menschen, die allem die Wärme entziehen können. Hier machte nur *etwas* einen lebendigen Eindruck, nämlich Diane Demorney.

Die Art, wie sie sich selbst in Szene setzte, fand er fast komisch: Frau und Zimmer wirkten, als ob eins ohne das andere nicht sein könnte, sie schienen zusammenzugehören wie Vorder- und Hintergrund. Alles war weiß – Teppiche, Sofa, Stühle – bis hin zu dem Bild an der Wand, das weiß in weiß gemalt war. Was nicht wie arktischer Schnee aussah, sah aus wie arktisches Eis; die verschiedenen Tische waren nämlich aus zart bläulich getöntem Glas. Auf einem warteten ein Martinikrug und Gläser von der ungefähren Spannweite eines Regenschirms.

So bot denn der Vordergrund – Miss Demorney selbst – den einzigen Farbtupfer. Und einen recht kräftigen obendrein: das leuchtend rote Kleid war aus Georgette drapiert. Vom Oberteil mit den gepolsterten Schultern, die aussahen wie Messergriffe, floss der Stoff in Fältchen über den Busen und dann über eine nicht definierte Hüftlinie in immer engeren Falten bis zum Knie hinab. Es lief schmal zu wie eine Klinge, und vor den weißen Wänden wirkte es wie ein sichelförmiger, blutroter Schnitt, so als hätte jemand das Zimmer erdolcht.

Als sie einen kleinen Niagarafall Gin in den Krug goss, sagte Jury: »Pardon. Haben Sie Freunde erwartet?«

»Nur Sie, Superintendent.« Sie schenkte die Kappe der Wermutflasche voll, goss die Hälfte davon in die Flasche zurück und den verbleibenden Hauch von Wermut in den Gin. »Olive? Oder mit Pfiff? Ich für mein Teil reibe gern mit einer Knoblauchzehe über den Rand. Oder hätten Sie ihn lieber mit Wodka?«

»Auf der Suche nach dem vollkommenen Martini, was?«

»Der vollkommene Martini, Superintendent, ist ein tüchtiger Schluck Gin aus der Flasche; leider stehen einem dabei die guten Manieren im Wege.«

Als sie das zweite Glas einschenken wollte, sagte Jury: »Nicht für mich, danke.«

Diane warf ihm einen gequälten Blick zu. »Mein Gott, das darf doch nicht wahr sein, das mit dem Alkohol im Dienst? Ich dachte immer, das gibt es nur in diesen geisttötenden Krimis. ›Vielen Dank, Lord Badluck, aber ich bin im Dienst‹, wie langweilig, obwohl Fielding sicher zugestimmt hätte, wenn Sie damals ein Polyp gewesen wären.«

»Ich ziehe mit, wenn Sie einen Schluck Whiskey haben. Stellen Sie sich vor, es wäre Wermut, und schenken Sie dementsprechend ein.«

Sie griff um den Beistelltisch herum zu einem Gebilde aus Glas und Spiegeltüren und holte eine Flasche Powers heraus. »Tut es ein irischer?«

»Bestens. Wenn Sie gewusst haben, dass ich komme, dann wussten Sie auch warum.«

»Simon Lean. Ich habe ihn gekannt.« Sie reichte Jury ein Glas von einem solchen Durchmesser, dass der Whiskeypegel darin die reinste Augenwischerei war. Dann schlug sie die Beine übereinander, bis der Schlitz, den sie zum Gehen benötigte, ihm eine gefällige Aussicht auf die Landschaft oberhalb des Knies bot. Sie schob eine Zigarette in eine lange, weiße, gerippte Zigarettenspitze, die wie zart bereift wirkte.

Eine ausnehmend eisige Lady, dachte Jury bei sich. Intelligent? Kann sein, kann auch nicht sein. Die Anspielung auf Henry Fielding und die Polypen gefiel ihm. Insgeheim kam sie sich wahrscheinlich sehr gebildet vor.

»Soviel ich weiß, haben Sie Mr. Lean recht gut gekannt.«

Wieder wölbte sich die schön geschwungene Braue. »Und *wie* wollen Sie das wissen? Genauer gesagt – *woher*?«

»Mrs. Lean glaubt, dass Sie sich mit ihm getroffen haben – ziemlich oft sogar. Ich glaube, sie sagte, sie habe Sie beide in der ›Glocke‹ in Sidbury gesehen.«

»Das ist kaum ein Kunststück, wenn jemand in einem Erkerfenster zur Hauptstraße sitzt; das hat wohl nichts mit Heimlichtuerei zu tun, oder?« Sie beobachtete ihn über den Rand ihres großen Glases hinweg.

»Ich habe nicht behauptet, dass Sie heimlich dort waren. Sie hätten ein Verhältnis ohne alle Heimlichkeiten haben können.«

»Das hat sie Ihnen erzählt?« Sie wartete die Antwort nicht ab. »Attraktiv genug war Simon sicherlich, aber ewig pleite. Wenn ich mich recht entsinne, so musste *ich* für die Drinks zahlen.«

»Was hat denn Geld damit zu tun?«

»Mein Gott, Superintendent, leben Sie auf dem Mond? Was hat wohl *nicht* mit Geld zu tun?«

»Hatten Sie ein Verhältnis mit Simon Lean?«

Sie schürzte die Lippen, stieß eine spitze Rauchsäule aus und sah zu, wie sie fortschwebte und sich auflöste. »Es ist wohl besser, wenn ich Ihre Fragen nicht beantworte. Sollten Sie mich an dieser Stelle nicht über meine Rechte belehren, mich warnen oder so etwas?«

»Ja; hiermit warne ich Sie: Schluss mit dem Eiertanz, beantworten Sie meine Fragen.« Jury lächelte. »Lassen wir Simon Lean einen Augenblick beiseite –«

»Gern.«

»Es überrascht mich, dass jemand wie Sie ausgerechnet hier in Long Piddleton leben möchte.«

»›Leben‹? Ach, ich habe doch meine Wohnung in Hampstead behalten; was ›Leben‹ angeht, so findet das in London statt. Aber ein Haus auf dem Land ist ein Muss. Für Wochenendpartys und solche Sachen.« Sie schenkte sich noch einen Drink ein und zog den Rock mit einer beiläufigen Drehung der Hand noch ein paar Zentimeter höher.

»Tatsächlich? Geht man denn immer noch auf Partys?«

Gern hätte er über ihren jäh bestürzten Blick gelacht; sollte sie etwa den neuesten Trend verpasst haben? Dann tat sie so, als hätte sie ihn falsch verstanden. »Vermutlich dürfte Polizisten die Zeit dazu fehlen, oder?«

»Dann gehen Sie also in London auf Partys und hier machen Sie mehr oder weniger auf Entspannung, ist das so?«

Ihr Blick war so hart, dass er meinte, ihr Gesicht müsse zersplittern, doch das dauerte nur so lange, wie sie für die Überlegung brauchte, dass jedes Anzeichen von Zorn die sorgsam konstruierte Fassade blasierter Langeweile zerstören würde. Ein Quäntchen Humor blitzte auf, wie die silbrig glänzenden Rippen auf der weiß emaillierten Zigarettenspitze.

Als keine Antwort kam, sagte Jury: »Simon Lean?«

Sie zuckte nicht mit der Wimper, als sie sagte: »Wir haben uns zwei-, dreimal in London getroffen. Nichts Ernstes.«

Jury lächelte. »Ihre Vorstellung von ›ernst‹ muss meiner nicht unbedingt entsprechen. Hannah Leans wohl auch kaum.«

Sie hatten ihrem zweiten Martini schon tüchtig zugesprochen. In diesen Gläsern machte er gut und gern ihren dritten oder vierten aus. Jury stand auf und hob sein eigenes Glas. »Was dagegen? Nein, ich bediene mich schon selbst.« Er hatte nach dem ersten Schluck nichts mehr getrunken, dachte aber, dass sie vielleicht zugänglicher würde, wenn er seinen Whiskey etwas auffrischte (wozu er Sodawasser nahm).

Er ließ sich wieder auf dem kühlen weißen Sofa nieder, das wie Diane Demorney außer Stande wirkte, Körperwärme zu speichern, und fragte: »Was ist also mit seiner Frau?«

Sie wandte sich mit einem Achselzucken ab. »Du liebe Zeit, Sie haben sie doch gesehen.«

Mit anderen Worten, man brauchte Hannah Lean nur einmal anzusehen, und schon wusste man, warum ihr Mann fremdging.

»Sie ist nett; sie ist attraktiv.«

Attraktiv? Ihr Glas verharrte auf halbem Weg in der Luft, dann schwenkte sie es leicht und tat die Bemerkung ab, als könnte einem Jury wegen seines Geschmacks in Bezug auf Frauen Leid tun. »Sie kauft ihre Kleider vermutlich bei Army and Navy.«

»Mmm.«

»Der *einzige* Grund, dass sie Simon gekriegt hat, war ihr Vermögen. Sie hat Geld wie Heu.«

Ob ihr nie der Gedanke gekommen war, dass auch sie ihn nur aus einem einzigen Grund gekriegt hatte, nämlich des Geldes wegen?

»Sie sind mir auch noch eine Erklärung schuldig. Was haben Sie vorhin eigentlich mit Heimlichkeiten gemeint?« Sie warf ihm einen bedächtigen Blick zu. »Ich hatte den Eindruck, dass Sie mich der Geheimniskrämerei bezichtigen, falls das Wort noch gängig sein sollte. Sind Sie verheiratet, Superintendent?«

»Würde es Sie stören, wenn Sie nicht die einzige Frau in seinem Leben gewesen wären? Abgesehen von seiner Frau, meine ich.« Bislang wusste Jury von drei Frauen in Simon Leans Leben. Zweifellos gab es mehr. Wie viele Frauen, überlegte er, braucht ein Mann? Alles was er wollte, war eine einzige.

»Er könnte etwas mit Joanna der Wahnsinnigen gehabt haben, was weiß ich.«

»Sie meinen Joanna Lewes? Wie kommt sie zu diesem eigenartigen Attribut?«

Man merkte, dass sie es unendlich genoss, diese bruchstückhaften Informationen preiszugeben: die Augenbrauen hochgezogen, verharrte sie mit dem Glas an ihren Lippen. »Natürlich wegen ihres Ex-Mannes, wegen Philipp. Philipp von Spanien. Haben Sie etwa noch nie von ihm gehört? Der trieb seine Königin Joanna in den Wahnsinn. Sie *selbst* hat sich so genannt.«

Man konnte fast glauben, sie hätte Geschichtsbücher gelesen, was Jury aber bezweifelte.

»Warum lächeln Sie, Superintendent? Und das auch noch strahlend, möchte ich hinzufügen. Dieses Lächeln muss doch die Frauen absolut verrückt machen. Eine Antwort habe ich auch noch nicht bekommen. Sind Sie nun verheiratet? Oder leben Sie nur mit jemandem zusammen?«

»Wie kommen Sie darauf?«

»Wie ich darauf komme? Nun, wären Sie es nicht, würde ich mich für meine Geschlechtsgenossinnen sehr schämen. Also, was Simon angeht – tja, da hätte ich Ihnen wohl lieber mit einem Taschentuch vor den Augen und im alten Bademantel die Tür aufmachen sollen – die Geliebte, die vor Gram von Sinnen ist, die man außen vor lässt, die ihren Kummer allein tragen muss. Verdammt noch mal, so sehr mochte ich den Typen auch wieder nicht. Und nein, es würde mir auch nichts ausmachen, wenn er tatsächlich andere gehabt hätte; die Virtualität dazu hatte er weiß Gott. Ihr Blick gefällt mir nicht. Obwohl Ihr Anblick mir durchaus gefällt. Glauben Sie, dass ich lüge?«

»Wenn ja, dann kriegen Sie es bildschön hin.«

»Ah. Solange ich etwas bildschön hinkriege, ist mir ziemlich egal, was ich kriege.«

Jury beugte sich vor und drehte – liebkoste beinahe – den Krug. »Und Mord? Würden Sie den auch bildschön hinkriegen?«

Wenn sie die Luft anhielt, dann nicht etwa aus Angst, das wusste er, sondern weil ihr die Starrolle zusagte.

»Eins ist sicher, ich würde niemanden in einen Régence-Klappsekretär stopfen.«

»*Secrétaire à abattant.*«

»Wie bitte?«

»Kein Klappsekretär.«

Das schien sie zu belustigen. »Ich verstehe durchaus etwas von Antiquitäten.«

»Ich auch.« Um Jurys Mundwinkel zuckte es. Vielleicht war sie seicht und dumm, aber er entwickelte allmählich eine perverse Zuneigung zu Diane Demorney. »Wie würden Sie es also anstellen?«

»Das hängt ganz von den Umständen ab.« Sie zog die Zigarette aus der Spitze.

»Die Umstände sind vorgegeben.«

»Simon? Welches Motiv hätte ich wohl –«

»Die Rede ist nicht von Motiven, sondern nur davon, wie Sie es machen würden.«

»Belaste ich mich damit?«

Sollte er etwa sagen, ja, aber fahren Sie ruhig fort? »Nein. Ist doch nur ein Spiel.«

»Ha! Wenn Sie mich fragen, dann haben Sie zum letzten Mal gespielt, als Sie fünf waren.« Sie lehnte sich zurück und blickte zur Decke, als sei sie tief in ihre Denksportaufgabe versunken. »Zunächst einmal müsste man Blutvergießen vermeiden. Allein die Vorstellung, Blut auf einem Seidenanzug von Armani –«

»Hat er den denn angehabt?«

Sie seufzte. »Glauben Sie im Ernst, dass Sie mich damit hereinlegen? Der Trick hat doch einen Bart. Simon hat nie etwas anderes als Armani getragen, einer seiner Anzüge ist aus sandfarbener Seide. Damit wollte ich dem Ganzen nur ein wenig Farbe geben.«

»Mmm. Weiter. Was also käme für Sie in Frage? Erwürgen? Vergiften?«

»Ertränken. Ihn einfach betäuben und in einem der Ruderboote kentern lassen.« Sie beugte sich vor, das Kinn auf die geballte Faust gestützt. Der Martini wurde warm in dem Glas, das sie offenbar vergessen hatte. »Und eins können Sie mir glauben, ich würde nie etwas so total Abwegiges tun, wie die Leiche in ein Möbelstück zu verfrachten.«

»Aber wenn Sie sie verstecken wollten –«

»Also wirklich, Superintendent. Gleich hinter dem Häuschen gibt es einen absolut geeigneten See. Einfach rein damit. Ist schneller und simpler und sicherer. Ein Toter in einem *secrétaire* dürfte ein Zimmer binnen Tagen verpesten, oder? Obwohl ich mich mit Leichen nun wirklich nicht auskenne. Was die Methode angeht, wäre Erwürgen vermutlich das

Beste. Über die Einzelheiten müsste ich natürlich noch nachdenken. Ich skizziere das nur so in groben Umrissen.

»Sagen Sie mir eines. Sie sind doch noch nie in Watermeadows gewesen. Woher wissen Sie dann, wo das Häuschen liegt?«

Sie blickte ihn an. »Sie versuchen die ganze Zeit, mich hereinzulegen. Pfui über Sie, nachdem ich Ihnen schon die halbe Arbeit abgenommen habe. Simon hat mir das Haus natürlich *beschrieben*.«

»Bis hin zu den Ruderbooten?«

Sie seufzte. »Also gut. Ja, wir hatten ein paar heimliche Tête-à-têtes – die Wortwahl sagt Ihnen gewiss zu – in dem Sommerhaus da.«

»Was hat er Ihnen über seine Frau erzählt?«

»Dasselbe, was mir alle Männer erzählen. Ein kleiner Blaustrumpf, eine kleine Transuse, aber mit« – und hier blitzten ihre Zähne weiß auf – »recht viel Knete. Sieht so aus, als ob er sich lieber mit der Transusigkeit abgefunden hat, als die Moneten sausen zu lassen.« Sie starrte ihn an. »Mein Gott, Superintendent, Sie haben das Ladenmädchen in mir wieder zum Vorschein gebracht. Diese Ausdrücke habe ich ewig und drei Tage nicht mehr gebraucht.«

»Sie haben doch selbst recht viel Knete, Miss Demorney.« Er lächelte. »Für Sie hätte er doch sicherlich seine Frau sausen lassen.«

Es amüsierte ihn, dass sie diese Schmeichelei als ernsthaftes Kompliment nahm. Diane Demorney besaß nicht ganz so viel von alledem, wie sie sich einbildete – Geist, Geld, Schönheit. »Oh, danke. Ich wollte Simon allerdings gar nicht haben. Und von meiner Art Geld war sowieso nie die Rede. Die Rede ist von richtigem Geld. Die Art Geld, das schon so lange vorhanden gewesen ist, dass es wie eigens für die Leans geschaffen scheint, maßgeschneidert wie eine neue Garderobe. *Geld,* Superintendent, falls Sie wissen, was ich meine.«

»Nicht bei meinem Gehalt.«

Sie beugte sich vor, damit er ihr die Zigarette anzünden und einen tieferen Blick ins Dekolleté werfen konnte. »Aber, aber, Superintendent, Ihnen steht der Sinn doch nicht etwa nach mehr?«

»Doch, er steht mir unentwegt.«

»*Das* muss aber anstrengend sein.«

Er war froh, dass Wiggins nicht dabei war und sich Notizen machte. »Hat er Ihnen erzählt, dass sich seine Frau scheiden lassen wollte?«

»*Hannah?* Sich von Simon scheiden lassen? Dass ich nicht lache. Wie kommen Sie eigentlich auf die Idee, dass ich als Einzige aus dem Ort das Sommerhaus besucht habe?«

»Auf wen spielen Sie an?«

»Namen kriegen Sie aus mir nicht heraus, Superintendent.«

»Das ist Verdunkelung.«

»Sagen Polizisten wirklich solche Sachen? Nun denn, wenn Sie so unheimlich scharf auf einen Mörder sind, dann spiele ich vielleicht mit, spaßeshalber. Aber wie gefällt Ihnen meine Theorie?«

»Scheint absolut plausibel zu sein, Miss Demorney.«

Sie drückte den Martinikrug an den Busen, als wäre sie eine heiratsfähige Jungfrau und zur Salbung angetreten, und sagte: »Ach, nennen Sie mich doch Diane, ja? Eins steht jedenfalls fest: Meine Theorie ist weitaus plausibler als das, was passiert ist.« Verärgert griff sie jetzt nach ihrem Glas, schüttete den Inhalt in den Kamin und schenkte sich aus dem Krug nach. »Nicht auszudenken, dass jemand zu so was fähig ist; damit hat er doch die Aufmerksamkeit geradezu auf sich gezogen. Man sollte meinen, jemandem war sehr daran gelegen, dass die Leiche gefunden wurde.«

»Ja, das sollte man wirklich.«

Constable Pluck hatte in seiner Rolle als Long Piddletons einziger Polizist und somit Schlüsselbewahrer von Truebloods Antiquitätengeschäft mehrere Zentimeter an Größe zugelegt (im Geist jedenfalls). Zwar hatte Superintendent Pratt Neigung gezeigt, sie zurückzugeben und Trueblood zu gestatten, den Laden aufzumachen, doch Pluck klammerte sich daran, so lange es ging, und hatte sich den wuchtigen Ring durch eine Öse im Hosenbund seiner Uniformhose gezogen.

Im Augenblick klapperte er damit und wippte dazu auf zwei Beinen seines Stuhls. Die Füße hatte er ganz dicht neben Jurys gesenktem Gesicht auf seinem hölzernen Schreibtisch deponiert. »Schwer zu entziffern, was, Sir?«

Jury studierte gerade die Reste des blauen Papiers, die man in der Asche des Kamins im Sommerhaus gefunden hatte. Dem Experten für Urkunden war es im unweit von Northampton gelegenen Labor gelungen, den Brief zu rekonstruieren. Er hatte den Umfang des verbrannten unteren Teils anhand des angesengten oberen berechnet, des weiteren den Abstand zwischen den Wörtern, wobei er die wenigen verbliebenen Buchstaben zu Hilfe genommen hatte. Die hatte er dahin gerückt, wo sie wahrscheinlich ursprünglich gestanden hatten – Buchstaben und Wörter in Reih und Glied. Das Wort *Pub* stand dort, gefolgt von einem *b*, dann folgte ein Brandloch, dann ein *d* und das Wort *Kirche*. »Wissen Sie, wo Mr. Plant ist?«, fragte Jury, ohne den Kopf zu heben, während er die Wörter durch die Schutzfolie studierte. »Rufen Sie bitte in Ardry End an.«

Pluck gefiel es nicht, zum bloßen Sekretär degradiert zu

werden, das wurde an seinem tiefen Seufzer deutlich und auch an der Unlust, mit der er den Hörer abnahm. Als er endlich Plants Butler Ruthven in der Leitung hatte, teilte der ihm mit, dass sich Plant in die Plague Alley begeben hätte.

Pluck legte den Hörer wieder auf und meinte weise: »Ich an Ihrer Stelle würde ihm das mal zeigen. Mr. Plant löst Kreuzworträtsel; der ist gut im Ausfüllen von leeren Stellen.«

Genau dieses wähnte Melrose gerade zu tun. Er saß da, lauschte seiner Tante und trank Tee, der todsicher schon seit dem frühen Morgen gezogen hatte.

»Siebenundzwanzigtausend Pfund!« Sie saß wieder auf demselben Stuhl und fuchtelte Melrose mit einem Zeitungsausschnitt vor dem Gesicht herum.

»Was hat das mit mir zu tun?«

»Hast du denn nicht zugehört? Ist für einen *Titel* gezahlt worden, Plant. Und *du* bist weitaus mehr wert!«

»So viel Gefühl hast du ja noch nie an den Tag gelegt. Ich bin gerührt.« Er prüfte den Bodensatz seines Tees.

»Doch nicht du! Deine Titel. Wenn Titel auf einer Auktion derart viel Geld bringen, nicht auszudenken, was du mit deinen hättest anfangen können!« Sie rückte ihre Halbbrille zurecht und rasselte Summen und Käufer herunter. Ein Ägypter hatte sich für sechzehntausendfünfhundert Pfund den Titel Lord of Mumsby und die Herrschaft über Thrysglwnyd Manor unter den Nagel gerissen. Und mit sechsunddreißigtausend hatte ein Amerikaner den Vogel für etwas abgeschossen, das entfernt mit Abraham Lincoln zu tun hatte. »Und du hast deine einfach so *weggegeben*.« Sie funkelte ihn böse an.

»Nicht an einen Ägypter, wenn ich mich recht entsinne.

Und ich habe sie auch nicht weggegeben. Ich habe sie *auf*gegeben. Das ist ein Unterschied.«

Der Unterschied kratzte sie nicht. »Du hättest *reich* sein können.«

Er gähnte. »Ich *bin* reich. Ich weiß nicht, aber die Vorstellung, einen Titel zu verauktionieren, kommt mir ein bisschen zu sehr vom Zeitgeist geprägt vor. Hast du mich deswegen herzitiert? Bei Ruthven hast du den Eindruck erweckt, du wärst schon wieder mit einem Schwein zusammengestoßen.«

»Na ja, es hat tatsächlich mit meinem Fall zu tun.« Sie beugte sich vor, um den Verband an ihrem Knöchel zurechtzurücken. »Ich dachte, du würdest vielleicht gern Angus Horndean hinzuziehen wollen –«

Von Horndean, Horndean und Finch, dieser ungemein korrekten und ungemein kostspieligen Anwaltssozietät, die seine Familie schon seit hundert Jahren betreute. Melrose lehnte sich zurück und betrachtete in Ruhe das Geißblatt, welches die kleinen Fensterchen überwucherte. Dann fiel sein Blick auf die Decke mit den niedrigen Balken, und er sah die Spinnweben, die Mrs. Oilings nach dem Motto ›Leben und leben lassen‹ tolerierte. Er musste sich eine vernünftige Antwort auf diesen albernen Vorschlag einfallen lassen. »Angus Horndean hat, was das Abfassen von Schriftsätzen zur Strafverfolgung von Gipsschweinen angeht, nur mäßige Erfolge aufzuweisen, Agatha.«

»Als ob ich nicht gewusst hätte, dass du diesen Ton anschlagen würdest.«

Gerade als er sie zum x-ten Mal daran erinnerte, dass es entweder überhaupt kein Fall oder bestenfalls ein Bagatellfall war, klingelte das Telefon. Er schoss beinahe hoch, um abzunehmen, und zu seiner Erleichterung hörte er Jurys Stimme.

»Sofort«, sagte Melrose und hatte es so eilig, Spazierstock und Trenchcoat einzusammeln, dass er fast den Hörer fallen ließ.

»Pub bei einer Kirche«, sagte Melrose. »Pub bei *der* Kirche.« Er und Constable Pluck beugten sich über den angesengten Brief. »Das grenzt es auf rund tausend Möglichkeiten ein.«

Jury beauftragte Pluck, ein Faksimile des Briefes aus Northampton zu holen, und sagte: »Vielleicht doch nicht. Entweder ist es E eins oder E vierzehn, das grenzt es auf Wapping, Stepney, Whitechapel und Limehouse ein.« Er legte den Brief beiseite und sagte zu Melrose: »Dieser neue Pub da, den Sie erwähnt haben. Knöpfen wir uns doch mal den Geschäftsführer vor, ja?«

12

Das Hinweisschild »Zum Blauen Papagei« dräute, einem Habicht gleich, über der Straße nach Northampton. Wer auf einer fröhlichen Zechtour war, mochte die Malerei für eine tanzende Zigeunerkapelle halten, die eine Karawane anführte. Kam man näher, wurden die Gestalten deutlicher und lebensechter. Ein riesiger, gen Osten gerichteter Pfeil wies den Autofahrer auf eine morastige, zerfurchte Straße, die nicht sehr einladend wirkte, es sei denn für einen Bauern auf der Suche nach verirrten Kühen.

»Der ›Blaue Papagei‹. War das nicht Sidney Greenstreets Kneipe, die in *Casablanca*? Und der einzige Papagei, den ich ausmachen kann, der hockt da im Hintergrund jemandem auf dem Kopf«, sagte Melrose.

»Wie macht er hier draußen bloß Geschäfte?« Jury musterte das riesige, bizarre Schild, das eins dieser verräucherten Cafés mit Perlenvorhängen, dürftig bekleideten Damen und dunkelhäutigen Männern mit Augenklappe oder Messer zwischen den Zähnen suggerieren sollte – eins, bei dem man an Tanger und die Kasba denken musste und das es wahrscheinlich nie gegeben hatte.

Melrose gab Gas, und der Silver Ghost glitt so sanft über die aufgeweichte Straße, als wäre sie ein Stück Satin. »Er kommt ganz gut zurecht. Die ganze Jugend aus Dorking Dean und sogar noch aus Northampton ist felsenfest davon überzeugt, dass es sich um eine Opiumhöhle handelt. Nein, nein, er dealt nicht. Das ist lediglich Wunschdenken. Sie laufen ihm die Bude ein, rauchen, was immer sie in die Finger kriegen, trinken sein selbst Gebrautes und glauben, sie sind in Kairo oder da, wo früher Peter Lorre mit dunkler Sonnenbrille auftauchte. Der Laden stand seit Jahr und Tag leer, war fast baufällig. Sly hat ihn für ein Butterbrot gekauft, ihn dann aufgemotzt und sich der Kampagne für echtes Ale angeschlossen.«

Vor ihnen lag der Pub, ein leuchtend blau getünchtes, doch ansonsten nichts sagendes Gebäude, das sich im Schein der untergehenden Sonne inmitten golden leuchtender Stoppelfelder erhob. In dem eigenartigen Licht, ohne den Schutz der Bäume, aus dem sie gerade rausgefahren waren, schimmerte der »Blaue Papagei« wie eine Fata Morgana.

Plant hielt auf dem runden Hofplatz, der mit fast schon vom Erdboden verschluckten Backsteinen gepflastert war. In einem ausgetrockneten Wasserbecken nahmen Vögel ein Staubbad. Der Silberglanz des Rolls und ein Sonnenstrahl, der sein Dach flimmern ließ, trugen noch zu dem Fata-Morgana-Effekt bei. An dem dunklen Balken über der Tür hing noch ein Wirtshausschild, Gott sei Dank kleiner, doch ebenso viel sagend. Es stellte eine verschleierte Dame mit juwelengeschmückter Stirn und einen Mann mit Turban und Pluderhose dar, die gerade ein Lokal betreten wollten, das sicherlich als schwül duftende Lasterhöhle gedacht war. Wie im Nachhinein hatte man auf einer Seite noch ein angepflocktes Kamel hinzugefügt, so als wäre es nur mal eben dort angebunden worden, derweil jemand einkaufen ging.

»Ist dieser Mr. Sly nun Araber oder Alexandriner?«

»Er ist aus Todcaster. Vor Jahren war das hier mal der Pub ›Zum Schwein mit der Pfeife‹. Er hat einfach das Schwein abgenommen und das Kamel aufgehängt. Er scheint eine Vorliebe für die Wüste zu haben.«

Eine schöne Untertreibung, dachte Jury. Er war fast bereit zu glauben, jeder käme hier auf dem Rücken eines Kamels angeritten. An der Decke des »Blauen Papagei« wühlten sich knarrende Ventilatoren durch das kühle Dunkel, falsche Palmen wedelten in verlassenen Ecken, und eine Kamelkarawane in Goldtönen zog über dem oberen Teil des langen Spiegels hinter der Bar ihres Weges. Jeden der überall im Raum aufgestellten Tische aus Rohrgeflecht zierte ein kleines Plastikkamel, das in der Tragevorrichtung auf seinem Rücken eine Streichholzschachtel barg. Zudem stand noch gleich hinter der Tür ein großes Papptier mit einem Höcker in Form einer Tafel, auf der das Tagesgericht notiert war. Verschaffte sich etwa Miss Crisp mit Gips- und Pappkreaturen einen flotten Nebenverdienst? Das Einzige, was fehlte, war der blaue Papagei.

»Kann sein, dass er ihn zum Ausstopfen weggegeben hat«, sagte Jury.

»Hauptsache, er ist nicht das Tagesgericht«, sagte Melrose. »Sehen Sie sich das an –« Melrose tippte mit der Spitze seines Spazierstocks auf den mit Kreide beschrifteten Höcker. »Arabische Schrift – na ja, sagen wir, etwas, das entfernt den Eindruck von Arabisch macht.«

Jury kniff die Augen zusammen und versuchte sich an einer Übersetzung. »›Kifta Mishwi‹; was zum Teufel ist das?«

»Die Kamelcreme nehme ich aber«, sagte Melrose und steuerte auf die Bar zu.

»Karamellcreme«, rief Jury ihm nach, stellte dann aber fest, dass es glücklicherweise auch Makkaroniauflauf gab, desgleichen ein paar Sandwiches. Er folgte Melrose.

Durch den Perlenvorhang am anderen Ende tauchte ein hoch gewachsener Mann auf. Nun, vielleicht eher lang als hoch gewachsen. Trevor Sly hatte sich offenbar zu viel mit Kamelen abgegeben, und nun glich sein Gesicht ein wenig dem des Dromedars an der Tür – lang, hohlwangig, dazu braune Allerweltsaugen mit leichtem Silberblick, die den gespenstischen Eindruck erweckten, er könnte alles mit einem Blick erfassen. Von den Handgelenken schlackerten magere Hände, denn er ging mit etwas angehobenen Unterarmen, als würde er schlafwandeln. Jury konnte ihn sich draußen auf dem Feld vorstellen, als Vogelscheuche, die abgeschlafft über ihren Morgen Land wachte. Doch sein Blick war so scharf, dass Jury argwöhnte, sein Kopf sei durchaus nicht mit Stroh gefüllt.

»Meine Herren, meine Herren. Freut mich, freut mich. Ah, Mr. Plant von Ardry End. Nein, diese Freude, diese Freude. Bekommen uns kaum zu Gesicht, was?« Sly konnte mit Wörtern genauso wackeln und knacken wie mit den langen Fingern.

»Nein«, sagte Melrose.

»Und mit wem habe ich hier die Ehre?«, fragte Trevor Sly und streckte Jury eine kraftlose Hand Marke toter Fisch hin.

»Mr. Jury«, sagte Melrose und blickte Sly so fest ins Auge, als wollte er dessen Silberblick auf diese Weise korrigieren.

Jury lächelte. Anscheinend ließ sich Melrose die Worte so aus der Nase ziehen, weil er ein Gegengewicht zu Slys überschwänglichem Redefluss herstellen wollte. »Ich bin von Scotland Yard, Kriminalpolizei, Mr. Sly.« Er zeigte ihm seinen Dienstausweis.

Der Mann warf die mageren Hände hoch und sagte: »Guter Gott! Ist das nicht *entsetzlich*? Ein Mörder, hier, mitten unter uns?« Sein Ausdruck wurde der entsetzlichen Situation nicht gerecht. Er schien sich dabei ganz munter zu fühlen.

»Nur ein paar Fragen«, sagte Jury.

»Und zu essen«, sagte Melrose. »Ich bin am Verhungern.«

»Gewiss, gewiss, die Herren. Also, mein Menüvorschlag für heute Abend –«

»– ist etwas, wovon ich noch nie gehört habe.« Melrose studierte die Speisekarte an der Bar. »Ich nehme es. Und ein Old Peculier. Mr. Jury dürfte wahrscheinlich das Kibbi Bi Saniyyi zusagen.« Melrose schob die Speisekarte in den Spalt zwischen Senftopf und Serviettenhalter.

»Ein Roastbeefsandwich mit Meerrettichsoße«, sagte Jury. »Und ein Glas von Ihrem Tanger-Bier.«

Melrose zog die Stirn kraus. »Dann bringen Sie mir beides.«

»Eine gute Wahl; ich habe etwas übrig für Abenteurer. Und wollen Sie nicht die Kairo-Flamme probieren, Mr. Plant?«

»Nein, danke. Das zählt zu den Abenteuern, die ich mir verkneifen kann.«

Trevor Sly genoss das Geplänkel ganz offensichtlich ebenso wie einen guten Schluck vom selbst gebrauten Bier. Nun konnte er seinen Gästen erzählen, dass Scotland Yard im

Dienst mit den feinen Pinkeln aus der Gegend trank. »Dann hole ich Ihnen rasch das Essen«, sagte er und zapfte ihnen das Bier mit einer flockigen Schaumkrone, während das Tanger-Bier, das so gut wie gar nicht schäumte, vollkommen glatt blieb.

Jury trank einen tüchtigen Schluck und fiel fast vom Hocker. »Nicht von Pappe.«

Während Melrose die Spiegelkamele betrachtete, wandte Jury seine Aufmerksamkeit der gegenüberliegenden Wand zu. Unter den Fotos war eins mit dem edlen Profil von Lawrence von Arabien dicht neben einem großen Poster des ebenso edlen Peter O'Toole – eine Fotomontage, die zeigte, wie er über einer schwarzen Linie von Eisenbahnwaggons vor einer endlosen Weite von Wüste und Himmel wanderte. Für Trevor Sly lag Arabien wohl gleich um die Ecke von Indien, denn das zweite Filmposter warb für die *Reise nach Indien* und zeigte eine lange Karawane mit Dame Peggy Ashcroft hoch zu Kamel, mit der ihr eigenen Aura von Einfühlsamkeit und Unbesiegbarkeit. Die Poster hingen Seite an Seite; seltsamerweise glich die Kamelkarawane der Linie der Güterwagons. Obwohl sich die dunkle Karawane und der Zug unausweichlich aufeinander zu zu bewegen schienen, waren die Linien auf den Postern doch so angebracht, dass sich Peggy und Peter niemals treffen würden.

Jury fand das furchtbar traurig und drehte sich wieder zur Bar.

In diesem Augenblick kam Trevor Sly zurück, und statt auf einem Tablett balancierte er ihre Teller mit Essen und Gewürzen auf den Armen. Lang wie sie waren, hätten sie wahrscheinlich sechs Gedecken Platz geboten. Er setzte die Teller vor ihnen ab, desgleichen die in Servietten eingerollten Bestecke, und zapfte sich eine Kairo-Flamme. Als er dann auf dem hohen Hocker saß, konnte er seine Beine wie Seile ineinander winden. Sein Gezappel und Geschlängel erinnerten Jury an einen rastlos rührenden Löffel im Eintopf.

Melrose musterte stirnrunzelnd seinen Teller. »Das ist ja nur Rinderhack mit Pommes. Isst man das etwa im Sudan? Und das da« – er stocherte lustlos auf dem zweiten Teller herum – »unterscheidet sich in nichts von dem da.« Er gab dem ersten Teller einen Stoß.

»Was die Grundzutaten betrifft, ja. Leider sind mir Weinblätter, Pita-Brot und Holzkohle ausgegangen.«

»Ich kann mir gar nicht vorstellen, wieso«, sagte Melrose und entrollte sein Besteck.

»Haben Sie Simon Lean gekannt, Mr. Sly?«, fragte Jury.

»Ja. Er ist mehrmals hier gewesen. Gibt dem Ganzen ein bisschen Schick, nicht wahr, so jemand von Watermeadows.«

»Allein?«

»Ja, zwei- oder dreimal. Und dann einmal mit seiner Frau und einmal mit dieser Schreibtante, dieser Joanna Lewes.« Es war offensichtlich, dass er das für einen saftigen Bissen hielt.

Was es auch war. Melrose hörte auf, das Hackfleisch auf dem Teller herumzuschieben, und blickte Sly von unten her an. »Was? Sind Sie ganz sicher, dass es sich tatsächlich um Miss Lewes gehandelt hat?«

»Aber ja doch. Ich habe all ihre Bücher gelesen, und ihr Foto ist immer hinten drauf.« Sly trank noch einen Schluck von seiner Kairo-Flamme. »Gesichter vergesse ich nie; das gefällt den Gästen.« Er zog sich auf seinem Hocker etwas näher heran und entwand sich. »Es war kurz nach drei und sonst keine Menschenseele hier. Da drüben haben sie gesessen« – er deutete mit dem Kopf zu einem Tisch in der Ecke neben einer der falschen Palmen – »und ich konnte nichts hören, aber ich möchte behaupten, sie wirkte etwas unglücklich.

Ja, ich würde sogar behaupten, dass sie ganz und gar nicht glücklich wirkte. Ganz und gar nicht.« Er verknotete die Finger, und seine Stirn faltete sich wie ein Akkordeon, so mühte er sich ab herauszufinden, warum die Lewes unglücklich gewesen war. »Ich sage damit nicht, dass ich etwas gehört habe. Nur wie sie aussah, wissen Sie; wie angespannt sie dahockte.«

»War es das einzige Mal?«, fragte Jury.

»Ja. Ehrlich gesagt, es hat mich wirklich erstaunt. Ich meine, sie ist nicht gerade eine Augenweide, was? Schon ganz nett, aber er gehört doch zu der Sorte – na ja, man hört so manches, oder?«

»Und das wäre?«, fragte Jury, während er Melroses scharf gewürztem Gericht den Garaus machte.

»Mr. Lean weiß Frauen zu schätzen, sagt man.« Sein Lächeln glich abgeknickten Zweigen, dünn und winzig um die Mundwinkel herum, ausgefasert in der Mitte.

»Irgendeine spezielle Vorliebe?«, fragte Melrose, der sein kaum angerührtes Essen beiseite geschoben hatte.

»Mir ist zu Ohren gekommen, dass zwischen ihm und dieser Demorney was am Laufen sein sollte.«

»Kennen Sie sie?«, fragte Jury.

»Vom Sehen. Ist ein-, zweimal allein hier gewesen. Aber nie mit ihm. Grässlich kalt, wenn Sie mich fragen. Aber wer weiß, manche mögen's vielleicht so.« Jetzt fuhr er sich über sein schütteres Haar, brachte dabei die kunstvoll über einer kahlen Stelle angeordneten Strähnen durcheinander und machte mit Watermeadows weiter. »Da gibt es nämlich nur die drei. Kein richtiges Personal, und das bei so einem großen Haus. Bloß der alte Butler und der Gärtner, der ab und an kommt, wenn ihm danach ist. Wohnt hier an der Straße. Joe Bream, so heißt er. Seine Jewel hilft mir beim Kochen, wenn's hier heiß hergeht. Die geht viermal die Woche nach

Watermeadows, und in der übrigen Zeit leben sie dort wohl von den Resten. Ein richtiges Spukhaus, sagt sie. Meistens sieht sie keine Menschenseele. Die Frau bleibt für sich und die alte Lady auch. Jewel hat mir erzählt, das erinnert sie an diesen Horrorfilm, wo jeder über Mutter redet, aber gar keine da ist. Da werden bloß die Seelen der Leute in dieses Zimmer gesaugt oder so. Richtig unheimlich ist das, sagt Jewel.«

Bei der Vorstellung, Lady Summerstons Zimmer könnten Menschen die Seele aussaugen, musste Jury lächeln. »Erzählen Sie Mrs. Bream doch mal, dass es Lady Summerston wirklich gibt. Sie sagen, diese Jewel kocht für Sie?« Jury schrieb etwas in sein kleines Notizbuch. Als Sly nickte, fragte er: »Dann hat also sie dieses köstliche Gericht zubereitet?« Er wies mit dem Kopf auf den Teller und steckte den Kugelschreiber wieder ein.

»Nein, das nun auch wieder nicht. Das Kibbi Bi-Saniyyi mache ich selbst, und wenn Sie mich fragen, besser kriegen Sie es nicht von hier bis zum Libanon.«

»Ich krieche auf den Knien hin«, sagte Melrose.

Jury lächelte. »Es ist sehr gut, Mr. Sly. Sehr... exotisch.«

Trevor Sly wand sich etwas bei dem Kompliment und ließ sich vom Hocker gleiten. »Es ist ein Vergnügen, es für jemanden zuzubereiten, der gutes Essen zu schätzen weiß, Mr. Jury. Die Briten hängen zu sehr an Roastbeef und Kartoffeln. Jetzt müssen Sie aber noch meine Kairo-Flamme probieren, nur einen kleinen Schluck.« Er hantierte an den Zapfhähnen.

»Er ist schon sternhagelvoll«, sagte Melrose, zückte sein Zigarettenetui und reichte es herum.

»Leider reicht die Zeit auch nur für einen kleinen Schluck«, sagte Jury. »Wir müssen uns auf den Weg machen.« Er griff nach seinem Notizbuch.

Vor ihm wurde ein eigentümlich sämiges Gebräu abgesetzt, und Jury trank den Schluck zu schnell. Es fühlte sich an, wie Sergeant Wiggins einen Asthmaanfall beschrieb: Anstatt frei atmen zu können, schienen ihm zwei Bretter die Luftröhre immer enger zusammenzupressen. Mit belegter Stimme sagte er: »Ein wunderbares Getränk für Schwertschlucker, Mr. Sly.«

Trevor Sly strahlte und meinte: »Ich sag's ja, meine Kairo-Flamme übertrifft jede Medizin. Pustet die Stirnhöhle besser durch als extrascharfer Senf.« Er schnippte mit den Fingern.

»Mein Sergeant wäre davon sicher hin und weg«, sagte Jury.

13

»Wrenns Büchernest« war der vergoldeten Kursivschrift unter dem Namen zufolge auf antiquarische Bücher und Buchbinderei spezialisiert. Es befand sich in einer ehemaligen Autowerkstatt. Die Fassade jenes Geschäfts hatte früher aus einer grün verblichenen und schmierigen Garagentür bestanden, die ständig offen stand. Dazu ein ewig schlafender Wachhund nebst Petunien in einem braunen Eimer, die stets kurz vor dem Vertrocknen waren. Der Eigentümer hatte sie dorthin gestellt, um den Laden ein bisschen aufzupeppen – er hielt sich nämlich für ein Ass in Dekorationsfragen.

Aber Melrose hatte das weit mehr geschätzt als das aufgemotzte, weiß getünchte, mit schwarzen Balken verzierte Äußere von Theo Wrenn Brownes renoviertem Geschäft. Die Lage war für Theo Brownes Zwecke ideal, da sich sein Laden auf der High Street befand; gegenüber von Truebloods Antiquitäten (ebenso rundbogig, jedoch angenehm ausgereift und echt Tudor) und Wand an Wand mit Miss Crisps Trödelladen, den Browne zu gerne übernommen hätte. Zwei Häuser weiter auf der anderen Seite war die Schlachterei, deren kleine Problemchen Stadtgespräch gewesen waren, bis jetzt etwas viel Interessanteres sie abgelöst hatte.

Auf dem Weg zum Schaufenster hätte er beinahe die große Schale mit Alpenveilchen umgestoßen. Nun starrten sie beide auf die Auslage. Jury meinte, der Antiquariatsbesitzer verstünde etwas von Erstausgaben, aber ebenso offensichtlich wüsste er, wo sein Weizen blühe.

»Der hat von nichts eine Ahnung«, sagte Melrose. »Ganz sicher nicht von Büchern, und das ist auch einer der Gründe, warum er Marshall Trueblood nicht ausstehen kann.« Die Auslage bestand aus Bestsellern, ein paar britischen und ein paar amerikanischen Rennern und ein, zwei »literarischen« Bänden, die für den Booker-Preis nominiert waren; aber keine Spur von Joanna Lewes. Der Stephen King sah so dick aus, als könnte sich Agatha darüber beide Knöchel brechen.

»Da ist eins von Polly«, sagte Jury und deutete mit dem Kopf auf die Auslage. »*Fünf falsche Verteidiger*. Klingt ganz so, als sei es von Dorothy Sayers.«

»Ist es aber nicht. Na ja, sicher soll es so klingen, aber in puncto Stil ist Polly nicht gerade eine Kanone. Sie sagt, mit dem Buch da habe sie sich völlig verausgabt. Ich habe ihr geraten, Schluss zu machen mit dem hysterischen Getue und sich eine neue Frisur zuzulegen. Da ist die Elizabeth Onions.« Er zeigte auf ein paar Bücher, die so ausgestellt waren, dass man sowohl den Titel als auch Elizabeth' verwegenes Gesicht sehen konnte, wobei ihr zurückgekämmtes Haar wesentlich fester gerafft war als ihre Romanhandlungen. Einst war er auf einer Party mehrere Tage in Durham eingeschneit gewesen, hatte dort Bekanntschaft mit ihren Büchern gemacht und diese hinreißend scheußlich gefunden. Sicherlich würde dieses hier ihn ebenfalls nicht enttäuschen. Da auch Polly Praed Krimis schrieb, fühlte er sich verpflichtet, die Schlechtesten dieser Gattung zu lesen, damit Pollys Bücher sie übertrumpfen konnten.

»Da ist er, Pech hoch zwei«, sagte Melrose, als Theo Wrenn Browne aus dem Dämmer seiner Werkstatt auftauchte und sich so nahe am Fenster niederließ, als gehörte er zur Auslage.

Theo Wrenn Browne schien ganz außer sich vor Freude, dass Melrose Plant und ein Superintendent der Polizei ihm einen Besuch abstatteten.

Er hockte auf einer niedrigen Leiter und hatte sich mit italienischen Ledersandalen und einem seidigen Hemd im Patchworkmuster ausstaffiert. Rauch wölkte von seiner Zigarre hoch. »Melrose! Sie habe ich nicht mehr zu Gesicht gekriegt, seit ich *Lady Windermeres Fächer* gebunden habe.«

Melrose seufzte. Dieser Mensch datierte Ereignisse nicht nach Wochen- oder Feiertagen, sondern nach Erstausgaben und Vorsatzblättern. Er nickte und hätte beinahe gegähnt. Bei Theo Wrenn Brownes albernem Getue überkam ihn immer unwiderstehlich die Lust, im Stehen einzuschlafen. »Das ist Superintendent Jury. Er hätte sich gern mit Ihnen unterhalten.« Damit wanderte er zu den Büchern hinüber.

Es waren noch zwei weitere Kunden da; eine Frau, die aus einem hochglanzkaschierten Kochbuch ein Rezept abschrieb, und Miss Alice Broadstairs, welche die Gartenabteilung in ein Schlachtfeld verwandelte. Sie schaffte es, hier einer Seite ein Eselsohr beizubringen, dort einen Schutzumschlag einzureißen, als trüge sie dornenbesetzte Handschuhe.

Melrose stieß sich den Kopf an den malerischen, niedrigen

Balken und das Schienbein an einem vorstehenden Metallregal für Taschenbücher, bis er endlich die Krimi-Abteilung erreicht hatte. Ecken und Winkel, eine knarrende Treppe und alles mit Postern und Schutzumschlägen dekoriert, das war Theo Wrenn Brownes Vorstellung von einer Buchhandlung. Melrose wäre die alte Garage lieber gewesen. Warum hatte er sie nicht selbst gekauft? Dann hätte er die Wände völlig nackt und kahl gehalten, nur funktionelle Regale aufstellen und das Ganze »Bücherschuppen« nennen können. Sogar Mindy hätte als Wachhund mitmachen können. Na ja, zu spät. Er nahm sich *Die Maibaum-Morde* von Elizabeth Onions, und schon im ersten Absatz starb ein Oberstleutnant Fisher von der Luftwaffe. So viel zu den Karrieremöglichkeiten für den Oberstleutnant.

Melrose wanderte weiter zur hehren Literatur in Leder mit Goldprägung.

Theo Wrenn Browne war *am Boden zerstört*.

So ähnlich jedenfalls drückte er sich aus, als die Rede auf die *grässliche* Entdeckung von Simon Leans Leiche kam. Dass sich der Leichnam auf Truebloods Grund und Boden befunden hatte, schien ihn nicht mit ähnlichem Entsetzen zu erfüllen. »Pech für Marshall«, sagte er gleichgültig und hielt ein Stück Kalbsleder vors Licht, so wie ein Fotograf Negative prüft.

Theo erhob sich von seinem Leiterausguck, und Jury lehnte sich an den Ladentisch, der kaum größer als ein Lesepult war und neben der metallenen Wendeltreppe stand.

»Haben Sie ihn gut gekannt, Mr. Browne?«, fragte Jury und spielte dabei mit einem hübsch gebundenen Exemplar von *Der Monddiamant*.

»Sie meinen Simon Lean? Nein. Ich meine, so gut wie gar

nicht. Er war nicht gerade eine Leseratte. Ich könnte nicht behaupten, dass ich ihn gekannt habe, nein –«

»Aber gut genug, um zumindest seine Lesegewohnheiten zu kennen.« Jury lächelte und legte das Buch wieder auf den Ladentisch.

»Was? Oh, nicht wirklich –« Theos Gesichtsausdruck war nicht zu erkennen, weil er unter dem Ladentisch in Papieren herumkramte. Dann sah er zu Jury auf und sagte aalglatt: »Das hat mir, glaube ich, Trueblood erzählt. Die Sache ist die...« Ungeachtet seines eigenen Hinweisschildes zündete er sich schon wieder eine schwarze Zigarre an und beugte sich vor, bis er auf Tuchfühlung mit Jury war. »Trueblood kauft nämlich alte Ausgaben auf – meistens Schund, aber man kann nicht erwarten, dass sich ein Antiquitätenhändler mit allem auskennt, nicht wahr? –, und folglich ist er mehrere Male in Watermeadows gewesen, um sich die Bücherei anzusehen. Von mir darf ich wohl behaupten, dass ich prinzipiell niemandem auf die Pelle rücke. Lady Summerston hängt sehr an den Büchern ihres Mannes. Trueblood freilich ist ziemlich aufdringlich.« Er ließ etwas Asche zu Boden rieseln und fuhr fort: »Wie auch immer, ich habe mich jedenfalls mit Trueblood unterhalten und ihm gute Ratschläge hinsichtlich einer stockfleckigen Erstausgabe gegeben, und ganz zufällig hat er dabei erwähnt, dass Lean sehr wenig lesen würde, was ein Jammer sei bei der schönen Bibliothek. Die alte Dame kann wegen ihrer Augen nicht viel lesen« – Jury hörte, wie jetzt Erbitterung in seinem Ton mitschwang –, »und was die Gattin angeht, so dürften Thriller wohl eher ihren Geschmack treffen. Ich für mein Teil kann dergleichen nicht ausstehen. Aber man muss sich nun mal nach seiner Kundschaft richten.«

»Dann kennen Sie also Mrs. Lean.«

»Nein, nur ihn. Simon.«

»Haben Sie ihn gut gekannt?«

»Nicht sehr gut.« Jetzt stieg er wieder auf seine Leiter, reckte den Hals und sah argwöhnisch in den hinteren Teil des Ladens. »Diese Broadstairs ist eine richtige Landplage. Kauft nie was, macht sich nur Notizen. Man könnte glauben, ich hätte eine Leihbücherei.«

»Soviel ich weiß, war Miss Demorney mit Mr. Lean befreundet. Die kennen Sie doch, oder?«

Ein Elektroschock. Theo erstarrte, und die Knöchel der Hand, die immer noch das Kalbsleder hielt, wurden weiß. »Wenn Sie etwa andeuten wollen, dass Simon und Diane... Vermutlich ist Ihnen Klatsch zu Ohren gekommen...«

»Polizisten hören nun mal auf dergleichen.« Jury lächelte. »Aber ich will gar nichts andeuten. Ich möchte mir nur über gewisse Beziehungen Klarheit verschaffen.« Und dass Theo Simon Lean beim Vornamen nannte, deutete darauf hin, dass hier eine engere Beziehung bestanden hatte, als er zugab – eine, die er verbergen wollte. »Es gibt in Long Piddleton doch eine Schriftstellerin. Joanna Lewes, nicht wahr? Ihre Bücher habe ich aber nicht im Schaufenster gesehen.«

Zu schön, wie Theos Gesicht zunächst zum Fenster schnellte und dann wieder zurück zu Jury. Der besah sich gerade die Porzellanrepliken von Beatrix-Potter-Figuren und die ausgestopften Schmuseversionen von Maurice Sendaks freundlich aussehenden Ungeheuern, die überall auf den Regalen die Eltern zum Kauf verlocken sollten. »Sie haben wirklich ein prachtvolles Geschäft, Mr. Browne. Long Pidd dürfte froh sein, dass es eine Buchhandlung hat. Ein Dienst an der Gemeinschaft gewissermaßen.« Jury sah zu einem Porzellankätzchen auf, und ihm war zum Schreien zu Mute, aber er lächelte tapfer.

Theo Wrenn Browne biss sofort an, und der aschfarbene Ausdruck von Ärger auf seinem Gesicht wandelte sich zu freudiger Überraschung. »Wenn Sie mich fragen, hat es dem Dorf etwas gebracht. Man muss nicht mehr nach Sidbury oder gar Northampton, obwohl ich Northampton vorziehe. Die Geschäfte in Sidbury scheinen sich eher nach dem Geschmack der Zeitungs-Glückwunschkarten-Illustrierten-Leser zu richten. Nach Leuten, die in der Bahnhofsbuchhandlung in Zweierreihen anstehen, um gratis einen Blick in die *Private Eye* zu werfen.« Seine Augen wanderten zu Melrose Plant, der soeben gratis einen Blick in eine ganz andere Lektüre warf.

Nur dass Melroses Gratislektüre weitaus interessanter war als alles, was eine Bahnhofsbuchhandlung zu bieten hatte. Er betrachtete die Matisse-Zeichnung, die florale Einfassung, dann den neuen Einband, die schönen Vorsatzblätter und schüttelte langsam und verwundert den Kopf. Das musste man dem Mann lassen, Nerven hatte der, das Buch genau vor der Nase der Polizei zu verstecken.

Die Zeichnungen waren Originale von Matisse. Sie allein machten das Buch ausgesprochen wertvoll.

Da eine der beiden Signaturen auf dem Deckblatt die von Matisse war, war es gewiss ein kleines Vermögen wert.

Die andere Signatur war von James Joyce. Damit war es vermutlich unbezahlbar.

»Sie machen sich also nichts aus Joanna Lewes' Büchern?«, fragte Jury.

Theo gab einen erstickten Laut von sich. »Diese Null-acht-fünfzehn-Romane könnten auch von Affen geschrieben werden, und nicht mal die würden lange dafür brauchen.«

»Aber sie wird sehr gern gelesen. Gerade haben Sie doch gesagt, dass man den verschiedenen Geschmäckern Rechnung tragen muss.«

»*Geschmäckern*, Sie sagen es. Das Zeug von Joanna der Wahnsinnigen ist absolut geschmacklos.« Seine Augen schienen sich an Jury festzusaugen, während er ihm dichter auf die Pelle rückte. »Wissen Sie, dass die Frau Verträge für vier, sage und schreibe *vier* Bücher pro Jahr hat?«

»Und da rackere ich mich für das Gehalt eines Polizisten ab.« Jury betrachtete Sendaks *Wo die Wilden Kerle wohnen*. »Ich weiß nicht recht, aber vor jemandem, der ein Buch zu Ende schreibt, ziehe ich den Hut. Das ist nicht einfach.«

Theos Lachen schrillte. »Wem sagen Sie das. Ich habe für einen einzigen Roman fünf Jahre gebraucht.«

»Nie etwas daraus geworden?« Jury wusste, was man anstellen musste, damit Theo Wrenn Browne ungefähr so grün anlief wie die ausgestopften Ungeheuer, die durch ihre Reißzähne lächelten wie ein Kind mit Überbiss. Wie schaffte es Sendak nur, dass sie trotzdem so freundlich wirkten?

Browne schien vor Jurys Augen in sich zusammenzufallen, sich zu verflüchtigen. »O doch, wenn Joanna den Anstand gehabt hätte, das Manuskript …« Er verstummte, holte noch eine Zigarre aus der Blechschachtel und zündete sie an.

»Was war mit dem Manuskript?«

Er fummelte mit zitternder Hand an seinem Feuerzeug herum und sagte: »Sie hat sich geweigert, es ihrem Verleger zuzuschicken. Bennick. Der bringt eine billige Reihe Liebesromane heraus –«

»Was für ein Zufall. Simon Lean stand auch irgendwie in Verbindung mit Bennick.«

»Mit Veröffentlichungen hatte er nichts zu tun – er war in der Buchhaltung oder so ähnlich.« Theo hohnlächelte. »Simon hätte nicht mal den *Kahlen Adler* herausgeben können, er war grenzenlos unsensibel, was Sprache angeht.«

Jury legte das Ungeheuer, das er in der Hand gedreht hatte, auf den Ladentisch und sagte: »Mir scheint, Sie kannten ihn besser als nur ganz flüchtig.«

Theo drückte seine kaum angerauchte Zigarre aus. »Entschuldigen Sie mich, Superintendent, ich muss schließen.«

In diesem Augenblick tauchte ein Kind auf, das ein großes Buch die Treppe herunterschleppte. Theo musterte es kalt. Es trug einen blauen Trägerrock und hatte stämmige Beinchen; die Füße steckten in schmutzigen Turnschuhen. Der Scheitel des kleinen Mädchens reichte gerade an die Nussbaumplatte des Ladentisches heran und war unendlich weit entfernt von dem Leitergipfel des Besitzers, der mit eisiger Miene herabblickte. »Ich wusste gar nicht, dass du da oben warst; ich dachte, du wärst schon vor Stunden gegangen. Das hier ist keine Bücherei.«

Sie sah ihn nicht an und sagte kein Wort, legte nur das große Buch auf den Ladentisch. Dann öffnete sie ein Plastikportemonnaie, aus dem sie eine Hand voll Kleingeld holte. Das Buch war von Maurice Sendak. Jury dachte zwar, alles von Sendak gelesen zu haben, doch das Buch der Kleinen kannte er nicht. Das Titelblatt zeigte ein junges Mädchen; das blasse Gesicht, die flachsfarbenen Haare erinnerten ihn so sehr an Carrie Fleet, dass er sich einen Augenblick lang körperlich krank fühlte. Ein geöffnetes Fenster mit wehenden Vorhängen und ein gewickeltes Baby riefen auf dem Gesicht der Heldin einen Blick von tiefer Traurigkeit hervor.

Das kleine Mädchen jedoch schaute keinesfalls traurig, als sie das Buch in die Hände nahm und ihr Geld auf den Ladentisch legte.

Theo Wrenn Browne seufzte, machte sich an den Abstieg

und ging dann übertrieben bemüht daran, die Zehn- und Zwanzigpencestücke zu zählen.

Jury sah, wie das kleine Mädchen ihn im Auge behielt, während er ihr Buch betrachtete, und dann schien sie Zutrauen zu ihm zu fassen, nahm das Buch und schlug eine Seite in der Mitte auf, die ihre Lieblingsseite sein musste, sonst hätte sie sie nicht so schnell gefunden. Kleine Wichtel waren darauf zu sehen mit grauen Kapuzen und schwarzen Flecken statt Gesichtern. Sie kamen aus einem Fenster und trugen ein Bündel, das sich auf der nächsten Seite als Eisbaby herausstellte. Sie sagte kein Wort. »Ich glaube, das andere Baby wird zurückgebracht.« Jury lächelte.

Sie stand da so merkwürdig auf Zehenspitzen, als wollte sie zu jenem fernen Gipfel hinaufreichen, von dem aus die Erwachsenen Gunst und Strafe zuteilten. Sie runzelte die Stirn. Das Bild ließ sie vorübergehend unwirsch aussehen; hatten ihr doch die Kapuzenwesen gerade das Baby gestohlen.

»Vielleicht musste es aus irgendeinem Grund weggebracht werden«, sagte Jury.

Das Mädchen riss die Augen weit auf. Diesen Gedanken musste sie erst anhand früherer Erfahrungen mit Wichtelmännern überprüfen. In ihrem Blick lag eine Mischung aus Verwunderung und Erwartung, die auf eine wolkenverhangene, winddurchtoste Phantasiewelt jenseits aller irdischen Regeln deutete.

Sie landete unsanft wieder auf der Erde, desgleichen in gewissem Sinne auch Jury, als Theo Wrenn Browne mit seiner schrillen Stimme verkündete, sie habe nicht genug Geld. »Es fehlt noch ein ganzes Pfund fünfzig. Lauf zu deiner Mama. Ich lege das Buch für dich zurück. Aber hol es gleich morgen früh ab, sonst muss ich es wieder ins Regal stellen.« Damit er es verkaufen konnte, das war klar. »Es ist das Letzte«, setzte er hinzu und machte damit alles noch schlimmer.

Es war, als sei durch das geöffnete Fenster auf dem Buchumschlag etwas aus dem Raum geflogen – ein Mahagoniglanz oder schräge Lichtstrahlen – irgendetwas.

Auf einmal war Jury zu Mute, als ob er durch Eis fiele. Er war überzeugt – mochte der Gedanke noch so abwegig sein –, dass Theo Wrenn Browne jeden ermorden könnte, ohne auch nur mit der Wimper zu zucken. Er griff in seine Tasche und sagte: »Mamas sind ja nicht immer zu Hause, was?«, und warf eine Pfundmünze auf den Ladentisch. Mehr Kleingeld fand er nicht und bat Melrose um eine Anleihe von fünfzig Pence.

Melrose stellte das Buch wieder ins Regal und zückte seine Börse. Er kam mit der neuen Onions zum Ladentisch und drückte Jury eine Fünfzigpfundnote in die Hand.

»Fünfzig Pence, nicht Pfund.«

»Geben Sie mir den Rest zurück«, sagte er, deutete mit dem Kopf auf die Banknote und widmete sich wieder seiner Lektüre von dem Gärtner und dem Wachtmeister, die die Rosen in *Die Maibaum-Morde* durchstöberten und damit jedes Fitzelchen Beweismaterial vernichteten. Ein Polizeiwachtmeister, der sich nicht sofort mit seinen Vorgesetzten in Verbindung setzte…?

Anscheinend genoss das kleine Mädchen die Situation, da sie nun mehr oder weniger unter dem Schutz von Jury und Melrose stand. Sie blickte mit großen Augen von einem zum anderen und schwieg sich weiter aus.

Melroses Augen ließen von der Seite ab und richteten sich auf das Kind, und zu seiner Freude stellte er fest, dass es anständig (das heißt zum Schweigen) erzogen war. Bei solch einem goldenen Schweigen musste er direkt lächeln. Und merkte natürlich, dass Theo Wrenn Browne sie allesamt am liebsten vor die Tür gesetzt hätte, doch das konnte er der Polizei oder dem Herrn von Ardry End mit dem dicken Portemonnaie wohl kaum antun.

»Ich glaube kaum, dass ich auf den Schein herausgeben kann, Mr. Plant«, sagte Theo mit einem falschen Lächeln.

»Ach, dann eröffne ich bei Ihnen ein Kundenkonto«, sagte Melrose strahlend.

»Ein Kundenkonto?«

»Die fünfzig Pence gehen einfach auf dieses Konto.« Melrose kehrte zu dem Rosenbeet zurück.

Theo Wrenn Brownes Mund zog sich stramm wie Heftpflaster. »Schon gut. Effie, du kannst mir den Rest später bringen.« Und er scheuchte sie mit der Hand hinaus.

»Das wäre also erledigt«, sagte Melrose und überlegte, ob eine Fusion zwischen Austin-Rover und British Leyland auch so gedeichselt wurde.

Effie drückte das Buch an sich, lief zur Tür, drehte sich dabei einmal um sich selbst, winkte Jury zu und brachte im Hinausrennen die zarten Alpenveilchenblüten zum Erzittern.

»Ich glaube, ich nehme das hier«, sagte Melrose matt. »Schon acht Tote, und offenbar gibt es ein Kopf-an-Kopf-Rennen, ob als neunter nun der Leser oder jemand aus dem Buch auf der Strecke bleibt.« Melrose klappte sein Scheckheft auf, und dann fiel sein Auge auf die Regale zu seiner Rechten. »Dazu noch so eine Beatrix-Potter-Figur.«

»Schweinchen Schwapp?«

»Ja. Die mit dem Fernrohr. Der entgeht bestimmt nichts, wetten? Was haben *Sie* denn gekauft?«, fragte er Jury und griff nach dem Ungeheuer. »Du liebe Zeit.« Er machte sich daran, den Scheck auszuschreiben, während Theo das Schweinchen einwickelte und sich über diesen Fischzug in letzter Minute freute. »Darf ich mich nach Ihrer Tante erkundigen? Ich hoffe doch, dass sie sich auf dem Wege der Besserung befindet.«

Man kaufe Schweinchen Schwapp, und schwupp fällt einem Agatha ein, dachte Melrose bei sich. »Hmm. Auf dem Wege der Besserung, ja.«

»Ich hoffe nur, dass sie ihren Prozess gewinnt. Offen gestanden, Jurvis hat mir mehr als einmal Unannehmlichkeiten bereitet. Wieso die High Street mit Schweinen und Nachttöpfen übersät werden musste, das geht über mein Begriffsvermögen.«

Die Nachttöpfe gehörten Miss Crisp von nebenan. Sie musste eine recht umfangreiche Sendung erhalten haben. Katzen rollten sich zum Sonnen darin zusammen.

»Ja«, sagte Melrose, riss den Scheck heraus und dachte an den Kübel mit Alpenveilchen, über den er beinahe zu Fall gekommen wäre.

Jury reichte Theo Wrenn Browne seine Karte. »Ich fahre heute Abend nach London, Mr. Browne. Wenn ich zurückkomme, möchte ich Ihnen gern noch ein paar Fragen stellen.« Das würde ihm Zeit geben, seine Beziehung zu Simon Lean zu überdenken.

Übellaunig nahm Browne die Karte entgegen, um dann umso besser gelaunt die Tür hinter ihnen zuzumachen und abzuschließen.

»Müssen Sie eigentlich dieses Puppendings mit sich herumschleppen?«, fragte Melrose. »Hätten Sie es sich nicht wenigstens einwickeln oder in eine Tüte stecken lassen können? Wieso haben Sie das überhaupt gekauft?«

»Weshalb sind Sie so brummig? Sie haben doch nur herumgelungert und den blöden Thriller da verschlungen.«

»Nicht im Geringsten. Theo hat gerade ein ziemlich wertvolles Buch neu gebunden und damit, glaube ich, seinen Wert gemindert; andererseits gehört es wohl nicht zu denen, die er zu verkaufen gedenkt.«

Jury blieb stehen, das Ungeheuer mit den großen Hauern an die Brust gedrückt. Er runzelte die Stirn.

»Sie sehen absolut lächerlich aus; wenn Vivian Sie doch so sehen könnte. Oh, Sie wollen etwas über das Buch wissen?«

»Wenn es Ihnen nichts ausmacht, ja.«

»Es ist unvorstellbar wertvoll. *Ulysses*. Zeichnungen von Matisse, von beiden signiert. Von Matisse und Joyce, meine ich.«

»Mit anderen Worten, Truebloods.«

»Mit anderen Worten, Truebloods. Ja. Ich kann mir nicht denken, dass es zwei von der Sorte in Long Piddleton gibt.«

»Das Haus gehörte früher Darrington«, sagte Melrose, als sie um die Ecke bogen. »Vielleicht geht Oliver ja als Geist dort um. Wenn man bedenkt, dass er sich nicht mal die Mühe machte, seine Bücher selbst zu schreiben. Das muss man Joanna lassen, die Wahnsinnige schreibt persönlich. Wie sie mal zu mir gesagt hat: ›Stehlen? Von wem denn? Wer zum Teufel würde sonst noch so einen Stuss zusammenschreiben?‹«

Jury mochte sie schon jetzt. »Aus welchem unerfindlichen Grund sollte sie sich im ›Blauen Papagei‹ mit Simon Lean getroffen haben?«

Sie waren jetzt am Stadtrand angelangt – falls man Long Piddleton dergleichen zugestehen konnte –, und Melrose sagte: »Etwas schneller. Plague Alley ist genau gegenüber.«

»Na und? Agatha liegt mit einer schlimmen Verstauchung danieder.«

»Selbst wenn sie das täte, was sie aber nicht tut, sie würde uns nachsetzen, bis sie sich die Hacken abgelaufen hätte.«

Vor ihnen erstreckte sich die Sidbury Road, schlängelte sich als helles Band durch die dunkler werdenden Felder, vorbei an einem heruntergekommenen Gasthof, der etwas abseits der Straße lag.

»Was ist eigentlich aus dem ›Hahn mit der Flasche‹ geworden?«, fragte Jury. Ein verwittertes Schild lehnte an einem verrosteten Pfahl.

»Nachdem man die Leiche an der Landstraße gefunden hatte, blieb die Kundschaft aus.«

»Das ist sechs Jahre her.«

»Die Leute haben ein langes Gedächtnis.« Sie gingen die schier endlos erscheinende Kiesauffahrt zu Joannas Haus entlang, während Melrose sich über die neue Onions ausließ. »Der Mörder oder sonst wer musste das Zeug aus dem Schrankkoffer räumen – ein altes Hochzeitskleid und Seidenschals und was man sonst so in Schrankkoffern findet –, damit er die Leiche hineinstopfen konnte.« Endlich hatte sie die Haustür erreicht. Melrose griff nach dem riesigen Klopfer und ließ ihn fallen. »Ich musste dabei an Truebloods *secrétaire à abattant* denken. Die Bücher müssen entweder in Stapeln auf dem Boden gelegen haben, oder aber der liebe Theo hat sie eigenhändig aufgestapelt. Wie auch immer, er war im Sommerhaus.«

14

Joanna Lewes zog die Haustür auf. Unter den Arm hatte sie ein Manuskriptbündel und einen fetten Tausendseitenbestseller geklemmt, den Melrose schon im Schaufenster vom »Büchernest« gesehen hatte.

Sie blinzelte ihnen entgegen und versuchte, ihre getönte Brille wieder auf die Nase zu schieben, obwohl sie die Hände voll hatte. »Stelle gerade Vergleiche an«, sagte sie.

Ob sie damit die beiden Bücher oder die beiden Besucher meinte, war Melrose nicht ganz klar. Ehe er vor einem Jahr ihre Bekanntschaft gemacht hatte, hatte er sich eine Autorin von Liebesromanen immer als eher mollige Matrone, als verblühende, einst hübsche Hausfrau vorgestellt. Joanna Lewes war jedoch dünn wie eine Bohnenstange und neigte eher zu grau als zu fett, obwohl sie die fünfzig kaum überschritten haben konnte. Direkt unattraktiv war sie nun auch wieder nicht, nur ein wenig schmächtig und abgenutzt, wie eines von Theo Wrenn Brownes alten Büchern, das einen neuen Einband brauchte. Das meiste im Leben hielt sie für Quatsch, ihre Bücher inbegriffen, welche (wie sie oftmals sagte) der reinste Quatsch waren.

Das sagte sie auch jetzt auf Jurys Frage nach ihrer Schriftstellerei, und lang und breit erklärte sie es obendrein, während sie von der Haustür über die Diele und dann ins Arbeitszimmer gingen. Die Bibliothek, wie sie der frühere Besitzer gern genannt hatte; der einzige Unterschied bestand darin, dass sie jetzt benutzt aussah. An den Wänden lehnten Säulen aus Büchern, Illustrierten und buckligen Papierstapeln, und der Schreibtisch bog sich unter Manuskripten und allem möglichen Schnickschnack, beispielsweise einem Küchenfrosch, der eigentlich einen Topfkratzer halten sollte, dessen gähnendes Maul jedoch als Aschenbecher diente. Eine fast leere Literflasche Johannisbeersaft tropfte in der Unordnung so klebrig vor sich hin wie eine Statue in einem unter Blättern erstickten Teich.

Sie hielt immer noch die Manuskriptseiten umklammert, als sie ihnen einen Platz anbot und sich selbst oben auf das Kamingitter hockte. Wenn Jury doch bloß damit aufhören wollte, sie nach ihrer Arbeit zu fragen, dachte Melrose, man könnte meinen, er will selbst zur Feder greifen. Da stand er, als ob Zeit für ihn keine Rolle spielte und als ob ihm Mord oder andere Scheußlichkeiten völlig fremd wären, und ließ sich über ihre augenfällige Produktivität aus.

Und er bekam, dachte Melrose, die Antwort, die er verdiente – eine, die von hier bis Victoria Street und zurück reichen dürfte. Für eine Frau, die ihre Undurchsichtigkeit pflegte, legte Joanna die Wahnsinnige ganz schön los, wenn sie erst einmal in Fahrt kam.

»Natürlich habe ich Schwierigkeiten, meine Pseudonyme nicht durcheinander zu bringen. Ramona de la Mer steht für exotischere Milieus – Barbados, Montego Bay, Hongkong, den Himalaja –«

Melrose versuchte sich vorzustellen, wie sich das Pärchen auf dem Umschlag eines ihrer Bücher, zu dem er gegriffen hatte, auf der Suche nach einem Guru einen Weg durch eine Herde Bergziegen bahnte.

»– dann Robin Carnaby; bei der sind die Heldinnen Krankenschwestern oder tun Gutes im australischen Busch; oder sie sind Verkäuferinnen aus eigentlich gutem Hause, deren Familien durch irgendwas ruiniert worden sind. Die anderen beiden, Victoria Plum und Damson Duke, habe ich von Marmeladengläsern. Die passen gut zu englischen Milieus. Verfallene Schlösser, ländliche Herrenhäuser und so weiter. An so einem schreibe ich gerade: Die Heldin Valerie ist eine unschuldige – und natürlich reiche – Amerikanerin, die im Flugzeug einen geheimnisvollen – und natürlich noch reicheren – Fremden kennen lernt. Ein Zusammenstoß, so könnte man sagen, zwischen zwei Kulturen. Obwohl ich so meine Zweifel habe, ob das Henry James' Beifall finden würde, sicherlich nicht, was Matt und Valerie angeht –«

Melrose wunderte sich, warum Jury nicht im Stehen der Schlag traf. Er selbst ließ sich tiefer in seinen Sitz rutschen und begutachtete dessen Stil.

»Wie schaffen Sie das alles? Haben Sie Ihre Pseudonyme schon mal durcheinander gebracht?«

»Natürlich. Einmal habe ich Ramona de la Mer ein Krankenhausexposé schreiben lassen, in dem eine tolle Ärztin mit nymphomanischen Neigungen – das war für den Verleger, der auf geile Weiber steht – sich in einen Patienten verliebte. Als ich fertig war, ging mir auf, dass es ein Ramona- und kein Robin-Buch war, und so habe ich den Patienten einfach zu einem gut aussehenden Mann aus Barbados gemacht, etwas Sand untergemischt, und das war's. Natürlich habe ich nicht die Zeit, irgendeinen der exotischen Orte aufzusuchen, über die ich schreibe, aber schließlich kann man sich einen langen weißen Strand ebenso leicht vorstellen wie einen langen weißen Flur. Im Augenblick arbeite ich an etwas ganz Neuem, der Heather-Quick-Serie – das ist der Name der Heldin. Ich habe nämlich gemerkt, wie viel weniger Arbeit ich habe, wenn ich die Heldin beibehalte und lediglich die Handlung verändere. Na ja, ein kleines bisschen. Meine Heldinnen sind zwar größtenteils austauschbar, aber so habe ich viel weniger Mühe mit dem ewigen Zurückblättern wegen Haarfarbe, Augenfarbe und so weiter. Eine neue Heldin bedeutet andere

Körbchen- oder Bikinigrößen. Man braucht schon ein gutes Gedächtnis für nacktes Fleisch, aber ich habe ja meine Bedarfsliste, auf die ich im Zweifelsfall zurückgreifen kann. Und dann muss man sich auch noch jedes Mal den ganzen langweiligen Background für sie ausdenken – Familie, Freunde, Herkunft, diesen ganzen Füllkram eben. Mit nur einer Heldin, die ich von Buch zu Buch beibehalte, muss ich mir bloß für jeden Roman irgendein furchtbares Problem ausdenken. Ich lasse sie in den Fens oder auf den Norfolk Broads oder in Romney Marsh wohnen – an irgendeinem Fleck jedenfalls, wo die Wahrscheinlichkeit, dass ein geheimnisvoller Fremder auftaucht, um das Zehnfache größer ist.« Sie starrte Jury über den Rand ihrer hellrot getönten Brille an und sagte: »Einer wie Sie, Superintendent. Ah! Wenn Sie nicht ein Held wie auf Bestellung sind! Warum setzen Sie sich nicht?«

Jury lächelte als Antwort, schob eine Navajo-Decke beiseite, die über der Lehne eines alten, ledernen Ohrensessels lag, warf das Kerngehäuse eines Apfels in den Kohlenkasten (der schon davon überquoll) und nahm Platz. Ehe der Redeschwall wieder über ihn hereinbrechen konnte, sagte er: »Was ist mit Simon Lean?«

Ein gespannter Flitzebogen hätte nicht rascher zurückschnellen können. Bei der Frage schwig sie unvermittelt, schwiegen sie alle – Joanna, Ramona, Robin, Victoria, Damson und Heather, schwiegen wie ein Grab. »Oh. Oh«, war alles, was sie herausbrachte, während sie sich unsicher im Zimmer umsah, das eben noch eine Pirandello-Besetzung beherbergt hatte und nun ungemütlich und leer wirkte. »Absolut furchtbar«, fügte sie hinzu und schob eine lose Haarsträhne in den Knoten zurück.

»Haben Sie ihn gut gekannt?«, fragte Jury und stützte sein Gesicht in die Hände. Er wirkte entspannt, beinahe schläfrig.

»Simon? Also, nein. Nein, natürlich nicht –«

»Jedoch gut genug, um ihn beim Vornamen zu nennen.« Jury lächelte, als wollte er sagen, nichts für ungut.

Jetzt nestelte sie schon wieder eifrig an ihren Haaren, und die Blätter auf ihrem Schoß rutschten zu Boden. Melrose griff zu und hob sie auf, und sie murmelte ein Dankeschön. »Na ja, das kommt wohl daher, dass jeder seinen Namen im Munde führt; ich meine, ich habe den Mann so gut wie gar nicht gekannt.«

Jury lächelte immer breiter. »Komisch, jeder, mit dem ich gesprochen habe, hat ihn anscheinend nur ganz flüchtig gekannt. Außer Miss Demorney.«

Ihre Miene veränderte sich, doch sie sagte nichts. »Es liegt daran, dass Watermeadows nicht richtig zu Long Piddleton gehört. Aus welchem Grund sollten sie auch hierher kommen? Was mich betrifft, so bin ich an meine Schreibmaschine gekettet. Gelegentlich ein Drink in der ›Hammerschmiede‹, ansonsten komme ich nicht unter die Leute.« Bei der Erwähnung von Leuten und gesellschaftlichem Leben schien ihr etwas einzufallen, denn sie sagte: »Wir könnten wohl alle einen Sherry vertragen.« Ohne eine Antwort abzuwarten, ging sie zu einer Vitrine hinüber und kam mit einer Karaffe und drei Gläsern zurück.

»Denken Sie sich etwas aus, Miss Lewes.«

Sie kräuselte die Stirn und blickte vom Einschenken auf. »Wie bitte?«

»Sie mit Ihrer ganzen Phantasie können doch einfach eine Geschichte erfinden, in der eine Leiche in einem Schrankkoffer oder einem Wandschrank oder, natürlich, in einem Klappsekretär gefunden wird.«

Das schien sie gegen ihren Willen zu faszinieren, denn sie stand da, die Karaffe in der Hand, und vergaß, die Gläser zu füllen. »Etwas von Ramona, Robin, Victoria oder Damson Duke?«

»Oh, mir wäre Heather Quick als Heldin am liebsten.«

»Heather, wie sie eine Leiche entdeckt.« Sie ließ sich in ihren Sessel fallen, balancierte die Karaffe auf einem Knie, das Glas auf dem anderen. »Sie könnte übers Moor gehen –«

»Über die Fens von East Anglia«, sagte Melrose.

»Oder über die Broads von Norfolk. Oder durch die Marsch. Die kommt wohl am ehesten hin. Ich bin noch nie im Leben in Norfolk gewesen, von East Anglia ganz zu schweigen, aber ist ja auch egal. Sie könnte quatsch, quatsch durch –«

»Hmm. Nein, erzählen Sie es so, als ob Sie es *schreiben* würden. Nicht mit ›sie‹, sondern mit ›Heather‹.« Jury bot Zigaretten an. Da merkte sie, dass sie noch nicht eingeschenkt hatte, und holte es recht geschickt, immer noch Karaffe und Gläser balancierend, nach. So jongliert sie wahrscheinlich auch mit ihren verschiedenen Pseudonymen, dachte Melrose und nahm seinen Sherry entgegen.

Joanna ließ sich Heathers Problem offenbar durch den Kopf gehen, während sie ihr Glas Sherry mit einem Zug kippte, sich erneut einschenkte und dann mit der Karaffe in der Hand aufstand.

»Nun denn: ›Heather zog sich die Gummistiefel aus; der Weg durch die Marsch war scheußlich gewesen. Sie sah sich in dem Häuschen um, dem schönen, alten Häuschen hier draußen am Ende der Welt, und blickte auf die Uhr. Zehn. Hatte David nicht zehn Uhr gesagt? Sie war verärgert – nein, sie war richtig wütend. Wann war jemals Verlass auf ihn gewesen?‹« Joanna nahm wieder Platz auf dem Kamingitter und fuhr mit geschlossenen Augen fort: »»Schon rannen ihr die Tränen aus den meergrünen Augen. Nur das nicht, dachte sie und wischte sie fort, musterte die Portweinflasche und goss sich einen Schluck ein. Ein Gläschen konnte sicherlich nicht schaden...«< Offenbar freute sich Joanna, dass ihr zu der Handlung etwas Neues eingefallen war, denn sie lächelte, stand auf und schwang die Karaffe, um damit ihre Gedankengänge zu unterstreichen. »›Dieser verfluchte David!‹... Nein, nennen wir ihn lieber Jasper –«

Bloß nicht Melrose, dachte Melrose, und streckte sein Glas der hin und her schwingenden Karaffe entgegen. Du meine Güte, wie konnte Jury bloß so fasziniert dreinschauen?

»Dieser verfluchte Jasper! Wie lange sollte ihr Verhältnis noch weitergehen? Wie lange wollte sie sich noch von ihm ausnutzen lassen? Die Versprechungen, die er ihr gemacht hatte... Gewöhnlich betrachtete Heather die Welt mit Augen, so ruhig und kühl wie der schiefergraue Ozean –«

»Meergrün.«

»Was?« Sie tauchte gerade lange genug aus ihrer Trance auf, um Melrose anzublinzeln.

»Vorhin haben Sie gesagt, dass sie meergrüne Augen hat.« Melrose hegte den Verdacht, sie würde seine eigenen Augen als »funkelnd wie ein Smaragd« bezeichnen. Er lächelte, mied jedoch Jurys finsteren Blick.

Joanna lachte. »Ach ja, mit Augen, Haaren und anderen Äußerlichkeiten tue ich mich schwer.«

»Mr. Plant ist sich wohl nicht bewusst, dass derlei ablenkende Bemerkungen den Kreativitätsfluss stark hemmen können«, sagte Jury.

Melrose sah, wie Jury Joanna mit wahrhaft schiefergrauen Augen anblickte, einem sehr wandelbaren Grau jedoch. Im Augenblick sahen sie gewittergrau aus.

»Oh, aber Sie scheinen das zu wissen, Mr. Jury.«

»Gewiss. Ich gedenke, meine Memoiren zu schreiben.«

Joannas Kinnlade klappte herunter, und schon wollte sie sich dazu äußern, doch er hob die Hand. »Darüber können wir uns ein andermal unterhalten. Kehren wir zu Heather zurück.«

»Heather. Na gut, sie trinkt ihren Portwein, ist wütend auf David... Jasper...«

Melrose biss sich auf die Zunge. Ob Polly Praed auch so arbeitete?

»›Heather war das Herumsitzen und Warten leid. Sollte er doch denken, dass sie einfach nicht gekommen war. Sie zog sich die Gummistiefel an und band den Gürtel ihres Burberry zu.‹«

Gott sei Dank, sie macht sich auf die Socken; wir hoffentlich auch bald.

»›Sie würde einfach querfeldein durch die scheußliche Marsch zum Pub zurückgehen... dem Gasthof, in dem sie sich ein Zimmer genommen hatte, denn insgeheim hatte sie die ganze Zeit damit gerechnet, dass Jasper nicht kommen würde. Der Gasthof hatte ihr von Anfang an nicht gefallen; der Wirt schien ein elendiges Klatschmaul zu sein und würde sicher alles über sie ausposaunen –‹«

Wer weiß, wer weiß, dachte Melrose bei sich.

»›Und in diesem Moment sah sie den Fleck auf dem Teppich. Als sie ihn genauer untersuchte, merkte sie, dass es ein Rinnsal war, das von dem... Schrank herkam.‹ Nein... ›Als sie die Gummistiefel anzog, sah sie, dass vom Schrank her ein dunkles Rinnsal über den Läufer floss. *Blut*. Entsetzt flogen ihre schmalen Hände zum Mund. Sie hatte den Eindruck, dass die Tür, die etwas angelehnt gewesen war, *sich öffnete*!‹«

Melrose rutschte unwillkürlich vor und hörte zu seinem größten Erstaunen, wie Jury ruhig fragte:

»Haben Sie Simon Lean geliebt, Miss Lewes?«

Der Läufer zu ihren Füßen war so dick, dass die Karaffe nicht zerbrach, als sie Joannas Griff entglitt. Sie rollte noch ein wenig, blieb dann aber liegen. Ein dünnes Sherryrinnsal lief über den Vorleger. Blind starrte sie darauf und dann von Jury zu Melrose und wieder zurück.

Als sie nicht antwortete, sagte Jury: »Ich frage mich nämlich, wie viele Male er nicht gekommen ist. Und wie oft Sie in jenes Sommerhaus gegangen sind.«

»Aber *so* sollte die Frage doch gar nicht lauten!«, sagte Melrose auf dem Rückweg zur High Street. Joanna hatte sich schlicht geweigert, etwas zu sagen, und so hatte Jury erklärt, er würde wiederkommen, wie ein mitfühlender Arzt zu einem störrischen Patienten spricht. »Die Frage sollte lauten: ›Hat Simon Lean Sie erpresst?‹ Oder so ähnlich.«

»Warum?« Jury blickte zu dem allmählich dunkler werdenden Himmel auf, zu den Sternen, die dort wie hinter Nebelschleiern leuchteten.

»Der Zufall mit dem Verlag. Erpressung oder Rache. Vielleicht hat Simon Lean vor langer Zeit mal eins ihrer Bücher abgeschmettert –«

»Lean hat im kaufmännischen Bereich gearbeitet, Buchhaltung. Wo das Geld ist.«

»Es will mir einfach nicht in den Kopf, wie Sie das alles aus der Geschichte von Heather und Jasper gefolgert haben.«

»Ein Schuss ins Blaue. Wenn sie erst mal ins Reden kommt, vergisst sie sich offenbar.« Jury hob die Schultern. »Also dachte ich, wenn sie eine Geschichte erzählt, lässt sie sich vielleicht noch weiter hinreißen. Sie konnte nicht anders. Sie ließ sogar ihre Heldin in einem Gasthof am Ende der Welt absteigen.«

»Wie der ›Blaue Papagei‹. Heiliger Bimbam. Ich *mag* die

alte Joanna einfach. Will mir gar nicht gefallen, dass sie unter Verdacht steht.«

Jury lächelte im Dunkeln und nahm das ausgestopfte Ungeheuer unter den anderen Arm. »Nur keine Bange, wir haben jede Menge Verdächtige.« Sie näherten sich jetzt der »Hammerschmiede«. »Und ich habe den Verdacht, dass ich in London noch mehr auftreibe. Beispielsweise Simon Leans Geliebte. Wenn ich sie tatsächlich finde.«

»Sie fahren doch nicht im Ernst schon heute Abend?«

»Doch.«

Da standen sie nun und blickten durch die bernsteinfarbenen Scheiben der »Hammerschmiede«, wo Marshall Trueblood und Vivian Rivington ins Gespräch vertieft saßen. »Er wollte nur das Geld«, sagte Jury fast geistesabwesend.

»Joannas, meinen Sie?«

»Ich dachte dabei eher an seine Frau.«

»Was halten Sie von ihr? Ist sie die Hauptverdächtige? Im Normalfall ist das doch so?«

»Ist es wohl«, sagte Jury und sah zu, wie Trueblood die Gläser nahm und den Tisch verließ. Vivian blickte zum Fenster, vor dem sie beide im Dunkeln standen, und sie blickte durch sie hindurch.

»Na, dann will ich mal. Wahrscheinlich bin ich morgen zurück. Falls ich nicht eine Panne auf dem M-1 habe.«

Melrose sah ihm nach, als er auf der dämmrigen Straße davonging, das Ungeheuer unter dem Arm.

Zweiter Teil

Willst du mich prellen? klingt's von St. Helen

15

Tommy stand mit seinem Koffer auf dem Gehsteig, so wie er damit schon auf dem Dock von Gravesend gestanden hatte. Die kunstvolle schmiedeeiserne Straßenlampe, die eine alte Gaslaterne vortäuschen sollte, hüllte ihn in ihren Lichtkegel. Das schmale Haus mit dem flachen Dach war ansatzweise im Stil Edwards VII. hergerichtet worden; dagegen wirkten die Häuser zu beiden Seiten mit ihren zerbrochenen und vernagelten Fenstern wie Krüppel. Das Erste in der Reihe lehnte sich an einen schwarzen Speicher, auf dessen dicker Brettertür die Graffiti allmählich verblassten. Wie Pockennarben sprenkelten diese Türen Limehouse Causeway und Narrow Street.

Die Adresse, die er suchte, war in der Narrow Street. Die Tür hatte einen Messingklopfer in Form eines Schoners. Das Haus war zu verkaufen, doch das Schild hatte Schlagseite, denn es hatte anscheinend schon eine ganze Weile dort gestanden. Kein Wunder, dachte Tommy. Allein an Pacht um die zweihunderttausend. Sadie lebte in einer Souterrainwohnung. Was sie wohl an Miete zahlte? Er hatte gedacht, sie würde eher in so einer Sozialwohnung wie auf der anderen Straßenseite wohnen. Er schob die Mütze zurecht, öffnete das Pförtchen in dem schwarzen Eisengeländer und ging die vier Stufen zu Sadies Wohnung hinunter, wo hinter Rüschenvorhängen mattes, rosafarbenes Licht schimmerte.

Er verstand nicht, wieso sie nicht zu Hause war; sie wusste

doch, dass er spät ankommen würde, und sie hatte gesagt, er würde bis zu ihrer Wohnung nur fünfzehn bis zwanzig Minuten brauchen. Nimm dir ein Taxi, hatte sie gesagt; aber er hatte geantwortet, er käme lieber mit dem Bus oder der U-Bahn. Darüber hatte sie lachen müssen. So nimm dir doch einmal im Leben ein Taxi. Aber er hatte das Geld, das sie ihm geschickt hatte, nicht für einen Luxus wie Taxis ausgeben wollen – und dann musste man immer noch ein Trinkgeld drauflegen, und er wusste nicht wie viel.

Und jetzt war die Tür verschlossen, doch da das matte Licht durch die Popelinvorhänge schien, nahm er an, dass sie nur eben vor die Tür gegangen war, vielleicht in den Pub. Er zündete sich eine Zigarette aus der Zehnerpackung Players an, die er gekauft hatte, und inhalierte so tief er konnte. Tommy verheimlichte, dass er rauchte, auch wenn es nicht viel war. Tante Glad hatte ihm strikt untersagt, vor seinem achtzehnten Geburtstag zu rauchen. Wie er seine Lunge ausgerechnet zwischen seinem fünfzehnten und achtzehnten Lebensjahr ruinieren könnte, ging über sein Begriffsvermögen. Deine Lunge, deine Lunge, ewig motzte sie herum. Falls sie ihn mal erwischen würde, wie er Seite an Seite mit Sid arbeitete und ihnen dabei die Zigarette im Mundwinkel baumelte, würde sie ihn wahrscheinlich umbringen.

Wieder zog er die Armbanduhr mit dem kaputten Band aus der Tasche, schüttelte sie für den Fall, dass sie stehen geblieben war, und zog sie unnützerweise noch einmal auf. Genau vierunddreißig Minuten hatte er nun hier auf den Steinstufen gehockt und bei jedem Klappern von Absätzen prüfend aufgeblickt, doch es klapperte selten. Noch eine gute Stunde, bis die Pubs zumachten; hoffentlich betrank sie sich nicht und vergaß, dass er zu Besuch kam. Er lehnte den Kopf gegen das Mauerwerk; seine Zigarette glühte auf, als er daran zog. Plötzlich drückte er sie aus, griff nach seinem Koffer und ging die Stufen hoch. Er klopfte oben und wartete, klopfte und wartete. Wohl niemand zu Hause. Nur die Straßenlaternen und Sadies Lampe leuchteten.

Etwas weiter die Straße runter, wo Narrow Street auf den Limehouse Causeway mündete, sah er ganz oben in einem Haus ein gelbliches Licht aufflackern; das musste so ein Loft sein, wie ihn sich die Reichen ausbauten. Wahrscheinlich jemand, der schon im Bett gelegen hatte und wieder aufgestanden war. Tommy packte den Koffer und machte sich auf zu dem Speicher. An dem Licht, das sich von Fenster zu Fenster bewegte, als schwebte ein gefangener Mond darin, konnte er den Menschen dort auf seiner Wanderung verfolgen. Er klopfte. Im Haus wurde es einen Augenblick lang dunkel, bis durch das Buntglasfenster des Oberlichts ein Regenbogenmuster auf die Treppe fiel, wo er stand.

Sie hatte eine Taschenlampe in der Hand; das war das gespenstische, sich von Fenster zu Fenster bewegende Licht gewesen. Noch nie hatte Tommy eine so gut aussehende Frau gesehen, und ganz gewiss keine, die dabei so alt war wie sie: Sie musste mindestens dreißig sein. Nicht mal Sadie war so hübsch. Die hier war groß und was man gertenschlank nannte und hatte (mehr war in dem dämmrigen Licht nicht zu erkennen) langes Haar, so golden wie Altman's Ale, Sids Lieblingsgetränk. Rauchig, ja, so konnte man ihre Augen wohl nennen, doch so richtig war die Farbe nicht auszumachen.

Als sie fragte, was er wolle, runzelte sie ein wenig die Stirn.

»'tschuldigung, Miss, aber das Haus da hinten – meine Schwester wohnt da im Souterrain.« Er verstummte, denn es war ihm peinlich, dass er sie herausgeklopft hatte.

Die Ungeduld war ihr anzumerken, denn es schien, als ob

nicht mehr aus ihm herauszubekommen sei. »Und?«, hakte sie nach.

In seiner Nervosität begann er, seine Mütze zu zerknautschen, als spielte er Akkordeon. Zusammendrücken, auseinander ziehen, zusammendrücken, auseinander ziehen. »Meine Schwester ist nicht da, und sonst iss – ist – niemand weiter zu Hause. Die Sache ist die, meine Schwester –«

»Wie *heißt* denn deine Schwester?« Die Tür wurde ein wenig weiter geöffnet; sie stand mit der Schulter an den Türrahmen gelehnt und wirkte gelangweilt.

»Sadie, Sadie Diver. Die Sache ist die, sie wollte zu Hause sein, wenn ich ankomme, und ich bin schon über eine halbe Stunde hier, und es war sonst niemand da, den ich fragen konnte. Ich bin ihr Bruder.«

»Dachte ich mir schon«, sagte sie und blickte auf ihre kleine Armbanduhr. »Sie sitzt wahrscheinlich in den ›Fünf Glocken‹. Ist ja noch nicht mal elf.«

Jetzt runzelte auch Tommy die Stirn. Für ihn war zehn spät; er stand immer schon mit den Hühnern auf. Er trat unruhig auf dem kalten Linoleum hin und her. »Ja, aber...« Er wusste nicht, was er sagen, was er fragen sollte. »Kennen Sie sie denn?«

»Nicht mit Namen. Kann sein, dass ich sie mal gesehen hab.« Sie gähnte und fuhr sich mit den Händen durch das altgoldene Haar, blickte ihn an und kniff die Augen zusammen, die personifizierte Langeweile.

»Sie meinen also, ich sollte mal hingehen in die –?«

»›Fünf Glocken‹? Aber das ist nicht der einzige Pub...« Sie verstummte, hatte kein Interesse.

»Komisch.«

»Wieso komisch?«

Tommy dachte ein wenig nach. »Ja, wirklich komisch.«

»Also, *wieso* ist das... ach, zum Teufel, du kannst ebenso gut reinkommen. Kannst du Sicherungen reparieren? Ich habe kein Licht, bloß dieses blöde Ding hier.« Sie hielt die Lampe hoch. »Der Strom ist schon eine ganze Weile weg. Anscheinend nicht in der ganzen Straße, denn die Straßenlaterne da brennt ja noch.« In ihrer Stimme schwang kindlicher Groll mit. »Kannst du nun eine Sicherung reparieren?«

Tommy blickte sie nur an. Klar, wer so hübsch war, musste wohl dumm sein. Er runzelte die Stirn. »Sie meinen, ob ich eine auswechseln kann. Sicherungen ›repariert‹ man eigentlich nicht. Man dreht sie raus und dreht rumsbums eine neue –«

»Von mir aus kann rumbumsen wer will, Hauptsache, du sorgst dafür, dass ich endlich wieder Licht habe.«

Wieso ist die eigentlich so sauer?, dachte Tommy. Schließlich kam er ihr doch zu Hilfe, und sie machte ihrerseits nicht gerade den Eindruck, als würde sie sich seinetwegen ein Bein ausreißen. Er schob seine Mütze in die Tasche und den Koffer über die Schwelle und sagte: »Jeder Mann kann eine Sicherung auswechseln«, nur damit sie wusste, dass es doch noch Unterschiede zwischen Männern und Frauen gab.

Mit dem, was sich »Emanzipation« nannte, hatte er nicht viel im Sinn. Ihm war noch kein Mädchen untergekommen, das eine Sicherung auswechseln konnte.

Sie führte ihn durch ein Zimmer von der Größe eines Sees. Die riesigen Fenster, die auf den Fluss gingen, warfen das Licht ihrer Taschenlampe zurück und vermittelten ihm den gespenstischen Eindruck, als wollte ihn jemand von draußen aufs Korn nehmen. Für Notfälle trug Tommy immer eine kleine Taschenlampe am Gürtel. In dem Haus in Gravesend gab es ein Unglück nach dem anderen – Glühbirnen platzten, als ob jemand sie zerschossen hätte, Kühlschrank und Herd gingen entzwei, Rollos schnellten hoch, wie von unsichtbaren Händen gezogen. Der Lichtstrahl war dünn, aber hell, und tanzte auf dem Email und Chrom in der Küche.

Der Sicherungskasten war in der Speisekammer, die von der Küche abging. Er ließ den Lichtkegel über die obere Kante gleiten; da lagen mindestens ein gutes Dutzend Sicherungen herum, verschiedene Stärken, verschiedenfarbige Spitzen, wahrscheinlich nicht zu gebrauchen. Im Dunkeln war das schwer auszumachen.

»Und was haben wir hier?«, fragte er, holte eine herunter und prüfte die gläserne Spitze. Sie richtete die Taschenlampe auf den Kasten.

»Sicherungen. Sehen mir verrostet aus. Waren schon da, als ich eingezogen bin.« Ihr Licht fuhr ungeduldig hin und her. »Ich hab gedacht, ach, was soll's, und bin einfach ins Bett.«

Tommy schüttelte entsetzt den Kopf. Einfach ins Bett. Die dachte wohl, des Nachts kommen Heinzelmännchen, sehen die Sicherungen durch und drehen neue rein. Wieso hatte sie nicht wenigstens einen Stromunterbrecher, bei dem Geld, das sie anscheinend für die Wohnung geblecht hatte? Er fragte sie.

»Einen was? Hör mal, mach bloß nicht so ein Gesicht. Wie komm ich denn dazu, die ganze Nacht hier rumzuhocken und sie alle der Reihe nach auszuprobieren? Und die Taschenlampe müsste ich schließlich auch noch halten.«

»Sie haben zwei Hände.« Die schien tatsächlich darauf gewartet zu haben, dass jemand vorbeikam... Bei all dem Hin und Her hatte er fast vergessen, warum er vorbeigekommen war. »Wie spät ist es jetzt?«

Sie seufzte, als ob sie ihn nach Stunden bezahlte. Dann richtete sie die Taschenlampe auf ihre Armbanduhr. »Fünf vor. Wenn deine Schwester in den Pub gegangen ist, trudelt sie demnächst ein. Kannst du nicht schneller machen? Mir ist kalt.«

Wieder einmal wunderte er sich, wie total unfähig Frauen doch waren, wenn es galt, die einfachsten Dinge zu richten. Selbst bei den leichtesten mechanischen Arbeiten wie eine Sicherung oder einen Reifen wechseln oder ein Segel hochziehen hatten sie zwei linke Hände. Tante Glad war genauso. Sie machte alles, vom Kochen bis zum Nähen von Schonbezügen, aber wenn sie ihn nicht hätte, Tante Glad würde im Dunkeln inmitten kaputter Haushaltsgeräte hocken (genau wie die hier).

»Die Sache ist die«, sagte Tommy, »ich komme nämlich den ganzen Weg von Gravesend.« Er kniff die Augen zusammen und musterte den winzigen Glasring; also, diese hier war noch heil, wenigstens sah sie so aus. »Und es will mir nicht in den Kopf, dass Sadie in den Pub gegangen sein soll, wo sie doch wusste, um welche Uhrzeit ich –« Überall flammten die Lampen auf, es war wie Weihnachten, wenn ganz London auf den Lichtschalter drückt.

Sie blickte sich um, staunend über den jähen Lichterglanz. »Junge, du bist aber schlau!«

Schlau. Tommy kniff angewidert die Augen zusammen. Manchmal dachte er, Sadie wäre das einzige vernünftige Mädchen, das er kannte. Wahrscheinlich weil sie schon so lange auf eigenen Füßen stand. Sadie war die Schlaue, mit Abstand.

»Ich sollte dir wenigstens was Warmes zu trinken machen.« Sie ging wieder in die Küche mit dem großen Naturholz und der großen weißen Arbeitsfläche und klapperte mit den Töpfen.

»Altman's oder so etwas haben Sie wohl nicht im Haus?« Das musste man ihr lassen, sie schluckte es spielend; sie warf ihm keinen Blick zu, ob er auch alt genug wäre. Wenn er mit Sid im »Delphin« saß und sie rauchten und Altman's tranken, dann fühlte er sich richtig wohl. Anders war es, wenn er allein in einen Pub ging wie vorhin in die Bahnhofskneipe. Mann, hatte der Typ ihn unter die Lupe genommen. Und dabei hatte sich Tommy eingebildet, in London nähmen sie es nicht so genau.

Altman's hatte sie nicht, aber Bass. Er saß auf dem hohen Hocker und dankte mit einem weltläufigen Kopfnicken. Sid war cool, gelassen. Einmal hatte Tommy erlebt, wie er aus der Bar des »Delphin« Sägemehl gemacht hatte, ohne auch nur mit der Wimper zu zucken. Andererseits sagte man von Tommy immer, er sähe aus wie ein Unschuldsengel mit seiner klaren Haut und den strahlenden Augen, die richtig aufflackern konnten, wie ein Licht, das plötzlich angeknipst wird.

Sie machte sich daran, die beiden Bars zu öffnen, und setzte sich auf den zweiten hohen Hocker an der Küchenbar: »Tja, deine Schwester kenne ich nicht – wie sagst du noch, heißt sie?«

»Sadie, Sadie Diver.«

»Und du?«

»Tommy.«

»Du bist ihr Bruder.«

Tommy biss sich auf die Zunge und sah zu dem großen Kalender hoch. Wenn man den IQ von der hier da oben festmachen wollte, würde er vielleicht gerade ein Kästchen füllen. Er nickte, trank sein Ale und bemühte sich, sie nicht anzuschauen. Nun, sie sah nicht wie ein Ausbund an Unschuld aus (so wie er), aber wie sollte sie auch mit diesem Schlafzimmerblick, dem glänzenden Haar und dazu noch mit dreißig.

»Was ich nicht verstehe ist, wieso sie mir keine Nachricht dagelassen hat. Das passt gar nicht zu Sadie.«

Sie holte eine Packung Zigaretten von der Fensterbank, nahm sich eine und schob sie ihm über die Bar zu. Gar nicht so unnett, dachte Tommy; es war sicher besser, hier als auf einer kalten Steinstufe zu hocken. Obwohl seine Tante und sein Onkel darüber wahrscheinlich anders dachten.

»Hat sie Telefon, deine Schwester?«

Tommy sprach um die Zigarette herum, die ihm im Mundwinkel hing. »Wartet noch auf ihren Anschluss. Sie kennen ja die Telekom«, setzte er altklug hinzu, denn ihm war eingefallen, wie sein Onkel sich darüber beschwert hatte, dass die immer so lange brauchten.

»Und ob! Vier, geschlagene *vier* Monate hat es gedauert, bis ich meinen hatte.« Sie nahm einen Schluck Ale und schien nachzudenken.

Es gefiel ihm, dass sie einfach aus der Flasche trank. Vielleicht war sie doch nicht so dumm, wie er zuerst gedacht hatte. Und als sie wieder den Mund aufmachte, da war sonnenklar, dass sie nicht dumm war.

Sie rutschte vom Hocker und sagte: »Na, dann komm. Wir müssen wohl einbrechen.«

Tommy machte große Augen. »Wie meinen Sie das?«

Sie nahm bereits einen schwarzen Trenchcoat vom Haken und steckte die Taschenlampe ein. »Genau wie ich gesagt habe. Anscheinend hast du es nicht mal bei den Fenstern probiert. Und wenn das nicht funktioniert, nehmen wir eine Kreditkarte. Hast du eine? Ich habe keine Lust, nach meiner zu suchen.«

Eine *Kreditkarte*? Wollte sie ihn auf den Arm nehmen? »Ich zahle bar.«

»Sehr klug.« Sie ließ die Zigarette in einen metallenen Abfalleimer fallen und ging vor ihm her durch das große, glänzend gewachste Zimmer, wo sie eine rostrote Tasche von einem hochlehnigen Stuhl hob, in ihr herumkramte und dabei Papiertücher, Zigaretten, zerknitterte Rechnungen und Lippenstifte zu Tage förderte.

»Also, ich weiß nicht«, sagte Tommy, immer noch um seine Zigarette herum. »Ich meine, das mit dem Einbrechen in die Wohnung meiner Schwester –«

Im Strudel des ganzen Klimbims aus ihrer Tasche hatte sie eine Puderdose aus Plastik aufgetrieben und so ganz nebenbei ihr Haar überprüft und sich auf die Lippen gebissen. Schätzungsweise lassen Frauen keine Gelegenheit aus, dachte Tommy. »Würdest du lieber in eine einbrechen, die nicht deiner Schwester gehört?« Sie klappte die Puderdose zu, warf sie auf den Haufen mit dem übrigen Krempel und suchte weiter.

Manchmal wusste er nicht, was er sagen sollte. »Natürlich nicht; ich bin noch nie in eine Wohnung eingebrochen. Aber Sie offenbar.«

»Klar, ist doch mein Beruf.«

Mit offenem Mund ließ er sich auf eine Reihe Lederstreifen fallen, die wohl ein Stuhl sein sollten. Er war ungefähr so bequem wie die Steinstufe; alle Möbel – von denen es so wenig gab, dass sie kaum sein eigenes Zimmer zu Hause gefüllt hätten, geschweige denn dieses hier – hatten spindeldürre Beine und geschwungene Chromlehnen und sahen aus, als stammten sie aus der Requisitenkammer von *Star Trek*.

Sie seufzte ungeduldig und durchblätterte eine abgenutzte Brieftasche. »Ich mache doch nur Spaß. Du siehst aus, als würdest du erwarten, gleich einen großen Koffer mit der Aufschrift ›Diebesgut‹ zu entdecken. Da ist sie ja!« Triumphierend hielt sie die Plastikkarte hoch.

Im Hinausgehen sagte er: »Wo haben Sie bloß die ganzen komischen Möbel her?«

»Die ganzen komischen Möbel sind zufällig Bonoldo. Du hast auf einem Fünfhundertpfundstuhl gesessen, falls du es nicht bemerkt haben solltest.«

Nein, hatte er nicht. Es war sicherlich super, auf Möbeln von ihrem Freund rumzuhocken, aber dafür ging ihm wohl das Gespür ab.

Das Haus lag völlig im Dunkeln, und im Keller leuchtete immer noch das rosafarbene Licht. Nur zwei schmale Fenster gingen auf die Straße, und die waren mit Eisengittern gesichert, die so kräftig aussahen wie ein Spitzenstoff. Das musste er Sadie unbedingt sagen. Im schlimmsten Fall könnte er das Gitter abnehmen und das Fenster eindrücken, doch das wollte er nicht. Da man weder von der Seite noch von hinten eindringen konnte, gab es nur einen Weg, nämlich das Schloss zu überlisten. Er blickte sich um und sah, dass sie im Lichtkegel der Straßenlaterne Ausschau hielt und den Gehsteig nach beiden Richtungen absuchte. Das mattgoldene Haar hatte sie in den Kragen des schwarzen Regenmantels gestopft, und das, zusammen mit den schwarzen Stiefeln, die sie anhatte, machte, dass sie geheimnisvoll, ja, sogar gefährlich aussah. Sie hatte die Hände in den Taschen vergraben.

Tommy pfiff, und sie kam herüber, ging die vier Stufen herunter und zog keine Pistole, sondern ihre Plastikkarte hervor. Es war kein Sicherheitsschloss, denn nach wenigen Augenblicken flutschte die Plastikkarte hinein, und er hörte den Bolzen im Schloss klicken. Doch als sie die Tür aufmachte, hatte er auf einmal Angst. Zum ersten Mal hatte er das Gefühl, dass da wirklich etwas nicht stimmte, und wusste nicht, was sie in der Wohnung vorfinden würden.

Nichts. Er atmete auf. Die Wohnung sah aus, als ob jemand für ein Weilchen ausgegangen war: Illustrierte aufgeschlagen auf dem Sofa, Becher mit kaltem Tee auf dem Beistelltisch. Tommy sah gleich, dass es ein brandneues Schlafsofa war. Alles hier wirkte, als käme es direkt aus dem Schaufenster. Er sah wie *sie* das alles betrachtete und auf den Lippen kaute, konnte es mit *ihren* Augen sehen. Auch wenn ihre abartigen Möbel sich hart anfühlten und asketisch aussahen, so war Tommy doch klar, dass Sadies im Vergleich dazu einen ziemlich billigen Eindruck machten.

Aber sie sagte kein Wort, setzte sich bloß auf den rosafarbenen Stuhl neben der rosa Lampe und kramte ihre Zigaretten heraus. Eine Kuckucksuhr an der Wand jagte ihm einen Schrecken ein; aus der dunkelgrünen Tür des unechten Nussbaumgehäuses sprang ein bemalter Vogel heraus und verkündete, dass es halb zwölf war.

Er saß auf der Sofakante. Das noppige Material kratzte ihn am Hintern. »Was kann da wohl passiert sein?«

Sie warf ihm die Zigarettenpackung zu und blickte sich im Zimmer um. Dann stand sie auf, wanderte umher, besah die Bücherregale und runzelte die Stirn. »Wie sieht sie denn aus, deine Schwester?«

Tommy holte einen Schnappschuss hervor, den Sadie ihm vor über einem Jahr geschickt hatte. Sie trug das Haar auf dem Kopf hochgetürmt und hatte etwas an, das nach einem Abendkleid aus Samt aussah. Um den Hals lag eine Perlenkette.

Sie stand auf, ließ ihre Zigarette, nur halb aufgeraucht wie die anderen, in den sauberen Aschenbecher fallen und sagte nur: »Na ja, wenigstens bist du jetzt drin; du hast also ein Dach über dem Kopf.«

»Also, ich weiß nicht recht, ob ich hier bleiben möchte –

allein, meine ich. Ich meine, Angst habe ich nicht direkt…«

Aber er hatte welche.

»Ich habe einen Freund. Soll ich den anrufen?« Er folgte ihr die wenigen Schritte zur Tür. »Wer ist es denn?«

Ihre Antwort war indirekt. »Er könnte etwas wissen.«

Sie musterte ihn nachdenklich, mit etwas schief gelegtem Kopf und halb geschlossenen Augen, und Tommy merkte, dass sie ihre Gedanken vor ihm verbergen wollte. So hatte ihn Sid auch immer angesehen, wenn er sagte, er wolle nach London.

Es stand ihr übers ganze Gesicht geschrieben, dass Sadie wirklich verschwunden war.

16

Um sechs Uhr morgens wurde Tommy durch ein Klopfen an Sadies Wohnungstür jäh aus einem Traum gerissen. Um bis an die Bewusstseinsschwelle vorzudringen, hatte er das Gefühl, sich gegen einen starken Druck zur Wasseroberfläche hochkämpfen zu müssen.

Und der Traum, den er langsam abstreifte, hatte von Wasser gehandelt. Ein großer Strom, der Traumbilder mit sich führte: Sadie und er, wie sie durch eine wässrige Scheibe in ein Haus blickten, das er nicht kannte, während sie und das Haus von einer Flutwelle mitgerissen wurden; sie beide, wie sie in einem kleinen Boot auf kurzen, harten Wellen dümpelten und vergebens ruderten, bis die Strömung sie forttrug. Der Traum war farblos gewesen, schwarz-weiß. Dunkelgraues Wasser, bleiches Haus und ihre noch bleichere Haut, die vor dem düsteren Hintergrund wie mondbeschienen leuchtete. In der Ferne tutete ein Nebelhorn.

Und so ruderte Tommy beim Erwachen mit den Armen immer noch im Wasserdunkel, und das Nebelhorn, so ging ihm auf, musste das Klopfen an der Tür gewesen sein. Er blickte sich um, blinzelte durch einen Schleier aus trübem, grauem Licht, das eher verwirrte als erhellte, sodass der Raum aussah, als wäre er voller schwebender, schwankender Dinge, die Möbel so verschwommen wie die Vorhänge der Küchennische. Ein Raum, den er wie das Haus im Traum nicht kannte. Er wusste nicht, wo er war.

Als er begriffen hatte, dass geklopft wurde, wollte er aufmachen und stolperte in seiner Eile über den kleinen Schemel, und erst im letzten Augenblick fiel ihm ein, dass Sadie wohl kaum an ihre eigene Tür klopfen würde –

Tommy blinzelte die beiden Männer an, die da am Fuß der Backsteinstufen standen. In ihrer unbeweglichen Schattenhaftigkeit hätten sie aus seinem Traum sein können, trotzdem sahen sie eindeutig aus wie Verfolger. Doch dann riss er die Augen auf. Selbst er erkannte einen Polizisten, wenn er ihn sah. Und tauchten sie nicht immer paarweise auf? Er kam sich schutzlos vor, mit seinen nackten Füßen und nur mit seinem alten Flanellnachthemd bekleidet. Die beiden wirkten so total angezogen und unverwundbar wie Ritter in schimmernder Rüstung.

Sie zeigten ihm ihren Ausweis. Sergeant Roy Marsh von der Themse-Division und Constable Ballinger von der Limehouse-Wache. »Dürfen wir reinkommen?«, fragte der Wachtmeister mit dem Versuch eines verlegenen und sparsamen Lächelns.

»Sie haben sie also gefunden? Sadie?« Er dachte, wenn er ihnen den Eintritt verwehrte, würde er auch alles abwehren können, was er in seinem tiefsten Innern bereits wusste.

»Wenn wir mal reinkommen dürften?«

Die Frage kam von Sergeant Marsh. Tommy war zwar mager, aber er schien den ganzen Türrahmen auszufüllen. »Was ist passiert?«, fragte er.

»Bist du mit Sarah Diver verwandt, Junge?«

Tommy nickte. »Ich bin ihr Bruder.«

»Es hat leider einen... Unfall gegeben.«

Tot. Tommys Hand fiel vom Türrahmen herunter, dann trat er zurück. Tot. Das bedeutete »Unfall« immer in der Flimmerkiste, aber er hätte nicht gedacht, dass die Polizei so was im wirklichen Leben tatsächlich sagen würde. Mit dem Wort füllten die beiden das Zimmer aus wie riesige Schatten in einem Zeichentrickfilm, die an den Wänden hochhüpfen und sie halb bedecken. Tommy war zu Mute wie in seinem Traum, als würde er unaufhaltsam von einer Strömung mitgerissen, zusammen mit seltsamen Bildern und Hausrat: umgedrehten Tischen, zerbrochenen Stühlen. Nichts ergab einen Sinn.

Der von der Flusspolizei, dieser Roy Marsh, sagte: »Ich bin derjenige, der sie gefunden hat. Tut mir Leid.«

Marsh war ein muskulöser Mann mit kantigem Gesicht, doch seine Stimme überraschte Tommy, denn sie klang leise und sanft. Tommy musste dabei an samtige Katzenpfoten denken. Eine kleine, rasiermesserdünne Narbe zog einen seiner Mundwinkel ein wenig hoch und gab seiner Miene etwas Ironisches. Er war zu schwer für den kleinen Stuhl, auf dem er saß, und betonte im Sitzen nur noch, wie verspielt und feminin dieser war. Da blieb Ballinger lieber stehen, an eine Vitrine gelehnt, in der sich ein paar Nippessachen, Zeitschriften und Bücher befanden.

Marsh zog jetzt eine kleine Handtasche aus einer braunen Einkaufstüte, eins von diesen Dingern, die Frauen »Unterarmtasche« nennen. Er reichte sie Tommy, und der nahm sie und spürte, wie klamm und feucht sie war. Er runzelte die Stirn. Wollten Sie damit etwa andeuten, dass nicht mehr von Sadie übrig geblieben war? Hielten sie das für einen Talisman oder ein Amulett? Sie war weinfarben und hatte einen Einsatz aus Schlangenleder. Was sollte er wohl ihrer Meinung nach damit anstellen?

Schon wieder zogen sie etwas aus dieser unpassenden Tüte, als kämen sie von einem Einkaufsbummel: eine Puderdose aus demselben Schlangenleder wie die Handtasche, eine kleine Haarbürste, einen Kamm, einen Lippenstift ohne Hülse. Sergeant Marsh reihte alles sorgfältig auf dem Tisch auf, wo sie wie antike, von Wasser zerstörte Artefakte aussahen.

Strandgut nach einer Flutwelle, dachte Tommy, hob jedes Stück auf und legte es wieder hin. Er kniff die Augen zusammen. Wenn er sie schloss und schnell den Kopf schüttelte, dann würden sie verschwinden – Handtasche, Lippenstift, Polizei. Doch sie schienen zum Bleiben entschlossen. »Woher wissen Sie, dass dieses Zeug da Sadie gehört?«, fragte er dumpf.

»Daher.« Roy Marsh ließ ein kleines Plastiketui auf den Tisch fallen, wie eine Trumpfkarte. »Daher. Leihzettel aus der Bücherei, eine Kreditkarte –«

Tommy runzelte die Stirn und stupste sie mit dem Finger an. »Sie hat nie eine Kreditkarte gehabt. Einmal hat sie irgendwas auf Raten gekauft. Kreditkarten haben doch nur die feinen Pinkel.«

Roy Marsh lächelte. »Die hat heute fast jeder, Tommy.« Und er fuhr mit dieser gelassenen, sanften Stimme fort: »Jemand muss sie identifizieren.«

»Ich dachte, das hätten Sie schon« – Tommy deutete mit dem Kopf auf die Sachen auf dem Tisch –, »mithilfe dieser Sachen.«

Der Sergeant beugte sich weiter vor: »Eine amtliche Identifizierung. Tut mir Leid. In der Regel macht das die Familie. Ehemann, Eltern...«

»Gibt es nicht. Nur Tante und Onkel. Sie heißen Mulholland«, setzte er hinzu, als er sah, wie das Notizbuch gezückt wurde. »Wir wohnen in Gravesend.« Böse starrte er Roy Marsh an. »Bisher haben Sie mir noch nicht gesagt, was passiert ist.« Es wollte ihm nicht in den Kopf, dass Sadie etwas zugestoßen sein sollte, aber es war wohl besser, er spielte mit. Schließlich hatte er noch vor einer Woche mit ihr gesprochen, oder? Tommy schnappte sich seine Jeans vom Schlafsofa und zog seine Stiefel unter dem Sofa hervor.

Roy Marsh blieb einen Augenblick stumm. »Man hat die Leiche auf einer Helling bei Wapping Old Stairs gefunden. Aber es steht noch nicht fest, ob es sich um deine Schwester handelt«, setzte er rasch hinzu.

»Ertrunken?«

Wieder zögerte Roy. »Nein.« Er zögerte noch einmal und blickte Ballinger an. »Erstochen.«

Tommy ließ den Stiefel fallen, den er gerade hatte anziehen wollen.

»Wir haben sie vor zwei Stunden gefunden.«

»Dann ist es also letzte Nacht passiert?«

Roy Marsh schüttelte den Kopf. »Vorletzte Nacht.«

»Da haben Sie aber lange gebraucht.« Er musste sich gegen das raue Gefühl in seiner Kehle wehren, das nur Tränen bedeuten konnte, da kam ihm der Zorn gerade recht.

Constable Ballinger fragte: »Hast du ein Foto von ihr dabei, Junge? Einen Schnappschuss oder so etwas?«

Wortlos holte Tommy seine Brieftasche heraus und zeigte ihnen das kleine, recht billige Porträtfoto von Sadie in einem tief ausgeschnittenen Kleid und mit hochgestecktem Haar.

»Sieht ein bisschen anders aus, Sir«, sagte Constable Ballinger.

Tommy stand auf. Eine Welle der Erleichterung durchflutete ihn. *Vielleicht ist es gar nicht Sadie.*

Auf der gegenüberliegenden Straßenseite war eine Traube Neugieriger zusammengelaufen, um das Polizeiauto zu begaffen und den Transporter mit dem Emblem der Metropolitan Police, aus dem mehrere Männer mit technischem Gerät kletterten. Wahrscheinlich hatten die Passanten gehofft, die BBC würde eine Sondersendung über Limehouse drehen. Abgesehen von dieser Geschäftigkeit wirkte die Straße verlassen und bedrückend mit ihren Speichern, großen Brettertüren und den kleinen Eigentumswohnungen dazwischen mit Blick aufs Wasser und aufgerissenes Erdreich. Astronomisch teuer, und doch sahen die Häuser immer noch unbewohnt und ungepflegt aus, so als ob der Geist des alten Limehouse am Ende doch die Oberhand behalten hätte. Die schmiedeeisernen Straßenlaternen wirkten fehl am Platz.

Sergeant Roy Marsh erteilte der eben angekommenen Mannschaft Befehle, und Constable Ballinger schob Tommy in das Auto.

Und dann sah Tommy sie, wie sie im Trenchcoat vor ihrem Haus stand. Über der Panik und dem Schock der letzten Stunde hatte er sie ganz vergessen. Als sie auf ihn zukam, die riesige, sackartige Handtasche über die Schulter geschlungen, da durchflutete ihn die gleiche Welle der Erleichterung wie gerade zuvor, als er gedacht hatte, der Sergeant habe alles in den falschen Hals bekommen und nicht Sadie wäre tot, sondern jemand anders.

Sie legte ihm die Hand auf die Schulter und blickte an Tommy vorbei Marsh an. »Hallo, Roy.«

Ihr Anblick schien den Sergeant nicht sehr froh zu stimmen. »Ruby.«

»Besser, ich komme mit. Ich sollte ihn besser begleiten.«

»Das geht dich nichts an, oder?« Sein verkniffenes Lächeln wurde durch die Narbe nicht freundlicher.

»Ich glaube doch. Ich glaube, du kannst jede Hilfe brauchen.« Und als bemerkte sie nicht, dass er für einen Augenblick schmerzlich das Gesicht verzog, setzte sie hinzu: »Schließlich musst du doch die Nachbarn befragen. Warum nicht mich? Warum nicht gleich?«

Roy Marsh stand neben der offenen Fondtür. »Hast wohl das zweite Gesicht, was, Ruby?« Er bemühte sich vergebens um einen schneidenden Ton.

»Ich kann hellsehen. Man nehme eine vermisste Frau, ein Polizeiauto und ihren Bruder, den man aus dem Haus führt, zähle zwei und zwei zusammen, und schon kommt man drauf, dass du vielleicht aufs Revier fährst.«

Ballinger auf dem Vordersitz schaffte es hervorragend, so zu tun, als ob er nichts davon hörte, als ob er nicht sähe, dass eine fremde Frau einfach die Tür zum Rücksitz aufhielt, die der Sergeant hatte schließen wollen, und sich auch noch hineinquetschte.

Dass Ruby mit starr geradeaus gerichtetem Blick jetzt neben ihm saß und dass dann die Tür zugeknallt wurde, verwunderte auch Tommy.

Das Haar war braun, das Gesicht ohne jedes Make-up, nichts sagend wie Asche, trocken wie Sand. Er hatte den Kopf schütteln wollen – *nein, das ist nicht Sadie* –, doch ein Erinnerungsfunken, der wie ein Kügelchen in seinem leeren Kopf herumrollte, ließ ihn nicken. Es war ein Bild aus alten Zeiten von Sadies Gesicht, gleich nach einem heftigen Regenschauer, als sie total durchnässt gewesen war und ihr Gesicht frisch gewaschen und blass ausgesehen hatte. Aber das war schon Jahre her. Das Bild flammte auf wie ein Streichholz und verlosch wieder.

Es war zu lange her. Sie sah aus wie Sadie – das weiße, ernste Gesicht wie mit Eis überkrustet. Und dennoch war es das Gesicht einer völlig Fremden, die er nie gekannt und die ihm nie etwas bedeutet hatte.

Er wandte sich ab. Roy Marsh hatte ihm die Hand auf die Schulter gelegt und schien ihn zu drängen, noch einmal hinzuschauen.

Doch er wollte nicht. »Das ist nicht Sadie.«

Marsh nickte dem Angestellten des Leichenschauhauses zu, und der ließ das Tuch zurückfallen.

Tommy machte sich von dem Sergeant los, ging aus der Tür und den Flur entlang zu Ruby, die dort saß und wartete. Er ließ sich auf die Holzbank fallen, verschränkte die Arme vor der Brust und starrte die Wand an, die so unerbittlich polizeiwachenockergelb getüncht war. Welche Erleichterung, dass Ruby nichts fragte, nichts sagte, bis Roy Marsh herauskam.

»Wie gut hast du sie gekannt?«

»Ich weiß nicht, ob ich sie überhaupt gekannt habe. Ich habe eine Frau, auf die die Beschreibung passt, ein paar Mal in den ›Fünf Glocken‹ und in der ›Traube‹ gesehen und auch auf der Narrow Street. Aber in letzter Zeit nicht mehr. Was weiß ich.« Ruby stand auf. »Bringen wir's also hinter uns, ja?«

Erst als sie zurückkam, ihn anblickte und sagte: »Ich weiß es einfach nicht, Tommy«, da fragte er sich, ob er sich etwas vorgemacht hatte. Er sah den Schnappschuss an, den er vorsichtshalber in der hohlen Hand verbarg aus Angst, der Sergeant oder sonst jemand könnten ihn ihm wegnehmen. Er hatte auf irgendeine Bestätigung durch die Welt außerhalb der Glasglocke gewartet, in der er zu schweben schien. Doch damit war jetzt Schluss; sie zersprang.

17

Fiona Clingmore saß mit einer Schönheitsmaske aus brauner Pampe, die lediglich Augen und Lippen freiließ, an ihrem Schreibtisch und blätterte mit angefeuchtetem Finger durch die Seiten von *Harrods*.

»Tagchen, Fiona, Sie wären eine wundervolle zweite Besetzung für Al Jolson«, sagte Jury. Fiona fuhr zusammen, klappte das Magazin zu und funkelte Jury böse an, denn schließlich tauchte er unerwartet und grundlos in Racers Büro im New Scotland Yard auf. Der böse Blick war wirkungsvoll, was an dem Kontrast zwischen der dunkelgrünen Iris, den weißen Augäpfeln und dem übrigen Gesicht lag. Ein grünes Band hielt das frisch geschnittene und silbrig gesträhnte Haar zurück und verwandelte ihre sonst so leuchtend blonde Lockenpracht in goldene und silbrige Stacheln.

Jury setzte sich und erwiderte den bösen Blick mit einem strahlenden Lächeln. »Na, vielleicht nicht Jolson. Aber zu Silvester würden Sie damit in Piccadilly Station alles schlagen.«

Nach ihrem anfänglichen Schrecken war Fiona so cool wie immer, zog gelassen eine Zigarette aus der Packung auf ihrem Schreibtisch und lehnte sich auf ihrem Sekretärinnenstuhl zurück. Jede andere wäre wie eine Wilde zur Toilette gerast und hätte sich das Zeug abgewischt, aber nicht Fiona.

Kater Cyril, welcher am Topf mit der Schlammmaske herumschnupperte, funkelte Jury genauso an wie Fiona. Anscheinend verübelte er es ihm, dass er ihn daran hinderte, einen ganz neuen und faszinierenden Einblick in die Welt der Kosmetik zu tun. Was Körperpflege anging, so war auch Cyril alles andere als nachlässig. Vom unentwegten Putzen glänzte sein Fell wie Kupfer; hier und da wies es weiße Stellen auf, die in der Morgensonne silbrig schimmerten. Es wirkte wie eine eigenartige Nachahmung von Fionas Frisur. Seit dem Tag, an dem jemand Cyril auf leisen Pfoten durch die Flure von New Scotland Yard hatte streichen sehen und ihn Fiona Clingmore übergeben hatte, war dieser zu Chief Superintendent Racers Nemesis geworden. Welch abwegige Todesarten für Katzen sich der Chief auch immer ausdachte, Cyril entwischte ihm, unterlief und überlistete ihn und war bereits mehr als ein Maskottchen; er war schick geworden, war in Mode als eine Art platonische Idee einer Katze.

»Und was, wenn man fragen darf, ist aus Ihrem Urlaub geworden?« Fiona blies eine dünne Rauchwolke aus; sie war jetzt die Selbstbeherrschung persönlich, so als merkte sie nicht, dass die Schlammmaske beim Reden Risse bekam. »Darf man fragen, was Sie hier treiben?« Kein einziger Finger verirrte sich zu dem grünen Haarband, das immer höher rutschte und die Stacheln noch spitzer aussehen ließ.

»Man darf. In Northants hat es etwas Ärger gegeben.« Jury nickte in Richtung von Racers Tür. »Er kann so früh doch noch nicht im Klub sein; es ist ja noch nicht mal zehn.«

Fiona streckte die Hand aus und bewunderte ihre kunstvoll lackierten Nägel. Ein winziger, unechter Smaragd glitzerte im Sonnenschein. »Der? Der ist weg zu einem Fall. Hat sogar Al mitgenommen.«

Jury lächelte. »Armer Wiggins.«

Fiona bemühte sich, gelangweilt auszusehen – was unter den gegebenen Umständen nicht einfach war; also schlug sie die Beine übereinander und wieder auseinander; damit Jury die Strasssteine, die in ihre schwarze Strumpfhose eingewirkt waren, gut sehen konnte. Da sie wusste, dass sie Jury wohl kaum mit einer Schlammmaske verführen konnte, brachte sie alle übrigen körperlichen Reize ins Spiel, die sie aufbieten konnte: Rock übers Knie rutschen lassen, einen Arm über die Stuhllehne legen, dass die schwarzen Ebenholzknöpfe ihrer Bluse schier erdrosselt wurden.

»Wozu diese ganzen Anstrengungen, Fiona? Geht Racer in den Ruhestand oder so?«

»Eine wichtige Verabredung.« Sie zwinkerte.

»Als ob ich's nicht geahnt hätte. Wirklich schade, ich hatte gehofft, Sie würden auf einen Drink mit in die ›Feder‹ kommen.« Pfui über ihn, schließlich wusste er, dass sie wahrscheinlich gar nicht verabredet war. Dabei hatte er ihr nur etwas Nettes sagen wollen. Jetzt hatte er sie um ihre Chance gebracht. Ihre Enttäuschung war deutlich zu spüren. Rasch sagte er: »Lassen Sie ihn doch warten. Kommen Sie, bloß ein Drink…«

Schritte trampelten den Flur entlang; alle drei blickten zur Tür des Vorzimmers. Cyril hatte die Ohren angelegt, also konnte es sich nur um Racer handeln.

»Los, tippen Sie«, sagte Jury und vergaß dabei, dass sie damit wohl kaum von dem lehmverkleisterten Gesicht ablenken konnte. »Ich warte drinnen, mit gequälter Miene.«

Als Jury die Tür zu Racers Heiligtum öffnete, witschte ihm Cyril zwischen den Beinen durch, schob sich wie eine Schlange über den Teppich, der die Farbe seines Fells hatte, und erklomm den Bücherschrank an der Wand neben Racers großem

Schreibtisch. Seine Krallen gruben sich in die gerichtsmedizinische Wissenschaft, den Jahresbericht des Commissioners an die Queen, weil der Nagel aus der Wand gefallen war. Dahinter, in dem dunklen Schatten zwischen Wand und Bild, hockte jetzt Cyril und wartete.

»Was machen denn Sie hier?«, fragte Chief Superintendent Racer, legte das Leinenjackett ab und machte es sich in seinem ledernen Drehstuhl bequem. »Sind Sie nicht im Urlaub? Davon bekommen wir weiß Gott viel zu wenig!« Ein schwerer Seufzer deutete an, dass Racer schon seit Jahr und Tag an seinen Schreibtisch gekettet war, eine Tatsache, die durch die Antigua-Bräune auf seinen rot geäderten Wangen Lügen gestraft wurde. In diesem Jahr hatte er bereits dreimal die sonnigen Gefilde jenseits von Victoria Street aufgesucht, und nach dem Umschlag von British Airways zu schließen, der unter seiner Schreibunterlage hervorlugte, schien der Rückflug fällig. Anscheinend benutzte Racer sein Büro lediglich als VIP Lounge zwischen zwei Flügen.

»Wollen Sie wieder fort? In die Karibik?« Jury streckte die Beine aus und gestand ihm einen fünfzehnminütigen Aufklärungsvortrag zu.

»Was? Woher wissen Sie? Hat Kleopatra da draußen wieder gequatscht?«

»Natürlich nicht«, sagte Jury, der die meisten Informationen von Fiona bekam, denn mit dem Mundwerk war sie flinker als mit der Schreibmaschine. Er deutete mit dem Kopf zu dem Umschlag. »Das da.«

Racer schnappte ihn, stopfte ihn in seine Schreibtischschublade und sagte: »Als Kriminalbeamter sind Sie wirklich ein Ass, wie?«

»Wirklich ein Ass.« Jury unterdrückte ein Gähnen, als

Racer zum rituellen Vortrag über das dornenvolle Leben des Polizisten anhob...

Er warf einen Blick auf das Porträt der Queen. Der Rahmen bewegte sich. Jury sah, wie Cyrils schimmernder Kopf vorsichtig hinter dem Bild hervorlugte und Racers Platte von oben musterte. Dann zog er Kopf und Vorderpfoten zurück, streckte sie wieder heraus und zog sie wieder zurück. Er sah aus, als würde er sich vor dem herumwandernden Racer zwischen den Rockfalten Ihrer Majestät verstecken. Als er sicher war, dass Ihre Majestät ihm die *carte blanche*, diplomatische Immunität oder was auch immer gewährte, legte er sich flach hin, ließ die Pfoten über die Kante des Bücherschranks baumeln und wartete, der Teufelsbraten.

»...und hören Sie auf, Ihre Nase in Dinge zu stecken, die nur die Provinzpolizei angehen, Jury!«

»Die Leiche ist fast auf mich draufgefallen«, sagte Jury ruhig, während er sich gleichzeitig mit einer Havannazigarre bediente, die Racer aus Antigua geschmuggelt hatte.

»Beim nächsten Mal lehnen Sie sie wieder zurück und machen sich aus dem Staub! Sicher haben Sie auch diesen verdammten Grafen oder Herzog, oder was er ist, wieder hinzugezogen – wohnt er nicht in dem Kaff? –, damit er Ihnen die Laufarbeit abnimmt. Ein Polizist hat es schon schwer genug, auch ohne dass er einen Laien als Partner benutzt.«

»Mein Partner ist Sergeant Wiggins; und den wollte ich holen.« Er blickte zum Bücherschrank auf. Cyril ruckte mit dem Kopf zur Seite, und Jury wusste, dass er niesen musste. Als es passierte, raschelte Jury mit der Zellophanhülle der Zigarre.

Racers Kopf fuhr hoch. »Was war das?«

»Entschuldigung.« Jury warf die Hülle in den Aschenbecher.

Aber Racer hatte schon zu lange mit Cyril Krieg geführt, als dass er auf den Zellophantrick hereingefallen wäre. »Er ist hier drin. Das hat sich eindeutig nach Katze angehört.«

Jury suchte den Fußboden ab. »Nein, ist er nicht, Sir.«

»Stellen Sie sich nicht so dämlich an; so blöd ist er nun auch wieder nicht.« Racer suchte jetzt mit zusammengekniffenen Augen die ganze Decke ab, stand dann auf und blickte aus dem Fenster.

»Da draußen kann er ja wohl nicht gut sein.«

»Verdammt und zugenäht, und ob er kann. Das ist doch eine kätzische Fliege.« Racer setzte sich wieder, aber ihm war mulmig zu Mute, denn er ließ den Blick über die Oberkante des Bücherschranks schweifen, von wo ihm aber nur die Queen vornehm zulächelte. Jury konnte fast ihre Krone glitzern sehen.

Racer war wohl immer noch mulmig zu Mute, denn er blickte sich schon wieder um. Dann sagte er: »Halten Sie mir bloß Ihren Freund vom Hals. In Hampshire damals hat er einen schönen Schlamassel angerichtet.«

Der »Schlamassel« bezog sich auf die Tatsache, dass Plant damals Jury das Leben gerettet hatte. »Er ist ein Einsiedler«, sagte Jury, drehte die Zigarre im Mund und berauschte sich an ihrem Aroma. »Verlässt nie das Haus.«

Racer patrouillierte schon wieder im Zimmer auf und ab. »Superintendent Pratt hat mir erzählt, dass man die Leiche in eine Kommode gesteckt hat, die gerade von dem dortigen Antiquitätenhändler abgeholt werden sollte. Du liebe Zeit, viel Mühe hat sich der Mörder ja nicht gerade mit dem Verstecken gegeben, was?« Racer warf einen Blick in den Papierkorb und raschelte im Abfall herum. Er seufzte, ließ den Blick wieder über die nahe, scharfe Kante des Wassers schweifen, wie der Kapitän eines U-Bootes, der feststellen will, ob Torpedos unterwegs sind. Der Torpedo oben auf dem Bücherschrank zog rasch den Kopf ein.

Jury runzelte die Stirn. »Nein, nicht wenn er oder sie wusste, dass der *secrétaire* abgeholt werden sollte.«

»Wetten wir um Ihre Pension, falls Sie eine bekommen, dass es die Ehefrau war? Die dürfte davon gewusst haben, was?« Racer zog jetzt Bücher aus den Regalen und warf Blicke dahinter.

Ein leises Zischeln, so als hätte die Queen mit den Röcken geraschelt. Der Rahmen bewegte sich etwas, gerade ehe Racer herumfuhr. »Ich wusste es doch; er ist hier drin!« Er ging zu seinem Schreibtisch und schlug mit der Hand auf die Sprechanlage. »Würde sich die Königin vom Nil verdammt noch mal hierher bemühen und das räudige Katzenvieh entfernen! *Und das für alle Zeiten!*«

Auftritt Fiona mit perlmuttfarbenem und scheinbar porentief reinem Teint. Racer befahl ihr, den gottverdammten Tierschutz anzurufen und dort auszurichten, sie könnten ihren Laden dichtmachen, wenn sie ohne Käfig auftauchten.

Jury blickte auf und sah, dass Cyril einen Buckel machte und zitterte wie ein Turmspringer vor dem Absprung. Er hatte nur darauf gewartet, ungeschoren hinauszugelangen zu können.

»Aber die kommen sicher nicht wieder, oder?«, sagte Fiona.

Einmal waren sie schon da gewesen, drei Männer in Weltraumanzügen, die auf eine tollwütige Katze gefasst waren. Furcht und Schrecken musste bei ihnen geherrscht haben – Scotland Yard, der Katzenfänger herbeirufen musste. Cyril war natürlich verschwunden gewesen, so wie das nur Katzen schafften, und wieder einmal hatte man das Rätsel des verschlossenen Zimmers nicht zu lösen vermocht. Später hatte

Fiona ihn gesehen, draußen mit dem Fensterputzer auf einer der Laufplanken, und sein Gesicht an der Fensterscheibe hatte ein platt gedrücktes Grinsen getragen.

Cyril sprang geradewegs auf Racers Schreibtisch, flitzte über die Platte, dass die Papiere hinter ihm aufspritzten wie bei einem Sprung ins Wasser, tauchte dann zu Boden und sauste aus dem Zimmer. Eine einzige Bewegung vom Bücherschrank zur Türschwelle, mehr war nicht nötig.

Jury schoss durch den Kopf, dass sein Manöver eine komische, irre und surrealistische Version von Simon Lean war, wie er aus dem Sekretär fiel. Simon Lean, gebeugt und sprungbereit.

18

Humor musste man schon in einem ganz speziellen Sinn verstehen, wollte man den Begriff auf Detective Sergeant Alfred Wiggins anwenden, der in Jurys Büro saß und genauso tief schürfend über aufgereihten Medizinfläschchen brütete wie Fiona über ihren Lehmtöpfchen und ihrer Fingernagelkunst.

Jury begrüßte ihn und feuerte sein Jackett in die ungefähre Richtung des Mantelständers, wo es sich verfing und schlaff herunterhing wie Wiggins' Kopf. »Sie sehen aus wie ein Mann, dem seine Fisherman's Friends ausgegangen sind.« Die gelbe Schachtel mit den Halstabletten thronte inmitten der Fläschchen. Und Wiggins sah aus wie die personifizierte Epidemie.

Wiggins stieß einen tiefen Seufzer aus und wählte eine zweifarbige Kapsel, die er mit dunklem Tee hinunterspülte.

Der Sergeant hatte sich Fläschchen um Fläschchen, Lutschtablette um Lutschtablette in Jurys Büro breit gemacht. Wiggins' frühere Kollegen waren Kettenraucher gewesen und hatten gequalmt, bis ihr Büro aussah, als hüllte es sich in gelbliche, viktorianische Nebel: geduckte Gestalten, unvermutete Bewegungen, Gesichter, die im Lichtkegel der Schreibtischlampen auftauchten. Jury hatte mit angesehen, wie Wiggins' Gesichtsfarbe allmählich von Grau zu Modriggrün wechselte, und hatte ihm angeboten, das Büro mit ihm zu teilen. Jury rauchte auch, respektierte jedoch Wiggins' Nichtraucherbereich.

»Ich habe die Liste da, Sir. Es sind ungefähr fünfzehn Pubs. Ich habe die angekreuzt, die am ehesten in Frage kommen.« Er reichte ihm das Klemmbrett über den Schreibtisch.

»Danke«, sagte Jury durch den Pullover hindurch, den er sich vom Leibe riss, denn er musste sich Wiggins' Dauertemperatur von siebenundzwanzig Grad anpassen. Binnen fünfzehn Minuten würde er im Unterhemd dasitzen. »Ist Ihnen nicht zu warm?« Er blätterte ein gutes Dutzend Zettel mit telefonischen Nachrichten durch. Zwei waren von Caroleanne; drei von Susan Bredon-Hunt. Was für eine verdrehte Welt: Je seltener er sie im letzten Jahr zu sehen bekommen hatte, desto öfter hatte sie ihn angerufen.

Wiggins saß da und schien sich in seinem Kammgarnanzug und dem adrett gebundenen Schlips ganz wohl zu fühlen. »Ich drehe gern das Heizungsgebläse ab, Sir.« Märtyrertum passte Wiggins so angegossen wie eine Mönchskutte.

»Lassen Sie nur.« Er deutete mit dem Kopf auf Wiggins' Liste. »Welche kommen am ehesten in Frage?«

»Das ›Goldene Herz‹ in der Commercial Street, dicht bei Christchurch Spitalfields –«

»E eins?«

»Jawohl, Sir. Dann das ›Jack the Ripper‹, auch dicht bei Christchurch.«

Jury warf Carole-annes Nachrichten in den Papierkorb und sagte: »Bloß nicht. Dem bin ich, glaube ich, nicht gewachsen. Was sonst noch?«

»In E vierzehn haben wir ›Zu den fünf Glocken und dem Schulterblatt‹ –«

Jury blickte auf. »E vierzehn ist Limehouse. Und die Kirche?«

»St. Anne's Limehouse. Aber ich habe noch etwas, das Sie vielleicht interessieren wird –«

Als Wiggins Jury einen Schnellhefter über den Schreibtisch reichen wollte, klingelte das Telefon. Wiggins nahm ab, drückte den Hörer an die Brust und sagte sorgenvoll: »Carole-anne, Sir. Ich glaube, sie weint.«

Was Jury nicht gerade tief rührte. Unter den besonderen Umständen seines Kurzurlaubs würde sie natürlich einen Ersatzpolizisten als Gesprächspartner brauchen. Carole-anne konnte diese romantische Gelegenheit, nur zwei Etagen über einem Superintendent zu wohnen, einfach nicht fassen. Insbesondere seine Größe von eins fünfundachtzig und sein »überirdisches« Lächeln (wie sie es ausdrückte, und sie musste es wissen), ein Lächeln, das bei ihr blieb, selbst wenn er schon gegangen war. Mit anderen Worten (hatte er ihr geantwortet), Sie sind auf der Suche nach einer eins fünfundachtzig großen Edamer-Katze.

Aus dem anderen Ende der Leitung kam ein Wasserfall von Einzelheiten auf ihn herabgeprasselt, Weissagungen von künftigen, grässlichen Ereignissen, nachdem Carole-anne mitbekommen hatte, dass er tatsächlich selbst im Büro weilte. Sie erzählte ihm, während »Stars Tell on Alabama« auf dem alten Plattenspieler des »Starrdust« vor sich hin kratzte, dass der Gehängte mindestens schon ein halbes Dutzend Mal in ihren Karten aufgetaucht sei und sie fast alle Hoffnung aufgegeben habe, jemals wieder mit Jury auf der Angel Street bummeln zu gehen. Wen genau der Gehängte im Visier hatte – Jury, Carole-anne oder das Islington Monument –, war nicht herauszubekommen. Warum war es nur so schwer, Carole-anne davon zu überzeugen, dass *sein* Mord (wie sie es ausdrückte), der real hier auf der Erde in der Nacht vom ersten oder in den frühen Morgenstunden des zweiten Mai geschehen war – ein Ereignis, das durch die Einheit von Zeit und Raum, Schwerkraft, Logik und Mitteleuropäischer Zeit (also messbaren Größen) abgesichert war –, wieso sollte *sein* Mord als weniger gewiss abgetan werden als *ihr* Mord, der noch nicht einmal geschehen war. Jedoch in nächster Zukunft (so behauptete sie) erfolgen würde. (Einer Zukunft, die in den Sternen stand, an einer Zwischenstation im Universum, an irgendeinem planetarischen Außenposten, der weder den Gesetzen der Physik noch der forensischen Medizin unterlag.) Die Leiche hatte sie in einer Vision, einem Traum oder ihren Tarotkarten gesehen und nicht in einer schäbigen Londoner Hintergasse.

»Der Gehängte«, erinnerte Jury sie, »bedeutet nicht der Tod, sondern Leben in Gefahr.« Er ließ den Blick über Wiggins' Klemmbrett wandern und runzelte die Stirn.

»Na gut, wenn es Ihnen egal ist, mich irgendwann in so einer Schublade im Leichenschauhaus zu finden, ein Schildchen am Zeh…!«

»Natürlich ist es mir nicht egal, Madame Zostra, aber das maßgebliche Wort hier, meine Liebe, ist *irgendwann*. Der Mord an Ihnen ist bislang noch nicht aktenkundig, und für eine Beweisaufnahme reicht es nicht ganz, es sei denn, Pluto träte –«

Er konnte den Bericht ohne Mühe lesen, während sie ihm die Ohren voll jammerte, dass gewöhnliche Polizisten wohl nicht genügend Phantasie besäßen, um den Mord an ihr aufzuklären. Es klang wie aus einer kubla khanesken Vision, oh, wie sehr wünschte sich Jury, dass dieser Gentleman aus Porlock, der Coleridges Gedicht ruiniert hatte, jetzt in Covent Garden auftauchen und an die Tür des »Starrdust« klopfen würde. Unglücklicherweise waren jedoch Gentlemen aus Porlock genauso wie Polizisten nie zur Stelle, wenn man sie brauchte. Sie bemühte sich nach Kräften um eine tränenerstickte Stimme, als müsse sie mit Dinah Shores Honigstimme wetteifern. Dinah und Carole-anne durchlebten in diesem Augenblick ihr kleines Drama. Jury lächelte und wünschte, ein ganzer Eimer voller Sterne würde geradewegs auf den rot-blonden Kopf von Carole-anne Palutski herabregnen.

»Venus! Sie hören mir überhaupt nicht *zu*!«

»Aber ja doch.« Jury hielt Wiggins einen Schnellhefter hin. Der Sergeant hatte die ganze Zeit verzückt dagesessen. Anscheinend konnte Carole-anne Männer mittels Fernsteuerung in ihren Bann schlagen. Seit sie den Job im »Starrdust« hatte, war sie felsenfest von ihrem besonderen Draht zum Kosmos überzeugt. Ihre Tête-à-têtes mit dem Schicksal verdrängten beinahe alles andere aus ihrem Terminkalender – wieso auch nicht, wenn sie nur aufhören würde, dergleichen auch für Jury zu arrangieren. Zahnärzte, praktische Ärzte und sogar die Nagelpflege waren dort schon seit langem gestrichen; Carole-annes Zukunft war sozusagen voll ausgebucht. Wenn sie in ebenso vielen Bühnenstücken gespielt hätte, wie sie Verabredungen mit den Sternen hatte, dann würde sie auf der Bühne gleich neben der Dame Peggy Ashcroft stehen.

»Das Dumme bei Ihnen ist, dass Sie nicht an die Präsenz des Unsichtbaren glauben.«

»So ist es. Ich habe schon genug mit dem Sichtbaren zu tun.«

Während im Hintergrund »Moonlight Serenade« dahinschmalzte, schnitt Jury ihren Protest dadurch ab, dass er ihr schonend beibrachte, dass ihn die Gegenwart im Augenblick voll und ganz fordere und er deshalb auflegen müsse.

Was er auch tat; dann wandte er sich an Wiggins. »Der Pub ›Stadt Ramsgate‹ ist einer von den Pubs auf Ihrer Liste. Was haben wir sonst noch über den Mord an Sarah Diver?«

»Mehr nicht. Die Themse-Division bearbeitet den Fall. Man hat sie auf der Helling zwischen den Stufen und dem unteren Ende der Pubmauer gefunden. Frühmorgens, gegen fünf. Muss scheußlich feucht gewesen sein, ich meine, so direkt an der Themse.«

»Das dürfte sie nicht gemerkt haben, Wiggins. Gehen wir.« Jury stand auf, um sich sein Jackett zu holen, und sah aus dem Augenwinkel, wie Wiggins Notizbuch, Kapseln und eine Packung bedenklich aussehender Kekse einsteckte.

19

*E*s heißt, sie sähe aus wie ein Schiff mit einem hohen Segel, das geradewegs auf einen zukommt«, sagte Wiggins. Er und Jury blieben einen Augenblick stehen, um St. Anne's Limehouse zu bewundern. Das Auto hatten sie in der Three Colt Street abgestellt. Wiggins nieste, schnäuzte sich und fuhr fort: »Zweihundert Jahre lang hat man an den Kirchen von Hawksmoor herumgenörgelt, vor allem an dieser. Dabei war er nur seiner Zeit voraus.« Wiggins hielt die Hand hoch und spreizte Daumen und Zeigefinger im rechten Winkel, wie ein Maler auf Motivsuche. »Ein bisschen wie Jugendstil, finden Sie nicht?«

Jury wusste nicht, was er finden sollte. Sein Sergeant versetzte ihn immer wieder in Erstaunen; wo er nur immer so obskure Dinge ausgrub. »Ich weiß nicht, ich finde sie einfach schön.«

»Besser als Christopher Wren«, sagte Wiggins und nieste schon wieder. Und nach diesem abschließenden Urteil über die Kirchenarchitektur des 18. Jahrhunderts befand er, es begänne zu regnen, und marschierte weiter.

Genau in diesem Augenblick ertönten zwölf dröhnende Glockenschläge, aber vielleicht jubelten die Glocken auch nur, weil sie mitbekommen hatten, dass jemand die Kirche nach zwei Jahrhunderten Warterei endlich zu schätzen wusste.

Hinter der Bar der »Fünf Glocken und dem Schulterblatt« stand ein Mann mittleren Alters mit Pausbäckchen und einem Kussmundlächeln, der mehr Ähnlichkeit mit einem Engel oder Priester als mit einem Wirt hatte. Und das, so erzählte er Jury, war er auch nicht. Er stellte einem Gast ein Lager auf die Theke; jener bezahlte wortlos und ging gähnend zum hinteren Teil der Kneipe in eine Nische. Die Wände und Decke waren mit uralten Teepackungen dekoriert. Die Kundschaft bestand aus einem guten Dutzend Gäste. An der Bar hockte ein Mann, der in die Ferne blickte, rauchte und so tat, als spitze er nicht die Ohren.

»Nein, ich bin nicht der Wirt«, sagte Bernard Molloy. »Hab einen Laden in Derry, ja, ja. Vertrete bloß den Wirt, der es ein wenig an der Leber hat.«

Gerade wollte Wiggins den Mund aufmachen und Rat und Hilfe anbieten, da zückte Jury auch schon das Foto von Simon Lean. »Wenn Sie noch nicht lange hier sind, dann kennen Sie diesen Mann vielleicht gar nicht.«

Doch Bernard Molloy rückte bereits seine Brille zurecht. Er schien kein Mensch zu sein, der sich Entscheidungen leicht machte, denn er betrachtete das Bild von allen Seiten, als ob das Gesicht dieses Mannes mittels Hin- und Herwenden vertrauter würde. »Also, er hat so was, ich meine fast, ich hätte ihn schon mal gesehen.«

Der Mann an der Bar warf einen raschen Blick auf das Foto und sagte: »Den da hamse noch nie gesehn, Molloy; sind doch erst 'ne Woche hier, und der Kerl da hat sich seit zwei Monaten nich mehr blicken lassen.«

Wiggins, das Notizbuch griffbereit, wandte den Blick von einem dicken Deckenbalken und fragte ihn erst einmal nach seinem Namen.

»Jack Krael.«

»Wann haben Sie ihn das letzte Mal gesehen, Mr. Krael?«

»Wie ich gesacht hab. Is an die zwei Monate her.« Sein Blick traf Wiggins wie eine Gewehrkugel.

»Ist er oft hier gewesen?«

»Kann sein, ich hab ihn so an die drei-, viermal gesehn.« Er hob die Schultern und klopfte die Asche von seiner Zigarette gemächlich in den Zinnaschenbecher. »Würd mich auch nich an den erinnern, wenn er nich mit Ruby gekommen wär.«

»Ruby?«, sagte Jury.

»Ruby Firth.«

Der Mann rechts von ihm mit der karierten Mütze sagte: »Wohnt die nich inner Limehouse Road, Jack? Da is doch die Polizei schon 'n ganzen Morgen rumgekrochen, was, Jack?«

Anscheinend hatte man Jack Krael zum Sprecher der »Fünf Glocken« erkoren. Er nickte und kippte seinen Whiskey hinunter. »Genau wie Sadie.« Er sah Jury mit seinen korinthenartigen Augen an, deren Iris schwarz und stechend war. »Sie sind hier drinne schon der fünfte oder sechste.« Er blickte in sein leeres Glas. »Komisch, dass die beide nur so ums Eck gewohnt ham.«

Jury legte Geld auf die Theke und bedeutete Molloy, Kraels Glas aufzufüllen.

»Bushmill's, Molloy. Den Black Bush gleich da drüben.« Schließlich musste er nicht dafür zahlen. »Das arme Mädchen.« Krael seufzte und meinte wohl, sich mit diesem Gefühlsausbruch genug für das Glas Bushmill's bedankt zu haben.

Die Erwähnung des »armen Mädchens« Sadie lockte noch ein paar Leute an die Bar. Nun hob ein wetteiferndes Vergleichen und Überarbeiten der unterschiedlichen Versionen dessen an, was die Polizei wen gefragt hatte. Dass es vielleicht nicht bei einer Tragödie bleiben würde, schien die Laune zu heben.

Eine Frau um die sechzig oder achtzig kam zur Tür hereingelatscht und gesellte sich zu der Runde. Sie trug einen flachen schwarzen Hut mit zwei Gänseblümchen aus Plastik im ausgefransten Hutband. Dazu war sie in so viele Lagen Stoff gehüllt, dass es schien, als lege sie die alten Kleider nie ab, ehe sie sich mit neuen schmückte. Sie kramte in ihren diversen Röcken, zog ein schmutziges Bündel Flugblätter hervor, das von einem Bindfaden zusammengehalten wurde, und machte sich ans Verteilen.

»'ne Schraube locker, bei der da«, flüsterte ein bleichgesichtiger Mann, der Alf gerufen wurde, »verbreitet überall im Itchy Gerüchte, die da. Schlimm genug, dass ich nicht nach

Hongkong zurückkann von wegen die Gerüchte. Die wissen über mich Bescheid. Singapore Airlines, wo schuld an allem sind...« Er wanderte wieder zu seinem Platz in dem mit Teepäckchen gepflasterten Alkoven. Doch über die Schulter rief er zurück: »Schon wieder am Rumtratschen, Kath?«

Sie knallte ihr Glas hin, dass die Gänseblümchen hüpften. »Is mir doch egal, was du gemacht hast oder nich, Alf. Hab was Besseres zu tun, als über dich zu quatschen. Nich, wo Nachwahlen ins Haus stehen.« Ihre Stimme klang schrill und erinnerte Jury an ein kaputtes Radlager.

Er bemerkte, dass Wiggins aufgeschreckt war, als Itchy Park erwähnt wurde. So jedenfalls hatte er früher im Volksmund geheißen, und so wurde er wohl auch heute noch genannt. Es handelte sich um einen öffentlichen Park, der an Christ Church grenzte und sich großer Beliebtheit bei Obdachlosen erfreute, die dort unter Zeitungszelten schliefen mit ihren Packpapiertüten voller Flaschen im Arm und sich von ihnen bewachen ließen.

»Diesmal gewinnste sicher, Kath«, sagte Jack Krael.

Ein Blick von Krael, und Bernard Molloy verbiss sich das Lachen.

»Wie lange hat Sarah Diver in der Limehouse Road gewohnt?«, fragte Jury.

»Narrow Street. Weiter runter, bei der ›Traube‹. Hat gesagt, früher hättse so 'ne Sozialwohnung gehabt –«

Kath fiel ihm ins Wort. »Das is ja haarscharf mein Programm. Diese Baulöwen da, die wolln doch nur das Hafenbecken auffüllen und alles platt walzen, was sich nich bewegt und vielleicht auch dies und das, wo sich noch bewegt.« Sie schob Molloy ihr Glas hin und gab Jury zehn weitere Flugblätter, als er ihr ein Lager spendierte.

Jack sagte: »Da hatse Recht. Ham Se die Häuser da auf

Blythe's Wharf gesehn? 'ne halbe Million Pfund, man bloß für eins. Schmale Dinger, alle aneinander geklatscht. Und die Leute bezahln das, bloß weilse auf die Themse glotzen wolln.« Er schüttelte den Kopf und starrte auf die Wand. »Hätt ich in zehn Leben nie nich verdienen könn'n, auch wenn ich noch den Job von früher hätt.«

»Und was war das, Jack?«, fragte Jury und bedeutete Molloy, ihm das Glas noch einmal zu füllen. Wiggins starrte schon wieder zu dem Balken hoch. Kath wischte sich mit der Faust den Mund ab und sagte: »Das da is das Schulterblatt, falls Sie's nich wissen sollten ... Ham hier unten mal Schweine und so was geschlachtet.« Sie stampfte auf den Eichenfußboden und wies auf eine Tafel am Eingang. »Gleich da drüben steht die Geschichte.« Dann latschte sie zur weiteren Verteilung von Flugblättern davon.

»Fährmann«, sagte Jack Krael. »Auf den Schleppkähnen draußen vor der Isle of Dogs. Von der Sorte gibt's nich mehr viele, nee. Die Arbeit ham, mein ich. Die Schiffe kommen nich mehr, da reißense die Speicher ab, reißen einfach alles ab und verkaufen's scheibchenweise an die reichen Pinkel oder was so 'n Kettenhotel is. St. Katherine's Dock, nich zum Aushalten. Großes Hotel und 'n Jachthafen. Die mach'n aus den Speichern ›Lofts‹, damit die Leute aus'm Fenster glotzen und auf 'n Pool sehn könn'n. Aber die sehn nich, was ich gesehn hab – die ganzen Schiffe da. Indien, China, die hohen, roten Segel, wie's nach Koschenille gerochen hat – nee, das sehn die nich wieder. Gemeinsamer Markt.« Er blickte Jury an. »Ein gemeinsamer Scheißmarkt is das doch. Da hocken sie rum mit ihren fetten Zigarren und brenn'n Löcher inne Geschichte.« Sein Blick schweifte in die Ferne. »Auf der Isle of Dogs bauen sie jetzt ein zwanzigstöckiges Hochhaus. Wahrscheinlich für 'n Hilton und 'n Dutzend Boutiquen.«

»Dann ist Sarah Diver wohl zu Geld gekommen, was?«

»Muss wohl.« Jury merkte, dass Jack Krael einsilbig wurde, und bedeutete Molloy, ihm das Glas aufzufüllen.

Krael nickte zum Dank und sagte: »Hier heißtse Sadie, aber seit zwei Monaten hab ich se nich gesehn. Tut mir Leid.«

»Muss es nicht; Sie haben uns mehr geholfen, als Sie denken.«

Wiggins war zurück, nachdem er die Tafel an der Wand gelesen hatte. »Hier ist für die Schiffsmannschaften geschlachtet worden«, sagte er und blickte zu dem Balken hoch, von dem das Schulterblatt an dünnen Ketten herabhing. Er wusste noch mehr grässliche Einzelheiten zu berichten, so wie jemand, dem beim Anblick einer Massenkarambolage schlecht wird und der doch stets das Tempo verlangsamt, um nur ja alles mitzubekommen. Der Sergeant verstummte mitten in seiner bluttriefenden Abhandlung, um aus einem Glas ein suppenartiges Gebräu zu trinken, dessen dunkle Sämigkeit das Ergebnis zerbröselter Kekse zu sein schien.

»Sobald Sie Ihre Gedanken von dem Schlachthaus losreißen können, bemühen Sie sich freundlicherweise zur Hauptwache von Wapping und unterhalten sich mit dem Zuständigen im Fall Diver. Ich werde Ruby Firth aufsuchen.« Bei der Erwähnung von einem Meer, einem Fluss oder einer Senkgrube machte Wiggins unweigerlich ein Märtyrergesicht. »Sie müssen ja nicht hinschwimmen, Wiggins.« Jury wollte es sich eigentlich verkneifen, aber dann fragte er doch. »Was ist das bloß für ein Zeug, das Sie da trinken?«

»Gut gegen alles Mögliche, Sir. Zerkrümelte Kohlekekse. Dann glauben Sie also, dass zwischen diesen beiden Morden ein Zusammenhang besteht?«

»Wäre schon verdammt merkwürdig, wenn nicht.« Jury schob die Tür auf.

»Es sind schon seltsamere Dinge passiert.«

»Aber nicht viele«, sagte Jury, als sie in einen feinen Nieselregen hinaustraten.

20

Sie hatte das Haar in den hochgeschlagenen Kragen ihres Trenchcoats gestopft und trug sogar im Regen noch die Sonnenbrille. Ihre Bewegungen waren bestimmt – wie sie die Tür des Cortina, Polizeiversion, zuschlug; wie sie den Fahrer ignorierte; wie sie einfach davonging.

Als Jury den alten schmalen Limehouse Causeway überquerte, sah er ganz deutlich den Jungen, der ausstieg und ihr folgte. Fünfzehn, vielleicht sechzehn, mager und eher zerbrechlich, aber doch gut aussehend. Eine Bö fuhr ihm ins braune Haar, und als er es zurückstrich, da wollte er Jury bekannt vorkommen. Wo hatte er den Jungen schon einmal gesehen?

Das Auto fuhr gerade an, als Jury es erreichte. »Ich interessiere mich für den Fall Diver. Und ich suche eine Frau, eine gewisse Ruby Firth. Das ist sie nicht zufällig gewesen, oder?« Der Fahrer in Uniform der Flusspolizei musterte ihn feindselig und antwortete nicht.

»Tut mir Leid«, sagte Jury und zog seinen Ausweis hervor. »Ich würde mich gern mit Ihnen unterhalten.«

Die Miene des Fahrers veränderte sich, jedoch nicht zum Besseren. An Stelle der früheren Feindseligkeit trat eine andere, und die wurde dem Anlass eher gerecht. Die Flusspolizei mochte es nämlich nicht, wenn ein Kriminaler vom Präsidium die Nase in ihre Angelegenheiten steckte.

»Steigen Sie ein.« Er stellte sich als Roy Marsh und den Wachtmeister als Ballinger von der Limehouse-Wache vor. Mit halb abgewandtem Gesicht und dem Hauch eines Lächelns fragte Marsh: »Sollten wir Ihre Hilfe brauchen?«

Jury betrachtete das Profil und die fadendünne Narbe am Mundwinkel. Marsh wandte sich nach vorn und musterte Jury im Rückspiegel. Seine Augen brannten wie Jodtinktur.

»Nein. Aber ich brauche Ihre.« Jury holte eine neue Zigarettenschachtel hervor und bot sie an. Marsh schüttelte den Kopf; Ballinger bediente sich.

»Was interessiert Sie eigentlich an Ruby Firth?«, fragte Marsh und trommelte mit den Fingern auf dem Lenkrad herum.

»Mit was für Männern sie zusammen ist.«

Das Getrommel hörte jäh auf. Marsh drehte sich auf dem Sitz um und fragte: »Was soll das heißen?«

»In Northants ist ein Mord passiert. Ein gewisser Simon Lean.«

Roy Marshs Miene veränderte sich. Jury spürte seine Anspannung.

»Und wer soll das sein?«

»Sie stellen mehr Fragen, als Sie beantworten, Roy. War das Ruby Firth, die gerade aus Ihrem Auto gestiegen ist?«

Nach der Miene, die Roy Marsh jetzt machte, war sich Jury ganz sicher. Roy Marshs Interesse an der Frau ging über die Formalitäten einer amtlichen Untersuchung hinaus. »Ja«, war seine knappe Antwort.

»Wer ist der Junge bei ihr?«

Marsh antwortete nicht gleich.

Constable Ballinger schien die Spannung zwischen Marsh und Jury zu spüren und mischte sich ein. »Tommy Diver, Sir. Sarah Divers Bruder. Ist gerade auf Besuch gekommen und dann...« Ballinger deutete mit dem Kopf in Richtung Narrow Street, wo Jury so gerade noch eine Traube Polizisten ausmachen konnte. »Der Junge war heute Morgen da, als wir hinkamen und uns das Haus ansehen wollten. Vor den Jungs vom Erkennungsdienst. Die Diver wollte ihn eigentlich gestern Abend zu Hause erwarten, aber sie ist nicht aufgetaucht. Jetzt wissen wir ja auch warum. Pech für den Jungen, dass er gerade da war und die Leiche identifizieren musste.« Hier warf Ballinger Roy Marsh einen raschen Blick zu. Marsh sagte nichts, und so fuhr Ballinger fort: »Der Bruder hat gesagt, sie ist es nicht, jedenfalls ist sie nicht so, wie er sie in Erinnerung hat. Die da wäre dünner, ihr Haar nicht so rötlich, kein Make-up, schlichte Kleider. Aber er hat sie schon lange nicht mehr gesehen.« Ballinger hob die Schultern. »Seine Verwandten kommen aus Gravesend, um ihn abzuholen und –«

Roy Marsh hatte sich zu Jury umgedreht und Ballinger das Wort abgeschnitten. Seine Stimme war sanft, aber von einer gefährlichen Sanftheit, wie der Klang von gedämpften Schritten. »Wir haben die Leiche heute Morgen um vier Uhr dreißig in einem alten Boot gefunden, unter einer Persenning. Auf der Helling bei Wapping Old Stairs. Wir wollten überprüfen, wem das Boot gehört. Jemand hatte die Tote darin abgeladen; die Flut hat sie zwischendurch überspült.« Er wandte das Gesicht wieder zur Windschutzscheibe.

Eine lange Rede für Roy Marsh, der jetzt den Zündschlüssel im Schloss drehte. Ballinger sah ängstlich aus. Einen Superintendenten von der Kripo ließ man nicht einfach so abblitzen.

Jury hatte sowieso gehen wollen. Schlimm genug, dass sich Roy Marsh nicht gern von Scotland Yard die Butter vom Brot nehmen ließ, schlimmer, dass er wahrscheinlich auch unter besseren Bedingungen nicht sehr kommunikativ war, und noch schlimmer, dass er privat drinzuhängen schien.

Über den Lärm des Motors hinweg sagte Marsh: »Sie haben anfangs nach Ruby gefragt; ich dachte, Sie wären wegen Sadie Diver hier.«

»Bin ich jetzt auch.«

Jury knallte die Tür zu und sah dem Auto nach, das mit quietschenden Reifen in die West India Dock Road einbog und davonraste.

»Ruby Firth?«

Sie blickte vom Dienstausweis zu Jurys Gesicht hoch und wieder zurück. »Es will kein Ende nehmen«, sagte sie. »Und wozu gehören Sie? Limehouse? Themse-Division? Londoner Hafenbehörde?«

»Scotland Yard.« Er lächelte. »Die haben Ihnen wohl tüchtig zugesetzt?«

Ein gelangweilter Blick – einer, den Jury ihr unter den gegebenen Umständen nicht abnahm –, und sie gab die Schwelle frei. Den Trenchcoat hatte sie schon abgelegt, darunter trug sie ein schlichtes, durchgeknöpftes Baumwollkleid, dessen Saum bis auf den Rand ihrer modischen Stiefel reichte. Zunächst hielt er es für formlos; dann fiel ihm der Schnitt ins Auge. Teuer. Sie war ein wenig zu mager, ein wenig zu groß, der Mund ein wenig zu breit, aber eine Frau, die man nicht vergaß. Ihr Haar war dunkelgolden und ihre Augen von einem rauchigen Karneolbraun. Sie schienen ihn wie durch einen Nebelschleier anzusehen.

Der Raum, in dem sie standen, war riesengroß, einer von diesen umfunktionierten Lofts, über die sich Krael ausgelassen hatte, der Fußboden blank gewachst und scheinbar endlos wie ein Schiffsdeck. Er endete jedoch vor einem Panoramafenster, das der Bewohnerin einen unbezahlbaren Blick auf die Themse gewährte. Mattes Licht fiel auf alten Lack, als sie zwei schwarze, nadeldünne Wandleuchten anknipste, um die sich flache grüne Lichtbänder zogen wie Ringe um Planeten. Der Kamin wiederum war aus massivem, grün gesprenkeltem Marmor und sehr schlicht, der Sims ganz ohne Schnickschnack, sogar ohne die landläufige Vase mit Blumen. An Möbeln gab es nur ein Sofa aus Rosenholz, auf dem sie jetzt saß, und diesem gegenüber zwei moderne, italienisch aussehende Stühle, dazwischen ein kleiner See aus Rauchglas. Von irgendwoher kam noch mehr weiches Licht, dessen Ursprung Jury jedoch nicht ausmachen konnte, und verschmolz mit den Schatten. Indirekte Beleuchtung hinter dem Deckenfries, nahm er an. Sie knipste eine Lampe mit Seidenschirm neben dem Sofa an. Das verstärkte noch das marmorierende Spiel von Licht und Schatten auf den schneeweißen Wänden. Jury kam sich vor wie in einer unheimlichen Dalí-Landschaft, deren Mittelpunkt sie war, der Inbegriff von Widerspruch und verzerrter Wirklichkeit.

Desinteressiert wartete sie, dass er anfing, es hinter sich brachte, fortging. Das war das Bild, welches sie ihm vermitteln wollte.

»Es geht um Simon Lean.«

Er hatte sie aus dieser gelangweilten Pose aufschrecken wollen. Aber ihre immer noch verschleierten Augen ließen ihn keinen Augenblick los. Sie öffnete lediglich einen Nähkorb und fragte ihn, ob er Tee oder einen Drink haben wolle. Als er ablehnte, zog sie ein ungesäumtes Stück Moiréseide aus dem Korb und fragte: »Was ist mit Simon?«

»Er wurde ermordet«, sagte Jury brüsk und wunderte sich, dass die Frau nicht mit der Wimper zuckte, sondern dasaß, Stecknadeln in den Stoff steckte und kein Wort sagte. Sie griff nach einer Porzellanschale, nahm zwei Schildpattkämme heraus und steckte sich ihr Haar zurück. Wohl um Zeit zu gewinnen: Sicher hatte sie gedacht, er wäre wegen Sadie Diver gekommen; dass er Simon Lean ins Spiel brachte, damit dürfte sie nicht gerechnet haben. Zumindest hatte Jury das angenommen. »Sie haben ihn gekannt.«

»Ja, das habe ich.« Endlich ließ sie die Hände sinken und lehnte sich zurück.

Jury war etwas erstaunt über die Verwandlung. Jetzt sah sie nicht mehr wie ein gertenschlankes Mädchen vom Lande aus, sondern wie eine Lady aus der Zeit Edwards VII., die gerade Korb und Blumenschere zusammensucht, um auf ein Stündchen in den Garten zu gehen. Wie ärgerlich, dass er an dem ernsthaften Blick, den sie jetzt auf ihn richtete, nicht ablesen konnte, ob er echt war oder nur gespielt ernsthaft. Er bekam einfach nicht heraus, ob sie sich Simon Leans Tod zu Herzen nahm. Sie gab sich auch nicht die Mühe, aus ihrem reichhaltigen Repertoire von Blicken einen zu dieser Gelegenheit passenden herauszusuchen. »Wie gut haben Sie ihn gekannt?«

»Recht gut. Aber das ist passé«, sagte sie. Von irgendwoher, jenseits des runden Türbogens, erklang Musik. Eine Mundharmonika, ja, das muss es sein, dachte Jury. Plötzlich verließ sie ihren Platz und verschwand durch den Türbogen in noch tiefere Schatten.

Jury trat an das breite Fenster. Noch nicht einmal zwei Uhr und schon Zwielicht. Unter ihm schwang sich der dunkle Bogen der Themse vorbei an Wapping und den Docks von London, und dahinter konnte er Tower Bridge erkennen. Es stimmte, der Blick auf Fluss und Stadt war einmalig. Und doch konnte er sich, wie Jack Krael, nicht des Gefühls erwehren, dass etwas verloren, der Fluss seines Sinns beraubt worden war, seitdem Ausflugsdampfer die großen Schiffe ersetzten. Das Rennboot da draußen jagte trotz des Regens durchs Wasser. Regen schlug von allen Seiten gegen die Scheibe, als hätte er die Richtung verloren. Frühling, aber durch das Fenster wirkte er wie Spätherbst. Auf einem zeitlosen Schauplatz in Jurys Kopf fiel Schnee. Wie der Regen wusste auch er nicht, welche Richtung er einschlagen sollte.

Dann war sie wieder da. »Hab eben mal nach Tommy gesehen. Er ist ganz weg von seiner Mundharmonika. Was gar nicht so schlimm wäre, wenn er etwas mehr auf Lager hätte als bloß die ›Waltzing Matilda‹. Wenn Sie sich da draußen mit der Themsepolizei unterhalten haben, dann wissen Sie offenbar über seine Schwester Bescheid.« Sie fädelte eine Nadel ein und biss den Faden ab.

»Ja. Mich macht nur die Verbindung stutzig.«

»Die Verbindung?«

»Ich bitte Sie, Miss Firth.« Auch wenn Simon Lean nach Auskunft seiner Familie ein Schwerenöter gewesen war, so verdiente der Mann doch wohl, dass man ihn ein klein wenig betrauerte, und wenn es nur gespielt war. Er zündete sich eine Zigarette an und warf das Streichholz in einen zierlichen Aschenbecher. »Man hat Simon Leans Leiche gestern Mittag in einem Dorf in der Nähe des Summerston-Landsitzes entdeckt. Sadie Divers Leiche wurde heute Morgen gegen fünf Uhr bei Wapping Old Stairs gefunden. Aber offenbar wurden beide binnen weniger Stunden ermordet. Sie wohnte in der Narrow Street, wurde im selben Pub gesehen, den auch Sie frequentieren. Sie sind gerade zurückgekommen, sind bei der Identifizierung der Leiche behilflich gewesen, ja?« Eine rhetorische Frage. »Ich müsste schon ziemlich beschränkt sein, wenn ich keine Verbindung zwischen diesen beiden Menschen herstellen würde.«

Ruby legte den Kopf etwas schief, schien sich sein Gesicht einprägen zu wollen. »Sie machen durchaus keinen beschränkten Eindruck, Superintendent. Aber ich bin nicht die Verbindung.«

»Was haben Sie vorgestern Abend gemacht?«

Sie blickte sich im Loft um, als suchte sie einen Merkzettel an der Wand. »Ich war aus. Ein kleiner Kneipenbummel auf eigene Faust.«

»Und wohin sind Sie gebummelt?«

Wieder diese Pause. »›Zur schönen Aussicht von Whitby‹ beispielsweise.«

Schweigen. Jury sagte: »›Zur schönen Aussicht von Whitby‹ ist doch dicht bei Wapping Old Stairs. Wohin sonst noch?«

Ruby stellte den schwarzen Obelisken wieder hin, das Tischfeuerzeug, mit dem sie sich rasch eine Zigarette angezündet hatte. Eine lange Rauchwolke, über die sie Jury einen langen Blick zuwarf. »›Stadt Ramsgate‹«.

Wieder Schweigen. »Noch dichter dran, finden Sie nicht auch?«

Sie schien nichts zu finden.

»Und Sie waren allein?«

Sie antwortete nicht.

»Bringt Sie etwas in Schwierigkeiten, was?«

Als sie nicht reagierte, fragte Jury: »Wann haben Sie Simon Lean zum letzten Mal gesehen?«

Sie hob die Schultern. »Vor ungefähr zwei Monaten.«

»Wo?«

Pause. Sie runzelte ein wenig die Stirn. »In den ›Fünf Glocken‹, glaube ich. Das ist in der Three Colt –«

»Ich bin da gewesen. Wie haben Sie sich kennen gelernt?«

»In meinem Geschäft. Ich habe in South Kensington ein

Geschäft für Inneneinrichtung, im Souterrain. Aber ich habe einen guten Ruf. Ich gelte als die verstädterte Laura Ashley.« Sie lächelte boshaft und hielt die Seide hoch. »Inneneinrichtung ist mein wirkliches Talent. Die Wohnung hier ist von mir.« Ihr Blick war humorvoll. »Sie mögen sie nicht.« Sie betrachtete ihn mit schief gelegtem Kopf. »Ganz sicher ist Ihr eigenes Häuschen recht hübsch. Der übliche Vorort. Amersham, Chalfont St. Giles. Chintz und riesige Blattpflanzen. Alles Holz pastellfarben gestrichen und geblümte Tapeten. Tipptopp in Ordnung.«

»Ich lebe in einer Mietwohnung, und es sieht furchtbar bei mir aus. Wie oft haben Sie sich mit ihm getroffen?«

»Hmm. Einmal die Woche vielleicht. Immer wenn er in London war.« Ihre Stimme war flach, ausdruckslos.

»Kaum zu glauben, dass Sie ihn geliebt haben. Sein Tod scheint Sie gänzlich kalt zu lassen.«

»Ich habe ihn auch nicht geliebt. Und in den letzten vierundzwanzig Stunden sind meine Nerven so strapaziert worden, dass ich mir selbst schon wie tot vorkomme.«

»Hat Simon Lean Sadie Diver gekannt?«

»Woher soll ich das wissen?«

»Könnten Sie sich kennen gelernt haben? Vielleicht in den ›Fünf Glocken‹? Möglich wäre es doch.«

Sie hob die Schultern. »Nicht dass ich wüsste. Ich habe Ihnen doch schon gesagt –«

»Und was ist mit Roy Marsh?«

Das brachte sie tatsächlich aus der Fassung, jedenfalls so weit, dass sie vom Sofa aufstand, sich am Barschrank zu schaffen machte und mit Flaschen klapperte. Hinter seinem Rücken sagte ihre Stimme: »Ich könnte einen gebrauchen. Wollen Sie mir wirklich keine Gesellschaft leisten, Superintendent?«

»Nein.«

Mit der gewohnten Fassung und mit einem Schluck Brandy in einem Cognacschwenker nahm sie wieder Platz. »Sie sprachen gerade über den Sergeant?«

»Über ihn und mit ihm. Ich habe das Gefühl, dass Sie ihn gut kennen.«

»Ja. Auf dem Limehouse Causeway liegt nämlich nicht alle Tage eine Leiche herum. Oder in Wapping, um genauer zu sein.«

»Und hat Sergeant Marsh Simon Lean gekannt?«

Sie kippte den Brandy in einem Zug. »Ja.«

Jury lächelte. Sie nicht. In dem Blick, den sie ihm zuwarf, lag der bislang erste echte Schimmer von Gefühl.

»Wie lange hatte Sadie diese Wohnung schon?«

»Keine Ahnung. Ich habe sie nicht gekannt, außer vom Sehen – wie sollte ich auch.«

»Warum hat Sergeant Marsh Sie dann gebeten, bei der Identifizierung behilflich zu sein? Wo Sie Sadie doch nicht gekannt haben.«

»Er hat mich nicht gebeten. Ich dachte nur, man sollte Tommy nicht allein lassen.«

»Was wissen Sie über Mrs. Lean? Ich meine, was hat er Ihnen erzählt?«

»Sehr wenig; ich mag es nicht, wenn Männer über ihre Frauen reden. Simon dachte da anscheinend anders. Hat Ihnen seine Frau von mir erzählt?«

»Nicht direkt.« Jury zog den angesengten Brief aus der Tasche. »Das hat mich hergeführt, jedenfalls das, was noch davon übrig ist.«

Ruby warf einen Blick auf die Schnipsel. »Ich habe Simon keine Briefe geschrieben.«

»Mrs. Lean wusste noch, dass der Poststempel E eins oder E vierzehn gewesen war.«

Ihr Ton war trocken, doch ihre Miene entspannte sich, als sie sagte. »Na, wenn das nicht interessant ist. Ist sie in Autonummern auch so gut?« Sie gab Jury den Brief zurück.

»Erzählen Sie mir von dem Bruder.«

»Er wollte sie gerade besuchen. Ihre Wohnung war abgeschlossen, und das war komisch, schließlich erwartete sie ihn. Also habe ich ihm geholfen reinzukommen.«

In der Ferne hörte Jury Schritte. »Wie haben Sie denn das geschafft?«

»Mit einer Kreditkarte.«

Er grinste breit. »Au Backe.« Dann blickte er auf und sah den Jungen im dämmrigen Türbogen stehen.

Seine Augen hatten den Braunton der Teepackungen aus dem Hinterzimmer der »Fünf Glocken«, sie sahen im Augenblick genauso alt und verbraucht aus, seine Lieder waren geschwollen. Das glanzlose, braune Haar war ungekämmt, sein Hemd zerknittert und nachlässig in die Jeans gestopft. Alles, was Ruby Firth an Trauer vermissen ließ, bei Tommy Diver war es vorhanden.

Ruby bat ihn hereinzukommen. Sie machte ihn mit Jury bekannt, nahm ihren Nähkorb und verließ das Zimmer. Tommys Gesicht, das unentschlossen und gealtert wirkte wie das eines alten, verunsicherten Menschen, der nicht weiß, ob er willkommen ist, wurde für einen Augenblick lebendig; es war trotz allem ein hübsches Gesicht. Und es spiegelte selbst jetzt noch jene kindliche Erregung, die Jury früher schon an Kindern bemerkt hatte, denen Scotland Yard Beachtung schenkte. Vielleicht konnten Mama und Papa keine Zeit für sie erübrigen, aber die Leute von Scotland Yard, die lehnten sich tatsächlich zurück und unterhielten sich mit ihnen.

Als Jury aufstand und ihm die Hand schüttelte, suchte

Tommy offenbar nach einer weltläufigeren Reaktion als dem »Hallo«, welches er schließlich zu Wege brachte. Er geriet ins Stolpern, als er sich rückwärts auf einen der modernen, stromlinienförmigen Stühle zubewegte.

»Heute Morgen, das muss schlimm gewesen sein«, sagte Jury.

Die Antwort darauf war undurchsichtig und abweisend. »Na hören Sie, ich sollte doch wohl meine eigene Schwester kennen. Wer vergisst schon seine Schwester?« Er zog die Mundharmonika aus der Tasche und begann an ihr herumzufummeln. Anscheinend war ihm seine Antwort auf eine nicht gestellte Frage peinlich. »Die Polizei hat gesagt, dass Tante Glad und Onkel John aus Gravesend kommen. Jetzt kriege ich aber mein Fett ab.«

»Tanten sind nicht gut im Zuhören. Ich hatte auch eine.« Es stimmte; sie war auch nicht von der Sorte gewesen, zu der man mit seinen Sorgen kommen konnte, und das meinte Tommy Diver. »Ich kann ja wiederkommen; wir können uns jederzeit später unterhalten. Spielst du?« Jury deutete mit dem Kopf auf die Mundharmonika.

Tommys Augen begannen zu strahlen. Jetzt sahen sie nicht mehr so stumpf aus, sondern hatten die Patina von altem Messing. »Ruby sagt, zu viel. Soll ich Ihnen was vorspielen?«

Wieder verspürte Jury dieses eigenartige Gefühl von déjà vu. Diesen Jungen hatte er schon einmal gesehen. »Klar doch. So etwas habe ich seit Jahr und Tag nicht mehr gehört.«

Tommy blies einen Durchzieher; das Instrument war alt und nur noch wenig nuanciert; dann spielte er. »Waltzing Matilda« als Klagelied. Es war wunderschön.

Er redete nicht nur über seine Schwester, er redete wie ein Buch, hatte nur auf jemanden gewartet, mit dem er reden konnte, seit Marsh und Ballinger ihn an diesem Morgen abgeholt hatten. Ruby? Ach, Ruby war schon in Ordnung, aber das war schließlich etwas anderes, oder?«

Insgeheim musste Jury lächeln, denn er war sich nicht sicher, wieso gerade er Tommys Ansprüchen gerecht wurde, die Ruby nicht erfüllte. Aber er war bereit, sich für mehr als eine halbe Stunde anzuhören, was Tommy von Sadie erzählte. Sie hätten sehr aneinander gehangen, sagte der Junge. Das war es, was Jury stutzig machte. »Du hast sie doch fünf Jahre lang nicht gesehen, Tommy. Wieso nicht?«

Tommy schwieg ein Weilchen und beobachtete die Flammen, die an den falschen Holzscheiten hochzüngelten. Er seufzte. »Wegen Onkel John. Mulholland ist der Familienname. Der hat Sadie nie sonderlich gemocht, hielt sie für schlecht, und als sie einfach ihre Koffer packte und ging, tat er, als hätte sie sich dem Teufel verschrieben oder so. Ab nach London ist sie. Mein Onkel und meine Tante waren doch schon sauer, wenn sie mich nur anrief.« Er deutete mit dem Kopf zu dem Zigarettenpäckchen und sagte: »Was dagegen?«

Jury nahm selbst eine und legte die Packung neben Tommys Stuhl auf den Tisch. »Hast du niemals versucht, mit ihnen über sie zu sprechen?«

»Nein. War bei ihm sowieso nicht drin.« Tommy blickte Jury düster an. »Wenn man elf ist, stellt man nicht sehr viele Fragen. Nicht, wenn man sonst nirgendwohin kann.«

»Kenn ich«, sagte Jury.

Tommy Driver sah ihn mit einem zaghaften Lächeln an. »Klingt ganz danach, als ob Sie auch einen Onkel hatten.«

»Aber keine Schwester...« Er hätte sich am liebsten auf die Zunge gebissen, denn jetzt war das Lächeln verschwunden. Jury fragte rasch: »Wieso haben sie dich dann nach London gelassen?«

»Haben sie ja nicht. Ich hab ihnen erzählt, dass ich für ein paar Nächte bei einem Freund übernachte, bei Sid. Er arbeitet auf einem Schlepper. Sid ist echt in Ordnung. Sadie hat mir Geld geschickt. Hat gesagt, ich solle mir einen schönen Anzug für die Sonntagsmesse oder sonst was kaufen. Na ja, für Sonntagskleider hab ich nicht viel Verwendung; da habe ich mir das hier gekauft.« Er strich über die Lederjacke, die er anhatte, ganz zart, als wäre sie aus Blattgold. »So eine wollte ich schon immer.«

»Wie schön, dass du jetzt eine hast. Deine Schwester muss ziemlich gut bei Kasse gewesen sein, dass sie dir so viel schicken konnte.«

»Erst seit ein paar Monaten. Da ist sie zu Geld gekommen. Ein Lottogewinn, hat sie gesagt.« Er räusperte sich, neigte den Kopf zur Seite und strich mit der Wange über seine Jacke wie eine Frau über den Kragen ihres Hermelinmantels. Natürlich glaubte er auch nicht, dass seine Schwester im Lotto gewonnen hatte. »Weiter.«

»Ich sollte irgendwann nach London kommen. Raus aus Gravesend und mir hier in London auf eigene Faust was suchen. Ich habe gesagt: ›Warum nicht jetzt?‹, und sie hat gesagt, nein, ich soll erst kommen, wenn sie eine größere Wohnung gefunden hat. Hat gesagt, es liefe alles sehr gut –« Er verstummte und fuhr mit der Hand über die Jacke; so wie sie duftete und sich anfühlte, schien sie ihm Sadie ein wenig zurückzubringen.

Doch für Sadie war es ganz und gar nicht gut gelaufen. »Und du bist trotzdem gekommen?«

Er nickte. »Aber bloß für zwei Tage. Und gut zureden musste ich ihr auch noch.« Wieder dieses aufflackernde Lächeln. »Ich konnte Sadie immer rumkriegen. Auch wenn sie ein ganzes Stück schlauer war als ich.«

»Und sie hat gesagt, sie würde in ihrer Wohnung auf dich warten.«

»Genau.« Er ließ sich plötzlich zurückfallen, als ob ihn der Tod mit knöchernem Finger angestupst hätte.

Jury stand auf, ließ die Zigaretten auf dem Tisch neben Tommy liegen und sagte: »Wir unterhalten uns später noch einmal.« Es ging ihm zwar gegen den Strich, aber er musste es sagen: »Ein Mensch kann sich in fünf Jahren ziemlich verändern, Tommy.«

Eine lange Pause. Tommy rutschte unbehaglich hin und her, runzelte die Stirn, hob die Schultern und schüttelte ein wenig den Kopf, als könnte er mittels dieser jähen, fahrigen Bewegungen in den Griff bekommen, wonach er suchte. »Sadie hat sich immer mächtig aufgedonnert, den alten Mantel da hätte sie ums Verrecken nicht –«

Er ließ den Kopf hängen und schob schuldbewusst die neue Jacke von der Schulter, so als hätte jemand an seiner Stelle sehr teuer dafür bezahlen müssen.

»Das darfst du nicht mal im Traum denken«, sagte Jury so fest er konnte.«

21

Wapping Old Stairs war eine doppelte Stufenreihe, die alte kaum mehr als eine Schräge aus Steinen, die mit grünen Flechten und Moos bedeckt waren, sodass man die nach unten führenden Stufen darunter kaum noch ausmachen konnte. Die andere Reihe war neuer und begehbar. Die Helling befand sich in einer Art abschüssigem Schacht, der von zwei hohen Mauern gebildet wurde. Eine davon gehörte zu dem direkt am Wasser gelegenen Pub »Stadt Ramsgate«. Der Geschäftsführer konnte sich gar nicht dafür begeistern, dass die Polizei die Straße gesperrt hatte, wobei ihn der Mord selbst vermutlich eher begeisterte, denn drinnen würde man keinen Stehplatz mehr ergattern können, wenn die Neugierigen, erst einmal durchgelassen, sich an der Bar drängten und Fragen stellen würden.

Unglücklicherweise konnten nur wenige Fragen beantwortet werden, da der Pub um elf Uhr zugemacht und kein Mensch etwas gesehen oder gehört hatte, was der Themse-Polizei weitergeholfen hätte, von der jetzt gut ein Dutzend Mann die Wapping High-Street in allen Richtungen abklapperten. Ein paar Stunden zuvor waren es mehrere Dutzend gewesen.

Von seinem Aussichtspunkt auf den Wapping Old Stairs musterte Wiggins die Wassermarken an der Pubmauer. Er stellte Roy Marsh eine Frage über die Gezeiten. Jury stand neben Marsh, und beide hatten sie Mühe, auf der abschüssigen Helling zwischen den Treppen und der hoch aufragenden Mauer des »Stadt Ramsgate« das Gleichgewicht zu wahren. Viel Platz war da nicht, kaum genug für das Ruderboot, in dem man die Leiche gefunden hatte.

»Wenn es nicht vertäut gewesen wäre, die Flut hätte es mitgenommen.«

Wiggins blickte angsterfüllt auf das Wasser, denn es war so nahe, dass er beinahe nasse Füße bekam. Er machte drei Schritte zurück, die Stufen hoch.

»Woher stammt das Boot?«

»Keine Ahnung. Es ist in schlechtem Zustand; man hatte es wohl einfach hier gelassen, um es loszuwerden. Es liegt jetzt bei der Hauptwache vertäut. Wir überprüfen das, aber ich habe es im Gefühl, dass wir damit nicht weit kommen. Sie lag unter einer Persenning. Die Stichverletzungen waren tödlich.«

Jury kauerte über dem mit Kreide aufgezeichneten Umriss des Bootes; doch die Kreide war teilweise schon wieder fortgewaschen und die Feuchtigkeit hatte das Tau bereits etwas gelockert.

Roy Marsh blickte die schmale Treppe zur Straße hinauf. »Bei Stockfinsternis und nach der Sperrstunde dürfte das ein verlassenes Fleckchen sein, was? Wenn sie dort oben lang gegangen ist« – er deutete mit dem Kopf in Richtung Straße –, »hätte jeder Beliebige sie die Stufen hier runterzerren können.«

»Glauben Sie wirklich, es war jemand, den sie nicht kannte?« Jury blickte über die Themse, er sah ein Schnellboot vorbeirasen, und ein langsameres Boot dümpelte in seinem Kielwasser, Leute standen im Freien und genossen die milde Witterung nach dem Regen. Das Wasser war getüpfelt von kleinen Vergnügungsbooten. Wieder dachte er, wie es wohl einst gewesen sein mochte – die schwarzen Schiffsrümpfe, die rostroten Segel blockierten fast die Sicht auf Southwark. Jetzt zeichneten sich auf der anderen Seite des Flusses die Surrey Docks dunkel vor einem orangefarben gestreiften Himmel ab.

»Warum sollte es kein Fremder gewesen sein? Das scheint doch offensichtlich.«

Jury vernahm den angriffslustigen Ton, er spürte, wie die Augen des Sergeanten ihn durchbohrten. Seine Antwort war undurchsichtig: »So wie man die Leiche liegen gelassen hat – warum in einem vertäuten Boot? Warum hat man sie nicht einfach ins Wasser geschoben?«

Marsh wollte gerade den Mund aufmachen – vermutlich um die Theorie, dass Sadie Diver von jemandem umgebracht worden war, der sie kannte, zu entkräften –, doch Jury fuhr fort: »Vielleicht hat jemand sie hierher bestellt, eine halbe Stunde zu Fuß von Limehouse –«

»Zwanzig Minuten. Sie glauben also, man wollte sie aus ihrem Viertel weglocken, weil sie dann nicht so leicht mit der Wohnung in Limehouse in Verbindung zu bringen sein würde?«

Wiggins sprang von seinem Standort oben auf den Stufen dazwischen. »Mit ihrem Ausweis in der Tasche?« Anscheinend hatte er zugehört, statt einfach nur die Stufen auf Schlamm zu überprüfen. Und zu Jury sagte er: »Beides geht nun mal nicht, Sir.«

Im sterilen Glanz des weiß gekachelten Raumes zog der Wärter das Tuch von der Toten.

Jury stand da und blickte so lange auf das stille, statuenhafte Gesicht hinunter, dass Wiggins schon die Stirn runzelte und sagte: »Ist was, Sir?«

Jury sah Wiggins an, dann den Wärter, als wollte er sich beide Gesichter einprägen. Ihm war zu Mute wie damals als Junge, wenn das Karussell sich schneller und schneller drehte und Formen und Gesichter zusammenflossen und man nur noch mit Mühe eines davon ausmachen konnte. Am Ende schien der ganze Kreis aus Gesichtern zu einem einzigen zu verschmelzen.

Eine gute Minute herrschte Totenstille, der Wärter wusste nicht so recht, was er tun sollte, und Wiggins nahm das kleine Foto, das Jury ihm reichte, und musterte es einen Augenblick. »Simon Lean, nicht wahr?«

Jury nickte.

Stirnrunzelnd betrachtete Wiggins es aufs Neue, dann wieder die Tote auf dem Tisch des Leichenschauhauses. »Und die?« Wieder runzelte er die Stirn. »Sadie Diver?«

»Hannah Lean. Seine Frau. Doch die scheint daheim in Northants zu sein, Wiggins, quicklebendig.« Jury bedeutete dem Wärter, dass er die Tote wieder zudecken könne.

»Da komme ich nicht mit, Sir.«

»Ich auch nicht.« Wieder blickte er den Schnappschuss an, den er auf Watermeadows mitgenommen hatte. »Und da frage ich mich noch, warum mir Tommy Diver so bekannt vorkommt.

Er brauchte einen Ort zum Nachdenken.

Warum eigentlich keine Kirche, dachte Jury, als er von der Commercial Road in die Three Colt Street abbog, wo die »Fünf Glocken« so fest verschlossen waren, so blind aussahen, wie nur Pubs in den wenigen Stunden zwischen nachmittäglicher und abendlicher Öffnungszeit aussehen können. Er parkte das Auto neben St. Anne und stieg aus.

Straße und Friedhof lagen verlassen da. Er umrundete die Westseite, stieg mehrere Fluchten einer fächerförmigen Treppe empor, durchquerte die Vorhalle und trat durch das Portal ein. Das Kirchenschiff war ein Rechteck, die angrenzenden Seitenkapellen wiederum Rechtecke innerhalb des größeren. Die ionischen Säulen und die Emporen um das Kirchenschiff herum beeindruckten durch ihre Schlichtheit. Er dachte daran, dass die Bauten dieses Architekten bei seinen Zeitgenossen als »falsch« gegolten hatten. Schlichtheit, wo man Kirchenarchitektur erwartete. Jury kannte sich mit Kirchenarchitektur nicht aus. Er wusste nur, dass er ein wenig Schlichtheit gut gebrauchen konnte.

In dem Augenblick, als die Tür dumpf hinter ihm ins Schloss fiel, umgab ihn die Leere. Nicht die von St. Anne, sondern seine eigene. Das war der Grund, weswegen er Kirchen im Allgemeinen mied.

Er setzte sich hinten in eine Bank, nahm ein Messbuch aus dem Ständer, schlug es auf, klappte es wieder zu und stellte es zurück. Die junge Frau in Watermeadows wollte ihm nicht aus dem Kopf. Nur dass ihr Gesicht jetzt von dem im Leichenschauhaus überlagert war.

Er blickte durch das Kirchenschiff zum Altar hin und verspürte so etwas wie Angst, die ihm hochkam wie Galle. Diese Angstwelle, die ihn überflutete, schien weniger mit einer möglichen Gefahr in Watermeadows, sondern eher mit der Tatsache zu tun zu haben, dass es jemand wagte, eine solche Täuschung in die Tat umzusetzen, und dass ihm das so gut, so überzeugend gelang. Er blickte durch das Kirchenschiff hin zu dem Schattenmeer rings um den Altar.

In seinem Job durfte er das nicht so persönlich nehmen, aber er konnte es nicht ändern. Man hatte ihn hereingelegt, und vielleicht rührte seine besondere Bitterkeit ja daher, dass es als eine Art Feuerprobe gelten konnte, wenn jemand es schaffte, einen Superintendent von Scotland Yard hinters Licht zu führen. Und dabei gab es keinen, auch nicht den geringsten Grund, dass ihm der Verdacht von heute schon gestern auf Watermeadows hätte kommen müssen.

Das Double, der Doppelgänger; nur handelte es sich in diesem Fall nicht um Erscheinungen von Toten, welche die Lebenden heimsuchten. Er befürchtete, dass es auf gespenstische Weise andersherum war.

22

Er notierte sich den Namen des Maklers auf dem Verkaufsschild. Wahrscheinlich wurde das Haus als äußerst reizvoll am Wasser gelegen angepriesen, dabei war Sadie Divers Wohnung nichts weiter als eine bessere Einzimmerwohnung, deren Prächtigkeit einzig daher rührte, dass sie über so etwas wie eine Küche verfügte. In diesem Fall war es eher eine Kochnische hinter einem schweren Vorhang an Stelle einer Tür. Ein schmales Fensterchen ging auf rissig-trockener Erde und Baugrundstücke. Die Themse lag in einiger Entfernung, und nirgendwo gab es einen Weg, der dorthin geführt hätte. Die Anzeige enthält vermutlich die üblichen Übertreibungen, dachte Jury – »bezaubernder Blick auf die Themse«, »kürzlich renoviert« und so weiter.

Kühlschrank, Kochplatte, weißer Emailausguss und Ablaufbrett, das war die ganze Kücheneinrichtung. Über dem Ausguss hing ein Geschirrständer mit drei Tellern unterschiedlicher Größe, zwei Tassen, drei Gläsern und etwas Besteck. Der Erkennungsdienst hatte die Wohnung zwar auseinander genommen, aber Jury sah sich trotzdem vor, dass er nicht mehr anfasste, als unbedingt nötig war. Er machte die Tür des Küchenschranks auf, indem er sein Taschenmesser unter den Chromknopf schob und zog. Spärlich, was da im Regal stand: noch ein paar Teller, Tassen und Gläser. In einer Ecke ein paar zusammenpassende Teller, alle mit schmalem Goldrand. Das gute Geschirr, vermutlich für Gäste.

Jury ging ins Wohnzimmer, wo nur das ausgezogene Bettsofa mit dem zerwühlten Bettzeug unordentlich wirkte, und ins Badezimmer. Es war klein, jedoch recht modern gelb und weiß gekachelt, die Monotonie wurde von einzelnen Kacheln mit aufgemalten Vögeln unterbrochen. Gelbe Armaturen, niedriges WC, Dusche. Es gab sogar eine abgetrennte Nische zum Wäschetrocknen. Auch das Arzneischränkchen über dem Waschbecken öffnete er mit dem Messer und fand ein paar Fläschchen, die ordentlich aufgereiht auf dem Glasbord standen. Er untersuchte den Ausguss in der Küche, dann den in der Dusche. Letzterer war mit einer beweglichen Aluminiumabdeckung versehen, die zum Auffangen der Haare diente. Vorsichtig nahm er sie mit der Kuppe von Daumen und Zeigefinger auf, musterte den Ausfluss eingehend und legte sie wieder an Ort und Stelle. Er schüttelte den Kopf.

Im Wohnzimmer blickte er sich lange um: zerwühltes Bettzeug und Kissen auf dem Boden neben Tommys kleinem Koffer. Gegenüber vom Sofa stand an der Wand ein Bücherregal. Bei den wenigen Büchern handelte es sich um Thriller und Bildbände über London. Auf einem anderen Bord lagen säuberlich gestapelt ein paar Illustrierte. Die beiden Ausgaben von *Country Life* waren Monate alt und Staubfänger in dem sonst makellos sauberen Zimmer.

Am anderen Ende des Zimmers stand eine Vitrine für Kuriositäten. Sie enthielt einen Vogel aus blauem Kristall, eine indisch aussehende Messingdose und einen Beduinenkrieger mit weißem Burnus auf einem sich aufbäumenden Pferd. Er schwenkte das Gewehr mit dem aufgesetzten Bajonett und war eine vollendete Miniatur aus Zinn. Jury öffnete die Glastür, griff hinein und zog die Hand zurück. In der Küche hatte er verschließbare Plastiktüten gesehen. Er holte sie und nahm das Pferd heraus, indem er sein Messer zwischen dessen Beine schob. Dann ließ er es in eine Plastiktüte fallen, drückte sie oben zusammen und steckte sie in die Tasche. Er zog noch eine Tüte aus der Packung und tat den Kristallvogel hinein.

Jury rief die Hauptwache in Wapping an und ließ den Mann vom Erkennungsdienst, der die Fingerabdrücke bearbeitete, an den Apparat holen. Ja, sie hatten Fingerabdrücke des Opfers auf dem Geschirr gefunden, ein paar auch auf dem Holz. Einige Fingerabdrücke müsste man ausscheiden –

»Wessen?«

»Vom Botenjungen, von einem Nachbarn aus der Straße, vom Bruder.« Andere hatten sie nicht identifizieren können, eine ganze Menge sogar. Schwache, partielle –

»Haben Sie auch das Zeug aus der Vitrine eingestaubt? Ein arabischer Krieger hoch zu Ross und ein paar Exemplare von *Country Life*?«

»Araber, Araber«, murmelte der Mann vom Erkennungsdienst, dann sagte er: »Zwei partielle, nicht vom Opfer. Illustrierte... mehrere. Nicht vom Opfer.«

Schweigen. Jury sagte: »Wie viele vom Opfer haben Sie denn überhaupt gefunden?«

»Ist noch nicht genau raus. Aber soviel ich weiß, verflucht wenig. Wenn Sie mich fragen, in der Wohnung hat anscheinend niemand gewohnt.«

»Der Gedanke ist mir auch schon gekommen. Haben Sie auch die Fläschchen im Arzneischrank untersucht? Und dann war da noch ein kleiner Stapel Teller mit Goldrand im Küchenschrank. Reichten die partiellen für eine Rekonstruktion des ganzen Abdrucks?«

»Jein.«

»Das heißt?« Jury konnte sich unschwer vorstellen, wie der Mann grinste und seinen kleinen Witz genoss.

»Gar nichts. Ist es nicht immer jein?«

Jury legte auf, aber vorher sagte er dem Spezialisten für Fingerabdrücke noch, dass der Erkennungsdienst sich die Wohnung erneut vornehmen müsse.

Er setzte sich einen Augenblick auf die Bettkante, öffnete sein Notizbuch und schloss es wieder. Sadie Diver erschien in seinem Blickfeld wie eine Gestalt am Ende eines langen Tunnels, wie jemand, der jählings aus dem Nichts auftaucht und wieder im Nichts verschwindet. Die Vorstellung ist absurd, versuchte er sich einzureden. Sie hatte doch eine Geschichte: einen Bruder, Tante und Onkel, eine Wohnung, einen Job. Er sah noch einmal in seinem Notizbuch nach. Ein Salon namens »Strähnchen« in der Tottenham Court Road.

Er zog das Päckchen aus der Tasche, hielt es gegen das Licht und betrachtete die Figur im Burnus, das sich aufbäumende Pferd. Hannah Leans Lieblingsfigur. So etwas hatte jedenfalls Lady Summerston gesagt.

23

»Und ich dachte, Sie arbeiten immer paarweise«, sagte Ruby Firth, als sie ihm zum zweiten Mal an diesem Tag die Tür aufmachte. »Die Polizei verhält sich polizeiwidrig«, setzte sie trocken hinzu und nahm wieder die gleiche Pose auf dem Sofa ein, wo sie im matten Licht der Tischlampe gearbeitet haben musste. In der Abenddämmerung waren im Loft noch mehr Schatten. Die wie Planeten umringten Wandleuchter spendeten ihr unirdisches grünes Licht. Neben dem Korb mit Materialien, Stoffproben, Bändern und Borten lag ihre überdimensionale Hornbrille.

Zog man das Samtkleid und die sieben Zentimeter hohen Absätze in Betracht, konnte man sich schwerlich vorstellen, dass die »verstädterte Laura Ashley« wirklich mit der Nadel gearbeitet haben sollte, als er geklopft hatte. »Dann sind Sie also an die Polizei gewöhnt?«

Ruby besserte gerade einen kleinen seidenen Lampenschirm aus. Sie verzog keine Miene, als sie ihn über den Rand ihrer Hornbrille anblickte. Im Augenblick wirkte sie wie eine wissbegierige Lehrerin. »Mir ist, als könnte die Frage doppeldeutig gemeint sein.« Sie biss einen Faden mit den Zähnen durch, dann griff sie zu einem Stück aprikosenfarbener Borte. »Die Polizei beehrt mich zum Frühstück, zum Lunch und jetzt anscheinend auch noch zum Abendessen. Tut mir Leid, aber ich muss in eine Galerie, zu einer Vernissage. Champagner und Häppchen. Wie gut die Bilder sind, weiß ich nicht, aber die Ausstellung ist gut. Die ist nämlich von mir.«

»Es tut mir Leid. Es muss sein. Wo ist Tommy?«

»In Pennyfields, beim Chinesen. Ich dachte mir, er muss mal raus hier, das wird ihm gut tun; ehrlich gesagt, wenn ich die Mundharmonika noch länger hätte anhören müssen, hätte ich Schreikrämpfe bekommen. Muss er die ganze Zeit solch eine Klagemusik spielen?«

»Man hat gerade seine Schwester umgebracht, da dürfte ihm wohl kläglich zu Mute sein.«

Dazu sagte sie weiter nichts als: »Na ja, wenigstens habe ich vor der ›Waltzing Matilda‹ ein Weilchen Ruhe. Die steht mir inzwischen bis hier.« Ihr Blick war von der gewohnten unnachgiebigen Härte. »Die Polizei übrigens auch. Ich habe alles gesagt, was ich weiß, schon zweimal gesagt.«

Jury hob die Schultern. »Das glauben Sie, aber manchmal vergisst man doch etwas. Beim ersten Mal fallen einem schwerlich alle Einzelheiten ein. Und mit Tommy möchte ich auch reden.«

»Sie können ihn durchaus noch einholen. Ich habe ihm Geld gegeben und ihn zum ›Rubinroten Drachen‹ geschickt.

Da geht es lebhafter zu als bei den meisten.« Ihre Augen waren immer noch auf den Lampenschirm geheftet, während sie die Borte etwas einkräuselte, damit Falten entstanden. Jury hätte nicht genau sagen können, was ihm an Ruby Firth missfiel. Gewiss, sie hatte Tommy Diver hilfreich bei der Hand genommen, aber er fragte sich, wie lange es wohl dauern würde, bis sie diese losließ und nach etwas griff, wonach ihr im Moment mehr der Sinn stand, wie jetzt nach dem Gin Tonic. Trug sie nun eine ironische Maske, oder würde sie diese fallen lassen wie vorher ihre Hand und würde dann darunter nur eine neue Maske zum Vorschein kommen? Er spürte Kälte, einen Schatten, der sich vielleicht schon in der Kirche über ihn gelegt hatte.

Ob Ruby Firth zu einer echten Bindung fähig war? Wie kam es, dass sie so gleichgültig auf Simon Leans Tod reagierte? Schwer zu sagen, ob das gespielt war. Roy Marsh andererseits gelang es nicht, seine Gefühle für sie zu verbergen. Jetzt hielt sie den Lampenschirm auf Armeslänge von sich und betrachtete ihr Werk, als wäre er Luft für sie.

In dem Blick, mit dem sie ihn ansah, als der Name Roy Marsh fiel, lag Abwehr. Ungeduldig sagte sie: »Ich kenne ihn seit Jahren. Was um alles in der Welt hat das mit dem Fall zu tun?«

Als käme Marsh, weil sie ihn jahrelang kannte, als Mann nicht mehr in Betracht. »Hat er Sadie Diver gekannt?«

»Durchaus möglich.« Sie hob die Schultern. »Fragen Sie ihn doch.«

»Ich frage Sie. Ich glaube, Sie wissen es.«

Sie hatte sich ein längliches Stück rot-braunen Satin aus dem Nähkorb geholt. Jury bezweifelte, dass diese Handarbeit ausgerechnet jetzt und hier gemacht werden musste. Ruby Firth musste wirklich eine kalte Frau sein, wenn ein Fetzen

Satin und Borte sie von einem Mord abzulenken vermochten, einem Mord, in den zwei Männer verwickelt waren, mit denen sie intim gewesen war. »Vom Sehen sicherlich. Schließlich ist Narrow Street nur um die Ecke. Und in die ›Fünf Glocken‹ sind wir auch gegangen.«

»Anscheinend war sie bei Männern beliebt. Diesen Eindruck hatte ich jedenfalls im Pub.«

Ihre Augen blickten auf und trafen sich mit seinen; ihre wirkten leicht belustigt. »Falls Sie damit andeuten wollen, dass er mir ihretwegen den Laufpass gegeben hat, also, normalerweise passiert mir so etwas nicht, Superintendent.« Das wurde noch durch das Geräusch reißenden Satins betont. Und doch schwang in dieser trotzigen Bemerkung etwas anderes mit, etwas Gereiztes, als risse ein Geduldsfaden, wie eben das Stück Stoff, das nun gefaltet im Nähkorb lag.

»Ich muss zu der Vernissage.« Sie schob den Korb beiseite und stand auf. In dem streng geschnittenen schwarzgrünen Kleid wirkte sie genauso schmal wie der Wandleuchter, vor dem sie stand.

So naiv war sie doch wohl nicht, dass sie glaubte, sie könne ihn so barsch abwimmeln wie vorher seine Fragen über Roy Marsh? Doch Jury ließ es durchgehen und ließ sie gehen. »Tut mir Leid, wenn ich Sie aufgehalten habe. Sie stehen natürlich weiterhin zu unserer Verfügung. Die Polizei von Wapping hat sicher noch ein paar Fragen an Sie.« Er stand auf und wollte gehen. »Wo ist nun dieses Restaurant?«

»In Pennyfields. Rechts um die Ecke, und dann ist es gleich... Superintendent?«

Jury hatte die Hand bereits auf dem Türknauf. »Ja?«

»Fährt er heute Abend nach Gravesend zurück? Oder morgen?«

»Tommy? Wahrscheinlich werden ihn Onkel und Tante

recht bald abholen. Wann genau, weiß ich nicht. Können Sie nicht –« Jetzt spürte Jury ihr Unbehagen; die Pose, die sie vor der schmalen Stehlampe eingenommen hatte, drohte zu zerbrechen. Der Rest seiner Frage – *nur noch eine Nacht länger durchhalten?* – blieb ihm im Halse stecken, und sein Zorn begann zu verrauchen. Er brachte ein Lächeln zu Wege, nach dem ihm nicht zu Mute war. »*Das letzte Ufer*«, sagte er. Sie blickte ihn erstaunt an. »›Waltzing Matilda‹ war die Titelmelodie. Vielleicht kommt es Ihnen deswegen so traurig vor.« Offenbar begriff sie nicht. »Aber Sie sind noch zu jung, Sie können sich nicht daran erinnern. Muss so vor dreißig Jahren gewesen sein. Ava Gardner hat mitgespielt.« Jury wusste nicht, warum er noch immer auf der Schwelle stand und über alte Filme quasselte, aber er spürte, dass sie eine Stütze brauchte. Und sie schien seine Gedanken gelesen zu haben, schien sie wortwörtlich zu nehmen, denn sie schwankte leicht, unsicher, als sei sie mit den hohen Absätzen ihrer Schuhe in einem unsichtbaren Läufer hängen geblieben.

Er redete weiter, denn er wusste, dass der Klang seiner Stimme ihr Halt gab. »Die Atomwolke hatte Australien noch nicht erreicht. Es war der letzte sichere Ort auf der ganzen Welt – für ein Weilchen.« Er konnte ihren Zwiespalt spüren. Wenn er sie weiter mit Fragen über Roy Marsh bedrängte, würde sich die Spannung vielleicht lösen, und er würde die gewünschte Antwort erhalten. Es konnte aber auch ganz anders ausgehen; möglicherweise verspielte er jede Chance, irgendwann ihr Vertrauen zu gewinnen. Obwohl sie beide auf den festen, gewachsten Dielen standen, kam es ihm vor, als wären sie Seereisende auf einem wild tanzenden Schiff.

»Ich habe immer gefunden, dass es ein schrecklich trauriges Lied ist, weil sie am Ende doch alle sterben müssen. Gute Nacht, Ruby.«

Als er im Hinausgehen noch einen Blick durch die Tür warf, sah er, dass sie sich nicht vom Fleck gerührt hatte. Da stand sie, so steif, elegant und dunkel wie die trübe Lampe, die einen leicht grünlichen Schimmer auf ihr Haar warf.

Jury entdeckte ihn hinter einem Berg von gebratenem Reis mit Huhn.

In Pennyfields reihte sich ein chinesisches Restaurant ans andere, genauso wie fast überall in Limehouse. Die meisten waren sehr gut, keins davon schick. Der »Rubinrote Drache« wirkte da noch besonders aufgedonnert. Von der Decke hingen ein paar rot und gold geränderte Papierschlösser und Pagoden und drehten sich bei der Tür sacht im Luftzug; ein Wandbild zeigte einen schlitzäugigen und eigenartigerweise bärtigen roten Drachen, dessen Farbe Jury an getrocknetes Blut denken ließ; es gab Trennwände aus Reispapier und schwarz lackierte Wandschirme. Wie die anderen Restaurants in Limehouse, so erkannte Jury am Publikum, war aber auch der »Rubinrote Drache« ein Familienrestaurant. Die Speisekarte solide, die Bedienung ernst, das Essen gut.

Tommy hatte sich schon durch eine Phalanx von Vorspeisen gefuttert; er saß vor den Resten von Frühlingsrollen, Wan-Tan-Suppe und Garnelenbällchen. Jury bestellte Tee.

»Nein, danke.« Jury musste lächeln, als Tommy sein Festmahl mit einem verstohlenen, ziemlich schuldbewussten Blick musterte. »Wo wir wohnen, gibt es keinen Chinesen, nicht einmal einen Imbiss.« Er schob den Reis bekümmert auf dem Teller herum. »Sie sind sicher hergekommen, weil Sie mich zurückbringen wollen.«

»Zurückbringen? Das hört sich an, als wärst du ein Ausreißer. Nein, ich wollte mich nur noch ein bisschen mit dir unterhalten. Ruby hat mir gesagt, wo ich dich finden kann.«

»Sie hat mir das Geld gegeben. Nett von ihr; sie war es wohl leid, dass ich so bei ihr rumhing.« Kleinlaut fasste er nach seiner Mundharmonika, die aus seiner Jackentasche hervorschaute. »Ich kenne eben nicht so viele Lieder. Meine Lieblingslieder sind ›Waltzing Matilda‹ und eins, das ich selber gemacht habe. Das geht den Leuten auf den Geist.« Er seufzte. Dann lächelte er. »Geht sicher auch Sid auf den Geist. Er redet immer auf mich ein, dass ich im Maschinenraum spielen soll.« Sein Kopf ruhte jetzt auf einer zur Faust geballten Hand, die andere hantierte mit der Gabel herum, das seltene chinesische Festmahl schien vergessen. »Aber – also Tante Glad und Onkel John, die sagen, ich muss wenigstens die mittlere Reife machen. Wozu soll das gut sein, wenn man doch bloß auf Schiffen arbeiten will? Immer reden sie auf mich ein, dass Sadie eine richtig gute Ausbildung bei den Barmherzigen Schwestern gekriegt hat; als ob ihr das was genützt hätte –«

Erschrocken blickte er Jury an. Ihm war wohl jäh eingefallen, dass man ihm die gute Ausbildung seiner Schwester nie wieder unter die Nase reiben würde.

Er hatte sie seit ihrer Zeit im Kloster nicht mehr gesehen, erzählte er Jury. »Zum Schieflachen, Sadie, wie sie den Kopf ganz in so einen schwarzen Schal gewickelt hatte. Sie haben sie rasiert. Die Haare, meine ich. Sind doch kahl, die Nonnen. Scheußlich.« In dem Blick, den er Jury zuwarf, lag etwas Trotziges, so als wolle er hierüber Streit anfangen.

»Glaube ich nicht. Ich meine, dass sie kahl sind. Und wenn deine Schwester Novizin war, dann haben sie ihr Haar in Ruhe gelassen. Es vielleicht ein wenig kürzer geschnitten.« Roy Marsh hatte ihm alle Informationen gegeben, die die Themse-Polizei zusammengetragen hatte. Dass das Mädchen in ein Kloster eingetreten war, wollte für Jury überhaupt nicht ins Bild passen. Er stellte sie sich als ziemlich frech, sogar aufdringlich und nicht unselbstsüchtig vor.

»Kommt mir trotzdem falsch vor. Vieles an der Kirche kommt einem doch falsch vor.« Er musterte Jury, wollte sehen, wie der diese zunehmend ketzerischen Urteile aufnahm. Als Jury nicht anbiss, wirkte er erleichtert und verlor auf der Stelle das Interesse daran.

Der ernste Kellner setzte eine Platte mit einem Berg süßsaurem Schweinefleisch unter einem Überzug aus leuchtend roter Orangensoße vor ihm ab, und Tommy erzählte Jury Geschichten aus seiner Kindheit – sie schien weit zurückzuliegen –, als Sadie noch seine beste und manchmal auch seine einzige Spielgefährtin gewesen war. Da hatte es alles gegeben: Spielhäuser, heimliche Picknicks, dunkle Höhlen, Schule schwänzen ... eben alles, was man in den idyllischen Beschreibungen liest oder im Fernsehen sieht – die Art Kindheit, die niemand wirklich gehabt hat, die aber, wenn man sich daran erinnert, im Dunst eines ewigen Sommers verschwimmt.

Jury meinte zu verstehen, warum Tommy so schnell gesagt hatte, die Tote sei nicht seine Schwester: Sie hatten nie so aneinander gehangen, wie er jetzt vorgab. Der Altersunterschied hatte dabei gewiss eine Rolle gespielt. Vorstellbar war es schon, dass sich eine Siebzehnjährige so um ihren kleinen Bruder kümmerte, wie Tommy es sich einredete, doch er bezweifelte, dass Sadie Diver der Typ dafür gewesen war. Monate, Jahre hatte sie verstreichen lassen, ohne den Versuch zu machen, ihn zu sehen (sie hatte ihm nur einen Schnappschuss geschickt). Dass sie ihn dann doch kommen ließ (wahrscheinlich bedauerte sie es), hatte vermutlich nur den Zweck gehabt, den Mulhollands die Botschaft zu übermitteln, dass es ihr besser ging, als es ihnen jemals gehen würde.

»Dann war Sadie wohl nicht recht zur Nonne geeignet, was, Tommy? Das ruhige und kontemplative Leben war nichts für sie, hmm?«

Tommy hatte sich schon halbwegs durch seinen Reisberg gearbeitet und schaufelte nun Schweinefleisch und Ananas oben drauf. »Die? Da kann ich nur lachen. Sadie ruhig und ... dingsda ...«

»Wieso hatte sie denn dann auf einmal religiöse Anwandlungen?«

»Die haben Tante Glad und Onkel John ihr eingeredet. Sie fanden, sie wäre ... na ja, ein bisschen wild. War doch nur für ein Jahr.«

»Um da hineinzukommen, muss man ganz schön schlau sein. Und Prüfungen muss man auch machen. Das ist nichts für jemanden, der wild ist.«

Tommy lächelte über seine Teetasse hinweg. »Sadie konnte einfach alles. Wenn Sie mich fragen, sie hat's nur gemacht, weil sie kein gutes Haar an ihr gelassen haben. An dem jedenfalls, was noch davon da war«, setzte er dunkel hinzu.

Den Anstrich von guter Erziehung, die Reserviertheit, die nonnenhafte Ruhe, all das konnte sich Sadie Diver angeeignet haben. Es hörte sich so an, als sei sie gewitzt gewesen und nicht unterzukriegen. Roy Marsh zufolge waren auch die Mullhollands ziemlich widerstandsfähig. *Hart wie Stahl*, war sein Eindruck. Er hatte gesagt, der Junge habe auch nicht allzu glücklich gewirkt, nachdem er mit ihnen telefoniert hatte.

Während Tommy weiter sein Garn über Sadie spann, wie sie vier Hunde und drei Katzen gepflegt hatte, formte sich in

Jurys Kopf ein Plan. Da auch Tommy sich, genau wie Ruby Firth, »zur Verfügung halten« musste... wieso eigentlich nicht? Der Junge hatte seinen Besuch in London durch eine rosa-rote Brille gesehen, die lag nun zerbrochen am Boden, weil die junge Frau, um die er so viele Träume gesponnen hatte, ermordet worden war. Warum sollte er zu allem Überfluss auch noch gleich nach Haus zurückkehren, wo es weder Tee noch Gemütlichkeit gab? Im »Rubinroten Drachen« gab es wenigstens Tee. Jury sah die Mundharmonika aus Tommys Jackentasche hervorlugen, denn die Jacke hing dem Jungen auf den schmalen Schultern wie ein altes Leben, das er nicht abstreifen konnte.

Jury blickte auf seine Uhr und zückte ein paar Geldscheine. »Also los, wenn du fertig bist; ich nehme dich mit in den Pub. Ich muss mich dort mit meinem Sergeant treffen.«

»Mich, Sir? Aber die lassen mich, glaube ich, nicht rein. Ich bin noch nicht volljährig.«

»Das deichseln wir schon.« Das blasse Gesicht leuchtete auf und erinnerte Jury an die Trennwände aus Reispapier. Das Licht hinter ihnen verwandelte die Umrisse auf magische Weise. Er nickte. Jury setzte hinzu: »Da du dich der Polizei zur Verfügung halten musst, kam mir der Gedanke, du solltest zumindest heute Nacht noch in London bleiben. Vielleicht brauche ich dich auch noch für eine Fahrt nach Northamptonshire.« Northants oder China, Tommy Diver war alles recht. Hauptsache, es war nicht Gravesend. »Jawohl, *Sir*. Sie meinen, ich soll bei Ruby bleiben?«

»Nein, ich hatte etwas anderes im Sinn, wo es dir vielleicht besser gefällt. Ich kenne da jemanden mit einer Wohnung.«

»Einen Polizisten?«

»Das bildet sie sich sicherlich ein.«

24

Molloy polierte Gläser und blickte Tommy Diver misstrauisch an.

»Er ist älter, als er aussieht, Molloy«, sagte Jury und hielt Ausschau nach Wiggins.

Tommy steckte sich einen Kaugummi in den Mund, bestellte einen Zitronensaft und starrte nun seinerseits Molloy an.

Jack Krael war an seinem gewohnten Platz an der Bar und fixierte seinen Fixpunkt im All; Wiggins saß in dem mit Teepäckchen dekorierten Alkoven. Er kam zur Bar und sah von Tommy zu Jury, so als hätte hier jemand das Jugendschutzgesetz nicht im Kopf.

»Ich glaube, Marsh war nicht allzu glücklich, dass Sie solchen Dampf wegen der Autopsie machen. Die haben sich doch schon mit den Fotos kein Bein ausgerissen. Sergeant Marsh hat gesagt, er bringe sie höchstpersönlich vorbei. Ich glaube, er mag mich nicht; konnte nur recht und schlecht eine Tasse Tee aus ihm herausschlagen. Ist das ein Wind, da vom Fluss her. Nicht die leiseste Ahnung, wieso sich jemand freiwillig zur Flusspolizei meldet. Man muss ein sehr guter Schwimmer sein.« Wiggins griff sich an den Hals und verkündete, der Aufenthalt auf den Wapping Old Stairs habe ihm wohl eine Halsentzündung eingetragen. Er nahm die Tasse, die Molloy vor ihm absetzte, und griff zu einer Packung Kohlekekse.

Tommy sah zu, wie er einen davon ins Wasser bröselte und meinte: »Verkokelter Toast tut's doch auch.« Dazu blubberte er geräuschvoll mit seinem Strohhalm.

Die Tasse verharrte auf halbem Wege in der Luft, während Wiggins auf Tommy herunterstarrte. »Was?«

»Würde Sie auch keine achtzig Pence kosten, wie das Zeug da.« Tommy stupste die Zellophanpackung an. »Sie halten das Brot einfach ins Feuer und lassen es verkokeln. Ist genau dasselbe. Was nehmen Sie denn so gegen Halsschmerzen?«

Wiggins legte Geld für einen weiteren Zitronensaft auf die Theke und sagte: »Kampferöl. Einen schönen, heißen Umschlag.«

Tommy zuckte die Achseln. »Versuchen Sie's mal mit einer alten Socke. Hauptsache, sie ist voller Fußschweiß – richtig schön schmutzig. Die Socke hilft allemal. Danke schön.« Er nahm seinen Saft in Empfang.

Wiggins, der eine unerwartete Quelle aufgetan hatte, zog Tommy beiseite, weil es ihm einfach nicht in den Kopf wollte, dass eine bakterienverseuchte Socke Heilkräfte besitzen könnte.

Jury nutzte die Gelegenheit, um Jack Krael bei seinen Meditationen zu stören. »Sehen Sie sich das bitte mal an.« Und er zeigte ihm das Foto von Simon und Hannah Lean.

»Derselbe Typ wie auf'm anderen Foto«, sagte Krael achselzuckend.

»Und die Frau?«

Jack Krael blickte jetzt genauer hin, nahm das Foto in die knotigen Finger und runzelte die Stirn. »Sieht aus wie Sadie Diver. Bloß, wenn ich die gesehn hab, war se immer aufgeputzt wie 'n Weihnachtsbaum. Was hatse denn bei dem da verlorn?«

»Meinen Sie eher so?« Jury legte Tommys Schnappschuss von Sadie Diver neben das andere Foto. Bunt, auffallend und herausfordernd. Genug Rouge und blauer Lidschatten für sämtliche Streifen am Abendhimmel. Haare wie dunkle, hochgetürmte Wolken.

Jack Krael überlegte. »Das is sie; das ist Sadie. Komisch, wie 'ne Frisur und das ganze Zeugs, wo sich die Weiber ins Gesicht schmiern, den Menschen verändern können. Die da sieht dünner aus.« Er schnippte mit dem Daumennagel nach Hannahs Bild. Dann betrachtete er Tommy. »Ihr Bruder, wa? Hab mich schon gefragt, wieso er mir so bekannt vorkommt. Schlimm für den Jungen, wa?«

»Ganz schön schlimm, ja, Er fährt bald nach Hause.«

Jack Krael fing Tommys Blick auf. »Du bist also nicht von hier, Junge, wa?«

»Nein, von Gravesend.«

Krael lächelte, wie er es nur alle Jubeljahre zu Stande brachte. »Gravesend, ach nee. Hab da früher mal 'nen Schlepper gefahren. Versteste was von Schiffe?«

Tommy schaffte es, ganz wichtig zu tun, was schwirig ist, wenn man gerade Zitronensaft durch einen Strohhalm trinkt. »Könnte man so sagen.«

»Dann hock dich her –« Und Krael klatschte auf den Barstuhl neben sich.

Jury reichte Wiggins das Foto von den Leans und das von Sadie Diver und bedeutete ihm, damit bei den Stammgästen die Runde zu machen.

Wiggins betrachtete das Bild stirnrunzelnd. »Aber Sir, Sie haben doch gesagt, die ist in Northants.«

»*Jemand* ist in Northants. Aber nicht unbedingt Hannah Lean.«

Menschen kamen herein, holten sich Drinks von der Bar und machten es sich gemütlich, um den Tag, der gerade vergangen war, noch einmal an sich vorbeiziehen zu lassen. Zumindest stellte sich Jury das so vor, während er zusah, wie ein dürrer Mann Münzen in die Jukebox warf und ein paar Tasten drückte. Im »Engel« betrachtete Jury zuweilen die Gesichter, die er schon unzählige Male gesehen hatte, und konnte sich des Eindrucks nicht erwehren, dass zwischen den Pubbesuchen die Zeit einfach stehen blieb. Die Leute verschwanden, kehrten zurück und verschwanden aufs Neue.

Roy Marsh kam mit einem braunen Umschlag unter dem Arm herein und erweckte den Eindruck, dass die Welt nicht ein Quäntchen schlechter dran wäre, wenn alle hier auf Nimmerwiedersehen verschwänden.

»Was ist los, Jury? Was tut der Junge hier?«

Er deutete mit dem Kopf nach hinten ins Lokal. Seine sanfte Stimme klang so scharf, dass sie sogar den dröhnenden »Mackie Messer« aus der Jukebox übertönte.

»Dem geht's gut«, sagte Jury friedlich.

»Ich habe ganz und gar nicht gefragt, ob es ihm gut geht. Ich bin bei Ruby vorbeigegangen, aber da war kein Mensch zu Hause. Ich bin für ihn verantwortlich, Jury. Seine Verwandten warten darauf, dass sie ihn nach Gravesend mitnehmen können.«

Molloy schob Jurys Bier über den Tresen, blickte Roy Marsh fragend an, bekam als Antwort einen scharfen Blick und wieselte eiligst davon.

»Die können warten. Ist das für mich?« Jury öffnete den Briefumschlag und zog die Fotos des Polizeifotografen heraus.

Roy rückte etwas heran, Jury auf die Pelle. Seine Stimme war leise und schwer wie der Zementsack, der in Bobbys Lied versank. »Ihr Sergeant hat gesagt, Sie wollen bei der Autopsie dabei sein. Und nicht nur das, sie soll auch noch heute Abend stattfinden. Sie wollen einen Zahnbefund von früher haben, Sie wollen dies, Sie wollen das. Jury, das ist nicht Ihr Fall; dafür ist die Themse-Division zuständig.

Ein glasklarer Fall von Mord, und ich glaube, wir kommen damit allein zu Rande.«

Jury musterte ein Foto von der Toten. »Ich hatte mir eingebildet, der Fall läge auf der Straße, Roy, Sie und Ballinger schienen sich nicht schlüssig zu sein, ob er nun in die Zuständigkeit der Flusspolizei, der Mordkommission oder der Hafenbehörde fällt. Und von glasklar kann gar keine Rede sein.« Jury deutete mit einem Kopfnicken zur Jukebox. »Wie der Zementsack, der da versinkt.«

Marsh runzelte die Stirn. »Was zum Teufel meinen Sie?«

Jury schob die Fotos zurück in den Umschlag und kniffte die Klappe zu. »Hören Sie, Roy. Normalerweise lassen Mörder Leichen nicht auf Hellingen herumliegen, wo sie mit Sicherheit gefunden werden – und diese ist, nicht zu vergessen, direkt bei einem Pub. Sie werfen sie schlicht in den Fluss, wo die Flut sie mitnimmt –«

»Leichen kommen wieder hoch.«

»Man kann sie beschweren. Und wenn der Mörder noch so in Eile war, was hat er schon davon, dass er sie auf der Helling liegen lässt.« Jury blickte Marsh an. »Meiner Meinung nach wollte der Mörder, dass sie gefunden wird. Hätte er sie in den Fluss geworfen, wäre er nicht sicher gewesen, ob und in welchem Zustand sie wieder herausgezogen worden wäre.«

»Wie bitte?«

»Er wollte sichergehen, dass die Frau als tot galt. Zum Beispiel, weil sie reich war. Zum Beispiel, um ein Vermögen in die Finger zu kriegen.«

»Das Beispiel sagt mir einen Scheißdreck, Jury.«

»Tut mir Leid. Ich würde es Ihnen ja erklären, aber ich bin mir meiner Sache noch nicht sicher. Ich weiß nicht, ob meine Vermutungen zutreffen.« Er verschwieg, dass er es nicht erklären wollte, weil er sich auch über Marshs Rolle noch nicht sicher war.

»Sie machen aus einer Mücke einen – he, Kath, verschwinde.«

Kath hatte sich zwischen sie gedrängelt. »So 'ne wie du, die wer'n gefeuert, wenn ich erst mal in 'nen Gemeinderat bin.«

»Dich bring ich eines Tages noch wegen Ruhestörung hinter Gitter, Kath.«

»Ha! Hört ihr das, hört ihr das? Du mich hinter Gitter bringen? Halt lieber die Schnauze, ich weiß nämlich 'ne Menge über dich – *Molloy*.« Sie schnappte sich das Glas, das er ihr hinschob, zwinkerte Jury zu und sagte: »Frag'n Se den doch mal, was er 'n ganzen Tag auf'm Limehouse Causeway in sei'm Auto zu suchen hat? Da, Jungchen, und das Wähln nicht vergessen.« Sie schob Roy einige Flugblätter hin, doch der ließ sie zu Boden flattern.

Jury musterte ihn und suchte den Raum nach einem Tisch ab. »Setzen wir uns doch für einen Augenblick.«

»Ich habe noch zu tun.«

»Einen Augenblick.«

Sie fanden einen Tisch in einer Ecke bei der Jukebox. Der Pub war nur halb voll, und daher war es relativ ruhig.

»Ist nie ein großes Geheimnis gewesen, Sie und Ruby, was?« Roy schwieg hartnäckig und schaffte es, im Sitzen immer noch so auszusehen, als stünde er. Jury sagte: »Den hier haben Sie doch sicher nicht leiden können, was?« Er schob ihm das Foto von Hannah und Simon Lean hin.

Kaum zu glauben, dass eine so leise Stimme so scharf klingen konnte! »Wehe, Sie ziehen sie da mit rein.« Eine Mischung aus Zischen und Flüstern.

»Wird sich wohl kaum vermeiden lassen.«

»Da wäre ich nie drauf gekommen. Ich stehe der Polizei jederzeit für Fragen zur Verfügung.« Er drehte das Foto zwischen den Fingern und betrachtete es noch einmal. »Woher hat er denn Sadie Diver gekannt?«

»Das ist der Punkt, Roy. Die Frau da ist nicht Sadie Diver. Es ist seine Frau Hannah.« Jury steckte das Foto wieder ein, trank einen Schluck Bier und sah, wie Roys Miene von Zorn zu Ungläubigkeit wechselte und dann wieder zu der steinernen Maske, hinter der er für gewöhnlich seine Gefühle verbarg.

Der Sergeant stand auf und sagte: »Die Autopsie ist für heute Abend zehn Uhr angesetzt.«

Jury blieb noch einen Augenblick in der verhältnismäßig stillen Ecke sitzen, die Musik aus der Jukebox bekam er nur von weitem mit. Die warme Stimme von Linda Ronstadt hatte die austauschbaren Dröhngruppen ersetzt. Er blickte durch den Rauchschleier zu dem Alkoven hin, wo Tommy jetzt mit den Kartenspielern am Tisch stand, und fragte sich, ob der Junge wirklich an den Tod seiner Schwester glaubte. Ein Teil seines Verstandes mochte ihn akzeptieren, der andere jedoch nicht. Als er Tommy im »Rubinroten Drachen« zugehört hatte, da war er überzeugt gewesen, dass Tommy seine Schwester nicht wiedererkannt hätte, nicht etwa, weil er sie die ganzen letzten Jahre nicht gesehen, sondern weil er sie nicht richtig gekannt hatte. Ob seine Schwester und Simon Lean wohl damit gerechnet hatten, falls eine solche Frage jemals gestellt würde...

Das war es, was Jury keine Ruhe ließ. Dass Simon Lean gründlich vorgegangen war, dass er damit gerechnet hatte, jemand könnte ihnen auf die Schliche kommen. Lean hatte Vorkehrungen getroffen für den Fall, dass der Mord an Sadie Diver auch seine Vernehmung durch die Polizei nach sich ziehen würde...

Aber natürlich hätte die Frau auf Watermeadows ihm ein Alibi verschafft. Hannah Lean. Er zündete sich eine Zigarette an, ließ aber das Streichholz bis auf die Fingerspitzen herunterbrennen, so zornig war er auf einmal. Dann warf er es in den Zinnaschenbecher und wandte seine Aufmerksamkeit der jetzt seelenvollen Musik zu. Die Sängerin erging sich in wehmütigen Erinnerungen an Fischerboote auf dem Bayou. Er versuchte, Tommy durch die Nebelwand aus Rauch auszumachen. Sieben Uhr, sie mussten los. Der Kopf tat ihm höllisch weh, und er überlegte, ob Wiggins wohl ein Aspirin hatte.

»... *spare Pfennige, spare Groschen*...«

Jury presste seine Handballen an die Schläfen und dachte, dass sich Sadie Diver nun nicht mehr ums Sparen sorgen musste. Als er aufblickte, sah er Alf zur Tür staksen; Wiggins folgte ihm auf dem Fuß, hielt ihn am Jackenärmel fest und sagte höflich: »Bleiben Sie bitte noch ein bisschen, Sir.«

Ganz außer sich blickte Alf von Jury zu Wiggins und dann zur Tür, durch die Roy Marsh verschwunden war. »Hat mich verpfiffen, was? Der Bulle da, was? Hat rumgetratscht? Als ob ich nicht gesehn hätte, wie ihr beide die Köpfe zusammengesteckt habt. Hab nichts damit zu tun, liegt doch alles Jahre zurück. Da mach ich den ganzen Weg von Australien, und der ganze Tratsch immer hinterher –«

Tommy Diver hatte sich zu ihnen gesellt. »Sie sind aus Australien? Dann hören Sie mal zu.« Worauf er rasch die Mundharmonika aus der Tasche zog und die klagende Stimme von Linda Ronstadt mit seinem noch traurigeren »Waltzing Matilda« zu übertönen begann.

25

*A*uch ohne die Gegend zu kennen hätte Jury auf Anhieb gewusst, dass sie in der Nähe der Blumenhalle waren, denn Wiggins fing an zu niesen. Er hatte seinen Bericht über Jack Krael unterbrochen, um die Nase in einem Taschentuch zu vergraben. Glücklicherweise saß Jury am Steuer, sonst hätte noch einer der Dienstmänner von Covent Garden mit seinem Handwagen dran glauben müssen.

Wiggins fuhr mit seiner Litanei über gute alte Zeiten fort. »Ich weiß, wie ihm zu Mute ist, Sir; alles dahin; man kann einfach alles abschreiben. Nicht auszudenken, wie es hier früher mal ausgesehen hat, als es im Dockland noch so quirlig wie im Bienenkorb zuging.«

Er sprach über die Zeit, als läge sie schon Jahrhunderte zurück, nicht Jahrzehnte. »Ich erinnere mich noch«, sagte Jury.

»*So* alt sind Sie nun auch wieder nicht, Sir. Jetzt gibt es bloß noch diese schicken kleinen Läden.« Wiggins griff zu seinem Inhalator – er hätte schwören können, dass es bald wieder mit seinem Asthma losgehen würde – und haderte weiter mit dem Schicksal. »Aprikosen aus Südafrika, Feigen aus Italien…« Er seufzte. »Nicht auszudenken, diese Erbsenenthülser damals.«

Jury musste lächeln, als er Wiggins die gute alte Zeit preisen hörte, wo ihn damals doch schon ein einziger Tag vollkommen fertig gemacht hätte. Wie farbenprächtig sie auch immer gewesen sein mochte, es gab Dreck und Schmutz, und Kohlekekse gab es auch noch nicht als Massenware. »Sie sind doch allergisch gegen Feigen, Wiggins«, sagte er, während er im Halteverbot einparkte.

»Wirklich, Sir?« Stirnrunzelnd verstaute Wiggins das Taschentuch.

Jury hatte keine Ahnung. »Und Raver hätte es nicht versäumt, Ihnen unter die Nase zu reiben, dass das Leben eines Erbsenenthülsers dornenvoll ist.« Er lächelte. Parken im Halteverbot war in seinem Beruf das Salz in der Suppe. Er hatte ein kindisches Vergnügen an den verdutzten, leicht erstaunten Gesichtern der Fußgänger, wenn er lässig ausstieg und davonspazierte. Jury schreckte Wiggins aus seinen Niesanfällen hoch, indem er sich durchs Fenster zu ihm beugte und fragte: »Kommen Sie mit?«

Sofort sprang Wiggins aus dem Auto. Er hatte eine Vorliebe für das »Starrdust«. Und ob er mitkam.

Das »Starrdust« hatte so wenig Ähnlichkeit mit einer schicken Boutique, dass man sich in einer anderen Galaxie wähnte. Jury war schon ein paar Mal dort gewesen, aber an das Dunkel hatte er sich immer noch nicht gewöhnt. Was es drinnen an Licht gab, strömte sanft aus einem falschen Planetarium an der Decke, wo ein güldener Schein hinter ausgeschnittenen Sternen und Planeten mit einem silberblauen hinter einem Viertelmond verschmolz. Und weil die Lampen dahinter immer wieder aufblinkten und verglühten, Mars und Venus gleichsam auftauchten und wieder verschwanden, wirkte es, als ob sich das Ganze langsam drehte. Die Lichter warfen eine Art goldenes Hephaistosnetz über Bar, Besucher und das gesamte Inventar.

Stets drehten sich auf Andrew Starrs altem Plattenspieler verkratzte Aufnahmen, die zum Ambiente passten. Hoagy, Dinah, Glenn Miller. Heute sang Dinah das Lied, welches Jury schon durchs Telefon im Hintergrund gehört hatte. Sterne fielen auf Alabama und Covent Garden, denn bei ihrem Eintreten hockte eine von Andrews Verkäuferinnen oben auf einer hohen Leiter und montierte etwas, das wie ein silberner Kübel aussah, mit Bindfaden an den Türrahmen. Winzige Gold- und Silbersterne rieselten auf Tommys, Jurys und Wiggins' Haar herab.

Sie quietschte wie eine Maus und kam von der Leiter heruntergekraxelt.

Und als sie sah, wer da war, quietschte sie gleich noch einmal und schlug sich dabei die Hand vor den Mund, als könnte der kleine Kiekser außer Kontrolle geraten. Das lockte ihr Gegenstück – kein Zwilling, sondern ein Gegenstück – aus dem Büro; sie musste doch nachsehen, was da los war. Eine davon ist Meg, die andere Joy, dachte Jury. Beide hatten sie Haar wie gesponnenes Gold, das Kämme mit Strasssternen zurückhielten. Ihre Augen zeigten denselben Sternenglanz, doch das machte vielleicht die Dunkelheit. Sie waren in silberne Blusen und schwarze Kordjeans mit goldenen Hosenträgern gekleidet. Mit dem schimmernden Kübel zwischen sich wirkten sie wie zwei außerirdische Milchmädchen.

»Entschuldigung. Entschuldigung«, zirpten sie im Chor, und dazu drehte sich Dinah auf dem Plattenspeicher.

»Wir hatten die Uhr an der Tür aber auf Lunchpause gestellt –«

»Aber die haben Sie wohl übersehen«, hakte Joy rasch ein. Sie wollte nicht, dass es so klang, als hielte Meg Jury und Wiggins für Analphabeten.

»Keine Ursache«, sagte Wiggins, »ein Sternenregen ist besser als ein Eimer Wasser.« Er zupfte sich einen Stern aus der Augenbraue und lächelte zufrieden. Im »Starrdust« schien er sich zu Hause zu fühlen. Dessen überirdische Unempfindlichkeit gegen irdische Krankheiten und Abgründe der Verzweiflung schien ihm gut zu tun.

Starr selbst war in der astrologischen Zunft (wenn man sie als solche bezeichnen konnte) kein Unbekannter, und der Laden führte ganz unterschiedliche Bücher zu diesem Thema. Einige davon waren sehr selten, andere neueren Datums. Andrews Kundschaft war bemerkenswert breit gefächert, von Rad fahrenden Kindern bis hin zu Adel und Geld. Für alle aber waren seine Horoskope das, was für andere die *Times* war – ein Evangelium. Eigenartigerweise waren sie das auch für Andrew Starr. Wie sonst wäre er wohl auf dieses kleine Heiligtum mitten im Getriebe von Covent Garden verfallen?

Wiggins, dessen Niesattacke aufgehört hatte, kaum dass er über die Schwelle getreten war, zeigte Tommy die kleine Bude, die Starr für Kinder gebaut hatte, die hereinschneiten. *Horrorskop* stand in neonblauer Kursivschrift über der Tür geschrieben, und auf den Wänden prangten Halbmonde und Sterne. Zwischen der Bude und der neuesten Errungenschaft des Geschäfts, die direkt gegenüberstand, konnte man sich kaum noch hindurchquetschen: ein gazeartiges Zelt, groß wie ein Himmelbett, dessen silbrige Falten sich über einem runden Drahtgestell bauschten. Hier hatte Madame Zostra ihr Reich.

Es war bestimmt ihre Stimme gewesen, die mit Dinah hinten in der Kochnische gesungen hatte. Der Laden war sehr schmal und lang, sodass die Leute irgendwie aus dem Dunkel aufzutauchen schienen. Als »Alabama« schließlich auf dem Plattenspieler von »Heaven« ersetzt wurde, blickte sich einer der Zwillinge um und sagte: »Sie wollen wohl zu Caroleanne? Die macht gerade Tee, und Andrew holt was Tolles zu essen. Tut er immer, wenn keine Zeit für einen richtigen Lunch ist. Es ist Mai, und das Touristengeschäft ist die reinste Hölle.«

»Hölle ist noch untertrieben«, sagte Meg mit einem raschen Nicken des platinfarbenen Kopfes.

Das Wort verblüffe Jury, es wirkte hier so fehl am Platz. Und die schwarz gekleidete Gestalt, die aus dem Dunkel geschwebt kam und dabei eine Gabel in ein Stück Kuchen stach, sah auch nicht gerade nach Hölle aus. Mit vollem Mund sagte sie: »Sie haben aber lange gebraucht, was?« Und zu den Zwillingen sagte sie: »Andrew ist wieder da, er hat diese Schwarzwälder Kirschtorte mitgebracht, auf die ihr so steht.«

Die Zwillinge verschwanden und bückten sich lachend, um unter dem Neonschild hindurchzukriechen, Wiggins und Tommy im Schlepptau.

»Wer ist denn das?« Carole-anne fuhr herum und sah hinter dem Neuankömmling her, der auf dem schmalen Gang entschwand.

»Ein Freund von mir.«

Sie wirkte misstrauisch. »*Ich* habe ihn noch nicht kennen gelernt«, sagte sie. Jemand, der noch nicht ihre Billigung gefunden hatte, konnte schwerlich ein Freund von Jury sein.

»Sie werden ihn kennen lernen. Und warum ich so lange gebraucht habe: Ich bin ohnehin nur einen Tag fort gewesen —«

»Einen und einen halben Tag. Haben Sie schon Tee getrunken?«

Jury schüttelte den Kopf. »Ich dachte, Sie wollten abnehmen?«

»Wenn man weiß, dass man sterben muss, kriegt man einen Heißhunger auf Süßes.«

Jury zuckte zusammen. »Carole-anne, ich habe so etwas wie einen Doppelmord am Hals. Da muss ich mit meiner Zeit haushalten, Herzchen.«

»Was müssen Sie? Mann, nur einen einzigen Tag mit

einem Grafen, und Sie reden vielleicht geschwollen daher. Da, Kuchen.« Sie streckte ihm eine voll beladene Gabel hin.

»Nein, danke, ich will abnehmen. Worum ging es denn bei diesen hysterischen Anrufen?«

Sie deutete mit dem Kopf zum Zelt. Alle wichtigen Geschäfte – also alles, was Carole-anne anging – mussten in seinem unergründlichen Dunkel getätigt werden. Es war, als würde er eine kleinere Höhle betreten, nachdem er den Vorraum zur größeren verlassen hatte. Drinnen stand ein niedriger runder Tisch mit den vertrauten Sternbildern auf dunkelblauem Filz. Auf dem Tisch lag zwischen zwei goldenen Kugeln ein Kristall auf schwarzem Samt. Die Kugeln warfen einen gelblichen Schein, als hielten sich spielende Kinder Butterblumen unters Kinn. Davor lag ein Kartenspiel. Tarot.

Carole-anne hatte ihren Kuchen hingestellt und ihren Hut aufgesetzt – einen von vielen, Carole-anne besaß nämlich jede Menge Hüte. Dieser war ein kunstvolles, turbanähnliches Gebilde aus Silberlamé, um das sich Perlen und zarte Goldketten schlangen (wahrscheinlich von einem Faschingsfest übrig geblieben). Sie hockte sich wie ein Swami auf eines der Kissen, die um den Tisch lagen, die Beine gekreuzt, die Hände gefaltet, und starrte in die Kristallkugel.

Jury seufzte. Sie versuchte doch nur, sich flink eine glaubhafte Geschichte über den Mord an Madame Zostra auszudenken. Nach zwei Minuten auf diesem Kissen, das wusste Jury, würde ihn sein Rücken schier umbringen. »Wenn sich da binnen zehn Sekunden nichts tut, gehe ich, Herzchen.« Er wäre sowieso nicht hergekommen, wenn es nicht wegen Tommy gewesen wäre.

Rasch verdeckte sie die Augen mit den beringten Fingern. Lapislazuliaugen, die auf eine beträchtliche Anzahl neuer Kunden des »Starrdust« blickten. Andrew Starr hatte einen

Haufen Geld für Madame Zostras diverse Requisiten springen lassen. Er war ein Träumer, aber kein Trottel; wahrscheinlich hatte er die Ladenkasse klingeln hören, als er Carole-anne zum ersten Mal erblickte. Obwohl Jury ziemlich überzeugt davon war, dass erst sie ihm das ganze Brimborium aufgeschwatzt hatte.

»Die Aura ist einfach nicht richtig. Sie bringen sie mit Ihren Zweifeln durcheinander.« Anscheinend klang das selbst für ihre Ohren wenig überzeugend, denn sie ließ die Hände wieder sinken, griff nach den Tarotkarten und mischte.

Jury machte Stielaugen. »Tarot? Carole-anne, diese Karten mischt man doch nicht!«

Sie hob die Schultern und begann, sie aufzudecken und auf den Tisch zu klatschen. Was sollte das nun werden – Mord, seine Zukunft oder Blackjack? Natürlich tauchte der Gehängte auf, und sie schob ihn ihm zu und sagte: »Er ist« – (sie versuchte, sich an die Anzahl der Morde zu erinnern) – »zweimal da gewesen.« Und schon hatte sie die Karten wieder zusammengeschoben.

»Nachdem wir das nun geklärt haben, möchte ich, dass Sie sich um Tommy kümmern. Wenn der Laden hier zumacht, nehmen Sie ihn mit nach Hause.«

»War er das?« Blitzschnell war sie auf den Beinen und hatte die Gaze beiseite geschoben. Immerhin ein Neuling, den sie vielleicht in die Finger bekommen könnte.

Die anderen kamen unter Gelächter und Gekicher den schmalen Gang entlang. Die späte Mittagspause war vorüber, und Jury konnte vor der Tür eine kleine Traube von Kunden sehen, welche langsam die Ungeduld packte.

Jury begrüßte Andrew Starr, einen netten, gut aussehenden, jungen Mann, der aus seiner Wahrsagerei viel Geld schlug. Ehe er noch Tommy vorstellen konnte – dem bei Carole-annes Anblick das Kinn herunterfiel –, sagte sie: »Dir wird es hier gut gefallen.« Und schon hatte sie ihn ins Gazezelt entführt.

Andrew Starr ging nach vorn, schloss die Tür auf, ließ sie hinaus und die Kunden herein.

Jury überquerte die Straße, auf den Fersen einen widerstrebenden Wiggins, der einen wehmütigen Blick über die Schulter zurückwarf und vermutlich glaubte, seine Zukunft bleibe dort zurück als Geisel im *Horrorskop* gefangen, bis jemand mit größerer Weisheit als Scotland Yard sie daraus befreite.

Wiggins nieste.

26

Der Tod von Tommys Schwester hatte mit dem Willen Gottes ebenso wenig zu tun wie die Führung des Haushalts der Mulhollands. In Jurys Augen lag die eindeutig bei John Mulholland und wurde mit eisernem Willen und eiserner Faust von diesem kurz geratenen, untersetzten Mann geführt, der unentwegt seine Mütze zerknautschte. Die Frau war dünner und größer – eine Sitzriesin – und hatte ein ausdrucksloses Gesicht, so als hätte man ihr gerade einen Gipsverband abgenommen.

Vielleicht schien das Jury auch nur so, denn er war gerade aus dem dunklen Ambiente von Andrews Geschäft in den Vernehmungsraum in Wapping gekommen und hatte sich an dessen grelles Licht noch nicht gewöhnt.

Mulholland wollte sich nicht setzen, und die schonende und freundliche Begrüßung des Spuerintendent wollte er auch nicht erwidern. Er kam ohne großes Trara, ohne Trauer oder gar Gewissensbisse zur Sache, ja, er bemühte sich nicht einmal um die üblichen Platitüden, die von dem offenkundigen Mangel an Gefühl abgelenkt hätten. Er hatte die Fragen der Polizei von Wapping beantwortet; er hatte die Leiche seiner Nichte gesehen; er wollte lediglich seinen Neffen abholen – auf den er offensichtlich wütend war, weil er die Familie ausgetrickst hatte – und dann nach Gravesend zurück.

»Tut mir Leid, wenn wir Ihnen Umstände machen, aber ich möchte Tommy noch für ein, zwei Tage hier behalten, in London. Er ist hier gut aufgehoben.«

»Da behalten? Wir wollen ihn mitnehmen und damit basta.«

»Nicht ganz so basta. Wir brauchen ihn noch für unsere Ermittlungen.«

Mulholland stieg das Blut ins kantige Gesicht; er kniff den Mund zusammen, bis seine Lippen vor Zorn bläulich anliefen. »Der weiß doch nichts, was wir Ihnen nicht auch sagen könnten.«

»Vielleicht doch. Er kam kurz nach dem Mord an Sarah hier an. Und er hat sie gut gekannt. Wirklich, Mr. Mulholland, der Junge wird ja hier nicht mit glühenden Eisen gezwackt. Wir wollen uns darüber nicht streiten. Ich würde sowieso gewinnen.« Jury lächelte. »Bitte, nehmen Sie doch Platz.«

Falls Mulholland sich weigerte (was er tat), konnte Jury ihn wenigstens dadurch aus dem Konzept bringen, dass er sich selbst einen Stuhl heranzog. Wiggins tat es ihm nach und holte sein Notizbuch und ein frisches Taschentuch hervor, als hätten sie Zeit in Hülle und Fülle.

»Es tut mir sehr Leid, das mit Ihrer Nichte«, sagte Jury und blickte von einem zum anderen. Der Onkel funkelte ihn böse an. Die Tante blickte weg. Möglicherweise hatte der Sergeant mit seinem Taschentuch etwas bei ihr ausgelöst, jedenfalls zog auch sie eins aus der Tasche. Es war, als hätte ihr jemand anders die Erlaubnis erteilt, Gefühle zu zeigen, die sie für gewöhnlich unterdrücken musste, wenn ihr Mann zugegen war.

Gladys Mulholland tat Jury Leid, wie sie das Taschentuch rasch wieder vom Mund nahm, als ihr Mann ihr einen finsteren Blick zuwarf. Und Tommy Diver tat ihm noch mehr Leid. Wie gut, dass er heil und sicher im »Starrdust« war. Jury brauchte nicht besonders viel Phantasie, um sich vorzustellen, was ihn bei der Rückkehr nach Gravesend erwartete; ihm genügte die Erinnerung daran, was er selbst im gleichen Alter erlebt hatte. Nur hatte er mit seinen Verwandten mehr Glück gehabt; sie waren richtig nett gewesen, bis der Onkel starb und sich die Tante gezwungen sah, ihn wegen ihrer finanziellen Notlage in ein Waisenhaus zu geben.

»Sind Sie sicher, dass es sich bei der Toten um Ihre Nichte handelt?«

»Ob ich sicher bin? Mann, ich sollte doch wohl meine eigene Nichte kennen.« John Mulholland gehörte nicht zu der Sorte Mensch, die viele Umschweife machte, nicht einmal dann, wenn Umschweife geboten schienen. Als Zeuge völlig unbrauchbar, dachte Jury. Einer von den Menschen, denen ihr Ego oder Stolz bei jeder Identifizierung im Wege steht. Die Art Zeuge, die möglicherweise den Falschen auf die Anklagebank schickte.

Gladys Mulholland jedoch beugte sich verdutzt vor. »Glauben Sie etwa, sie ist es nicht? Nicht unsere Sarah?«

Bei »unsere Sarah« schnaubte Mulholland.

Jury beantwortete die Frage mit einer Gegenfrage. »Was war sie für ein Mensch, Mrs. Mulholland?«

Dass er eine so harmlose Frage stellte und sich überhaupt

für ihre Nichte und ihre Meinung über diese Nichte interessierte, stimmte sie unsicher und froh zugleich. Die Spannung löste sich. Die Arme, gespannt wie ein Draht, lockerten sich; die zusammengepressten Beine öffneten sich ein wenig. Sie erinnerte Jury an eine Marionette, deren Fäden jemand losgelassen hatte.

Es war ihr Mann, der hatte loslassen müssen. Der wandte das Gesicht jetzt brüsk dem Fenster zu, das auf die Themse ging. Eine Frage, die nicht an ihn gerichtet war, lohnte sowieso die Antwort nicht. Jury hatte vor, ihn zumindest für kurze Zeit auszuschalten. Mrs. Mulhollands Bericht würde sonst immer wieder unterbrochen werden.

Als sie erzählte, was für ein liebes Mädchen Sarah doch gewesen sei, stand Jury von seinem Stuhl auf und bedeutete Wiggins mit einem Kopfnicken, mit der Befragung weiterzumachen. Jury selbst stellte sich neben den Mann; er zündete sich eine Zigarette an und bot Mulholland die Zigarre an, die er Racers Humidor entnommen hatte. Der Mann blickte misstrauisch, doch der Wunsch nach einer Zigarre siegte über den Wunsch, der Polizei einen Korb zu geben. Er nahm sie und bedankte sich widerwillig. Es war schwer, feindselig und unbeugsam zu bleiben, wenn man mit einem Kerl rumstand und sozusagen die Friedenspfeife mit ihm rauchte. Indem er einem Sergeant die Befragung überließ, signalisierte Jury, dass der Tod seiner Nichte als nicht so brisanter Fall angesehen wurde. Von einem Superintendent waren Zeugen leicht eingeschüchtert. Das hatte Jury nur zu oft feststellen müssen.

Mrs. Mulholland sprach jetzt über die Zeit, ehe Sarah »auf die schiefe Bahn« geriet.

»Wie meinen Sie das?«, fragte Wiggins.

»Oh, sie war wild und viel zu klug, genau wie ihre Mutter. Also Bessie Mulholland. *Mein* Mädchenname ist Case.« Sie pochte auf Wiggins Notizbuch und deutete mit dem Kopf zu ihrem Mann hin. »*Seine* Schwester.« Der Sergeant sollte ruhig wissen, dass die Familie Case nichts damit zu tun hatte.

Mulholland hatte dem Fenster den Rücken zugekehrt und nahm den Fehdehandschuh auf. »Die war nicht wie wir Übrigen. Ein schwarzes Schaf, die Bessie. Und was deinen Bruder –«

Wiggins fuhr ihm aalglatt dazwischen. »Ich weiß, was Sie meinen. Ich habe selbst eine Schwester.« Dann fuhr er fort: »Wie ›schief‹ war die ›schiefe Bahn‹ denn im Fall Ihrer Sadie?«

»Sarah«, sagte die Tante. »Den Namen hat sie aus der Bibel nach –«

»Rauschgift? Männer?«

Offenbar fand Mulholland, dass er nun lange genug außen vor gewesen war. »Sie hatte schon alles Mögliche angestellt, da war sie noch nicht mal so alt wie Tommy jetzt. Ich glaube, sie hatte so viel Gewissen wie eine Katze. Meiner Lebtage habe ich keinen Menschen gekannt, der einen so an der Nase herumführen konnte wie Sarah. Stand da und log einem die Hucke voll und sah dabei so unschuldig aus wie –«

»Das muss sie auch. Ich meine, unschuldig ausgesehen haben. Schließlich ist sie bei den Barmherzigen Schwestern untergekommen. Eine Äbtissin führt man nicht so leicht hinters Licht.«

Verlegenes Schweigen auf der ganzen Linie. Die Mulhollands sahen sich nicht an – er wandte sich wieder zum Fenster; sie fixierte ihre verschränkten Finger.

»Komisch, dass Ihre Nichte auf ein Kloster verfallen ist, ausgerechnet ein junges Mädchen wie sie.«

Mulholland wandte Jury das große, kantige Gesicht zu. »Das war eine Abmachung; sie hatte da wenigstens ein Jahr zu bleiben. Entweder das, oder wir hätten sie vor die Tür gesetzt.«

Seine Frau wand sich auf ihrem Stuhl. »So schlimm hat es noch keine Case getrieben.«

»Natürlich nicht«, sagte ihr Mann. »Wer zum Teufel wäre wohl so scharf auf eine Case gewesen, dass er ihren Schlüpfer –«

Woraufhin Gladys einen weinerlichen Schrei ausstieß, den Kopf auf die Hände fallen ließ und ihr kleines Taschentuch zu einem winzigen Ball zerweinte. Wiggins bot ihr seins an.

»Das heißt also, dass Sadie – pardon Sarah – die Wahl hatte, entweder bei den Barmherzigen Schwestern zu landen oder in der Gosse«, sagte Jury.

»Ganz recht, verdammt noch mal. Und was soll daran falsch sein?« Ein Bulle, der mit den Hufen Sand aufwirbelte, hätte nicht streitbarer aussehen können.

Er tat Jury irgendwie Leid. Weil er für das Kind seiner Schwester hatte sorgen müssen und sich dieses Kind dann als schwierig erwiesen hatte. Das hatte er vermutlich nur schwer verkraftet, konnte man doch daran ablesen, ob er fähig war, Kinder zu anständigen Menschen zu erziehen.

»Gar nichts. Ich mache Ihnen keinen Vorwurf. Ich an Ihrer Stelle hätte wahrscheinlich genauso gehandelt.« Jury nahm keine Notiz von Wiggins starrem Blick.

Keiner von beiden erwiderte etwas; beide wirkten sie erleichtert, dass er genauso gehandelt hätte.

Ganz entschieden einer von Hamlets Totengräbern, dachte Jury. William Cooper machte auf Jury immer den Eindruck eines Arztes, der beim Anblick einer Leiche seine Schadenfreude kaum unterdrücken konnte, vor allem, wenn Scotland

Yard bei der Leichenöffnung dabei war und besonders dann, wenn es Jury war. Vielmehr »R. J.«, wie Cooper ihn mit Vorliebe nannte. Jury hatte zugesehen, wie Cooper seine sorgfältigen Abmessungen vornahm, jede Prellung, jeden Kratzer, jeden Fleck verzeichnete, vornehmlich aber die Abschürfungen auf dem Rücken des Opfers. Es gab zwei oberflächliche Messerwunden; der tödliche Stich hatte die Lungenspitze durchbohrt. Gut ein Liter Blut war in den Brustraum gesickert. »Eine Schneide«, sagte Cooper.

Für Jury klang das nur allzu vertraut.

Cooper fuhr fort: »Sie könnte auf den glitschigen Stufen ausgerutscht sein, ausgerutscht oder gestoßen worden sein, wegen der Abschürfungen auf dem Rücken. Die Kleider waren zerrissen.«

»Heißt das, jemand hat sie festgehalten?«

Cooper sah ihn von unten an. Trotz seiner Munterkeit blickten seine Augen so tot, als spiegelten sie die Augen aller Toten wider, die er je gesehen hatte. »Ich war noch nicht fertig.« Er steckte sich zwei Kaugummis in den Mund, nahm dann eine Haarprobe und tütete sie ein. Er trug klinisches Weiß, hatte eine Gummihaube übers Haar und Chirurgenhandschuhe über die Hände gezogen. Er stemmte die Arme in die Hüften. »Nicht schlecht, R. J. In recht gutem Zustand, wenn man bedenkt, dass der Leichnam an die dreißig Stunden sozusagen Spielball des grausamen Meeres war.«

»Flusses. Und der Leichnam wurde von der Flut überspült, mehr nicht. Das ist also Ihre genaueste Schätzung, dreißig Stunden?«

Willie Cooper suchte sich eine Säge vom Tablett, schüttelte den Kopf und legte sie zurück. Sein Kaugummi war gut in Fahrt, und dazu lächelte er unentwegt. »Aber nicht doch, R. J., Sie wissen doch, dass ich nicht schätze.« Er verstummte und legte den Kopf schief wie ein Zimmermann, der Maß nimmt. »Mir ist noch nicht nach der Schädelarbeit. Ich werde sie zur Einstimmung erst mal aufschlitzen.« Als Jury nicht schmunzelte, fragte Cooper: »Was ist los mit Ihnen heute Abend? Haben Sie ein Schwert verschluckt?« Dann sagte er: »Du blöder Idiot, bring mir sofort noch so ein Scheißtonband rüber. Das hier ist abgelaufen.«

Diese Aufforderung galt nicht Jury, sondern einem pakistanischen Assistenten. Trotz der Wortwahl war Coopers Ton absolut freundlich. Zwei Schritte, und der Assistent stand mit einem neuen Tonband am Tisch.

Cooper nahm ein Instrument von seinem Tablett und zog rasch eine Linie vom Brustbein zum Schambein. Er klappte das Fleisch zur Seite und betrachtete die Organe mit der ganzen Begeisterung eines Kauflustigen, der sich nicht entscheiden kann, weil das Angebot zu verlockend ist. Dann entfernte er der Reihe nach Leber, Bauchspeicheldrüse und Nieren. Den jeweiligen Befund sprach er aufs Tonband. »Starke Raucherin. Lunge sieht nach einem Emphysem aus, aber noch im frühen Stadium. Leber: leichte Gelbsucht, keine Verwachsungen.« Jedes Organ wurde für sich eingetütet und vom Helfer sorgfältig beschriftet. Das war einer der Gründe, warum Jury Coopers Arbeit so schätzte; er schickte der Polizeidirektion keinen Abfalleimer mit Organen. Manche Ärzte taten das.

Je weiter die Arbeit fortschritt, desto heftiger kaute Cooper. »Bring mir den Bericht da, Ivor.« So nannte er alle seine Assistenten. Schon war der Pakistani weg und dann mit einem Blatt Papier wieder zur Stelle. »Also, eine elliptische Stichwunde von eineinviertel Zentimetern Länge. Haben Sie nicht gesagt, dass man das Opfer in Northants mit einer Art Schwert umgebracht hat?«

»Stockdegen.«

Willie Cooper stopfte Eingeweide und das, was er gern als »Abfallorgane« bezeichnete, zurück in die Leiche. »Tja, diese Wunden stammen jedenfalls nicht davon. Möglicherweise war es mehr als nur ein Messer.« Er wies auf eine elliptische Wunde. »Die da könnte sogar von einem zweischneidigen Messer sein. Diese hier ist glatter, schmaler.« Er verstummte und zündete sich eine Zigarette an. »Schnappmesser, wenn Sie mich fragen. Vielleicht ein Messerkampf.« Er rauchte so hingebungsvoll, wie er kaute, mit schnellen, kleinen Zügen. »Da staunen Sie, was? Und das soll nun eine exakte Wissenschaft sein. Was wir so alles nicht wissen! Nehmen wir nur die Totenstarre. Alles hängt davon ab, was wir über die Umstände herauskriegen. In ihrem Fall« – er musterte den Leichnam – »kennen wir die so ziemlich, und darum habe ich gesagt, dreißig Stunden, vielleicht eine mehr oder weniger.«

Jury lächelte. »Pathologen schätzen also doch.«

»Genau wie Sie, R. J.« Er hatte seine Zigarette ausgedrückt und zu einer feinen Säge gegriffen. »Ich kann das Geräusch einfach nicht ausstehen. Ganz egal, wie viele ich schon aufgesägt habe. Ich kann mich einfach nicht an das Knirschen gewöhnen.« Und zu dem Assistenten sagte er: »In ein paar Minuten kannst du sie zunähen. Ich brauche eine Pause.«

Willie Cooper hievte sich neben der Leiche auf den Tisch in eine halb stehende, halb sitzende Stellung. Jury staunte über die kleine Szene. So sanft, wie er ihre Hand nahm, hätte Cooper ein geistesabwesender Liebhaber sein können, in Gedanken versunken, welche die Schlafende auf dem Bett nicht teilen konnte. »Sehen Sie das hier?« Er zog die Finger auseinander. »Die Schnittwunden an Zeigefinger und Daumen zeigen, dass sie einen Angriff abgewehrt hat. Und was ist mit Ihrem mausetoten Typen in Northants?«

»Der wurde dem dortigen Gerichtsmediziner zufolge zwischen einundzwanzig Uhr und Mitternacht ermordet. Wobei ich mich allerdings frage: Könnte es auch bei ihm eine Stunde mehr oder weniger gewesen sein?«

»Das hängt einzig und allein von den Umständen ab, wie Sie verdammt gut wissen, R. J. Also raus mit den Einzelheiten.«

Jury erzählte ihm von dem *secrétaire*, der Ablieferung im Antiquitätengeschäft, der Entdeckung der Leiche.

Willie Cooper blickte die Tote auf dem Tisch an, lachte ein wenig und schüttelte den Kopf, als freuten sie sich beide über einen Witz, den der Superintendent nicht mitgekriegt hatte. »Sie wollen doch darauf hinaus, ob die gleiche Person den Typen in Northants und mein Mädchen hier um die Ecke gebracht haben könnte. Klar doch.«

»Sie haben mich nicht ganz verstanden: Könnte sie *vor* ihm umgebracht worden sein?«

Cooper blickte zweifelnd auf das starre Gesicht auf dem Tisch, wiegte den Kopf, als wolle er den Lichteinfall für eine Kameraeinstellung ausrichten, und sagte: »Dann hätte Sadie also früher dran glauben müssen und Ihr Typ später. Hmm. Sie wollen auf Teufel komm raus gegen das Beweismaterial an, R. J. Die Luftzirkulation in dem Schreibdingsbums dürfte die Totenstarre bei ihm beschleunigt, das kalte Flusswasser bei ihr verlangsamt haben.« Er deutete mit dem Kopf auf die Leiche. »Ist aber egal, das können wir einkalkulieren.« Seine Augen glänzten wie Glassplitter, als er Jury mit zusammengekniffenen Augen musterte. Willie Cooper machte es nichts aus, gegen Beweismaterial anzugehen, weil sich Beweismaterial schon häufig als nicht schlüssig erwiesen hatte. »Ebenso viel Kunst wie Wissenschaft, was?« Er hielt die Säge hoch. »Mehr haben wir immer noch nicht, um an das Gehirn ranzukommen. Mit welcher Theorie spielen Sie, R. J.? Glauben Sie, jemand brachte erst unsere Sadie hier um und *dann* ihn?«

»Sagen wir, es wäre durchaus möglich.«

»Aber warum?«

»Weil es vielleicht gar nicht Sadie ist.«

Jury schloss das Auto ab und blickte quer durch den kleinen Park in Islington zu dem Haus hinüber, in dem er wohnte. Die anderen Häuser in der Zeile waren dunkel, abgesehen vom bläulichen Licht der Flimmerkisten hier und da, das Schatten an die Wände warf wie in Platons Höhle.

Doch nicht in seinem Haus; nein, dort war anscheinend Karneval. Alles hell erleuchtet (seine eigene Wohnung inbegriffen, obwohl er gar nicht da war). Eigentlich lebten dort überhaupt nur drei Menschen. Da einer von ihnen allerdings Carole-anne war, fügte Jury im Geist noch ein Dutzend hinzu. Was auch die Musik, das Singen und Stampfen erklärte.

Erst als er seine eigene Tür öffnete – Schlüssel nicht erforderlich; Carole-anne war schon vor ihm da gewesen und hatte seine Stereoanlage abtransportiert –, merkte er, dass sich das Hippodrom direkt über seinem Kopf befand, in der leeren Wohnung.

Ein Nachbar schien seine Heimkehr abgepasst zu haben, denn das Telefon läutete schon, noch ehe er seine Schlüssel auf den Schreibtisch werfen konnte. Ach ja, Mrs. Burgess von nebenan. Da er bei der Polizei war, war er die Klagemauer für die ganze Umgegend. Und wenn es gar um Krach aus seinem eigenen Haus ging, dann machte man tüchtig Gebrauch davon. Er hörte einen Moment zu und brummelte etwas, während er sich einen ordentlichen Whiskey einschenkte. Dann setzte er sich aufs Sofa, legte den Hörer hin und schloss die

Augen. Und die ganze Zeit über zirpte Mrs. Burgess' Stimme aus der Ferne. Gelegentlich nahm er den Hörer vom Sofakissen und sprach ihr sein Mitgefühl aus. Nachdem sich die Stimme der Burgess eine Viertelstunde lang durch den Krach von oben gequält hatte, sagte Jury ihr (zum zwölften Mal), wie schwer sie es doch habe, und erklärte, es wimmle hier von Polizisten, was auch den Lärm erkläre. Die machten eine Razzia auf Rauschgift, nur hätten sie das falsche Haus erwischt, wie gut, dass sie noch auf sei, denn gleich kämen sie rüber –

Klick machte es am anderen Ende. Er schob sein Telefon unters Sofa wie einen unartigen Hund und streckte sich dann darauf aus; Gott sei Dank war es lang genug. Stand da oben etwa ein Klavier? Da spielte doch jemand auf Teufel komm raus. Der Fußboden oben war aus Holz und hatte keine Teppiche. Die Stimmen wurden lauter. Eine Woge von Patriotismus schwappte über, wie man sie selten erlebte. Soweit es an dem Haufen da lag, war England noch lange nicht verloren.

Mrs. Wassermann, Carole-anne und Tommy. Drei Leutchen, die sich wie drei Dutzend anhörten.

Er lag vollkommen entspannt da, balancierte seinen Drink auf den Knien und genoss das Ganze, im Gegensatz zu seiner Nachbarin, in vollen Zügen. Verglichen damit erschien Schlafen langweilig, beinahe ungesund. Immer wieder wollte er aufstehen, nach oben gehen und mitmachen, doch Watermeadows lastete ihm wie ein Albdruck auf der Seele.

Der Tod von Hannah Lean dürfte Sadie Diver aus der ärmlichen Limehouse-Welt in ein Gartenparadies katapultieren, wo nur eins zwischen ihr und dem Geld stand, mit dem sie die halbe Grafschaft aufkaufen konnte, nämlich Lady Summerston.

Er spürte, wie er sich schon wieder verspannte, trank

einen tüchtigen Schluck und versuchte, den Kopf frei zu bekommen.

Wie gut, dass der Ragtime oben schleppender wurde. Schweigen, und in das Schweigen fiel eine klagende Mundharmonika ein. Füße scharrten über den Fußboden, langsam tanzte man zu »Waltzing Matilda«.

Jury schlief.

27

Die »Strähnchen« waren ein Friseursalon unweit der Tottenham Court Road, mit einer Glastür mit riesigem Chromknauf unter einer Markise aus falschem Chrom und einem Ladenschild, von dem Silbersträhnchen flatterten. Jury überlegte, ob es absolut unumgänglich war, aus dem Salon mit vielfarbigem Haar herauszukommen.

»Hallöchen«, flötete die junge Frau hinter dem nierenförmigen Chromtresen. Ihr hennarotes Haar züngelte aufwärts, sie hatte bläuliche Strähnchen hineingefärbt, als wollte sie das Fegefeuer karikieren. Sie musterte Jury von Kopf bis Fuß, dann meinte sie, er könne noch vor ihrer nächsten Kundin drankommen, die habe einen Termin um zehn, verspäte sich aber regelmäßig. Ja, sie könne ihn sogar selber schneiden.

Jury lächelte, sagte, er sei nicht deshalb gekommen, und zeigte seinen Ausweis. »Ich möchte mich nach einer Ihrer Angestellten erkundigen. Sie heißt Sarah oder Sadie Diver.«

»Ach, sollte ich die kennen?« Sie lächelte, als wäre die Sache damit erledigt, und legte ihr herzförmiges Gesicht in die Hände. »Eine Spur Feuerbrand, keine Bange, nur eine Spülung, und Sie würden einfach umwerfend aussehen.«

»Ist das das, was Sie da drauf haben?«

»Das da? Ach, das ist nicht mehr frisch; dürfte schon zwei Wochen alt sein. Nein, Feuerbrand geht mehr ins Bräunliche.«

»Mein Haar ist doch braun.«

»Glanzlichter, mein Lieber, Glanzlichter.« Sie weidete ihn von oben bis unten mit den Augen ab.

»Werd ich mir merken. Trotzdem möchte ich gern den Geschäftsführer sprechen.«

»Also Carlos«, erwiderte sie schmollend. Sie zeigte auf einen ziemlich jungen Mann, der vor einem der Spiegel auf einem pflaumenfarbenen Stuhl saß. »Jeannine schneidet ihm gerade die Haare nach.«

»Geben Sie ihm meine Karte.«

Mit einem Seufzer ließ sie sich von ihrem Chromhocker gleiten und machte sich in den hinteren Teil des Salons auf. Überall Chrom, pflaumenfarbene Polster und Spiegel. Mitten im Raum war ein runder Spiegel in den Fußboden eingelassen, umgeben von großen, glänzenden Pflanzen. Jury kam an einer Reihe von Weltraumhauben vorbei; unter zweien davon saßen mittelalte Matronen, auf deren Kopf grüne und rosa Wickler sprossen. Ihre Augen verschlangen die Modezeitschriften.

Jeannine war eine engelsgesichtige Blondine und sah Jury mit einem himmelblauen Blick von kosmischer Leere an. Die kuriose Frisur war im Vierzigerjahrelook gehalten: Blonde Locken kräuselten sich über ihrer Stirn, das längere Haar wurde von zwei Kämmen zurückgehalten. Sie trug ein weißes Trikot und einen kurzen, pflaumenfarbenen Faltenrock.

Auch Carlos trug Weiß, dazu einen pflaumenfarbenen Pullunder unter einem losen Mantel à la *Miami Vice*. Sie wirkten eher wie Schlittschuhläufer, nicht wie Friseure; jeden

Augenblick konnten sie zu einem Wettkampf auf den Spiegelsee hinausgleiten. Carlos nickte Jury freundlich zu. »Momentito. Mein Gott, haben Sie schönes Haar; genau diese Nuance Kastanienbraun habe ich schon seit Jahren nicht mehr gesehen.«

Jeannine schnippelte und plapperte. »Also, wenn du mich fragst, man sollte es ihnen ruhig sagen, finde ich, wenn sie eine Frisur haben wollen, die nur jemandem in meinem Alter steht.« Hier drehte sie sich zu Jury um und blickte ihn mit einem leeren Lächeln an, das aus einer fernen Vergangenheit zu kommen schien. Nie zuvor hatte er eine so eintönige Stimme gehört. Sie sprach, als würde sie von einer Stichwortliste ablesen. »Also hab ich zu ihr gesagt, sie täte gut daran, lieber Maggies Frisur zu kopieren statt Fergies.« Ein Stirnrunzeln huschte über ihr samtenes Antlitz.

Carlos lachte und drehte und wendete sein gebräuntes Gesicht, schien sich an seinem Spiegelbild nicht satt sehen zu können. »Das reicht. Und nicht vergessen, Mrs. Durbin bekommt eine heiße Ölpackung. Ihr Haar steht ab, als hätte sie die Finger in der Steckdose. Pardon, Superintendent. Donna hat mir gesagt, Sie möchten sich nach einer Betty Sowieso erkundigen.«

»Sadie, Sadie Diver.«

»Ach ja. Da war Donna noch nicht bei uns; sie dürfte sie nicht kennen. Sadie hat uns vor ungefähr zwei Monaten verlassen.«

»Aus welchem Grund?«

Carlos hob die Schultern. »Das hat sie nicht gesagt. Nur dass es aus persönlichen Gründen wäre.«

Jury zeigte ihm die Fotos von Sadie Diver und von Hannah und Simon Lean. »Ist sie das?«

Carlos musterte beide. »Das ist sie.« Er hielt Sadies Foto

hoch. »Furchtbarer Schnitt. Sieht wie eine Pilzkolonie aus.« Dann musterte er das Foto von Hannah. »Hmm.« Er verdeckte ihr Haar, so gut es mit der Hand ging. »Also, ich bin mir nicht sicher... Momentito.« Er wirbelte auf dem Fußballen herum und umrundete das schimmernde Eiland.

Im Nu war er mit einem dicken Album wieder da. »Die hebe ich auf, um meinen Kundinnen vorzuführen, welche Wunder ich allein schon mit einem anständigen Schnitt bewirken kann.« Er zog ein Foto heraus, eine kleine Schere aus der Jackentasche und schnippelte geschickt um das Gesicht auf dem Bild herum. Dann legte er den schulterlangen Messerschnitt auf das Foto – eine geometrische und kantige Frisur, deren Pony wie von der Guillotine geschnitten wirkte. »Das ist sie.« Er zeigte Jury, wie sich Hannah Leans Aussehen verändert hatte. »Etwas Kajalstift und Rouge würden natürlich noch mehr bringen.« Dann sagte er stirnrunzelnd: »Warum fragen Sie?«

»Routine.«

Carlos zog die Augenbrauen hoch; Jury lächelte. »Wo hat sie gelernt? Sie muss doch Zeugnisse, eine Bewerbung und so weiter gehabt haben.«

»Heiliger Bimbam.« Das kam mit einem Seufzer heraus. Carlos Stimme wurde eine Idee tiefer. »Ich sag's Ihnen frei heraus, Superintendent, und kann nur hoffen, dass Sie mir keinen Strick daraus drehen. Also, ich war in der Ferienzeit in furchtbaren Schwulitäten; und als dann Sadie eines Tages hereinspaziert kam und ein erstaunliches Können bewies, da habe ich sie vom Fleck weg eingestellt.« Er blickte Jury ängstlich an.

»Keine Bange. Wo hat sie ihre Schecks eingelöst?«

»Schecks? Die Mädchen kriegen es von mir in bar, wann immer es sich machen lässt.«

Jury steckte sein Notizbuch wieder weg. »Sagen Sie, hatten Sie den Eindruck, dass Sadie Diver klug war? Intelligent?«

Er schwieg. »Eher wie ein Schwamm. Sie hat kaum über sich geredet, sich nie auf diese Art Tête-à-tête eingelassen wie Jeannine da drüben mit ihren Kundinnen. Sie war beliebt, sie konnte nämlich wunderbar zuhören.«

»Könnten Sie mir eine Aufstellung ihrer Kundinnen geben?«

»Donna kann eine zusammenstellen. Sie hatte acht, neun Stammkundinnen. Aber ich glaube nicht, dass die irgendetwas wissen. Was ist denn bloß passiert?«

»Sagen wir, ein Unfall.«

Eine lange Pause. »Heiliger Bimbam.«

»Ja«, sagte Jury.

Carlos blickte ihn immer noch starr an und fragte schließlich: »Und wer schneidet Ihnen die Haare?«

Dritter Teil

Willst du nicht, dann zahl sie, Klingt's von Old Bailey

28

»Da haben Sie doch diesen Prozess wahrhaftig angesetzt«, sagte Dick Scroggs, ohne den Blick vom *Kahlen Adler* zu heben.

»Was?« Melrose tauchte aus Pollys Thriller auf, der an den neuesten Gewinner des Booker-Preises gelehnt stand, den er gerade in »Wrenns Büchernest« erstanden hatte. Zunächst hatte er angenommen, Theo Wrenn Browne, der ihn mit bleichem Gesicht und zusammengekniffenem Mund anstarrte, würde sich grundsätzlich weigern, ihm das Buch zu verkaufen. Doch Theo war kein Prinzipienreiter, wenn es um Geld ging. Er nahm die Zehnpfundnote entgegen, doch nicht das Konversationsangebot, das Melrose ihm machte. Er weigerte sich, den Mund zu öffnen, und gab Melrose so zu verstehen, wie man im »Büchernest« mit Verrätern verfuhr.

»Das Schwein, M'lord. Ihre Tante und dieser arme, arme Jurvis von gegenüber.« Es war völlig klar, wo Scroggs Sympathien lagen. »Betty Ball war so schlau, sich aus allem rauszuhalten. Wenn sie's schafft, meine ich. Wird wahrscheinlich als Zeugin gerichtlich verladen.«

»Gerichtlich vorgeladen?« Scroggs würde sich in Pollys neuem Buch gut machen, dachte Melrose. Hätte Dorothy L. Sayers so wenig vom Glockenläuten verstanden wie Polly vom Rechtssystem, ihr Glockenturm wäre ein akustischer Gräuel. Pollys Gerichtssaal jedenfalls war ein Gräuel. Die Anwälte darin brüllten vor Gericht unentwegt: »M'lud!

Mein gelehrter Freund hier...«, und gaben einen Stuss von sich, der nicht mal einen Pferdedieb an den Galgen gebracht hätte.

Scroggs klatschte seine Zeitung auf den Tresen und machte sich Luft: »Aber natürlich gibt es immer welche, die können sich einen gewieften Anwalt leisten, der sie rauspaukt.«

»Das ist doch nur ein Bagatellfall, Dick.«

Scroggs raschelte mit dem *Kahlen Adler* und verschwand wieder hinter der Zeitung. »Hier steht, dass Major Eustace-Hobson den Vorsitz führt.«

»Dieser Idiot?« Major Eustace-Hobson würde sich in den *Fünf falschen Verteidigern* sofort heimisch fühlen.

»Nur ein Idiot hätte diesen Fall übernommen, wenn Sie mich fragen.«

»Aber klar doch, ja.«

»Nichts für ungut, M'lord. So was kommt in den besten Familien vor.«

Melrose hielt sich das Buch vors Gesicht.

»Dem Himmel sei Dank, wenigstens ist der Superintendent wieder da.«

Melrose ließ das Buch sinken. »Tatsächlich? Wo haben Sie ihn denn gesichtet?«

»Drüben in der Villa Pluck.« So hieß sie stets, wenn die Dorfbewohner auf die Wache zu sprechen kamen. Es klang eher nach einer Pension oder einem Gästehaus. Und Pluck führte auch ein offenes Haus. Die Leute kamen zum Tee vorbei, baten ihn um Rat und brachten ihm Kekse und Kuchen. Wenn an der Tür nicht das blau-weiße Schild gewesen wäre, Melrose hätte die Wache für eine Teestube gehalten. »Auf der Wache ist er. Ich habe seinen Rover gesehen, gleich hinter dem von Superintendent Pratt. Die Polizei aus der halben

Grafschaft ist da.« Scroggs hatte die Bar verlassen und stand am Fenster, das auf die High Street ging.

»Geben Sie mir bitte Bescheid, wenn er herauskommt.«

Da Augen und Ohren von Long Piddleton sich mit einem verstauchten Knöchel »auf dem Wege der Besserung« befanden, musste nun jemand anders über alles auf dem Laufenden sein. Scroggs wirkte überaus zufrieden, dass er in Agathas Fußstapfen treten durfte. Er lehnte sich an den Fensterrahmen und starrte in den grün-goldenen Maimorgen hinaus, bunt gefleckt wie das Glas, auf dem »Hardies Krone« zu lesen stand.

Superintendent Charles Pratt blickte Richard Jury mit großen Augen an. Die Arme, die er protestierend hochgeworfen hatte, sanken matt zu beiden Seiten von Constable Plucks Drehstuhl herab, dann lehnte er sich zurück und deponierte die Füße auf dem Schreibtisch. Er schüttelte den Kopf.

Sein Detective Inspector, John MacAllister, äußerte den Protest indes laut. Wenn man das höhnische Lachen als solchen bezeichnen konnte. Pratt schoss ihm einen warnenden Blick zu.

Jury selbst lehnte an der Fensterbank. Das Schweigen, welches seinen Ausführungen folgte, wurde erst gebrochen, als MacAllister sagte: »Das ist verrückt.«

»John!« Pratt schwang die Beine vom Schreibtisch.

John MacAllister hob lediglich die Schultern und blätterte weiter in einem dicken Stoß Papiere, die in einem braunen Schnellhefter steckten.

Bei einem Polizisten war Arroganz ein gefährlicher Charakterfehler, außer er war obendrein ein Genie wie Jurys Freund Macalvie (der dieser Theorie sofort zugestimmt hätte).

»Sagen wir«, meinte Pratt und legte das Kinn auf die verschränkten Finger, »es klingt höchst unwahrscheinlich. Ehrlich gesagt –«

Jury lächelte. »Es klingt unmöglich.«

Da Jury damit Mac Allisters Meinung Ausdruck verliehen hatte, sagte der Inspektor: »Endlich haben Sie Recht, verdammt noch mal.«

Pratt war wie Jury ein umgänglicher Mann, doch seine Geduld kannte Grenzen – die MacAllister nicht zu kennen schien, denn einen Kriminalen von Scotland Yard beleidigte man nicht. »John, nehmen Sie Pluck oder Greene, und sehen Sie zu, ob Sie aus Browne noch mehr rausholen. Wird's bald, John.«

Im Hinausgehen warf John MacAllister Jury einen grimmigen Blick zu.

»Was hat er bislang gesagt? Ich meine, Theo Browne?«

»Nichts. Behauptet, das Buch gehöre ihm; Trueblood behauptet, Browne habe es in Watermeadows mitgehen lassen. Ich habe Trueblood gefragt, wieso er das Buch nicht mitgenommen hat, wenn es so ›unbezahlbar, unbezahlbar‹ ist, wie er noch immer rumjammert –«

Jury lächelte. »Und was hat er gesagt?«

»Dass Lady Summerston darauf bestand, es zu behalten, bis er für den ganzen Kram bezahlt hatte. Sie wollte sich versichern, dass es gut weggeschlossen war, und das war es auch, nur dass Crick es zusammen mit den anderen Büchern in dieses Schreibpult beziehungsweise diesen *secrétaire* getan hat.«

»Lady Summerston gibt sich gern den Anschein, dass sie zäh im Feilschen ist und gute Geschäfte macht, so wie es auch ihr Mann gehalten hätte. Sie muss wohl gedacht haben, wenn das Buch all die Jahre offen herumgelegen hat, dann ist es in dem abgeschlossenen *secrétaire* gut aufgehoben«, sagte Jury.

»Und sie kann nicht mal mit Sicherheit sagen, ob es sich überhaupt um *ihr* Buch handelt, nachdem Browne es neu gebunden hat. Die Chance, dass zwei von der Sorte in einem Dorf auftauchen, dürfte allerdings gleich null sein.«

»So null und nichtig wie meine Theorie?« Jury lächelte.

Pratt sah sich noch einmal die Fotos an. »Ich muss zugeben, die Ähnlichkeit ist frappierend.« Er schüttelte den Kopf. »Wie kann sie nur glauben, sie könnte damit durchkommen –«

»Sie beide.«

»Ja. Na gut, aber er ist tot. Und ich habe mir eingebildet, allein damit hätte ich schon genug am Hals.«

Jury reichte Pratt ein Blatt Papier aus der Akte. »Kopien von den Karten aus Sadie Divers Handtasche.«

Pratt musterte die Abbildungen. »NatWest Bankcard, Barclaycard – und das da?«

»Büchereileihzettel. Wenn Sie ein Buch ausleihen wollen, geben Sie die ab und bekommen sie wieder, wenn Sie das Buch zurückgeben.«

»Auch wenn es nicht so aussieht, Richard, selbst ich stecke manchmal die Nase in ein Buch. Und habe sogar schon mal eine Bücherei von innen gesehen.« Er hielt das Blatt Papier mit den vier kleinen Karten in die Höhe. »Viel gelesen hat sie aber nicht, wenn sie die Zettel hatte und nicht die Bücher.«

»Ich möchte bezweifeln, dass sie dazu gedacht waren. Sie könnten doch einfach dazu dienen, die Identität der Ermordeten abzusichern. Wie die Kreditkarten. Sadie hat ihrem Bruder Tommy zufolge immer bar bezahlt. Die Karten hier sind alle aus den letzten zwei Monaten, Charles.«

Pratt schaute auf die Kopie, welche die Rückseiten der Karten zeigte. »Nicht unterschrieben. Aber es müsste bei den Banken Unterschriftsproben für Schriftvergleiche geben, oder?«

»Kann sein. Das wird, glaube ich, bei Kreditkarten ziemlich lax gehandhabt. Man unterschreibt etwas und schickt ihnen das Formular zurück. Jeder könnte unterschreiben.«

»Also ist die Unterschrift möglicherweise weder von Sadie Diver *noch* von Hannah Lean.«

Jury verließ das Fenster und nahm Platz auf dem bequemen Stuhl, den Pluck für seine Besucher bereithielt. »Schriftexperten können Ähnlichkeiten und Unterschiede ausfindig machen. Dann haben wir ein subjektives Urteil. Ich kenne einen, der ausgezeichnet ist. Und auch der ist sich manchmal nicht sicher.« Jury musste daran denken, was Willie Cooper über Kunst und Wissenschaft gesagt hatte.

Pratt seufzte. »Wer kann bei Fingerabdrücken, Schriftproben oder Reifenprofilen schon mit einem genauen Pendant rechnen? Man kann nur hoffen, dass es genug sind. Dass bei einem Fingerabdruck sieben von zwölf Punkten übereinstimmen.« Er klappte den Schnellhefter zu, als ärgerte ihn der Inhalt. »Und wer ist der Polizist, der die Leiche gefunden hat?«

»Roy Marsh, ein Freund der Frau, die ich erwähnt habe – Ruby Firth.«

Pratt blickte ihn an und lächelte düster. »Stört Sie diese Verbindung? Was hat das mit der Diver zu tun?«

»Die Nähe. Und möglicherweise nimmt er auch Miss Firth in Schutz.«

»Hier London, da Long Pidd, davon kann einem glatt der Kopf platzen.« Er fluchte leise. »Mir ist, als sähen wir zu, wie ein paar Katzen mit einem Bindfaden spielen.«

»Tut mir Leid, das mit Ihren Kopfschmerzen.« Jury lehnte sich zurück, denn er war selbst hundemüde. Aber er hatte wenigstens keinen so langen Weg wie Pratt, bis er in der Falle lag. »Wenn wir den Faden fest genug knüpfen, könnte vielleicht ein Netz daraus werden.«

Pratt blickte ihn an und lächelte ein wenig. »Ja, inzwischen glaube ich auch, es *könnte* gehen. Identitätsnachweis... Die Gerichtsmedizin wird sicher genug rausfinden, auch wenn Zeugen – sogar Familie, Freunde – sich nicht schlüssig sind. Lieber Himmel, man kann auf dieser Welt doch kaum einen Schritt tun, ohne sich auszuweisen.«

»Wenn Ihnen jemand Ihre Identität wegnehmen wollte, es wäre machbar. Ein Leben auszuradieren.«

Pratts Auflachen klang bestürzt. »Na hören Sie, wenn die Frau auf Watermeadows wirklich die Diver ist und die Tote tatsächlich Hannah Lean, dann müssten deren Fingerabdrücke doch wohl auf Watermeadows zu finden sein, oder?«

»Und Sie brauchten dort nur noch mit jemandem vom Erkennungsdienst aufzutauchen und die Lampen einzustauben; ist es das, was Sie glauben? Ich nicht. Wenn nämlich Simon Lean sich bemüht hat, Dinge, die seiner Frau gehören, in Sadies Wohnung zu bringen, dann hat er sich todsicher die größte Mühe gegeben, ihre Abdrücke zumindest von den nahe liegendsten Stellen in Watermeadows zu entfernen. Sadie selbst hätte alle Sachen in Hannahs Schlafzimmer abwischen können, um nur ein Beispiel zu erwähnen. Und was machen Sie, wenn Ihr Mann mit den nahe liegendsten Stellen durch ist und kein Pendant zu den Abdrücken der Toten gefunden hat? Wollen Sie etwa das ganze Anwesen einstäuben? Glauben Sie, Ihr Chief Constable würde jede Menge Zeit und Leute für ein derartiges Unternehmen abstellen? Und wozu auch? Ist jemand auf Watermeadows des Mordes angeklagt?«

Pratt legte den Kopf in die Hände. »Zahnbefunde, Handschrift – Herrgott noch mal, diese Art Beweise kann man doch nicht samt und sonders austauschen.«

»Nicht unbedingt austauschen. Sich ihrer auf die eine oder

andere Weise annehmen. Tut mir Leid. Hannah Lean war Ihre Hauptverdächtige, was, Charles?«

Mürrisch machte sich Pratt daran, Papiere in seine Aktentasche zu stopfen. »In neun von zehn Fällen, das wissen Sie genauso gut wie ich, ist es ein Familienmitglied. Ein eifersüchtiger Ehemann, eine habgierige Ehefrau und so weiter. Oder umgekehrt, wie in diesem Fall. Und sie war zu Hause, oder? Hat nicht die Spur von einem Alibi und, finde ich, jede Menge Motive –«

»Möglich.«

Pratt lachte höhnisch. »Möglich! Herrgott, der Typ hat doch keine Gelegenheit ausgelassen, sie zu demütigen. War hinter jedem Rock her, sogar hinter Miss Lewes. Und die macht nun wirklich nicht viel her –«

»War aber gut für ein bisschen Kleingeld hier und da.«

»Beträchtlich mehr als ein bisschen Kleingeld.« Pratt ließ den Stuhl mit einem Krach auf die Vorderbeine zurückfallen, denn wenn er an die Papiere herankommen wollte, musste er sich vorbeugen. »Einige tausend. Hier und da, hin und wieder.«

»Und ist sie nun an dem Abend ins Sommerhaus gegangen?«

»Wir haben Abdrücke von mindestens vier verschiedenen Stiefelsohlen. Natürlich möchte sie gar nicht gern zugeben, dass einer davon ihr gehört.«

Jury zog seine letzte Zigarette heraus, zerknüllte die leere Packung und sah zu, wie Pratt den letzten Schnellhefter in die Tasche stopfte. »Trotz allem wollen Sie sich nicht davon abbringen lassen, dass Hannah Lean ihren Mann umgebracht hat. Erheben Sie doch Anklage gegen sie. Dann kommen Sie auch zu Ihren Fingerabdrücken.«

Pratts Blick war sarkastisch. »Danke für den guten Rat. Und wenn *Sie* Recht haben, kann ich gleich in Pension gehen.

Nichts für ungut, aber Sie scheinen mir wild entschlossen, eine Frau in Schutz zu nehmen, die Sie Ihren eigenen Gedankengängen zufolge nie kennen gelernt haben.« Er zog die Tasche zu.

Jury schlug vor seinem stechenden Blick die Augen nieder. »Falls sie tot ist und niemand davon weiß, dann sollte man sie auch in Schutz nehmen, nicht wahr? Bis später, Charles.«

»Hier herrscht ja ein irrer Betrieb, Dick. Demnächst werden Sie noch Klappstühle raussstellen müssen. Du liebe Zeit, da scheint sich doch selbst der alte Jurvis auf ein Bier blicken zu lassen.«

Melrose wandte dem Fenster den Rücken zu, während Dick den Schaum von Vivians morgendlichem Guinness abstreifte. Und sogar Vivian ist da, dachte er, und wird mit jedem Tag blasser, mit dem der Besuch aus Italien näher rückt. »Ich glaube nicht, dass ich Miss Demorney hier schon mal gesehen habe; anscheinend sagt ihr Sidbury mehr zu.«

»Das macht mein Donnerschlag. Lockt sie an wie die Fliegen, ehrlich.«

Haut sie um wie die Fliegen, dürfte eher zutreffen, dachte Melrose. Mrs. Withersby, die Hauptabnehmerin des neuen Produkts, hatte Eimer und Besen beiseite gestellt und näherte sich bedrohlich Melroses bislang so behaglichem Plätzchen. In ihren Augen schien er für sämtliche Plagen verantwortlich, die das Dorf befallen hatten, denn schließlich war er der Feudalherr und hatte sich um seine leidenden Untertanen zu kümmern. »Es gibt welche, die halt'n zu ihre Verwandtschaft, was auch immer los is, und welche, die zieh'n gleich Leine, wenn's Schicksal zuhaut. Die Withersbys sind nich so, die ham keine Angst zuzugeb'n, wenn einer von sie was falsch gemacht hat. Nee, die nich. Is ja wohl nich drin, dass welche, die nich im Schweiße ihres Angesichts ihr Brot verdienen, da mithalt'n könn'n! Und nun seh'n Se sich den Schlamassel an, wo Long Pidd jetzt drin is, M'lord.«

Mittlerweile verstand sich Melrose recht gut darauf, Mrs. Withersbys Botschaften zu dechiffrieren, die so allgemein gehalten waren, dass sie alle Eventualitäten abdeckten. Dieses Mal konnte sowohl der gerade verübte Mord als auch das Schwein-Fahrrad-Debakel gemeint sein. Falls es Letzteres war, dann wollte sie obendrein damit sagen, dass beide Recht hatten, Lady Ardry und auch der Schlachter Jurvis. Melrose aber hatte auf jeden Fall Unrecht. Alles klang geheimnisvoll und wurde im drohenden Tonfall vorgebracht, mit dem Zweck natürlich, Melrose ein Bier abzuringen. Hatte sie doch lange genug unter seiner Herrschaft und dem völligen Mangel an Fürsorge für seine Untertanen leiden müssen. Sie hatte es sich also redlich verdient.

»Einen Donnerschlag für Mrs. Withersby, Dick, sind Sie so nett?« Dick schien es nichts auszumachen, dass die Aufwartungskraft im Dienst trank, solange jemand dafür bezahlte; vor allem dann, wenn es sich dabei um sein sagenhaftes Gebräu handelte. Als sie ihr Quantum erhalten hatte, verzog sich Mrs. Withersby, und Melrose atmete auf.

An einem Tisch saßen Diane Demorney und Theo Wrenn Browne. Seine Haut spannte sich über seinen feinen Gesichtsknochen wie bei einem Brandopfer. Macht ihm wohl Mut, dachte Melrose bei sich. Sogar Marshall Trueblood, sonst eher ein Hasenfuß, blickte der Gefahr weitaus gefasster ins Auge als Browne.

Trueblood wiederum wollte Browne nicht ins Auge blicken (»*dieser kleine Widerling*«) denn er hatte sich auf die andere Seite des Tisches begeben und kehrte dem Pärchen ostentativ den Rücken zu.

Vor zwanzig Minuten war Joanna Lewes hereingekommen und hatte sich einen doppelten Brandy bestellt, den sie zu einem Tisch in der Ecke mitgenommen und in zwei Schlucken gekippt hatte.

Melrose ging hinüber. »Darf ich mich einen Augenblick zu Ihnen setzen?«

»Und mich in Widersprüche verwickeln«, sagte sie, blätterte in den Seiten eines Manuskripts herum und bearbeitete sie mit dem Bleistift. »Wollen Sie das nächste Kapitel der Heather-Quick-Geschichte hören?«

Melrose wollte schon den Mund aufmachen und eine Art Entschuldigung vorbringen, doch sie fuhr fort:

»Immer noch angenehmer, als von der Northants-Polizei in die Mangel genommen zu werden. Nicht etwa, dass die mehr herausgefunden hätten als Ihr Superintendent. Aber ich will mich nicht beklagen; ich habe daraus gut ein Drittel eines Buches geschlagen. Unser kleines Tête-à-tête vor zwei Tagen hat mir sozusagen das Rohmaterial geliefert.« Heftiges Blättern. »Nicht etwa, dass ich eine Überarbeitung vornehme, aber in diesem Fall frage ich mich doch, wie nahe Heather wohl der Anklagebank kommt.« Sie knallte den Bleistift hin. »Wenn Heather sich lächerlich machen kann, dann sollte auch ihre Erfinderin dieses Privileg genießen. Und da sogar Theo Wrenn Browne im Sommerhaus war wie ein mieser kleiner Dieb, erbaue ich mich an dem Ganzen, soweit das unter diesen Umständen möglich ist. Sehen Sie doch nur, wie er sich an *ihrer* Schulter ausweint. Ein schöner Trost bei einer so kalten Schulter... Und welche Rolle spielt *sie* eigentlich, möchte ich wissen?« Joanna seufzte. »Wenn die Polizei die Sache doch endlich auf die Reihe bekommen würde. Mein Abgabetermin rückt näher.«

Melrose überlegte, ob sie deswegen so auf das Ende der

Untersuchung brannte, weil ihr so viel Zeit gestohlen wurde, oder weil sie das Ende nicht kannte und deshalb ihrer Heather-Quick-Geschichte nicht den letzten Schliff geben konnte.

Vivian sagte zu Trueblood, er solle froh sein, dass Theo Wrenn Browne die Aufmerksamkeit auf sich gelenkt und damit von ihm, Marshall, abgezogen habe. »Habe ich nicht Recht, Melrose? Obwohl ich mir, ehrlich gesagt, nicht vorstellen kann, dass Theo Wrenn Browne –«

»Ha! Wer es schafft, eine signierte Ausgabe zu stibitzen und neu zu binden, der ist zu allem fähig, zu Mord oder zum nachträglichen Kolorieren von *Casablanca*.« Er war fast wieder der Alte und wie aus dem Ei gepellt, trug ein erlesen geschnittenes, loses Jackett in bräunlichem Orange und hatte einen bunten Schal um den Hals geschlungen. Ein wenig übertrieben vielleicht für einen normalen Maitag, aber durchaus angemessen, wenn es etwas zu feiern gab. »Anscheinend hat sich Superintendent Pratt Joanna die Wahnsinnige schon vorgenommen. Mein Mitgefühl hat sie – aber ich kann mir, offen gestanden, nicht vorstellen, dass sie mit Simon Lean, diesem Schwerenöter, allzu viel am Hut hatte.« Als er das Bein überschlug, zeigte er einen mit lavendelfarbener Seide bekleideten Knöchel über einem Gucci-Schuh. Auch er schien sich schon für Italien in Schale geworfen zu haben. »Da hocken wir nun alle herum, sehen entsetzlich besorgt aus, drehen an den Perlenketten und zupfen am Schnurrbart wie in einem schlechten Salonstück, in dem der Kriminalbeamte uns mit dem Beweismaterial konfrontiert und alles aufklärt. Wo steckt übrigens unser Freund, Superintendent Richard Jury? Gewiss dräut die große Enthüllungsszene.«

Jurys Eintreten zeitigte die gegenteilige Wirkung. Binnen zwei Minuten hatte sich die »Hammerschmiede« geleert, geblieben waren nur Melrose, Trueblood und Vivian.

»Seit Gary Cooper in *Zwölf Uhr mittags* die Straße hinunterging, haben sich nie wieder so viele Leute so schnell dünn gemacht«, sagte Melrose.

»Hallo, Vivian«, sagte Jury lächelnd. »Bereit für den großen Tag?«

Sie ordnete das Seidentuch um ihren Hals und lächelte unsicher. »Großer Tag?«, wiederholte sie in fragendem Ton.

Worauf Marshall sagte: »Erdrosseln Sie sich bloß nicht, Vivilein.« Und zu Jury gewandt: »Und, haben Sie Theo Wrenn Browne schon dingfest gemacht? Auf was warten Sie noch?«

»Er liegt immer noch im Rennen. Aber Sie wissen ja, wir können ihm einfach nicht nachweisen, dass es das Summerston-Buch ist.«

»Sie meinen, das Trueblood-Buch.« Er seufzte. »Kommen Sie, Viv, wir lunchen bei Jean-Michael und lassen die beiden allein weiterwursteln. Ich bin eine Viertelstunde lang berühmt gewesen; wenn in Begleitung der Frau Mama und der lieben Schwestern erst der liebe Graf D. aufkreuzt, sind Sie an der Reihe –«

»Franco!«, fuhr sie ihn an. »Und er kommt allein.«

Jury konnte sie im Hinausgehen murmeln hören: »Das möchte ich ihm jedenfalls geraten haben.«

Melrose saß da und betrachtete die Fotos. Die Geschichte, die Jury zuvor Pratt erzählt hatte, kannte er inzwischen auch.

Er schüttelte den Kopf. »Wollen Sie mir etwa weismachen, dass wir es nicht nur mit einem Doppelmord zu tun haben, sondern dass die Frau auf Watermeadows zu allem Überfluss *nicht* Hannah Lean ist?«

»Von ›Überfluss‹ kann keine Rede sein. Darum haben sich Simon Lean und Sadie Diver schließlich zum Mord an seiner Frau zusammengetan.«

»Und etwas ist schief gelaufen.«

»Das kann man wohl sagen. Die Wohnung in London wurde von jemandem bewohnt, der entweder zwanghaft ordentlich und sauber war, oder von jemandem, der keine Fingerabdrücke hinterlassen wollte.«

Melrose dachte einen Augenblick darüber nach. »Sie meinen also, es hängt alles davon ab, dass wir die Identität feststellen. Und die Zeugen widersprechen sich.«

»Tommy Diver sagt, die Frau in Wapping ist nicht seine Schwester; der Onkel sagt, sie ist es. Keiner ist sich sicher.« Er deutete mit dem Kopf auf die Fotos. »Sehen Sie selbst. Übrigens kommt Wiggins heute Nachmittag mit Tommy hierher. Ich möchte, dass er Watermeadows besucht.« Und Jury setzte grimmig hinzu: »Würde es Ihnen etwas ausmachen, ihn über Nacht aufzunehmen?«

»Natürlich nicht«, sagte Melrose geistesabwesend. Dann schlug er sich mit der Hand an die Stirn. »Einfach nicht zu fassen.«

»Was?«

»Wir haben vielleicht unsere *eigene* Zeugin. Ich werde verrückt. Agatha. Erinnern Sie sich nicht? Sie hat doch gesagt, dass sie ›fast mit Hannah Lean geluncht‹ hätte. Hat sie zufällig in Northampton getroffen, sagt sie. Großer Gott.«

Mit einem Lächeln reichte Jury Melrose die Fotos von Hannah Lean und Sadie Diver. »Sie ist *Ihre* Zeugin. Machen Sie sich an sie ran. Und auch an Diane Demorney. Vielleicht bekommen Sie aus der etwas heraus.«

»Wie schön für mich. Weshalb sollte Hannah Lean eigentlich an jenem Abend nach London gefahren sein?«

»Vielleicht hatte ihr Mann sie unter irgendeinem Vorwand dorthin gelockt.« Jury überlegte einen Augenblick. »Ruby Firth war an jenem Abend im ›Stadt Ramsgate‹. Dabei fällt mir ein: Der letzte Fahrer des Jaguars war höchstwahrscheinlich eine Frau. Auf alle Fälle jemand, der nicht im Entferntesten so groß war wie Simon Lean.«

»Und der war absolut nicht in der Verfassung zu fahren«, sagte Melrose trocken.

29

Jury ging über den Kies durch einen Korridor aus Eibenhecken auf das Sommerhaus zu. Das Auto hatte er in der Parkbucht abgestellt, die für jedermann leicht zugänglich war, der zu dem Grundstück wollte. Es war der nahe liegende und direkte Zugang zum Sommerhaus, wenn einem die Binsen und Pfützen auf dem Weg nichts ausmachten, denn das Häuschen lag gut hundert Meter von der Straße entfernt.

Auf einer Steinbank dicht beim Sommerhaus saß ein Wachtmeister von der Northants-Polizei und war so in die Skandale und Skandälchen in der *Private Eye* vertieft, dass er Jury fast nicht bemerkte. Dann fuhr er auf und sagte sehr autoritär: »Tut mir Leid, Sir, aber hier darf niemand rein. Ihren Namen würde ich mir auch gern notieren.« Und schon hatte er ein kleines Spiralheft aus seiner Brusttasche gezogen.

Jury zeigte ihm seinen Dienstausweis, und ehe sich der Mann überschwänglich entschuldigen konnte, sagte er: »Ich wollte nur mal einen Blick in das Sommerhaus werfen. Alles ruhig?«

»Eine Grabesruhe, Sir.«

Was hatte er hier nur finden wollen?

Alles war unverändert, abgesehen von einer weißen Katze, die von dem kleinen Bootsanleger hinter den Terrassentüren anspaziert kam. Auf dem See dümpelten das blaue und das grüne Boot. Die weiße Katze strich um die Möbel, sie fühlte sich hier offenbar zu Hause und ignorierte Jury, als wäre er nur ein weiterer Lehnstuhl; dann setzte sie sich mitten ins Zimmer und putzte sich.

Hatte er etwa damit gerechnet, in der Skizze, die am Kaminsims lehnte, Züge der Frau wiederzuerkennen, mit der er gestern gesprochen hatte? Spuren einer jüngeren Hannah Lean? Er setzte sich auf das Sofa und sah sie an, beobachtete sie fast, als könnte er sie dazu bringen, dass sie mit der Wimper, mit dem Mundwinkel zuckte. Sie tat es nicht. Er zog die Fotos, die der Polizeiarzt von der Toten gemacht hatte, aus dem braunen Umschlag, obwohl er wusste, dass sie ihm nicht weiterhelfen würden. Die Gesichter von Toten sehen genauso unfertig aus wie zaghafte Porträtskizzen.

Jury steckte die Fotos wieder in den Umschlag und stand auf. Schnurrend strich ihm die weiße Katze um die Beine.

Sie folgte ihm den Pfad entlang und über die kleine Brücke; vielleicht fand sie ja Gefallen an dieser Änderung ihrer täglichen Runde.

Nach London brauchte Jury Hecken, Gärten, Luft, die frisch nach Regen duftete, und das klar fließende Flüsschen hier. Er genoss den Spaziergang zum Haupthaus.

Und doch ertappte er sich dabei, dass er die Gärten absuchte, die Wege vorsichtig, beinahe verstohlen durchquerte und fast erschrocken stehen blieb, als er Schritte auf dem breiteren Gartenweg knirschen hörte. Er blieb nicht nur stehen, sondern drückte sich in eine schmale Lücke zwischen Eibenhecken. Ein Mann, von Arthritis gezeichnet, humpelte schwerfällig vorbei, der alte Gärtner mit seiner Gartenschere.

Die Katze schoss ihm zwischen den Beinen durch und stürzte sich auf die kupferfarbenen Bodendecker. Sie jagte etwas nach, das für Jury unsichtbar war.

Der Impuls, Umwege zu gehen, ihr nicht von Angesicht zu Angesicht zu begegnen, machte ihm zu schaffen. Er setzte sich auf eine der grob gezimmerten Bänke, die man längs der Pergola aufgestellt hatte. Es hätte ein geheimer Garten sein können, auf einer Seite von einer langen Eibenhecke abgeschlossen, auf der anderen von Bäumen und Büschen, Glyzinien und anderen Blumen mit duftigen, malvenfarbenen Blüten. Hier wuchsen sicherlich ein Dutzend rosa, kupferfarbene und violette Blumenarten, deren Namen Jury nicht kannte. Von der Pergola regnete es Rosen.

Die weiße Katze tauchte in einer Wolke von winzigen weißen Blüten unter. Am anderen Ende des Gartens stand vor der Hecke die Steinfigur einer Frau mit einer Schale oder einem Korb im Arm, dessen Vertiefung als Vogelbad diente. Ein Fink zwitscherte, und schon schoss die Katze aus ihrer Deckung auf die Steinfigur zu.

Er zog den Beduinen und den Kristallvogel aus der Tasche. Ein Leichtes, diese Gegenstände von Watermeadows in die Narrow Street zu bringen, damit die Fingerabdrücke auch ja übereinstimmten. Wie vorausschauend von Simon Lean. Pratt konnte natürlich Recht haben; verschiedene Mörder, verschiedene Motive. Man konnte sich indes Diane Demorney nur schwerlich so tobend vor Eifersucht oder so wahrhaft liebend vorstellen, dass sie einen Menschen umbrachte. Theo Wrenn Browne? Der Diebstahl des Buches diente ihm vielleicht – wie die weißen Blumen der weißen Katze – als Tarnung für Mord. Und die Waffe war zur Hand gewesen. Andererseits hätte es Sadie Diver Willie Coopers Worten zufolge so gerade eben schaffen können, beide umzubringen. Wenn sie jetzt Mrs. Leans Identität übernommen hatte, konnte sie auch das Vermögen übernehmen, das dazugehörte. Weitaus mehr Geld und weitaus weniger Gefahr. Simon Lean hatte wenig Skrupel gekannt, wenn es darum ging, sich eine Ehefrau vom Hals zu schaffen. Welche Ironie: Lean arbeitet den Plan bis in alle Einzelheiten aus, und Sadie macht ihn sich zu Nutze.

Aber es wäre der blanke Wahnsinn gewesen, wenn Sadie Diver in jener Nacht im Sommerhaus Simon Lean ermordet hätte. Damit lud sie sich doch im Nu die Polizei auf den Hals. Warum also nicht ein wenig warten, bis sein Tod wie ein Unfall aussah oder, besser noch, bis sie behaupten konnte, er hätte sich einfach abgesetzt. Womöglich mit einem Teil des Lean-Vermögens. Niemand wäre überrascht gewesen, wenn Simon Lean etwas getan hätte, was ins Charakterbild passte. Gründe für sein Verschwinden hätte sie reichlich vorbringen können, denn Simon wäre ja nicht da gewesen, um zu widersprechen...

Er beobachtete die weiße Katze, die auf eine neue Chance wartete, den Vogel zu fangen, und so reglos dasaß wie eine Statue. Er wünschte sich auch so viel Geduld, damit er die erste flüchtige Bewegung, die auf des Rätsels Lösung hinweisen würde, erkennen konnte. Seine Theorie, dass Sadie Simon Lean umgebracht hatte, war entweder völlig daneben, oder irgendetwas war furchtbar schief gegangen.

Die weiße Katze straffte sich und machte einen Satz auf die Steinschüssel zu. Vorbei. Der Vogel flog davon.

Crick öffnete ihm die Tür und legte die magere Hand hinters Ohr, als Jury ihm eine Frage stellte. Nein, Miss Hannah habe er heute überhaupt noch nicht gesehen, in den letzten Tagen sowieso nicht viel. Und wenn, dann nur aus der Ferne. Miss Hannah sorge doch selbst für sich.

Diese Fragen beantwortete Crick in seiner eigenartig geschwätzigen Weise, während er sich mit Jury im Gefolge auf die Kraxeltour begab.

Nichts hatte sich verändert. Der gleiche Gedanke war ihm auch schon im Sommerhaus gekommen. Im Geist näherte er sich Watermeadows über eine Distanz von vielen Jahren, so wie er sich über die weitläufigen Rasenflächen genähert hatte. Ein Ort, den er nicht vor zwei Tagen, sondern vor zwei Jahrzehnten gesehen hatte. Und in dieser Zeit war die Hausherrin grau, ein Mädchen erwachsen, ein Butler taub geworden. Und eine weitere Erkenntnis verstörte ihn: Die Hauptfigur auf Watermeadows war eine Betrügerin. Er hatte die Orientierung verloren; die Zeit verschwamm. Es war, als hätte er sie alle früher schon gekannt und würde nun Vergleiche anstellen. Und das war auch der wahre Grund, weshalb es ihm im Garten kalt den Rücken heruntergelaufen war: Die Frau von gestern hatte sich ihm tief eingeprägt. Immer wieder musste er sich ins Gedächtnis rufen, dass er Hannah Lean womöglich noch nie gesehen hatte.

Der Umschlag wurde feucht in seiner Hand. Oben an der Treppe blieb Jury stehen und betrachtete Hannahs Porträt. Man hätte es nicht abnehmen können, ohne dass es jemandem aufgefallen wäre. Nur dieses Bild und die Skizze im Sommerhaus und vielleicht ein paar Schnappschüsse in Eleanor Summerstons Fotoalben blieben übrig, falls man Vergleiche ziehen wollte. Crick, der hinter ihm stand, verstärkte noch Jurys mulmige Gefühle, als er sagte: »Wird ihr nicht sehr gerecht, finden Sie nicht auch, Sir? Oh, nichts gegen den Künstler, aber ich habe ihn immer für etwas modisch gehalten. Mr. Sargent dagegen habe ich schon immer gemocht. Nein, er hat Miss Hannah wirklich nicht ganz getroffen.«

In der Bewegung glitten Lichtspuren über das Bild, die Ölfarbe kräuselte sich, und Jury meinte, ein Gesicht unter Wasser zu sehen.

Sie saß an ihrem Tisch auf dem Balkon und sagte, ohne sich umzublicken: »Da sind Sie ja wieder. Na ja, besser Sie als dieser grässliche Mensch aus Northampton. Irgend so ein schottischer Name. Das ist alles, Crick.«

Damit war Crick wie gewohnt entlassen, er verbeugte sich hinter Lady Summerstons Rücken und ging. Jury war überzeugt, dass beide Gewinn aus dieser Förmlichkeit zogen; sie schien ein Bollwerk gegen die dahinschwindenden Jahre, gegen Alter und Tod und gewährleistete, dass ihre Beziehung nicht auf das Niveau maroder Stillosigkeit herabsank.

»Sie meinen MacAllister«, sagte Jury und nahm auf dem gleichen unnachgiebigen Stuhl Platz, auf dem er schon einmal gesessen hatte.

Ihre Faust fiel dröhnend auf eine Briefmarke nieder, dann klappte sie das Album zu. Natürlich hatte sie ihre Brille vorn in einem Kleidungsstück vergraben, das wie ein Sari aus leuchtendem Türkis aussah, über den sie eine Steppjacke und denselben schönen Schal wie neulich geworfen hatte.

»London bekommt Ihnen nicht, Superintendent. Sie sehen blass aus. Haben Sie schon geluncht?« Obwohl Jury nickte, ging sie trotzdem die Liste möglicher Erfrischungen durch. Sie entschieden sich für Tee. Das gefiel ihr, denn es hieß, dass Crick die Treppe noch einmal mit dem Silberservice erklimmen durfte. Sie posaunte ihre Wünsche in eine altmodische

Sprechmuschel und meinte, da der Butler die Bergtour sowieso mache, könne er auch gleich Brot mit Butter bringen, sehr dünn gestrichen, dazu noch Zitronenkuchen.

»Sie auch, Lady Summerston. Ich meine, Sie sehen blass aus.«

»Ich bin sehr durcheinander, auch wenn ich es gut kaschiere – nicht wahr? –, und schuld daran ist *Ihr* MacAllison.«

»Nicht *mein* MacAllister, Lady Summerston.« Jury lächelte.

»Ich möchte nicht behaupten, dass Sie beide vom gleichen Stamme sind, aber was mich betrifft, so ist Polizei Polizei. Ich mache da keinen Unterschied. Meinetwegen« – sie legte den Kopf schief und lächelte honigsüß – »können Sie alle zur Hölle fahren.« Sie holte die Karten aus dem Elfenbeinkästchen und mischte sie unwirsch.

»Bitte verzeihen Sie. Was hat er denn gesagt?«

»Gesagt? Er hatte die Frechheit, von mir so etwas wie ein *Alibi* zu fordern.« Das Wort war ihr eindeutig zuwider. Sie nahm einen Schluck Wasser, als müsse sie den schlechten Geschmack wegspülen.

»Und haben Sie ihm eins gegeben?«

Ihre Finger schlossen sich um die beiden Kartenstapel; erstaunt blickte sie ihn an. »*Et tu, Brute?*«

Jury hätte gern gelacht. »Ich bin, wie Sie sagten, auch bloß ein Polizist. Konnten Sie Rechenschaft über Ihre Zeit geben?«

Sie teilte die Karten mit geübten Daumen, schob sie zusammen und teilte sie aufs Neue. »Zeit? Zeit bedeutet mir nichts. Die überlasse ich Crick. Sie wissen ganz genau, dass ich meine Räume nicht verlasse, wenn es nicht unbedingt sein muss. Gelegentlich ein Dinner, aber das kommt nur ein-, zweimal im Jahr vor.«

»Wann war das letzte, Lady Summerston?«

»Wann? Woher soll ich das wissen? Fragen Sie Crick.«

»Wer war eingeladen?«

Ungeduldig sagte sie: »Ach, die Üblichen.«

»Ich weiß nicht so recht, wer die Üblichen sind.«

»Die Burnett-Hills, die Chiddingtons, ein paar andere. Gerrys Freunde; an denen hänge ich vermutlich wie an Gerrys Medaillen.«

»Crick dürfte natürlich die vollständige Gästeliste haben.«

Sie blickte von ihrer Patience auf. »Natürlich. Aber was um Himmels willen soll das Ganze? Glauben Sie etwa, dass sich alle im Sommerhaus versammelt und ihn aufgespießt haben, wie im Orient Express? Wenn Sie mich fragen, eine fantastische Idee.«

»Ich nehme an, sie kannten Simon Lean. Und Hannah.«

»Und ob. Wollen Sie alle gerichtlich vorladen lassen?«

»Nein. Ich glaube nicht, dass das nötig sein wird.« Sie griff sich die Karten, mischte sie und warf sie nun auf den Tisch, wie sie vorher die Briefmarken und die Schnappschüsse ins Album geklatscht hatte – widerspenstige Dinger, denen man eine Lektion erteilen musste.

Jury griff nach dem Fotoalbum, das auf einem Roman von Henry James lag, *Die goldene Schale*. Ein kleines Foto ihres Mannes lehnte an einem Band von Herman Melville. Er fragte sich, ob die Bücher hauptsächlich zum Beschweren und Abstützen dienten. »Mögen Sie ihn?« Er deutete mit dem Kopf auf *Die goldene Schale*.

»Ich? Lieber Himmel, nein. Aber das Buch ist ziemlich schwer. Ich nehme es zum Pressen, Briefmarken und so weiter. Lesen *Sie*?«

Jury unterdrückte ein Lächeln und schlug das Fotoalbum auf. »Ja, diesen Roman habe ich gelesen, zweimal.«

»Sie leiden wohl gern, wie? Hannahs Lieblingsbuch. Erst gestern hat sie es wieder zur Hand genommen.«

»Tatsächlich?« Er blätterte in dem Album. »Ich habe es zweimal gelesen, weil ich es beim ersten Mal nicht verstanden habe. Eigentlich immer noch nicht.«

»Dann fragen Sie doch Hannah.«

»O ja, das werde ich auch.« Sein Kopf war immer noch über das Album gebeugt, als er sagte: »Sie haben hier die Zeit eingefangen, Lady Summerston, Jahr für Jahr.« Er blätterte um: Fotos von Hannah Lean als Baby, Fotos vom Schulkind, Fotos vom Teenager. Dass er in diesen jüngeren Gesichtern Züge der Frau wiederfand, die er kennen gelernt hatte, war nicht verwunderlich. Zwei größere Bilder waren herausgelöst worden. Er klappte das Album zu, stellte es sich hochkant auf die Knie, legte die Hände auf den Rand und stützte sein Kinn darauf.

Als man an der Tür ein Geräusch hörte, sagte sie: »Dem Himmel sei Dank, da kommt unser Tee. Sie haben ihn nötig, das steht fest.«

Crick hatte ein Tischtuch mitgebracht, räumte den Tisch ab, damit er es auflegen konnte, und deckte ihn mit der silbernen Teekanne, appetitlichen Sandwiches und Kuchen. »Ausgezeichnet, Crick«, sagte sie und nahm sich ein Sandwich mit Brunnenkresse. »Mr. Jury hätte gern die Gästeliste von dem Dinner, das wir« – sie machte eine Armbewegung, dass die gefältelte Seide ihrer Kleidung wogte – »letzten Monat gegeben haben. Oder wann auch immer.«

»Eher vor sechs Monaten, Mylady. Die Zeit fliegt nur so vorüber.«

»An mir nicht, so viel steht fest. Wer war da?«

Crick rasselte Namen herunter, und Jury notierte sie. Adressen? Die könnte er sicherlich dem Buch im Anrichteraum entnehmen. »Mrs. Geeson allerdings ist, wenn ich mich recht entsinne, nach Henley-on-Thames verzogen –«

»Na und? Meinetwegen können sie sich alle zum Mars verziehen; kein Mensch würde sie vermissen. Zum Abendessen hätte ich gern Dickmilch, Crick. Mit Vanille.«

»Sehr wohl.« Crick verbeugte sich und ging.

Sie warf einen Blick über die Schulter, um sicherzugehen, dass er fort war, dann fasste sie in die voluminöse Tasche zu ihren Füßen und zog eine Halbliterflasche Rum heraus. »Hilft dem Tee auf.« Sie goss Jury einen Schluck in die Tasse.

»Sagen Sie, haben Sie die letzten beiden Tage Ihre Enkeltochter viel zu Gesicht bekommen?«

Sie runzelte die Stirn. »Ich bekomme sie auch sonst nicht viel zu Gesicht. Gestern haben wir eine Partie Rommé gespielt, und abends hat sie mir meine Tasse Horlick hochgebracht. Warum?«

Jury blickte auf den braunen Umschlag, der ungeöffnet am Tischbein lehnte. Die Frage bot sich jetzt an: »Ich hätte gern gewusst, ob sie Ihnen sehr verändert vorkam, Lady Summerston.«

»Verändert? Natürlich war sie verändert! Wenn man bedenkt, dass gerade jemand ihren Mann erdolcht hat – da kann man wohl kaum erwarten, dass sie quietschfidel ist.«

Er lächelte ein wenig. »War sie doch sonst auch nicht, oder?«

»Nein.« Beim Stichwort Erdolchen war ihr wohl der Kuchen eingefallen, denn sie stach mit den Zinken der Gabel zu und platzierte das Stück auf ihrem Teller. »Hannah ist in den letzten Jahren außerordentlich still gewesen. Seit sie diesen Menschen geheiratet hat. Viel hat sie ja nie geredet. Aber wem sage ich das. *Sie* haben sie doch *vernommen*.« Jury entging die Betonung nicht.

Und dabei war es so ganz anders gewesen. Sie hatte eine Menge geredet – eigentlich mehr, als er gefragt hatte. Das stimmte ihn nachdenklich. »Wann haben Sie, abgesehen von gestern, das letzte Mal mit ihr Karten gespielt?« Jury nahm sich ein kleines Sandwich und legte es ohne Appetit auf seinen Teller.

»Wann, wann, wann ... Wie ermüdend. Vor einer Woche, möglicherweise zwei. Crick dürfte das wissen.«

Crick war anscheinend das Familiengedächtnis, das Hausarchiv. Crick mit seinem unerschöpflichen Erinnerungsvermögen und der akribischen Genauigkeit gehörte zum Stamme der Wiggins. Jury hätte die beiden gern zusammen erlebt: Wer von beiden konnte wohl schneller reden und Notizen machen? Ihm fiel ein, dass sein Sergeant schon bald mit Tommy Diver auftauchen würde.

»Haben Sie gestern gespielt wie sonst auch?«

Jetzt hatte sie das Teeservice beiseite geschoben und Platz für ihre Karten gemacht. »Natürlich. Nein.«

Er sah, wie sie die Karten ansah. »Nein?«

Eleanor Summerston hob die Schultern. »Sie hat gewonnen. Damit meine ich, Hannah verliert immer. Zunächst habe ich gedacht, sie täte es diesem alten Klappergestell hier zuliebe. Dann habe ich gemerkt, sie kann einfach nicht Karten spielen. Gestern hätte man meinen können, sie hätte Unterricht genommen.«

Lady Summerston runzelte die Stirn, als Jury ins Wohnzimmer ging. »Sind Sie aber heute langweilig. Ich weiß gar nicht, wie es Ihnen gelingt, überhaupt etwas aus den Leuten herauszuholen.« Er stand wieder vor den Zinnsoldaten. »Sie haben gesagt, sie mochte diese Figuren, vor allem die Beduinen.«

Ein langer Seufzer. »Muss die Polizei immer so von einem

Thema zum anderen springen. Keine Ahnung, was ich gesagt habe.«

»Einer fehlt. Schauen Sie sich das an.«

»Erwarten Sie etwa, dass ich meinen Lieblingsplatz verlasse...? Ach, na gut.«

Unter Ächzen und Stöhnen kam sie ihm nach, und zwar überraschend behände. Sie kniff die Augen zusammen und nahm schließlich doch Zuflucht zu ihrer Brille. »Tatsächlich. Den dürfte Crick genommen haben. Vielleicht musste er repariert werden. Wollen Sie etwa andeuten, dass jemand ihn stibitzt hat? Er war keinen Pfifferling wert.«

»Hat sie Glasfiguren gesammelt?« Er zog den blauen Vogel aus der Tasche. »Wie diese hier?«

»So eine habe ich mal gesehen, ja. Wie sind Sie denn an die gekommen? Heben Sie etwa auch das Zeug auf, das vom Müllauto herabfällt?« Und schon war sie wieder auf dem Weg zum Balkon.

Jury folgte ihr und griff nach dem Umschlag. Er sollte ihn öffnen und die Fotos der Toten herausholen, doch er würde es nicht tun; es wäre verfrüht gewesen. Verfrüht und entsetzlich, wenn er Unrecht hatte.

»Ziehen Sie eine *Karte*.« Sie hielt ihm die aufgefächerten Karten hin.

Jury legte den Umschlag beiseite und zog eine. Pik Dame. Er sah auf und in ihre kummervollen Augen, sah die reich beringten Finger, den drachenbestickten Schal. Und er dachte an Carole-anne, Meg und Joy. »Ich wusste gar nicht, dass Sie sich auf Kartenkunststücke verstehen, Lady Summerston«, sagte er und legte die Karte weisungsgemäß ab. Meg und Joy, die keine Zwillinge waren. Man brauchte sie nur nebeneinander zu stellen, wenn man auf ihren Gesichtern Unterschiede entdecken wollte. Aber die Leute sahen, was sie zu sehen erwarteten. Was das betraf, hatte er reichlich Erfahrung mit Zeugen sammeln dürfen. Kein Mensch sah vollkommen klar und objektiv.

Der Beweis dafür: Nicht einmal er hatte genau mitbekommen, was sie da machte, als sie das Spiel mit großem Brimborium neu mischte. Ein einfacher Trick, den er wahrscheinlich dutzende von Malen gesehen hatte, aber er wusste nicht, wie er funktionierte.

Sie hielt die Pik Dame hoch.

»Ausgezeichnet.« Er lächelte. »Wie gut kennen Sie Ihre Enkeltochter wirklich, Lady Summerston?«

Sie warf einen kurzen Blick auf das Buch und nahm dann das Foto von Gerald Summerston. »Ich glaube, ich stimme mit Mr. Melville überein«, sagte sie und klopfte auf den Buchrücken des *Hochstaplers*. »Wer weiß schon, wer der andere wirklich ist, Superintendent? Ich glaube, so hieß das wohl bei ihm«, sagte sie und warf ihm einen schlauen, eisblauen Blick zu. »Ich finde, gerade Sie sollten sich dessen bewusst sein.«

Er sah auf das Kartenspiel und sah stattdessen das Spiel auf dem Couchtisch in Sadie Divers Zimmer. »Das Leben ist voller Kartenkunststücke, Lady Summerston.«

30

»Oh, ich komme ungelegen«, sagte Melrose, als Diane ihm seinen Mantel abnahm. »Sie wollen, wie ich sehe, gerade aufbrechen.« Über der Sofalehne lagen ein Leinenmantel und eine Handtasche.

»Nur nach Sidbury.« Und schon machte sie sich daran, ihnen Drinks zu holen, rollte den stummen Diener aus Chrom und Glas herbei.

Er konnte wohl nicht gut sagen: »Ein bisschen früh am Tag für mich«, da sie ihn soeben in der »Hammerschmiede« gesehen hatte. »Danke. Von dem Cockburn Sherry, bitte.« Dann sah er zu, wie dieser in ein riesiges Whiskeyglas rauschte.

Der Raum machte es auch nicht besser. Manchmal, dachte er, sollte man bei der Möblierung von Räumen einfach die Stühle, Tische und Sofas irgendwohin stellen. Diane Demorneys ausgeklügelter Versuch, mit ihrer Dekoration eine bestimmte Aussage zu machen, hatte seine Phantasie beflügelt. Nicht zu fassen, dass sich Weiß und Weiß beißen konnten, aber hier taten sie es. Der einzige Farbfleck im Zimmer war ein Strauß kupferfarbener Teerosen, die vor einem weißen Gemälde glühten. Diane selbst loderte in einem Kleid von genau demselben Farbton, flammengleich vor ihrer winterlichen Landschaft. Melrose saß auf einem weißen Etwas aus Leder, einer Art ausgehöhltem Iglu, der keine bei einer Sitzgelegenheit sonst üblichen Teile zu besitzen schien, nichts so Simples wie Seitenlehnen zum Festhalten oder eine gerade Rückenlehne. Einen Augenblick befürchtete er, sie würde sich zu ihm auf dieses Monstrum gesellen, doch sie setzte sich stattdessen in die Sofaecke, die ihm am nächsten war.

»Haben Sie schon geluncht? Wie wär's mit Jean-Michael? Das einzige Lokal in der Grafschaft, wo man *cuisine minuet* bekommt.«

»Ein andermal, vielleicht. Ich bin verabredet.« Das klang entsetzlich spießig, darum fügt er noch hinzu: »Mit meiner Tante.« Er lächelte und sagte dann: »Soviel ich weiß, ging Simon Lean gern dorthin.«

Wenn er sie hatte hereinlegen wollen, er hätte sich den Atem fürs Suppepusten sparen können. »Ja. Noch mehr

Sherry?« Sie hob die Flasche und musterte sein Glas. »Sie haben ja kaum an Ihrem genippt.« Sie seufzte. »So ein Reinfall. Ich kriege Sie nicht betrunken.« Dann ließ sie ihren Lackpumps an den Zehen baumeln und sagte: »Gibt es eine Frau, die das schafft?« Sie legte den Kopf schief, als nehme sie Maß, schüttelte ihn und setzte hinzu: »In Wirklichkeit wollen Sie wissen, ob wir zusammen zu Jean-Michael gegangen sind. Ja.«

»Sie sind sehr geradeheraus. Aber der Mord an Simon Lean scheint bei Ihnen keine besonderen Gemütsaufwallungen hervorzurufen.«

»Müssen wir darüber reden? Das alles ist so trübselig.« Diane angelte nach dem Schuh, schlug die Beine übereinander und setzte dem Krug noch einen Schuss Gin zu. »Ihre Bissigkeit ist ja zum Sterben langweilig.«

Melrose lächelte. »Ich bin nur etwas erstaunt, wie wenig Sie sich das zu Herzen nehmen, wo doch alle Welt von Ihrem Verhältnis mit Simon weiß.«

»Zerreißt sich alle Welt das Maul? Wie nett.«

»Ein Teil dieser Welt ist die Polizei von Northants.«

»Die ist hier gewesen. Auch Ihr Freund Jury. Also das ist ein Mann, für den man gern mal die Rechnung übernehmen würde.«

»Haben Sie das für Lean getan?«

Sie lachte. »Ein-, zweimal. Simon hatte Geld, aber er hatte auch einen Buchmacher. Er war außergewöhnlich charmant. Aber das musste er wohl auch, oder? Gut aussehend, gepflegt und klug. Charaktermäßig war er eine taube Nuss. Aber dekorativ.«

»Sie haben klug gesagt; wie klug?«

»Ziemlich. Ein Intrigant, ein Ränkeschmied. Ein Schwerenöter, wie man so schön sagt. Warum sie ihn geheiratet hat?

Ach, wie ich schon sagte. Sein betörender Charme. Ein Wunder, dass es nicht andersherum war. Dass er nicht *sie* umgebracht hat.«

»Hat er über seine Frau gesprochen?«

»Ob er –« Sie verschüttete beinahe ihren Drink, so musste sie lachen. »Mein Gott, was glauben denn Sie, worüber verheiratete Männer sprechen, wenn sie bei der ›anderen‹ sind?«

»Was hat er gesagt? Was hat Sie auf die Idee gebracht, es wäre kein Wunder gewesen, wenn er sie umgebracht hätte?«

Diane war gelangweilt aufgestanden und schlenderte barfuß im Zimmer umher. Sie spielte jede erdenkliche Rolle im Herrenhaus vor, erzählte von Simon Leans Hass auf Lady Summerston, von seiner Situation auf Watermeadows. Vor der Eisfläche über dem Kaminsims, die wohl einen Spiegel darstellen sollte, presste sie die Lippen zusammen und wandte den Kopf hin und her wie eine Schauspielerin, die ihr Makeup und ihre Schokoladenseite überprüft.

Melrose hörte eingehend zu und musterte sie ebenso eingehend. Das Zimmer umgab sie wie eine Kulisse. Solange er Diane Demorney kannte, hatte er immer vermutet, dass dieser Hintergrund – ihr kunstvoll arrangiertes Ich, ihr Verstand und sogar ihre kleinen Gedankenblitze – nur Mittel zum Zweck waren: Geld, Männer, Bewunderung. Nun gelangte er zu der Ansicht, dass ihre Rolle viel mehr dem Selbstzweck diente: Ganz offensichtlich genoss sie es, beobachtet zu werden, genoss es, wie sie sich in den Augen anderer spiegelte, so als schritte sie eine Spiegelgalerie entlang.

»Dann hat er es also übel genommen, dass Lady Summerston die Hand auf dem Portemonnaie hatte.«

»Natürlich. Das war auch etwas, was ihn so an Hannah ärgerte; sie war an Geld nicht interessiert und machte nicht mal den Versuch, ihrer Großmutter vor deren Tod etwas herauszuleiern. Sicher, er bekam ein Taschengeld, und ein sehr großzügiges dazu. Als knauserig kann man Lady Summerston wohl kaum bezeichnen. Aber wenn einem das Geld nicht gehört...« Sie hob die Schultern und ließ sich erneut eine Zigarette anzünden, dann blies sie den Rauch als makelloses Band aus. »Als ich ihn das letzte Mal gesehen habe – ja im Sommerhaus, ehe Sie danach fragen –, wirkte er ziemlich gereizt. Ich glaube, sie wollte die Scheidung einreichen. Oder hatte es schon.«

Melrose runzelte die Stirn. »Wann war das?«

»Vor sechs Wochen vielleicht.« Sie saß jetzt vornübergebeugt, die Ellbogen auf die Knie, das Kinn in die Hand gestützt. Das schwarze, hinten etwas kürzer geschnittene Haar fiel nach vorn und bot einen vollendeten Rahmen für ihr Gesicht. »Ich bin schlechterdings am Verhungern, mein Bester; sind Sie sicher, dass das Tantchen nicht warten kann?«

»Tut mir Leid.« Diane schien anzunehmen, sie brauchte nur das Richtige anzuziehen, und schon spazierte ein Mann mit der dazu passenden Einladung herein.

Sie seufzte und stand auf. »Dann werde ich wohl allein fahren müssen.« Sie reichte ihm ihren leichten Mantel. Das Seidenfutter glitt ihr raschelnd über die Arme, als sie sagte: »Wissen Sie, ich glaube, ich würde mich auf der Anklagebank von Old Bailey einfach umwerfend machen. Und natürlich könnte mir niemand auch nur im Entferntesten nachweisen, dass ich es getan habe; jeder gewiefte Rechtsanwalt könnte mich herauspauken. Aber was für ein Erlebnis!« Wie oft hatte er diesen Satz in den letzten drei Tagen gehört? Von Diane, von Dick Scroggs, von Marshall Trueblood: *Ein gewiefter Rechtsanwalt kann sie herauspauken?*

Auch Agatha fieberte ihrem Prozess entgegen, nur fand sie, das Erlebnis der Anklagebank gebühre Jurvis.

»Du machst wohl Witze«, sagte Melrose und wusste doch, dass es ihr ernst damit war. »Sir Archibald ist kein Feld-Wald-Wiesen-Anwalt. Übrigens, führt bei diesem Fall nicht der alte Euston-Hobson den Vorsitz? Der schläft doch immer den Schlaf des Gerechten.« Das zumindest wünschte er sich im sprichwörtlichen Sinne.

»Dein Ton gefällt mir nicht, Plant. Ich hätte nie gedacht, dass du dich, wenn es um die Familie geht, in solche Details verbeißt.«

Vermutlich musste er sich fügen, sonst konnte er nicht auf ihre Hilfe rechnen. »Gut, ich werde mal ein Wort mit ihm reden.« Den Teufel würde er. Sir Archibald würde sich schief und krumm lachen.

Er betrachtete eine Jagdtrophäe mit dem eingravierten Wappen der Cavernesses. Sie thronte auf dem schwerbeinigen Tisch, auf dem Agatha ihren Portweinvorrat bereithielt. Eher seinen Vorrat, es handelte sich um einen Amontillado aus dem Weinkeller von Ardry End. »Woher hast du die? Die gehört Vater.«

Pause. »In gewisser Weise ja.«

»In der Weise, dass sie ihm gehörte.«

»Du bist dir wohl nicht über die Bedingungen im Testament von Viscount Nitherwold im Klaren …«

»Im zarten Alter von zwei Jahren habe ich mich nicht hingesetzt und Testamente gelesen.« Melrose stand auf und stellte die Jagdtrophäe zurück. Du meine Güte, wenn sie eine Erbschaft in eine derart entlegene Vergangenheit zurückverfolgen musste, dann war es sinnlos, darüber zu diskutieren. Er ließ sie ruhig weiterplappern, während er über das Geld der Summerstons nachdachte. Hannah Lean musste doch irgendwann ein Testament gemacht haben. Sicher... Er unterbrach ihre Lesung des Testaments von Viscount Nitherwold. »Agatha, wie war das, als du ›fast‹ mit Mrs. Lean geluncht hast?« Wie kann man »fast« mit jemandem lunchen?, überlegte er.

»Es war mein Stadttag in Northampton. Ich habe mir das Schaufenster von Tibbet angesehen. Du weißt doch, dort hast du mir, ach, vor *Jahren*, einmal dieses recht nette, kleine Smaragdarmband mit Rubinen gekauft.«

Als ob er seitdem für sie keinen Penny mehr hätte springen lassen. »Das wolltest du also Tibbet zum Schätzen geben?«

»Sei nicht albern. Ich habe mir im Schaufenster lediglich eine hübsche Smaragdbrosche angesehen. Die in der Ecke unten links, zwischen einem Diamanten mit Karreeschliff und einer russischen Bernstein –« Er hob die Hand. »Ich verstehe schon. Und Hannah Lean?«

»Sie ging ins Geschäft. Na ja, zunächst wusste ich nicht, dass sie es war; das hat sich erst später herausgestellt.«

»Du bist also auch hineingegangen.«

»Ich wollte mir die Brosche zeigen lassen. Der Geschäftsführer hat sie bedient. Ein bisschen zu sehr graue Maus für eine Mörderin, findest du nicht auch? Er hatte ihr eine Diamantkette gezeigt.« Als sie sich zu ihrem Neffen vorbeugte, musste sie ihre schmerzhafte Verletzung vergessen haben, denn der Fuß flutschte nur so vom Hocker. »Du glaubst nicht, was die kosten sollte.«

»Doch. Erzähl weiter.«

»Sechzehntausend. Sage und schreibe sechzehn...«

»Sie hat sie also gekauft?« Das Bild, das er sich von Hannah Lean hatte machen können, und dieses Interesse an Schmuck passten nicht zusammen.

»Ja. Und hat gesagt, er solle sie nach Watermeadows schicken. Da wusste ich dann natürlich, wer sie –«

»Sie schicken?«

»– war und stellte mich vor. Ich schlug vor, einen Happen zusammen zu essen, aber sie schien es eilig zu haben. Natürlich hat sie gesagt, sie möchte furchtbar gern, ein andermal vielleicht.«

»Natürlich.« Hatte sie solch ein wertvolles Schmuckstück nicht mit sich herumschleppen wollen? Oder hatte die Frau gar nichts kaufen, sondern nur dem Geschäftsführer von Tibbet ein Gesicht und eine Adresse einprägen wollen? Melrose zog die beiden Fotos hervor und zeigte sie Agatha. »Ist das die Frau, die du getroffen hast?«

»Ja. Woher hast du die?«

»Gefunden. Bist du ganz sicher?«

»Was meinst du mit *gefunden*? Sind sie im Rinnstein an dir vorbeigeschwommen oder wie?«

Melrose verschwieg hartnäckig Jurys Namen, sonst würde er hier noch bis Sonnenuntergang sitzen. Dabei herrschte im Haus sowieso schon Dunkelheit, da die Kletterpflanzen an den Sprossenfenstern kaum noch Licht durchließen. Es war, als wäre die Sonne noch gar nicht aufgegangen. »Sie waren in Simon Leans Tasche«, sagte er rasch. »Welche von beiden ist es, Agatha?«

»Beide.«

Verflixt und zugenäht. Das hätte er sich denken können. »Du meinst also, es handelt sich wirklich um dieselbe Person?«

Sie seufzte vor Ungeduld und sprach so langsam, dass es auch ihr beschränkter Neffe kapieren musste. »Dies sieht ein wenig mehr nach ihr aus...« Sie tippte auf das Foto, welches Jury von Watermeadows mitgenommen hatte. »Aber auf diesem trägt sie dieselbe Kette.«

»Welche Kette?«

Agatha deutete auf die Perlen um den Hals der jungen Frau mit dem hochgetürmten Haar. »Die hat sie an dem Tag bei Tibbet getragen. Die Perlen. Sehr gute übrigens. Und wenn ich mich mit etwas auskenne, dann mit Schmuck.«

Weiß Gott, dachte Melrose mit einem Blick auf die Silberbrosche seiner Mutter an ihrem Busen.

31

Sie stand auf der anderen Seite der ausgetrockneten Wasserbecken, trug denselben Pullover und hatte die Hände auf dem Rücken verschränkt. Wären da nicht der zu große Pullover und der überlange Rock gewesen, sie hätte zu den Gartenstatuen gehören können.

Sie musterte ihn scharf, während er die Steinstufen herunter- und über den Rasen auf sie zukam. Sie machte keinen Hehl daraus, dass sein Kommen sie interessierte. Sie gab auch nicht vor, hier draußen am Beton nach Zeichen von Verwitterung zu suchen, oder gar herausgekommen zu sein, um Blumen für den Tischschmuck zu pflücken. »Da sind Sie ja wieder«, sagte sie, als er das Wasserbecken umrundet hatte.

»Das hat Ihre Großmutter auch gesagt.« Er blickte zum Himmel auf, der blassbläulich und durchscheinend aussah. »Ob das wohl auch Penelope zu Odysseus gesagt hat? ›Da bist du ja wieder?‹«

Sie reagierte nicht, lächelte nur etwas konfus. Warum hatte er das gesagt? Um sie hereinzulegen? Um herauszubekommen, ob sie die gebildete, angeblich belesene Frau war, welche all die Jahre auf Watermeadows gelebt hatte?

Dann sagte sie: »Vermutlich noch mehr Fragen. Gestern war Inspektor MacAllister mit Superintendent Pratt hier. Es ist ganz offensichtlich, dass keiner von beiden mir glaubt. Sie denken, ich hätte Simon umgebracht. Gehen wir ein Stück?«

Sie wandte sich ab, doch da er stehen blieb, sagte sie: »Oder wollen Sie etwa die Wahrheit aus mir herausstarren?«

Er lächelte ein wenig. »Wenn ich das doch könnte.«

Da fuhr sie wieder herum, die Hände so tief in den Taschen des Pullovers vergraben wie Gewichte, die sie niederzuziehen drohten. »Sie glauben also, dass ich lüge.«

»Ja, ich glaube, Sie lügen.«

Ihre Finger schoben ein paar Haarsträhnen zurück, die der Wind ihr ins Gesicht geblasen hatte. Sie sagte: »In welcher Hinsicht?«

»Zum Beispiel, was Ihre Gefühle für Ihren Mann angeht.«

Sie kam auf ihn zu, und sogar an ihrem Schritt war zu erkennen, wie zornig sie war. In ihren Augen flackerte es golden, so als flammte ein Streichholz auf. »Soll das heißen, Sie glauben nicht, dass ich mich von ihm scheiden lassen wollte?«

»So in etwa.«

»Warum um alles wohl *nicht*? Sollte ich mir seine Untreue denn ewig gefallen lassen?«

»Nein. Aber warum *haben* Sie sich das jahrelang gefallen lassen?«

»Der Krug geht zum Brunnen, bis er bricht.«

»Sie sind – wirken – überhaupt nicht gebrochen.«

»Dann hätte ich auch kaum ein Motiv für den Mord an meinem Mann. Ich meine, falls ich nicht irrsinnig eifersüchtig war.«

Er blickte sie lange an und fühlte den Umschlag mit den Fotos vom Schweiß seiner Hände feucht werden. »Ist es nicht gerade andersherum? Irrsinnige Eifersucht endet oft auf diese Weise – in einem rachsüchtigen Mord.«

Sie hatte ihm halb den Rücken zugewandt, und ihr Profil zeichnete sich hart vor dem Hintergrund einer entfernten Steinmauer ab. »Sie glauben also auch, dass ich es war. Superintendent Pratt glaubt das auch.«

»Mittlerweile ist es noch etwas komplizierter geworden.«

»Was soll das heißen?«

Nirgendwo ein Plätzchen zum Hinsetzen. Jury sagte: »Sie haben Recht; ich finde, wir sollten ein Stück laufen und uns einen Platz zum Sitzen suchen.«

»Das Sommerhaus –«

»Nein.«

»Ich dachte, vielleicht möchten Sie Tee –«

»Dafür hat freundlicherweise schon Ihre Großmutter gesorgt.« Als sie das zweite ausgetrocknete Wasserbecken umrundeten, fiel Jury auf einmal der Tee von vorgestern ein. Den hatte doch er gemacht und hineingebracht. Sie hatte ihren nicht getrunken, hatte ihn buchstäblich nicht angerührt. Natürlich war sie, wie sie sagte, sehr gedrückter Stimmung gewesen, und das dürfte erklären, warum sie sich gern hatte bedienen lassen. Sie hatte ihn gebeten, den Tee zuzubereiten; sie hatte ihn gebeten, sich seinen Tee selbst zu machen. Hatte sie keine Fingerabdrücke auf der Tasse hinterlassen wollen?

»Ich habe die Frau gefunden, mit der sich Ihr Mann getroffen hat.« Er wartete, doch sie sagte nichts. Sie saßen jetzt auf derselben Holzbank in dem abgeschiedenen Garten, wo er schon vor einer Stunde gesessen hatte. »Sie wohnt in Limehouse. Eine gut verdienende Innenausstatterin. Sie hat sich einen von diesen Lofts eingerichtet, die ein Vermögen kosten.« Sie sagte immer noch nichts. »Interessiert Sie das nicht?«

Sie lehnte sich zurück, blickte zum Himmel hoch, der sich jetzt zu Schiefer verhärtet und verdunkelt hatte, und sagte: »Es scheint keinen Unterschied mehr zu machen. Ist sie hübsch?«

Jury lächelte und betrachtete ihr makelloses Profil. »Sie sind schöner.«

Dann sagte sie, und dabei splitterte die dünne Eisschicht, die über ihren Antworten gelegen hatte: »Wenn ich also eine Mörderin bin, dann zumindest eine gut aussehende.« Ihr Ton klang hoffnungslos, nicht etwa erbittert.

»Da ist noch etwas, und das ist wichtiger. Die andere Frau, mit der er sich getroffen –«

»Die *andere*? Mein Gott, er muss ja die Übersicht verloren haben. Diane Demorney wäre dann die dritte. Wer ist diese andere?«

Er zog die Fotos der Toten aus dem Umschlag, reichte ihr zunächst das am wenigsten entstellte, eine Aufnahme, die sich fast ausschließlich auf das Gesicht und den Oberkörper konzentrierte, wo kein Blut geflossen war. Und selbst ihn, der sie schon ein Dutzend Mal gesehen hatte, machte die Ähnlichkeit aufs Neue betroffen. Er beobachtete ihr Gesicht. Zuerst sah sie nur verblüfft aus, dann wuchs ihr Erstaunen. Sie schüttelte ungläubig den Kopf, schloss die Augen, als wollte sie die Vision ihres eigenen Leichnams fortscheuchen, und sagte: »Was soll das? *Wer* ist das?«

»Sie haben sie noch nie gesehen?«

Die Augen wurden hart, blitzten metallisch. »Darf ich auch die anderen ansehen?«

Sie streckte die behandschuhte Hand aus, und Jury reichte ihr die schlimmsten Fotos. Nicht allzu schlimm, verglichen mit manchen Leichen, die im eigenen Blut schwammen und deren Kleider ihnen deshalb am Leib klebten. Aber es sickerte

Blut durch die Bluse und floss ihr wie ein Rorschachmuster über die Schultern. Sie sagte nichts und gab das Bild zurück; dann sah sie sich die beiden anderen an und sagte wieder nichts. Ein kleiner, zittriger Seufzer.

»Sie heißt Sarah Diver. Wohnte in Limehouse.«

Sie legte den Kopf in die Hände, die Ellbogen auf die Knie gestützt. »Hat er sie umgebracht?«

»Nein, das glauben wir nicht.«

Jury folgte ihr, als sie aufstand und im Garten umherwanderte. Die Schatten, welche das Gebüsch warf, schirmten ihr Gesicht vor ihm ab. »Wann haben Sie von Scheidung gesprochen? Wie lange ist das her, meine ich?«

»Ich weiß nicht mehr. Vor ein paar Monaten vielleicht. Zwei, drei.«

»Um die Zeit könnte er sie kennen gelernt haben; vor zwei Monaten.« Keine Antwort. »Sie sind doch nicht dumm; wenn Sie sich von ihm hätten scheiden lassen, hätte er auf der Straße gestanden. In solch einer Lage greifen Männer oft zu verzweifelten Mitteln. In diesem Fall zu sehr verzweifelten, wenn man bedenkt, was er zu verlieren hatte. Aber auch zu sehr gut durchdachten.« Sie sagte immer noch nichts. »Sie selbst haben gesagt, er wäre in seiner Wut fähig gewesen, Sie umzubringen.«

»Sie wollen doch nicht etwa andeuten...«

»Was?«

»Dass diese Frau mich verkörpern sollte? Das ist unmöglich.«

»Es ist durchaus möglich, wenn Sie mal ein bisschen darüber nachdenken. Wen musste sie schließlich überzeugen außer Lady Summerston, Crick und Ihrer Halbtagshilfe? Und dann noch hier und da ein paar Freunde, falls es überhaupt so weit gekommen wäre.«

Geistesabwesend pflückte sie eine Blüte von den Rosenranken und spielte damit. »Nein. Simon hätte sich einen derartigen Plan nicht ausdenken können. Er konnte ja nicht mal die Bridge-Scores behalten.«

»Einfallsreichtum kann sehr angekurbelt werden, wenn ein Vermögen auf dem Spiel steht. Aber es war nicht bloß Habgier; es könnte auch Rache mit im Spiel gewesen sein. Er wurde in diesem Haus doch verachtet.«

»Das ist nicht wahr! Man hat ihn sehr höflich behandelt.«

Jury konnte nicht anders, er musste lachen, doch es klang zornig und gequält. »O ja, höflich. Das könnte auch für Charlotte Stant gelten. Außen vor gelassen, aber sehr höflich behandelt. Oder wie Fürst Amerigo. Ausgehalten, aber sehr höflich behandelt.«

Wirklich bemerkenswert, wie sie ihre Reaktionen unter Kontrolle hatte. Wie eine gute Schauspielerin konnte sie erspüren, konnte abschätzen, was zur Situation passte und dabei ein ausdrucksleeres Gesicht, klar wie Wasser, wahren. Sie zuckte nicht mit der Wimper, und kein einziger kleiner Muskel spannte sich in ihren Wangen.

»Außen vor und ausgehalten von Maggie Verver. Ihr Lieblingsbuch, Mrs. Lean. Ihre Großmutter und ich haben uns darüber unterhalten.«

»Sie meinen *Die goldene Schale*.« Sie wandte den Blick ab und sagte dann genau das Richtige: »Ist lange her, dass ich es gelesen habe. Ihre Interpretation hat mich für einen Augenblick verwirrt.« Der Anflug eines Lächelns, während sie sich mit dem nächsten Satz noch etwas Zeit ließ. »Ich für mein Teil urteile wohl nicht ganz so zynisch über Maggie Verver.«

Hätte Jury seine Fälle als ein intellektuelles Kräftemessen verstanden, ihre Findigkeit hätte ihm vielleicht eine perverse Freude bereitet. Eine bewundernswerte Antwort. Er sagte: »Vielleicht hat sich am Ende nur der Fürst nicht verstellt.«

»Blanker Unfug.« Sie wandte sich auf dem Pfad zum Gehen. »Falls Sie glauben, Simon war irgendwie derjenige, der sich nicht verstellte – nun...« Sie hob hilflos die Hände.

»Mich hat mehr das geheime Einvernehmen interessiert. Maggie war das eigentliche Opfer, finden Sie nicht auch?«

Energisch ging sie denselben Weg zurück. »Ebenso wie ich, das wollen Sie doch sagen. Darin zumindest stimme ich mit Ihnen überein, sollten Sie die Wahrheit sagen; ich bin mir allerdings nicht sicher, ob ich unbedingt die Rolle des ›vermeintlichen Opfers‹ spielen möchte. Ein Opfer meines Mannes, ein Opfer der Polizei. Sie stehen da und wollen mir weismachen, dass Simon Lean und seine Geliebte – oder eine von ihnen« – diese Bemerkung ätzte wie Säure – »mich umbringen wollten. Nun, das müsste man unwahrscheinlich gut planen; man müsste doch die Identität vertauschen. Keine leichte Sache, wenn man bedenkt, was wir alles mit uns herumschleppen. Es müsste doch Zeugen geben. Dann die Handschrift. Ganz zu schweigen von Fingerabdrücken. Man braucht doch nur die Fingerabdrücke der Toten –«

Rasch drehte sie sich um und vertiefte sich in den Anblick eines Rotkehlchens, das sich auf der Steinschüssel niedergelassen hatte. Ihr Gebäude kam ins Wanken, sie hatte zu viel gesagt. Konsterniertheit wäre eine normale Reaktion gewesen, totale Kopflosigkeit, nicht wissen, was man sagen sollte; blankes Entsetzen hätte sie allein schon bei der Andeutung erfassen müssen, dass ihr Mann und seine Freundin kaltblütig ihre Ermordung geplant hatten. Als Fingerübung in Polizeiarbeit aber durfte sie diese Eröffnung wohl schwerlich auffassen.

Und so versuchte sie denn, weitere Diskussionen zu unterbinden. »Ach, Quatsch. Es hätte nicht geklappt.«

»Sie mögen doch die Sammlung Ihres Großvaters, die antiken Zinnsoldaten, ja?«

Für einen Augenblick blickte sie ihn an. »Ja, das stimmt. Was um alles in der Welt hat denn das damit zu tun?«

Er zog den säuberlich eingewickelten Beduinen aus der Tasche. »Kennen Sie den?«

Sie hielt ihn unbeholfen mit dem Gartenhandschuh. »Er gehört zur Sammlung in Eleanors Wohnzimmer. Warum haben Sie sich den geholt?«

»Fragen wir doch lieber: Warum war er in Sadie Divers Zimmer?«

Sie gab ihn auf dem ausgestreckten Handschuh zurück. Ihr Blick schien die Figur in die Vergangenheit zu weisen, als sei sie etwas, das man dem Entschlafenen mit ins Grab hätte geben sollen.

»Können Sie die Verbindung nicht ziehen? Ein Gegenstand aus Watermeadows wird in eine Wohnung in Limehouse gebracht. Aus welchem Grund? Doch nur, damit man dort – zusammen mit ein paar anderen, sorgsam ausgewählten Gegenständen – etwas mit Hannah Leans Fingerabdrücken findet.«

Sie warf ihm einen eigenartigen Blick zu. »Hören Sie auf, von mir in der dritten Person zu reden. Als ob ich nicht anwesend wäre. Die letzten beiden Tage reichen mir für mein ganzes Leben, Superintendent. Und diese neue Theorie –« Sie tat sie mit einem verächtlichen Schulterzucken ab. »Dazu kann ich nur sagen, was ich vorhin schon gesagt habe: Es hätte nicht geklappt.«

»Hat es aber, oder?«

Jetzt hatte er sie ertappt: Ihr Ausdruck sagte ihm, dass sie auf Anhieb verstanden hatte, was er meinte. Statt völliger Ungläubigkeit las er dort völliges Begreifen.

Crick betätigte sich, adrett mit weißer Schürze angetan, in der höhlenartigen Küche über einem kupfernen Simmertopf. Er bereitete, wie er sagte, Lady Summerstons Dickmilch fürs Abendessen zu. Auf der Anrichte standen ein Milchbehälter und eine Packung Burgess Labferment.

»Ich habe die Gästeliste für Sie, Sir, und auch die Adressen.« Er wischte sich die Hände an der Schürze ab und ging die Liste durch. »Also, Mrs. Brill ist nach Clacton verzogen. Ein grässlicher Ort, finde ich, aber sie sagte, sie brauche die Seeluft.« Er blickte Jury an. »Dabei hat sie die Gicht. Ich habe noch nie etwas von Seeluft gehalten, wenn man es an der Lunge hat –« Jury lächelte. Er rechnete ehrlich gesagt nicht damit, von diesen versprengten Freunden Lady Summerstons irgendwelche nützlichen Informationen zu erhalten; aber es musste getan werden. »Danke, Crick.« Jury steckte die Liste ein. »Sagen Sie, haben Sie einen Satz Teller oder ein Service mit Goldrand?«

»Das Royal Doulton? Oder das Staffordshire? Oder natürlich das Belleek.«

»Das mit dem Goldrand.«

Crick bemühte sich, sein Erstaunen zu verbergen. »Die haben *alle* einen Goldrand, Sir.«

Jury lächelte wieder. »Könnte ich sie mir mal ansehen?«

»Sehr wohl. Das meiste steht im Esszimmer. Hier haben wir nur einige Teile vom Besteck. Das nimmt Lady Summerston gern zum Lunch.«

Dasselbe Muster wie die Teller in Sadie Divers Wohnung.

»Danke. Übrigens hat mir Lady Summerston erzählt, dass sie vorm Zubettgehen gern etwas Warmes trinkt.«

»So ist es. Eine Tasse Kakao oder Horlick, das schätzt sie sehr. Oder heißen Rum mit Butter.« Er schenkte Jury ein verhaltenes und wissendes Lächeln, dann machte er sich wieder ans Milchrühren.

»Achten Sie doch bitte darauf, dass Sie persönlich das zubereiten und ihr hochbringen.«

Das trug Jury eine leicht hochgezogene Braue, jedoch keine weitere Frage ein. Crick befolgte Weisungen grundsätzlich genau und ohne Einwände. »Sehr wohl, Sir.« Er probierte die Milch mit seinem französischen Probierlöffel und kippte dazu den Topf. »Ein bisschen zu heiß, ja, ja.«

Jury steckte Notizbuch und Stift ein und sagte: »Das Zeug habe ich auch gern gemocht, als ich noch klein war. Die Milch muss dafür genau richtig sein.«

Crick hatte das Gas unter dem Topf abgedreht. »O ja, Sir. Körpertemperatur. So warm wie Blut.«

»Ja. So warm wie Blut.«

32

Trevor Sly teilte den Vorhang und stand einen Augenblick da, als hätte man ihn für eine Zugabe herausgerufen. »Ah! Meine Herren. Diese Freude.« Er scharwenzelte an der Bar entlang und rieb sich die Hände. Dann glitt er auf seinen Hocker und umschlang dessen Beine mit seinen eigenen.

»Ehe Sie sich's gemütlich machen, Mr. Plant möchte ein Lager, und mir ist alles recht.«

»Kairo-Flamme?« Trevor Sly rieb sich die Hände wie ein Wucherer.

»Lieber eine Tasse Tee.«

Jury legte die Fotos von Sadie Diver und Hannah Lean auf die Bar. »Haben Sie diese Frau schon mal gesehen?«

Trevor Sly ließ das Glas unter dem Hahn abtropfen und sah sich die Fotos an. »Das ist Mrs. Lean. Ist vor vierzehn Tagen mit ihrem Mann hier gewesen, wie ich schon sagte.«

»Kann ich auf Ihre Diskretion rechnen?«

»Der Herr schlage mich mit Blindheit, wenn ich rede, Mr. Jury.«

»Nicht ehe Sie sich das hier angesehen haben.« Er legte die Polizeifotos von der Toten auf die Theke. »Erkennen Sie sie?«

Trevor Sly fuhr zurück. »Gott bewahre, das ist ja Mrs. Lean. Von Watermeadows.«

»Diese Frau hier?«

Er sah sich noch einmal das Foto von Sadie Diver an, wollte schon den Mund aufmachen und sah wieder hin. »Nie gesehen, aber sie sieht wirklich wie Mrs. Lean aus. Auf Gesichter verstehe ich mich sehr gut, wie ich schon sagte. Einer der Gründe, warum ich so viel Zulauf habe.«

»Und wenn sie ihr Haar herabfallen ließe? Nicht so viel Make-up?«

Er schüttelte den Kopf. »Ich habe sie noch nie gesehen, sonst würde ich sie erkennen.«

Während Trevor Sly nach hinten scharwenzelte, um den Tee zu holen, ließ Jury die Fotos wieder in den Umschlag gleiten, band den Bindfaden zu und sagte: »Er mag ja ein langes Gedächtnis haben, aber er hat keine Phantasie. Also ist es Agatha, die uns tatsächlich etwas weitergeholfen hat.«

»Großer Gott, Sie verlassen sich hoffentlich nicht ausgerechnet auf *sie*?«

»Es klingt plausibel. Ich glaube, Simon Lean hat Sadie nach Northampton geschickt, damit sie zwei, drei Zeugen auch sicher erkennen würden, falls die Frage auftauchen sollte.«

»Trevor Sly kann den Unterschied nicht erkennen, auch wenn er es behauptet. Das passt zu Ihrer Theorie; der würde sich als Zeuge wunderbar machen, er wirkt so sicher. Warum schauen Sie denn so grämlich drein?«

Jury nippte an dem Lager und spielte mit einem Streichholzbriefchen. Auf der Vorderseite hockte vor einem Hintergrund aus Dünen und Sonne ein blau-grüner Papagei; die Streichhölzer drinnen waren auf unterschiedliche Länge geschnitten und sollten wohl das Profil eines Kamelhöckers bilden. »Ich nehme alles zurück, was ich über seine Phantasie gesagt habe.« Er riss ein Streichholz an und entzündete seine Zigarette. »Ich hoffe nur, dass ich tatsächlich die Wahrheit herausfinden und nicht etwa nur meine Theorie erhärten will. Charles Pratt findet, ich verschwende eine Unmenge Zeit, nur um eine Frau in Schutz zu nehmen, der ich noch nie begegnet bin. Ich glaube, das waren seine Worte.«

»Na und? Was die beiden vorgehabt haben – und was *sie* womöglich immer noch vorhat – ist teuflisch. Vor allem, da sie es im Endeffekt auf Lady Summerston abgesehen hat.«

»Ich habe Crick gesagt, nur er soll ihr den Nachttrunk bringen. Ihr Essen bereitet er sowieso zu. Ich glaube nicht, dass sie in unmittelbarer Gefahr schwebt; ich halte es für unwahrscheinlich, dass Sadie Diver jetzt etwas unternimmt. Und Hannah Lean… hätte doch keinen Grund, ihre Großmutter umzubringen.«

»Die haben Sie nicht kennen gelernt, vergessen Sie das nicht.«

Jury fuhr sich über die Stirn. »Ich gehe von dem aus, was Lady Summerston mir erzählt hat, und es besteht kein Grund, ihre Aussage zu bezweifeln. Hannah Lean hat gesagt, dass sie zuweilen das Gefühl hatte, Simon wollte sie wirklich – umbringen. Das ist es. Es wollte mir einfach nicht einfallen. Weshalb sollte Sadie Diver solch eine Feststellung treffen?« Die Tür des »Blauen Papagei« ging auf. »Sergeant Wiggins!«

Wiggins kam niesend herein, begrüßte Melrose Plant mit einem kräftigen, jedoch taschentuchgedämpften Handschlag und sagte zu Jury: »Du lieber Gott, Sir, was ist das da draußen bloß für Zeugs?« Er deutete mit dem Kopf in Richtung der befremdlichen, freien Natur Gottes, die wie Armut (so hatte er einmal gesagt) allgegenwärtig ist.

»Heu, Wiggins. Hier und da dürfte es ein paar Kühe geben.«

»Heu ist des Teufels, vor allem bei diesem nassen...« Doch dann blickte er sich in dem staubtrockenen Pub um und vergaß seine Allergie. Er wickelte sich aus seinem duftigen Schal (den Wiggins seinen Altwetterfreund nannte), entledigte sich seines Anoraks und machte die ganze Zeit über Stielaugen. »Wollte immer schon mal in die Wüste, o ja. War schon immer meine Meinung, dass ich in einem richtig trockenen Klima wieder in Schuss kommen würde. Tommy Diver hat mir ein gutes Rezept für Flusskrebsbrühe gegeben. Gibt nichts Besseres gegen geschwollene Beine, sagt er.«

Jury blickte ihn an. »Ihre Beine sind nicht geschwollen.«

»Noch nicht, Sir. Aber ich finde, man sollte allzeit vorbereitet sein.« Er zog einen kleinen Plastikbeutel mit schwarzen Krumen aus seiner Anoraktasche. »Sie haben hoffentlich nichts dagegen, Mr. Plant, aber Ruthven war so überaus freundlich, mir etwas Brot zu rösten... Könnte ich etwas von dem heißen Wasser da haben, in einer Tasse?« Die Frage galt Trevor Sly, der mit Tassen, Besteck und einer Kanne mit Kaffeewärmer in Kamelform hinter dem Vorhang aufgetaucht war.

Jury lächelte. »Begleiten Sie doch Racer, wenn er das nächste Mal in Amtsgeschäften nach Antigua fliegt. Übrigens, ist Tommy im Augenblick gut aufgehoben?«

»O ja, Sir. Lady Ardry hat ihn gleich unter ihre Fittiche genommen.« Wiggins entfaltete einen kleinen Zettel. »Wo ist der Wirt?«

Melrose verbrannte sich beim Teeausgießen fast die Hand. »Meine *Tante*? Wie um alles in der Welt hat sie ihn in die Finger gekriegt? Sie sollten ihn doch nach Ardry End bringen.«

»Habe ich auch, Sir. Lady Ardry war dort. War so gerade wieder auf dem Damm, sagte sie.« Wiggins nahm seine Tasse Wasser und bröselte ein wenig von dem verkohlten Brot hinein. »Und das hat uns dann auf die Gesundheit gebracht. Tommy meinte, ihr Knöchel würde davon abschwellen. Aber Mr. Ruthven hat gesagt, sie hätten keine Flusskrebse. Die Ärmste ist von einem Schwein oder so etwas angefallen worden, jedenfalls hat sie das Tommy erzählt, als ich gerade wegging.«

»Sie hätten einen hilflosen Jungen nicht mit ihr allein lassen dürfen, Sergeant Wiggins.«

»Um *den* brauchen Sie sich keine Sorgen zu machen, Mr. Plant. Das ist ein höfliches Bürschchen, der wollte doch direkt für unser Essen bezahlen – wir haben nämlich bei einer Raststätte Halt gemacht.«

Jury rauchte und ging einen der Schnellhefter durch, den Wiggins ihm gereicht hatte. »Nur keine Aufregung. Ich kenne Tommy; der macht das schon.«

Wiggins durchwühlte mit gesenktem Kopf einen Umschlag nur für den »internen Gebrauch«. »Hier ist der Zahnarztbefund. Aber der dürfte eine Enttäuschung für Sie sein. Ihre Karteikarte beim National Health Service besagt, dass sie in Behandlung gewesen ist, ein paar Füllungen und Brücken, die das Opfer nicht hatte. Das Dumme ist bloß – wir haben rausgefunden, dass die Arbeiten nie ausgeführt worden sind. Die Angaben stammen von einem Zahnarzt, der in mehreren Fällen einfach abkassiert hat. Übrigens ist das nicht der einzige Fall. Die Karte ist möglicherweise nicht mal von Sadie Diver.«

»Dann haben wir also nur einen Fall von Zahnarztbetrug aufgeklärt.« Jury klappte den Schnellhefter zu, blickte zu den Kamelen über der Bar und spürte etwas vom Elend des Reisenden, der gefangen im Netz der Zeit einem Ziel zustrebt und am Ende feststellen muss, dass es eine Fata Morgana ist.

»Nicht ganz, Sir. Das hier ist von Dr. Cooper. Er sagt, die Karte von Hannah Leans Zahnarzt stimmt nicht mit dem Abguss überein, den man der Lady auf der Helling abgenommen hat, außer in zwei, drei Punkten. Die schlechte Nachricht: Eine davon ist eine ungewöhnliche Arbeit –«

»Lassen Sie mich raten: die sich bei beiden findet. Und es wird uns zweifelsohne nicht gelingen, den Zahnarzt aufzutreiben, der die Arbeit ausgeführt hat.«

»Dürfte die nicht bei beiden identisch sein?«

»Nein. Ist dasselbe wie bei Fingerabdrücken – sie müssen nicht genau zusammenpassen. Und nicht nur das. Fingerabdrücke beweisen lediglich, dass ein Verdächtiger an einem bestimmten Ort war. Sie sagen nichts darüber aus, *wann* der Verdächtige dort war.«

Melrose lehnte sich zurück. »Du liebe Zeit, dann ist also nichts wirklich schlüssig?«

Wiggins sagte: »Schlüssig ist allenfalls das, was wir uns aus allen Einzelheiten zusammenreimen, Sir.« Er trank einen Schluck von seinem Gebräu und sagte dann: »Da ist noch die Anwaltskanzlei Horndean, Horndean und Thwaite. Sehr angesehene Firma. Vor drei Wochen sind Simon und Hannah Lean dort im Büro aufgetaucht.«

»Und hat Mr. Horndean –?«

»Thwaite, Sir.«

»Hat Mr. Thwaite die Frau als Hannah Lean identifiziert?«

Wiggins schwieg einen Augenblick griesgrämig. »Er hat sich gedreht und gewunden und wollte sich nicht festlegen. Obwohl er in der jungen Dame mit dem aufgetürmten Haar und dem auffallenden Make-up Hannah Lean nicht erkennen konnte. Ganz und gar nicht ihr Stil, hat er gesagt.«

»Und was ist nun Mrs. Leans Stil?«

»Nach dem wenigen, was er von ihr gesehen hatte, fand er sie ›verhuscht‹. Mr. Thwaite hatte seit Jahr und Tag nichts von ihr gehört, bis sie sich wegen eines Stückchens Land irgendwo in Somerset bei ihm meldete. Deswegen waren sie dann auch dort. Nichts Wichtiges, aber das hier dürfte Sie interessieren.« Wiggins holte ein paar zusammengeheftete Papiere heraus. »Sie haben beide unterzeichnet, Sir. Das hing mit dem Verkauf des Grundstücks zusammen.« Er holte noch ein paar Seiten hervor. »Hier haben wir den Bericht des Schriftexperten, er hat die beiden Unterschriften verglichen – die, welche sie dort abgegeben hat, und die Unterschrift auf dem Testament – auf Hannah Leans Testament, das vor ein paar Jahren aufgesetzt wurde. Leider ist er sich nicht ganz sicher; das kommt zum Teil daher, dass er nur eine einzige Unterschrift zum Vergleichen hatte. Also, Mrs. Lean – oder die Frau, die mit Mr. Lean zusammen dort war – hatte eine leichte Grippe und schrieb deshalb ein wenig zittrig.«

»Wie praktisch.« Jury zündete sich eine Zigarette an und studierte den Befund des Schriftexperten. »Die fragliche Unterschrift der Hannah Lean zeigt sowohl signifikante Ähnlichkeiten als auch signifikante Unterschiede zu der echten Unterschrift und ist sehr wahrscheinlich eine Fälschung, obwohl ich ohne weitere Schriftproben keine schlüssige Folgerung ziehen möchte, und so weiter, und so weiter.« Jury schüttelte den Kopf. »Großartig. Er sagt, die Unterlängen seien etwas linkisch, verkleckst und verwackelt.« Er seufzte und gab Wiggins die Papiere zurück. »Simon Lean hat Sadie Hannahs Unterschrift üben lassen und hat sie, recht unverfroren, das muss man ihm lassen, mit in die Anwaltskanzlei genommen.«

»Mr. Thwaite hat gesagt, sie hätte ihn ungefähr eine Woche später angerufen und gefragt, wie er mit ihrem Testament vorankäme.«

Jury sah Wiggins stirnrunzelnd an. »Und woher hat er gewusst, dass es Mrs. Lean war, die ihn angerufen hat?«

»Es gab keinen Grund, das Gegenteil anzunehmen.«

»Haben Sie den Anruf überprüft?«

»Noch nicht, Sir.«

»Nur eine echte Unterschrift, ein eindeutiger Satz Fingerabdrücke, die am falschen Ort auftauchen. Haarscharf, was wir brauchen. Zum Teufel auch.«

»Superintendent Pratt scheint fast bereit, Ihnen zu glauben.« Wiggins schraubte ein braunes Fläschchen auf. »Ich glaube, er will Sadie Diver jetzt des Mordes an Hannah und Simon Lean bezichtigen.«

Trevor Sly, der gerade einen frisch gebrühten Tee vor ihnen abstellte, katzbuckelte ein bisschen: »Sonst noch was, die Herrschaften? Wie bekommt Ihnen Ihr Stärkungsmittel, Sergeant? Meine liebe, alte Großmama hat immer auf ein Rezept geschworen: Maiswhiskey mit tüchtig Ingwer.«

»Hört sich ganz nach Kairo-Flamme an«, sagte Melrose und sah zu, wie Wiggins' Tee die Farbe wechselte, als dieser eine kleine Pille aus einer Schachtel hineinklopfte. »Haben Sie keine Angst, Sie könnten zu viele Tabletten schlucken, Wiggins?«

»Meine Theorie ist nun mal: nicht kleckern, sondern klotzen.«

»Hoffentlich kriegen Sie nie Arsen in die Finger, Sergeant.«

Es hatte aufgehört zu regnen; eine bleiche Sonne schien durchs Fenster und färbte die Wand mit den Postern sandfarben. Jury schüttelte den Kopf und sagte, als spräche er über Peter O'Toole und Peggy Ashcroft: »Sie haben an alles gedacht.«

Melrose griff zu seinem Spazierstock und visierte damit das Pappkamel an. »Nein, haben sie nicht, altes Haus, um mit Trueblood zu sprechen.«

Jury blickte ihn an.

»Sie haben nicht daran gedacht, dass etwas schief gehen könnte, oder?«

33

Tommy Diver blieb wie angewurzelt stehen.

Sie hatten gerade das Sommerhaus passiert, als Jury in der Ferne die Gestalt am Seeufer sah, die über das Wasser blickte. Sie drehte sich um, als hätte jemand nach ihr gerufen, und kam ihnen über den Rasen und zwischen den Rabatten mit Kamelien entgegen. Gut ein Dutzend Schritte von ihnen entfernt blieb sie jäh stehen.

Jury wusste zwar, wie wichtig das Überraschungsmoment war, und doch hatte er mit Tommy im abgestellten Auto in der Parkbucht gesessen und nicht gewusst, was er tun sollte. Wichtig, ja schon, aber Jury brachte es nicht fertig, ihr Tommy völlig unvorbereitet in die Arme laufen zu lassen.

Schlimm genug, dass Tommy die Leiche in Wapping hatte identifizieren müssen. Wenn er hier auf Watermeadows seiner auferstandenen Schwester begegnete, würde das alles zunichte machen, was er in den letzten vierundzwanzig Stunden an neuer Kraft gewonnen hatte. Tommy hatte schon in den »Fünf Glocken« an Selbstbewusstsein zugelegt und im »Starrdust« noch mehr. Seine Schwester, dachte Jury, wird allmählich wieder zur Erinnerung, denn mehr hat er früher auch nicht von ihr gehabt.

Und so hatte Jury ihm erzählt, dass es hier auf Watermeadows eine Frau gäbe, die seiner Schwester sehr ähnle.

Tommy hatte sofort begriffen, was Jury meinte, und seine Miene zeigte eine Mischung aus Hoffnung und Verzweiflung.

»Was hätte Sadie wohl hier zu suchen?« Er hatte durchs Fenster die weiten Rasenflächen, Gärten und Teiche gemustert und den Kopf geschüttelt. »Das ist doch Wahnsinn.« Tommy wollte mit dem Ganzen nichts mehr zu tun haben.

»Wahrscheinlich. Aber sieh sie dir trotzdem genau an, ja? Und dann wollen wir Lady Summerston einen Besuch abstatten.« Jury gab sich Mühe, es so klingen zu lassen, als sei dies der eigentliche Zweck ihres Ausflugs. »Ich könnte mir denken, dass dir Lady Summerston gefällt. Nebenbei gesagt, ihr gehört das alles hier.«

Nach langem Schweigen fragte Tommy: »Wie alt ist übrigens diese Carole-anne?«

Sein Ton war so bemüht gleichgültig, dass es fast wehtat. Jury warf ihm einen schnellen Blick zu, und als er merkte, dass Tommy puterrot angelaufen war, versuchte er, die Frage mit einem Lacher abzutun: »Dieses Geheimnis kennen nur Carole-anne, das Standesamt und Gott. Wenn du mich fragst, so zwei-, dreiundzwanzig. Sie wechselt ihr Alter mit den Kostümierungen. Was zum Anlass passt, das trägt sie auch.«

Tommys Gähnen war genauso falsch wie sein blasierter Ton. »Schätzungsweise eine Ecke älter als ich.«

Als ob er es nicht geahnt hätte. Jury spürte Tommys verstohlenen Blick und heftete die Augen auf die Windschutzscheibe. »Mmm. Komische Sache, das mit dem Alter. In zehn Jahren merkst du den Unterschied nicht mehr.«

Wie konnte er nur solch einen Blödsinn verzapfen? In Tommys Alter waren zehn Tage wie zehn Jahre. So redete Jury über ihr Zusammentreffen irgendwann in ferner Zukunft.

»*Sie* mag sie echt gern.« Eine Spur Betonung auf dem *Sie*, eine Spur Konkurrenz.

»Ich könnte leicht ihr Vater sein.«

Verzagt sagte Tommy: »Aber Sie haben doch gesagt, dass es in zehn Jahren keinen Unterschied mehr macht. Zeit misst sich doch für alle gleich, oder nicht?«

Ärgerlich auf sich selbst sagte Jury zu sich: *Du Riesenblödian, hör endlich auf, ihn trösten zu wollen.* Doch die Dummheit obsiegte. »O nein. Diese Kluft lässt sich nun wirklich nicht überbrücken. Mann, das sind ja zwanzig Jahre, mindestens zwanzig. Kannst du dir vorstellen, dass Carole-anne zwanzig Jahre auf mich wartet?« Er lächelte.

Tommy stieß die Tür an seiner Seite auf. Seine Antwort war ganz prosaisch und vernünftig: »Nein, aber ich kann mir auch nicht vorstellen, dass sie zehn Jahre wartet.«

Blödian. Jury seufzte.

Tommy sah jetzt die Frau an, er hatte die Augen zusammengekniffen und blinzelte wie jemand, der nach einer Operation aus dem Dämmer auftaucht und versucht, das verschwommene Bild des Gesichts vor sich unterzubringen. »Sadie?«

Es war der Ausdruck auf *ihrem* Gesicht, der Jury frappierte, dieser Schock des Erkennens, der sofort zurückgenommen wurde, und schon trat ein anderer an seine Stelle. Sie wischte sich mit der Hand über die Augen, genau wie Carole-anne gestern im »Starrdust«. Jury spürte, wie sich sein Magen vor Angst verkrampfte. Es war nicht die Angst, in der Unendlichkeit verloren zu sein, sondern die Furcht vor einer Scheinwelt aus Jazz und Glitzer wie im »Starrdust«; eine Wegwerfwelt, ein Ersatzuniversum.

»Superintendent«, sagte sie. Er hatte den Eindruck, dass es sie Mühe kostete, die Augen von Tommy Diver loszureißen.

»Das ist Tommy Diver.« Er beendete die Vorstellung nicht.

»Ich bin Hannah Lean.« Sie streckte die Hand aus, und ihr Gesicht war jetzt ausdruckslos.

Tommy hatte kaum ihre Finger berührt, da fiel ihm der Arm auch schon bleischwer herab. »Sie sehen genauso aus wie meine Schwester.« Seine Stimme war bitter, sein Gesicht heiß vor Zorn.

Damit ging er den Pfad hinunter.

Jury hielt ihn nicht auf, er wusste, Tommy würde stehen bleiben, wenn er außer Sichtweite war.

Einen Augenblick lang musterten sie sich schweigend, dann sagte sie: »Das war wohl sehr schlau von ihnen, aber es besagt gar nichts.«

»Nein? Sie haben ihn erkannt.«

Sie schob den Ärmel des alten Pullovers hoch, eine nervöse Geste, die Hannah Lean mit Sicherheit an sich gehabt hatte, wandte das Gesicht ab und blickte über die Wasserfläche. Grau an einem grauen Nachmittag. Dann drehte sie sich wieder um. »Der Junge sieht meinem Großvater im gleichen Alter sehr ähnlich. Das hat mich erschreckt.«

Er sagte nichts, sondern wandte sich einfach zum Gehen.

»Geben Sie auf, Superintendent.«

Er drehte sich um. »Sie sind Sadie Diver, nicht wahr?«

Ihr Gesicht war vollkommen unbewegt. Nach einem Weilchen sagte sie: »Das ist lachhaft. Ich bin Hannah Lean.«

Wieder zog sich Jurys Magen zusammen. »Zum Teufel auch, wie können Sie dem Jungen das antun? Er ist erst sechzehn.« Jetzt ging er wirklich.

Und sie rief hinter ihm her: »Aber wer tut es ihm denn an, Superintendent?«

Er hörte die Mundharmonika; leise und zögerlich wehten die Klänge aus dem abgeschiedenen Garten, in dem er heute schon gesessen hatte, als die weiße Katze durch die Bodendecker schlich.

Die weiße Katze war schon wieder da, lag zusammengerollt neben der steinernen Nymphe mit der wassergefüllten Schale. Tommy saß ihr gegenüber, hatte die Knie angezogen und spielte. Als er Jury sah, hörte er auf, schlug die Mundharmonika ein paar Mal auf der Hand aus und steckte sie in die Tasche.

Er stand nicht auf, sondern schlang die Arme um die Knie und sagte: »Deswegen haben Sie mich wohl nach Northants gebracht, was?«

»Nicht nur deswegen, nein.«

»Na schön, sie hat mich nicht erkannt, oder?«

Jury sagte lediglich: »Und du? Hast du sie erkannt?«

Mit einer heftigen Bewegung riss Tommy ein Büschel Gras aus, das hier hoch stand, und ließ die Halme davonflattern. Die weiße Katze öffnete ein Auge, gähnte und döste dann weiter. »Sie würde nicht so tun, als ob sie mich nicht kennt. Nein, nicht Sadie.«

Seine Stimme klang nicht recht überzeugt. Jury hatte Angst, dass ihm seine Traumwelt davonflatterte wie die Grashalme. »Nein, wohl kaum.« Eine lahme Antwort, doch mehr wusste er darauf nicht zu sagen.

Aber wer tut es ihm denn an, Superintendent? Als sie auf das Haus zugingen, wollten ihm ihre Worte nicht aus dem Kopf gehen.

Crick führte sie bei der langen Klettertour auf der Treppe, dann ging es den Flur entlang und hinein in Lady Summerstons Zimmer. Er meldete die Besucher formvollendet, und sie drehte sich auf ihrem Balkonplatz um und spähte ins düstere Dämmerlicht ihres Wohnzimmers.

»Superintendent! Ich möchte doch hoffen, dass Sie inzwischen alles aufgeklärt haben.« Auf dem Stuhl neben ihr lagen die üblichen Alben – die Briefmarken, die Fotos –, und sie saß über der üblichen Patience. »Ich will keinen Wachtmeister mehr wie eine dunkle Säule vor meiner Tür stehen haben, ich sehe auch gar nicht ein, was er da soll. Alles ist sehr geheimnisvoll, und Sie sind hoffentlich gekommen, um es mir zu erklären. Wen haben wir denn da?«

Als Tommy Diver aus dem dämmrigen Raum auf den Balkon trat, blinzelte sie und kniff die Augen zusammen wie vorher er. Sie setzte ihre Brille auf. Doch dann sagte sie lediglich: »Also, du erinnerst mich an jemanden.«

Das Foto dieses Jemand stand auf dem Tisch vor ihr, und selbst Jury konnte die Ähnlichkeit zwischen Tommy und Gerald Summerston sehen. Zum Glück (dachte er) zog sie diese Verbindung nicht. Jury hatte sich schon immer gefragt, ob alte Menschen sich wirklich so viel klarer an ihre Jugend erinnern als die jungen Menschen an den Tag zuvor. Eleanor Summerstons Erinnerungen jedenfalls beruhten auf Alben und vergilbten, wie die Fotos darin, immer mehr.

Zum ersten Mal, seit Tommy von Ardry End gekommen war, lächelte er. »Haben Sie ihn gern gehabt? Den, an den ich Sie erinnere?«

Die Brille baumelte an dem schmalen Ripsband. Sie sagte: »Oh, gewiss doch. Spielst du gern Karten?« Als er sich einen Stuhl heranzog und sich hinsetzte, schien sie in Festlaune zu geraten. »Wie wär's mit Tee? Oder Bier. Das ist was für junge Leute, ich mochte es nie.«

Jury stand daneben und blickte über die ausgetrockneten Wasserbecken zum See hin. Sie stand noch am gleichen Fleck und starrte übers Wasser. Die Sonne kam kurz heraus, verwischte ihren Umriss und ließ den See aufscheinen wie gesplittertes Glas. Es war Mai, das Licht jedoch winterlich.

Tommy sagte, er würde gern Tee trinken; Lady Summerston entschied, dass es Kuchen dazu geben sollte. Er nahm die Karten auf, die sie ihm zugeschoben hatte, fuhr mit dem Daumen über die beiden Teile des Spiels und schob es ineinander. Das Kartenmischen verlieh ihm eine gewisse Autorität.

»Ich lasse Crick nur eben das Tablett hochbringen.« Sie posaunte die Bestellung in die alte Sprechanlage. »Also! Was spielen wir? Du kannst nicht zufällig pokern, wie?«

Genau die richtige Frage. Jury sah, wie es in Tommys Augen aufblitzte. »Hab ich schon als Kind gelernt.«

Er legte das Spiel hin, damit sie abheben konnte.

Jury ging wieder ins Wohnzimmer.

In der dunklen Ecke standen oben auf der Kommode die Soldaten mit angelegtem Bajonett und schussbereitem Gewehr. Er überlegte, wie Hannah Leans Kindheit ausgesehen haben mochte. Konnte sie wirklich glücklich gewesen sein, so ganz ohne Eltern? Das Gesicht, das ihn aus dem Gemälde oben über der Treppe anschaute, wirkte ernst. War sie das als Kind gewesen? Hatte sie Spaß am Lernen gehabt, an Büchern...?

Dabei fiel ihm die Buchhandlung ein, das eifrige kleine Mädchen aus dem Sendak-Buch und dem Eisbaby. Die seltsamen, kleinen Wichtelmänner kletterten durchs Fenster, nahmen das echte Baby mit und ließen das untergeschobene Kind zurück.

Jetzt wusste er, was ihn irregeführt hatte: Die ganze Geschichte von dem Mädchen und seiner kleinen Schwester war symbolisch und hatte einen psychologischen Hintergrund. Es hatte niemals ein Eisbaby gegeben. Unbewusst hatte das ältere Kind alles erfunden. Das Baby war immer da gewesen.

Crick war mit dem Teetablett gekommen und wieder gegangen, doch Jury hatte es kaum bemerkt und auch das Gelächter vom Balkon nicht, das so fern schien. »Ich erhöhe auf zehn«, hörte er Tommy sagen. Zehn Pence oder zehn Pfund? Das Geld, das ihm Sadie geschickt hatte.

Ein weiteres Puzzleteilchen lag an seinem Platz. Sadie dürfte zu vorsichtig gewesen sein, als dass sie einen Scheck geschickt hätte, und es schien sich um eine größere Summe gehandelt zu haben. Jury trat auf den Balkon.

»Tommy, wie hat dir deine Schwester eigentlich das Geld geschickt?«

Tommy blickte erstaunt von seinen Karten auf. »Als Postscheck. Sie wollte wohl nicht, dass das Geld verloren geht. Warum?«

Jury machte sich auf die Suche nach einem Telefon.

Wiggins hatte den Mund voller Kuchen, einem von denen, die zu Constable Plucks Stärkung gespendet wurden. Unverzüglich machte er sich daran, Jury mitzuteilen, dass Long Piddleton genau der Ort wäre, an den er sich gern versetzen ließe, vorausgesetzt, er könne seine Stirn- und Nebenhöhlen an die Landluft gewöhnen.

Jury unterbrach ihn und erzählte ihm von dem Postscheck. »Dann kennen wir wenigstens Sadie Divers Unterschrift. Wahrscheinlich hat sie keinen Gedanken daran verschwendet und wenn, dann dürfte sie Simon Lean mit Sicherheit nicht erzählt haben, dass ihr Bruder zu Besuch kam.«

»Es ist halb fünf, Sir. Ich mache mich sofort auf die Socken, aber die Postämter haben doch schon zu.«

»Sie sollen ja auch keinen Brief aufgeben, Wiggins.«

»Sir!«, sagte Wiggins so zackig, wie es mit dem Mund voller Kuchen ging.

34

»*H*annah?«

Sie saß wieder auf der Bank in dem abgeschiedenen Garten, wo er und Tommy zuvor gesessen und geredet hatten, wandte ihm den Kopf zu und blickte ihn an. Diesmal gelang es ihr nicht, ihre übliche unbewegte Miene zu machen. Er hatte sie schlicht erschreckt, und so wandte sie sich rasch wieder ab und schaute in den Korb auf ihrem Schoß, in dem ein paar Kamelienableger lagen.

»Was dagegen, wenn ich mich setze?«

Ihre Antwort darauf lautete: »Dann geben Sie mir also meinen Namen zurück. Vielen Dank.«

Jury setzte sich neben sie und beobachtete sie. »O nein, ich glaube nicht, dass Sie mir wirklich danken wollen. Schließlich war es fast so weit, dass man Sie des Mordes an sich selbst bezichtigt hätte. Als Sadie Diver. Da hätte die Polizei von Northants aber dumm dagestanden. Stellen Sie sich nur die Publicity vor, wenn sich die letzte Nachfahrin einer alten und vornehmen Familie als Hochstaplerin herausstellt, welche die echte Enkeltochter und obendrein ihren eigenen Liebhaber ermordet hat. Ein gefundenes Fressen für die Medien.«

Die Hände auf ihrem Schoß arbeiteten. Die Stimme, die antwortete, war ausdruckslos. »Keine Ahnung, wovon Sie reden. Ich habe kein Verlangen nach Publicity, weiß Gott nicht.«

Jury bot ihr eine Zigarette an. Sie schüttelte den Kopf. »Normalerweise nicht. Aber in diesem Fall hätte es, glaube ich, der Scharade nur nützen können. Wenn der Fall vor Gericht gekommen wäre – und genau das wollten Sie doch –, dann hätte die Publicity sich ausgezahlt.«

Sie saß mit ihrem Korb voller Ableger so regungslos da wie die Statue am anderen Ende des Gartens. Sie sieht aus, als wolle sie auf der Stelle zu Stein werden, dachte Jury. »Wahrscheinlich wollen Sie meine Geschichte nicht hören, aber ich erzähle sie Ihnen trotzdem: Simon hat an jenem Abend das Haus verlassen, aber er kam nicht mehr dazu, nach London zu fahren. Er wollte sich später mit Diane Demorney im Sommerhaus treffen –«

»Er hat aber das Auto genommen!«

»Nein, hat er nicht. Das waren Sie. Da Sie Crick und Ihrer Großmutter erzählt hatten, dass er nach London wollte, mussten die beiden natürlich annehmen, dass er dort hinfuhr, als sie ihn fortgehen hörten. Als Crick Sie das letzte Mal sah, saßen Sie am Esstisch und tranken Kaffee.« Da sie sich wieder in ihre Reglosigkeit zurückgezogen hatte, fuhr er fort: »Sie haben ihn umgebracht. Aber vorher haben Sie herausbekommen, dass er noch eine Verabredung hatte, im Pub ›Stadt Ramsgate‹. Ich könnte mir vorstellen, dass es den typischen kleinen Krach zwischen Ehemann und betrogener Ehefrau gegeben hat, der ihn aber ziemlich kalt ließ. Er hat dagesessen und Ihnen das Gesicht zugewandt, jedenfalls nach der Stoßrichtung der Waffe zu schließen. Dann haben Sie dreierlei getan: Es ist Ihnen gelungen, die Leiche in den *secrétaire* zu stopfen, falls irgendjemand – Diane Demorney vielleicht – hereinschauen sollte. Dann sind Sie ins Auto gestiegen und nach Wapping zu der Verabredung im ›Stadt Ramsgate‹ gefahren.«

Sie wollte gar nicht aufhören, den Kopf zu schütteln, schien ihren Ohren nicht zu trauen und lächelte verhalten. »Dreierlei. Was sollte das dritte sein?«

»Sie haben den Brief geschrieben.«

In ihren Augen lag blankes Erstaunen. »Den von dieser Firth? Du liebe Zeit, dann hätte ich doch wohl eher gesagt, er wäre von dieser anderen Person – dieser Diver, so hieß sie doch? Warum sollte ich einen so großen Umweg machen?«

»Aus dem gleichen Grund, aus dem Sie ihn verbrannt haben, Hannah. Alles was zu offensichtlich war, alles was *direkt* auf Sadie Diver hindeutete, hätte bei uns am Ende die Frage ausgelöst, ob die Fingerzeige nicht allzu gut ins Bild passten. Andererseits aber hätten wir von dem Mord an einer kleinen Friseuse aus Limehouse vielleicht gar keine Notiz genommen. Sie wollten, dass eine Verbindung zwischen den beiden Morden hergestellt wurde; sonst wäre Hannah Lean die Hauptverdächtige für den Mord an ihrem Mann gewesen. Ihr Verstand arbeitet subtiler als Simons; und der war auch nicht gerade dumm. Wenn er den Brief hätte verbrennen wollen, er hätte kaum monatelang damit gewartet. Ein Fehler Ihrerseits, so könnte man sagen. Aber das Schöne an der Sache war, dass er Ihnen die ganze Arbeit abgenommen hat.«

»Das nennen Sie schön?« Sie wandte den Blick ab. »Und wie hätte ich wohl von Ruby Firth wissen sollen?«

»Ihr Mann scheint seine Affären nicht geheim gehalten zu haben.«

Jury wartete einen Augenblick in der vagen Hoffnung, dass Hannah Lean zu den Menschen gehörte, die vor lauter Stolz, dass sie die Polizei hinters Licht geführt haben, reden. Er wusste aber, dass sie nicht so war und es nicht tun würde.

»Mein Mann hat sich mir nicht anvertraut«, sagte sie trocken. »Höchst unwahrscheinlich, dass er mir alles über diesen ziemlich ausgeklügelten Mordplan erzählt haben sollte, den er sich zusammen mit seiner Geliebten ausgedacht hat.« Jetzt wandte sie ihm tatsächlich das Gesicht zu, blickte ihn an und lächelte unsicher, wie jemand, dem gerade eingefallen ist, wie man das macht.

Jury fuhr fort: »Da ist die Kette, die ins Haus geliefert wurde. Vermutlich wollte Simon sie selbst in Empfang nehmen, aber er wusste, dass es kaum einen Unterschied machte, wenn Sie sie abfingen. Er konnte sie einfach als Geschenk ausgeben.«

Wieder sah er nur ihr Profil, denn sie blickte gedankenverloren auf die Kamelien hinunter. Und dann sagte sie: »Ich habe keine Ahnung, von welcher Kette die Rede ist. Übrigens hätte Simon das nicht getan: Er wusste, dass ich mir nichts aus Schmuck mache.«

»Dann wollte er tatsächlich, dass Sie Verdacht schöpfen. Sie diente dazu, Sie zu einer Konfrontation mit seiner Geliebten nach London zu locken.« Auch wenn sie nichts zugibt, ihren eigenen Plan muss sie verteidigen, dachte Jury. »Und aus genau diesem Grund waren Sie entschlossen, die Wahrheit herauszubekommen, vor allem, da er sie Ihnen nicht geschenkt hatte. Als Sie wie gewohnt nach Northampton gefahren sind, haben Sie den Goldschmied aufgesucht. Er hat Sie wiedererkannt. Und da wussten Sie Bescheid. Wussten zumindest so viel, dass Sie argwöhnten, die beiden oder sie allein könnten auch zu Ihrem Anwalt gegangen sein. Sie haben ihn unter einem Vorwand angerufen, und er hat dann sicherlich so etwas gesagt wie: ›Wie nett, dass Sie uns wieder einmal besucht haben, Mrs. Lean.‹ Alles Mögliche hätte Ihren Verdacht bestätigen können, dass es eine zweite Besetzung für Sie gab.«

Sie stellte den Korb mit den Ablegern beiseite, erhob sich und ging zu der Steinfigur. Ein Rotkehlchen flatterte aus der steinernen Schale auf. Sie stand da, kehrte ihm den Rücken zu und hatte die Hand auf den Rand gelegt. Ohne sich umzudrehen, sagte sie: »Und Sie haben den Jungen, diesen Tommy, hierher gebracht in der Hoffnung, er würde seine Schwester wiedererkennen.«

Hatte er das? Jury wusste, dass sie das gern angefügt hätte. Er saß jetzt vorgebeugt, hatte die Finger verschränkt und blickte auf ein paar abgestorbene Nesseln. Natürlich konnte er diese unausgesprochene Frage nicht beantworten. Stattdessen sagte er: »Ihre Überraschung war nicht gespielt. Tommy sieht aus wie Ihr Großvater in dem Alter.«

»Ich muss eine Enttäuschung für ihn gewesen sein – für meinen Großvater.«

Jury blickte stirnrunzelnd auf. »Aus welchem Grund?«

Mit abgewandtem Gesicht sagte sie achselzuckend: »Linkisch, schüchtern, unansehnlich –« Wieder hob sie die Schultern. »Ziemlich unsinnig, solche Gedanken unter diesen Umständen.«

Hatte sie wirklich jedes Mal beim Erklimmen der Treppe

ihr eigenes Porträt angesehen und so etwas gedacht? »Sie haben Ihren Großvater wirklich geliebt, nicht wahr?«

Ein heftiges Kopfnicken. »Eleanor auch. Ich bin froh, dass Simon tot ist. Ich bin froh, dass wir – beide außer Gefahr sind.« Sie drehte sich um, die Hände in den Taschen des Tweedrocks vergraben, und blickte ihn entschlossen an. »Eleanor wäre die Nächste gewesen, Superintendent. Haben Sie daran gedacht?«

Natürlich glaubte sie nicht, dass sie außer Gefahr war.

»Oh, oft genug.«

Ein Weilchen sagte sie nichts, stand nur so da. »Dann wird man mich vermutlich des Mordes anklagen. Hannah Lean dürfte eine ideale Verdächtige abgegeben haben: kein Alibi, aber Gelegenheit und genug Motive für zehn Verdächtige.«

»Aber Sie *sind* Hannah Lean.«

Sie kam zur Bank zurück, griff nach dem Korb und sagte: »Sind Sie ganz sicher, Superintendent?«

35

»Und, sind Sie das?«, fragte Melrose Plant.

Sie saßen vor dem Kamin im Salon, Jury auf dem Sofa, Melrose in seinem bequemen, alten Ohrensessel, dessen Leder schon ganz rissig und trocken war.

Doch Jury lächelte nicht. Wenn er sich doch auch so entspannen und die Ruhe genießen könnte wie die bejahrte Hündin Mindy. Scheinbar machte sie kaum etwas anderes, als an bestimmten Plätzen im Haus den Bettvorleger zu spielen. Jetzt schlummerte sie vor dem Kamin.

»Recht beunruhigend«, fuhr Melrose fort, »als Jury nicht

antwortete. »Ich meine, der Gedanke, dass jemand die Stirn hat, jemand anderen darzustellen, der wiederum ihn selbst darstellt. Das ist, als teilte man bei einem Kartenspiel gleichzeitig von oben und von unten aus. Da stellt sich doch die Frage, ob man überhaupt wissen kann, wer der andere wirklich ist.«

Auch darüber lächelte Jury nicht. »Haarscharf Eleanor Summerstons Worte.«

Feierlich betrat Ruthven mit einem silbernen Kaffeeservice und einem Telefon den Raum. »Ihr Sergeant bittet um Ihren Rückruf, Superintendent.« Er reichte Jury einen Zettel und setzte das Tablett ab. Dann machte er sich daran, das Telefon einzustöpseln, und fragte dabei Melrose: »Um welche Uhrzeit wünschen Sie zu speisen, M'lord?«

»So gegen acht. In Ordnung?«, fragte er Jury.

Jury nickte, und Ruthven räusperte sich und stieß seine behandschuhte Faust, in Vorbereitung eines rhetorischen Aufwärtshakens, leicht gegen sein Kinn. »Ihre Tante hat Martha wissen lassen, dass sie Ihnen beim Essen Gesellschaft leistet.« Das hörte sich an wie ein Totengeläut. Vom anderen Ende des Zimmers fiel teilnahmsvoll die Standuhr ein und ließ wissen, dass es sechs Uhr war.

»Es wäre nett, wenn sie das *mir*, dem glücklichen Gastgeber, mitteilen würde. Was gibt es denn?«

»Ein ausnehmend wohlgeratenes Spanferkel, Sir.«

»Von Jurvis?«

»Gewiss doch, Sir. Mr. Jurvis hat weit und breit die beste Auswahl an Fleisch. Und zu angemessenen Preisen, möchte ich hinzufügen.«

Melrose überlegte. »Wir könnten ihm ja den Apfel aus der Schnauze nehmen und ihm stattdessen ein Schild umhängen: ›Sonderangebot: neunundsiebzig Pence‹. Nein, ich habe eine bessere Idee: Wie wäre es, wenn wir meine Tante anriefen und ihr sagten, dass sie uns keine Gesellschaft leisten wird?« Er betrachtete Jury beim Betrachten des Feuers. »Sagen Sie ihr, dass wir beide eine ansteckende Krankheit haben oder so ähnlich. Sie wissen doch, wie man das macht, Ruthven; Sie lügen vortrefflich.«

Ruthven verneigte sich ein wenig. »Danke, Sir. Genau das werde ich jetzt tun.« Er schritt zwar gravitätisch von dannen, doch Melrose war überzeugt, dass er dabei eine Anwandlung von Schadenfreude unterdrückte.

Wiggins sagte, er habe versucht, Jury auf Watermeadows anzurufen, doch er sei schon fort gewesen. Noch keine Antwort wegen des Postschecks. »Mr. Crick hat gesagt, dass Master Tommy bei Lady Summerston ist, Sir.«

»Ich weiß. Wir müssen ihn morgen nach Gravesend zurückbringen. Sie hat so viel Spaß an seiner Gesellschaft, dass sie ihn gebeten hat, zum Abendessen zu bleiben. Als ich die beiden zuletzt sah, haben sie auf dem Balkon zusammen ›Waltzing Matilda‹ gesungen.«

»Er hat nämlich lange in Australien gelebt.«

»Wer?«

»Lord Summerston. Wir sind so ins Reden gekommen, Mr. Crick und ich, über die Hitze da unten. Wie trocken es dort war und trotzdem recht angenehm. Das Lied dürfte Lady Summerston natürlich sehr gefallen, wo ihr Mann doch dort war.«

»Da könnten Sie Recht haben«, sagte Jury und legte auf. Irgendwie war es eine Gnade, dass Lady Summerston sich in die Vergangenheit zurückziehen konnte. Oder hatte sie sich etwa eingeredet, dass die Gärten von Watermeadows, die sie von ihrem Balkon aus überblickte, zu einem grandiosen Szenario in einem Spiel gehörten, für das sie gewissermaßen einen Logenplatz hatte? Wenn ihr die Darbietung nicht zusagte, konnte sie das Fernglas weglegen und ihre Briefmarken und Karten hervorholen.

Bei Jurys Rückkehr speiste Melrose gerade Pastete auf dreieckigen Toastscheiben. Auf dem Fußboden neben Mindy stand ein Tellerchen mit Pastete und Trüffeln; sie schnüffelte daran und schlief wieder ein. »Undankbares Hundevieh.«

»Wie wäre es mit Hundefutter? Schon mal probiert?« Jury langte zu.

»Wenn man nun Hannah Lean als Sadie Diver festgenommen hätte? Es wäre doch alles herausgekommen, also ihre wahre Identität.«

»Doppeltes Risiko. Und auf jeden Fall ein gewaltiger Rummel. Stellen Sie sich nur vor, was ein Verteidiger vor Gericht daraus machen würde. Eine Verdächtige, die unter falschem Namen festgenommen wurde. Glauben Sie wirklich, die Krone würde auf einer zweiten Runde gegen Hannah Lean bestehen? Ich bezweifle, dass sie sich überhaupt von ihm scheiden lassen wollte; ich glaube, sie war einfach irrsinnig eifersüchtig und sann auf Rache, und wer könnte ihr das verdenken? Sie wusste, dass nur sie als Verdächtige wirklich in Frage kam. Also hat sie seinen Plan übernommen. Ironie, was? Eine Art poetische Gerechtigkeit.«

»Ich würde Sie ja beglückwünschen, nur wirken Sie gar nicht glücklich«, sagte Melrose. »Wäre es Ihnen andersherum etwa lieber gewesen?«

»Nein.«

Melrose hob die Tasse. »Teufel auch, Richard, es ist Frühling. Lassen Sie uns zumindest darauf trinken.«

Jury blickte durch das Zimmer in die Abenddämmerung hinaus und zum Spalier mit den Kletterrosen.

»Auf die Freundschaft«, sagte er, hob seine Kaffeetasse und sah zu, wie die weißen Blütenblätter sacht herabschneiten.

36

Fast bösartig fiel das Mondlicht auf Pfad und See, den Jury auf seinem Weg vorbei am Sommerhaus einsehen konnte. Es war so hell, dass es aussah, als sei das Wasser kristallisiert, von einer Eisschicht überzogen.

Weil er den Spaziergang vom Sommerhaus zum Haupthaus gern machte, hatte er das Auto in der Parkbucht abgestellt und kam jetzt zu der Stelle, von wo aus er den Bootsanleger sehen konnte. Er blieb stehen, um die nach einem Potpourri von Blüten duftende Luft tief einzuatmen. Es raschelte in der Hecke, ein dunkler Schatten flatterte davon, irgendwo rief eine Eule; ein Ziegenmelker krächzte.

Sein Blick wanderte zum Ende des Anlegers. Dort bewegte sich etwas. Die weiße Katze saß wie ein Seezeichen vor dem dunklen Hintergrund des Himmels. Sie hatte ihre nächtliche Runde unterbrochen und schien auf den See hinauszublicken.

Eine Bö kam auf und warf eins der Ruderboote gegen die Pfähle. Das andere konnte er nicht sehen.

Jedenfalls nicht, bis der Mond wieder hinter Wolkenfetzen hervorgetreten war und die Mitte des Sees plastisch erscheinen ließ. Das andere Ruderboot trieb ziellos draußen auf dem Wasser und drehte sich langsam im Kreis.

Bei seiner Ausbildung hatte Schwimmen keine große Rolle gespielt, schließlich gehörte er nicht zur Themse-Division. Er war ein lausiger Schwimmer und brauchte wohl zweimal so lange, wie Roy Marsh gebraucht hätte, bis er das Boot erreicht hatte.

Sie lag mit dem Gesicht nach unten. Ihre Hand schleifte im Wasser wie bei einer vergnüglichen Stechkahnfahrt auf dem Cam. Ihr Kopf hing über die Bordkante, ihr Haar trieb schwarzen Bändern gleich hinter ihr her.

Das Boot war klein, und Jury musste sich beim Hochstemmen und Hineinklettern sehr in Acht nehmen.

Behutsam drehte er sie um, sah das viele Blut. An dem Unterarm, der ihr über die Brust fiel, sah er nur zögernde, fast prüfende Schnitte; die Wunde an dem Handgelenk, das er aus dem Wasser zog, musste tödlich sein. Als er am Hals ihren Puls fühlte, spürte er noch einen Hauch von Leben. Ihre Haut war so durchscheinend, dass er meinte, durch sie hindurch das Wasser des Sees zu sehen.

Sie machte anscheinend den Versuch, etwas zu sagen, und so beugte sich Jury tiefer zu ihr herunter.

»Ich bin nicht sie.« Ihr Kopf rollte zur Seite, fiel gegen seinen Arm.

Er nahm sie in die Arme und legte das Gesicht in ihr Haar.

Doppeldeutig bis zum Ende.

37

In den »Fünf Glocken und dem Schulterblatt« lehnte Jury an der Bar und wartete, bis Tommy Diver ein paar Hände geschüttelt und Lebewohl gesagt hatte. Er steckte fünf Zehnpencestücke in die Jukebox und wandte sich mit seinem leeren Glas zur Bar. Molloy musste die Kundschaft zusammengetrommelt haben. Das Geschäft blühte; alles aus der Commercial Road, was Beine hatte, schien hier gelandet zu sein. Er konnte Tommy im hinteren Teil des Pubs kaum noch sehen, wo natürlich eine Partie Poker oder Rommé im Gang war. Wie viel Geld dem Jungen wohl geblieben sein mochte?

Kath kreuzte auf, materialisierte sich vor seinen Augen aus dem Rauch; sie schien gewillt, spendabel mit guten Ratschlägen zu sein, wenn er ebenso spendabel mit Bier war. Er gab eine Runde aus. »Hauptsache, du tust wählen, scheißegal wen. Bloß nicht den da« – sie deutete auf das Foto eines schweinsgesichtigen Gentleman –, »wo sich nämlich für denselben Wahlbezirk wie ich hat aufstell'n lass'n. Das is'n Langfinger und Rumhurer.« Heute trug sie drei Hüte: einen Sombrero, einen Schlapphut und als Krönung eine Rugbymütze.

»Ich werde daran denken«, sagte Jury und steckte das Flugblatt in die Tasche.

Jack Krael starrte in die Luft und fragte: »Sindse in dieser Sadie-Diver-Sache weitergekommen?«

»Ja.« Jury legte Geld auf den Tresen und bedeutete Molloy, Jack nachzuschenken. »Ich glaube, die Sache ist so ziemlich abgeschlossen.«

Jack drehte sich zu Jury um. »Is doch wohl nich Ruby gewesen, wa? Die hat – äh – den Kerl gekannt, und da wurde so gemunkelt...«

»Nein, bestimmt nicht. Die ist ganz außen vor.«

»Gut.« Nachdem das geklärt war, richtete er den Blick wieder in die Luft. Jury stand mit dem Rücken zur Bar und hörte wieder Linda Ronstadt, die immer noch versuchte, nach Hause, zum Bayou, zu kommen:

»Spare Pfennige, spa-ha-hare Groschen...«

Schließlich sagte Jack: »Wenn die's nich war, wer dann? Oder dürf'n Se das nich sag'n? Se dürf'n woll nich.«

Jury schwieg einen Moment und lauschte den Beschreibungen der Fischerboote. »Niemand, den Sie kennen. War fremd hier.« Er drückte die Zigarette im Aschenbecher aus.

»So 'n Pech aber auch für den Jungen.« Jack drehte sich eine Zigarette, kniffte das Ende zusammen und klopfte seine Taschen nach Streichhölzern ab.

Jury gab ihm Feuer. »Ja, kann man wohl sagen.« Er warf das abgebrannte Streichholz fort. »Also, dann wollen wir mal wieder.«

Jack streckte ihm die Hand hin. »War mir'n Vergnügen. Komm'n Se doch mal wieder.«

»...und sei wieder glücklich.«

»Danke«, sagte Jury.

Vierter Teil

Ich mach den Fitsch, Klingt's von Shoreditch

38

Eine Woche später.

Major Eustace-Hobson, Friedens- und Dorfrichter, schaffte es, die Augen gerade so lange offen zu halten, dass er Lady Ardry zum x-ten Male bedeuten konnte, sie solle aufhören, ihn »M'Lord« zu titulieren. Das gezieme sich nicht bei dieser Art Fall. Er vergaß allerdings zu erwähnen, dass er gar kein Lord war. Dann sank er wieder auf seinen Stuhl zurück, die kleinen Hände über dem festen Pampelmusenbäuchlein gefaltet.

Agatha kann wirklich von Glück sagen, dachte Melrose. Er saß zwischen Vivian und Jury in dem alten Klassenzimmer, welches durch die Anwesenheit von rund dreißig Zuschauern schon recht gut aufgeheizt war. Major Eustace-Hobson war bekannt für schlaftrunkene Rechtspflege, wann immer er so wie heute seiner Pflicht nachkam. Er gehörte nicht zu den Leuten, die da meinten, dass Großbritannien immer schon eine Nation von Schlächtern gewesen sei oder dass das Wohlergehen des Königreichs von dessen ausreichender Versorgung mit Lebensmitteln abhänge.

Mit anderen Worten, er war ein grässlicher Snob, der Mr. Jurvis' Einwendungen beiseite wischte und Agatha langatmige Ausführungen zugestand.

In Ermangelung von Sir Archibald hatte sich Agatha zu ihrem eigenen Rechtsbeistand erklärt und gab nun ihr Bestes, dem Gericht zu veranschaulichen, welche physischen Qualen ihr das auf Grund ihres Fußes bereitete. Raymond Burr im Rollstuhl war verglichen mit Agathas Fußnachziehen ein Ausbund an Beweglichkeit. Gut fünf Minuten hatte sie sich nun schon über die Rechte der Fußgänger ausgelassen. Ein gefährlicher Kurs, den sie da einschlägt, dachte Melrose, schließlich hat sie selbst im Auto gesessen. Aber sie umschiffte diese Klippe mit Bravour, indem sie die Aufmerksamkeit auf den Ruin eines jeden Fußgängers lenkte: den Zebrastreifen.

»Sie wissen, und ich weiß – nun eigentlich wissen wir alle« – hier ließ sie eine raumgreifende Geste folgen – »um das schändliche Versäumnis der Autofahrer, uns, den entrechteten Fußgängern, zu erlauben, über die Straße zu gehen.«

»Ich möchte das hier nur anführen«, sagte sie gerade, »weil ich die Aufstellung eines Schweins auf dem Gehsteig für eine ebenso große Gefährdung für den Fußgänger halte wie ein heranrasendes Auto an einem Zebrastreifen. Daher –«

Und ehe Jurvis noch aufspringen und diese Behauptung in Zweifel ziehen konnte, dröhnte sie schon weiter. Keine Frage, sie hatte ihre Hausaufgaben gemacht. Sie hatte sich durch zahllose verstaubte Bücher und Akten geackert und zitierte:

»Aus dem Jahre neunzehnhundert... dings, äh, vierzehn ist der Fall eines Mannes bekannt, der den örtlichen Pub verklagte, weil sich an dessen altem Wirtshausschild, das einen Galgen zeigte, eine Schraube gelockert –«

Jurvis sprang auf. Es hielt den Ärmsten nicht länger. »Wenn hier bei jemandem eine Schraube locker ist, dann –«

Major Eustace-Hobson klappte die Lider auf und wies Mr. Jurvis in scharfem Ton zurecht.

»Aber das kann man doch gar nicht vergleichen, Sir: Da

hat sich doch das Schild von selbst gelockert. Aber mein Schwein, das hat sich nicht vom Fleck gerührt.«

Als Jurvis noch einmal aufgefordert wurde, sich zu setzen, zog Richard Jury, der zwischen Plant und Marshall Trueblood saß, die Tageszeitung von Northampton aus der Tasche und las noch einmal den Bericht über den Tod von Hannah Lean. Man hatte auf Selbstmord »aus verminderter Zurechnungsfähigkeit« geschlossen. Und das Motiv war natürlich der Schock, den sie durch den tragischen Tod ihres Mannes erlitten hatte.

Zumindest eine Art ausgleichende Gerechtigkeit, dachte Jury. Pratt hatte den Reportern gegenüber hervorragend gemauert. Trotz allem, was sich schließlich zugetragen hatte, stimmte er mit Jury darin überein, dass die beiden Hannah Lean hatten aus dem Wege räumen wollen: Die Sachen, die aus Watermeadows mitgenommen worden waren, die Gespräche, welche die Polizei mit dem Geschäftsführer von Tibbet, mit der Anwaltskanzlei und auch mit Trevor Sly geführt hatte – alles deutete in diese Richtung.

Und dann hatte Pratt bekümmert hinzugesetzt: »Jeder gewiefte Anwalt hätte sie herauspauken können, wenn man sie wegen Mordes an ihrem Mann angeklagt hätte. Ist ihr der Gedanke denn nie gekommen?«

Jury faltete die Zeitung und damit den Bericht zusammen, welchen er mittlerweile schon ein halbes Dutzend Male gelesen hatte, und steckte sie wieder in die Tasche. Gerade noch rechtzeitig, sodass er mitbekam, wie Major Eustace-Hobson das Urteil verkündete.

Agatha gewann.

»Und wieder einmal triumphiert die Gerechtigkeit«, sagte Marshall Trueblood, als er draußen auf der Shoe Lane stand und sich eine grüne Zigarette anzündete. »Wenn Sie mich fragen, die liebe Agatha dürfte Einladungen zu dieser Veranstaltung verschickt haben.« Da standen die vier nun und sahen zu, wie die Zuschauer aus der alten Dorfschule am Ende der Straße strömten. Lachend und schwatzend wie Kinogänger kamen sie heraus und hechelten die Vorstellung noch einmal genüsslich durch. Als sie von der Shoe Lane in die Hauptstraße einbogen, hörte Melrose, wie Alice Broadstairs zu Lavinia Vine sagte: »Ein Pfund dreißig. Also wenn das nicht ein guter Preis für Gehacktes ist.«

Lavinia nickte. »Wirklich. Jetzt brauchen wir wohl nicht mehr zu dem Menschen in Sidbury zu gehen.«

»Nie im Leben habe ich ein so ungerechtes Urteil gehört!«, sagte Vivian, und die Wut, die ihr heiß in die Wangen stieg, machte sie nur noch schöner. »Wenn hier jemand der Übeltäter war, dann Agatha! Der arme Mr. Jurvis.«

»Jurvis? Seien Sie nicht albern, Vivilein«, sagte Marshall. »Nach alledem wird er sagenhafte Umsätze machen.«

»Es geht ums Prinzip«, beharrte Vivian.

»Es geht ums Geld«, sagte Trueblood. Er hielt den *Ulysses* unter den Arm geklemmt und klopfte jetzt darauf. »Erst als jemand Theo erzählte, dieses Buch sei relativ wertlos – schließlich war es neu gebunden –, da rang er sich dazu durch, mir aus lauter Großzügigkeit zurückzugeben, was mein ist.«

»Das kann doch nicht wertlos sein? Wer hat ihm denn das eingeredet?«

»Ein recht angesehener Sammler, ein Freund von mir, hat dem ›Büchernest‹ einen Besuch abgestattet.«

Melrose blieb stehen. Sie waren jetzt vor der Villa Pluck angelangt, in die gerade drei Dorfbewohner mit Kuchenschachteln und Keksdosen hineinströmten. »Wie viel haben Sie denn diesem angesehenen Sammler gezahlt?«

»Ich? Ich?«

»Ja, Sie.« Die vier schlenderten weiter den Bürgersteig entlang.

Diane Demorney kam ihnen am Arm von Theo Wrenn Browne entgegen. »Ich muss schon sagen, so viel Spaß habe ich seit Tagen nicht mehr gehabt.« Die Tage datierten bei ihr offenbar von dem Zeitpunkt an, als die Scheinwerfer der Untersuchung nicht mehr auf sie gerichtet waren.

»Das war abgekartet«, sagte Vivian ziemlich schnippisch.

Diane wölbte eine Braue. »Mein Gott, Herzchen, das will ich doch gehofft haben.« Ihr Lächeln für Jury war so strahlend, dass man hätte erblinden können. »Alle treffen sich zum Cocktail bei mir, so gegen sechs. Kommen Sie doch auch.«

»Sehen Sie sich das an«, sagte Trueblood. »Was habe ich gesagt? Wenn die da wieder weg sind, gibt's bei Jurvis nicht mal mehr einen abgenagten Knochen.« Eine Schlange zog sich von Jurvis' Laden an Ada Crisps Lädchen und »Wrenns Büchernest« vorbei. Wie bei Freunden, die zusammen in einem Bunker sitzen, schien sich bei den Schlangestehenden eine gewisse Kameradschaft zu entwickeln.

»Kommen Sie, ich spendiere allen einen Gelben Blitz, oder wie auch immer Scroggs neueste Kreation heißt«, sagte Trueblood und zog Vivian am Arm mit. »Dann saust das Blut in den Adern, Vivilein. Wir wollen doch fesch aussehen, wenn Graf D. –«

»Ach, halten Sie doch den Mund!« Sie steuerte auf die »Hammerschmiede« zu, drehte sich aber noch einmal um und fragte: »Kommen Sie nicht mit?«

»Aber ja doch«, sagte Melrose. »Ich möchte Richard nur eben etwas zeigen.«

»Den Teufel auch«, sagte Jury. Sie standen auf der Straße und blickten an dem Geschäft hoch. Da hing ein großes, altes, frisch gemaltes Schild. Zumindest war der Teil, welcher Jurvis. Beste Fleischwaren lautete, frisch gemalt. Die goldenen Lettern wölbten sich über dem verblichenen Schriftzug »Zum Schwein mit der Pfeife«. Das Ganze hing an einem schmiedeeisernen Haken über der Tür. Und auf der Schwelle prangte das mittlerweile berühmte Gipsschwein in seiner ganzen Pracht, behängt mit farbenfreudigen Girlanden.

»Erinnern Sie sich noch, wie ich Ihnen erzählte, dass Slys Kneipe einmal ›Zum Schwein mit der Pfeife‹ hieß? Natürlich hat er mir ein Schweinegeld dafür abgeknöpft. Jurvis ist ganz hin und weg. Ich glaube nicht, dass Agatha es schon gesehen hat.« Melrose bemerkte die zusammengefaltete Zeitung in Jurys Tasche und sah, dass sie stark zerlesen war. »Eine schreckliche Geschichte«, sagte er, die Augen immer noch auf das Wirtshausschild geheftet. »Welch furchtbare Ironie. Warum hat sie den Scheißkerl nicht einfach umgebracht? Sie hätte alle Sympathien auf ihrer Seite gehabt.«

»Das hat Pratt auch gesagt. So ähnlich jedenfalls.«

Ein langes Schweigen, während Jury und Plant mitten auf der High Street standen und zu dem Wirtshausschild hochschauten.

»Dann war also das Schwein schuld«, sagte Melrose.

»Und der Übeltäter ist davongekommen«, sagte Jury.

Sie drehten sich um und gingen über die Straße zum Pub zurück. Jury zog die Zeitung aus der Tasche, warf noch einen Blick darauf und ließ sie dann in den Papierkorb neben der Tür fallen.

Dank

Zwar dürfte Lady Ardry anderer Meinung sein – sie wiegt sich nämlich in dem Glauben, dass jede der wertvollen Informationen in diesem Buch ganz allein von ihr stammt –, ich jedoch möchte hier vor allem Alan Webb für die Spaziergänge in Limehouse und Wapping danken, Harry Webb für die Informationen über die Themse und Diane und Bill Grimes für den *secrétaire à abbattant*.

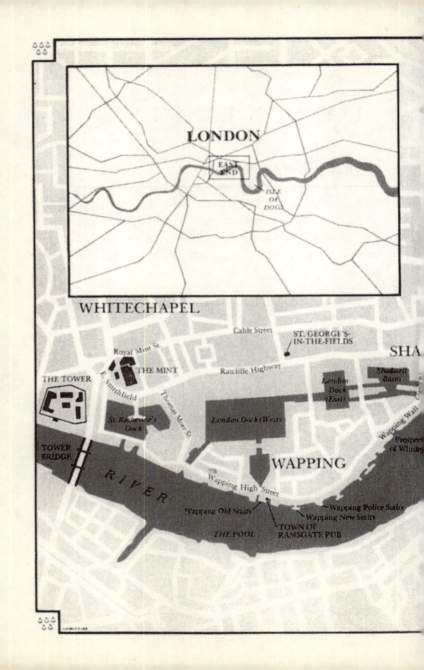

LONDON EAST END

MILE
KILOMETER

LIMEHOUSE

ST. ANNE'S LIMEHOUSE

FÜNF GLOCKEN

Commercial Road

RATCLIFFE

Cable Street

Regent's Canal Dock

East India Dock Road

Newell

Three Colt St

West India Dock Road

Pennyfields

Narrow Street

Ropemaker's Fields

Limehouse Causeway

THAMES

LOWER POOL

Limehouse Pier

LIMEHOUSE REACH

West India Docks

ISLE OF DOGS

GOLDMANN

*Das Gesamtverzeichnis aller lieferbaren Titel erhalten Sie
im Buchhandel oder direkt beim Verlag.
Nähere Informationen über unser Programm erhalten Sie auch im Internet unter:*
www.goldmann-verlag.de

★

Taschenbuch-Bestseller zu Taschenbuchpreisen
– Monat für Monat interessante und fesselnde Titel –

★

Literatur deutschsprachiger und internationaler Autoren

★

Unterhaltung, Kriminalromane, Thriller
und Historische Romane

★

Aktuelle Sachbücher, Ratgeber, Handbücher und
Nachschlagewerke

★

Bücher zu Politik, Gesellschaft, Naturwissenschaft und Umwelt

★

Das Neueste aus den Bereichen
Esoterik, Persönliches Wachstum und Ganzheitliches Heilen

★

Klassiker mit Anmerkungen, Anthologien und Lesebücher

★

Kalender und Popbiographien

★

Die ganze Welt des Taschenbuchs

★

Goldmann Verlag • Neumarkter Str. 28 • 81673 München

Bitte senden Sie mir das neue kostenlose Gesamtverzeichnis

Name: _____

Straße: _____

PLZ / Ort: _____